हिन्द पॉकेट बुक्स

कफ़न

प्रेमचंद हिन्दी और उर्दू के महानतम भारतीय लेखकों में से एक हैं। उनका मूल नाम धनपत राय श्रीवास्तव था। प्रेमचंद को नवाब राय और मुंशी प्रेमचंद के नाम से भी जाना जाता है। उपन्यास के क्षेत्र में उनके योगदान को देखकर बंगाल के विख्यात उपन्यासकार शरतचंद्र चट्टोपाध्याय ने उन्हें उपन्यास सम्राट कहकर संबोधित किया था। वे एक संवेदनशील लेखक, सचेत नागरिक, कुशल वक्ता तथा सुधी संपादक थे। उनके प्रमुख उपन्यासों में *गोदान, गबन, कर्मभूमि, रंगभूमि, सेवासदन* आदि शामिल हैं। उनकी सभी कहानियाँ *मानसरोवर* शीर्षक से आठ खंडों में प्रकाशित हुई हैं।

कफ़न

प्रेमचंद

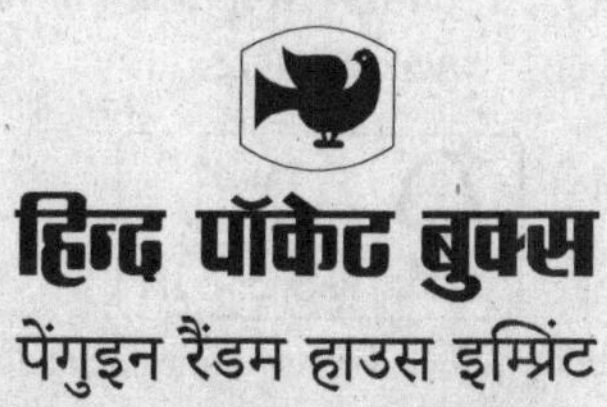

हिन्द पॉकेट बुक्स

यूएसए। कनाडा। यूके। आयरलैंड। ऑस्ट्रेलिया। सिंगापुर
न्यू ज़ीलैंड। भारत। दक्षिण अफ्रीका। चीन

हिन्द पॉकेट बुक्स, पेंगुइन रैंडम हाउस ग्रुप ऑफ़ कम्पनीज़ का हिस्सा है, जिसका पता www.hindpocketbooks.com पर मिलेगा

पेंगुइन रैंडम हाउस इंडिया प्रा. लि.,
चौथी मंजिल, कैपिटल टावर 1, एमजी रोड,
गुरुग्राम 122002, हरियाणा, भारत

प्रथम हिन्दी संस्करण हिन्द पॉकेट बुक्स द्वारा 1967 में प्रकाशित
यह हिन्दी संस्करण 2018 में प्रकाशित

10 9 8 7 6 5 4 3 2

ISBN 9789353490164
मुद्रकः रेप्रो इंडिया लिमिटेड

www.penguin.co.in

This is a legitimate digitally printed version of the book and therefore might not have certain extra finishing on the cover.

आमुख

प्रेमचंद के सभी अनुरागियों के लिए बड़ी खुशी की बात है कि प्रेमचंद का कथा-साहित्य अब 'हिन्द पॉकेट बुक्स' के माध्यम से भी उनके पास पहुंच रहा है। आपने जब से होश संभाला आप प्रेमचंद को पढ़ते और प्यार करते आए हैं। बचपन से लेकर उम्र ढलने तक प्रेमचंद आपके संग-संग चलता रहा है। निश्चय ही आपमें से कितनों का ही प्रेमचंद साहित्य से गहरा परिचय भी होगा और मुझे विश्वास है कि प्रेमचंद के जीवन-परिचय की मोटी-मोटी बातें भी आप काफी कुछ जानते होंगे। जैसे यही कि उनका जन्म 31 जुलाई, 1880 को बनारस शहर से चार मील दूर लमही नाम के एक गांव में हुआ था और उनके पिता मुंशी अजायब लाल एक डाक मुंशी थे। घर पर साधारण खाने-पीने, पहनने-ओढ़ने की मुहताजी तो न थी, पर इतना शायद कभी न हो पाया कि उधर से निश्चिन्त हुआ जा सके।

मगर यह सब तो बड़े लोगों की चिन्ता थी, जहां तक इस लड़के नवाब या धनपत की बात थी यही उनके असल नाम थे, 'प्रेमचंद' तो लेखकीय उपनाम था, ठीक-ठाक अर्थों में छदम नाम, जो उन्होंने 'सोजे वतन' नामक अपनी पुस्तिका के सरकार द्वारा जब्त करके जला दिये जाने के बाद 1910 में अपनाया था, ताकि उस गोरी सरकार की नौकरी में रहते हुए भी वह पूर्ववत् लिखते रह सकें और फिर उन्हें राजकोप का शिकार न बनना पड़े। उसका बचपन भी गांव के और सब बच्चों की तरह खेलकूद में बीता, जो बचपन का अपना वरदान है।

छः-सात साल की उम्र में, कायस्थ घरानों की पुरानी परंपरा के अनुसार, उसे भी पास ही लालगंज नाम के एक गांव में एक मौलवी साहब के पास, जो यों पेशे से दर्जी थे, फारसी और उसी के साथ घलुए में उर्दू पढ़ने के लिए भेजा जाने लगा, पर उससे नवाब के खेल-तमाशे में कोई फर्क नहीं पड़ा, क्योंकि मौलवी साहब काफी मौजी तबियत के ढीलमढाल आदमी थे, जिनका किस्सा नवाब ने आगे चलकर अपनी कहानी 'चोरी' में खूब रस ले-लेकर सुनाया है, पर वह कैसे भी ढीलमढाल रहे हों, वह शायद पढ़ाते अच्छा ही थे, क्योंकि लोग कहते हैं, मुंशी प्रेमचंद का फारसी पर अच्छा अधिकार था। फारसी भाषा का प्यार भी मौलवी साहब ने लड़के के मन में जरूर अच्छा जगाया होगा, क्योंकि बी. ए. तक की परीक्षा में प्रेमचंद का एक विषय फारसी रहा।

थोड़ी-सी पढ़ाई और ढेरों खिलवाड़ और गांव की जिंदगी के अपने मजों के साथ मां और दादी के लाड़-प्यार में लिपटे हुए दिन बड़ी मस्ती में बीत रहे थे कि गोया आसमान से इस बच्चे का इतना सुख न देखा गया और उसी साल मां ने बिस्तर पकड़ लिया। मुंशी अजायब लाल की तरह ही वह संग्रहणी की पुरानी मरीज थीं। इस बार का हमला जानलेवा साबित हुआ। नवाब तब सात साल का था और उसकी बड़ी बहन सुग्गी पंद्रह की। उसी साल उसका ब्याह मिर्जापुर के पास लहौली नाम के गांव में हुआ था। गौना भी हो गया था। मां के मरने के आठ-दस रोज पहले आयी, बड़ी-बड़ी सेवा की। नवाब भी मां के सिरहाने बैठा पंखा झलता रहता और उनके चचेरे बड़े भाई बलदेव लाल, जो बीस साल के नौजवान थे और एक अंग्रेज के यहां टेनिस की गेंद उठा-उठाकर खिलाड़ी को देने पर नौकर थे, दवा-दारू के इंतजाम में लगे रहते, लेकिन सब व्यर्थ हुआ। सात साल के नवाब को अकेला छोड़कर मां चल बसीं और उसी दिन वह नवाब, जिसे मां पान के पत्ते की तरह फेरती रहती थी, देखते-देखते सयाना हो गया। अब उसके सर पर तपता हुआ नीला आकाश था, नीचे जलती हुई भूरी धरती थी, पैरों में जूते न थे और न बदन पर साबित कपड़े, इसलिए नहीं कि यकबयक पैसे का टोटा पड़ गया था, बल्कि इसलिए कि इन सब पर नजर रखने वाली मां की आंखें मूंद गयी थीं। बाप यों भी कब मां की जग ले पाता है, उस पर से वह काम के बोझ में दबे रहते। तबादलों का चक्कर अलग

से। कभी बांदा तो कभी बस्ती, कभी गोरखपुर तो कभी कानपुर, कभी इलाहाबाद तो कभी लखनऊ, कभी जीवनपुर तो कभी बड़हलगंज, किसी एक जगह जमकर न रहने पाते। बेटे को उनके संग-साथ की, दोस्ती की भी जरूरत हो सकती है, इसके लिए उनके पास न तो समझ थी और न समय। 'कजाकी' में मुंशीजी ने शायद अपनी ही बात बच्चे के मुंह से कहलवायी है:

> बाबूजी बड़े गुस्सेवर थे। उन्हें काम बहुत करना पड़ता था, इसी से बात-बात पर झुंझला पड़ते थे। मैं तो उनके सामने कभी आता ही न था, वह भी मुझे कभी प्यार न करते थे।

यानी कि प्यार, दोस्ती संग-साथ नवाब को जो कुछ मिलता था, अपनी मां से मिलता था। सो मां अब नहीं रही। मां जैसा ही प्यार कुछ-कुछ बड़ी बहन से मिलता था, सो वह अपने घर चली गयी। नवाब की दुनिया घर के नाते सूनी हो गयी। यह कभी कितनी गहरी, कितनी तड़पानेवाली रही होगी, जो सारी जिंदगी यह आदमी उससे उबर नहीं सका और उसने बार-बार ऐसे पात्रों की सृष्टि की, जिनकी मां बचपन में ही मर गयी थी और फिर उसकी दुनिया सूनी हो गयी। 'कर्मभूमि' में अमरकान्त कहता है :

> जिंदगी की वह उम्र, जब इंसान को मुहब्बत की सबसे ज्यादा जरूरत होती है, बचपन है। उस वक्त पौधे को तरी मिल जाए, तो जिंदगी भर के लिए उसकी जड़ें मजबूत हो जाती हैं। उस वक्त खुराक न पाकर उसकी जिंदगी खुश्क हो जाती है। मेरी मां का उसी जमाने में देहांत हुआ और जब से मेरी रूह को खुराक नहीं मिली। वही भूख मेरी जिंदगी है।

और फिर दूसरी मां के आ जाने का भी शायद वह अपना ही अनुभव है, जिसे मुंशीजी ने उसी अमरकान्त की कहानी कहते हुए यों व्यक्त किया है:

> समरकान्त ने मित्रों के कहने-सुनने से दूसरा विवाह कर लिया था। उस सात साल के बालक ने नयी मां का बड़े प्रेम से स्वागत किया, लेकिन उसे जल्द मालूम हो गया कि उसकी नयी मां उसकी जिद और शरारतों को उस क्षमादृष्टि से नहीं देखती, जैसी उसकी मां

> देखती थी। वह अपनी मां का अकेला लाड़ला था, बड़ा जिद्दी, बड़ा नटखट। जो बात मुंह से निकल जाती, उसे पूरा करके ही छोड़ता। नयी माताजी बात-बात पर डांटती थीं। यहां तक कि उसे माता से द्वेष हो गया, जिस बात को वह मना करतीं, उसे अदबदाकर करता। पिता से भी ढीठ हो गया। पिता और पुत्र में स्नेह का बंधन न रहा।

यह मनःस्थिति ठीक वह थी, जिसमें इस लड़के नवाब के बहक जाने का पूरा सामान था, लेकिन प्रकृति जैसे अपने और तमाम जंगली फूल-पौधों, को जिनकी सेवा-टहल के लिए कोई माली नहीं होता, नष्ट होने से बचाती है, उसी तरह इस आवारा छोकरे को भी बचाने का एक ढंग उसने निकाला, ऐसा ढंग जो उसकी नैसर्गिक प्रतिमा के अनुकूल था। आवारागर्दी को उसने बंद नहीं किया, बस एक हलका-सा मोड़ दे दिया, मोटी-मोटी तिलिस्म और ऐयारी की किताबों में, जिनका रस छन-छनकर उसके भीतर के किस्सागो को खुराक पहुंचाने लगा। इन किताबों में सबसे बढ़कर थी पैजी की 'तिलिस्मे होशरुबा', दो-दो हजार पन्नों की अठारह जिल्दें। तेरह साल के इस लड़के ने उसको तो पढ़ ही डाला और भी बहुत कुछ पढ़ डाला, जैसे रेनाल्ड की 'मिस्ट्रीज ऑफ द कोर्ट ऑफ लंडन' की पचीसों किताबों के उर्दू तर्जुमे, मौलाना सज्जाद हुसैन की हास्य कृतियां, मिर्जा रुसवा और रतननाथ सरशार के ढेरों किस्से। कोई पूछे कि इतनी सब किताबें इस लड़के को मिलती कहां थीं?

> रेती पर बुद्धिलाल नाम का एक बुकसेलर रहता था। मैं उसकी दूकान पर जा बैठता था और उसके स्टाक से उपन्यास ले-लेकर पढ़ता था। मगर दूकान पर सारे दिन तो बैठ न सकता था, इसलिए मैं उसकी दूकान से अंग्रेजी पुस्तकों की कुंजियां और नोट्स लेकर अपने स्कूल के लड़कों के हाथ बेचा करता था और उसके मुआवजे में दूकान से उपन्यास घर लाकर पढ़ता था। दो-तीन वर्षों में मैंने सैकड़ों ही उपन्यास पढ़ डाले होंगे।

यह गोरखपुर की बात है, जहां उन दिनों वह अपने पिता और दूसरी मां के साथ रहता था और रावत पाठशाला में पढ़ता था, जहां उसने आठवीं कक्षा तक पढ़ाई की।

कहने की जरूरत नहीं कि जहां ऐसी अच्छी-अच्छी किताबों की पढ़ाई दिन-रात चल रही हो, वहां स्कूल की नीरस किताबों को कौन देखता होगा और क्यों देखें, पर हमारे कथा-साहित्य की दृष्टि से जो हुआ, अच्छा हुआ, क्योंकि सच्चे अर्थों में इन्हीं दिनों, इन्हीं सब तैयारियों में से होकर उस अमर कथाकार प्रेमचंद का जन्म हुआ, जो आगे चलकर उर्दू और हिन्दी दोनों ही भाषाओं में आधुनिक कहानी का जन्मदाता बना और आज दुनिया से चले जाने के पचास बरस बाद भी अपने उसी सर्वोच्च शिखर पर बैठा है और जिसने दुनिया को लगभग तीन सौ कहानियां और चौदह छोटे-मोटे उपन्यास दिए, जिन्हें एक बार उठा लेने पर फिर छोड़ा नहीं जा सकता, जैसा कि आप सभी उनके असंख्य पाठकों का नित्य का अनुभव है। स्वाभाविक ही है कि प्रेमचंद की गिनती आज दुनिया के महान लेखकों में होती है और उनके साहित्य का अनुवाद भारत की सभी भाषाओं में ही नहीं दुनिया की और भी पचास भाषाओं में किया जा चुका है, रूसी, चीनी जैसी किन्हीं-किन्हीं भाषाओं में तो शायद संपूर्ण प्रेमचंद साहित्य।

लेकिन वह लेखक कितना ही बड़ा क्यों न हो, आदमी बहुत ही सीधा-सादा था, नितान्त सरल, निश्छल, विनयशील और वैसी सीधी-सादी उसकी जीवन-शैली थी। सोलहों आने वैसी ही, जैसी किसी भी दफ्तर के बाबू या स्कूल के मास्टर की होती है। सबेरे नौ-दस बजे घर से सीधे अपने काम पर और शाम को पांच बजे सीधे अपने घर। अपने ही जैसे दो-चार संगी-साथियों और अपने परिवार की छोटी-सी दुनिया ही उसकी कुल दुनिया है, जिसमें घर का बाजार-हाट भी है, बच्चों की सर्दी-खांसी भी है और परिवार की दांता-किलकिल भी है और फिर उन सबके बीच समर्पित भाव से किया गया इतना सब अजस्र लेखन है, जो सचमुच आश्चर्यजनक लगता है, जब इस बात की ओर ध्यान जाता है कि इतना सब जो लिखा गया है, वह लगभग सारी उम्र सात-आठ घन्टे की एक-न-एक नौकरी करते हुए लिखा गया है! मजे से पूरे समय लिख सकते, इतनी भी सुविधा बेचारे को न जुट पायी। शुरू से लेकर आखिर तक अभाव और जीवन-संघर्ष की एक ही गाथा।

वह अभी मुश्किल से पंद्रह का था कि घरवालों ने उसका विवाह कर दिया, जो बहुत ही दुर्भाग्यपूर्ण रहा। सोलह का होते-होते पिताजी गिरस्ती का सब बोझ लड़के पर डालकर परलोक सिधारे। फलतः उस वर्ष वह मैट्रिक की परीक्षा भी नहीं दे पाया। अगले साल परीक्षा में बैठा। द्वितीय श्रेणी में पास तो हो गया, लेकिन कालेज में प्रवेश न मिल पाया, पर हां संयोग से बनारस के पास ही चुनार के एक स्कूल में मास्टरी मिल गयी और 1899 से स्कूल की मास्टरी का जो सिलसिला चला, वह पूरे बाईस साल यानी 1921 तक चला, जबकि मुंशीजी ने गांधी के आह्वान पर गोरखपुर के सरकारी स्कूल से इस्तीफा दिया। नौकरी करते हुए ही उन्होंने इंटर और बी. ए. पास किया।

स्कूल मास्टरी के इस लंबे सिलसिले में प्रेमचंद को घाट-घाट का पानी पीना पड़ा। कुछ-कुछ बरस में यहां से वहां तबादले होते रहे। प्रतापगढ़ से इलाहाबाद से कानपुर से हमीरपुर से बस्ती से गोरखपुर। इन सब स्थान-परिवर्तनों में शरीर को कष्ट तो हुआ ही होगा और सच तो यह है कि इसी जगह-जगह के पानी ने उन्हें पेचिश की दायमी बीमारी दे दी, जिससे उन्हें फिर कभी छुटकारा नहीं मिला, लेकिन कभी-कभी लगता है कि ये कुछ-कुछ बरसों में हवा-पानी का बदलना, नये-नये लोगों के संपर्क में आना, नयी-नयी जीवन-स्थितियों में से होकर गुजरना, कभी घोड़े और कभी बैलगाड़ी पर गांव-गांव घूमते हुए प्राइमरी स्कूलों का मुआयना करने के सिलसिले में अपने देश के जीवन को गहराई में पैठकर देखना, नयी-नयी सामाजिक समस्याओं और उनके नये-नये रूपों से रूबरू होना उनके लिए रचनाकार के नाते एक बहुत बड़ा वरदान भी था। दूसरे किसी आदमी को यह दर-दर का भटकना शायद भटका भी सकता था, बिखेर भी सकता था, पर मुंशीजी का अपनी साहित्य-सर्जना के प्रति जैसा अनुशासित एकचित समर्पण आरंभ से ही था।

जीवन-परिचय के संदर्भ में एक बात जो यथास्थान नहीं आ पाई, वह यह कि प्रेमचंद ने शिवरात्रि के दिन 1906 में, लगभग उन्हीं दिनों जब वह शायद अपना छोटा उपन्यास 'प्रेमा' (उर्दू में 'हमखुर्मा ओ हमसवाब') हिन्दी में लिख रहे होंगे (उसका प्रकाशन 1907 में हुआ) जिसका नायक एक विधवा लड़की से विवाह करता है, उन्होंने स्वयं एक विधवा लड़की शिवरानी देवी से विवाह

किया, जो कालान्तर में उनके छः बच्चों की मां बनी, जिनमें से तीन अभी जीवित हैं।

शिवरानी देवी बहुत सच्ची, अक्खड़, निडर, अहंकार की सीमा तक स्वाभिमानी, दबंग, शासनप्रिय महिला थीं। प्रेमचंद खुद जैसे कोमल स्वभाव के आदमी थे, उन्हें शायद ऐसी ही जीवन-सहचरी की जरूरत थी और शायद इसलिए प्रेमचंद के जीवन में उनकी बड़ी महत्त्वपूर्ण भूमिका रही। जब जितना मिला उतने में घर चलाया, पारिवारिक चिन्ताओं और रगड़ों-झगड़ों से उन्हें मुक्त किया, जिसका ही नतीजा था कि सब अभावों के बीच भी वह शांति से अपना काम कर सके और बराबर उनके साथ कंधे-से-कंधा लगाकर उनकी शक्ति के एक स्तंभ के रूप में खड़ी रही। 8 फरवरी, 1921 को गांधीजी ने गोरखपुर की एक सभा में, जिसमें प्रेमचंद भी उपस्थित थे, सरकारी नौकरी से इस्तीफा देने के लिए लोगों का आह्वान किया। प्रेमचंद के मन में भी कुछ संकल्प बना! घर आये, पत्नी से कहा। पांच दिन संशय में गुजरे। इक्कीस साल की जमी-जमायी नौकरी छोड़ने की हिम्मत नहीं पड़ रही थी। मुंशीजी की सेहत खराब, घर में दो छोटे-छोटे बच्चे और तीसरा होने वाला, आगे परिवार कैसे पलेगा इसका कुछ ठोर-ठिकाना नहीं, पर छठे दिन शिवरानी देवी ने हिम्मत बटोरकर हरी झंडी दिखा दी, अगले दिन मुंशीजी ने इस्तीफा दाखिल कर दिया और आठवें दिन, 16 फरवरी, 1921 को मुंशीजी अपनी इतनी पुरानी सरकारी नौकरी को लात मारकर बाहर आ गये।

उसी रोज मुंशीजी ने अपना सरकारी क्वार्टर छोड़ दिया। कुछ रोज बाद यह योजना बनी कि महावीर प्रसाद पोद्दार के साझे में एक चर्खे की दूकान शहर में खोली जाए। आखिर दूकान खुली, दस कंधे लगाये गये, लेकिन दूकान चलाना, भले वह चर्खे की दूकान हो, मुंशीजी के बस का रोग न था। उस तरह की देश-सेवा के लिए मुंशीजी बने ही न थे। उनका माध्यम तो साहित्य है, सो लिखाई जोर-शोर से चल रही है। स्वराज्य के संदेश का प्रचार करने वाले लेख और सीधी-सादी देश-प्रेम की कहानियां, जिनमें किसी तरह का बनाव-सिंगार नहीं है और न उनको लिखते समय मुंशीजी को इस बात की ही चिन्ता है कि उनकी गिनती स्थायी साहित्य में होगी या नहीं।

गांधीजी ने स्वराज्य की लड़ाई छेड़ रखी है। हर वह आदमी जिसे अपने देश से प्यार है, इस समय स्वराज्य का सिपाही है। कोई मैदान में जाकर लाठी खाता, कोई जेल की राह पकड़ता है, मुंशीजी अपना कलम लेकर मैदान में उतरते हैं। इसी ख्याल से उन्होंने गोरखपुर से निकलने वाले एक उर्दू अखबार 'तहकीक' और एक हिन्दी अखबार 'स्वदेश' से बाकायदा जुड़ने और उनमें नियमित रूप से बराबर लिखने की कुछ शक्ल बनानी चाही, पर वह नहीं बनी, तो मुंशीजी बनारस आ गये, फिर कुछ ऐसा संयोग बना कि सरकारी नौकरी से इस्तीफा देने के चार महीने बाद मुंशीजी मारवाड़ी विद्यालय, कानपुर पहुंच गए, लेकिन अपने यहां प्राइवेट स्कूलों का जो हाल है, स्कूल के हेडमास्टर प्रेमचंद की स्कूल के मैनेजर काशीनाथ से नहीं बनी और साल पूरा नहीं होने पाया कि मुंशीजी ने 'बहुत तंग आकर' 22 फरवरी 1922 को वहां से भी इस्तीफा दे दिया और फिर बनारस पहुंच गए।

बनारस में उन्होंने संपूर्णानन्दजी के जेल जाने पर कुछ महीने 'मर्यादा' पत्रिका का संपादन-भार संभाला, फिर वहां से अलग होकर काशी विद्यापीठ पहुंच गये, जहां उन्हें स्कूल का हेडमास्टर बना दिया गया। अपना प्रेस खोलने की धुन भी बरसों से मन में समायी थी, उसकी भी तैयारी साथ-साथ चलती रही। कुछ ही महीनों बाद जब स्कूल बंद कर दिया गया, तो मुंशीजी पूरे मन-प्राण से प्रेस की तैयारी में लग गये, जो अंततः खुला तो, मगर गले का ढोल बनकर रह गया, जो न तो बजाये बजता था और न गले से निकालकर फेंका जाता था।

आखिर लखनऊ से 'माधुरी' पत्रिका के संपादक की कुर्सी संभालने का प्रस्ताव मिलने पर उसे स्वीकार करने के सिवा गति न थी, क्योंकि अपना प्रेस रोजी-रोटी देना तो दूर रहा, बराबर घाटे पर घाटा दिए जा रहा था। फिर छः बरस लखनऊ रह गए और वहीं रहते-रहते 1930 में बनारस में अपना मासिक पत्र 'हंस' शुरू किया। उसके कुछ महीने पहले उन्होंने अपनी बेटी की शादी मध्यप्रदेश के सागर जिले की तहसील देवरी के एक अच्छे खाते-पीते देशसेवी घराने में कर दी थी। 1932 के आरंभ में लखनऊ का आबदाना खत्म हुआ और मुंशीजी फिर बनारस आ गये। 'हंस' तो निकल ही रहा था, 'जागरण' नामक एक साप्ताहिक और निकाला। वह भी बहुत अच्छा पत्र था, लेकिन अच्छा पत्र निकालना और उसे चला पाना दो बिल्कुल अलग बातें हैं।

दोनों पत्रों के कारण जब काफी कर्जा सिर पर हो गया, तब उसे सिर से उतारने के लिए मोहन भवनानी के निमन्त्रण पर उनके अजंता सिनेटोन में कहानी लेखक की नौकरी करने बंबई पहुंचे। 'मिल' या 'मजदूर' के नाम से उन्होंने एक फिल्म की कथा लिखी और कंट्रैक्स की साल भर की अवधि पूरी किए बिना दो महीने का वेतन छोड़कर बनारस भाग आए, क्योंकि बंबई का और उससे भी ज्यादा वहां की फिल्मी दुनिया का हवा-पानी उन्हें रास नहीं आया। बंबई टाकीज तब हिमांशु राय ने शुरू की थी। उन्होंने मुंशीजी को बहुत रोकना चाहा, पर मुंशीजी किसी तरह नहीं रुके। यहां तक कि बनारस से ही फिल्म की कहानियां भेजते रहने का प्रस्ताव भी स्वीकार नहीं किया।

बंबई में सेहत और भी काफी टूट चुकी थी, बनारस लौटने के कुछ महीने बाद बीमार पड़े और काफी दिन बीमारी भुगतने के बाद 8 अक्तूबर, 1936 को चल बसे। यही उनका कुल जीवन-परिचय है, जिससे नाटकीय तत्त्व तो छोड़ ही दीजिए, कोई विशेष कथा-तत्त्व भी नहीं है। जभी तो उन्होंने अपने बारे में लिखा था :

> मेरा जीवन एक सपाट, समतल मैदान है, जिसमें कहीं-कहीं गढ़े तो हैं, पर टीलों, पर्वतों, घने जंगलों, गहरी घाटियों और खंडहरों का स्थान नहीं है।

जो सज्जन पहाड़ों की सैर के शौकीन हैं, उन्हें तो यहां निराशा ही होगी। और सच तो यह है कि अगर ऐसी कुछ बात ही न आ पड़ती, तो शायद उस व्यक्ति ने अपने बारे में इतना भी न लिखा होता। कोई पूछता, तो वह शायद कह देता: मेरी जिंदगी में ऐसा है ही क्या, जो मैं किसी को सुनाऊं। बिल्कुल सीधी-सपाट जिंदगी है, जैसे देश के और करोड़ों लोग जीते हैं। एक सीधा-सादा, गृहस्थी के पचड़ों में फंसा हुआ तंगदस्त मुदर्रिस जो सारी जिंदगी कलम घिसता रहा, इस उम्मीद में कि कुछ आसूदा हो सकेगा, मगर न हो सका। उसमें है ही क्या, जो मैं किसी को सुनाऊं। मैं तो नदी किनारे खड़ा हुआ नरकुल हूं। हवा के थपेड़ों से मेरे अंदर भी आवाज पैदा हो जाती है, बस इतनी-सी बात है। मेरे पास अपना कुछ नहीं है, जो कुछ है, उन हवाओं का है, जो मेरे भीतर बजीं। और

जो हवाएं उनके भीतर बजीं, वही उनका साहित्य है, भारतीय जनता के दुख-सुख का साहित्य, हमारे आपके दुख-सुख का साहित्य, जिसे आप इसी कारण इतना प्यार करते हैं।

मुझे बड़ी खुशी है कि प्रेमचंद का कथा-साहित्य अब शुद्ध प्रामाणिक पाठ और सुंदर साज-सज्जा के साथ 'हिंद पॉकेट बुक्स' के माध्यम से भी लाखों-करोड़ों पाठकों तक पहुंच सकेगा।

धूप छांह
इलाहाबाद

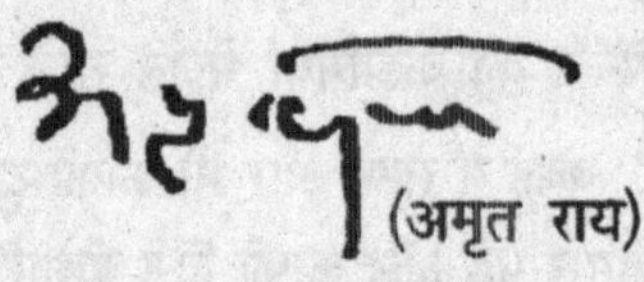

(अमृत राय)

अनुक्रम

कफ़न

झोंपड़े के द्वार पर बाप और बेटा दोनों एक बुझे हुए अलाव के सामने चुपचाप बैठे हुए थे और अन्दर बेटे की जवान बीवी बुधिया प्रसव-वेदना से पछाड़ खा रही थी। रह-रहकर उसके मुंह से ऐसी दिल हिला देने वाली आवाज़ निकलती थी कि दोनों कलेजा थाम लेते थे। जाड़ों की रात थी, प्रकृति सन्नाटे में डूबी हुई, सारा गाँव अन्धकार में लय हो गया था।

घीसू ने कहा–"मालूम होता है, बचेगी नहीं। सारा दिन दौड़ते हो गया, जा देख तो आ।"

माधव चिढ़कर बोला–"मरना ही है तो जल्दी मर क्यों नहीं जाती? देखकर क्या करूँ?"

"तू बड़ा बेदर्द है बे! साल-भर जिसके साथ सुख-चैन से रहा, उसी के साथ इतनी बेवफाई!"

"तो मुझसे तो उसका तड़पना और हाथ-पाँव पटकना नहीं देखा जाता।"

चमारों का कुनबा था और सारे गाँव में बदनाम। घीसू एक दिन काम करता तो तो तीन दिन आराम करता। माधव इतना कामचोर था कि आध घण्टे काम करता तो घण्टे-भर चिलम पीता। इसीलिए उन्हें कहीं मज़दूरी नहीं मिलती थी। घर में मुट्ठी-भर अनाज मौजूद हो, तो उनके लिए काम करने की कसम थी। जब दो चार फाके हो जाते तो घीसू पेड़ पर चढ़कर लकड़ियाँ तोड़ लाता और माधव बाज़ार में बेच आता। और जब तक वह पैसे रहते, दोनों इधर-उधर मारे-फिरते। गाँव में काम की कमी न थी। किसानों का गाँव था, मेहनती आदमी के लिए पचास काम थे। मगर इन दोनों को उसी वक्त बुलाते, जब दो आदमियों से एक का काम पाकर भी सन्तोष कर लेने के सिवा और कोई चारा न होता। अगर दोनों साधु होते, तो उन्हें सन्तोष और धैर्य के लिए संयम और नियम की बिलकुल जरूरत न होती। यह तो उनकी प्रकृति थी। विचित्र जीवन था इनका! घर में मिट्टी के दो-चार बर्तनों के सिवा कोई सम्पत्ति न थी। फटे चीथड़ों में अपनी नग्नता को ढांके हुए जिए जाते थे। संसार

की चिन्ताओं से मुक्त, कर्ज़ से लदे हुए। गालियाँ भी खाते, मार भी खाते, मगर कोई भी गम नहीं। दीन इतने कि वसूली की बिलकुल आशा न रहने पर भी लोग इन्हें कुछ न कुछ कर्ज़ दे देते थे। मटर, आलू की फसल में दूसरों के खेतों से मटर या आलू उखाड़ लाते और भून-भानकर खा लेते या दस-पांच ईख उखाड़ लाते और रात को चूसते। घीसू ने इसी आकाश-वृत्ति से साठ साल की उम्र काट दी और माधव भी सपूत बेटे की तरह बाप ही के पद-चिह्नों पर चल रहा था। बल्कि उसका नाम और भी उजागर कर रहा था। इस वक्त भी दोनों अलाव के सामने बैठकर आलू भून रहे थे, जोकि किसी खेत से खोद लाए थे। घीसू की स्त्री का तो, बहुत दिन हुए, देहान्त हो गया था। माधव का ब्याह पिछले साल हुआ था। जब से यह औरत आई थी, उसने इस खानदान में व्यवस्था की नींव डाली थी और इन दोनों बे-गैरतों का दोज़ख भरती रहती थी। जब वह आई, ये दोनों और भी आरामतलब हो गए थे। बल्कि कुछ अकड़ने भी लगे थे। कोई कार्य करने को बुलाता, तो निर्व्याज भाव से दुगनी मज़दूरी मांगते। वह औरत आज प्रसव-वेदना से मर रही थी और ये दोनों शायद इसी इन्तज़ार में थे कि वह मर जाए, तो आराम से सोएं।

घीसू ने आलू निकालकर छीलते हुए कहा–"जाकर देख तो, क्या दशा है उसकी? चुड़ैल का फिसाद होगा, और क्या, यहां तो ओझा भी एक रुपया माँगता है।"

माधव को भय था कि वह कोठरी में गया, तो घीसू आलुओं का बड़ा भाग साफ कर देगा। बोला–"मुझे वहाँ जाते डर लगता है।"

"डर किस बात का है, मैं तो यहाँ हूँ ही।"

"तो तुम्हीं जाकर देखो न।"

"मेरी औरत जब मरी थी, तो मैं तीन दिन तक उसके पास से हिला तक नहीं। और फिर मुझसे लजाएगी कि नहीं? जिसका कभी मुंह नहीं देखा, आज उसका उघड़ा हुआ बदन देखूं! उसे तन की सुध भी तो न होगी! मुझे देख लेगी तो खुलकर हाथ-पांव भी न पटक सकेगी!"

"मैं सोचता हूं कोई बाल-बच्चा हुआ, तो क्या होगा? सोंठ, गुड़, तेल कुछ भी तो नहीं है घर में!"

"सब कुछ आ जाएगा। भगवान दें तो! जो लोग अभी एक पैसा नहीं दे रहे हैं, वे ही कल बुलाकर रुपये देंगे। मेरे नौ लड़के हुए, घर में कभी कुछ न था; मगर भगवान ने किसी न किसी तरह बेड़ा पार ही लगाया!"

जिस समाज में रात-दिन मेहनत करने वालों की हालत उनकी हालत से कुछ बहुत अच्छी न थी, और किसानों के मुकाबले में वे लोग, जो किसानों की दुर्बलताओं से लाभ उठाना चाहते थे, कहीं ज़्यादा सम्पन्न थे, यहां इस तरह की मनोवृत्ति का पैदा हो जाना कोई अचरज की बात न थी। हम तो कहेंगे, घीसू किसानों से कहीं

ज़्यादा विचारवान था और किसानों के विचार-शून्य समूह में शामिल होने के बदले बैठकबाजों की कुत्सित मण्डली में जा मिला था। हां, उसमें यह शक्ति न थी कि बैठकबाजों के नियम और नीति का पालन करता। इसीलिए जहां उसकी मण्डली के और लोग गाँव के सरगना और मुखिया बने हुए थे, उस पर सारा गाँव उंगली उठाता था। फिर भी उसे यह तसकीन तो थी ही कि अगर वह फटे हाल है तो कम से कम उसे किसानों की-सी जी-तोड़ मेहनत तो नहीं करनी पड़ती, और उसकी सरलता और निरीहता से दूसरे लोग बेजा फायदा तो नहीं उठाते। दोनों आलू निकाल-निकालकर जलते-जलते खाने लगे। कल से कुछ नहीं खाया था। इतना सब्र न था कि उन्हें ठण्डा हो जाने दें। कई बार दोनों की ज़बानें जल गई। छिल जाने पर आलू का बाहरी हिस्सा बहुत ज़्यादा गर्म न होता; लेकिन दांतों के तले पड़ते ही अन्दर का हिस्सा ज़बान, हलक और तालू को जला देता था और उस अंगारे को मुंह में रखने से ज़्यादा खैरियत इसी में थी कि वह अन्दर पहुंच जाए, वहां उसे ठण्डा करने के लिए काफी सामान थे, इसलिए दोनों जल्द-जल्द निगल जाते।

घीसू को उस वक्त ठाकुर की बारात याद आई, जिसमें बीस साल पहले वह गया था। उस दावत में उसे तो तृप्ति मिली थी, वह उसके जीवन में एक याद रखने लायक बात थी, और आज भी उसकी याद ताज़ी थी। बोला–"वह भोज नहीं भूलता। जब से फिर उस तरह का खाना और भरपेट कभी नहीं मिला। लड़की वालों ने सबको भरपेट पूड़िया खिलाई थीं, सबको! छोटे-बड़े सबने पूड़ियां खाई और असली घी की! चटनी, रायता, तीन तरह के सूखे साग, एक रसेदार तरकारी, दही, चटनी, मिठाई, अब क्या बताऊं कि उस भोज में क्या स्वाद मिला! कोई रोक-टोक नहीं थी, जो चीज़ चाहो, मांगो, जितना चाहो, खाओ। लोगों ने ऐसा खाया, ऐसा खाया कि किसी से पानी न पिया गया। मगर परोसने वाले हैं कि पत्तल में गर्म-गर्म गोल-गोल सुवासित कचौड़ियां डाल देते हैं। मना करते हैं कि नहीं चाहिए, पत्तल पर हाथ रोके हुए हैं, मगर वे हैं कि दिए जाते हैं। और जब सबने मुंह धो लिया, तो पान-इलायची भी मिली। मगर मुझे पान लेने की कहां सुध थी? खड़ा हुआ न जाता था। चटपट जाकर अपने कम्बल पर लेट गया। ऐसा दिल-दरियाव था वह ठाकुर!"

माधव ने इन पदार्थों का मन ही मन मज़ा लेते हुए कहा–"अब हमें कोई ऐसा भोज नहीं खिलाता।"

"अब कोई क्या खिलाएगा? वह जमाना दूसरा था। अब तो सबको किफायत सूझती है। शादी-ब्याह में मत खर्च करो, क्रिया-कर्म में मत खर्च करो। पूछो, ग़रीबों का माल बटोर-बटोरकर कहां रखोगे, बटोरने में तो कमी नहीं है। हां, खर्च में किफायत सूझती है।"

"तुमने बीस एक पूरियां खाई होंगी?"

"बीस से ज़्यादा खायी थीं!"

"मैं पचास खा जाता!"

"पचास से कम मैंने न खायी होंगी। अच्छा पट्ठा था। तू तो मेरा आधा भी नहीं है।"

आलू खाकर दोनों ने पानी पिया और वहीं अलाव के सामने अपनी धोतियां ओढ़कर पांव पेट में डाले सो रहे। जैसे दो बड़े-बड़े अजगर गेंडुलियां मारे पड़े हों।

और बुधिया अभी तक कराह रही थी।

सबेरे माधव ने कोठरी में जाकर देखा तो उसकी स्त्री ठण्डी हो गई थी। उसके मुंह पर मक्खियां भिनक रही थीं। पथराई हुई आंखें ऊपर टंगी हुई थीं। सारी देह धूल से लथपथ हो रही थी। उसके पेट में बच्चा मर गया था।

माधव भागा हुआ घीसू के पास आया। फिर दोनों ज़ोर-ज़ोर से हाय-हाय करने और छाती पीटने लगे। पड़ोसवालों ने यह रोना-धोना सुना, तो दौड़े हुए आए और पुरानी मर्यादा के अनुसार इन अभागों को समझाने लगे।

बाप-बेटे रोते हुए गाँव के ज़मींदार के पास गए। वह इन दोनों की सूरत से नफरत करते थे। कई बार इन्हें अपने हाथों पीट चुके थे–चोरी करने के लिए, वादे पर काम पर न आने के लिए। पूछा–"क्या है बे घिसुआ, रोता क्यों है? अब तो तू कहीं दिखाई भी नहीं देता! मालूम होता है, इस गाँव में रहना नहीं चाहता।"

घीसू ने ज़मीन पर सिर रखकर आंखों में आंसू भरे हुए कहा–"सरकार! बड़ी विपत्ति में हूँ। माधव की घरवाली रात को गुज़र गई। रात-भर तड़पती रही सरकार। हम दोनों उसके सिरहाने बैठे रहे। दवा-दारू तो कुछ हो सका, सब कुछ किया, मगर वह हमें दगा दे गई। अब कोई एक रोटी देनेवाला भी न रहा मालिक! तबाह हो गये। घर उजड़ गया। आपका गुलाम हूं, अब आपके सिवा कौन उसकी मिट्टी पार लगाएगा! हमारे हाथ में तो जो कुछ था, वह सब दवा-दारू में उठ गया। सरकार ही की दया होगी तो उसकी मिट्टी उठेगी। आपके सिवा किसके द्वारा पर जाऊँ?"

ज़मीदार साहब दयालु थे। मगर घीसू पर दया करने वाले कम्बल पर रंग चढ़ाना था। जी में तो आया, कह दें चल, दूर हो यहाँ से। यों तो बुलाने से भी नहीं आता, आज जब गरज़ पड़ी तो आकर खुशामद कर रहा है! हरामखोर कहीं का, बदमाश! लेकिन यह क्रोध या दण्ड का अवसर न था। जी में कुढ़ते हुए दो रुपये निकालकर फेंक दिए। मगर सान्त्वना का एक शब्द भी मुंह से न निकाला। उसकी तरफ ताका तक नहीं। जैसे सिर का बोझ उतारा हो।

जब ज़मींदार साहब ने दो रुपये दिए, तो गाँव के बनिये-महाजनों को इनकार का साहस कैसे होता? घीसू जमींदार के नाम का ढिंढोरा भी पीटना जानता था। किसी ने दो आने दिए, किसी ने चार आने। एक घण्टे में घीसू के पास पांच रुपये की

अच्छी रकम जमा हो गई। कहीं से नाज मिल गया, कहीं से लकड़ी। और दोपहर को घीसू और माधव बाज़ार से कफ़न लाने चले। इधर लोग बांस-बांस काटने लगे।

गाँव की नर्मदिल स्त्रियाँ आ-आकर लाश देखती थीं और उसकी बेकसी पर दो बूँद आँसू गिराकर चली जाती थीं।

बाज़ार में पहुँचकर घीसू बोला–"लकड़ी तो उसे जलाने-भर को मिल गई है, क्यों माधव?"

माधव बोला–"हाँ, लकड़ी तो बहुत है, अब कफ़न चाहिए।"

"तो चलो, कोई हलका-सा कफ़न ले लें।"

"हाँ, और क्या! लाश उठते-उठते रात हो जाएगी। रात को कफ़न कौन देखता है?"

"कैसा बुरा रिवाज है कि जिसे जीते-जी तन ढाँकने को चीथड़ा भी न मिले, उसे मरने पर नया कफ़न चाहिए।"

"कफ़न लाश के साथ जल ही तो जाता है।"

"और क्या रखा रहता है? यही पाँच रुपये पहले मिलते, तो कुछ दवा-दारू करा लेते।"

दोनों एक-दूसरे के मन की बात ताड़ रहे थे। बाज़ार में इधर-उधर घूमते रहे। कभी इस बजाज़ की दुकान पर गए, कभी उसकी दुकान पर। तरह-तरह के कपड़े, रेशमी और सूती देखे, मगर कुछ जँचा नहीं। यहाँ तक कि शाम हो गयी। तब दोनों न जाने किस दैवी प्रेरणा से एक मधुशाला के सामने आ पहुँचे। और जैसे किसी पूर्व-निश्चित व्यवस्था से अन्दर चले गए। वहाँ ज़रा देर तक दोनों असमंजस में खड़े रहे। फिर घीसू ने गद्दी के सामने जाकर कहा–"साहजी, एक बोतल में हमें भी देना।"

इसके बाद कुछ चिखौना आया, तली हुई मछली आई और दोनों बरामदे में बैठकर शान्तिपूर्वक पीने लगे।

कई कुज्जियाँ ताबड़तोड़ पीने के बाद दोनों सरूर में आ गए।

घीसू बोला–"कफ़न लगाने से क्या मिलता? आखिर जल ही तो जाता। कुछ बहू के साथ न जाता।"

माधव आसमान की तरफ देखकर बोला, मानो देवताओं को अपनी निष्पापता का साक्षी बना रहा हो–"दुनिया का दस्तूर है, नहीं लोग बामनों को हज़ारों रुपये क्यों देते हैं! कौन देखता है, परलोक में मिलता है या नहीं!"

"बड़े आदमियों के पास धन है, फूँकें। हमारे पास फूँकने को क्या है?"

"लेकिन लोगों को जवाब क्या दोगे? लोग पूछेंगे नहीं, कफ़न कहाँ है?"

घीसू हँसा–"अबे, कह देंगे कि रुपये कमर से खिसक गए। बहुत ढूँढ़ा मिले नहीं। लोगों को विश्वास न आएगा, लेकिन फिर वही रुपये देंगे।"

माधव भी हँसा, इस अनपेक्षित सौभाग्य पर। बोला–"बड़ी अच्छी थी बेचारी। मरी भी तो खूब खिला-पिलाकर।"

आधी बोतल से ज़्यादा उड़ गई। घीसू ने दो सेर पूड़ियाँ मँगायी। चटनी, अचार, कलेजियाँ। शराबखाने के सामने ही दुकान थी। माधव लपककर दो पत्तलों में सारे सामान ले आया। पूरा डेढ़ रुपया खर्च हो गया। सिर्फ थोड़े-से पैसे बच रहे।

दोनों इस वक्त इस शान से बैठे पूड़ियाँ खा रहे थे जैसे जंगल में कोई शेर अपना शिकार उड़ा रहा हो। न जवाबदेही का खौफ था, न बदनामी की फिक्र। इन सब भावनाओं को उन्होंने बहुत पहले ही जीत लिया था।

घीसू दार्शनिक भाव से बोला–"हमारी आत्मा प्रसन्न हो रही है तो क्या उसे पुन्न न होगा?"

माधव ने श्रद्धा से सिर झुकाकर तसदीक की–"जरूर से जरूर होगा। भगवान, तुम अन्तर्यामी हो। उसे बैकुण्ठ ले जाना। हम दोनों हृदय से आशीर्वाद दे रहे हैं। आज जो भोजन मिला वह उम्र-भर न मिला था।"

एक क्षण बाद माधव के मन में एक शंका जागी। बोला–"क्यों दादा, हम लोग भी तो एक न एक दिन वहाँ जाएँगे ही?"

घीसू ने इस भोले सवाल का कुछ उत्तर न दिया। वह परलोक की बातें सोचकर इस आनन्द में बाधा न डालना चाहता था।

"जो वहाँ हम लोगों से पूछे कि तुमने हमें कफ़न क्यों नहीं दिया, तो क्या कहोगे?"

"कहेंगे तुम्हारा सिर!"

"पूछेगी तो जरूर।"

"तू कैसे जानता है कि उसे कफ़न न मिलेगा! तू मुझे ऐसा गधा समझता है? साठ साल क्या दुनिया में घास खोदता रहा हूँ? उसको कफ़न मिलेगा और बहुत अच्छा मिलेगा।"

माधव को विश्वास न आया। –"कौन देगा? रुपये तो तुमने चट कर दिए। वह तो मुझसे पूछेगी। उसकी माँग में तो सिंदूर मैंने डाला था।"

घीसू गर्म होकर बोला–"मैं कहता हूँ, उसे कफ़न मिलेगा, तू मानता क्यों नहीं?"

"कौन देगा, बताते क्यों नहीं।"

"यही लोग देंगे, जिन्होंने कि अब की दिया। अब की रुपये हमारे हाथ न आएँगे।"

ज्यों-त्यों अंधेरा बढ़ता जाता था और सितारों की चमक तेज़ होती जाती थी, मधुशाला की रौनक भी बढ़ती जाती थी। कोई गाता था, कोई डींग मारता था, कोई अपने संगी के गले लिपटा जाता था, कोई अपने दोस्त के मुँह में कुल्हड़ लगाए देता

था।

वहाँ के वातावरण में सरूर था, हवा में नशा। कितने तो यहाँ आकर एक चुल्लू में मस्त हो जाते थे। शराब से ज़्यादा यहाँ की हवा उन पर नशा करती थी। जीवन की बाधाएँ यहाँ खींच लाती थीं और कुछ देर के लिए यह भूल जाते थे कि वे जीते हैं या मरते हैं। या न जीते हैं, न मरते हैं।

और ये दोनों बाप-बेटे अब भी मजे ले-लेकर चुसकियाँ ले रहे थे। सबकी निगाहें इनकी ओर जमी थीं। दोनों कितने भाग्य के बली हैं! पूरी बोतल बीच में है।

भरपेट खाकर माधव ने बची हुई पूड़ियों की पत्तल उठाकर एक भिखारी को दे दी, जो खड़ा उनकी और भूखी आँखों से देख रहा था, और देने के गौरव, आनन्द और उल्लास का अपने जीवन में पहली बार अनुभव किया।

घीसू ने कहा–"ले जा, खूब खा और आशीर्वाद दे, जिसकी कमाई है, वह मर गयी, मगर तेरा आशीर्वाद उसे जरूर पहुँचेगा। रोएँ-रोएँ से आशीर्वाद दे, बड़ी गाढ़ी कमाई के पैसे हैं।"

माधव ने फिर आसमान की तरफ देखकर कहा–"वह बैकुण्ठ में जाएगी दादा, बैकुण्ठ की रानी बनेगी।"

घीसू खड़ा हो गया और जैसे उल्लास की लहरों में तैरता हुआ बोला–"हाँ बेटा, बैकुण्ठ में जाएगी। किसी को सताया नहीं, किसी को दबाया नहीं। मरते-मरते हमारी जिन्दगी की सबसे बड़ी लालसा पूरी कर गयी। वह बैकुण्ठ में न जाएगी तो क्या ये मोटे-मोटे लोग जाएँगे, जो गरीबों को दोनों हाथों से लूटते हैं, और अपने पाप को धोने के लिए गंगा में नहाते हैं और मन्दिरों में जल चढ़ाते हैं?"

श्रद्धालुओं का यह रंग तुरन्त ही बदल गया। अस्थिरता नशे की खासियत है। दुःख और निराशा का दौरा हुआ।

माधव बोला–"मगर दादा, बेचारी ने जिन्दगी में बड़ा दुःख भोगा। कितना दुःख झेलकर मरी!"

वह आँखों पर हाथ रखकर रोने लगा, चीखें मार-मारकर।

घीसू ने समझाया–"क्यों रोता है बेटा, खुश हो कि वह मायाजाल से मुक्त हो गयी, जंजाल से छूट गयी। बड़ी भाग्यवान थी, जो इतनी जल्द माया-मोह के बन्धन तोड़ दिए।"

और दोनों खड़े होकर गाने लगे–

"ठगिनी क्यों नैना झमकावे! ठगिनी ....!"

पियक्कड़ों की आँखें इनकी ओर लगी हुई थीं और ये दोनों अपने दिल में मस्त गाए जाते थे। फिर दोनों नाचने लगे। उछले भी, कूदे भी। गिरे भी, मटके भी। भाव भी बताए, अभिनय भी किए। और आखिर नशे से बदमस्त होकर वहीं गिर पड़े।

सोहाग का शव

मध्यप्रदेश के एक पहाड़ी गाँव में एक छोटे-से घर की छत पर एक युवक मानो संध्या की निस्तब्धता में लीन बैठा था। सामने चन्द्रमा के मलिन प्रकाश में ऊदी पर्वतमालाएँ अनन्त के स्वप्न की भाँति गम्भीर, रहस्यमय, संगीतमय, मनोहर मालूम होती थीं, उन पहाड़ियों के नीचे जल-धारा की एक रौप्य रेखा ऐसी मालूम होती थी, मानो उन पर्वतों का समस्त संगीत, समस्य गाम्भीर्य, सम्पूर्ण रहस्य इसी उज्ज्वल प्रवाह में लीन हो गया हो। युवक की वेशभूषा से प्रकट होता था कि उसकी दशा बहुत सम्पन्न नहीं है। हाँ, उसके मुख से तेज और मनस्विता झलक रही थी। उसकी आँखों पर ऐनक न थी, न मूँछें मुड़ी हुई थीं, न बाल सँवारे हुए थे, कलाई पर घड़ी न थी; यहाँ तक कि कोट की जेब में फाउन्टेन पेन भी न था। या तो वह सिद्धान्तों का प्रेमी था, या आडम्बरों का शत्रु।

युवक विचारों में मौन उसी पर्वतमाला की ओर देख रहा था कि सहसा बादल की गरज से भी भयंकर ध्वनि सुनायी दी। नदी का मधुर गान उस भीषण नाद में डूब गया। ऐसा मालूम हुआ, मानो उस भयंकर नाद ने पर्वतों को भी हिला दिया है, मानो पर्वतों में कोई घोर संग्राम छिड़ गया है। यह रेलगाड़ी थी, जो नदी पर बने हुए पुल से चली आ रही थी।

एक युवती कमरे से निकल कर छत पर आयी और बोली—आज अभी से गाड़ी आ गयी ? इसे भी आज ही वैर निभाना था।

युवक ने युवती का हाथ पकड़ कर कहा—प्रिये ! मेरा जी चाहता है; कहीं न जाऊँ; मैंने निश्चय कर लिया है। मैंने तुम्हारी खातिर से हामी भर ली थी, पर अब जाने की इच्छा नहीं होती। तीन साल कैसे कटेंगे ?

युवती ने कातर स्वर में कहा—तीन साल के वियोग के बाद फिर तो जीवनपर्यन्त कोई बाधा न खड़ी होगी। एक बार जो निश्चय कर लिया है, उसे पूरा ही कर डालो, अनंत सुख की आशा में मैं सारे कष्ट झेल लूँगी।

यह कहते हुए युवती जलपान लाने के बहाने से फिर भीतर चली गयी। आँसुओं का आवेग उसके काबू से बाहर हो गया। इन दोनों प्राणियों के वैवाहिक

जीवन की यह पहली ही वर्षगाँठ थी। युवक बम्बई विश्वविद्यालय से एम.ए. की उपाधि लेकर नागपुर के एक कालेज में अध्यापक था। नवीन युग की नयी-नयी वैवाहिक और सामाजिक क्रांतियों ने उसे लेशमात्र भी विचलित न किया था। पुरानी प्रथाओं से ऐसी प्रगाढ़ ममता कदाचित् वृद्धजनों को भी कम होगी। प्रोफेसर हो जाने के बाद उसके माता-पिता ने इस बालिका से उसका विवाह कर दिया था। प्रथानुसार ही उस आँखमिचौनी के खेल में उन्हें प्रेम का रत्न मिल गया। केवल छुट्टियों में यहाँ पहली गाड़ी से आता और आखिरी गाड़ी से जाता। ये दो-चार दिन मीठे स्वप्न के समान कट जाते थे। दोनों बालकों की भाँति रो-रो कर बिदा होते। इसी कोठे पर खड़ी होकर वह उसको देखा करती, जब तक निर्दयी पहाड़ियाँ उसे आड़ में न कर लेतीं। पर अभी साल भी न गुजरने पाया था कि वियोग ने अपना षड्यंत्र रचना शुरू कर दिया।

केशव को विदेश जा कर शिक्षा पूरी करने के लिए एक वृत्ति मिल गयी। मित्रों ने बधाइयाँ दीं। किसके ऐसे भाग्य हैं, जिसे बिना माँगे स्वभाग्य-निर्माण का ऐसा अवसर प्राप्त हो। केशव बहुत प्रसन्न न था। वह इसी दुविधा में पड़ा हुआ घर आया। माता-पिता और अन्य सम्बन्धियों ने इस यात्रा का घोर विरोध किया। नगर में जितनी बधाइयाँ मिली थीं, यहाँ उससे कहीं अधिक बाधाएँ मिलीं। किंतु सुभद्रा की उच्चाकांक्षाओं की सीमा न थी। वह कदाचित् केशव को इंद्रासन पर बैठा हुआ देखना चाहती थी। उसके सामने तब भी वही पति सेवा का आदर्श होता था। वह तब भी उसके सिर में तेल डालेगी, उसकी धोती छाँटेगी, उसके पाँव दबायेगी और उसको पंखा झलेगी। उपासक की महत्त्वाकांक्षा उपास्य ही के प्रति होती है। वह उसको सोने का मंदिर बनवायेगा, उसके सिंहासन को रत्नों से सजायेगा, स्वर्ग से पुष्प लाकर भेंट करेगा; पर वह स्वयं वही उपासक रहेगा। जटा के स्थान पर मुकुट या कौपीन की जगह पिताम्बर की लालसा उसे कभी नहीं सताती। सुभद्रा ने उस वक्त तक दम न लिया, जब तक केशव ने विलायत जाने का वादा न कर लिया, माता-पिता ने उसे कलंकिनी और न जाने क्या-क्या कहा, पर अंत में सहमत हो गये। सब तैयारियाँ हो गयीं। स्टेशन समीप ही था। यहाँ गाड़ी देर तक खड़ी रहती थी।

स्टेशनों के समीपस्थ गाँव के निवासियों के लिए गाड़ी का आना शत्रु का धावा नहीं, मित्र का पदार्पण है। गाड़ी आ गयी। सुभद्रा जलपान बना कर पति का हाथ धुलाने आयी थी। इस समय केशव की प्रेम-कातर आपत्ति ने उसे एक क्षण के लिए विचलित कर दिया। हा ! कौन जानता है, तीन साल में क्या हो जाय ! मन में एक आवेश उठा—कह दूँ, प्यारे मत जाओ। थोड़ा ही खायेंगे, मोटा ही पहनेंगे, रो-रो कर दिन तो न कटेंगे। कभी केशव के आने में एक-आधा महीना लग जाता था, तो वह विकल हो जाया करती थी। यही जी चाहता था, उड़ कर

उनके पास पहुँच जाऊँ। फिर ये निर्दयी तीन वर्ष कैसे कटेंगे ! लेकिन उसने बड़ी कठोरता से इन निराशाजनक भावों को ठुकरा दिया और काँपते कंठ से बोली–जी तो मेरा भी यही चाहता है। जब तीन साल का अनुमान करती हूँ, तो एक कल्प-सा मालूम होता है। लेकिन जब विलायत में तुम्हारे सम्मान और आदर का ध्यान करती हूँ, तो ये तीन साल तीन दिन-से मालूम होते हैं। तुम तो जहाज पर पहुँचते ही मुझे भूल जाओगे। नये-नये दृश्य तुम्हारे मनोरंजन के लिए आ खड़े होंगे। योरोप पहुँच कर विद्वानों के सत्संग में तुम्हें घर की याद भी न आयेगी। मुझे तो रोने के सिवा और कोई धंधा नहीं है। यही स्मृतियाँ ही मेरे जीवन का आधार होंगी। लेकिन क्या करूँ, जीवन की भोग-लालसा तो नहीं मानती। फिर जिस वियोग का अंत जीवन की सारी विभूतियाँ अपने साथ लायेगा, वह वास्तव में तपस्या है। तपस्या के बिना तो वरदान नहीं मिलता।

केशव को भी अब ज्ञात हुआ कि क्षणिक मोह के आवेश में स्वभाग्य निर्माण का ऐसा अच्छा अवसर त्याग देना मूर्खता है। खड़े हो कर बोले–रोना-धोना मत, नहीं तो मेरा जी न लगेगा।

सुभद्रा ने उसका हाथ पकड़ कर हृदय से लगाते हुए उनके मुँह की ओर सजल नेत्रों से देखा और बोली–पत्र बराबर भेजते रहना।

सुभद्रा ने फिर आँखों में आँसू भरे हुए मुस्करा कर कहा–देखना, विलायती मिसों के जाल में न फँस जाना।

केशव फिर चारपाई पर बैठ गया और बोला–अगर तुम्हें यह संदेह है, तो लो, मैं जाऊँगा ही नहीं।

सुभद्रा ने उसके गले में बाँहें डाल कर विश्वासपूर्ण दृष्टि से देखा और बोली–मैं दिल्लगी कर रही थी।

'अगर इंद्रलोक की अप्सरा भी आ जाय, तो आँख उठा कर न देखूँ। ब्रह्मा ने ऐसी दूसरी सृष्टि की ही नहीं।'

'बीच में कोई छुट्टी मिले, तो एक बार चले आना।'

'नहीं प्रिये, बीच में शायद छुट्टी न मिलेगी। मगर जो मैंने सुना कि तुम रो-रो कर घुली जाती हो, दाना-पानी छोड़ दिया है, तो मैं अवश्य चला आऊँगा। ये फूल जरा भी कुम्हलाने न पायें।'

दोनों गले मिल कर विदा हो गये। बाहर सम्बन्धियों और मित्रों का एक समूह खड़ा था। केशव ने बड़ों के चरण छुए, छोटों को गले लगाया और स्टेशन की ओर चले। मित्रगण स्टेशन तक पहुँचाने गये। एक क्षण में गाड़ी यात्री को ले कर चल दी।

उधर केशव गाड़ी में बैठा हुआ पहाड़ियों की बहार देख रहा था; इधर सुभद्रा भूमि पर पड़ी सिसकियाँ भर रही थी।

2

दिन गुजरने लगे। उसी तरह, जैसे बीमारी के दिन कटते हैं—दिन पहाड़, रात काली बला। रात भर मनाते गुजरती थी कि किसी तरह भोर हो। भोर होता, तो मनाने लगती कि जल्दी शाम हो। मैके गयी कि वहाँ जी बहलेगा। दस-पाँच दिन परिवर्तन का कुछ असर हुआ, फिर उससे भी बुरी दशा हुई, भाग कर ससुराल चली आयी। रोगी करवट बदल कर आराम का अनुभव करता है।

पहले पाँच-छह महीनों तक तो केशव के पत्र पंद्रहवें दिन बराबर मिलते रहे। उसमें वियोग के दुःख कम, नये-नये दृश्यों का वर्णन अधिक होता था। पर सुभद्रा संतुष्ट थी। पत्र आते हैं, वह प्रसन्न हैं, कुशल से हैं, उसके लिए यही काफी था। प्रतिकूल वह पत्र लिखती, तो विरह-व्यथा के सिवा उसे कुछ सूझता ही न था। कभी-कभी जब जी बेचैन हो जाता, तो पछताती कि व्यर्थ जाने दिया। कहीं एक दिन मर जाऊँ, तो उनके दर्शन भी न हों।

लेकिन छठे महीने से पत्रों में भी विलम्ब होने लगा। कई महीने तक तो महीने में एक पत्र आता रहा, फिर वह भी बंद हो गया। सुभद्रा के चार-छह पत्र पहुँच जाते, तो एक पत्र आ जाता; वह भी बेदिली से लिखा हुआ, काम की अधिकता और समय के अभाव के रोने से भरा हुआ। एक वाक्य भी ऐसा नहीं, जिससे हृदय को शांति हो, जो टपकते हुए दिल पर मरहम रखे। हा ! आदि से अंत तक 'प्रिये' शब्द का नाम नहीं। सुभद्रा अधीर हो उठी। उसने योरोप-यात्रा का निश्चय कर लिया। वह सारे कष्ट सह लेगी, सिर पर जो कुछ पड़ेगी, सह लेगी; केशव को आँखों से देखती तो रहेगी। वह इस बात को उनसे गुप्त रखेगी, उनकी कठिनाइयों को और न बढ़ायेगी, उनसे बोलेगी भी नहीं ! केवल उन्हें कभी-कभी आँख भर कर देख लेगी। यही उसकी शांति के लिए काफी होगा। उसे क्या मालूम था कि उसका केशव अब उसका नहीं रहा। वह अब एक दूसरी ही कामिनी के प्रेम का भिखारी है।

सुभद्रा कई दिनों तक इस प्रस्ताव को मन में रखे हुए सेती रही। उसे किसी प्रकार की शंका न होती थी। समाचार-पत्रों के पढ़ते रहने से उसे समुद्री यात्रा का हाल मालूम होता रहता था। एक दिन उसने अपने सास-ससुर के सामने अपना निश्चय प्रकट किया। उन लोगों ने बहुत समझाया; रोकने की बहुत चेष्टा की; लेकिन सुभद्रा ने अपना हठ न छोड़ा। आखिर जब लोगों ने देखा कि यह किसी तरह नहीं मानती, तो राजी हो गये। मैकेवाले भी समझा कर हार गये। कुछ रुपये उसने स्वयं जमा कर रखे थे, कुछ ससुराल में मिले। माँ-बाप ने भी मदद की। रास्ते के खर्च की चिंता न रही। इंग्लैंड पहुँच कर वह क्या करेगी, इसका अभी उसने कुछ निश्चय न किया। इतना जानती थी कि परिश्रम करनेवालों को रोटियों की कहीं कमी नहीं रहती।

विदा होते समय सास और ससुर दोनों स्टेशन तक आये। जब गाड़ी ने सीटी दी, तो सुभद्रा ने हाथ जोड़ कर कहा—मेरे जाने का समाचार वहाँ न लिखिएगा। नहीं तो उन्हें चिंता होगी और पढ़ने में उनका जी न लगेगा।

ससुर ने आश्वासन दिया। गाड़ी चल दी।

3

लंदन के उस हिस्से में, जहाँ इस समृद्धि के समय में भी दरिद्रता का राज है, ऊपर के एक छोटे-से कमरे में सुभद्रा एक कुर्सी पर बैठी है। उसे यहाँ आये आज एक महीना हो गया है। यात्रा के पहले उसके मन में जितनी शंकाएँ थीं, सभी शांत होती जा रही हैं। बम्बई-बंदर में जहाज पर जगह पाने का प्रश्न बड़ी आसानी से हल हो गया। वह अकेली औरत न थी जो योरोप जा रही हो। पाँच-छह स्त्रियाँ और भी उसी जहाज से जा रही थीं। सुभद्रा को न जगह मिलने में कोई कठिनाई हुई, न मार्ग में। यहाँ पहुँच कर और स्त्रियों से संग छूट गया। कोई किसी विद्यालय में चली गयी; दो-तीन अपने पतियों के पास चली गयीं, जो यहाँ पहले आ गये थे। सुभद्रा ने इस मुहल्ले में एक कमरा ले लिया। जीविका का प्रश्न भी उसके लिए बहुत कठिन न रहा। जिन महिलाओं के साथ वह आयी थी, उनमें कई उच्च-अधिकारियों की पत्नियाँ थीं। कई अच्छे-अच्छे अँगरेज घरानों से उनका परिचय था। सुभद्रा को दो महिलाओं को भारतीय संगीत और हिन्दी-भाषा सिखाने का काम मिल गया। शेष समय में वह भारतीय संगीत और हिन्दी-भाषा सिखाने का काम कर लेती है। केशव का निवास-स्थान यहाँ से निकट है, इसीलिए सुभद्रा ने इस मुहल्ले को पसंद किया है। कल केशव उसे दिखायी दिया था। ओह ! उन्हें 'बस' से उतरते देख कर उसका चित्त कितना आतुर हो उठा था। बस यही मन में आता था कि दौड़ कर उनके गले से लिपट जाय और पूछे—क्यों जी, तुम यहाँ आते ही बदल गये। याद है, तुमने चलते समय क्या-क्या वादे किये थे ? उसने बड़ी मुश्किल से अपने को रोका था। तब से उस वक्त तक उसे मानो नशा-सा छाया हुआ है, वह उनके इतने समीप है ! चाहे रोज उन्हें देख सकती है, उनकी बातें सुन सकती है; हाँ, उन्हें स्पर्श तक कर सकती है। अब यह उससे भाग कर कहाँ जायेंगे ? उनके पत्रों की अब उसे क्या चिंता है ? कुछ दिनों के बाद सम्भव है वह उनके होटल के नौकरों से जो चाहे, पूछ सकती है।

संध्या हो गयी थी। धुएँ में बिजली की लालटेनें रोती आँखों की भाँति ज्योतिहीन-सी हो रही थीं। गली में स्त्री-पुरुष सैर करने जा रहे थे। सुभद्रा सोचने लगी—इन लोगों को आमोद से कितना प्रेम है, मानो किसी को चिंता ही नहीं, मानो सभी सम्पन्न हैं, जभी ये लोग इतने एकाग्र हो कर सब काम कर सकते

हैं। जिस समय जो काम करते हैं, जी-जान से करते हैं। खेलने की उमंग है, तो काम करने की भी उमंग है और एक हम हैं कि न हँसते हैं, न रोते हैं; मौन बने बैठे रहते हैं। स्फूर्ति का कहीं नाम नहीं, काम तो सारे दिन करते हैं, भोजन करने की फुरसत भी नहीं मिलती, पर वास्तव में चौथाई समय भी काम में नहीं लगाते। केवल काम करने का बहाना करते हैं। मालूम होता है, जाति प्राण-शून्य हो गयी है।

सहसा उसने केशव को जाते देखा। हाँ, केशव ही था। कुर्सी से उठ कर बरामदे में चली आयी। प्रबल इच्छा हुई कि जा कर उनके गले से लिपट जाय। उसने अगर अपराध किया है, तो उन्हीं के कारण तो। यदि वह बराबर पत्र लिखते जाते, तो वह क्यों आती ?

लेकिन केशव के साथ यह युवती कौन है ? अरे ! केशव उसका हाथ पकड़े हुए है। दोनों मुस्करा-मुस्करा कर बातें करते चले जाते हैं। यह युवती कौन है ?

सुभद्रा ने ध्यान से देखा। युवती का रंग साँवला था। वह भारतीय बालिका थी। उसका पहनावा भारतीय था। इससे ज्यादा सुभद्रा को और कुछ न दिखायी दिया। उसने तुरंत जूते पहने, द्वार बंद किया और एक क्षण में गली में आ पहुँची ! केशव अब दिखायी न देता था, पर वह जिधर गया था, उधर ही वह बड़ी तेजी से लपकी चली जाती थी। यह युवती कौन है ? वह उन दोनों की बातें सुनना चाहती थी, उस युवती को देखना चाहती थी, उसके पाँव इतनी तेजी से उठ रहे थे, मानो दौड़ रही हो। पर इतनी जल्द दोनों कहाँ अदृश्य हो गये ? अब तक उसे उन लोगों के समीप पहुँच जाना चाहिए था। शायद दोनों किसी 'बस' पर जा बैठे।

अब वह गली समाप्त करके एक चौड़ी सड़क पर आ पहुँची थी। दोनों तरफ बड़ी-बड़ी जगमगाती हुई दूकानें थीं, जिनमें संसार की विभूतियाँ गर्व से फूली बैठी थीं। कदम-कदम पर होटल और रेस्ट्राँ थे। सुभद्रा दोनों ओर नेत्रों से ताकती, पग-पग पर भ्रांति के कारण मचलती कितनी दूर निकल गयी, कुछ खबर नहीं।

फिर उसने सोचा–यों कहाँ तक चली जाऊँगी ? कौन जाने, किधर गये। चल कर फिर अपने बरामदे से देखूँ। आखिर इधर से गये हैं, तो इधर ही से लौटेंगे भी। यह खयाल आते ही वह घूम पड़ी, और उसी तरह दौड़ती हुई अपने स्थान की ओर चली। जब वहाँ पहुँची, तो बारह बज गये थे। और इतनी देर उसे चलते ही गुजरा ! एक क्षण भी उसने कहीं विश्राम नहीं किया !

वह ऊपर पहुँची, तो गृह-स्वामिनी ने कहा–तुम्हारे लिए बड़ी देर से भोजन रखा हुआ है।

सुभद्रा ने भोजन अपने कमरे में मँगा लिया पर खाने की सुधि किसे थी ! वह उसी बरामदे में, उसी तरफ टकटकी लगाये खड़ी थी, जिधर से केशव गया था।

एक बज गया, दो बजा, फिर भी केशव नहीं लौटा। उसने मन में कहा—वह किसी दूसरे मार्ग से चले गये। मेरा यहाँ खड़ा रहना व्यर्थ है। चलूँ, सो रहूँ। लेकिन फिर खयाल आ गया, कहीं आ न रहे हों।

मालूम नहीं, उसे कब नींद आ गयी।

4

दूसरे दिन प्रातःकाल सुभद्रा अपने काम पर जाने को तैयार हो रही थी कि एक युवती रेशमी साड़ी पहने आ कर खड़ी हो गयी और मुस्करा कर बोली—क्षमा कीजिएगा, मैंने बहुत सबेरे आपको कष्ट दिया। आप तो कहीं जाने को तैयार मालूम होती हैं।

सुभद्रा ने एक कुर्सी बढ़ाते हुए कहा—हाँ, एक काम से बाहर जा रही थी। मैं आपकी क्या सेवा कर सकती हूँ?

यह कहते हुए सुभद्रा ने युवती को सिर से पाँव तक उसी आलोचनात्मक दृष्टि से देखा, जिससे स्त्रियाँ ही देख सकती हैं। सौंदर्य की किसी परिभाषा से भी उसे सुन्दरी न कहा जा सकता था। उसका रंग साँवला, मुँह कुछ चौड़ा, नाक कुछ चिपटी, कद भी छोटा और शरीर भी कुछ स्थूल था। आँखों पर ऐनक लगी हुई थी। लेकिन इन सब कारणों के होते हुए भी उसमें कुछ ऐसी बात थी, जो आँखों को अपनी ओर खींच लेती थी। उसकी वाणी इतनी मधुर, इतनी संयमित, इतनी विनम्र थी कि जान पड़ता था किसी देवी के वरदान हों। एक-एक अंग से प्रतिभा विकीर्ण हो रही थी। सुभद्रा उसके सामने हलकी एवं तुच्छ मालूम होती थी। युवती ने कुर्सी पर बैठते हुए कहा—

'अगर मैं भूलती हूँ, तो मुझे क्षमा कीजिएगा। मैंने सुना है कि आप कुछ कपड़े भी सीती हैं, जिसका प्रमाण यह है कि यहाँ सीविंग मशीन मौजूद है।'

सुभद्रा—मैं दो लेडियों को भाषा पढ़ाने जाया करती हूँ, शेष समय में कुछ सिलाई भी कर लेती हूँ। आप कपड़े लायी हैं?

युवती—नहीं, अभी कपड़े नहीं लायी। यह कहते हुए उसने लज्जा से सिर झुका कर मुस्कराते हुए कहा—बात यह है कि मेरी शादी होने जा रही है। मैं वस्त्राभूषण सब हिंदुस्तानी रखना चाहती हूँ। विवाह भी वैदिक रीति से ही होगा। ऐसे कपड़े यहाँ आप ही तैयार कर सकती हैं।

सुभद्रा ने हँस कर कहा—मैं ऐसे अवसर पर आपके जोड़े तैयार करके अपने को धन्य समझूँगी। वह शुभ तिथि कब है?

युवती ने सकुचाते हुए कहा—वह तो कहते हैं, इसी सप्ताह में हो जाय; पर मैं उन्हें टालती आती हूँ। मैंने तो चाहा था कि भारत लौटने पर विवाह होता,

पर वह इतने उतावले हो रहे हैं कि कुछ कहते नहीं बनता। अभी तो मैंने यही कह कर टाला है कि मेरे कपड़े सिल रहे हैं।

सुभद्रा—तो मैं आपके जोड़े बहुत जल्द दे दूँगी।

युवती ने हँस कर कहा—मैं तो चाहती थी कि आप महीनों लगा देतीं।

सुभद्रा—वाह, मैं इस शुभ कार्य में क्यों विघ्न डालने लगी ? मैं इसी सप्ताह में आपके कपड़े दे दूँगी, और उनसे इसका पुरस्कार लूँगी।

युवती खिलखिला कर हँसी। कमरे में प्रकाश की लहरें-सी उठ गयीं। बोली—इसके लिए तो पुरस्कार वह देंगे, बड़ी खुशी से देंगे और तुम्हारे कृतज्ञ होंगे। मैंने प्रतिज्ञा की थी कि विवाह के बंधन में पडूँगी ही नहीं; पर उन्होंने मेरी प्रतिज्ञा तोड़ दी। अब मुझे मालूम हो रहा है कि प्रेम की बेड़ियाँ कितनी आनंदमय होती हैं। तुम तो अभी हाल ही में आयी हो। तुम्हारे पति भी साथ होंगे ?

सुभद्रा ने बहाना किया। बोली—वह इस समय जर्मनी में हैं। संगीत से उन्हें बहुत प्रेम है। संगीत ही का अध्ययन करने के लिए वहाँ गये हैं।

'तुम भी संगीत जानती हो ?'

'बहुत थोड़ा।'

'केशव को संगीत से बड़ा प्रेम है।'

केशव का नाम सुन कर सुभद्रा को ऐसा मालूम हुआ, जैसे बिच्छू ने काट लिया हो। वह चौंक पड़ी।

युवती ने पूछा—आप चौंक कैसे गयीं ? क्या केशव को जानती है ?

सुभद्रा ने बात बना कर कहा—नहीं, मैंने यह नाम कभी नहीं सुना। वह यहाँ क्या करते हैं ?

सुभद्रा को खयाल आया, क्या केशव किसी दूसरे आदमी का नाम नहीं हो सकता ? इसलिए उसने यह प्रश्न किया था। उसी जवाब पर उसकी जिंदगी का फैसला था।

युवती ने कहा—यहाँ विद्यालय में पढ़ते हैं। भारत सरकार ने उन्हें भेजा है। अभी साल भर भी तो आये नहीं हुआ। तुम देख कर प्रसन्न होगी। तेज और बुद्धि की मूर्ति समझ लो। यहाँ के अच्छे-अच्छे प्रोफेसर उनका आदर करते हैं। ऐसा सुन्दर भाषण तो मैंने किसी के मुँह से सुना ही नहीं। जीवन आदर्श है। मुझसे उन्हें क्यों प्रेम हो गया है, मुझे इसका आश्चर्य है। मुझमें न रूप है, न लावण्य। यह मेरा सौभाग्य है। तो मैं शाम को कपड़े ले कर आऊँगी।

सुभद्रा ने मन में उठते हुए वेग को सँभाल कर कहा—अच्छी बात है।

जब युवती चली गयी, तो सुभद्रा फूट-फूट कर रोने लगी। ऐसा जान पड़ता था, मानो देह में रक्त ही नहीं, मानो प्राण निकल गये हैं। वह कितनी निस्सहाय, कितनी दुर्बल है, इसका आज अनुभव हुआ। ऐसा मालूम हुआ, मानो संसार में

उसका कोई नहीं है। अब उसका जीवन व्यर्थ है। उसके लिए अब जीवन में रोने के सिवा और क्या है ? उसकी सारी ज्ञानेंद्रियाँ शिथिल-सी हो गयी थीं मानो वह किसी ऊँचे वृक्ष से गिर पड़ी हो। हा ! यह उसके प्रेम और भक्ति का पुरस्कार है। उसने कितना आग्रह करके केशव को यहाँ भेजा था, इसलिए कि यहाँ आते ही उसका सर्वनाश कर दें ?

पुरानी बातें याद आने लगीं। केशव की वह प्रेमातुर आँखें सामने आ गयीं। वह सरल, सहज मूर्ति आँखों के सामने नाचने लगी। उसका जरा सिर धमकता था, तो केशव कितना व्याकुल हो जाता था। एक बार जब उसे फसली बुखार आ गया था, तो केशव घबरा कर, पंद्रह दिन की छुट्टी ले कर घर आ गया था और उसके सिरहाने बैठा रात भर पंखा झलता रहा था। वही केशव अब इतनी जल्द उससे ऊब उठा ! उसके लिए सुभद्रा ने कौन-सी बात उठा रखी। वह तो उसी को अपना प्राणाधार, अपना जीवन-धन, अपना सर्वस्व समझती थी। नहीं-नहीं, केशव का दोष नहीं, सारा दोष इसी का है। इसी ने अपनी मधुर बातों से उन्हें वशीभूत कर लिया है। इसकी विद्या, बुद्धि और वाक्पटुता ही ने उनके हृदय पर विजय पायी है। हाय ! उसने कितनी बार केशव से कहा था, मुझे भी पढ़ाया करो, लेकिन उन्होंने हमेशा यही जवाब दिया, तुम जैसी हो, मुझे वैसी ही पसन्द हो। मैं तुम्हारी स्वाभाविक सरलता को पढ़ा-पढ़ा कर मिटाना नहीं चाहता। केशव ने उसके साथ कितना बड़ा अन्याय किया है ! लेकिन यह उनका दोष नहीं, यह इसी यौवन मतवाली छोकरी की माया है।

सुभद्रा को इस ईर्ष्या और दुःख के आवेश में अपने काम पर जाने की सुध न रही। वह कमरे में इस तरह टहलने लगी, जैसे किसी ने जबरदस्ती उसे बंद कर दिया हो। कभी दोनों मुट्ठियाँ बँध जातीं, कभी दाँत पीसने लगती, कभी ओंठ काटती। उन्माद की-सी दशा हो गयी। आँखों में भी एक तीव्र ज्वाला चमक उठी। ज्यों-ज्यों केशव के इस निष्ठुर आघात को सोचती, उन कष्टों को याद करती, जो उसने उसके लिए झेले थे, उसका चित्त प्रतिकार के लिए विकल होता जाता था। अगर कोई बात हुई होती, आपस में कुछ मनोमालिन्य का लेश भी होता, तो उसे इतना दुःख न होता। यह तो उसे ऐसा मालूम होता था कि मानो कोई हँसते-हँसते अचानक गले पर चढ़ बैठे। अगर वह उनके योग्य नहीं थी, तो उन्होंने उससे विवाह ही क्यों किया था ? विवाह करने के बाद भी उसे क्यों न ठुकरा दिया था ? क्यों प्रेम का बीज बोया था ? और आज जब वह बीज पल्लवों से लहराने लगा, उसकी जड़ें उसके अंतस्तल के एक-एक अणु में प्रविष्ट हो गयीं, उसका रक्त, उसका सारा उत्सर्ग वृक्ष को सींचने और पालने में प्रवृत्त हो गया, तो वह आज उसे उखाड़ कर फेंक देना चाहते हैं। क्या हृदय के टुकड़े-टुकड़े हुए बिना वृक्ष उखड़ जायगा ?

सहसा उसे एक बात याद आ गयी। हिंसात्मक संतोष से उसका उत्तेजित

मुख-मंडल और भी कठोर हो गया। केशव ने अपने पहले विवाह की बात इस युवती से गुप्त रखी होगी ! सुभद्रा उसका भंडाफोड़ करके केशव के सारे मंसूबों को धूल में मिला देगी। उसे अपने ऊपर क्रोध आया कि युवती का पता क्यों न पूछ लिया। उसे एक पत्र लिख कर केशव की नीचता, स्वार्थपरता और कायरता की कलई खोल देती—उसके पांडित्य, प्रतिभा और प्रतिष्ठा को धूल में मिला देती। खैर, संध्या-समय तो वह कपड़े ले कर आयेगी ही। उस समय उसे सारा कच्चा चिट्ठा बयान कर दूँगी।

5

सुभद्रा दिन-भर युवती का इंतजार करती रही। कभी बरामदे में आ कर इधर-उधर निगाह दौड़ाती, कभी सड़क पर देखती, पर उसका कहीं पता न था। मन में झुँझलाती थी कि उसने क्यों उसी वक्त सारा वृत्तांत न कह सुनाया।

केशव का पता उसे मालूम था। उस मकान और गली का नम्बर तक याद था, जहाँ से वह उसे पत्र लिखा करता था। ज्यों-ज्यों दिल ढलने लगा और युवती के आने में विलम्ब होने लगा, उसके मन में एक तरंग-सी उठने लगी कि जा कर केशव को फटकारे, उसका सारा नशा उतार दे, कहे—तुम इतने भयंकर हिंसक हो, इतने महान् धूर्त हो, यह मुझे मालूम न था। तुम यही विद्या सीखने आये थे। तुम्हारे पांडित्य का यही फल है ! तुम एक अबला को जिसने तुम्हारे ऊपर सर्वस्व अर्पण कर दिया, यों छल सकते हो। तुममें क्या मुनष्यता नाम को भी नहीं रह गयी ? आखिर तुमने मेरे लिए क्या सोचा है ? मैं सारी जिंदगी तुम्हारे नाम को रोती रहूँ ! लेकिन अभिमान हर बार उसके पैरों को रोक लेता। नहीं, जिसने उसके साथ ऐसा कपट किया है, उसका इतना अपमान किया है, उसके पास वह न जायेगी। वह उसे देख कर अपने आँसुओं को रोक सकेगी या नहीं, इसमें उसे संदेह था, और केशव के सामने वह रोना नहीं चाहती थी। अगर केशव उससे घृणा करता है, तो वह भी केशव से घृणा करेगी। संध्या भी हो गयी, पर युवती न आयी। बत्तियाँ भी जलीं, पर उसका पता नहीं।

एकाएक उसे अपने कमरे के द्वार पर किसी के आने की आहट मालूम हुई।
[illegible] बाहर निकल आयी। युवती कपड़ों का एक पुलिंदा लिये सामने खड़ी
[illegible] ही बोली—क्षमा करना, मुझे आने में देर हो गयी। बात यह
[illegible] जरूरी काम से जर्मनी जाना है। वहाँ उन्हें एक महीने
[illegible] हैं कि मैं भी उनके साथ चलूँ। मुझसे उन्हें
[illegible] सहायता मिलेगी। बर्लिन के पुस्तकालयों को छानना
[illegible] या है। केशव की इच्छा है कि जर्मनी जाने से पहले

हमारा विवाह हो जाय। कल संध्या समय संस्कार हो जायेगा। अब ये कपड़े मुझे आप जर्मनी से लौटने पर दीजिएगा। विवाह के अवसर पर हम मामूली कपड़े पहन लेंगे। और क्या करती ? इसके सिवा कोई उपाय न था, केशव का जर्मनी जाना अनिवार्य है।

सुभद्रा ने कपड़ों को मेज पर रख कर कहा—आपको धोखा दिया गया है।

युवती ने घबरा कर पूछा—धोखा ? कैसा धोखा ? मैं बिलकुल नहीं समझी। तुम्हारा मतलब क्या है ?

सुभद्रा ने संकोच के आवरण को हटाने की चेष्टा करते हुए कहा—केशव तुम्हें धोखा दे कर तुमसे विवाह करना चाहता है।

'केशव ऐसा आदमी नहीं है, जो किसी को धोखा दे। क्या तुम केशव को जानती हो ?'

'केशव ने तुमसे अपने विषय में सब-कुछ कह दिया है ?'

'सब-कुछ।'

'कोई भी बात नहीं छिपायी ?'

'मेरा तो यही विचार है कि उन्होंने एक बात भी नहीं छिपायी !'

'तुम्हें मालूम है कि उसका विवाह हो चुका है ?'

युवती की मुख-ज्योति कुछ मलिन पड़ गयी, उसकी गर्दन लज्जा से झुक गयी। अटक-अटक कर बोली—हाँ, उन्होंने मुझसे... यह बात कही थी।

सुभद्रा परास्त हो गयी। घृणा-सूचक नेत्रों से देखती हुई बोली—यह जानते हुए भी तुम केशव से विवाह करने पर तैयार हो ?

युवती ने अभिमान से देख कर कहा—तुमने केशव को देखा है ?

'नहीं, मैंने उन्हें कभी नहीं देखा है।'

'फिर, तुम उन्हें कैसे जानती हो ?'

'मेरे एक मित्र ने मुझसे यह बात कही है, वह केशव को जानता है।'

'अगर तुम एक बार केशव को देख लेतीं, एक बार उससे बातें कर लेतीं, तो मुझसे यह प्रश्न न करतीं। एक नहीं, अगर उन्होंने एक सौ विवाह किये होते, तो मैं इनकार न करती। उन्हें देख कर मैं अपने को बिलकुल भूल जाती हूँ। अगर उनसे विवाह न करूँ, तो फिर मुझे जीवन भर अविवाहित ही रहना पड़ेगा। जिस समय वह मुझसे बातें करने लगते हैं, मुझे ऐसा अनुभव होता है कि मेरी आत्मा पुष्प की भाँति खिली जा रही है। मैं उसमें प्रकाश और विकास का प्रत्यक्ष अनुभव करती हूँ। दुनिया चाहे जितना हँसे, चाहे जितनी निंदा करे, मैं केशव को अ[illegible] नहीं छोड़ सकती। उनका विवाह हो चुका है, यह सत्य है; पर उस स्त्री से उ[illegible] मन कभी न मिला। यथार्थ में उनका विवाह अभी नहीं हुआ है। वह कोई स[illegible] अर्द्धशिक्षिता बालिका है। तुम्हीं सोचो, केशव जैसा विद्वान्, उदारचेता, मन[illegible]

ऐसी बालिका के साथ कैसे प्रसन्न रह सकता है ? तुम्हें कल मेरे विवाह में चलना पड़ेगा।'

सुभद्रा का चेहरा तमतमाया जा रहा था। केशव ने उसे इतने काले रंगों में रँगा है, यह सोच कर उसका रक्त खौल रहा था। जी में आता था, इसी क्षण इसको दुत्कार दूँ, लेकिन उसके मन में कुछ और ही मंसूबे पैदा होने लगे थे। उसने गंभीर, पर उदासीनता के भाव से पूछा—केशव ने कुछ उस स्त्री के विषय में नहीं कहा ?

युवती ने तत्परता से कहा—घर पहुँचने पर वह उससे केवल यही कह देंगे कि हम और तुम अब स्त्री और पुरुष नहीं रह सकते। उसके भरण-पोषण का वह उसके इच्छानुसार प्रबंध कर देंगे, इसके सिवा वह और क्या कर सकते हैं। हिन्दू-नीति में पति-पत्नी में विच्छेद नहीं हो सकता। पर केवल स्त्री को पूर्ण रीति से स्वाधीन कर देने के विचार से वह ईसाई या मुसलमान होने पर भी तैयार हैं। वह तो अभी उसे इसी आशय का एक पत्र लिखने जा रहे थे, पर मैंने ही रोक लिया। मुझे उस अभागिनी पर बड़ी दया आती है, मैं तो यहाँ तक तैयार हूँ कि अगर उसकी इच्छा हो तो वह भी हमारे साथ रहे। मैं उसे अपनी बहन समझूँगी। किंतु केशव इससे सहमत नहीं होते।

सुभद्रा ने व्यंग्य से कहा—रोटी-कपड़ा देने को तैयार ही हैं, स्त्री को इसके सिवा और क्या चाहिए ?

युवती ने व्यंग्य की कुछ परवा न करके कहा—तो मुझे लौटने पर कपड़े तैयार मिलेंगे न ?

सुभद्रा—हाँ, मिल जायेंगे।

युवती—कल तुम संध्या समय आओगी ?

सुभद्रा—नहीं, खेद है, अवकाश नहीं है।

युवती ने कुछ न कहा। चली गयी।

6

सुभद्रा कितना ही चाहती थी कि इस समस्या पर शांतचित्त हो कर विचार करे, पर हृदय में मानो ज्वाला-सी दहक रही थी ! केशव के लिए वह अपने प्राणों का कोई मूल्य नहीं समझती थी। वही केशव उसे पैरों से ठुकरा रहा है। यह आघात इतना आकस्मिक, इतना कठोर था कि उसकी चेतना की सारी कोमलता मूर्च्छित हो गयी ! उसका एक-एक अणु प्रतिकार के लिए तड़पने लगा। अगर यही समस्या इसके विपरीत होती, तो क्या सुभद्रा की गरदन पर छुरी न फिर गयी होती ? केशव उसके खून का प्यासा न हो जाता ? क्या पुरुष हो जाने से ही सभी बातें क्षम्य और स्त्री हो जाने से सभी बातें अक्षम्य हो जाती हैं ? नहीं, इस निर्णय को सुभद्रा

की विद्रोही आत्मा इस समय स्वीकार नहीं कर सकती। उसे नारियों के ऊँचे आदर्शों की परवा नहीं है। उन स्त्रियों में आत्माभिमान न होगा ? वे पुरुषों के पैरों की जूतियाँ बन कर रहने ही में अपना सौभाग्य समझती होंगी। सुभद्रा इतनी आत्माभिमान-शून्य नहीं है। वह अपने जीते-जी यह नहीं देख सकती थी कि उसका पति उसके जीवन का सर्वनाश करके चैन की बंशी बजाये। दुनिया उसे हत्यारिनी, पिशाचिनी कहेगी, कहे—उसको परवाह नहीं। रह-रह कर उसके मन में भयंकर प्रेरणा होती थी कि इसी समय उसके पास चली जाय, और इसके पहले कि वह उस युवती के प्रेम का आनंद उठाये, उसके जीवन का अंत कर दे। वह केशव की निष्ठुरता को याद करके अपने मन को उत्तेजित करती थी। अपने को धिक्कार-धिक्कार कर नारी-सुलभ शंकाओं को दूर करती थी। क्या वह इतनी दुर्बल है ? क्या उसमें इतना साहस भी नहीं है ? इस वक्त यदि कोई दुष्ट उसके कमरे में घुस आये और उसके सतीत्व का अपहरण करना चाहे, तो क्या वह उसका प्रतिकार न करेगी ? आखिर आत्म-रक्षा ही के लिए तो उसने यह पिस्तौल ले रखी है। केशव ने उसके सत्य का अपहरण ही तो किया है। उसका प्रेम-दर्शन केवल प्रवंचना थी। वह केवल अपनी वासनाओं की तृप्ति के लिए सुभद्रा के साथ प्रेम-स्वाँग भरता था। फिर उसका वध करना क्या सुभद्रा का कर्तव्य नहीं ?

उस अंतिम कल्पना से सुभद्रा को वह उत्तेजना मिल गयी, जो उसके भयंकर संकल्प को पूरा करने के लिए आवश्यक थी। यही वह अवस्था है, जब स्त्री पुरुष के खून की प्यासी हो जाती है।

उसने खूँटी पर लटकती हुई पिस्तौल उतार ली और ध्यान से देखने लगी, मानो उसे कभी देखा न हो। कल संध्या-समय जब आर्य-मंदिर में केशव और उसकी प्रेमिका एक-दूसरे के सम्मुख बैठे हुए होंगे, उसी समय वह इस गोली से केशव की प्रेम-लीलाओं का अंत कर देगी। दूसरी गोली अपनी छाती में मार लेगी। क्या वह रो-रो कर अपना अधम जीवन काटेगी ?

7

संध्या का समय था। आर्य-मंदिर के आँगन में वर और वधू इष्ट-मित्रों के साथ बैठे हुए थे। विवाह का संस्कार हो रहा था। उसी समय सुभद्रा पहुँची और बरामदे में एक खम्भे की आड़ में इस भाँति खड़ी हो गयी कि केशव का मुँह उसके सामने था। उसकी आँखों में वह दृश्य खिंच गया, जब आज से तीन साल पहले उसने इसी भाँति केशव को मंडप में बैठे हुए आड़ से देखा था। तब उसका हृदय कितना उच्छ्वसित हो रहा था। अंतस्तल में गुदगुदी-सी हो रही थी, कितना अपार अनुराग था, कितनी असीम अभिलाषाएँ थीं, मानो जीवन-प्रभात का उदय हो रहा हो। जीवन

मधुर संगीत की भाँति सुखद था, भविष्य उषा-स्वप्न की भाँति सुन्दर। क्या यह वही केशव है ? सुभद्रा को ऐसा भ्रम हुआ, मानो यह केशव नहीं है। हाँ, यह वह केशव नहीं था। यह उसी रूप और उसी नाम का कोई दूसरा मनुष्य था। अब उसकी मुस्कराहट में, उसके नेत्रों में, उसके शब्दों में, उसके हृदय को आकर्षित करने वाली कोई वस्तु न थी। उसे देख कर वह उसी भाँति निस्पंद, निश्चल खड़ी है, मानो कोई अपरिचित व्यक्ति हो। अब तक केशव का-सा रूपवान, तेजस्वी, सौम्य, शीलवान् पुरुष संसार में न था; पर अब सुभद्रा को ऐसा जान पड़ा की वहाँ बैठे हुए युवकों में और उसमें कोई अंतर नहीं है। वह ईर्ष्याग्नि, जिसमें वह जली जा रही थी, वह हिंसा-कल्पना, जो उसे वहाँ तक लायी थी, मानो एकदम शांत हो गयी। विरक्ति हिंसा से भी अधिक हिंसात्मक होती है—सुभद्रा की हिंसा-कल्पना में एक प्रकार का ममत्व था—उसका केशव, उसका प्राणवल्लभ, उसका जीवन-सर्वस्व और किसी का नहीं हो सकता। पर अब वह ममत्व नहीं है। वह उसका नहीं है, उसे अब परवा नहीं कि उस पर किसका अधिकार होता है।

विवाह-संस्कार समाप्त हो गया, मित्रों ने बधाइयाँ दीं, सहेलियों ने मंगलगान किया, फिर लोग मेजों पर जा बैठे, दावत होने लगी, रात के बारह बज गये; पर सुभद्रा वहीं पाषाण-मूर्ति की भाँति खड़ी रही, मानो कोई विचित्र स्वप्न देख रही हो। हाँ, जैसे कोई बस्ती उजड़ गयी हो, जैसे कोई संगीत बंद हो गया हो, जैसे कोई दीपक बुझ गया हो।

जब लोग मंदिर से निकले, तो वह भी निकल आयी; पर उसे कोई मार्ग न सूझता था। परिचित सड़कें उसे भूली हुई-सी जान पड़ने लगीं। सारा संसार ही बदल गया था। वह सारी रात सड़कों पर भटकती फिरी। घर का कहीं पता नहीं। सारी दूकानें बंद हो गयीं, सड़कों पर सन्नाटा छा गया, फिर भी वह अपना घर ढूँढ़ती हुई चली जा रही थी। हाय ! क्या इसी भाँति उसे जीवन-पथ में भी भटकना पड़ेगा ?

सहसा एक पुलिसमैन ने पुकारा—मैडम, तुम कहाँ जा रही हो ?

सुभद्रा ने ठिठक कर कहा—कहीं नहीं।

'तुम्हारा स्थान कहाँ है ?'

'मेरा स्थान ?'

'हाँ, तुम्हारा स्थान कहाँ है ? मैं तुम्हें बड़ी देर से इधर-उधर भटकते देख रहा हूँ। किस स्ट्रीट में रहती हो ?'

सुभद्रा को उस स्ट्रीट का नाम तक न याद था।

'तुम्हें अपने स्ट्रीट का नाम तक याद नहीं ?'

'भूल गयी, याद नहीं आता।'

सहसा उसकी दृष्टि सामने के एक साइन बोर्ड की तरफ उठी, ओह ! यही

तो उसकी स्ट्रीट है। उसने सिर उठा कर इधर-उधर देखा। सामने ही उसका डेरा था। और इसी गली में, अपने ही घर के सामने, न-जाने कितनी देर से वह चक्कर लगा रही थी।

8

अभी प्रातःकाल ही था कि युवती सुभद्रा के कमरे में पहुँची। वह उसके कपड़े सी रही थी। उसका सारा तन-मन कपड़ों में लगा हुआ था। कोई युवती इतनी एकाग्रचित्त हो कर अपना शृंगार भी न करती होगी। न-जाने उससे कौन-सा पुरस्कार लेना चाहती थी। उसे युवती के आने की खबर न हुई।

युवती ने पूछा—तुम कल मंदिर में नहीं आयीं ?

सुभद्रा ने सिर उठा कर देखा, तो ऐसा जान पड़ा मानो किसी कवि की कोमल कल्पना मूर्तिमयी हो गयी है। उसकी वह छवि अनिंद्य थी। प्रेम की विभूति रोम-रोम से प्रदर्शित हो रही थी। सुभद्रा दौड़ कर उसके गले से लिपट गयी, जैसे उसकी छोटी बहन आ गयी हो और बोली—हाँ, गयी तो थी।

'मैंने तुम्हें नहीं देखा।'

'हाँ, मैं अलग थी।'

'केशव को देखा ?'

'हाँ देखा।'

'धीरे से क्यों बोलीं ? मैंने कुछ झूठ कहा था ?'

सुभद्रा ने सहृदयता से मुस्करा कर कहा—मैंने तुम्हारी आँखों से नहीं, अपनी आँखों से देखा। मुझे तो वह तुम्हारे योग्य नहीं जँचे। तुम्हें ठग लिया।

युवती खिलखिला कर हँसी और बोली—वह ! मैं समझती हूँ, मैंने उन्हें ठगा है।

सुभद्रा ने गम्भीर हो कर कहा—एक बार वस्त्राभूषणों से सज कर अपनी छवि आईने में देखो तो मालूम हो।

'तब क्या मैं कुछ और हो जाऊँगी।'

'अपने कमरे से फर्श, तसवीरें, हाँड़ियाँ, गमले आदि निकाल कर देख लो, कमरे की शोभा वही रहती है !'

युवती ने सिर हिला कर कहा—ठीक कहती हो। लेकिन आभूषण कहाँ से लाऊँ। न-जाने अभी कितने दिनों में बनने की नौबत आये।

'मैं तुम्हें अपने गहने पहना दूँगी।'

'तुम्हारे पास गहने हैं ?'

'बहुत। देखो, मैं अभी ला कर तुम्हें पहनाती हूँ।'

युवती ने मुँह से बहुत 'नहीं-नहीं' किया, पर मन में प्रसन्न हो रही थी। सुभद्रा ने अपने सारे गहने पहना दिये। अपने पास एक छल्ला भी न रखा। युवती को यह नया अनुभव था। उसे इस रूप में निकलते शर्म तो आती थी; पर उसका रूप चमक उठा था। इसमें संदेह न था। उसने आईने में अपनी सूरत देखी तो उसकी सूरत जगमगा उठी, मानो किसी वियोगिनी को अपने प्रियतम का संवाद मिला हो। मन में गुदगुदी होने लगी। वह इतनी रूपवती है, उसे उसकी कल्पना भी न थी।

कहीं केशव इस रूप में उसे देख लेते; यह आकांक्षा उसके मन में उदय हुई, पर कहे कैसे। कुछ देर के बाद लज्जा से सिर झुका कर बोली—केशव मुझे इस रूप में देख कर बहुत हँसेंगे।

सुभद्रा—हँसेंगे नहीं, बलैया लेंगे, आँखें खुल जायेंगी। तुम आज इसी रूप में उसके पास जाना।

युवती ने चकित हो कर कहा—सच ! आप इसकी अनुमति देती हैं ?

सुभद्रा ने कहा—बड़े हर्ष से।

'तुम्हें संदेह न होगा ?'

'बिलकुल नहीं।'

'और जो मैं दो-चार दिन पहने रहूँ ?'

'तुम दो-चार महीने पहने रहो। आखिर, यहाँ पड़े ही तो हैं !'

'तुम भी मेरे साथ चलो।'

'नहीं, मुझे अवकाश नहीं है।'

'अच्छा, लो मेरे घर का पता नोट कर लो।'

'हाँ, लिख दो, शायद कभी आऊँ।'

एक क्षण में युवती यहाँ से चली गयी। सुभद्रा अपनी खिड़की पर से उसे इस भाँति प्रसन्न-मुख खड़ी देख रही थी, मानो उसकी छोटी बहन हो, ईर्ष्या या द्वेष का लेश भी उसके मन में न था।

मुश्किल से, एक घंटा गुजरा होगा कि युवती लौट कर बोली—सुभद्रा क्षमा करना, मैं तुम्हारा समय बहुत खराब कर रही हूँ। केशव बाहर खड़े हैं ! बुला लूँ ?

एक क्षण, केवल एक क्षण के लिए सुभद्रा कुछ घबड़ा गयी। उसने जल्दी से उठ कर मेज पर पड़ी हुई चीजें इधर-उधर हटा दीं, कपड़े करीने से रख दिये, अपने उलझे हुए बाल सँभाल लिये, फिर उदासीन भाव से मुस्करा कर बोली—उन्हें तुमने क्यों कष्ट दिया ? जाओ बुला लो।

एक मिनट में केशव ने कमरे में कदम रखा और चौंक कर पीछे हट गये, मानो पाँव जल गया हो। मुँह से एक चीख निकल गयी। सुभद्रा गम्भीर, शांत, निश्चल अपनी जगह पर खड़ी रही। फिर हाथ बढ़ा कर बोली मानो किसी अपरिचित

व्यक्ति से बोल रही हो—आइए मिस्टर केशव, मैं आपको ऐसी सुशील, ऐसी सुन्दरी, ऐसी विदुषी रमणी पाने पर बधाई देती हूँ।

केशव के मुँह पर हवाइयाँ उड़ रही थीं। वह पथ-भ्रष्ट-सा बना खड़ा था। लज्जा और ग्लानि से उसके चेहरे पर एक रंग आता था, एक रंग जाता था। यह बात एक दिन होनेवाली थी अवश्य, पर इस तरह अचानक उसकी सुभद्रा से भेंट होगी, इसका उसे स्वप्न में भी गुमान न था। सुभद्रा से वह बात कैसे कहेगा, इसको उसने खूब सोच लिया था। उसके आक्षेपों का उत्तर सोच लिया था, पत्र के शब्द तक मन में अंकित कर लिये थे। ये सारी तैयारियाँ धरी रह गयीं और सुभद्रा से साक्षात् हो गया। सुभद्रा उसे देख कर जरा भी नहीं चौंकी, उसके मुख पर आश्चर्य, घबराहट या दुःख का एक चिह्न भी न दिखायी दिया। उसने उसी भाँति उससे बात की; मानो वह कोई अजनबी हो। यहाँ कब आयी, कैसे आयी, क्यों आयी, कैसे गुजर करती है; यह और इस तरह के असंख्य प्रश्न पूछने के लिए केशव का चित्त चंचल हो उठा। उसने सोचा था सुभद्रा उसे धिक्कारेगी; विष खाने की धमकी देगी—निष्ठुर, निर्दय और न-जाने क्या-क्या कहेगी। इन सब आपदाओं के लिए वह तैयार था; पर इस आकस्मिक मिलन, इस गर्वयुक्त उपेक्षा के लिए वह तैयार न था। वह प्रेम-व्रतधारिणी सुभद्रा इतनी कठोर, इतनी हृदय-शून्य हो गयी है ! अवश्य ही उसे सारी बातें पहले ही मालूम हो चुकी हैं। सबसे तीव्र आघात यह था कि इसने अपने सारे आभूषण इतनी उदारता से दे डाले, और कौन जाने वापस भी न लेना चाहती हो। वह परास्त और अप्रतिभ हो कर एक कुर्सी पर बैठ गया। उत्तर में एक शब्द भी उसके मुख से न निकला।

युवती ने कृतज्ञता का भाव प्रकट करके कहा—इनके पति इस समय जर्मनी में हैं।

केशव ने आँखें फाड़कर देखा, पर कुछ बोल न सका।

युवती ने फिर कहा—बेचारी संगीत के पाठ पढ़ा कर और कुछ कपड़े सी कर अपना निर्वाह करती हैं। वह महाशय यहाँ आ जाते, तो उन्हें उनके सौभाग्य पर बधाई देती।

केशव इस पर भी कुछ न बोल सका, पर सुभद्रा ने मुस्करा कर कहा—वह मुझसे रूठे हुए हैं, बधाई पा कर और भी झल्लाते।

युवती ने आश्चर्य से कहा—तुम उन्हीं के प्रेम से यहाँ आयीं, अपना घरबार छोड़ा, यहाँ मिहनत-मजूरी करके निर्वाह कर रही हो, फिर भी वह तुमसे रूठे हुए हैं ? आश्चर्य !

सुभद्रा ने उसी भाँति प्रसन्न-मुख से कहा—पुरुष-प्रकृति ही आश्चर्य का विषय है, चाहे मि. केशव इसे स्वीकार न करें।

युवती ने फिर केशव की ओर प्रेरणापूर्ण दृष्टि से देखा, लेकिन केशव उसी

भाँति अप्रतिभ बैठा रहा। उसके हृदय पर यह नया आघात था। युवती ने उसे चुप देख कर उसकी तरफ से सफाई दी—केशव, स्त्री और पुरुष, दोनों ही को समान अधिकार देना चाहते हैं।

केशव डूब रहा था, तिनके का सहारा पा कर उसकी हिम्मत बँध गयी। बोला—विवाह एक प्रकार का समझौता है। दोनों पक्षों को अधिकार है, जब चाहे उसे तोड़ दें।

युवती ने हामी भरी—सभ्य-समाज में यह आंदोलन बड़े जोरों पर है।

सुभद्रा ने शंका की—किसी समझौते को तोड़ने के लिए कारण भी तो होना चाहिए ?

केशव ने भावों की लाठी का सहारा ले कर कहा—जब इसका अनुभव हो जाय कि हम इस बंधन से मुक्त हो कर अधिक सुखी हो सकते हैं, तो यही कारण काफी है। स्त्री को यदि मालूम हो जाय कि वह दूसरे पुरुष के साथ...

सुभद्रा ने बात काट कर कहा—क्षमा कीजिए मि. केशव, मुझमें इतनी बुद्धि नहीं कि इस विषय पर आपसे बहस कर सकूँ। आदर्श समझौता वही है, जो जीवन-पर्यंत रहे। मैं भारत की नहीं कहती। वहाँ तो स्त्री पुरुष की लौंडी है, मैं इंग्लैंड की कहती हूँ। यहाँ भी कितनी ही औरतों से मेरी बातचीत हुई है। वे तलाकों की बढ़ती हुई संख्या को देख कर खुश नहीं होतीं। विवाह का सबसे ऊँचा आदर्श उसकी पवित्रता और स्थिरता है। पुरुषों ने सदैव इस आदर्श को तोड़ा है, स्त्रियों ने निबाहा है। अब पुरुषों का अन्याय स्त्रियों को किस ओर ले जायेगा, नहीं कह सकती।

इस गम्भीर और संयत कथन ने विवाद का अंत कर दिया। सुभद्रा ने चाय मँगवायी। तीनों आदमियों ने पी। केशव पूछना चाहता था, अभी आप यहाँ कितने दिनों रहेंगी, लेकिन न पूछ सका। वह यहाँ पंद्रह मिनट और रहा, लेकिन विचारों में डूबा हुआ। चलते समय उससे न रहा गया। पूछ ही बैठा—अभी आप यहाँ कितने दिन और रहेंगी ?

सुभद्रा ने जमीन की ओर ताकते हुए कहा—कह नहीं सकती।

'कोई जरूरत हो, तो मुझे याद कीजिए।'

'इस आश्वासन के लिए आपको धन्यवाद।'

केशव सारे दिन बेचैन रहा। सुभद्रा उसकी आँखों में फिरती रही। सुभद्रा की बातें उसके कानों में गूँजती रहीं। अब उसे इसमें कोई संदेह न था कि उसी के प्रेम में सुभद्रा यहाँ आयी थी। सारी परिस्थिति उसकी समझ में आ गयी थी। उस भीषण त्याग का अनुमान करके उसके रोएँ खड़े हो गये। यहाँ सुभद्रा ने क्या-क्या कष्ट झेले होंगे, कैसी-कैसी यातनाएँ सही होंगी, सब उसी के कारण ? वह उस पर भार न बनना चाहती थी, इसलिए तो उसने अपने आने की सूचना तक उसे

न दी। अगर उसे पहले मालूम होता कि सुभद्रा यहाँ आ गयी है, तो कदाचित् उसे उस युवती की ओर इतना आकर्षण ही न होता। चौकीदार के सामने चोर को घर में घुसने का साहस नहीं होता। सुभद्रा को देख कर उसकी कर्तव्य-चेतना जाग्रत हो गयी। उसके पैरों पर गिर कर उससे क्षमा माँगने के लिए उसका मन अधीर हो उठा। वह उसके मुँह से सारा वृत्तांत सुनेगा। यह मौन उपेक्षा उसके लिए असह्य थी। दिन तो केशव ने किसी तरह काटा, लेकिन ज्यों ही रात के दस बजे, वह सुभद्रा से मिलने चला। युवती ने पूछा—कहाँ जाते हो ?

केशव ने बूट का लेस बाँधते हुए कहा—जरा एक प्रोफेसर से मिलना है, इस वक्त आने का वादा कर चुका हूँ ?

'जल्द आना।'

'बहुत जल्द आऊँगा।'

केशव घर से निकला, तो उसके मन में कितनी ही विचार-तरंगें उठने लगीं। कहीं सुभद्रा मिलने से इनकार कर दे, तो ? नहीं ऐसा नहीं हो सकता। वह इतनी अनुदार नहीं है। हाँ, यह हो सकता है कि वह अपने विषय में कुछ न कहे। उसे शांत करने के लिए उसने एक कृपा की कल्पना कर डाली। ऐसा बीमार था कि बचने की आशा न थी। उर्मिला ने ऐसा तन्मय होकर उसकी सेवा-शुश्रूषा की कि उसे उससे प्रेम हो गया। कथा का सुभद्रा पर जो असर पड़ेगा, इसके विषय में केशव को कोई संदेह न था। परिस्थिति का बोध होने पर वह उसे क्षमा कर देगी। लेकिन इसका फल क्या होगा ? क्या वह दोनों के साथ एक-सा प्रेम कर सकता है ? सुभद्रा को देख लेने के बाद उर्मिला को शायद उसके साथ-साथ रहने में आपत्ति हो। आपत्ति हो ही कैसे सकती है ! उससे यह बात छिपी नहीं है। हाँ, यह देखना है कि सुभद्रा भी इसे स्वीकार करती है कि नहीं। उसने जिस उपेक्षा का परिचय दिया है, उसे देखते हुए तो उसके मानने में संदेह ही जान पड़ता है। मगर वह उसे मनायेगा, उसकी विनती करेगा, उसके पैरों पड़ेगा और अंत में उसे मना कर ही छोड़ेगा। सुभद्रा से प्रेम और अनुराग का नया प्रमाण पा कर वह मानो एक कठोर निद्रा से जाग उठा था। उसे अब अनुभव हो रहा था कि सुभद्रा के लिए उसके हृदय में जो स्थान था, वह खाली पड़ा हुआ है। उर्मिला उस स्थान पर अपना आधिपत्य नहीं जमा सकती। अब उसे ज्ञात हुआ कि उर्मिला के प्रति उसका प्रेग केवल वह तृष्णा थी, जो स्वादयुक्त पदार्थों को देखकर ही उत्पन्न होर्त। है। वह सच्ची क्षुधा न थी। अब फिर उसे सरल सामान्य भोजन की इच्छा हो रही थी। विलासिनी उर्मिला कभी इतना त्याग कर सकती है, इसमें उसे संदेह था।

सुभद्रा के घर के निकट पहुँच कर केशव का मन कुछ कातर होने लगा। लेकिन उसने जी कड़ा करके जीने पर कदम रक्खा और एक क्षण में सुभद्रा के

द्वार पर पहुँचा, लेकिन कमरे का द्वार बंद था। अंदर भी प्रकाश न था। अवश्य ही वह कहीं गयी है, आती ही होगी। तब तक उसने बरामदे में टहलने का निश्चय किया।

सहसा मालकिन आती हुई दिखायी दी। केशव ने बढ़ कर पूछा—आप बता सकती हैं कि यह महिला कहाँ गयी हैं ?

मालकिन ने उसे सिर से पाँव तक देख कर कहा—वह तो आज यहाँ से चली गयीं।

केशव ने हकबका कर पूछा—चली गयीं ! कहाँ चली गयीं ?

'यह तो मुझसे कुछ नहीं बताया।'

'कब गयीं ?'

'वह तो दोपहर को ही चली गयीं !'

'अपना असबाब ले कर गयीं ?'

'असबाब किसके लिए छोड़ जातीं ? हाँ, एक छोटा-सा पैकेट अपनी एक सहेली के लिए छोड़ गयी हैं। उस पर मिसेज केशव लिखा हुआ है। मुझसे कहा था कि यदि वह आ जायँ, तो उन्हें दे देना, नहीं तो डाक से भेज देना।'

केशव को अपना हृदय इस तरह बैठता हुआ मालूम हुआ जैसे सूर्य का अस्त होना है। एक गहरी साँस ले कर बोला—

'आप मुझे वह पैकेट दिखा सकती हैं ? केशव मेरा ही नाम है।'

मालकिन ने मुस्करा कर कहा—मिसेज केशव को कोई आपत्ति तो न होगी ?

'तो फिर मैं उन्हें बुला लाऊँ ?'

'हाँ, उचित तो यही है !'

'बहुत दूर जाना पड़ेगा !'

केशव कुछ ठिठकता हुआ जीने की ओर चला, तो मालकिन ने फिर कहा—मैं समझती हूँ, आप इसे लिये ही जाइए, व्यर्थ आपको क्यों दौड़ाऊँ। मगर कल मेरे पास एक रसीद भेज दीजिएगा। शायद उसकी जरूरत पड़े !

यह कहते हुए उसने एक छोटा-सा पैकेट ला कर केशव को दे दिया। केशव पैकेट ले कर इस तरह भागा, मानो कोई चोर भागा जा रहा हो। इस पैकेट में क्या है, यह जानने के लिए उसका हृदय व्याकुल हो रहा था। उसे इतना विलम्ब असह्य था कि अपने स्थान पर जा कर उसे खोले। समीप ही एक पार्क था। वहाँ जाकर उसने बिजली के प्रकाश में इस पैकेट को खोल डाला। उस समय उसके हाथ काँप रहे थे और हृदय इतने वेग से धड़क रहा था, मानो किसी बंधु की बीमारी के समाचार के बाद तार मिला हो।

पैकेट का खुलना था कि केशव की आँखों से आँसुओं की झड़ी लग गयी। उसमें एक पीले रंग की साड़ी थी, एक छोटी-सी सेंदूर की डिबिया और एक केशव

का फोटो-चित्र के साथ ही एक लिफाफा भी था। केशव ने उसे खोल कर पढ़ा। उसमें लिखा था—

'बहन, मैं जाती हूँ। यह मेरे सोहाग का शव है। उसे टेम्स नदी में विसर्जित कर देना। तुम्हीं लोगों के हाथों यह संस्कार भी हो जाय, तो अच्छा।

तुम्हारी,
सुभद्रा'

केशव मर्माहत-सा पत्र हाथ में लिये वहीं घास पर लेट गया और फूट-फूट कर रोने लगा।

आत्म-संगीत

आधी रात थी। नदी का किनारा था। आकाश के तारे स्थिर थे और नदी में उनका प्रतिबिम्ब लहरों के साथ चंचल। एक स्वर्गीय संगीत की मनोहर और जीवनदायिनी, प्राणपोषिणी ध्वनियाँ इस निस्तब्ध और तमोमय दृश्य पर इस प्रकार छा रही थीं, जैसे हृदय पर आशाएँ छायी रहती हैं, या मुखमंडल पर शोक।

रानी मनोरमा ने आज गुरु-दीक्षा ली थी। दिन भर दान और व्रत में व्यस्त रहने के बाद मीठी नींद की गोद में सो रही थी। अकस्मात् उसकी आँखें खुलीं और ये मनोहर ध्वनियाँ कानों में पहुँचीं। वह व्याकुल हो गयी—जैसे दीपक को देख कर पतंग; वह अधीर हो उठी, जैसे खाँड की गंध पा कर चींटी। वह उठी और द्वारपालों एवं चौकीदारों की दृष्टियाँ बचाती हुई राजमहल से बाहर निकल आयी—जैसे वेदनापूर्ण क्रन्दन सुन कर आँखों से आँसू निकल आते हैं।

सरिता-तट पर कँटीली झाड़ियाँ थीं। ऊँचे कगारे थे। भयानक जंतु थे और उनकी डरावनी आवाजें। शव थे और उनसे भी अधिक भयंकर उनकी कल्पना। मनोरमा कोमलता और सुकुमारता की मूर्ति थी। परंतु उस मधुर संगीत का आकर्षण उसे तन्मयता की अवस्था में खींचे लिये जाता था। उसे आपदाओं का ध्यान न था।

वह घंटों चलती रही, यहाँ तक कि मार्ग में नदी ने उसका गतिरोध किया।

2

मनोरमा ने विवश हो कर इधर-उधर दृष्टि दौड़ायी। किनारे पर एक नौका दिखाई दी। निकट जा कर बोली—माँझी, मैं उस पार जाऊँगी, इस मनोहर राग ने मुझे व्याकुल कर दिया है।

माँझी—रात को नाव नहीं खोल सकता। हवा तेज है और लहरें डरावनी। जान-जोखिम है।

मनोरमा—मैं रानी मनोरमा हूँ। नाव खोल दे, मुँह माँगी मजदूरी दूँगी।

माँझी—तब तो नाव किसी तरह नहीं खोल सकता। रानियों का इस नदी में निबाह नहीं।

मनोरमा—चौधरी, तेरे पाँव पड़ती हूँ। शीघ्र नाव खोल दे। मेरे प्राण उस ओर खिंचे चले जाते हैं।

माँझी—क्या इनाम मिलेगा ?

मनोरमा—जो तू माँगे।

माँझी—आप ही कह दें, मैं गँवार क्या जानूँ, कि रानियों से क्या चीज माँगनी चाहिए। कहीं कोई ऐसी चीज न माँग बैठूँ, जो आपकी प्रतिष्ठा के विरुद्ध हो।

मनोरमा—मेरा यह हार अत्यन्त मूल्यवान् है। मैं इसे खेवे में देती हूँ। मनोरमा ने गले से हार निकाला, उसकी चमक से माँझी का मुखमंडल प्रकाशित हो गया—वह कठोर, और काला मुख, जिस पर झुर्रियाँ पड़ी हुई थीं।

अचानक मनोरमा को ऐसा प्रतीत हुआ, मानो संगीत की ध्वनि और निकट हो गयी हो। कदाचित् कोई पूर्ण ज्ञानी पुरुष आत्मानंद के आवेश में उस सरिता-तट पर बैठा हुआ उस निस्तब्ध निशा को संगीतपूर्ण कर रहा है। रानी का हृदय उछलने लगा। आह ! कितना मनोमुग्धकर राग था ! उसने अधीर हो कर कहा—माँझी, अब देर न कर, नाव खोल, मैं एक क्षण भी धीरज नहीं रख सकती।

माँझी—इस हार को ले कर मैं क्या करूँगा ?

मनोरमा—सच्चे मोती हैं।

माँझी—यह और भी विपत्ति है। माँझिन गले में पहन कर पड़ोसियों को दिखायेगी, वह सब डाह से जलेंगी, उसे गालियाँ देंगी। कोई चोर देखेगा, तो उसकी छाती पर साँप लोटने लगेगा। मेरी सुनसान झोंपड़ी पर दिनदहाड़े डाका पड़ जायेगा। लोग चोरी का अपराध लगायेंगे। नहीं, मुझे यह हार न चाहिए।

मनोरमा—तो जो कुछ तू माँग, वहीं दूंगी। लेकिन देर न कर। मुझे अब धैर्य नहीं है। प्रतीक्षा करने की तनिक भी शक्ति नहीं है। इस राग की एक-एक तान मेरी आत्मा को तड़पा देती है।

माँझी—इससे भी अच्छी कोई चीज दीजिए।

मनोरमा—अरे निर्दयी ! तू मुझे बातों में लगाये रखना चाहता है। मैं जो देती हूँ, वह लेता नहीं, स्वयं कुछ माँगता नहीं। तुझे क्या मालूम मेरे हृदय की इस समय क्या दशा हो रही है। मैं इस आत्मिक पदार्थ पर अपना सर्वस्व न्योछावर कर सकती हूँ।

माँझी—और क्या दीजिएगा ?

मनोरमा—मेरे पास इससे बहुमूल्य और कोई वस्तु नहीं है, लेकिन तू अभी नाव खोल दे, तो प्रतिज्ञा करती हूँ कि तुझे अपना महल दे दूँगी, जिसे देखने के लिए कदाचित् तू भी कभी गया हो। विशुद्ध श्वेत पत्थर से बना है, भारत में इसकी तुलना नहीं।

माँझी–(हँस कर) उस महल में रह कर मुझे क्या आनंद मिलेगा ? उलटे मेरे भाई-बंधु शत्रु हो जायेंगे। इस नौका पर अँधेरी रात में भी मुझे भय नहीं लगता। आँधी चलती रहती है, और मैं इस पर पड़ा रहता हूँ। किंतु वह महल तो दिन ही में फाड़ खायेगा। मेरे घर के आदमी तो उसके एक कोने में समा जायेंगे। और आदमी कहाँ से लाऊँगा; मेरे नौकर-चाकर कहाँ ? इतना माल-असबाब कहाँ ? उसकी सफाई और मरम्मत कहाँ से कराऊँगा ? उसकी फुलवारियाँ सूख जायेंगी, उसकी क्यारियों में गीदड़ बोलेंगे और अटारियों पर कबूतर और अबाबीलें घोंसले बनायेंगी।

मनोरमा अचानक एक तन्मय अवस्था में उछल पड़ी। उसे प्रतीत हुआ कि संगीत निकटतर आ गया है। उसकी सुन्दरता और आनंद अधिक प्रखर हो गया था–जैसे बत्ती उकसा देने से दीपक अधिक प्रकाशमान हो जाता है। पहले चित्ताकर्षक था, तो अब आवेशजनक हो गया था। मनोरमा ने व्याकुल होकर कहा–आह ! तू फिर अपने मुँह से क्यों कुछ नहीं माँगता ? आह ! कितना विरागजनक राग है, कितना विह्वल करने वाला ! मैं अब तनिक धीरज नहीं धर सकती। पानी उतार में जाने के लिए जितना व्याकुल होता है, श्वास हवा के लिए जितनी विकल होती है, गंध उड़ जाने के लिए जितनी उतावली होती है, मैं उस स्वर्गीय संगीत के लिए उतनी व्याकुल हूँ। उस संगीत में कोयल की-सी मस्ती है, पपीहे की-सी वेदना है, श्यामा की-सी विह्वलता है, इसमें झरनों का-सा जोर है, आँधी का-सा बल ! इसमें वह सब कुछ है, जिससे विवेकाग्नि प्रज्वलित होती है, जिससे आत्मा समाहित होती है, और अंतःकरण पवित्र होता है। माँझी, अब एक क्षण का भी विलम्ब मेरे लिए मृत्यु की यंत्रणा है। शीघ्र नौका खोल। जिस सुमन की यह सुगंध है, जिस दीपक की यह दीप्ति है, उस तक मुझे पहुँचा दे। मैं देख नहीं सकती इस संगीत का रचयिता कहीं निकट ही बैठा हुआ है, बहुत निकट।

माँझी–आपका महल मेरे काम का नहीं है, मेरी झोंपड़ी उससे कहीं सुहावनी है।

मनोरमा–हाय ! तो अब तुझे क्या दूँ ? यह संगीत नहीं है, यह इस सुविशाल क्षेत्र की पवित्रता है, यह समस्त सुमन-समूह का सौरभ है, समस्त मधुरताओं की माधुरी है, समस्त अवस्थाओं का सार है। नौका खोल। मैं जब तक जीऊँगी, तेरी सेवा करूँगी, तेरे लिए पानी भरूँगी, तेरी झोंपड़ी बहारूँगी। हाँ, मैं तेरे मार्ग के कंकड़ चुनूँगी, तेरे झोंपड़े को फूलों से सजाऊँगी, तेरी माँझिन के पैर मलूँगी। प्यारे माँझी, यदि मेरे पास सौ जानें होतीं, तो मैं इस संगीत के लिए अर्पण करती। ईश्वर के लिए मुझे निराश न कर। मेरे धैर्य का अंतिम बिंदु शुष्क हो गया। अब इस चाह में दाह है, अब यह सिर तेरे चरणों में है।

यह कहते-कहते मनोरमा एक विक्षिप्त की अवस्था में माँझी के निकट जा कर उसके पैरों पर गिर पड़ी। उसे ऐसा प्रतीत हुआ, मानो वह संगीत आत्मा पर

किसी प्रज्ज्वलित प्रदीप की तरह ज्योति बरसाता हुआ मेरी ओर आ रहा है। उसे रोमांच हो आया। वह मस्त हो कर झूमने लगी। ऐसा ज्ञात हुआ कि मैं हवा में उड़ी जाती हूँ। उसे अपने पार्श्व-देश में तारे झिलमिलाते हुए दिखायी देते थे। उस पर एक आत्मविस्मृति का भावावेश छा गया और अब वही मस्ताना संगीत, वही मनोहर राग उसके मुँह से निकलने लगा। वही अमृत की बूँदें, उसके अधरों से टपकने लगीं। वह स्वयं इस संगीत की स्रोत थी। नदी के पार से आने वाली ध्वनियाँ, प्राणपोषिणी ध्वनियाँ उसी के मुँह से निकल रही थीं।

मनोरमा का मुख-मंडल चंद्रमा की तरह प्रकाशमान हो गया था, और आँखों से प्रेम की किरणें निकल रही थीं।

ऐक्ट्रेस

रंगमंच का परदा गिर गया। तारा देवी ने शकुंतला का पार्ट खेल कर दर्शकों को मुग्ध कर दिया था। जिस वक्त वह शकुंतला के रूप में राजा दुष्यंत के सम्मुख खड़ी ग्लानि, वेदना, और तिरस्कार से उत्तेजित भावों को आग्नेय शब्दों में प्रकट कर रही थी, दर्शक-वृंद शिष्टता के नियमों की उपेक्षा करके मंच की ओर उन्मत्तों की भाँति दौड़ पड़े थे और तारादेवी का यशोगान करने लगे थे। कितने ही तो स्टेज पर चढ़ गये और तारादेवी के चरणों पर गिर पड़े। सारा स्टेज फूलों से पट गया, आभूषणों की वर्षा होने लगी। यदि उसी क्षण मेनका का विमान नीचे आ कर उसे उड़ा न ले जाता, तो कदाचित् उस धक्कम-धक्के में दस-पाँच आदमियों की जान पर बन जाती। मैनेजर ने तुरंत आ कर दर्शकों को गुणग्राहकता का धन्यवाद दिया और वादा भी किया कि दूसरे दिन फिर वही तमाशा होगा। तब लोगों का मोहोमाद शांत हुआ। मगर एक युवक उस वक्त भी मंच पर खड़ा रहा। लम्बे कद का था, तेजस्वी मुद्रा, कुंदन का-सा रंग, देवताओं का-सा स्वरूप, गठी हुई देह, मुख से एक ज्योति-सी प्रस्फुटित हो रही थी। कोई राजकुमार मालूम होता था।

जब सारे दर्शकगण बाहर निकल गये, उसने मैनेजर से पूछा—क्या मैं तारादेवी से एक क्षण के लिए मिल सकता हूँ ?

मैनेजर ने उपेक्षा के भाव से कहा—हमारे यहाँ ऐसा नियम नहीं है।

युवक ने फिर पूछा—क्या आप मेरा कोई पत्र उसके पास भेज सकते हैं ?

मैनेजर ने उसी उपेक्षा के भाव से कहा—जी नहीं। क्षमा कीजिएगा। यह हमारे नियमों के विरुद्ध है।

युवक ने और कुछ न कहा, निराश हो कर स्टेज के नीचे उतर पड़ा और बाहर जाना ही चाहता था कि मैनेजर ने पूछा—जरा ठहर जाइए, आपका कार्ड ?

युवक ने जेब से कागज का एक टुकड़ा निकाल कर कुछ लिखा और दे दिया। मैनेजर ने पुर्जे को उड़ती हुई निगाह से देखा—कुँवर निर्मलकांत चौधरी ओ. बी.ई.। मैनेजर की कठोर मुद्रा कोमल हो गयी। कुँवर निर्मलकांत—शहर के सबसे बड़े रईस और ताल्लुकेदार, साहित्य के उज्ज्वल रत्न, संगीत के सिद्धहस्त आचार्य,

उच्चकोटि के विद्वान्, आठ-दस लाख सालाना के नफेदार, जिनके दान से देश की कितनी ही संस्थाएँ चलती थीं—इस समय एक क्षुद्र प्रार्थी के रूप में खड़े थे। मैनेजर अपने उपेक्षा-भाव पर लज्जित हो गया। विनम्र शब्दों में बोला—क्षमा कीजिएगा, मुझसे बड़ा अपराध हुआ। मैं अभी तारादेवी के पास हुजूर का कार्ड लिये जाता हूँ।

कुँवर साहब ने उससे रुकने का इशारा करके कहा—नहीं, अब रहने ही दीजिए, मैं कल पाँच बजे आऊँगा। इस वक्त तारादेवी को कष्ट होगा। यह उनके विश्राम का समय है।

मैनेजर—मुझे विश्वास है कि वह आपकी खातिर इतना कष्ट सहर्ष सह लेंगी, मैं एक मिनट में आता हूँ।

किंतु कुँवर साहब अपना परिचय देने के बाद अब अपनी आतुरता पर संयम का परदा डालने के लिए विवश थे। मैनेजर को सज्जनता का धन्यवाद दिया। और कल आने का वादा करके चले गये।

2

तारा एक साफ-सुथरे और सजे हुए कमरे में मेज के सामने किसी विचार में मग्न बैठी थी। रात का वह दृश्य उसकी आँखों के सामने नाच रहा था। ऐसे दिन जीवन में क्या बार-बार आते हैं ? कितने मनुष्य उसके दर्शनों के लिए विकल हो रहे थे ! बस, एक-दूसरे पर फट पड़ते थे। कितनों को उसने पैरों से ठुकरा दिया था—हाँ, ठुकरा दिया था। मगर उस समूह में केवल एक दिव्य मूर्ति अविचलित रूप से खड़ी थी। उसकी आँखों में कितना गंभीर अनुराग था, कितना दृढ़ संकल्प ! ऐसा जान पड़ता था मानो दोनों नेत्र उसके हृदय में चुभे जा रहे हों। आज फिर उस पुरुष के दर्शन होंगे या नहीं, कौन जानता है। लेकिन यदि आज उनके दर्शन हुए, तो तारा उनसे एक बार बातचीत किये बिना न जाने देगी।

यह सोचते हुए उसने आईने की ओर देखा, कमल का फूल-सा खिला था। कौन कह सकता था कि यह नव विकसित पुष्प पैंतीस बसंतों की बहार देख चुका है। वह कांति, वह कोमलता, वह चपलता, वह माधुर्य किसी नवयौवना को लज्जित कर सकता था। तारा एक बार फिर हृदय में प्रेम का दीपक जला बैठी। आज से बीस साल पहले एक बार उसको प्रेम का कटु अनुभव हुआ था। तब से वह एक प्रकार का वैधव्य-जीवन व्यतीत करती रही। कितने प्रेमियों ने अपना हृदय उसको भेंट करना चाहा था; पर उसने किसी की ओर आँख उठा कर भी न देखा था। उसे उनके प्रेम में कपट की गंध आती थी। मगर आह ! आज उसका संयम उसके हाथ से निकल गया। एक बार फिर आज उसे हृदय में उसी मधुर वेदना का अनुभव हुआ, जो बीस साल पहले हुआ था। एक पुरुष का सौम्य स्वरूप उसकी

आँखों में बस गया, हृदय-पट पर खिंच गया। उसे वह किसी तरह भूल न सकती थी। उसी पुरुष को उसने मोटर पर जाते देखा होता, तो कदाचित् उधर ध्यान भी न करती। पर उसे अपने सम्मुख प्रेम का उपहार हाथ में लिए देख कर वह स्थिर न रह सकी।

सहसा दाई ने आ कर कहा—बाई जी, रात की सब चीजें रखी हुई हैं, कहिए तो लाऊँ ?

तारा ने कहा—नहीं, मेरे पास चीज लाने की जरूरत नहीं; मगर ठहरो, क्या-क्या चीजें हैं।

'एक ढेर का ढेर तो लगा है बाई जी, कहाँ तक गिनाऊँ—अशर्फियाँ हैं, ब्रूचेज, बाल के पिन, बटन, लाकेट, अँगूठियाँ सभी तो हैं। एक छोटे-से डिब्बे में एक सुन्दर हार है। मैंने आज तक वैसा हार नहीं देखा। सब संदूक में रख दिया है।'

'अच्छा, वह संदूक मेरे पास ला।' दाई ने संदूक ला कर मेज पर रख दिया। उधर एक लड़के ने एक पत्र ला कर तारा को दिया। तारा ने पत्र को उत्सुक नेत्रों से देखा—कुँवर निर्मलकांत ओ.बी.ई.। लड़के से पूछा—यह पत्र किसने दिया। वह तो नहीं, जो रेशमी साफा बाँधे हुए थे ?

लड़के ने केवल इतना कहा—मैनेजर साहब ने दिया है। और लपका हुआ बाहर चला गया।

संदूक में सबसे पहले डिब्बा नजर आया। तारा ने उसे खोला तो सच्चे मोतियों का सुन्दर हार था। डिब्बे में एक तरफ एक कार्ड भी था। तारा ने लपक कर उसे निकाल लिया और पढ़ा—कुँवर निर्मलकांत...। कार्ड उसके हाथ से छूट कर गिर पड़ा। वह झपट कर कुरसी से उठी और बड़े वेग से कई कमरों और बरामदों को पार करती मैनेजर के सामने आ कर खड़ी हो गयी। मैनेजर ने खड़े हो कर उसका स्वागत किया और बोला—मैं रात की सफलता पर आपको बधाई देता हूँ।

तारा ने खड़े-खड़े पूछा—कुँवर निर्मलकांत क्या बाहर हैं ? लड़का पत्र दे कर भाग गया। मैं उससे कुछ पूछ न सकी।

'कुँवर साहब का रुक्का तो रात ही तुम्हारे चले आने के बाद मिला था।'

'तो आपने उसी वक्त मेरे पास क्यों न भेज दिया ?'

मैनेजर ने दबी जबान से कहा—मैंने समझा, तुम आराम कर रही होगी, कष्ट देना उचित न समझा। और भाई, साफ बात यह है कि मैं डर रहा था, कहीं कुँवर साहब को तुमसे मिला कर तुम्हें खो न बैठूँ। अगर मैं औरत होता, तो उसी वक्त उनके पीछे हो लेता। ऐसा देवरूप पुरुष मैंने आज तक नहीं देखा। वही जो रेशमी साफा बाँधे खड़े थे तुम्हारे सामने। तुमने भी तो देखा था।

तारा ने मानो अर्धनिद्रा की दशा में कहा—हाँ, देखा तो था—क्या वह फिर आयेंगे ?

'हाँ, आज पाँच बजे शाम को। बड़े विद्वान् आदमी हैं, और इस शहर के सबसे बड़े रईस।'

'आज मैं रिहर्सल में न आऊँगी।'

3

कुँवर साहब आ रहे होंगे। तारा आईने के सामने बैठी है और दाई उसका शृंगार कर रही है। शृंगार भी इस जमाने में एक विद्या है। पहले परिपाटी के अनुसार ही शृंगार किया जाता था। कवियों, चित्रकारों और रसिकों ने शृंगार की मर्यादा-सी बाँध दी थी। आँखों के लिए काजल लाजमी था, हाथों के लिए मेहँदी, पाँव के लिए महावर। एक-एक अंग एक-एक आभूषण के लिए निर्दिष्ट था। आज वह परिपाटी नहीं रही। आज प्रत्येक रमणी अपनी सुरुचि, सुबुद्धि और तुलनात्मक भाव से शृंगार करती है। उसका सौंदर्य किस उपाय से आकर्षकता की सीमा पर पहुँच सकता है, यही उसका आदर्श होता है। तारा इस कला में निपुण थी। वह पंद्रह साल से इस कम्पनी में थी और यह समस्त जीवन उसने पुरुषों के हृदय से खेलने ही में व्यतीत्त किया था। किस चितवन से, किस मुस्कान से, किस अँगड़ाई से, किस तरह केशों के बिखेर देने से दिलों का कत्लेआम हो जाता है; इस कला में कौन उससे बढ़ कर हो सकता था ! आज उसने चुन-चुन कर आजमाये हुए तीर तरकस से निकाले, और जब अपने अस्त्रों से सज कर वह दीवानखाने में आयी, तो जान पड़ा मानो संसार का सारा माधुर्य उसकी बलाएँ ले रहा है। वह मेज के पास खड़ी हो कर कुँवर साहब का कार्ड देख रही थी, उसके कान मोटर की आवाज की ओर लगे हुए थे। वह चाहती थी कि कुँवर साहब इसी वक्त आ जायँ और उसे इसी अंदाज से खड़े देखें। इसी अंदाज से वह इसके अंग-प्रत्यंगों की पूर्ण छवि देख सकते थे। उसने अपनी शृंगार कला से काल पर विजय पा ली थी। कौन कह सकता था कि यह चंचल नवयौवना उस अवस्था को पहुँच चुकी है, जब हृदय को शांति की इच्छा होती है, वह किसी आश्रम के लिए आतुर हो उठता है, और उसका अभिमान नम्रता के आगे सिर झुका देता है ?

तारा देवी को बहुत इंतजार न करना पड़ा। कुँवर साहब शायद मिलने के लिए उससे भी उत्सुक थे। दस ही मिनट के बाद उनकी मोटर की आवाज आयी। तारा सँभल गयी। एक क्षण में कुँवर साहब ने कमरे में प्रवेश किया। तारा शिष्टाचार के लिए हाथ मिलाना भी भूल गयी, प्रौढ़ावस्था में भी प्रेम की उद्विग्नता और असावधानी कुछ कम नहीं होती। वह किसी सलज्जा युवती की भाँति सिर झुकाये खड़ी रही।

कुँवर साहब की निगाह आते ही उसकी गर्दन पर पड़ी। वह मोतियों का हार, जो उन्होंने रात को भेंट किया था, चमक रहा था। कुँवर साहब को इतना

आनंद और कभी न हुआ। उन्हें एक क्षण के लिए ऐसा जान पड़ा मानो उनके जीवन की सारी अभिलाषा पूरी हो गयी। बोले—मैंने आपको आज इतने सबेरे कष्ट दिया, क्षमा कीजिएगा। यह तो आपके आराम का समय होगा ?

तारा ने सिर से खिसकती हुई साड़ी को सँभाल कर कहा—इससे ज्यादा आराम और क्या हो सकता था कि आपके दर्शन हुए। मैं इस उपहार के लिए और क्या आपको मनों धन्यवाद देती हूँ। अब तो कभी-कभी मुलाकात होती रहेगी ?

निर्मलकांत ने मुस्करा कर कहा—कभी-कभी नहीं, रोज। आप चाहे मुझसे मिलना पसंद न करें, पर एक बार इस ड्योढ़ी पर सिर को झुका ही जाऊँगा।

तारा ने भी मुस्करा कर उत्तर दिया—उसी वक्त तक जब तक कि मनोरंजन की कोई नयी वस्तु नजर न आ जाय ! क्यों ?

'मेरे लिए यह मनोरंजन का विषय नहीं, जिंदगी और मौत का सवाल है। हाँ, तुम इसे विनोद समझ सकती हो, मगर कोई परवा नहीं। तुम्हारे मनोरंजन के लिए यदि मेरे प्राण भी निकल जायें, तो मैं अपना जीवन सफल समझूँगा।'

दोनों तरफ से इस प्रीति को निभाने के वादे हुए, फिर दोनों ने नाश्ता किया और कल भोज का न्योता दे कर कुँवर साहब विदा हुए।

4

एक महीना गुजर गया, कुँवर साहब दिन में कई-कई बार आते। उन्हें एक क्षण का वियोग भी असह्य था। कभी दोनों बजरे पर दरिया की सैर करते, कभी हरी-हरी घास पर पार्कों में बैठे बातें करते, कभी गाना-बजाना होता, नित्य नये प्रोग्राम बनते थे। सारे शहर में मशहूर था कि ताराबाई ने कुँवर साहब को फाँस लिया और दोनों हाथों से सम्पत्ति लूट रही है। पर तारा के लिए कुँवर साहब का प्रेम ही एक ऐसी सम्पत्ति थी, जिसके सामने दुनिया भर की दौलत हेय थी। उन्हें अपने सामने देख कर उसे किसी वस्तु की इच्छा न होती थी।

मगर एक महीने तक इस प्रेम के बाजार में घूमने पर भी तारा को वह वस्तु न मिली, जिसके लिए उसकी आत्मा लोलुप हो रही थी। वह कुँवर साहब से प्रेम की, अपार और अतुल प्रेम की, सच्चे और निष्कपट प्रेम की बातें रोज सुनती थी पर उसमें 'विवाह' का शब्द न आने पाता था, मानो प्यासे को बाजार में पानी छोड़ कर और सब कुछ मिलता हो। ऐसे प्यासे को पानी के सिवा और किस चीज से तृप्ति हो सकती है ? प्यास बुझाने के बाद, सम्भव है, और चीजों की तरफ उसकी रुचि हो, पर प्यासे के लिए तो पानी सबसे मूल्यवान् पदार्थ है। वह जानती थी कि कुँवर साहब उसके इशारे पर प्राण तक दे देंगे, लेकिन विवाह की बात क्यों उनकी जबान से नहीं निकलती ? क्या इस विषय का कोई पत्र लिख कर

अपना आशय कह देना सम्भव था ? फिर क्या वह उसको केवल विनोद की वस्तु बना कर रखना चाहते हैं ? यह अपमान उससे न सहा जायेगा। कुँवर के एक इशारे पर वह आग में कूद सकती थी, पर यह अपमान उसके लिए असह्य था। किसी शौकीन रईस के साथ वह इससे कुछ दिन पहले शायद एक-दो महीने रह जाती और उसे नोच-खसोट कर अपनी राह लेती। किंतु प्रेम का बदला प्रेम है, कुँवर साहब के साथ वह यह निर्लज्ज जीवन न व्यतीत कर सकती थी।

उधर कुँवर साहब के भाई बंद भी गाफिल न थे, वे किसी भाँति उन्हें ताराबाई के पंजे से छुड़ाना चाहते थे। कहीं कुँवर साहब का विवाह ठीक कर देना ही एक ऐसा उपाय था, जिससे सफल होने की आशा थी और यही उन लोगों ने किया। उन्हें यह भय तो न था कि कुँवर साहब इस ऐक्ट्रेस से विवाह करेंगे। हाँ, यह भय अवश्य था कि कहीं रियासत का कोई हिस्सा उसके नाम कर दें, या उसके आने वाले बच्चों को रियासत का मालिक बना दें। कुँवर साहब पर चारों ओर से दबाव पड़ने लगे। यहाँ तक कि योरोपियन अधिकारियों ने भी उन्हें विवाह कर लेने की सलाह दी। उस दिन संध्या समय कुँवर साहब ने ताराबाई के पास जा कर कहा—तारा, देखो, तुमसे एक बात कहता हूँ, इनकार न करना। तारा का हृदय उछलने लगा। बोली—कहिए, क्या बात है ? ऐसी कौन वस्तु है, जिसे आपकी भेंट करके मैं अपने को धन्य समझूँ ?

बात मुँह से निकलने की देर थी। तारा ने स्वीकार कर लिया और हर्षोन्माद की दशा में रोती हुई कुँवर साहब के पैरों पर गिर पड़ी।

5

एक क्षण के बाद तारा ने कहा—मैं तो निराश हो चली थी। आपने बड़ी लम्बी परीक्षा ली।

कुँवर साहब ने जबान दाँतों-तले दबायी, मानो कोई अनुचित बात सुन ली हो !

'यह बात नहीं है तारा ! अगर मुझे विश्वास होता कि तुम मेरी याचना स्वीकार कर लोगी, तो कदाचित् पहले ही दिन मैंने भिक्षा के लिए हाथ फैलाया होता, पर मैं अपने को तुम्हारे योग्य नहीं पाता था। तुम सद्‌गुणों की खान हो, और मैं.. मैं जो कुछ हूँ, वह तुम जानती ही हो। मैंने निश्चय कर लिया था कि उम्र भर तुम्हारी उपासना करता रहूँगा। शायद कभी प्रसन्न हो कर तुम मुझे बिना माँगे ही वरदान दे दो, बस, यही मेरी अभिलाषा थी। मुझमें अगर कोई गुण है, तो यही कि मैं तुमसे प्रेम करता हूँ। जब तुम साहित्य या संगीत या धर्म पर अपने विचार प्रकट करने लगती हो, तो मैं दंग रह जाता हूँ और अपनी क्षुद्रता पर लज्जित हो

जाता हूँ। तुम मेरे लिए सांसारिक नहीं, स्वर्गीय हो। मुझे आश्चर्य यही है कि इस समय मैं मारे खुशी के पागल क्यों नहीं हो जाता।'

कुँवर साहब देर तक अपने दिल की बातें कहते रहे। उनकी वाणी कभी इतनी प्रगल्भ न हुई थी !

तारा सिर झुकाये सुनती थी, पर आनंद की जगह उसके मुख पर एक प्रकार का क्षोभ--लज्जा से मिला हुआ--अंकित हो रहा था। यह पुरुष इतना सरल हृदय, इतना निष्कपट है ! इतना विनीत, इतना उदार !

सहसा कुँवर साहब ने पूछा--तो मेरे भाग्य किस दिन उदय होंगे, तारा ? दया करके बहुत दिनों के लिए न टालना।

तारा ने कुँवर साहब की सरलता से परास्त होकर चिंतित स्वर में कहा--कानून का क्या कीजिएगा ? कुँवर साहब ने तत्परता से उत्तर दिया--इस विषय में तुम निश्चिंत रहो तारा, मैंने वकीलों से पूछ लिया है। एक कानून ऐसा है जिसके अनुसार हम और तुम एक प्रेम-सूत्र में बँध सकते हैं। उसे सिविल-मैरिज कहते हैं। बस, आज ही के दिन वह शुभ मुहूर्त आयेगा, क्यों ?

तारा सिर झुकाये रही। बोल न सकी।

'मैं प्रातःकाल आ जाऊँगा। तैयार रहना।'

तारा सिर झुकाये रही। मुँह से एक शब्द न निकला।

कुँवर साहब चले गये, पर तारा वहीं मूर्ति की भाँति बैठी रही। पुरुषों के हृदय से क्रीड़ा करनेवाली चतुर नारी क्यों इतनी विमूढ़ हो गयी है !

6

विवाह का एक दिन और बाकी है। तारा को चारों ओर से बधाइयाँ मिल रही हैं। थिएटर के सभी स्त्री-पुरुषों ने अपनी सामर्थ्य के अनुसार उसे अच्छे-अच्छे उपहार दिये हैं, कुँवर साहब ने भी आभूषणों से सजा हुआ एक सिंगारदान भेंट किया है, उनके दो-चार अंतरंग मित्रों ने भाँति-भाँति के सौगात भेजे हैं; पर तारा के सुन्दर मुख पर हर्ष की रेखा भी नहीं नजर आती। वह क्षुब्ध और उदास है। उसके मन में चार दिनों से निरंतर यही प्रश्न उठ रहा है--क्या कुँवर के साथ विश्वासघात करे ? जिस प्रेम के देवता ने उसके लिए अपने कुल-मर्यादा को तिलांजलि दे दी, अपने बंधुजनों से नाता तोड़ा, जिसका हृदय हिमकण के समान निष्कलंक है, पर्वत के समान विशाल, उसी से कपट करे ! नहीं, वह इतनी नीचता नहीं कर सकती, अपने जीवन में उसने कितने ही युवकों से प्रेम का अभिनय किया था, कितने ही प्रेम के मतवालों को वह सब्ज बाग दिखा चुकी थी; पर कभी उसके मन में ऐसी दुविधा न हुई थी, कभी उसके हृदय ने उसका तिरस्कार न किया था। क्या

इसका कारण इसके सिवा कुछ और था कि ऐसा अनुराग उसे और कहीं न मिला था ?

क्या वह कुँवर साहब का जीवन सुखी बना सकती है ? हाँ, अवश्य। इस विषय में उसे लेशमात्र भी संदेह नहीं था। भक्ति के लिए ऐसी कौन-सी वस्तु है, जो असाध्य हो; पर क्या वह प्रकृति को धोखा दे सकती है ? ढलते हुए सूर्य में मध्याह्न का-सा प्रकाश हो सकता है ? असम्भव। वह स्फूर्ति, वह चपलता, वह विनोद, वह सरल छवि, वह तल्लीनता, वह त्याग, वह आत्मविश्वास वह कहाँ से लायेगी, जिसके सम्मिश्रण को यौवन कहते हैं ? नहीं, वह कितना ही चाहे, पर कुँवर साहब के जीवन को सुखी नहीं बना सकती। बूढ़ा बैल कभी जवान बछड़ों के साथ नहीं चल सकता।

आह ! उसने यह नौबत ही क्यों आने दी ? उसने क्यों कृत्रिम साधनों से, बनावटी सिंगार से कुँवर को धोखे में डाला ? अब इतना सब कुछ हो जाने पर वह किस मुँह से कहेगी कि मैं रँगी हुई गुड़िया हूँ, जवानी मुझसे कब की बिदा हो चुकी, अब केवल उसका पद-चिह्न रह गया है।

रात के बारह बज गये थे। तारा मेज के सामने इन्हीं चिंताओं में मग्न बैठी हुई थी। मेज पर उपहारों के ढेर लगे हुए थे; पर वह किसी चीज की ओर आँख उठा कर भी न देखती थी। अभी चार दिन पहले वह इन्हीं चीजों पर प्राण देती थी, उसे हमेशा ऐसी चीजों की तलाश रहती थी, जो काल के चिह्नों को मिटा सकें, पर अब उन्हीं चीजों से उसे घृणा हो रही है। प्रेम सत्य है—और सत्य और मिथ्या, दोनों एक साथ नहीं रह सकते।

तारा ने सोचा—क्यों न यहाँ से कहीं भाग जाय ? किसी ऐसी जगह चली जाय, जहाँ कोई उसे जानता भी न हो। कुछ दिनों के बाद जब कुँवर का विवाह हो जाय, तो वह फिर आ कर उनसे मिले और यह सारा वृत्तांत उनसे कह सुनाये। इस समय कुँवर पर वज्रपात-सा होगा—हाय न-जाने उनकी क्या दशा होगी; पर उसके लिए इसके सिवा और कोई मार्ग नहीं है। अब उनके दिन रो-रो कर कटेंगे, लेकिन उसे कितना ही दुःख क्यों न हो, वह अपने प्रियतम के साथ छल नहीं कर सकती। उसके लिए इस स्वर्गीय प्रेम की स्मृति, इसकी वेदना ही बहुत है। इससे अधिक उसका अधिकार नहीं।

दाई ने आकर कहा—बाई जी, चलिए कुछ थोड़ा-सा भोजन कर लीजिए, अब तो बारह बज गये।

तारा ने कहा—नहीं, जरा भी भूख नहीं है। तुम जाकर खा लो।

दाई—देखिए, मुझे भूल न जाइएगा। मैं भी आपके साथ चलूँगी।

तारा—अच्छे-अच्छे कपड़े बनवा रखे हैं न ?

दाई—अरे बाई जी, मुझे अच्छे कपड़े लेकर क्या करना है ? आप अपना कोई उतारा दे दीजिएगा।

दाई चली गयी। तारा ने घड़ी की ओर देखा। सचमुच बारह बज गये थे। केवल छह घंटे और हैं। प्रातःकाल कुँवर साहब उसे विवाह-मंदिर में ले जाने के लिए आ जायेंगे। हाय ! भगवान् जिस पदार्थ से तुमने इतने दिनों तक उसे वंचित रखा, वह आज क्यों सामने लाये ? यह भी तुम्हारी क्रीड़ा है।

तारा ने एक सफेद साड़ी पहन ली। सारे आभूषण उतार कर रख दिये। गर्म पानी मौजूद था। साबुन और पानी से मुँह धोया और आईने के सम्मुख जा कर खड़ी हो गयी–कहाँ थी वह छवि, वह ज्योति, जो आँखों को लुभा लेती थी ! रूप वही था, पर कांति कहाँ ? अब भी वह यौवन का स्वाँग भर सकती है ?

तारा को अब वहाँ एक क्षण भी और रहना कठिन हो रहा। मेज पर फैले हुए आभूषण और विलास की सामग्रियाँ मानो उसे काटने लगीं। यह कृत्रिम जीवन असह्य हो उठा, खस की टट्टियों और बिजली के पंखों से सजा हुआ शीतल भवन उसे भट्टी के समान तपाने लगा।

उसने सोचा–कहाँ भाग कर जाऊँ। रेल से भागती हूँ, तो भागने न पाऊँगी। सबेरे ही कुँवर साहब के आदमी छूटेंगे और चारों तरफ मेरी तलाश होने लगेगी। वह ऐसे रास्ते से जायगी, जिधर किसी का खयाल भी न जाय।

तारा का हृदय इस समय गर्व से छलका पड़ता था। वह दुःखी न थी, निराश न थी। वह फिर कुँवर साहब से मिलेगी, किंतु वह निःस्वार्थ संयोग होगा। प्रेम के बनाये हुए कर्तव्य-मार्ग पर चल रही है, फिर दुःख क्यों हो और निराशा क्यों हो ?

सहसा उसे खयाल आया–ऐसा न हो, कुँवर साहब उसे वहाँ न पा कर शोक-विस्वलता की दशा में अनर्थ कर बैठें। इस कल्पना से उसके रोंगटे खड़े हो गये। एक क्षण के लिए उसका मन कातर हो उठा। फिर वह मेज पर जा बैठी, और यह पत्र लिखने लगी–

'प्रियतम, मुझे क्षमा करना। मैं अपने को तुम्हारी दासी बनने के योग्य नहीं पाती। तुमने मुझे प्रेम का वह स्वरूप दिखा दिया, जिसकी इस जीवन में मैं आशा न कर सकती थी। मेरे लिए इतना ही बहुत है। मैं जब तक जीऊँगी, तुम्हारे प्रेम में मग्न रहूँगी। मुझे ऐसा जान पड़ रहा है कि प्रेम की स्मृति में प्रेम के भोग से कहीं अधिक माधुर्य और आनंद है। मैं फिर आऊँगी, फिर तुम्हारे दर्शन करूँगी; लेकिन उसी दशा में जब तुम विवाह कर लोगे। यही मेरे लौटने की शर्त है। मेरे प्राणों के प्राण, मुझसे नाराज न होना। ये आभूषण जो तुमने मेरे लिए भेजे थे, अपनी ओर से नववधू के लिए छोड़े जाती हूँ। केवल वह मोतियों का हार, जो तुम्हारे प्रेम का पहला उपहार है, अपने साथ लिये जाती हूँ। तुमसे हाथ जोड़कर कहती हूँ, मेरी तलाश न करना। मैं तुम्हारी हूँ और सदा तुम्हारी रहूँगी...।

तुम्हारी,

तारा'

यह पत्र लिख कर तारा ने मेज पर रख दिया, मोतियों का हार गले में डाला और बाहर निकल आयी। थिएटर हाल से संगीत की ध्वनि आ रही थी। एक क्षण के लिए उसके पैर बँध गये। पंद्रह वर्षों का पुराना सम्बन्ध आज टूटा जा रहा था। सहसा उसने मैनेजर को आते देखा, उसका क़लेजा धक् से हो गया। वह बड़ी तेजी से लपक कर दीवार की आड़ में खड़ी हो गयी। ज्यों ही मैनेजर निकल गया, वह हाते के बाहर आयी और कुछ दूर गलियों में चलने के बाद उसने गंगा का रास्ता पकड़ा।

गंगा-तट पर सन्नाटा छाया हुआ था। दस-पाँच साधु-बैरागी धूनियों के सामने लेटे थे। दस-पाँच यात्री कम्बल जमीन पर बिछाये सो रहे थे। गंगा किसी विशाल सर्प की भाँति रेंगती चली जाती थी। एक छोटी-सी नौका किनारे पर लगी हुई थी। मल्लाह नौका में बैठा हुआ था।

तारा ने मल्लाह को पुकारा—ओ माँझी, उस पार नाव ले चलेगा ?

माँझी ने जवाब दिया—इतनी रात गये नाव न जाई।

मगर दूनी मजदूरी की बात सुन कर उसने डाँड़ उठाया और नाव को खोलता हुआ बोला—सरकार, उस पार कहाँ जैहैं ?

'उस पार एक गाँव में जाना है।'

'मुदा इतनी रात गये कौनों सवारी-सिकारी न मिली।'

'कोई हर्ज नहीं, तुम मुझे उस पार पहुँचा दो।'

माँझी ने नाव खोल दी। तारा उस पर जा बैठी और नौका मंद गति से चलने लगी, मानो जीव स्वप्न-साम्राज्य में विचर रहा हो।

इसी समय एकादशी का चाँद, पृथ्वी से उस पार, अपनी उज्ज्वल नौका खेता हुआ निकला और व्योम-सागर को पार करने लगा।

ईश्वरीय न्याय

कानपुर जिले में पंडित भृगुदत्त नामक एक बड़े जमींदार थे। मुंशी सत्यनारायण उनके कारिंदा थे। वह बड़े स्वामिभक्त और सच्चरित्र मनुष्य थे। लाखों रुपये की तहसील और हजारों मन अनाज का लेन-देन उनके हाथ में था; पर कभी उनकी नीयत डाँवाँडोल न होती। उनके सुप्रबंध से रियासत दिनोंदिन उन्नति करती जाती थी। ऐसे कर्तव्यपरायण सेवक का जितना सम्मान होना चाहिए, उससे अधिक ही होता था। दुःख-सुख के प्रत्येक अवसर पर पंडित जी उनके साथ बड़ी उदारता से पेश आते। धीरे-धीरे मुंशी जी का विश्वास इतना बढ़ा कि पंडित जी ने हिसाब-किताब का समझना भी छोड़ दिया। सम्भव है, उनसे आजीवन इसी तरह निभ जाती, पर भावी प्रबल है। प्रयाग में कुम्भ लगा, तो पंडित जी भी स्नान करने गये। वहाँ से लौट कर फिर वे घर न आये। मालूम नहीं, किसी गढ़े में फिसल पड़े या कोई जल-जंतु उन्हें खींच ले गया, उनका फिर कुछ पता ही न चला। अब मुंशी सत्यनारायण के अधिकार और भी बढ़े। एक हतभागिनी विधवा और दो छोटे-छोटे बच्चों के सिवा पंडित जी के घर में और कोई न था। अंत्येष्टि-क्रिया से निवृत्त हो कर एक दिन शोकातुर पंडिताइन ने उन्हें बुलाया और रो कर कहा—लाला, पंडित जी हमें मँझधार में छोड़ कर सुरपुर को सिधार गये, अब यह नैया तुम्हीं पार लगाओगे तो लग सकती है। यह सब खेती तुम्हारी लगायी हुई है, इसे तुम्हारे ही ऊपर छोड़ती हूँ। ये तुम्हारे बच्चे हैं, इन्हें अपनाओ। जब तक मालिक जिये, तुम्हें अपना भाई समझते रहे। मुझे विश्वास है कि तुम इसी तरह इस भार को सँभाले रहोगे।

सत्यनारायण ने रोते हुए जवाब दिया—भाभी, भैया क्या उठ गये, मेरे तो भाग्य ही फूट गये, नहीं तो मुझे आदमी बना देते। मैं उन्हीं का नमक खा कर जिया हूँ और उन्हीं की चाकरी में मरूँगा भी। आप धीरज रखें। किसी प्रकार की चिंता न करें। मैं जीते-जी आपकी सेवा से मुँह न मोड़ूँगा। आप केवल इतना कीजिएगा कि मैं जिस किसी की शिकायत करूँ, उसे डाँट दीजिएगा; नहीं तो ये लोग सिर चढ़ जायेंगे।

2

इस घटना के बाद कई वर्षों तक मुंशीजी ने रियासत को सँभाला। वह अपने काम में बड़े कुशल थे। कभी एक कौड़ी का भी बल नहीं पड़ा। सारे जिले में उनका सम्मान होने लगा। लोग पंडित जी को भूल-सा गये। दरबारों और कमेटियों में वे सम्मिलित होते, जिले के अधिकारी उन्हीं को जमींदार समझते। अन्य रईसों में भी उनका आदर था; पर मान-वृद्धि महँगी वस्तु है। और भानुकुँवरि, अन्य स्त्रियों के सदृश पैसे को खूब पकड़ती। वह मनुष्य की मनोवृत्तियों से परिचित न थी। पंडित जी हमेशा लाला जी को इनाम-इकराम देते रहते थे। वे जानते थे कि ज्ञान के बाद ईमान का दूसरा स्तम्भ अपनी सुदशा है। इसके सिवा वे खुद भी कभी कागजों की जाँच कर लिया करते थे। नाममात्र ही को सही, पर इस निगरानी का डर जरूर बना रहता था; क्योंकि ईमान का सबसे बड़ा शत्रु अवसर है। भानुकुँवरि इन बातों को जानती न थी। अतएव अवसर तथा धनाभाव-जैसे प्रबल शत्रुओं के पंजे में पड़ कर मुंशी जी का ईमान कैसे बेदाग बचता ?

कानपुर शहर से मिला हुआ, ठीक गंगा के किनारे, एक बहुत आबाद और उपजाऊ गाँव था। पंडित जी इस गाँव को ले कर नदी-किनारे पक्का घाट, मंदिर, बाग, मकान आदि बनवाना चाहते थे; पर उनकी यह कामना सफल न हो सकी। संयोग से अब यह गाँव बिकने लगा। उनके जमींदार एक ठाकुर साहब थे। किसी फौजदारी के मामले में फँसे हुए थे। मुकदमा लड़ने के लिए रुपये की चाह थी। मुंशीजी ने कचहरी में यह समाचार सुना। चटपट मोल-तोल हुआ। दोनों तरफ गरज थी। सौदा पटने में देर न लगी, बैनामा लिखा गया। रजिस्ट्री हुई। रुपये मौजूद न थे, पर शहर में साख थी। एक महाजन के यहाँ से तीस हजार रुपये मँगवाये गये और ठाकुर साहब को नजर किये गये। हाँ, काम-काज की आसानी के खयाल से यह सब लिखा-पढ़ी मुंशी जी ने अपने ही नाम की; क्योंकि मालिक के लड़के अभी नाबालिग थे। उनके नाम से लेने में बहुत झंझट होती और विलम्ब होने से शिकार हाथ से निकल जाता। मुंशीजी बैनामा लिये असीम आनंद में मग्न भानुकुँवरि के पास आये। पर्दा कराया और यह शुभ-समाचार सुनाया। भानुकुँवरि ने सजल नेत्रों से उनको धन्यवाद दिया। पंडित जी के नाम पर मन्दिर और घाट बनवाने का इरादा पक्का हो गया।

मुंशी जी दूसरे ही दिन उस गाँव में आये। असामी नजराने ले कर नये स्वामी के स्वागत को हाजिर हुए। शहर के रईसों की दावत हुई। लोगों ने नावों पर बैठ कर गंगा की खूब सैर की। मन्दिर आदि बनवाने के लिए आबादी से हट कर रमणीक स्थान चुना गया।

3

यद्यपि इस गाँव को अपने नाम लेते समय मुंशी जी के मन में कपट का भाव न था, तथापि दो-चार दिन में ही उसका अंकुर जम गया और धीरे-धीरे बढ़ने लगा। मुंशी जी इस गाँव के आय-व्यय का हिसाब अलग रखते और अपने स्वामिनी को उसका ब्योरा समझाने की जरूरत न समझते। भानुकुँवरि इन बातों में दखल देना उचित न समझती थी; पर दूसरे कारिंदों से बातें सुन-सुन कर उसे शंका होती थी कि कहीं मुंशी जी दगा तो न देंगे। अपने मन का भाव मुंशी जी से छिपाती थी, इस खयाल से कि कहीं कारिंदों ने उन्हें हानि पहुँचाने के लिए यह षड्यंत्र न रचा हो।

इस तरह कई साल गुजर गये। अब उस कपट के अंकुर ने वृक्ष का रूप धारण किया। भानुकुँवरि को मुंशी जी के उस मार्ग के लक्षण दिखायी देने लगे। उधर मुंशी जी के मन ने कानून से नीति पर विजय पायी, उन्होंने अपने मन में फैसला किया कि गाँव मेरा है, हाँ, मैं भानुकुँवरि का तीस हजार का ऋणी अवश्य हूँ। वे बहुत करेंगी तो अपने रुपये ले लेंगी और क्या कर सकती हैं ? मगर दोनों तरफ यह आग अन्दर ही अन्दर सुलगती रही। मुंशी जी अस्त्र-सज्जित हो कर आक्रमण के इंतजार में थे और भानुकुँवरि इसके लिए अवसर ढूँढ़ रही थी। एक दिन उसने साहस करके मुंशी जी को अन्दर बुलाया और कहा—लाला जी, 'बरगदा' के मंदिर का काम कब से लगवाइएगा ? उसे लिये आठ साल हो गये, अब काम लग जाय तो अच्छा हो। जिंदगी का कौन ठिकाना है, जो काम करना है; उसे कर ही डालना चाहिए।

इस ढंग से इस विषय को उठा कर भानुकुँवरि ने अपनी चतुराई का अच्छा परिचय दिया। मुंशी जी भी दिल में इसके कायल हो गये। जरा सोच कर बोले—इरादा तो मेरा कई बार हुआ, पर मौके की जमीन नहीं मिलती। गंगातट की जमीन असामियों के जोत में है और वे किसी तरह छोड़ने पर राजी नहीं।

भानुकुँवरि—यह बात तो आज मुझे मालूम हुई। आठ साल हुए, इस गाँव के विषय में आपने कभी भूल कर भी तो चर्चा नहीं की। मालूम नहीं, कितनी तहसील है, क्या मुनाफा है, कैसा गाँव है, कुछ सीर होती है या नहीं। जो कुछ करते हैं, आप ही करते हैं और करेंगे। पर मुझे भी तो कुछ मालूम होना चाहिए ?

मुंशी जी सँभल उठे। उन्हें मालूम हो गया कि इस चतुर स्त्री से बाजी ले जाना मुश्किल है। गाँव लेना ही है तो अब क्या डर। खुल कर बोले—आपको इससे कोई सरोकार न था, इसलिए मैंने व्यर्थ कष्ट देना मुनासिब न समझा।

भानुकुँवरि के हृदय में कुठार-सा लगा। पर्दे से निकल आयी और मुंशी जी की तरफ तेज आँखों से देख कर बोली—आप क्या कहते हैं ! आपने गाँव मेरे लिए

लिया था या अपने लिए ? रुपये मैंने दिये या आपने ? उस पर जो खर्च पड़ा, वह मेरा था या आपका ? मेरी समझ में नहीं आता कि आप कैसी बातें करते हैं।

मुंशी जी ने सावधानी से जवाब दिया—यह तो आप जानती हैं कि गाँव हमारे नाम से बय हुआ है। रुपया जरूर आपका लगा, पर मैं उसका देनदार हूँ। रहा तहसील-वसूल का खर्च, यह सब मैंने अपने पास से दिया है। उसका हिसाब-किताब, आय-व्यय सब रखता गया हूँ।

भुनकुँवरि ने क्रोध से काँपते हुए कहा—इस कपट का फल आपको अवश्य मिलेगा। आप इस निर्दयता से मेरे बच्चों का गला नहीं काट सकते। मुझे नहीं मालूम था कि आपने हृदय में छुरी छिपा रखी है, नहीं तो यह नौबत ही क्यों आती। खैर, अब से मेरी रोकड़ और बही खाता आप कुछ न छुएँ। मेरा जो कुछ होगा, ले लूँगी। जाइए, एकांत में बैठ कर सोचिए। पाप से किसी का भला नहीं होता। तुम समझते होगे कि बालक अनाथ हैं, इनकी सम्पत्ति हजम कर लूँगा। इस भूल में न रहना, मैं तुम्हारे घर की ईंट तक बिकवा लूँगी !

यह कह कर भानुकुँवरि फिर पर्दे की आड़ में आ बैठी और रोने लगी। स्त्रियाँ क्रोध के बाद किसी न किसी बहाने रोया करती हैं। लाला साहब को कोई जवाब न सूझा। यहाँ से उठ आये और दफ्तर जा कर कागज उलट-पलट करने लगे, पर भानुकुँवरि भी उनके पीछे-पीछे दफ्तर में पहुँची और डाँट कर बोली—मेरा कोई कागज मत छूना, नहीं तो बुरा होगा। तुम विषैले साँप हो, मैं तुम्हारा मुँह नहीं देखना चाहती।

मुंशी जी कागजों में कुछ काट-छाँट करना चाहते थे, पर विवश हो गये। खजाने की कुंजी निकाल कर फेंक दी, बही-खाते पटक दिये, किवाड़ धड़ाके-से बंद किये और हवा की तरह सन्न-से निकल गये। कपट में हाथ तो डाला, पर कपट मन्त्र न जाना।

दूसरे कारिंदों ने यह कैफियत सुनी, तो फूले न समाये। मुंशी ज़ी के सामने उनकी दाल न गलने पाती थी। भानुकुँवरि के पास आ कर वे आग पर तेल छिड़कने लगे। सब लोग इस विषय में सहमत थे कि मुंशी सत्यनारायण ने विश्वासघात किया है। मालिक का नमक उनकी हड्डियों से फूट-फूटकर निकलेगा।

दोनों ओर से मुकदमेबाजी की तैयारियाँ होने लगीं ! एक तरफ न्याय का शरीर था, दूसरी ओर न्याय की आत्मा। प्रकृति का पुरुष से लड़ने का साहस हुआ।

भानुकुँवरि ने लाला छक्कनलाल से पूछा—हमारा वकील कौन है ? छक्कन लाल ने इधर-उधर झाँक कर कहा—वकील तो सेठ जी हैं, पर सत्यनारायण ने उन्हें पहले गाँठ रखा होगा। इस मुकदमे के लिए बड़े होशियार वकील की जरूरत है। मेहरा बाबू की आजकल खूब चल रही है। हाकिम की कलम पकड़ लेते हैं। बोलते हैं तो जैसे मोटरकार छूट जाती है। सरकार ! और क्या कहें, कई आदमियों को

फाँसी से उतार लिया है, उनके सामने कोई वकील जबान तो खोल नहीं सकता। सरकार कहें तो वही कर लिये जायँ।

छक्कनलाल की अत्युक्ति ने संदेह पैदा कर दिया। भानुकुँवरि ने कहा—नहीं, पहले सेठ जी से पूछ लिया जाय। उसके बाद देखा जायेगा। आप जाइए, उन्हें बुला लाइए।

छक्कनलाल अपनी तकदीर को ठोंकते हुए सेठ जी के पास आये। सेठ जी पंडित भृगुदत्त के जीवन-काल से ही उनका कानून-सम्बन्धी सब काम किया करते थे। मुकदमे का हाल सुना तो सन्नाटे में आ गये। सत्यनारायण को यह बड़ा नेकनीयत आदमी समझते थे। उनके पतन से बड़ा खेद हुआ। उसी वक्त आये। भानुकुँवरि ने रो-रो कर उनसे अपनी विपत्ति की कथा कही और अपने दोनों लड़कों को उनके सामने खड़ा करके बोली—आप इन अनाथों की रक्षा कीजिए ! इन्हें मैं आपको सौंपती हूँ।

सेठ जी ने समझौते की बात छेड़ी। बोले—आपस की लड़ाई अच्छी नहीं।

भानुकुँवरि—अन्यायी के साथ लड़ना ही अच्छा है।

सेठ जी—पर हमारा पक्ष निर्बल है।

भानुकुँवरि फिर पर्दे से निकल आयी और विस्मित हो कर बोली—क्या हमारा पक्ष निर्बल है ? दुनिया जानती है कि गाँव हमारा है। उसे हमसे कौन ले सकता है ? नहीं, मैं सुलह कभी न करूँगी, आप कागजों को देखें। मेरे बच्चों की खातिर यह कष्ट उठायें। आपका परिश्रम निष्फल न जायेगा। सत्यनारायण की नीयत पहले खराब न थी। देखिए जिस मिती में गाँव लिया गया है, उस मिती में 30 हजार का क्या खर्च दिखाया गया है। अगर उसने अपने नाम उधार लिखा हो, तो देखिए, वार्षिक सूद चुकाया गया या नहीं। ऐसे नरपिशाच से मैं कभी सुलह न करूँगी।

सेठ जी ने समझ लिया कि इस समय समझाने-बुझाने से कुछ काम न चलेगा। कागजात देखे, अभियोग चलाने की तैयारियाँ होने लगीं।

4

मुंशी सत्यनारायणलाल खिसियाये हुए मकान पहुँचे। लड़के ने मिठाई माँगी। उसे पीटा। स्त्री पर इसलिए बरस पड़े कि उसने क्यों लड़के को उनके पास जाने दिया। अपनी वृद्धा माता को डाँट कर कहा—तुमसे इतना भी नहीं हो सकता कि जरा लड़के को बहलाओ ? एक तो मैं दिन भर का थका-माँदा घर आऊँ और फिर लड़के को खेलाऊँ ? मुझे दुनिया में न और कोई काम है, न धंधा। इस तरह घर में बावेला मचा कर बाहर आये, सोचने लगे—मुझसे बड़ी भूल हुई। मैं कैसा मूर्ख हूँ। और इतने दिन तक सारे कागज-पत्र अपने हाथ में थे। चाहता, कर सकता था, पर

हाथ पर हाथ धरे बैठा रहा। आज सिर पर आ पड़ी, तो सूझी। मैं चाहता तो बही-खाते सब नये बना सकता था, जिसमें इस गाँव का और रुपये का जिक्र ही न होता, पर मेरी मूर्खता के कारण घर में आयी हुई लक्ष्मी रूठी जाती हैं। मुझे क्या मालूम था कि वह चुड़ैल मुझसे इस तरह पेश आयेगी, कागजों में हाथ तक न लगाने देगी।

इसी उधेड़बुन में मुंशी जी एकाएक उछल पड़े। एक उपाय सूझ गया—क्यों न कार्यकर्ताओं को मिला लूँ ? यद्यपि मेरी सख्ती के कारण वे सब मुझसे नाराज थे और इस समय सीधे बात भी न करेंगे, तथापि उनमें ऐसा कोई भी नहीं, जो प्रलोभन से मुट्ठी में न आ जाय। हाँ, इसमें रुपये पानी की तरह बहाना पड़ेगा, पर इतना रुपया आयेगा कहाँ से ? हाय दुर्भाग्य ! दो-चार दिन पहले चेत गया होता, तो कोई कठिनाई न पड़ती। क्या जानता था कि वह डाइन इस तरह वज्र-प्रहार करेगी। बस, अब एक ही उपाय है। किसी तरह कागजात गुम कर दूँ। बड़ी जोखिम का काम है, पर करना ही पड़ेगा।

दुष्कामनाओं के सामने एक बार सिर झुकाने पर फिर सँभलना कठिन हो जाता है। पाप के अथाह दलदल में जहाँ एक बार पड़े कि फिर प्रतिक्षण नीचे ही चले जाते हैं। मुंशी सत्यनारायण-सा विचारशील मनुष्य इस समय इस फिक्र में था कि कैसे सेंध लगा पाऊँ !

मुंशी जी ने सोचा—क्या सेंध लगाना आसान है ? इसके वास्ते कितनी चतुरता, कितना साहस, कितनी बुद्धि, कितनी वीरता चाहिए ! कौन कहता है कि चोरी करना आसान काम है ? मैं जो कहीं पकड़ा गया, तो मरने के सिवा और कोई मार्ग न रहेगा।

बहुत सोचने-विचारने पर भी मुंशी जी को अपने ऊपर ऐसा दुस्साहस कर सकने का विश्वास न हो सका। हाँ, इससे सुगम एक दूसरी तदबीर नजर आयी—क्यों न दफ्तर में आग लगा दूँ ? एक बोतल मिट्टी का तेल और दियासलाई की जरूरत है। किसी बदमाश को मिला लूँ, मगर यह क्या मालूम कि बही उसी कमरे में रखी है या नहीं। चुड़ैल ने उसे जरूर अपने पास रख लिया होगा। नहीं, आग लगाना गुनाह बेलज्जत होगा।

बहुत देर मुंशी जी करवटें बदलते रहे। नये-नये मनसूबे सोचते; पर फिर अपने ही तर्कों से काट देते। वर्षाकाल में बादलों की नयी-नयी सूरतें बनतीं और फिर हवा के वेग से बिगड़ जाती हैं; वही दशा इस समय उनके मनसूबों की हो रही थी।

पर इस मानसिक अशांति में भी एक विचार पूर्णरूप से स्थिर था—किसी तरह इन कागजात को अपने हाथ में लाना चाहिए। काम कठिन है—माना ! पर हिम्मत न थी, तो रार क्यों मोल ली ? क्या 30 हजार की जायदाद दाल-भात

का कौर है !—चाहे जिस तरह हो, चोर बने बिना काम नहीं चल सकता। आखिर जो लोग चोरियाँ करते हैं, वे भी तो मनुष्य ही होते हैं। बस, एक छलाँग का काम है। अगर पार हो गये, तो राज करेंगे, गिर पड़े, तो जान से हाथ धोयेंगे।

5

रात के दस बज गये। मुंशी सत्यनारायण कुंजियों का एक गुच्छा कमर में दबाये घर से बाहर निकले। द्वार पर थोड़ा-सा पुआल रखा हुआ था। उसे देखते ही वे चौंक पड़े। मारे डर के छाती धड़कने लगी। जान पड़ा कि कोई छिपा बैठा है। कदम रुक गये। पुआल की तरफ ध्यान से देखा। उसमें बिलकुल हरकत न हुई ! तब हिम्मत बाँधी, आगे बढ़े और मन को समझाने लगे—मैं कैसा बौखल हूँ।

अपने द्वार पर किसका डर और सड़क पर भी मुझे किसका डर है ? मैं अपनी राह जाता हूँ। कोई मेरी तरफ तिरछी आँख से नहीं देख सकता। हाँ, जब मुझे सेंध लगाते देख ले—नहीं, पकड़ ले तब अलबत्ता डरने की बात है। तिस पर भी बचाव की युक्ति निकल सकती है।

अकस्मात् उन्होंने भानुकुँवरि के एक चपरासी को आते हुए देखा। कलेजा धड़क उठा। लपक कर एक अंधेरी गली में घुस गये। बड़ी देर तक वहाँ खड़े रहे। जब वह सिपाही आँखों से ओझल हो गया, तब फिर सड़क पर आये। वह सिपाही आज सुबह तक इनका गुलाम था, उसे उन्होंने कितनी ही बार गालियाँ दी थीं, लातें मारी थीं, पर आज उसे देख कर उनके प्राण सूख गये।

उन्होंने फिर तर्क की शरण ली। मैं मानो भंग खाकर आया हूँ। इस चपरासी से इतना डरा मानो कि वह मुझे देख लेता, पर मेरा कर क्या सकता था ? हजारों आदमी रास्ता चल रहे हैं। उन्हीं में मैं भी एक हूँ। क्या वह अंतर्यामी है ? सबके हृदय का हाल जानता है ? मुझे देख कर वह अदब से सलाम करता और वहाँ का कुछ हाल भी कहता; पर मैं उससे ऐसा डरा कि सूरत तक न दिखायी। इस तरह मन को समझा कर वे आगे बढ़े। सच है, पाप के पंजों में फँसा हुआ मन पतझड़ का पत्ता है, जो हवा के जरा-से झोंके से गिर पड़ता है।

मुंशी जी बाजार पहुँचे। अधिकतर दूकानें बंद हो चुकी थीं। उनमें साँड़ और गायें बैठी हुई जुगाली कर रही थीं। केवल हलवाइयों की दूकानें खुली थीं। और कहीं-कहीं गजरेवाले हार की हाँक लगाते फिरते थे। सब हलवाई मुंशी जी को पहचानते थे, अतएव मुंशी जी ने सिर झुका लिया। कुछ चाल बदली और लपकते हुए चले। एकाएक उन्हें एक बग्घी आती दिखायी दी। यह सेठ बल्लभदास वकील की बग्घी थी। उसमें बैठ कर हजारों बार सेठ जी के साथ कचहरी गये थे, पर आज वह बग्घी कालदेव के समान भयंकर मालूम हुई। फौरन एक खाली दूकान पर चढ़ गये।

वहाँ विश्राम करने वाले साँड़ ने समझा, वे मुझे पदच्युत करने आये हैं ! माथा झुकाये फुंकारता हुआ उठ बैठा; पर इसी बीच में बग्घी निकल गयी और मुंशी जी की जान में जान आयी। अबकी उन्होंने तर्क का आश्रय न लिया। समझ गये कि इस समय इससे कोई लाभ नहीं, खैरियत यह हुई कि वकील ने देखा नहीं। यह एक घाघ है। मेरे चेहरे से ताड़ जाता।

कुछ विद्वानों का कथन है कि मनुष्य की स्वाभाविक प्रवृत्ति पाप की ओर होती है, पर यह कोरा अनुमान ही अनुमान है, अनुभव-सिद्ध बात नहीं। सच बात तो यह है कि मनुष्य स्वभावतः पाप-भीरु होता है और हम प्रत्यक्ष देख रहे हैं कि पाप से उसे कैसी घृणा होती है।

एक फर्लांग आगे चल कर मुंशी जी को एक गली मिली। यह भानुकुँवरि के घर का एक रास्ता था। धुँधली-सी लालटेन जल रही थी। जैसा मुंशी जी ने अनुमान किया था, पहरेदार का पता न था। अस्तबल में चमारों के यहाँ नाच हो रहा था। कई चमारिनें बनाव-सिंगार करके नाच रही थीं। चमार मृदंग बजा-बजा कर गाते थे–

'नाहीं घरे श्याम, घेरि आये बदरा।
सोवत रहेऊँ, सपन एक देखेऊँ, रामा।
खुलि गयी नींद, ढरक गये कजरा।
नहीं घरे श्याम, घेरि आये बदरा।'

दोनों पहरेदार वहीं तमाशा देख रहे थे। मुंशी जी दबे-पाँव लालटेन के पास गये और जिस तरह बिल्ली चूहे पर झपटती है, उसी तरह उन्होंने झपट कर लालटेन को बुझा दिया। एक पड़ाव पूरा हो गया, पर वे उस कार्य को जितना दुष्कर समझते थे, उतना न जान पड़ा। हृदय कुछ मजबूत हुआ। दफ्तर के बरामदे में पहुँचे और खूब कान लगा कर आहट ली। चारों ओर सन्नाटा छाया हुआ था। केवल चमारों का कोलाहल सुनायी देता था। इस समय मुंशी जी के दिल में धड़कन थी, पर सिर धमधम कर रहा था; हाथ-पाँव काँप रहे थे, साँस बड़े वेग से चल रही थी। शरीर का एक-एक रोम आँख और कान बना हुआ था। वे सजीवता की मूर्ति हो रहे थे। उनमें जितना पौरुष, जितनी चपलता, जितना साहस, जितनी चेतना, जितनी बुद्धि, जितना औसान था, वे सब इस वक्त सजग और सचेत हो कर इच्छा-शक्ति की सहायता कर रहे थे।

दफ्तर के दरवाजे पर वही पुराना ताला लगा हुआ था। उसकी कुंजी आज बहुत तलाश करके वे बाजार से लाये थे। ताला खुल गया, किवाड़ों ने बहुत दबी जबान से प्रतिरोध किया। इस पर किसी ने ध्यान न दिया। मुंशी जी दफ्तर में दाखिल हुए। भीतर चिराग जल रहा था। मुंशी जी को देख कर उसने एक दफे सिर हिलाया, मानो उन्हें भीतर आने से रोका।

मुंशी जी के पैर थर-थर काँप रहे थे। एड़ियाँ जमीन से उछली पड़ती थीं। पाप का बोझ उन्हें असह्य था।

पल भर में मुंशी जी ने बहियों को उलटा-पलटा। लिखावट उनकी आँखों में तैर रही थी। इतना अवकाश कहाँ था कि जरूरी कागजात छाँट लेते। उन्होंने सारी बहियों को समेट कर एक गट्ठर बनाया और सिर पर रख कर तीर के समान कमरे के बाहर निकल आये। उस पाप की गठरी को लादे हुए वह अँधेरी गली से गायब हो गये।

तंग, अँधेरी, दुर्गंधपूर्ण कीचड़ से भरी हुई गलियों में वे नंगे पाँव, स्वार्थ, लोभ और कपट का बोझ लिये चले जाते थे। मानो पापमय आत्मा नरक की नालियों में बही चली जाती थी।

बहुत दूर तक भटकने के बाद वे गंगा के किनारे पहुँचे। जिस तरह कलुषित हृदयों में कहीं-कहीं धर्म का धुँधला प्रकाश रहता है, उसी तरह नदी की काली सतह पर तारे झिलमिला रहे थे। तट पर कई साधु धूनी जमाये पड़े थे। ज्ञान की ज्वाला मन की जगह बाहर दहक रही थी। मुंशी जी ने अपना गट्ठर उतारा और चादर से खूब मजबूत बाँध कर बलपूर्वक नदी में फेंक दिया। सोती हुई लहरों में कुछ हलचल हुई और फिर सन्नाटा हो गया।

6

मुंशी सत्यनारायणलाल के घर में दो स्त्रियाँ थीं—माता और पत्नी। वे दोनों अशिक्षिता थीं। तिस पर भी मुंशी जी को गंगा में डूब मरने या कहीं भाग जाने की जरूरत न होती थी ! न वे बॉडी पहनती थीं, न मोजे-जूते, न हारमोनियम पर गा सकती थीं। यहाँ तक कि उन्हें साबुन लगाना भी न आता था। हेयरपिन, ब्रूचेज, जाकेट आदि परमावश्यक चीजों का तो नाम ही नहीं सुना था। बहू में आत्म-सम्मान जरा भी नहीं था; न सास में आत्म-गौरव का जोश। बहू अब तक सास की घुड़कियाँ भीगी बिल्ली की तरह सह लेती थी—हा मूर्खे ! सास को बच्चे के नहलाने-धुलाने, यहाँ तक कि घर में झाड़ू देने से भी घृणा न थी, हा ज्ञानांधे ! बहू स्त्री क्या थी, मिट्टी का लोंदा थी। एक पैसे की जरूरत होती तो सास से माँगती। सारांश यह कि दोनों स्त्रियाँ अपने अधिकारों से बेखबर, अंधकार में पड़ी हुई पशुवत् जीवन व्यतीत करती थीं। ऐसी फूहड़ थीं कि रोटियाँ भी अपने हाथों से बना लेती थीं। कंजूसी के मारे दालमोट, समोसे कभी बाजार से न मँगातीं। आगरे वाले की दूकान की चीजें खायी होतीं तो उनका मजा जानतीं। बुढ़िया खूसट दवा-दरपन भी जानती थी। बैठी-बैठी घास-पात कूटा करती।

मुंशी जी ने माँ के पास जा कर कहा—अम्मा ! अब क्या होगा ? भानुकुँवरि ने मुझे जवाब दे दिया।

माता ने घबरा कर पूछा—जवाब दे दिया ?

मुंशी—हाँ, बिलकुल बेकसूर !

माता—क्या बात हुई ? भानुकुँवरि का मिजाज तो ऐसा न था।

मुंशी—बात कुछ न थी। मैंने अपने नाम से जो गाँव लिया था, उसे मैंने अपने अधिकार में कर लिया। कल मुझसे और उनसे साफ-साफ बातें हुईं। मैंने कह दिया कि गाँव मेरा है। मैंने अपने नाम से लिया है, उसमें तुम्हारा कोई इजारा नहीं। बस, बिगड़ गयीं, जो मुँह में आया, बकती रहीं। उसी वक्त मुझे निकाल दिया और धमका कर कहा—मैं तुमसे लड़ कर अपना गाँव ले लूँगी। अब आज ही उनकी तरफ से मेरे ऊपर मुकदमा दायर होगा; मगर इससे होता क्या है ? गाँव मेरा है। उस पर मेरा कब्जा है। एक नहीं, हजार मुकदमे चलायें, डिगरी मेरी होगी।

माता ने बहू की तरफ मर्मांतक दृष्टि से देखा और बोली—क्यों भैया ? वह गाँव लिया तो था तुमने उन्हीं के रुपये से और उन्हीं के वास्ते ?

मुंशी—लिया था, तब लिया था। अब मुझसे ऐसा आबाद और मालदार गाँव नहीं छोड़ा जाता। वह मेरा कुछ नहीं कर सकती। मुझसे अपना रुपया भी नहीं ले सकती। डेढ़ सौ गाँव तो हैं। तब भी हवस नहीं मानती।

माता—बेटा, किसी के धन ज्यादा होता है, तो वह उसे फेंक थोड़े ही देता है ? तुमने अपनी नीयत बिगाड़ी, यह अच्छा काम नहीं किया। दुनिया तुम्हें क्या कहेगी ? और दुनिया चाहे कहे या न कहे, तुमको भला ऐसा चाहिए कि जिसकी गोद में इतने दिन पले, जिसका इतने दिनों तक नमक खाया, अब उसी से दगा करो ? नारायण ने तुम्हें क्या नहीं दिया ? मजे से खाते हो, पहनते हो, घर में नारायण का दिया चार पैसा है, बाल-बच्चे हैं, और क्या चाहिए ? मेरा कहना मानो, इस कलंक का टीका अपने माथे न लगाओ। यह अपजस मत लो। बरक्कत अपनी कमाई में होती है; हराम की कौड़ी कभी नहीं फलती।

मुंशी—ऊँह ! ऐसी बातें बहुत सुन चुका हूँ। दुनिया उन पर चलने लगे, तो सारे काम बंद हो जायँ। मैंने इतने दिनों इनकी सेवा की, मेरी ही बदौलत ऐसे-ऐसे चार-पाँच गाँव बढ़ गये। जब तक पंडित जी थे, मेरी नीयत का मान था। मुझे आँख में धूल डालने की जरूरत न थी, वे आप ही मेरी खातिर कर दिया करते थे। उन्हें मरे आठ साल हो गये; मगर मुसम्मात के एक बीड़े पान की कसम खाता हूँ; मेरी जात से उनको हजारों रुपये मासिक की बचत होती थी। क्या उनको इतनी भी समझ न थी कि यह बेचारा, जो इतनी ईमानदारी से मेरा काम करता है, इस नफे में कुछ उसे भी मिलना चाहिए ? यह कह कर न दो, इनाम कह कर दो, किसी तरह दो तो, मगर वह तो समझती थी कि मैंने इसे बीस रुपये महीने पर मोल ले लिया है। मैंने आठ साल तक सब किया, अब क्या इसी बीस रुपये में गुलामी करता रहूँ और अपने बच्चों को दूसरों का मुँह ताकने के लिए छोड़ जाऊँ ?

अब मुझे यह अवसर मिला है, इसे क्यों छोड़ू ? जमींदारी की लालसा लिये हुए क्यों मरूँ ? जब तक जीऊँगा, खुद खाऊँगा। मेरे पीछे मेरे बच्चे चैन उड़ायेंगे।

माता की आँखों में आँसू भर आये। बोली—बेटा, मैंने तुम्हारे मुँह से ऐसी बातें कभी नहीं सुनी थीं, तुम्हें क्या हो गया है ? तुम्हारे आगे बाल-बच्चे हैं। आग में हाथ न डालो।

बहू ने सास की ओर देख कर कहा—हमको ऐसा धन न चाहिए, हम अपनी दाल-रोटी में मगन हैं।

मुंशी—अच्छी बात है, तुम लोग रोटी-दाल खाना, गाढ़ा पहनना, मुझे अब हलवे-पूरी की इच्छा है।

माता—यह अधर्म मुझसे न देखा जायेगा। मैं गंगा में डूब मरूँगी।

पत्नी—तुम्हें यह सब काँटा बोना है, तो मुझे मायके पहुँचा दो, मैं अपने बच्चों को ले कर इस घर में न रहूँगी !

मुंशी ने झुँझला कर कहा—तुम लोगों की बुद्धि तो भाँग खा गयी है। लाखों सरकारी नौकर रात-दिन दूसरों का गला दबा-दबा कर रिश्वतें लेते हैं और चैन करते हैं। न उनके बाल-बच्चों ही को कुछ होता है, न उन्हीं को हैजा पकड़ता है। अधर्म उनको क्यों नहीं खा जाता, जो मुझी को खा जायगा। मैंने तो सत्यवादियों को सदा दुःख झेलते ही देखा है। मैंने जो कुछ किया है, सुख लूटूँगा। तुम्हारे मन में जो आये, करो।

प्रातःकाल दफ्तर खुला तो कागजात सब गायब थे। मुंशी छक्कनलाल बौखलाये से घर में गये और मालकिन से पूछा—कागजात आपने उठवा लिये हैं।

भानुकुँवरि ने कहा—मुझे क्या खबर, जहाँ आपने रखे होंगे, वहीं होंगे।

फिर सारे घर में खलबली पड़ गयी। पहरेदारों पर मार पड़ने लगी। भानुकुँवरि को तुरंत मुंशी सत्यनारायण पर संदेह हुआ, मगर उनकी समझ में छक्कनलाल की सहायता के बिना यह काम होना असम्भव था। पुलिस में रपट हुई। एक ओझा नाम निकालने के लिए बुलाया गया। मौलवी साहब ने कुर्रा फेंका। ओझा ने बताया, यह किसी पुराने बैरी का काम है। मौलवी साहब ने फर्माया, किसी घर के भेदिये ने यह हरकत की है। शाम तक यह दौड़-धूप रही। फिर यह सलाह होने लगी कि इन कागजातों के बगैर मुकदमा कैसे चले। पक्ष तो पहले ही से निर्बल था। जो कुछ बल था, वह इसी बही-खाते का था। अब तो सबूत भी हाथ से गये। दावे में कुछ जान ही न रही, मगर भानुकुँवरि ने कहा—बला से हार जायेंगे। हमारी चीज कोई छीन ले, तो हमारा धर्म है कि उससे यथाशक्ति लड़ें, हार कर बैठना कायरों का काम है। सेठ जी (वकील) को इस दुर्घटना का समाचार मिला तो उन्होंने भी यही कहा कि अब दावे में जरा भी जान नहीं है। केवल अनुमान और तर्क का भरोसा है। अदालत ने माना तो माना, नहीं तो हार माननी पड़ेगी। पर भानुकुँवरि

ने एक न मानी। लखनऊ और इलाहाबाद से दो होशियार बैरिस्टर बुलाये। मुकदमा शुरू हो गया।

सारे शहर में इस मुकदमे की धूम थी। कितने ही रईसों को भानुकुँवरि ने साथी बनाया था। मुकदमा शुरू होने के समय हजारों आदमियों की भीड़ हो जाती थी। लोगों के इस खिंचाव का मुख्य कारण यह था कि भानुकुँवरि एक पर्दे की आड़ में बैठी हुई अदालत की कार्रवाई देखा करती थी, क्योंकि उसे अब अपने नौकरों पर जरा भी विश्वास न था।

वादी बैरिस्टर ने एक बड़ी मार्मिक वक्तृता दी। उसने सत्यनारायण की पूर्वास्था का खूब अच्छा चित्र खींचा। उसने दिखलाया कि वे कैसे स्वामिभक्त, कैसे कार्य-कुशल, कैसे कर्म-शील थे; और स्वर्गवासी पंडित भृगुदत्त का उन पर पूर्ण विश्वास हो जाना किस तरह स्वाभाविक था। इसके बाद उसने सिद्ध किया कि मुंशी सत्यनारायण की आर्थिक व्यवस्था कभी ऐसी न थी कि वे इतना धन-संचय करते। अंत में उसने मुंशी जी की स्वार्थपरता, कूटनीति, निर्दयता और विश्वास-घातकता का ऐसा घृणोत्पादक चित्र खींचा कि लोग मुंशी जी को गालियाँ देने लगे। इसके साथ ही उसने पंडित जी के अनाथ बालकों की दशा का बड़ा ही करुणोत्पादक वर्णन किया—कैसे शोक और लज्जा की बात है कि ऐसा चरित्रवान्, ऐसा नीति-कुशल मनुष्य इतना गिर जाय कि अपने स्वामी के अनाथ बालकों की गर्दन पर छुरी चलाने में संकोच न करे। मानव-पतन का ऐसा करुण, ऐसा हृदय-विदारक उदाहरण मिलना कठिन है। इस कुटिल कार्य के परिणाम की दृष्टि से इस मनुष्य के पूर्वपरिचित सद्गुणों का गौरव लुप्त हो जाता है। क्योंकि वे असली मोती नहीं, नकली काँच के दाने थे, जो केवल विश्वास जमाने के निमित्त दर्शाये गये थे। वह केवल सुंदर जाल था, जो एक सरल हृदय और छल-छंद से दूर रहने वाले रईस को फँसाने के लिए फैलाया गया था। इस नर-पशु का अंतःकरण कितना अंधकारमय, कितना कपट-पूर्ण, कितना कठोर है; और इसकी दुष्टता कितनी घोर, कितनी अपावन है। अपने शत्रु के साथ दया करना एक बार तो क्षम्य है, मगर इस मलिन- हृदय मनुष्य ने उन बेकसों के साथ दगा दिया है, जिन पर मानव-स्वभाव के अनुसार दया करना उचित है ! यदि आज हमारे पास बहीखाते मौजूद होते, अदालत पर सत्यनारायण की सत्यता स्पष्ट रूप से प्रकट हो जाती, पर मुंशी जी के बरखास्त होते ही दफ्तर से उनका लुप्त हो जाना भी अदालत के लिए एक बड़ा सबूत है।

शहर के कई रईसों ने गवाही दी, पर सुनी-सुनायी बातें जिरह में उखड़ गयीं। दूसरे दिन फिर मुकदमा पेश हुआ।

प्रतिवादी के वकील ने अपनी वक्तृता शुरू की। उसमें गंभीर विचारों की अपेक्षा हास्य का आधिक्य था—यह एक विलक्षण न्याय-सिद्धांत है कि किसी धनाढ्य मनुष्य का नौकर जो कुछ खरीदे, वह उसके स्वामी की चीज समझी जाय। इस

सिद्धांत के अनुसार हमारी गवर्नमेंट को अपने कर्मचारियों की सारी सम्पत्ति पर कब्जा कर लेना चाहिए। यह स्वीकार करने में हमको कोई आपत्ति नहीं कि हम इतने रुपयों का प्रबंध न कर सकते थे और यह धन हमने स्वामी से ऋण लिया; पर हमसे ऋण चुकाने का कोई तकाजा न करके वह जायदाद ही माँगी जाती है। यदि हिसाब के कागजात दिखलाये जायँ, तो वे साफ बता देंगे कि मैं सारा ऋण दे चुका। हमारे मित्र ने कहा है कि ऐसी अवस्था में बहियों का गुम हो जाना भी अदालत के लिए एक सबूत होना चाहिए। मैं भी उनकी युक्ति का समर्थन करता हूँ। यदि मैं आपसे ऋण ले कर अपना विवाह करूँ, तो क्या आप मुझसे मेरी नवविवाहिता वधू को छीन लेंगे ?

'हमारे सुयोग्य मित्र ने हमारे ऊपर अनाथों के साथ दगा करने का दोष लगाया है। अगर मुंशी सत्यनारायण की नीयत खराब होती, तो उनके लिए सबसे अच्छा अवसर वह था, जब पंडित भृगुदत्त का स्वर्गवास हुआ था। इतने विलंब की क्या जरूरत थी ? यदि आप शेर को फँसा कर उसके बच्चे को उसी वक्त नहीं पकड़ लेते, उसे बढ़ने और सबल होने का अवसर देते हैं, तो मैं आपको बुद्धिमान न कहूँगा। यथार्थ बात यह है कि मुंशी सत्यनारायण ने नमक का जो कुछ हक था, वह पूरा कर दिया। आठ वर्ष तक तन-मन से स्वामी के संतान की सेवा की। आज उन्हें अपनी साधुता का जो फल मिल रहा है, वह बहुत ही दुःखजनक और हृदय-विदारक है। इसमें भानुकुँवरि का दोष नहीं। वे एक गुण-सम्पन्न महिला हैं; मगर अपनी जाति के अवगुण उनमें भी विद्यमान हैं ! ईमानदार मनुष्य स्वभावतः स्पष्टभाषी होता है; उसे अपनी बातों में नमक-मिर्च लगाने की जरूरत नहीं होती। यही कारण है कि मुंशी जी के मृदुभाषी मातहतों को उन पर आक्षेप करने का मौका मिल गया। इस दावे की जड़ केवल इतनी ही है, और कुछ नहीं। भानुकुँवरि यहाँ उपस्थित हैं। क्या वे कह सकती हैं कि इस आठ वर्ष की मुद्दत में कभी इस गाँव का जिक्र उनके सामने आया ? कभी उसके हानि-लाभ, आय-व्यय, लेन-देन की चर्चा उनसे की गयी ? मान लीजिए कि मैं गवर्नमेंट का मुलाजिम हूँ। यदि मैं आज दफ्तर में आ कर अपनी पत्नी के आय-व्यय और अपने टहलुओं के टैक्सों का पचड़ा गाने लगूँ, तो शायद मुझे शीघ्र ही अपने पद से पृथक् होना पड़े, और सम्भव है, कुछ दिनों तक बरेली की विशाल अतिथिशाला में भी रखा जाऊँ। जिस गाँव से भानुकुँवरि का सरोकार न था, उसकी चर्चा उनसे क्यों की जाती ?'

इसके बाद बहुत से गवाह पेश हुए; जिनमें अधिकांश आस-पास के देहातों के जमींदार थे। उन्होंने बयान किया कि हमने मुंशी सत्यनारायण को असामियों को अपनी दस्तखती रसीदें देते और अपने नाम से खाने में रुपया दाखिल करते देखा है।

इतने में संध्या हो गयी। अदालत ने एक सप्ताह में फैसला सुनाने का हुक्म दिया।

7

सत्यनारायण को अब अपनी जीत में कोई संदेह न था। वादी पक्ष के गवाह भी उखड़ गये थे और बहस भी सबूत से खाली थी। अब इनकी गिनती भी जमींदारों में होगी और सम्भव है, यह कुछ दिनों में रईस कहलाने लगेंगे। पर किसी ने किसी कारण से अब शहर के गण्यमान्य पुरुषों से आँखें मिलाते शर्माते थे। उन्हें देखते ही उनका सिर नीचा हो जाता था। वह मन में डरते थे कि वे लोग कहीं इस विषय पर कुछ पूछ-ताछ न कर बैठें। वह बाजार में निकलते तो दूकानदारों में कुछ कानाफूंसी होने लगती और लोग उन्हें तिरछी दृष्टि से देखने लगते। अब तक लोग उन्हें विवेकशील और सच्चरित्र मनुष्य समझते थे, शहर के धनी-मानी उन्हें इज्जत की निगाह से देखते और उनका बड़ा आदर करते थे। यद्यपि मुंशी जी को अब तक इनसे टेढ़ी-तिरछी सुनने का संयोग न पड़ा था, तथापि उनका मन कहता था कि सच्ची बात किसी से छिपी नहीं है। चाहे अदालत से उनकी जीत हो जाय, पर उनकी साख अब जाती रही। अब उन्हें लोग स्वार्थी, कपटी और दगाबाज समझेंगे। दूसरों की बात तो अलग रही, स्वयं उनके घरवाले उनकी उपेक्षा करते थे। बूढ़ी माता ने तीन दिन से मुँह में पानी नहीं डाला। स्त्री बार-बार हाथ जोड़ कर कहती थी कि अपने प्यारे बालकों पर दया करो। बुरे काम का फल कभी अच्छा नहीं होता। नहीं तो पहले मुझी को विष खिला दो।

जिस दिन फैसला सुनाया जानेवाला था, प्रातःकाल एक कुँजड़िन तरकारियाँ ले कर आयी और मुंशियाइन से बोली–

'बहू जी ! हमने बाजार में एक बात सुनी है। बुरा न मानो तो कहूँ ? जिसको देखो, उसके मुँह से यही बात निकलती है कि लाला बाबू ने जालसाजी से पंडिताइन का कोई हलका ले लिया। हमें तो इस पर यकीन नहीं आता लाला बाबू ने न सँभाला होता, तो अब तक पंडिताइन का कहीं पता न लगता ! एक अंगुल जमीन न बचती। इन्हीं ऐसा सरदार था कि सबको सँभाल लिया। तो क्या अब उन्हीं के साथ बदी करेंगे ? अरे बहू ! कोई कुछ साथ लाया है कि ले जायेगा ? यही नेकी-बदी रह जाती है। बुरे का फल बुरा होता है। आदमी न देखे, पर अल्लाह सब कुछ देखता है।'

बहू जी पर घड़ों पानी पड़ गया। जी चाहता था कि धरती फट जाती, तो उसमें समा जाती। स्त्रियाँ स्वभावतः लज्जावती होती हैं। उनमें आत्माभिमान की मात्रा अधिक होती है। निंदा-अपमान उनसे सहन नहीं हो सकता है। सिर झुकाये हुए बोली–बुआ ! मैं इन बातों को क्या जानूँ ? मैंने तो आज ही तुम्हारे मुँह से सुनी है। कौन-सी तरकारियाँ हैं ?

मुंशी सत्यनारायण अपने कमरे में लेटे हुए कुँजड़िन की बातें सुन रहे थे,

उसके चले जाने के बाद आ कर स्त्री से पूछने लगे—यह शैतान की खाला क्या कह रही थी।

स्त्री ने पति की ओर से मुँह फेर लिया और जमीन की ओर ताकते हुए बोली—क्या तुमने नहीं सुना ? तुम्हारा गुन-गान कर रही थी। तुम्हारे पीछे देखो, किस-किसके मुँह से ये बातें सुननी पड़ती हैं और किस-किससे मुँह छिपाना पड़ता है।

मुंशी जी अपने कमरे में लौट आये। स्त्री को कुछ उत्तर नहीं दिया। उनकी आत्मा लज्जा से परास्त हो गयी। जो मनुष्य सदैव सर्वसम्मानित रहा हो, जो सदा आत्माभिमान से सिर उठा कर चलता रहा हो, जिसकी सुकृति की सारी शहर में चर्चा होती रही हो, वह कभी सर्वथा लज्जाशून्य नहीं हो सकता; लज्जा कुपथ की सबसे बड़ी शत्रु है। कुवासनाओं के भ्रम में पड़ कर मुंशी जी ने समझा था, मैं इस काम को ऐसी गुप्त-रीति से पूरा कर ले जाऊँगा कि किसी को कानोंकान खबर न होगी, पर उनका यह मनोरथ सिद्ध न हुआ। बाधाएँ आ खड़ी हुईं। उनको हटाने में उन्हें बड़े दुस्साहस से काम लेना पड़ा; पर यह भी उन्होंने लज्जा से बचने के निमित्त किया जिसमें यह कोई न कहे कि अपनी स्वामिनी को धोखा दिया। इतना यत्न करने पर भी वह निंदा से न बच सके। बाजार का सौदा बेचनेवालियाँ भी अब उनका अपमान करती हैं। कुवासनाओं से दबी हुई लज्जा-शक्ति इस कड़ी चोट को सहन न कर सकी। मुंशी जी सोचने लगे, अब मुझे धन-सम्पत्ति मिल जायगी, ऐश्वर्यवान् हो जाऊँगा, परंतु निंदा से मेरा पीछा न छूटेगा। अदालत का फैसला मुझे लोक-निंदा से न बचा सकेगा। ऐश्वर्य का फल क्या है ?—मान और मर्यादा। उससे हाथ धो बैठा, तो ऐश्वर्य को ले कर क्या करूँगा ? चित्त की शक्ति खो कर, लोक-लज्जा सह कर, जनसमुदाय में नीच बन कर और अपने घर में कलह का बीज बो कर यह सम्पत्ति मेरे किस काम आयेगी ? और यदि वास्तव में कोई न्याय-शक्ति हो और वह मुझे इस कुकृत्य का दंड दे, तो मेरे लिए सिवा मुख में कालिख लगा कर निकल जाने के और कोई मार्ग न रहेगा। सत्यवादी मनुष्य पर कोई विपत्ति पड़ती है, तो लोग उसके साथ सहानुभूति करते हैं; मगर दुष्टों की विपत्ति लोगों के लिए व्यंग्य की सामग्री बन जाती है। उस अवस्था में ईश्वर अन्यायी ठहराया जाता है; मगर दुष्टों की विपत्ति ईश्वर के न्याय को सिद्ध करती है। परमात्मन् ! इस दुर्दशा से किसी तरह मेरा उद्धार करो ! क्यों न जा कर मैं भानुकुँवरि के पैरों पर गिर पड़ूँ और विनय करूँ कि यह मुकदमा उठा लो ? शोक ! पहले यह बात मुझे क्यों न सूझी ? अगर कल तक मैं उनके पास चला गया होता, तो बात बन जाती; पर अब क्या हो सकता है। आज तो फैसला सुनाया जायगा।

मुंशी जी देर तक इसी विचार में पड़े रहे, पर कुछ निश्चय न कर सके कि क्या करें।

भानुकुँवरि को भी विश्वास हो गया कि अब गाँव हाथ से गया। बेचारी हाथ मल कर रह गयी। रात भर उसे नींद न आयी, रह-रह कर मुंशी सत्यनारायण पर क्रोध आता था। हाय पापी ! ढोल बजा कर मेरा पचास हजार का माल लिये जाता है और मैं कुछ नहीं कर सकती। आजकल के न्याय करने वाले बिलकुल आँख के अंधे हैं। जिस बात को सारी दुनिया जानती है, उसमें भी उनकी दृष्टि नहीं पहुँचती। बस, दूसरों की आँखों से देखते हैं। कोरे कागजों के गुलाम हैं। न्याय वह है जो दूध का दूध, पानी का पानी कर दे; यह नहीं कि खुद ही कागजों के धोखे में आ जाय, खुद ही पाखंडियों के जाल में फँस जाय। इसी से तो ऐसे छली, कपटी, दगाबाज और दुरात्माओं का साहस बढ़ गया है। खैर, गाँव जाता है तो जाय; लेकिन सत्यनारायण, तुम शहर में कहीं मुँह दिखाने के लायक भी न रहे।

इस खयाल से भानुकुँवरि को कुछ शांति हुई। शत्रु की हानि मनुष्य को अपने लाभ से भी अधिक प्रिय होती है, मानव-स्वभाव ही कुछ ऐसा है। तुम हमारा एक गाँव ले गये, नारायण चाहेंगे तो तुम भी इससे सुख न पाओगे। तुम आप नरक की आग में जलोगे, तुम्हारे घर में कोई दिया जलाने वाला न रह जायेगा।

फैसले का दिन आ गया। आज इजलास में बड़ी भीड़ थी। ऐसे-ऐसे महानुभाव उपस्थित थे, जो बगुलों की तरह अफसरों की बधाई और विदाई के अवसरों ही में नजर आया करते हैं। वकीलों और मुखतारों की पलटन भी जमा थी। नियत समय पर जज साहब ने इजलास सुशोभित किया। विस्तृत न्याय भवन में सन्नाटा छा गया। अहलमद ने संदूक से तजबीज निकाली। लोग उत्सुक हो कर एक-एक कदम और आगे खिसक गये।

जज ने फैसला सुनाया—मुद्दई का दावा खारिज। दोनों पक्ष अपना-अपना खर्च सह लें।

यद्यपि फैसला लोगों के अनुमान के अनुसार ही था, तथापि जज के मुँह से उसे सुन कर लोगों में हलचल-सी मच गयी। उदासीन भाव से फैसले पर आलोचनाएँ करते हुए लोग धीरे-धीरे कमरे से निकलने लगे।

एकाएक भानुकुँवरि घूँघट निकाले इजलास पर आ कर खड़ी हो गयी। जानेवाले लौट पड़े। जो बाहर निकल गये थे, दौड़ कर आ गये। और कौतूहलपूर्वक भानुकुँवरि की तरफ ताकने लगे।

भानुकुँवरि ने कंपित स्वर में जज से कहा—सरकार, यदि हुक्म दें, तो मैं मुंशी जी से कुछ पूछूँ !

यद्यपि यह बात नियम के विरुद्ध थी, तथापि जज ने दयापूर्वक आज्ञा दे दी।

तब भानुकुँवरि ने सत्यनारायण की तरफ देख कर कहा—लाला जी, सरकार ने तुम्हारी डिग्री तो कर ही दी। गाँव तुम्हें मुबारक रहे; मगर ईमान आदमी का सब कुछ है। ईमान से कह दो, गाँव किसका है ?

हजारों आदमी यह प्रश्न सुन कर कौतूहल से सत्यनारायण की तरफ देखने लगे। मुंशी जी विचार-सागर में डूब गये। हृदय में संकल्प और विकल्प में घोर संग्राम होने लगा। हजारों मनुष्यों की आँखें उनकी तरफ जमी हुई थीं। यथार्थ बात अब किसी से छिपी न थी। इतने आदमियों के सामने असत्य बात मुँह से निकल न सकी। लज्जा से जबान बंद कर ली—'मेरा' कहने में काम बनता था। कोई बात न थी; किन्तु घोरतम पाप का दंड समाज दे सकता है। उसके मिलने का पूरा भय था। 'आपका' कहने से काम बिगड़ता था। जीती-जितायी बाजी हाथ से निकल जाती थी, सर्वोत्कृष्ट काम के लिए समाज से जो इनाम मिल सकता है, उसके मिलने की पूरी आशा थी। आशा ने भय को जीत लिया। उन्हें ऐसा प्रतीत हुआ, जैसे ईश्वर ने मुझे अपना मुख उज्ज्वल करने का यह अंतिम अवसर दिया है। मैं अब भी मानव-सम्मान का पात्र बन सकता हूँ। अब अपनी आत्मा की रक्षा कर सकता हूँ। उन्होंने आगे बढ़ कर भानुकुँवरि को प्रणाम किया और काँपते हुए स्वर में बोले—आपका !

हजारों मनुष्यों के मुँह से एक गगनस्पर्शी ध्वनि निकली—सत्य की जय !

जज ने खड़े हो कर कहा—यह कानून का न्याय नहीं, ईश्वरीय न्याय है।

इसे कथा न समझिएगा; यह सच्ची घटना है। भानुकुँवरि और सत्यनारायण अब भी जीवित हैं। मुंशी जी के इस नैतिक साहस पर लोग मुग्ध हो गये। मानवी न्याय पर ईश्वरीय न्याय ने जो विलक्षण विजय पायी, उसकी चर्चा शहर भर में महीनों रही। भानुकुँवरि मुंशी जी के घर गयीं, उन्हें मना कर लायीं। फिर अपना सारा कारोबार उन्हें सौंपा और कुछ दिनों उपरांत यह गाँव उन्हीं के नाम हिब्बा कर दिया। मुंशी जी ने भी उसे अपने अधिकार में रखना उचित न समझा, कृष्णार्पण कर दिया। अब इसकी आमदनी दीन-दुखियों और विद्यार्थियों की सहायता में खर्च होती है।

ममता

बाबू रामरक्षादास दिल्ली के एक ऐश्वर्यशाली खत्री थे, बहुत ही ठाट-बाट से रहनेवाले। बड़े-बड़े अमीर उनके यहाँ नित्य आते-जाते थे। वे आये हुओं का आदर-सत्कार ऐसे अच्छे ढंग से करते थे कि इस बात की धूम सारे मुहल्ले में थी। नित्य उनके दरवाजे पर किसी न किसी बहाने से इष्ट-मित्र एकत्र हो जाते, टेनिस खेलते, ताश उड़ता, हारमोनियम के मधुर स्वरों से जी बहलाते, चाय-पानी से हृदय प्रफुल्लित करते, अधिक और क्या चाहिए ? जाति की ऐसी अमूल्य सेवा कोई छोटी बात नहीं है। नीची जातियों के सुधार के लिए दिल्ली में एक सोसायटी थी। बाबू साहब उसके सेक्रेटरी थे, और इस कार्य को असाधारण उत्साह से पूर्ण करते थे। जब उनका बूढ़ा कहार बीमार हुआ और क्रिश्चियन मिशन के डाक्टरों ने उसकी शुश्रूषा की, जब उसकी विधवा स्त्री ने निर्वाह की कोई आशा न देख कर क्रिश्चियन-समाज का आश्रय लिया, तब इन दोनों अवसरों पर बाबू साहब ने शोक के रेजल्यूशन्स पास किये। संसार जानता है कि सेक्रेटरी का काम सभाएँ करना और रेजल्यूशन बनाना है। इससे अधिक वह कुछ नहीं कर सकता।

मिस्टर रामरक्षा का जातीय उत्साह यहीं तक सीमाबद्ध न था। वे सामाजिक कुप्रथाओं तथा अंधविश्वास के प्रबल शत्रु थे। होली के दिनों में, जब कि मुहल्ले में चमार और कहार शराब से मतवाले होकर फाग गाते और डफ बजाते हुए निकलते, तो उन्हें बड़ा शोक होता। जाति की इस मूर्खता पर उनकी आँखों में आँसू भर आते और वे प्रायः इस कुरीति का निवारण अपने हंटर से किया करते। उनके हंटर में जाति-हितैषिता की उमंग उनकी वक्तृता से भी अधिक थी। यह उन्हीं के प्रशंसनीय प्रयत्न थे, जिन्होंने मुख्य होली के दिन दिल्ली में हलचल मचा दी, फाग गाने के अपराध में हजारों आदमी पुलिस के पंजे में आ गये। सैकड़ों घरों में मुख्य होली के दिन मुहर्रम का-सा शोक फैल गया। इधर उनके दरवाजे पर हजारों पुरुष-स्त्रियाँ अपना दुखड़ा रो रही थीं। उधर बाबू साहब के हितैषी मित्रगण अपने उदारशील मित्र के सद्व्यवहार की प्रशंसा करते। बाबू साहब दिन-भर में इतने रंग बदलते थे कि उस पर 'पेरिस' की परियों को भी ईर्ष्या हो सकती थी।

कई बैंकों में उनके हिस्से थे। कई दूकानें थीं; किंतु बाबू साहब को इतना अवकाश न था कि उनकी कुछ देखभाल करते। अतिथि-सत्कार एक पवित्र धर्म है। वे सच्ची देशहितैषिता की उमंग से कहा करते थे—अतिथि-सत्कार आदिकाल से भारतवर्ष के निवासियों का एक प्रधान और सराहनीय गुण है। अभ्यागतों का आदर-सम्मान करने में हम अद्वितीय हैं। हम इससे संसार में मनुष्य कहलाने योग्य हैं। हम सब कुछ खो बैठे हैं, किंतु जिस दिन हममें यह गुण शेष न रहेगा; वह दिन हिंदू-जाति के लिए लज्जा, अपमान और मृत्यु का दिन होगा।

मिस्टर रामरक्षा जातीय आवश्यकताओं से भी बेपरवाह न थे। वे सामाजिक और राजनीतिक कार्यों में पूर्णरूपेण योग देते थे। यहाँ तक कि प्रतिवर्ष दो, बल्कि कभी-कभी तीन वक्तृताएँ अवश्य तैयार कर लेते। भाषणों की भाषा अत्यंत उपयुक्त, ओजस्वी और सर्वांग-सुंदर होती थी। उपस्थित जन और इष्टमित्र उनके एक-एक शब्द पर प्रशंसासूचक शब्दों की ध्वनि प्रकट करते, तालियाँ बजाते, यहाँ तक कि बाबू साहब को व्याख्यान का क्रम स्थिर रखना कठिन हो जाता। व्याख्यान समाप्त होने पर उनके मित्र उन्हें गोद में उठा लेते और आश्चर्यचकित होकर कहते—तेरी भाषा में जादू है ! सारांश यह कि बाबू साहब का यह जातीय प्रेम और उद्योग केवल बनावटी, सहायता-शून्य तथा फैशनेबिल था। यदि उन्होंने किसी सदुद्योग में भाग लिया था, तो वह सम्मिलित कुटुम्ब का विरोध था। अपने पिता के पश्चात् वे अपनी विधवा माँ से अलग हो गये थे। इस जातीय सेवा में उनकी स्त्री विशेष सहायक थी। विधवा माँ अपने बेटे और बहू के साथ नहीं रह सकती थी। इससे बहू की स्वाधीनता में विघ्न पड़ने से मन दुर्बल और मस्तिष्क शक्तिहीन हो जाता है। बहू को जलाना और कुढ़ाना सास की आदत है। इसलिए बाबू रामरक्षा अपनी माँ से अलग हो गये थे। इसमें संदेह नहीं कि उन्होंने मातृ-ऋण का विचार करके दस हजार रुपये अपनी माँ के नाम जमा कर दिये थे, कि उसके ब्याज से उनका निर्वाह होता रहे; किंतु बेटे के इस उत्तम आचरण पर माँ का दिल ऐसा टूटा कि वह दिल्ली छोड़कर अयोध्या जा रहीं। तब से वहीं रहती हैं। बाबू साहब कभी-कभी मिसेज रामरक्षा से छिप कर उससे मिलने अयोध्या जाया करते थे, किंतु वह दिल्ली आने का कभी नाम न लेतीं। हाँ, यदि कुशल-क्षेम की चिट्ठी पहुँचने में कुछ देर हो जाती, तो विवश होकर समाचार पूछ लेती थीं।

2

उसी मुहल्ले में एक सेठ गिरधारी लाल रहते थे। उनका लाखों का लेन-देन था। वे हीरे और रत्नों का व्यापार करते थे। बाबू रामरक्षा के दूर के नाते में साढू होते थे। पुराने ढंग के आदमी थे—प्रातःकाल यमुना-स्नान करनेवाले तथा गाय को अपने

हाथों से झाड़ने-पोंछनेवाले ! उनसे मिस्टर रामरक्षा का स्वभाव न मिलता था; परंतु जब कभी रुपयों की आवश्यकता होती, तो वे सेठ गिरधारी लाल के यहाँ से बेखटके मँगा लिया करते थे। आपस का मामला था, केवल चार अंगुल के पत्र पर रुपया मिल जाता था, न कोई दस्तावेज, न स्टाम्प, न साक्षियों की आवश्यकता। मोटरकार के लिए दस हजार की आवश्यकता हुई, वह वहाँ से आया। घुड़दौड़ के लिए एक आस्ट्रेलियन घोड़ा डेढ़ हजार में लिया गया। उसके लिए भी रुपया सेठ जी के यहाँ से आया। धीरे-धीरे कोई बीस हजार का मामला हो गया। सेठ जी सरल हृदय के आदमी थे। समझते थे कि उसके पास दूकानें हैं, बैंकों में रुपया है। जब जी चाहेगा, रुपया वसूल कर लेंगे; किंतु जब दो-तीन वर्ष व्यतीत हो गये और सेठ जी के तकाजों की अपेक्षा मिस्टर रामरक्षा की माँग ही का आधिक्य रहा तो गिरधारी लाल को संदेह हुआ। वह एक दिन रामरक्षा के मकान पर आये और सभ्य-भाव से बोले—भाई साहब, मुझे एक हुण्डी का रुपया देना है, यदि आप मेरा हिसाब कर दें तो बहुत अच्छा हो। यह कह कर हिसाब के कागजात और उनके पत्र दिखलाये। मिस्टर रामरक्षा किसी गार्डन-पार्टी में सम्मिलित होने के लिए तैयार थे। बोले—इस समय क्षमा कीजिए; फिर देख लूँगा, जल्दी क्या है ?

गिरधारी लाल को बाबू साहब की रुखाई पर क्रोध आ गया, वे रुष्ट होकर बोले—आपको जल्दी नहीं है, मुझे तो है ! दो सौ रुपये मासिक की मेरी हानि हो रही है ! मिस्टर रामरक्षा ने असंतोष प्रकट करते हुए घड़ी देखी। पार्टी का समय बहुत करीब था। वे बहुत विनीत भाव से बोले—भाई साहब, मैं बड़ी जल्दी में हूँ। इस समय मेरे ऊपर कृपा कीजिए। मैं क़ल स्वयं उपस्थित हूँगा।

सेठ जी एक माननीय और धन-सम्पन्न आदमी थे। वे रामरक्षा के इस कुरुचिपूर्ण व्यवहार पर जल गये। मैं इनका महाजन हूँ—इनसे धन में, मान में, ऐश्वर्य में, बढ़ा हुआ, चाहूँ तो ऐसों को नौकर रख लूँ, इनके दरवाजे पर आऊँ और आदर-सत्कार की जगह उलटे ऐसा रूखा बर्ताव ? वह हाथ बाँधे मेरे सामने न खड़ा रहे, किन्तु क्या मैं पान, इलायची, इत्र आदि से भी सम्मान करने के योग्य नहीं ? वे तिनक कर बोले—अच्छा, तो कल हिसाब साफ हो जाय।

रामरक्षा ने अकड़ कर उत्तर दिया—हो जायेगा।

रामरक्षा के गौरवशील हृदय पर सेठ जी के इस बर्ताव के प्रभाव का कुछ खेदजनक असर न हुआ। इस काठ के कुन्दे ने आज मेरी प्रतिष्ठा धूल में मिला दी। वह मेरा अपमान कर गया। अच्छा, तुम भी इसी दिल्ली में रहते हो और हम भी यहीं हैं। निदान दोनों में गाँठ पड़ गयी। बाबू साहब की तबीयत ऐसी गिरी और हृदय में ऐसी चिंता उत्पन्न हुई कि पार्टी में जाने का ध्यान जाता रहा, वे देर तक इसी उलझन में पड़े रहे। फिर सूट उतार दिया और सेवक से बोले—जा, मुनीम जी को बुला ला। मुनीम जी आये, उनका हिसाब देखा गया, फिर बैंकों

का एकाउंट देखा; किंतु ज्यों-ज्यों इस घाटी में उतरते गये, त्यों-त्यों अँधेरा बढ़ता गया। बहुत कुछ टटोला, कुछ हाथ न आया। अंत में निराश होकर वे आरामकुर्सी पर पड़ गये और उन्होंने एक ठंडी साँस ले ली। दूकानों का माल बिका; किंतु रुपया बकाया में पड़ा हुआ था। कई ग्राहकों की दूकानें टूट गयीं। और उन पर जो नकद रुपया बकाया था, वह डूब गया। कलकत्ते के आढ़तियों से जो माल मँगाया था, रुपये चुकाने की तिथि सिर पर आ पहुँची और यहाँ रुपया वसूल न हुआ। दूकानों का यह हाल, बैंकों का इससे भी बुरा। रात भर वे इन्हीं चिंताओं में करवटें बदलते रहे। अब क्या करना चाहिए ? गिरधारीलाल सज्जन पुरुष है। यदि सारा कच्चा हाल उसे सुना दूँ, तो अवश्य मान जायेगा, किंतु यह कष्टप्रद कार्य होगा कैसे ? ज्यों-ज्यों प्रातःकाल समीप आता था, त्यों-यों उनका दिल बैठा जाता था। कच्चे विद्यार्थी की जो दशा परीक्षा के सन्निकट आने पर होती है वही हाल इस समय रामरक्षा का था। वे पलंग से न उठे। मुँह-हाथ भी न धोया, खाने को कौन कहे। इतना जानते थे कि दुःख पड़ने पर कोई किसी का साथी नहीं होता। इसलिए एक आपत्ति से बचने के लिए कई आपत्तियों का बोझा न उठाना पड़े, इस खयाल से मित्रों को इन मामलों की खबर तक न दी। जब दोपहर हो गयी और उनकी दशा ज्यों की त्यों रही, तो उनका छोटा लड़का बुलाने आया। उसने बाप का हाथ पकड़ कर कहा—लाला जी, आज दाने क्यों नहीं तलते ?

रामरक्षा—भूख नहीं है।

'क्या काया है ?'

'मन की मिठाई।'

'और क्या काया है ?'

'मार।'

'किसने मारा है ?'

'गिरधारीलाल ने।'

लड़का रोता हुआ घर में गया और इस मार की चोट से देर तक रोता रहा। अंत में तश्तरी में रखी हुई दूध की मलाई ने उसकी चोट पर मरहम का काम दिया।

3

रोगी को जब जीने की आशा नहीं रहती, तो औषधि छोड़ देता है। मिस्टर रामरक्षा जब इस गुत्थी को न सुलझा सके, तो चादर तान ली और मुँह लपेट कर सो रहे। शाम को एकाएक उठ कर सेठ जी के यहाँ पहुँचे और कुछ असावधानी से बोले—महाशय, मैं आपका हिसाब नहीं कर सकता।

सेठ जी घबरा कर बोले—क्यों ?

रामरक्षा—इसलिए कि मैं इस समय दरिद्र-निहंग हूँ। मेरे पास एक कौड़ी भी नहीं है। आप अपना रुपया जैसे चाहें वसूल कर लें।

सेठ—यह आप कैसी बातें कहते हैं ?

रामरक्षा—बहुत सच्ची।

सेठ—दूकानें नहीं हैं ?

रामरक्षा—दूकानें आप मुफ्त ले जाइए।

सेठ—बैंक के हिस्से ?

रामरक्षा—वह कब के उड़ गये।

सेठ—जब यह हाल था, तो आपको उचित नहीं था कि मेरे गले पर छुरी फेरते ?

रामरक्षा—(अभिमान से) मैं आपके यहाँ उपदेश सुनने के लिए नहीं आया हूँ।

यह कह कर मिस्टर रामरक्षा वहाँ से चल दिये। सेठ जी ने तुरंत नालिश कर दी। बीस हजार मूल, पाँच हजार ब्याज। डिगरी हो गयी। मकान नीलाम पर चढ़ा। पंद्रह हजार की जायदाद पाँच हजार में निकल गयी। दस हजार की मोटर चार हजार में बिकी। सारी सम्पत्ति उड़ जाने पर कुल मिला कर सोलह हजार से अधिक रकम न खड़ी हो सकी। सारी गृहस्थी नष्ट हो गयी, तब भी दस हजार के ऋणी रह गये। मान-बड़ाई, धन-दौलत सभी मिट्टी में मिल गये। बहुत तेज दौड़ने वाला मनुष्य प्रायः मुँह के बल गिर पड़ता है।

4

इस घटना के कुछ दिनों पश्चात् दिल्ली म्यूनिसिपैलिटी के मेम्बरों का चुनाव आरम्भ हुआ। इस पद के अभिलाषी वोटरों की पूजाएँ करने लगे। दलालों के भाग्य उदय हुए। सम्पत्तियाँ मोतियों की तोल बिकने लगीं। उम्मेदवार मेम्बरों के सहायक अपने-अपने मुवक्किल के गुणगान करने लगे। चारों ओर चहल-पहल मच गयी। एक वकील महाशय ने भरी सभा में मुवक्किल साहब के विषय में कहा—

'मैं जिस बुजरुग का पैरोकार हूँ, वह कोई मामूली आदमी नहीं है। यह वह शख्स है, जिसने फरजंद अकबर की शादी में पचीस हजार रुपया सिर्फ रक्स व सरूर में सर्फ कर दिया था।'

उपस्थित जनों में प्रशंसा की उच्च्य ध्वनि हुई।

एक दूसरे महाशय ने अपने मुहल्ले के वोटरों के सम्मुख मुवक्किल की प्रशंसा यों की—

''मैं यह नहीं कह सकता कि आप सेठ गिरधारीलाल को अपना मेम्बर बनाइए।

आप अपना भला-बुरा स्वयं समझते हैं, और यह भी नहीं कि सेठ जी मेरे द्वारा अपनी प्रशंसा के भूखे हों। मेरा निवेदन केवल यही है कि आप जिसे मेम्बर बनायें, पहले उसके गुण-दोषों का भली-भाँति परिचय ले लें। दिल्ली में केवल एक मनुष्य है, जो गत 10 वर्षों से आपकी सेवा कर रहा है। केवल एक आदमी है, जिसने पानी पहुँचाने और स्वच्छता-प्रबंधों में हार्दिक धर्म-भाव से सहायता दी है। केवल एक पुरुष है, जिसको श्रीमान् वायसराय के दरबार में कुर्सी पर बैठने का अधिकार प्राप्त है, और आप सब महाशय उसे जानते भी हैं।''

उपस्थित जनों ने तालियाँ बजायीं।

सेठ गिरधारीलाल के मुहल्ले में उनके एक प्रतिवादी थे। नाम था मुंशी फैजुलरहमान खाँ। बड़े जमींदार और प्रसिद्ध वकील थे। बाबू रामरक्षा ने अपनी दृढ़ता, साहस, बुद्धिमत्ता और मृदु भाषण से मुंशी जी साहब की सेवा करनी आरम्भ की। सेठ जी को परास्त करने का यह अपूर्व अवसर हाथ आया। वे रात और दिन इसी धुन में लगे रहते। उनकी मीठी और रोचक बातों का प्रभाव उपस्थित जनों पर बहुत अच्छा पड़ता। एक बार आपने असाधारण श्रद्धा-उमंग में आ कर कहा—मैं डंके की चोट पर कहता हूँ कि मुंशी फैजुलरहमान से अधिक योग्य आदमी आपको दिल्ली में न मिल सकेगा। यह वह आदमी है, जिसकी गजलों पर कविजनों में 'वाह-वाह' मच जाती है। ऐसे श्रेष्ठ आदमी की सहायता करना मैं अपना जातीय और सामाजिक धर्म समझता हूँ। अत्यंत शोक का विषय है कि बहुत-से लोग इस जातीय और पवित्र काम को व्यक्तिगत लाभ का साधन बनाते हैं। धन और वस्तु है, श्रीमान् वायसराय के दरबार में प्रतिष्ठित होना और वस्तु, किंतु सामाजिक सेवा तथा जातीय चाकरी और ही चीज है। वह मनुष्य, जिसका जीवन ब्याज-प्राप्ति, बेईमानी, कठोरता तथा निर्दयता और सुख-विलास में व्यतीत होता हो, इस सेवा के योग्य कदापि नहीं है।

5

सेठ गिरधारीलाल इस अन्योक्तिपूर्ण भाषण का हाल सुन कर क्रोध से आग हो गये। मैं बेईमान हूँ ! ब्याज का धन खानेवाला हूँ ! विषयी हूँ! कुशल हुई, जो तुमने मेरा नाम नहीं लिया; किंतु अब भी तुम मेरे हाथ में हो। मैं अब भी तुम्हें जिस तरह चाहूँ, नचा सकता हूँ। खुशामदियों ने आग पर तेल डाला। इधर रामरक्षा अपने काम में तत्पर रहे। यहाँ तक कि 'वोटिंग-डे' आ पहुँचा। मिस्टर रामरक्षा को उद्योग में बहुत कुछ सफलता प्राप्त हुई थी। आज वे बहुत प्रसन्न थे। आज गिरधारीलाल को नीचा दिखाऊँगा, आज उसको पता पड़ेगा कि धन संसार के सभी पदार्थों को इकट्ठा नहीं कर सकता। जिस समय फैजुल रहमान के वोट अधिक निकलेंगे और

मैं तालियाँ बजाऊँगा, उस समय गिरधारीलाल का चेहरा देखने योग्य होगा, मुँह का रंग बदल जायेगा, हवाइयाँ उड़ने लगेंगी, आँखें न मिला सकेगा। शायद, फिर मुझे मुँह न दिखा सके। इन्हीं विचारों में मग्न रामरक्षा शाम को टाउनहाल में पहुँचे। उपस्थित जनों ने बड़ी उमंग के साथ उनका स्वागत किया। थोड़ी देर बाद 'वोटिंग' आरम्भ हुआ। मेम्बरी मिलने की आशा रखनेवाले महानुभाव अपने-अपने भाग्य का अंतिम फल सुनने के लिए आतुर हो रहे थे। छह बजे चेयरमैन ने फैसला सुनाया। सेठ जी की हार हो गयी। फैजुलरहमान ने मैदान मार लिया। रामरक्षा ने हर्ष के आवेग में टोपी हवा में उछाल दी और स्वयं भी कई बार उछल पड़े। मुहल्लेवालों को अचम्भा हुआ। चाँदनी चौक से सेठ जी को हटाना मेरु को स्थान से उखाड़ना था। सेठ जी के चेहरे से रामरक्षा को जितनी आशाएँ थीं, वे सब पूरी हो गयीं। उनका रंग फीका पड़ गया था। खेद और लज्जा की मूर्ति बने हुए थे। एक वकील साहब ने उनसे सहानुभूति प्रकट करते हुए कहा—सेठ जी, मुझे आपकी हार का बहुत बड़ा शोक है। मैं जानता कि खुशी के बदले रंज होगा, तो कभी यहाँ न आता। मैं तो केवल आपके खयाल से यहाँ आया था। सेठ जी ने बहुत रोकना चाहा, परंतु आँखों में आँसू डबडबा ही गये। वे निःस्पृह बनने का व्यर्थ प्रयत्न करके बोले—वकील साहब, मुझे इसकी कुछ चिंता नहीं, कौन रियासत निकल गयी ? व्यर्थ उलझन, चिंता तथा झंझट रहती थी, चलो, अच्छा हुआ। गला छूटा। अपने काम में हरज होता था। सत्य कहता हूँ, मुझे तो हृदय से प्रसन्नता ही हुई। यह काम तो बेकाम वालों के लिए है, घर न बैठे रहे, यही बेगार की। मेरी मूर्खता थी कि मैं इतने दिनों तक आँखें बंद किये बैठा रहा। परंतु सेठ जी की मुखाकृति ने इन विचारों का प्रमाण न दिया। मुखमंडल हृदय का दर्पण है, इसका निश्चय अलबत्ता हो गया।

किंतु बाबू रामरक्षा बहुत देर तक इस आनन्द का मजा न लूटने पाये और न सेठ जी को बदला लेने के लिए बहुत देर तक प्रतीक्षा करनी पड़ी। सभा विसर्जित होते ही जब बाबू रामरक्षा सफलता की उमंग में ऐंठते, मोंछ पर ताव देते और चारों ओर गर्व की दृष्टि डालते हुए बाहर आये, तो दीवानी के तीन सिपाहियों ने आगे बढ़कर उन्हें गिरफ्तारी का वारंट दिखा दिया। अबकी बाबू रामरक्षा के चेहरे का रंग उतर जाने की, और सेठ जी के इस मनोवांछित दृश्य से आनन्द उठाने की बारी थी। गिरधारीलाल ने आनन्द की उमंग में तालियाँ तो न बजायीं, परंतु मुस्करा कर मुँह फेर लिया। रंग में भंग पड़ गया।

आज इस विषय के उपलक्ष्य में मुंशी फैजुलरहमान ने पहले ही से एक बड़े समारोह के साथ गार्डन पार्टी की तैयारियाँ की थीं। मिस्टर रामरक्षा इसके प्रबंधकर्ता थे। आज की 'आफ्टर डिनर' स्पीच उन्होंने बड़े परिश्रम से तैयार की थी; किंतु इस वारंट ने सारी कामनाओं का सत्यानाश कर दिया। यों तो बाबू साहब के मित्रों

में ऐसा कोई भी न था, जो दस हजार रुपये जमानत दे देता; अदा कर देने का तो जिक्र ही क्या; किंतु कदाचित् ऐसा होता भी तो सेठ जी अपने को भाग्यहीन समझते। दस हजार रुपये और म्युनिस्पैलिटी की प्रतिष्ठित मेम्बरी खोकर इन्हें इस समय यह हर्ष प्राप्त हुआ था।

मिस्टर रामरक्षा के घर पर ज्यों ही यह खबर पहुँची, कुहराम मच गया। उनकी स्त्री पछाड़ खा कर पृथ्वी पर गिर पड़ी। जब कुछ होश में आयी तो रोने लगी। और रोने से छुट्टी मिली तो उसने गिरधारीलाल को कोसना आरम्भ किया। देवी-देवता मनाने लगी। उन्हें रिश्वतें देने पर तैयार हुई कि ये गिरधारीलाल को किसी प्रकार निगल जायँ। इस बड़े भारी काम में वह गंगा और यमुना से सहायता माँग रही थी, प्लेग और विसूचिका की खुशामदें कर रही थी कि ये दोनों मिल कर उस गिरधारीलाल को हड़प ले जायँ ! किंतु गिरधारी का कोई दोष नहीं। दोष तुम्हारा है। बहुत अच्छा हुआ ! तुम इसी पूजा के देवता थे। क्या अब दावतें न खिलाओगे ? मैंने तुम्हें कितना समझाया, रोयी, रूठी, बिगड़ी; किन्तु तुमने एक न सुनी। गिरधारीलाल ने बहुत अच्छा किया। तुम्हें शिक्षा तो मिल गयी; किंतु तुम्हारा भी दोष नहीं। यह सब आग मैंने ही लगायी है। मखमली स्लीपरों के बिना मेरे पाँव ही नहीं उठते थे। बिना जड़ाऊ कड़ों के मुझे नींद न आती थी। सेजगाड़ी मेरे ही लिए मँगवायी थी। अंगरेजी पढ़ने के लिए मेम साहब को मैंने ही रखा। ये सब काँटे मैंने ही बोये हैं।

मिसेज रामरक्षा बहुत देर तक इन्हीं विचारों में डूबी रही। जब रात भर करवटें बदलने के बाद वह सबेरे उठी, तो उसके विचार चारों ओर से ठोकर खा कर केवल एक केंद्र पर जम गये। गिरधारीलाल बड़ा बदमाश और घमंडी है। मेरा सब कुछ ले कर भी उसे संतोष नहीं हुआ। इतना भी इस निर्दयी कसाई से न देखा गया। भिन्न-भिन्न प्रकार के विचारों ने मिल कर एक रूप धारण किया और क्रोधाग्नि को दहला कर प्रबल कर दिया। ज्वालामुखी शीशे में जब सूर्य की किरणें एक होती हैं, तब अग्नि प्रकट हो जाती है। इस स्त्री के हृदय में रह-रह कर क्रोध की एक असाधारण लहर उत्पन्न होती थी। बच्चे ने मिठाई के लिए हठ किया; उस पर बरस पड़ी; महरी ने चौका-बरतन करके चूल्हे में आग जला दी, उसके पीछे पड़ गयी—मैं तो अपने दुःखों को रो रही हूँ, इस चुड़ैल को रोटियों की धुन सवार है। निदान 9 बजे उससे न रहा गया। उसने यह पत्र लिख कर अपने हृदय की ज्वाला ठंडी की—

'सेठ जी, तुम्हें अब अपने धन के घमंड ने अंधा कर दिया है, किन्तु किसी का घमंड इसी तरह सदा नहीं रह सकता। कभी-न-कभी सिर अवश्य नीचा होता है। अफसोस कि कल शाम को, जब तुमने मेरे प्यारे पति को पकड़वाया, मैं वहाँ मौजूद न थी; नहीं तो अपना और तुम्हारा रक्त एक कर देती। तुम धन के मद

में भूले हुए हो। मैं उसी दम तुम्हारा नशा उतार देती। एक स्त्री के हाथों अपमानित हो कर तुम फिर किसी को मुँह दिखाने लायक न रहते। अच्छा, इसका बदला तुम्हें किसी न किसी तरह जरूर मिल जायेगा। मेरा कलेजा उस दिन ठंडा होगा, जब तुम निर्वंश हो जाओगे और तुम्हारे कुल का नाम मिट जायेगा।'

सेठ जी पर यह फटकार पड़ी तो वे क्रोध से आग हो गये। यद्यपि क्षुद्र हृदय के मनुष्य न थे, परंतु क्रोध के आवेग में सौजन्य का चिह्न भी शेष नहीं रहता। यह ध्यान न रहा कि यह एक दुखिन की क्रंदन-ध्वनि है, एक सतायी हुई स्त्री की मानसिक दुर्बलता का विचार है। उसकी धनहीनता और विवशता पर उन्हें तनिक भी दया न आयी। मरे हुए को मारने का उपाय सोचने लगे।

6

इसके तीसरे दिन सेठ गिरधारीलाल पूजा के आसन पर बैठे हुए थे, महरा ने आ कर कहा—सरकार, कोई स्त्री आप से मिलने आयी है। सेठ जी ने पूछा—कौन स्त्री है ? महरा ने कहा—सरकार, मुझे क्या मालूम ? लेकिन है कोई भलेमानुष ! रेशमी साड़ी पहने हुए। हाथ में सोने के कड़े हैं। पैरों में टाट के स्लीपर हैं। बड़े घर की स्त्री जान पड़ती है।

यों साधारणतः सेठ जी पूजा के समय किसी से नहीं मिलते थे। चाहे कैसा ही आवश्यक काम क्यों न हो, ईश्वरोपासना में सामाजिक बाधाओं को घुसने नहीं देते थे। किन्तु ऐसी दशा में जब कि किसी बड़े घर की स्त्री मिलने के लिए आये, तो थोड़ी देर के लिए पूजा में विलम्ब करना निंदनीय नहीं कहा जा सकता, ऐसा विचार करके वे नौकर से बोले—उन्हें बुला लाओ।

जब वह स्त्री आयी तो सेठ जी स्वागत के लिए उठ कर खड़े हो गये। तत्पश्चात् अत्यंत कोमल वचनों से कारुणिक शब्दों में बोले—माता, कहाँ से आना हुआ और जब यह उत्तर मिला कि वह अयोध्या से आयी है, तो आपने उसे फिर से दंडवत् किया और चीनी तथा मिश्री से भी अधिक मधुर और नवनीत से भी अधिक चिकने शब्दों में कहा—अच्छा, आप श्री अयोध्या जी से आ रही हैं ? उस नगरी का क्या कहना ! देवताओं की पुरी है। बड़े भाग्य थे कि आपके दर्शन हुए। यहाँ आपका आगमन कैसे हुआ ? स्त्री ने उत्तर दिया—घर तो मेरा यहीं है। सेठ जी का मुख पुनः मधुरता का चित्र बना। वे बोले—अच्छा, तो मकान आपका इसी शहर में है ? तो आपने माया-जंजाल को त्याग दिया ? यह तो मैं पहले ही समझ गया था। ऐसी पवित्र आत्माएँ संसार में बहुत थोड़ी हैं। ऐसी देवियों के दर्शन दुर्लभ होते हैं। आपने मुझे दर्शन दिया, बड़ी कृपा की। मैं इस योग्य नहीं, जो आप-जैसी विदुषियों की कुछ सेवा कर सकूँ ? किंतु जो काम मेरे योग्य हो—जो कुछ मेरे किये हो सकता

हो—उसे करने के लिए मैं सब भाँति से तैयार हूँ। यहाँ सेठ-साहूकारों ने मुझे बहुत बदनाम कर रखा है, मैं सबकी आँखों में खटकता हूँ। उसका कारण सिवा इसके और कुछ नहीं कि जहाँ वे लोग लाभ का ध्यान रखते हैं, वहाँ मैं भलाई पर रखता हूँ। यदि कोई बड़ी अवस्था का वृद्ध मनुष्य मुझसे कुछ कहने-सुनने के लिए आता है, तो विश्वास मानो, मुझसे उसका वचन टाला नहीं जाता। कुछ बुढ़ापे का विचार, कुछ उसके दिल टूट जाने का डर, कुछ यह खयाल कि कहीं यह विश्वासघातियों के फंदे में न फँस जाय, मुझे उसकी इच्छाओं की पूर्ति के लिए विवश कर देता है। मेरा यह सिद्धान्त है कि अच्छी जायदाद और कम ब्याज। किंतु इस प्रकार बातें आपके सामने करना व्यर्थ है। आप से तो घर का मामला है। मेरे योग्य जो कुछ काम हो, उसके लिए मैं सिर-आँखों से तैयार हूँ।

वृद्ध स्त्री—मेरा काम आप ही से हो सकता है।

सेठ जी—(प्रसन्न हो कर) बहुत अच्छा, आज्ञा दो।

स्त्री—मैं आपके सामने भिखारिन बन कर आयी हूँ। आपको छोड़ कर कोई मेरा सवाल पूरा नहीं कर सकता।

सेठ जी—कहिए, कहिए।

स्त्री—आप रामरक्षा को छोड़ दीजिए।

सेठ जी के मुख का रंग उतर गया। सारे हवाई किले जो अभी-अभी तैयार हुए थे, गिर पड़े। वे बोले—उसने मेरी बहुत हानि की है। उसका घमंड तोड़ डालूँगा, तब छोडूँगा।

स्त्री—तो क्या कुछ मेरे बुढ़ापे का, मेरे हाथ फैलाने का, कुछ अपनी बड़ाई का विचार न करोगे ? बेटा, ममता बुरी होती है। संसार से नाता टूट जाय, धन जाय, धर्म जाय, किंतु लड़के का स्नेह हृदय से नहीं जाता। संतोष सब कुछ कर सकता है। किंतु बेटे का प्रेम माँ के हृदय से नहीं निकल सकता। इस पर हाकिम का, राजा का, यहाँ तक कि ईश्वर का भी बस नहीं है। तुम मुझ पर तरस खाओ। मेरे लड़के की जान छोड़ दो, तुम्हें बड़ा यश मिलेगा। मैं जब तक जीऊँगी, तुम्हें आशीर्वाद देती रहूँगी।

सेठ जी का हृदय कुछ पसीजा। पत्थर की तह में पानी रहता है; किंतु तत्काल ही इन्हें मिसेज रामरक्षा के पत्र का ध्यान आ गया। वे बोले—मुझे रामरक्षा से कोई उतनी शत्रुता नहीं थी, यदि उन्होंने मुझे न छेड़ा होता, तो मैं न बोलता। आपके कहने से मैं अब भी उनका अपराध क्षमा कर सकता हूँ ! परन्तु उसकी बीवी साहबा ने जो पत्र मेरे पास भेजा है, उसे देख कर शरीर में आग लग जाती है। दिखाऊँ आपको ! रामरक्षा की माँ ने पत्र ले कर पढ़ा तो उनकी आँखों में आँसू भर आये। वे बोलीं—बेटा, इस स्त्री ने मुझे बहुत दुःख दिया है। उसने मुझे देश से निकाल दिया। उसका मिजाज और जबान उसके वश में नहीं; किंतु इस समय उसने जो

गर्व दिखाया है, उसका तुम्हें खयाल नहीं करना चाहिए। तुम इसे भुला दो। तुम्हारा देश-देश में नाम है। यह नेकी तुम्हारे नाम को और भी फैला देगी। मैं तुमसे प्रण करती हूँ कि सारा समाचार रामरक्षा से लिखवा कर किसी अच्छे समाचार-पत्र में छपवा दूँगी। रामरक्षा मेरा कहना नहीं टालेगा। तुम्हारे इस उपकार को वह कभी न भूलेगा। जिस समय ये समाचार संवादपत्रों में छपेंगे, उस समय हजारों मनुष्यों को तुम्हारे दर्शन की अभिलाषा होगी। सरकार में तुम्हारी बड़ाई होगी और मैं सच्चे हृदय से कहती हूँ कि शीघ्र ही तुम्हें कोई न कोई पदवी मिल जायेगी। रामरक्षा की अँगरेजों से बहुत मित्रता है, वे उसकी बात कभी न टालेंगे।

सेठ जी के हृदय में गुदगुदी पैदा हो गयी। यदि इस व्यवहार में वह पवित्र और माननीय स्थान प्राप्त हो जाय—जिसके लिए हजारों खर्च किये, हजारों डालियाँ दीं, हजारों अनुनय-विनय कीं, हजारों खुशामदें कीं, खानसामों की झिड़कियाँ सहीं, बंगलों के चक्कर लगाये—तो इस सफलता के लिए ऐसे कई हजार मैं खर्च कर सकता हूँ। निःसंदेह मुझे इस काम में रामरक्षा से बहुत कुछ सहायता मिल सकती है; किंतु इन विचारों को प्रकट करने से क्या लाभ ? उन्होंने कहा—माता, मुझे नाम-नमूद की बहुत चाह नहीं है। बड़ों ने कहा है—नेकी कर दरिया में डाल। मुझे तो आपकी बात का खयाल है। पदवी मिले तो लेने से इनकार नहीं, न मिले तो तृष्णा नहीं; परंतु यह तो बताइए कि मेरे रुपयों का क्या प्रबंध होगा ? आपको मालूम होगा कि मेरे दस हजार रुपये आते हैं।

रामरक्षा की माँ ने कहा—तुम्हारे रुपये की जमानत मैं करती हूँ। यह देखो, बंगाल-बैंक की पास-बुक है। इसमें मेरा दस हजार रुपया जमा है। उस रुपये से तुम रामरक्षा को कोई व्यवसाय करा दो। तुम उस दूकान के मालिक रहोगे, रामरक्षा को उसका मैनेजर बना देना। जब तक वह तुम्हारे कहे पर चले, निभाना; नहीं तो दूकान तुम्हारी है। मुझे उसमें से कुछ नहीं चाहिए। मेरी खोज-खबर लेनेवाला ईश्वर है। रामरक्षा अच्छी तरह रहे, इससे अधिक मुझे और न चाहिए। यह कह कर पास-बुक सेठ जी को दे दी। माँ के इस अथाह प्रेम ने सेठ जी को विह्वल कर दिया। पानी उबल पड़ा और पत्थर के नीचे ढँक गया। ऐसे पवित्र दृश्य देखने के लिए जीवन में कम अवसर मिलते हैं। सेठ जी के हृदय में परोपकार की एक लहर-सी उठी; उनकी आँखें डबडबा आयीं। जिस प्रकार पानी के बहाव से कभी-कभी बाँध टूट जाता है; उसी प्रकार परोपकार की इस उमंग ने स्वार्थ और माया के बाँध को तोड़ दिया। वे पास-बुक वृद्ध स्त्री को वापस दे कर बोले—माता, यह अपनी किताब लो। मुझे अब अधिक लज्जित न करो। यह देखो, रामरक्षा का नाम बही से उड़ा देता हूँ। मुझे कुछ नहीं चाहिए, मैंने अपना सब कुछ पा लिया। आज तुम्हारा रामरक्षा तुमको मिल जायेगा।

इस घटना के दो वर्ष उपरांत टाउनहाल में फिर एक बड़ा जलसा हुआ। बैंड

बज रहा था, झंडियाँ और ध्वजाएँ वायुमंडल में लहरा रही थीं। नगर के सभी माननीय पुरुष उपस्थित थे। फिटन और मोटरों से सारा हाता भरा हुआ था। एकाएक मुश्की घोड़ों की एक फिटन ने हाते में प्रवेश किया। सेठ गिरधारीलाल बहुमूल्य वस्त्रों से सजे हुए उसमें से उतरे। उनके साथ एक फैशनेबुल नवयुवक अंग्रेजी सूट पहने मुस्कराता हुआ उतरा। ये मिस्टर रामरक्षा थे। वे अब सेठ जी की एक खास दूकान के मैनेजर हैं। केवल मैनेजर ही नहीं, किंतु उन्हें मैनेजिंग प्रोप्राइटर समझना चाहिए। दिल्ली-दरबार में सेठ जी को रायबहादुर का पद मिला है। आज डिस्ट्रिक्ट मैजिस्ट्रेट नियमानुसार इसकी घोषणा करेंगे और सूचित करेंगे कि नगर के माननीय पुरुषों की ओर से सेठ जी को धन्यवाद देने के लिए यह बैठक हुई है। सेठ जी की ओर से धन्यवाद का वक्तव्य मिस्टर रामरक्षा करेंगे। जिन लोगों ने उनकी वक्तृताएँ सुनी हैं, वे बहुत उत्सुकता से उस अवसर की प्रतीक्षा कर रहे हैं।

बैठक समाप्त होने पर सेठ जी रामरक्षा के साथ अपने भवन पर पहुँचे, तो मालूम हुआ कि आज वही वृद्धा स्त्री उनसे फिर मिलने आयी है। सेठ जी दौड़ कर रामरक्षा की माँ के चरणों से लिपट गये। उनका हृदय इस समय नदी की भाँति उमड़ा हुआ था।

'रामरक्षा ऐंड फ्रेंड्स' नामक चीनी बनाने का कारखाना बहुत उन्नति पर है। रामरक्षा अब भी उसी ठाट-बाट से जीवन व्यतीत कर रहे हैं; किंतु पार्टियाँ कम देते हैं और दिन भर में तीन से अधिक सूट नहीं बदलते। वे अब उस पत्र को, जो उनकी स्त्री ने सेठ जी को लिखा था, संसार की एक बहुत अमूल्य वस्तु समझते हैं और मिसेज रामरक्षा को भी अब सेठ जी के नाम को मिटाने की अधिक चाह नहीं है। क्योंकि अभी हाल में जब लड़का पैदा हुआ था, मिसेज रामरक्षा ने अपना सुवर्ण-कंकण धाय को उपहार दिया था और मनों मिठाई बाँटी थी।

यह सब हो गया; किंतु वह बात जो, अब होनी चाहिए थी, न हुई। रामरक्षा की माँ अब भी अयोध्या में रहती हैं और अपनी पुत्रवधू की सूरत नहीं देखना चाहतीं।

मंत्र

संध्या का समय था। डाक्टर चड्ढा गोल्फ खेलने के लिए तैयार हो रहे थे। मोटर द्वार के सामने खड़ी थी कि दो कहार एक डोली लिये आते दिखायी दिये। डोली के पीछे एक बूढ़ा लाठी टेकता चला आता था। डोली औषधालय के सामने आ कर रुक गयी। बूढ़े ने धीरे-धीरे आ कर द्वार पर पड़ी हुई चिक से झाँका। ऐसी साफ-सुथरी जमीन पर पैर रखते हुए भय हो रहा था कि कोई घुड़क न बैठे। डाक्टर साहब को सामने देख कर भी उसे कुछ कहने का साहस न हुआ।

डाक्टर साहब ने चिक के अंदर से गरज कर कहा–कौन है ? क्या चाहता है ?

बूढ़े ने हाथ जोड़ कर कहा–हुजूर, बड़ा गरीब आदमी हूँ। मेरा लड़का कई दिन से...

डाक्टर साहब ने सिगार जला कर कहा–कल सबेरे आओ, कल सबेरे, हम इस वक्त मरीजों को नहीं देखते।

बूढ़े ने घुटने टेक कर जमीन पर सिर रख दिया और बोला–दुहाई है सरकार की, लड़का मर जायेगा ! हुजूर, चार दिन से आँखें नहीं...

डाक्टर चड्ढा ने कलाई पर नजर डाली। केवल दस मिनट समय और बाकी था। गोल्फ-स्टिक खूँटी से उतारते हुए बोले–कल सबेरे आओ, कल सबेरे; यह हमारे खेलने का समय है।

बूढ़े ने पगड़ी उतार कर चौखट पर रख दी और रो कर बोला–हुजूर, एक निगाह देख लें। बस, एक निगाह ! लड़का हाथ से चला जायेगा हुजूर, सात लड़कों में यही एक बच रहा है, हुजूर। हम दोनों आदमी रो-रो कर मर जायेंगे, सरकार ! आपकी बढ़ती होय, दीनबंधु !

ऐसे उजड्ड देहाती यहाँ प्रायः रोज आया करते थे। डाक्टर साहब उनके स्वभाव से खूब परिचित थे। कोई कितना ही कुछ कहे; पर वे अपनी ही रट लगाते जायँगे। किसी की सुनेंगे नहीं। धीरे से चिक उठायी और बाहर निकल कर मोटर की तरफ चले। बूढ़ा यह कहता हुआ उनके पीछे दौड़ा–सरकार, बड़ा धरम होगा। हुजूर, दया कीजिए, बड़ा दीन-दुखी हूँ; संसार में कोई और नहीं है, बाबू जी !

मगर डाक्टर साहब ने उसकी ओर मुँह फेर कर देखा तक नहीं। मोटर पर बैठ कर बोले—कल सबेरे आना।

मोटर चली गयी। बूढ़ा कई मिनट तक मूर्ति की भाँति निश्चल खड़ा रहा। संसार में ऐसे मनुष्य भी होते हैं, जो अपने आमोद-प्रमोद के आगे किसी की जान की भी परवा नहीं करते, शायद इसका उसे अब भी विश्वास न आता था। सभ्य संसार इतना निर्मम, इतना कठोर है, इसका ऐसा मर्मभेदी अनुभव अब तक न हुआ था। वह उन पुराने जमाने के जीवों में था, जो लगी हुई आग को बुझाने, मुर्दे को कंधा देने, किसी के छप्पर को उठाने और किसी कलह को शांत करने के लिए सदैव तैयार रहते थे। जब तक बूढ़े को मोटर दिखायी दी, वह खड़ा टकटकी लगाये उस ओर ताकता रहा। शायद उसे अब भी डाक्टर साहब के लौट आने की आशा थी। फिर उसने कहारों से डोली उठाने को कहा। डोली जिधर से आयी थी, उधर ही चली गयी। चारों ओर से निराश होकर वह डाक्टर चड्ढा के पास आया था। इनकी बड़ी तारीफ सुनी थी। यहाँ से निराश होकर फिर वह किसी दूसरे डाक्टर के पास न गया। किस्मत ठोक ली !

उसी रात को उसका हँसता-खेलता सात साल का बालक अपनी बाल-लीला समाप्त करके इस संसार से सिधार गया। बूढ़े माँ-बाप के जीवन का यही एक आधार था। इसी का मुँह देख कर जीते थे। इस दीपक के बुझते ही जीवन की अँधेरी रात भाँय-भाँय करने लगी। बुढ़ापे की विशाल ममता टूटे हुए हृदय से निकल कर अंधकार में आर्त-स्वर से रोने लगी।

2

कई साल गुजर गये। डॉक्टर चड्ढा ने खूब यश और धन कमाया; लेकिन इसके साथ ही अपने स्वास्थ्य की रक्षा भी की, जो एक असाधारण बात थी। यह उनके नियमित जीवन का आशीर्वाद था कि 50 वर्ष की अवस्था में उनकी चुस्ती और फुर्ती युवकों को भी लज्जित करती थी। उनके हर एक काम का समय नियत था, इस नियम से वह जौ-भर भी न टलते थे। बहुधा लोग स्वास्थ्य के नियमों का पालन उस समय करते हैं, जब रोगी हो जाते हैं। डाक्टर चड्ढा उपचार और संयम का रहस्य खूब समझते थे। उनकी संतान-संख्या भी इसी नियम के अधीन थी। उनके केवल दो बच्चे हुए, एक लड़का और एक लड़की। तीसरी संतान न हुई, इसीलिए श्रीमती चड्ढा भी अभी जवान मालूम होती थीं। लड़की का तो विवाह हो चुका था। लड़का कालेज में पढ़ता था। वही माता-पिता के जीवन का आधार था। शील और विनय का पुतला, बड़ा ही रसिक, बड़ा ही उदार, विद्यालय का गौरव, युवक-समाज की शोभा। मुखमंडल से तेज की छटा-सी निकलती थी। आज उसकी बीसवीं सालगिरह थी।

संध्या का समय था। हरी-हरी घास पर कुर्सियाँ बिछी हुई थीं। शहर के रईस और हुक्काम एक तरफ, कालेज के छात्र दूसरी तरफ बैठे भोजन कर रहे थे। बिजली के प्रकाश से सारा मैदान जगमगा रहा था। आमोद-प्रमोद का सामान भी जमा था। छोटा-सा प्रहसन खेलने की तैयारी थी। प्रहसन स्वयं कैलाशनाथ ने लिखा था। वही मुख्य ऐक्टर भी था। इस समय वह एक रेशमी कमीज पहने, नंगे सिर, नंगे पाँव, इधर से उधर मित्रों की आव-भगत में लगा हुआ था। कोई पुकारता—कैलाश, जरा इधर आना; कोई उधर से बुलाता—कैलाश, क्या उधर ही रहोगे ? सभी उसे छेड़ते थे, चुहलें करते थे, बेचारे को जरा दम मारने का अवकाश न मिलता था। सहसा एक रमणी ने उसके पास आ कर कहा—क्यों कैलाश, तुम्हारे साँप कहाँ हैं ? जरा मुझे दिखा दो।

कैलाश ने उससे हाथ मिला कर कहा—मृणालिनी, इस वक्त क्षमा करो, कल दिखा दूँगा।

मृणालिनी ने आग्रह किया—जी नहीं, तुम्हें दिखाना पड़ेगा, मैं आज नहीं मानने की। तुम रोज 'कल-कल' करते हो।

मृणालिनी और कैलाश दोनों सहपाठी थे और एक दूसरे के प्रेम में पगे हुए। कैलाश को साँपों के पालने, खेलाने और नचाने का शौक था। तरह-तरह के साँप पाल रखे थे। उनके स्वभाव और चरित्र की परीक्षा करता रहता था। थोड़े दिन हुए, उसने विद्यालय में 'साँपों' पर एक मार्के का व्याख्यान दिया था। साँपों को नचा कर दिखाया भी था ! प्राणिशास्त्र के बड़े-बड़े पंडित भी यह व्याख्यान सुन कर दंग रह गये थे ! यह विद्या उसने एक बड़े सँपेरे से सीखी थी। साँपों की जड़ी-बूटियाँ जमा करने का उसे मरज था। इतना पता भर मिल जाय कि किसी व्यक्ति के पास कोई अच्छी जड़ी है, फिर उसे चैन न आता था। उसे ले कर ही छोड़ता था। यही व्यसन था। इस पर हजारों रुपये फूँक चुका था। मृणालिनी कई बार आ चुकी थी; पर कभी साँपों को देखने के लिए इतनी उत्सुक न हुई थी। कह नहीं सकते, आज उसकी उत्सुकता सचमुच जाग गयी थी, या वह कैलाश पर अपने अधिकार का प्रदर्शन करना चाहती थी; पर उसका आग्रह बेमौका था। उस कोठरी में कितनी भीड़ लग जायेगी, भीड़ को देख कर साँप कितने चौंकेंगे और रात के समय उन्हें छेड़ा जाना कितना बुरा लगेगा, इन बातों का उसे जरा भी ध्यान न आया।

कैलाश ने कहा—नहीं, कल जरूर दिखा दूँगा। इस वक्त अच्छी तरह दिखा भी तो न सकूँगा, कमरे में तिल रखने को भी जगह न मिलेगी।

एक महाशय ने छेड़ कर कहा—दिखा क्यों नहीं देते, जरा-सी बात के लिए इतना टाल-मटोल कर रहे हो ? मिस गोविंद, हर्गिज न मानना। देखें कैसे नहीं दिखाते !

दूसरे महाशय ने और रद्दा चढ़ाया—मिस गोविन्द इतनी सीधी और भोली हैं, तभी आप इतना मिजाज करते हैं; दूसरी सुंदरी होती, तो इसी बात पर बिगड़ खड़ी होती।

तीसरे साहब ने मजाक उड़ाया—अजी बोलना छोड़ देती। भला, कोई बात है ! इस पर आपका दावा है कि मृणालिनी के लिए जान हाजिर है।

मृणालिनी ने देखा कि ये शोहदे उसे रंग पर चढ़ा रहे हैं, तो बोली—आप लोग मेरी वकालत न करें, मैं खुद अपनी वकालत कर लूँगी। मैं इस वक्त साँपों का तमाशा नहीं देखना चाहती। चलो, छुट्टी हुई।

इस पर मित्रों ने ठट्ठा लगाया। एक साहब बोले—देखना तो आप सब कुछ चाहें, पर कोई दिखाये भी तो ?

कैलाश को मृणालिनी की झेंपी हुई सूरत देखकर मालूम हुआ कि इस वक्त उसका इनकार वास्तव में उसे बुरा लगा है। ज्यों ही प्रीति-भोज समाप्त हुआ और गाना शुरू हुआ, उसने मृणालिनी और अन्य मित्रों को साँपों के दरबे के सामने ले जाकर महुअर बजाना शुरू किया। फिर एक-एक खाना खोलकर एक-एक साँप को निकालने लगा। वाह ! क्या कमाल था ! ऐसा जान पड़ता था कि वे कीड़े उसकी एक-एक बात, उसके मन का एक-एक भाव समझते हैं। किसी को उठा लिया, किसी को गरदन में डाल लिया, किसी को हाथ में लपेट लिया। मृणालिनी बार-बार मना करती कि इन्हें गर्दन में न डालो, दूर ही से दिखा दो। बस, जरा नचा दो। कैलाश की गरदन में साँपों को लिपटते देख कर उसकी जान निकली जाती थी। पछता रही थी कि मैंने व्यर्थ ही इनसे साँप दिखाने को कहा; मगर कैलाश एक न सुनता था। प्रेमिका के सम्मुख अपने सर्प-कला-प्रदर्शन का ऐसा अवसर पाकर वह कब चूकता ! एक मित्र ने टीका की—दाँत तोड़ डाले होंगे।

कैलाश हँसकर बोला—दाँत तोड़ डालना मदारियों का काम है। किसी के दाँत नहीं तोड़े गये। कहिए तो दिखा दूँ ? कह कर उसने एक काले साँप को पकड़ लिया और बोला—'मेरे पास इससे बड़ा और जहरीला साँप दूसरा नहीं है, अगर किसी को काट ले, तो आदमी आनन-फानन में मर जाय। लहर भी न आये। इसके काटे पर मन्त्र नहीं। इसके दाँत दिखा दूँ ?'

मृणालिनी ने उसका हाथ पकड़ कर कहा—नहीं-नहीं, कैलाश, ईश्वर के लिए इसे छोड़ दो। तुम्हारे पैरों पड़ती हूँ।

इस पर एक दूसरे मित्र बोले—मुझे तो विश्वास नहीं आता, लेकिन तुम कहते हो, तो मान लूँगा।

कैलाश ने साँप की गरदन पकड़कर कहा—नहीं साहब, आप आँखों से देख कर मानिए। दाँत तोड़कर वश में किया तो क्या किया। साँप बड़ा समझदार होता है ! अगर उसे विश्वास हो जाय कि इस आदमी से मुझे कोई हानि न पहुँचेगी, तो वह उसे हर्गिज न काटेगा।

मृणालिनी ने जब देखा कि कैलाश पर इस वक्त भूत सवार है, तो उसने यह तमाशा न करने के विचार से कहा—अच्छा भाई, अब यहाँ से चलो। देखो गाना शुरू

हो गया है। आज मैं भी कोई चीज सुनाऊँगी। यह कहते हुए उसने कैलाश का कंधा पकड़ कर चलने का इशारा किया और कमरे से निकल गयी; मगर कैलाश विरोधियों का शंका-समाधान करके ही दम लेना चाहता था। उसने साँप की गरदन पकड़ कर जोर से दबायी, इतनी जोर से दबायी कि उसका मुँह लाल हो गया, देह की सारी नसें तन गयीं। साँप ने अब तक उसके हाथों ऐसा व्यवहार न देखा था। उसकी समझ में न आता था कि यह मुझसे क्या चाहते हैं। उसे शायद भ्रम हुआ कि मुझे मार डालना चाहते हैं, अतएव वह आत्मरक्षा के लिए तैयार हो गया।

कैलाश ने उसकी गर्दन खूब दबा कर मुँह खोल दिया और उसके जहरीले दाँत दिखाते हुए बोला—जिन सज्जनों को शक हो, आ कर देख लें। आया विश्वास या अब भी कुछ शक है ? मित्रों ने आ कर उसके दाँत देखे और चकित हो गये। प्रत्यक्ष प्रमाण के सामने संदेह को स्थान कहाँ। मित्रों का शंका-निवारण करके कैलाश ने साँप की गर्दन ढीली कर दी और उसे जमीन पर रखना चाहा, पर वह काला गेहुँवन क्रोध से पागल हो रहा था। गर्दन नरम पड़ते ही उसने सिर उठा कर कैलाश की उँगली में जोर से काटा और वहाँ से भागा। कैलाश की उँगली से टप-टप खून टपकने लगा। उसने जोर से उँगली दबा ली और अपने कमरे की तरफ दौड़ा। वहाँ मेज की दराज में एक जड़ी रखी हुई थी, जिसे पीस कर लगा देने से घातक विष भी रफू हो जाता था। मित्रों में हलचल पड़ गयी। बाहर महफिल में भी खबर हुई। डाक्टर साहब घबरा कर दौड़े। फौरन उँगली की जड़ कस कर बाँधी गयी और जड़ी पीसने के लिए दी गयी। डाक्टर साहब जड़ी के कायल न थे। वह उँगली का डसा भाग नश्तर से काट देना चाहते थे, मगर कैलाश को जड़ी पर पूर्ण विश्वास था। मृणालिनी प्यानो पर बैठी हुई थी। यह खबर सुनते ही दौड़ी, और कैलाश की उँगली से टपकते हुए खून को रूमाल से पोंछने लगी। जड़ी पीसी जाने लगी; पर उसी एक मिनट में कैलाश की आँखें झपकने लगीं, ओठों पर पीलापन दौड़ने लगा। यहाँ तक कि वह खड़ा न रह सका। फर्श पर बैठ गया। सारे मेहमान कमरे में जमा हो गये। कोई कुछ कहता था, कोई कुछ। इतने में जड़ी पीस कर आ गयी। मृणालिनी ने उँगली पर लेप किया। एक मिनट और बीता। कैलाश की आँखें बंद हो गयीं। वह लेट गया और हाथ से पंखा झलने का इशारा किया। माँ ने दौड़ कर उसका सिर गोद में रख लिया और बिजली का टेबुल-फैन लगा दिया।

डाक्टर साहब ने झुक कर पूछा—कैलाश, कैसी तबीयत है ? कैलाश ने धीरे से हाथ उठा दिया; पर कुछ बोल न सका। मृणालिनी ने करुण स्वर में कहा—क्या जड़ी कुछ असर न करेगी ? डाक्टर साहब ने सिर पकड़ कर कहा—क्या बतलाऊँ, मैं इसकी बातों में आ गया। अब तो नश्तर से भी कुछ फायदा न होगा।

आध घंटे तक यही हाल रहा। कैलाश की दशा प्रतिक्षण बिगड़ती जाती थी। यहाँ तक कि उसकी आँखें पथरा गयीं, हाथ-पाँव ठंडे हो गये, मुख की कांति मलिन

पड़ गयी, नाड़ी का कहीं पता नहीं। मौत के सारे लक्षण दिखायी देने लगे। घर में कुहराम मच गया। मृणालिनी एक ओर सिर पीटने लगी; माँ अलग पछाड़ें खाने लगी। डाक्टर चड्ढा को मित्रों ने पकड़ लिया, नहीं तो वह नश्तर अपनी गर्दन पर मार लेते।

एक महाशय बोले—कोई मंत्र झाड़ने वाला मिले, तो सम्भव है, अब भी जान बच जाय।

एक मुसलमान सज्जन ने इसका समर्थन किया—अरे साहब कब्र में पड़ी हुई लाशें जिंदा हो गयी हैं। ऐसे-ऐसे बाकमाल पड़े हुए हैं।

डाक्टर चड्ढा बोले—मेरी अक्ल पर पत्थर पड़ गया था कि इसकी बातों में आ गया। नश्तर लगा देता, तो यह नौबत ही क्यों आती। बार-बार समझाता रहा कि बेटा, साँप न पालो, मगर कौन सुनता था ! बुलाइए, किसी झाड़-फूँक करनेवाले ही को बुलाइए। मेरा सब कुछ ले ले, मैं अपनी सारी जायदाद उसके पैरों पर रख दूँगा। लँगोटी बाँध कर घर से निकल जाऊँगा; मगर मेरा कैलाश, मेरा प्यारा कैलाश उठ बैठे। ईश्वर के लिए किसी को बुलवाइए।

एक महाशय का किसी झाड़नेवाले से परिचय था। वह दौड़कर उसे बुला लाये; मगर कैलाश की सूरत देखकर उसे मंत्र चलाने की हिम्मत न पड़ी। बोला—अब क्या हो सकता है, सरकार ? जो कुछ होना था, हो चुका !

अरे मूर्ख, यह क्यों नहीं कहता कि जो कुछ न होना था, हो चुका। जो कुछ होना था, वह कहाँ हुआ ? माँ-बाप ने बेटे का सेहरा कहाँ देखा ? मृणालिनी का कामना-तरु क्या पल्लव और पुष्प से रंजित हो उठा ? मन के वह स्वर्ण-स्वप्न जिनसे जीवन आनंद का स्रोत बना हुआ था, क्या पूरे हो गये ? जीवन के नृत्यमय तारिका-मंडित सागर में आमोद की बहार लूटते हुए क्या उनकी नौका जलमग्न नहीं हो गयी ? जो न होना था, वह हो गया।

वही हरा-भरा मैदान था, वही सुनहरी चाँदनी एक निःशब्द संगीत की भाँति प्रकृति पर छायी हुई थी; वही मित्र-समाज था। वही मनोरंजन के सामान थे। मगर जहाँ हास्य की ध्वनि थी, वहाँ करुण क्रंदन और अश्रु-प्रवाह था।

3

शहर से कई मील दूर एक छोटे-से घर में एक बूढ़ा और बुढ़िया अँगीठी के सामने बैठे जाड़े की रात काट रहे थे। बूढ़ा नारियल पीता था और बीच-बीच में खाँसता था। बुढ़िया दोनों घुटनियों में सिर डाले आग की ओर ताक रही थी। एक मिट्टी के तेल की कुप्पी ताक पर जल रही थी। घर में न चारपाई थी, न बिछौना। एक किनारे थोड़ी-सी पुआल पड़ी हुई थी। इसी कोठरी में एक चूल्हा था। बुढ़िया दिन-भर

उपले और सूखी लकड़ियाँ बटोरती थी। बूढ़ा रस्सी बट कर बाजार में बेच आता था। यही उनकी जीविका थी। उन्हें न किसी ने रोते देखा, न हँसते। उनका सारा समय जीवित रहने में कट जाता था। मौत द्वार पर खड़ी थी, रोने या हँसने की कहाँ फुरसत ! बुढ़िया ने पूछा—कल के लिए सन तो है नहीं, काम क्या करोगे ?

'जा कर झगड़ू साह से दस सेर सन उधार लाऊँगा।'

'उसके पहले के पैसे तो दिये ही नहीं, और उधार कैसे देगा ?'

'न देगा न सही। घास तो कहीं नहीं गयी है। दोपहर तक क्या दो आने की भी न काटूँगा ?'

इतने में एक आदमी ने द्वार पर आवाज दी—भगत, भगत, क्या सो गये ? जरा किवाड़ खोलो।

भगत ने उठकर किवाड़ खोल दिये। एक आदमी ने अंदर आ कर कहा—कुछ सुना, डाक्टर चड्ढा बाबू के लड़के को साँप काट लिया।

भगत ने चौंक कर कहा—चड्ढा बाबू के लड़के को ! वही चड्ढा बाबू हैं न, जो छावनी में बँगले में रहते हैं ?

'हाँ-हाँ वही। शहर में हल्ला मचा हुआ है। जाते हो तो जाओ, आदमी बन जाओगे।'

बूढ़े ने कठोर भाव से सिर हिला कर कहा—मैं नहीं जाता ! मेरी बला जाय ! वही चड्ढा है। खूब जानता हूँ। भैया को ले कर उन्हीं के पास गया था। खेलने जा रहे थे। पैरों पर गिर पड़ा कि एक नजर देख लीजिए; मगर सीधे मुँह से बात तक न की। भगवान् बैठे सुन रहे थे। अब जान पड़ेगा कि बेटे का गम कैसा होता है। कई लड़के हैं ?

'नहीं जी, यही तो एक लड़का था। सुना है, सबने जवाब दे दिया है।'

'भगवान् बड़ा कारसाज है। उस बखत मेरी आँखों से आँसू निकल पड़े थे, पर उन्हें तनिक भी दया न आयी थी। मैं तो उनके द्वार पर होता, तो भी बात न पूछता।'

'तो न जाओगे ? हमने जो सुना था, सो कह दिया।'

'अच्छा किया—अच्छा किया। कलेजा ठंडा हो गया, आँखें ठंडी हो गयीं। लड़का भी ठंडा हो गया होगा ! तुम जाओ। आज चैन की नींद सोऊँगा। (बुढ़िया से) जरा तम्बाखू ले ले ! एक चिलम और पीऊँगा। अब मालूम होगा लाला को ! सारी साहबी निकल जायेगी, हमारा क्या बिगड़ा। लड़के के मर जाने से कुछ राज तो नहीं चला गया ? जहाँ छः बच्चे गये थे, वहाँ एक और चला गया, तुम्हारा तो राज सूना हो जायेगा। उसी के वास्ते सबका गला दबा-दबा कर जोड़ा था न ! अब क्या करोगे ? एक बार देखने जाऊँगा; पर कुछ दिन बाद मिजाज का हाल पूछूँगा।'

आदमी चला गया। भगत ने किवाड़ बंद कर लिये, तब चिलम पर तम्बाखू रख कर पीने लगा।

बुढ़िया ने कहा—इतनी रात गये जाड़े-पाले में कौन जायेगा ?

'अरे, दोपहर ही होता तो मैं न जाता। सवारी दरवाजे पर लेने आती, तो भी न जाता। भूल नहीं गया हूँ। पन्ना की सूरत आज भी आँखों में फिर रही है। इस निर्दयी ने उसे एक नजर देखा तक नहीं। क्या मैं न जानता था कि वह न बचेगा ? खूब जानता था। चड्ढा भगवान् नहीं थे, कि उनके एक निगाह देख लेने से अमृत बरस जाता। नहीं, खाली मन की दौड़ थी। जरा तसल्ली हो जाती। बस, इसीलिए उनके पास गया था। अब किसी दिन जाऊँगा और कहूँगा—क्यों साहब, कहिए, क्या रंग है ? दुनिया बुरा कहेगी, कहे; कोई परवाह नहीं। छोटे आदमियों में तो सब ऐब होते हैं। बड़ों में कोई ऐब नहीं होता, देवता होते हैं।'

भगत के लिए यह जीवन में पहला अवसर था कि ऐसा समाचार पाकर वह बैठा रह गया हो। 80 वर्ष के जीवन में ऐसा कभी न हुआ था कि साँप की खबर पाकर वह दौड़ न गया हो। माघ-पूस की अँधेरी रात, चैत-बैसाख की धूप और लू, सावन-भादों की चढ़ी हुई नदी और नाले, किसी की उसने कभी परवाह न की। वह तुरंत घर से निकल पड़ता था—निःस्वार्थ, निष्काम ! लेन-देन का विचार कभी दिल में आया नहीं। यह ऐसा काम ही न था। जान का मूल्य कौन दे सकता है ? यह एक पुण्य-कार्य था। सैकड़ों निराशों को उसके मंत्रों ने जीवन-दान दे दिया था; पर आज वह घर से कदम नहीं निकाल सका। यह खबर सुन कर सोने जा रहा है।

बुढ़िया ने कहा—तमाखू अँगीठी के पास रखी हुई है। उसके भी आज ढाई पैसे हो गये। देती ही न थी।

बुढ़िया यह कह कर लेटी। बूढ़े ने कुप्पी बुझायी, कुछ देर खड़ा रहा, फिर बैठ गया। अंत को लेट गया; पर यह खबर उसके हृदय पर बोझे की भाँति रखी हुई थी। उसे मालूम हो रहा था, उसकी कोई चीज खो गयी है, जैसे सारे कपड़े गीले हो गये हैं या पैरों में कीचड़ लगा हुआ है, जैसे कोई उसके मन में बैठा हुआ उसे घर से निकालने के लिए कुरेद रहा है। बुढ़िया जरा देर में खर्राटे लेने लगी। बूढ़े बातें करते-करते सोते हैं और जरा-सा खटका होते ही जागते हैं। तब भगत उठा, अपनी लकड़ी उठा ली, और धीरे से किवाड़ खोले।

बुढ़िया ने पूछा—कहाँ जाते हो ?

'कहीं नहीं, देखता था कि कितनी रात है।'

'अभी बहुत रात है, सो जाओ।'

'नींद नहीं आती।'

'नींद काहे को आवेगी ? मन तो चड्ढा के घर पर लगा हुआ है।'

'चड्ढा ने मेरे साथ कौन-सी नेकी कर दी है, जो वहाँ जाऊँ ? वह आ कर पैरों पड़े, तो भी न जाऊँ।'

'उठे तो तुम इसी इरादे से ही।'

'नहीं री, ऐसा पागल नहीं हूँ कि जो मुझे काँटे बोये, उसके लिए फूल बोता फिरूँ।'

बुढ़िया फिर सो गयी। भगत ने किवाड़ लगा दिये और फिर आ कर बैठा। पर उसके मन की कुछ ऐसी दशा थी, जो बाजे की आवाज कान में पड़ते ही उपदेश सुननेवालों की होती है। आँखे चाहे उपदेशक की ओर हों; पर कान बाजे ही की ओर होते हैं। दिल में भी बाजे की ध्वनि गूँजती रहती है। शर्म के मारे जगह से नहीं उठता। निर्दयी प्रतिघात का भाव भगत के लिए उपदेशक था, पर हृदय उस अभागे युवक की ओर था, जो इस समय मर रहा था, जिसके लिए एक-एक पल का विलम्ब घातक था।

उसने फिर किवाड़ खोले, इतने धीरे से कि बुढ़िया को खबर भी न हुई। बाहर निकल आया। उसी वक्त गाँव का चौकीदार गश्त लगा रहा था, बोला—कैसे उठे भगत ? आज तो बड़ी सरदी है ! कहीं जा रहे हो क्या ?

भगत ने कहा—नहीं जी, जाऊँगा कहाँ ! देखता था, अभी कितनी रात है। भला, कै बजे होंगे ?

चौकीदार बोला—एक बजा होगा और क्या, अभी थाने से आ रहा था, तो डाक्टर चड्ढा बाबू के बँगले पर बड़ी भीड़ लगी हुई थी। उनके लड़के का हाल तो तुमने सुना होगा, कीड़े ने छू लिया है। चाहे मर भी गया हो, तुम चले जाओ, तो साइत बच जाय। सुना है, दस हजार तक देने को तैयार हैं।

भगत—मैं तो न जाऊँ, चाहे वह दस लाख भी दें। मुझे दस हजार या दस लाख ले कर क्या करना है ? कल मर जाऊँगा, फिर कौन भोगनेवाला बैठा हुआ है।

चौकीदार चला गया। भगत ने पैर बढ़ाया। जैसे नशे में आदमी की देह अपने काबू में नहीं रहती, पैर कहीं रखता है, पड़ता कहीं है, कहता कुछ है, जबान से निकलता कुछ है, वही हाल इस समय भगत का था। मन में प्रतिकार था; पर कर्म मन के अधीन न था। जिसने कभी तलवार नहीं चलायी, वह इरादा करने पर भी तलवार नहीं चला सकता। उसके हाथ काँपते हैं, उठते ही नहीं।

भगत लाठी खट-खट करता लपका चला जाता था। चेतना रोकती थी पर उपचेतना ठेलती थी। सेवक स्वामी पर हावी था।

आधी राह निकल जाने के बाद सहसा भगत रुक गया। हिंसा ने क्रिया पर विजय पायी—मैं यों ही इतनी दूर चला आया। इस जाड़े-पाले में मरने की मुझे क्या पड़ी थी ? आराम से सोया क्यों नहीं ? नींद न आती, न सही; दो-चार भजन ही गाता। व्यर्थ इतनी दूर दौड़ा आया। चड्ढा का लड़का रहे या मरे, मेरी बला से। मेरे साथ उन्होंने ऐसा कौन-सा सलूक किया था कि मैं उनके लिए मरूँ ? दुनिया में हजारों मरते हैं, हजारों जीते हैं। मुझे किसी के मरने-जीने से मतलब !

मगर उपचेतना ने अब एक दूसरा रूप धारण किया, जो हिंसा से बहुत कुछ मिलता-जुलता था—वह झाड़-फूँक करने नहीं जा रहा है; वह देखेगा, कि लोग क्या कर रहे हैं। डाक्टर साहब का रोना-पीटना देखेगा, किस तरह सिर पीटते हैं, किस तरह पछाड़ें खाते हैं ! यह देखेगा कि बड़े लोग भी छोटों ही की भाँति रोते हैं, या सबर कर जाते हैं ! वे लोग तो विद्वान् होते हैं, सबर कर जाते होंगे ! हिंसा-भाव को यों धीरज देता हुआ वह फिर आगे बढ़ा।

इतने में दो आदमी आते दिखायी दिये। दोनों बातें करते चले आ रहे थे—चड्ढा बाबू का घर उजड़ गया, वही तो एक लड़का था। भगत के कान में यह आवाज पड़ी। उसकी चाल और भी तेज हो गयी। थकान के मारे पाँव न उठते थे। शिरोभाग इतना बढ़ा जाता था, मानो अब मुँह के बल गिर पड़ेगा। इस तरह वह कोई 10 मिनट चला होगा कि डाक्टर साहब का बँगला नजर आया। बिजली की बत्तियाँ जल रही थीं; मगर सन्नाटा छाया हुआ था। रोने-पीटने की आवाज भी न आती थी। भगत का कलेजा धक्-धक् करने लगा। कहीं मुझे बहुत देर तो नहीं हो गयी ? वह दौड़ने लगा। अपनी उम्र में वह इतना तेज कभी न दौड़ा था। बस, यही मालूम होता था मानो उसके पीछे मौत दौड़ी आ रही है।

4

दो बज गये थे। मेहमान विदा हो गये। रोने वालों में केवल आकाश के तारे रह गये थे। और सभी रो-रो कर थक गये थे। बड़ी उत्सुकता के साथ लोग रह-रहकर आकाश की ओर देखते थे कि किसी तरह सुबह हो और लाश गंगा की गोद में दी जाय।

सहसा भगत ने द्वार पर पहुँच कर आवाज दी। डाक्टर साहब समझे, कोई मरीज आया होगा। किसी और दिन उन्होंने उस आदमी को दुत्कार दिया होता; मगर आज बाहर निकल आये। देखा एक बूढ़ा आदमी खड़ा है—कमर झुकी हुई, पोपला मुँह, भौंहें तक सफेद हो गयी थीं। लकड़ी के सहारे काँप रहा था। बड़ी नम्रता से बोले—क्या है भई, आज तो हमारे ऊपर ऐसी मुसीबत पड़ गयी है कि कुछ कहते नहीं बनता, फिर कभी आना। इधर एक महीना तक तो शायद मैं किसी भी मरीज को न देख सकूँगा।

भगत ने कहा—सुन चुका हूँ बाबू जी, इसीलिए आया हूँ। भैया कहाँ हैं ? जरा मुझे दिखा दीजिए। भगवान् बड़ा कारसाज है, मुरदे को भी जिला सकता है। कौन जाने, अब भी उसे दया आ जाय।

चड्ढा ने व्यथित स्वर से कहा—चलो, देख लो; मगर तीन-चार घंटे हो गये। जो कुछ होना था, हो चुका। बहुतेरे झाड़ने-फूँकने वाले देख-देख कर चले गये।

डाक्टर साहब को आशा तो क्या होती। हाँ, बूढ़े पर दया आ गयी। अंदर ले गये। भगत ने लाश को एक मिनट तक देखा। तब मुस्करा कर बोला—अभी कुछ नहीं बिगड़ा है, बाबू जी ! वह नारायण चाहेंगे, तो आध घंटे में भैया उठ बैठेंगे। आप नाहक दिल छोटा कर रहे हैं। जरा कहारों से कहिए, पानी तो भरें।

कहारों ने पानी भर-भर कर कैलाश को नहलाना शुरू किया। पाइप बंद हो गया था। कहारों की संख्या अधिक न थी, इसलिए मेहमानों ने अहाते के बाहर के कुएँ से पानी भर-भर कर कहारों को दिया, मृणालिनी कलसा लिये पानी ला रही थी। बूढ़ा भगत खड़ा मुस्करा-मुस्करा कर मंत्र पढ़ रहा था, मानो विजय उसके सामने खड़ी है। जब एक बार मंत्र समाप्त हो जाता, तब वह एक जड़ी कैलाश को सुँघा देता। इस तरह न-जाने कितने घड़े कैलाश के सिर पर डाले गये और न-जाने कितनी बार भगत ने मंत्र फूँका। आखिर जब उषा ने अपनी लाल-लाल आँखें खोलीं तो कैलाश की भी लाल-लाल आँखें खुल गयीं। एक क्षण में उसने अंगड़ाई ली और पानी पीने को माँगा। डाक्टर चड्ढा ने दौड़ कर नारायणी को गले लगा लिया। नारायणी दौड़कर भगत के पैरों पर गिर पड़ी और मृणालिनी कैलाश के सामने आँखों में आँसू-भरे पूछने लगी—अब कैसी तबीयत है ?

एक क्षण में चारों तरफ खबर फैल गयी। मित्रगण मुबारकबाद देने आने लगे। डाक्टर साहब बड़े श्रद्धा-भाव से हर एक के सामने भगत का यश गाते फिरते थे। सभी लोग भगत के दर्शनों के लिए उत्सुक हो उठे, मगर अंदर जाकर देखा, तो भगत का कहीं पता न था। नौकरों ने कहा—अभी तो यहीं बैठे चिलम पी रहे थे। हम लोग तमाखू देने लगे, तो नहीं ली; अपने पास से तमाखू निकाल कर भरी।

यहाँ तो भगत की चारों ओर तलाश होने लगी, और भगत लपका हुआ घर चला जा रहा था कि बुढ़िया के उठने से पहले पहुँच जाऊँ !

जब मेहमान लोग चले गये, तो डाक्टर साहब ने नारायणी से कहा—बुड्ढा न-जाने कहाँ चला गया। एक चिलम तमाखू का भी रवादार न हुआ।

नारायणी—मैंने तो सोचा था, इसे कोई बड़ी रकम दूँगी।

चड्ढा—रात को तो मैंने नहीं पहचाना, पर जरा साफ हो जाने पर पहचान गया। एक बार यह एक मरीज को ले कर आया था। मुझे अब याद आता है कि मैं खेलने जा रहा था और मरीज को देखने से इनकार कर दिया था। आज उस दिन की बात याद करके मुझे जितनी ग्लानि हो रही है, उसे प्रकट नहीं कर सकता। मैं उसे अब खोज निकालूँगा और उसके पैरों पर गिर कर अपना अपराध क्षमा कराऊँगा। वह कुछ लेगा नहीं, यह जानता हूँ, उसका जन्म यश की वर्षा करने ही के लिए हुआ है। उसकी सज्जनता ने मुझे ऐसा आदर्श दिखा दिया है, जो अब से जीवन-पर्यन्त मेरे सामने रहेगा।

प्रायश्चित्त

दफ्तर में जरा देर से आना अफसरों की शान है। जितना ही बड़ा अधिकारी होता है, उतनी ही देर में आता है; और उतने ही सबेरे जाता भी है। चपरासी की हाजिरी चौबीसों घंटे की। वह छुट्टी पर भी नहीं जा सकता। अपना एवज देना पड़ता है। खैर, जब बरेली जिला-बोर्ड के हेड क्लर्क बाबू मदारीलाल ग्यारह बजे दफ्तर आये, तब मानो दफ्तर नींद से जाग उठा। चपरासी ने दौड़ कर पैरगाड़ी ली, अरदली ने दौड़ कर कमरे की चिक उठा दी और जमादार ने डाक की किश्त मेज पर ला कर रख दी। मदारीलाल ने पहला ही सरकारी लिफाफा खोला था कि उनका रंग फक हो गया। वे कई मिनट तक आश्चर्यान्वित हालत में खड़े रहे, मानो सारी ज्ञानेन्द्रियाँ शिथिल हो गयी हों। उन पर बड़े-बड़े आघात हो चुके थे; पर इतने बदहवास वे कभी न हुए थे। बात यह थी कि बोर्ड के सेक्रेटरी की जो जगह एक महीने से खाली थी, सरकार ने सुबोधचंद्र को वह जगह दी थी और सुबोधचंद्र वह व्यक्ति था जिसके नाम ही से मदारीलाल को घृणा थी। वह सुबोधचन्द्र, जो उनका सहपाठी था, जिसे ज़क देने को उन्होंने कितनी ही चेष्टा की; पर कभी सफल न हुए थे। वही सुबोध आज उनका अफसर हो कर आ रहा था। सुबोध की इधर कई सालों से कोई खबर न थी। इतना मालूम था कि वह फौज में भरती हो गया था। मदारीलाल ने समझा था—वहीं मर गया होगा; पर आज वह मानो जी उठा और सेक्रेटरी हो कर आ रहा था। मदारीलाल को उसकी मातहती में काम करना पड़ेगा। इस अपमान से तो मर जाना कहीं अच्छा था। सुबोध को स्कूल और कालेज की सारी बातें अवश्य ही याद होंगी। मदारीलाल ने उसे कालेज से निकलवा देने के लिए कई बार मंत्र चलाये, झूठे आरोप किये, बदनाम किया। क्या सुबोध सब कुछ भूल गया होगा ? नहीं, कभी नहीं। वह आते ही पुरानी कसर निकालेगा। मदारी बाबू को अपनी प्राण-रक्षा का कोई उपाय न सूझता था।

मदारी और सुबोध के ग्रहों में ही विरोध था। दोनों एक ही दिन, एक ही शाला में भरती हुए थे, और पहले ही दिन से दिल में ईर्ष्या और द्वेष की वह चिनगारी

पड़ गयी, जो आज बीस वर्ष बीतने पर भी न बुझी थी। सुबोध का अपराध यही था कि वह मदारीलाल से हर एक बात में बढ़ा हुआ था। डील-डौल, रंग-रूप, रीति-व्यवहार, विद्या-बुद्धि ये सारे मैदान उसके हाथ थे। मदारीलाल ने उसका यह अपराध कभी क्षमा नहीं किया। सुबोध बीस वर्ष तक निरंतर उनके हृदय का काँटा बना रहा। जब सुबोध डिग्री लेकर अपने घर चला गया और मदारी फेल हो कर इस दफ्तर में नौकर हो गये, तब उनका चित्त शांत हुआ। किंतु जब यह मालूम हुआ कि सुबोध बसरे जा रहा है, तब तो मदारीलाल का चेहरा खिल उठा। उनके दिल से यह पुरानी फाँस निकल गयी। पर हा हतभाग्य ! आज वह पुराना नासूर शतगुण टीस और जलन के साथ खुल गया। आज उनकी किस्मत सुबोध के हाथ में थी। ईश्वर इतना अन्यायी है ! विधि इतना कठोर !

जब जरा चित्त शांत हुआ, तब मदारी ने दफ्तर के क्लर्कों को सरकारी हुक्म सुनाते हुए कहा—अब आप लोग जरा हाथ-पाँव सँभाल कर रहिएगा। सुबोधचंद्र वे आदमी नहीं हैं, जो भूलों को क्षमा कर दें ?

एक क्लर्क ने पूछा—क्या बहुत सख्त हैं।

मदारीलाल ने मुस्करा कर कहा—वह तो आप लोगों को दो-चार दिन ही में मालूम हो जायेगा। मैं अपने मुँह से किसी की क्यों शिकायत करूँ ? बस, चेतावनी दे दी कि जरा हाथ-पाँव सँभाल कर रहिएगा। आदमी योग्य है, पर बड़ा ही क्रोधी, बड़ा दम्भी। गुस्सा तो उसकी नाक पर रहता है। खुद हजारों हजम कर जाय और डकार तक न ले; पर क्या मजाल कि कोई मातहत एक कौड़ी भी हजम करने पाये। ऐसे आदमी से ईश्वर ही बचाये ! मैं तो सोच रहा हूँ कि छुट्टी ले कर घर चला जाऊँ। दोनों वक्त घर पर हाजिरी बजानी होगी। आप लोग आज से सरकार के नौकर नहीं, सेक्रेटरी साहब के नौकर हैं। कोई उनके लड़के को पढ़ायेगा, कोई बाजार से सौदा-सुलुफ लायेगा और कोई उन्हें अखबार सुनायेगा। और चपरासियों के तो शायद दफ्तर में दर्शन ही न हों।

इस प्रकार सारे दफ्तर को सुबोधचंद्र की तरफ से भड़का कर मदारीलाल ने अपना कलेजा ठंडा किया।

2

इसके एक सप्ताह बाद सुबोधचंद्र गाड़ी से उतरे, तब स्टेशन पर दफ्तर के सब कर्मचारियों को हाजिर पाया, सब उनका स्वागत करने आये थे। मदारीलाल को देखते ही सुबोध लपक कर उनके गले से लिपट गये और बोले—तुम खूब मिले भाई। यहाँ कैसे आये ? ओह ! आज एक युग के बाद भेंट हुई !

मदारीलाल बोले—यहाँ जिला-बोर्ड के दफ्तर में हेड क्लर्क हूँ। आप तो कुशल से हैं ?

सुबोध—अजी, मेरी न पूछो। बसरा, फ्रांस, मिस्र और न-जाने कहाँ-कहाँ मारा-मारा फिरा। तुम दफ्तर में हो, यह बहुत ही अच्छा हुआ। मेरी तो समझ ही में न आता था कि कैसे काम चलेगा। मैं तो बिलकुल कोरा हूँ; मगर जहाँ जाता हूँ, मेरा सौभाग्य ही मेरे साथ जाता है। बसरे में सभी अफसर खुश थे। फ्रांस में भी खूब चैन किये। दो साल में कोई पचीस हजार रुपये बना लाया और सब उड़ा दिया। वहाँ से आ कर कुछ दिनों कोआपरेशन दफ्तर में मटरगश्त करता रहा। यहाँ आया तब तुम मिल गये। (क्लर्कों को देख कर) ये लोग कौन हैं ?

मदारी के हृदय में बर्छियाँ-सी चल रही थीं। दुष्ट पचीस हजार रुपये बसरे से कमा लाया ! यहाँ कलम घिसते-घिसते मर गये और पाँच सौ भी न जमा कर सके। बोले—ये लोग बोर्ड के कर्मचारी हैं। सलाम करने आये हैं।

सुबोध ने उन सब लोगों से बारी-बारी से हाथ मिलाया और बोला—आप लोगों ने व्यर्थ यह कष्ट किया। बहुत आभारी हूँ। मुझे आशा है कि आप सब सज्जनों को मुझसे कोई शिकायत न होगी। मुझे अपना अफसर नहीं, अपना भाई समझिए। आप सब लोग मिल कर इस तरह काम कीजिए कि बोर्ड की नेकनामी हो और मैं भी सुर्खरू रहूँ। आपके हेड क्लर्क साहब तो मेरे पुराने मित्र और लँगोटिया यार हैं।

एक वाक्चतुर क्लर्क ने कहा—हम सब हुजूर के ताबेदार हैं। यथाशक्ति आपको असंतुष्ट न करेंगे, लेकिन आदमी ही हैं, अगर कोई भूल हो भी जाय, तो हुजूर उसे क्षमा करेंगे।

सुबोध ने नम्रता से कहा—यही मेरा सिद्धांत है और हमेशा से यही सिद्धांत रहा है। जहाँ रहा, मातहतों से मित्रों का-सा बर्ताव किया। हम और आप दोनों हीं किसी तीसरे के गुलाम हैं। फिर रोब कैसा और अफसरी कैसी ? हाँ, हमें नेकनीयत के साथ अपना कर्तव्य पालन करना चाहिए।

जब सुबोध से विदा हो कर कर्मचारी लोग चले, तब आपस में बातें होने लगीं—

'आदमी तो अच्छा मालूम होता है।'

'हेड क्लर्क के कहने से तो ऐसा मालूम होता था कि सबको कच्चा ही खा जायेगा।'

'पहले सभी ऐसे ही बातें करते हैं।'

'ये दिखाने के दाँत हैं।'

3

सुबोध को आये एक महीना गुजर गया। बोर्ड के क्लर्क, अरदली, चपरासी सभी उसके बर्ताव से खुश हैं। वह इतना प्रसन्नचित्त है, इतना नम्र है कि जो उससे एक बार मिलता है, सदैव के लिए उसका मित्र हो जाता है। कठोर शब्द तो उसकी जबान पर आता ही नहीं। इनकार को भी वह अप्रिय नहीं होने देता; लेकिन द्वेष की आँखों में गुण और भी भयंकर हो जाता है। सुबोध के ये सारे सद्गुण मदारीलाल की आँखों में खटकते रहते हैं। उसके विरुद्ध कोई-न-कोई गुप्त षड्यंत्र रचते ही रहते हैं। पहले कर्मचारियों को भड़काना चाहा, सफल न हुए। बोर्ड के मेम्बरों को भड़काना चाहा, मुँह की खायी। ठीकेदारों को उभारने का बीड़ा उठाया, लज्जित होना पड़ा। वे चाहते थे कि भुस में आग लगा कर दूर से तमाशा देखें। सुबोध से यों हँस कर मिलते , यों चिकनी-चुपड़ी बातें करते, मानो उसके सच्चे मित्र हैं, पर घात में लगे रहते। सुबोध में सब गुण थे, पर आदमी पहचानना न जानते थे। वे मदारीलाल को अब भी अपना दोस्त समझते हैं।

एक दिन मदारीलाल सेक्रेटरी साहब के कमरे में गये तब कुरसी खाली देखी। वे किसी काम से बाहर चले गये थे। उनकी मेज पर पाँच हजार के नोट पुलिंदों में बँधे हुए रखे थे। बोर्ड के मदरसों के लिए कुछ लकड़ी के सामान बनवाये गये थे। उसी के दाम थे। ठीकेदार वसूली के लिए बुलाया गया था। आज ही सेक्रेटरी साहब ने चेक भेज कर खजाने से रुपये मँगवाये थे। मदारीलाल ने बरामदे में झाँक कर देखा, सुबोध का कहीं पता नहीं। उनकी नीयत बदल गयी। ईर्ष्या में लोभ का सम्मिश्रण हो गया। काँपते हुए हाथों से पुलिंदे उठाये; पतलून की दोनों जेबों में भर कर तुरंत कमरे से निकले और चपरासी को पुकार कर बोले—बाबू जी भीतर हैं ? चपरासी आज ठेकेदार से कुछ वसूल करने की खुशी में फूला हुआ था। सामने वाले तमोली के दूकान से आ कर बोला—जी नहीं, कचहरी में किसी से बातें कर रहे हैं। अभी-अभी तो गये हैं।

मदारीलाल ने दफ्तर में आ एक क्लर्क से कहा—यह मिसिल ले जा कर सेक्रेटरी साहब को दिखाओ।

क्लर्क मिसिल ले कर चला गया। जरा देर में लौट कर बोला—सेक्रेटरी साहब कमरे में न थे। फाइल मेज पर रख आया हूँ।

मदारीलाल ने मुँह सिकोड़ कर कहा—कमरा छोड़ कर कहाँ चले जाया करते हैं ? किसी दिन धोखा उठायेंगे।

क्लर्क ने कहा—उनके कमरे में दफ्तरवालों के सिवा और जाता ही कौन है ?

मदारीलाल ने तीव्र स्वर में कहा—तो क्या दफ्तरवाले सब-के-सब देवता हैं ?

कब किसकी नीयत बदल जाय, कोई नहीं कह सकता। मैंने छोटी-छोटी रकमों पर अच्छों-अच्छों की नीयतें बदलते देखी हैं। इस वक्त हम सभी साह हैं; लेकिन अवसर पा कर शायद ही कोई चूके। मनुष्य की यही प्रकृति है। आप जा कर उनके कमरे के दोनों दरवाजे बंद कर दीजिए।

क्लर्क ने टाल कर कहा—चपरासी तो दरवाजे पर बैठा हुआ है।

मदारीलाल ने झुँझला कर कहा—आप से मैं जो कहता हूँ, वह कीजिए। कहने लगे, चपरासी बैठा हुआ है। चपरासी कोई ऋषि है, मुनि है ? चपरासी ही कुछ उड़ा दे, तो आप उसका क्या कर लेंगे ? जमानत भी है तो तीन सौ की। यहाँ एक-एक कागज लाखों का है।

यह कह कर मदारीलाल खुद उठे और दफ्तर के द्वार दोनों तरफ से बंद कर दिये। जब चित्त शांत हुआ तब नोटों के पुलिंदे जेब से निकाल कर एक आलमारी में कागजों के नीचे छिपा कर रख दिये। फिर आ कर अपने काम में व्यस्त हो गये।

सुबोधचंद्र कोई घंटे भर में लौटे। तब उनके कमरे का द्वार बंद था। दफ्तर में आ कर मुस्कराते हुए बोले—मेरा कमरा किसने बंद कर दिया है, भाई, क्या मेरी बेदखली हो गयी ?

मदारीलाल ने खड़े हो कर मृदु तिरस्कार दिखाते हुए कहा—साहब, गुस्ताखी माफ हो, आप जब कभी बाहर जायँ, चाहे एक ही मिनट के लिए क्यों न हो, तब दरवाजा बंद कर दिया करें। आपकी मेज पर रुपये-पैसे और सरकारी कागज-पत्र बिखरे पड़े रहते हैं, न-जाने किस वक्त किसकी नीयत बदल जाय। मैंने अभी सुना कि आप कहीं गये हुए हैं, तब दरवाजे बंद कर दिये।

सुबोधचंद्र द्वार खोल कर कमरे में गये और सिगार पीने लगे। मेज पर नोट रखे हुए हैं, इसकी खबर ही न थी।

सहसा ठीकेदार ने आ कर सलाम किया। सुबोध कुर्सी से उठ बैठे और बोले—तुमने बहुत देर कर दी, तुम्हारा ही इन्तजार कर रहा था। दस ही बजे रुपये मँगवा लिये थे। रसीद का टिकट लाये हो न ?

ठीकेदार—हुजूर रसीद लिखवा लाया हूँ।

सुबोध—तो अपने रुपये ले जाओ। तुम्हारे काम से मैं बहुत खुश नहीं हूँ। लकड़ी तुमने अच्छी नहीं लगायी और काम में सफाई भी नहीं है। अगर ऐसा काम फिर करोगे, तो ठीकेदारों के रजिस्टर से तुम्हारा नाम निकाल दिया जायेगा।

यह कह कर सुबोध ने मेज पर निगाह डाली, तब नोटों के पुलिंदे न थे। सोचा, शायद किसी फाइल के नीचे दब गये हों। कुरसी के समीप के सब कागज उलट-पलट डाले; मगर नोटों का कहीं पता नहीं। ऐं, नोट कहाँ गये ! अभी तो यहीं मैंने रख दिये थे। जा कहाँ सकते हैं। फिर फाइलों को उलटने-पलटने लगे।

दिल में जरा-जरा धड़कन होने लगी। सारी मेज के कागज छान डाले, पुलिंदों का पता नहीं। तब वे कुरसी पर बैठ कर इस आध घंटे में होने वाली घटनाओं की मन में आलोचना करने लगे—चपरासी ने नोटों के पुलिंदे ला कर मुझे ही दिये, खूब याद है। भला, यह भी भूलने की बात है और इतनी जल्द ! मैंने नोटों को लेकर यहीं मेज पर रख दिया, गिना तक नहीं। फिर वकील साहब आ गये, पुराने मुलाकाती हैं। उनसे बातें करता जरा उस पेड़ तक चला गया। उन्होंने पान मँगवाये, बस इतनी ही देर हुई। जब गया हूँ तब पुलिंदे रखे हुए थे। खूब अच्छी तरह याद है। तब ये नोट कहाँ गायब हो गये ? मैंने किसी संदूक, दराज या आलमारी में नहीं रखे। फिर गये तो कहाँ ? शायद दफ्तर में किसी ने सावधानी के लिए उठा कर रख दिये हों, यही बात है। मैं व्यर्थ ही इतना घबरा गया। छिः !

तुरंत दफ्तर में आ कर मदारीलाल से बोले—आपने मेरी मेज पर से नोट तो उठा कर नहीं रख दिये ?

मदारीलाल ने भौंचक्के हो कर कहा—क्या आपकी मेज पर नोट रखे हुए थे ? मुझे तो खबर ही नहीं। अभी पंडित सोहनलाल एक फाइल ले कर गये थे तब आपको कमरे में न देखा। जब मुझे मालूम हुआ कि आप किसी से बातें करने चले गये हैं, तब दरवाजे बंद करा दिये। क्या कुछ नोट नहीं मिल रहे हैं ?

सुबोध आँखें फैला कर बोले—अरे साहब, पूरे पाँच हजार के हैं। अभी-अभी चेक भुनाया है।

मदारीलाल ने सिर पीट कर कहा—पूरे पाँच हजार ! या भगवान् ! आपने मेज पर खूब देख लिया है ?

'अजी पंद्रह मिनट से तलाश कर रहा हूँ।'

'चपरासी से पूछ लिया कि कौन-कौन आया था ?'

'आइए, जरा आप लोग भी तलाश कीजिए। मेरे तो होश उड़े हुए हैं।'

सारा दफ्तर सेक्रेटरी साहब के कमरे की तलाशी लेने लगा। मेज, आलमारियाँ, संदूक सब देखे गये। रजिस्टरों के वर्क उलट-पलट कर देखे गये; मगर नोटों का कहीं पता नहीं। कोई उड़ा ले गया, अब इसमें कोई शुबहा न था। सुबोध ने एक लम्बी साँस ली और कुर्सी पर बैठ गये। चेहरे का रंग फक हो गया। जरा-सा मुँह निकल आया। इस समय कोई उन्हें देखता तो समझता कि महीनों से बीमार हैं।

मदारीलाल ने सहानुभूति दिखाते हुए कहा—गजब हो गया और क्या ! आज तक कभी ऐसा अंधेर न हुआ था। मुझे यहाँ काम करते दस साल हो गये, कभी धेले की चीज भी गायब न हुई। मैं आपको पहले ही दिन सावधान कर देना चाहता था कि रुपये-पैसे के विषय में होशियार रहिएगा; मगर शुदनी थी, खयाल न रहा। जरूर बाहर से कोई आदमी आया और नोट उड़ा कर गायब हो गया। चपरासी

का यही अपराध है कि उसने किसी को कमरे में जाने ही क्यों दिया। वह लाख कसम खाये कि बाहर से कोई नहीं आया; लेकिन मैं इसे मान नहीं सकता। यहाँ से तो केवल पंडित सोहनलाल एक फाइल ले कर गये थे; मगर दरवाजे ही से झाँक कर चले आये।

सोहनलाल ने सफाई दी—मैंने तो अंदर कदम ही नहीं रखा, साहब ! अपने जवान बेटे की कसम खाता हूँ, जो अंदर कदम भी रखा हो।

मदारीलाल ने माथा सिकोड़ कर कहा—आप व्यर्थ में कसमें क्यों खाते हैं ? कोई आपसे कुछ कहता है ? (सुबोध के कान में) बैंक में कुछ रुपये हों तो निकाल कर ठीकेदार को दे दिये जायँ, वरना बड़ी बदनामी होगी। नुकसान तो हो ही गया, अब उसके साथ अपमान क्यों हो।

सुबोध ने करुण-स्वर में कहा—बैंक में मुश्किल से दो-चार सौ रुपये होंगे, भाईजान ! रुपये होते तो क्या चिंता थी। समझ लेता, जैसे पचीस हजार उड़ गये, वैसे ही तीस हजार भी उड़ गये। यहाँ तो कफन को भी कौड़ी नहीं।

उसी रात को सुबोधचंद्र ने आत्महत्या कर ली। इतने रुपयों का प्रबंध करना उनके लिए कठिन था। मृत्यु के परदे के सिवा उन्हें अपनी वेदना, अपनी विवशता को छिपाने की और कोई आड़ न थी।

4

दूसरे दिन प्रातःकाल चपरासी ने मदारीलाल के घर पहुँच कर आवाज दी। मदारी को रात-भर नींद न आयी थी। घबरा कर बाहर आये। चपरासी उन्हें देखते ही बोला—हुजूर ! बड़ा गजब हो गया, सिकट्टरी साहब ने रात को गर्दन पर छुरी फेर ली।

मदारीलाल की आँखें ऊपर चढ़ गयीं, मुँह फैल गया और सारी देह सिहर उठी, मानो उनका हाथ बिजली के तार पर पड़ गया हो।

'छुरी फेर ली ?'

'जी हाँ, आज सबेरे मालूम हुआ। पुलिसवाले जमा हैं। आपको बुलाया है।'

'लाश अभी पड़ी हुई है ?'

'जी हाँ, अभी डाक्टरी होने वाली है।'

'बहुत से लोग जमा हैं ?'

'सब बड़े-बड़े अफसर जमा हैं। हुजूर, लहास की ओर ताकते नहीं बनता। कैसा भलामानुष हीरा आदमी था ! सब लोग रो रहे हैं। छोटे-छोटे दो बच्चे हैं, एक सयानी लड़की है ब्याहने लायक। बहू जी को लोग कितना रोक रहे हैं; पर बार-बार दौड़ कर लहास के पास आ जाती हैं। कोई ऐसा नहीं है, जो रूमाल से आँखें न

पोंछ रहा हो। अभी इतने ही दिन आये हुए, पर सबसे कितना मेल-जोल हो गया था। रुपये की तो कभी परवा ही नहीं थी। दिल दरियाव था !'

मदारीलाल के सिर में चक्कर आने लगा। द्वार की चौखट पकड़ कर अपने को सँभाल न लेते, तो शायद गिर पड़ते। पूछा—बहू जी बहुत रो रही थीं ?

'कुछ न पूछिए, हुजूर। पेड़ की पत्तियाँ झड़ी जाती हैं। आँखें फूल कर गूलर हो गयी हैं।

'कितने लड़के बतलाये तुमने ?'

'हुजूर, दो लड़के हैं और एक लड़की।'

'हाँ-हाँ, लड़कों को तो देख चुका हूँ, लड़की सयानी होगी ?'

'जी हाँ, ब्याहने लायक है। रोते-रोते बेचारी की आँखें सूज आयी हैं।'

'नोटों के बारे में भी बातचीत हो रही होगी ?'

'जी हाँ, सब लोग यही कहते हैं कि दफ्तर के किसी आदमी का काम है। दारोगा जी तो सोहनलाल को गिरफ्तार करना चाहते थे; पर साइत आपसे सलाह ले कर करेंगे। सिकट्टरी साहब तो लिख गये हैं कि मेरा किसी पर शक नहीं है।'

'क्या सेक्रेटरी साहब कोई खत लिख कर छोड़ गये हैं ?'

'हाँ, मालूम होता है, छुरी चलाते बखत याद आयी कि शुबहे में दफ्तर के सब लोग पकड़ लिए जायेंगे। बस, कलक्टर साहब के नाम चिट्ठी लिख दी।'

'चिट्ठी में मेरे बारे में भी कुछ लिखा है ? तुम्हें यह क्या मालूम होगा ?'

'हुजूर, अब मैं क्या जानूँ, मुदा इतना सब लोग कहते थे कि आपकी बड़ी तारीफ लिखी है।'

मदारीलाल की साँस और तेज हो गयी। आँखों से आँसू की दो बड़ी-बड़ी बूँदें गिर पड़ीं। आँखें पोंछते हुए बोले—वे और मैं एक साथ के पढ़े थे, नन्दू ! आठ-दस साल साथ रहा। साथ उठते-बैठते, साथ खाते, साथ खेलते। बस, इसी तरह रहते थे, जैसे दो सगे भाई रहते हों। खत में मेरी क्या तारीफ लिखी है ? मगर तुम्हें क्या मालूम होगा ?

'आप तो चल ही रहे हैं, देख लीजिएगा।'

'कफन का इन्तजाम हो गया है ?'

'नहीं हुजूर, कहा न कि अभी लहास की डाक्टरी होगी। मुदा अब जल्दी चलिए। ऐसा न हो, कोई दूसरा आदमी बुलाने आता हो।'

'हमारे दफ्तर के सब लोग आ गये होंगे ?'

'जी हाँ; इस मुहल्लेवाले तो सभी थे।'

'पुलिस ने मेरे बारे में तो उनसे कुछ पूछ-ताछ नहीं की ?'

'जी नहीं, किसी से भी नहीं।'

मदारीलाल जब सुबोधचंद्र के घर पहुँचे, तब उन्हें ऐसा मालूम हुआ कि सब लोग उनकी तरफ संदेह की आँखों से देख रहे हैं। पुलिस इंस्पेक्टर ने तुरंत उन्हें बुला कर कहा—आप भी अपना बयान लिखा दें और सबके बयान तो लिख चुका हूँ।

मदारीलाल ने ऐसी सावधानी से अपना बयान लिखाया कि पुलिस के अफसर भी दंग रह गये। उन्हें मदारीलाल पर शुबहा होता था, पर इस बयान ने उसका अंकुर भी निकाल डाला।

उसी वक्त सुबोध के दोनों बालक रोते हुए मदारीलाल के पास आये और कहा—चलिए, आपको अम्माँ बुलाती हैं। दोनों मदारीलाल से परिचित थे। मदारीलाल यहाँ तो रोज ही आते थे; पर घर में कभी नहीं गये थे। सुबोध की स्त्री उनसे पर्दा करती थी। यह बुलावा सुन कर उनका दिल धड़क उठा—कहीं इसका मुझ पर शुबहा न हो। कहीं सुबोध ने मेरे विषय में कोई संदेह न प्रकट किया हो। कुछ झिझकते और कुछ डरते हुए भीतर गये, तब विधवा का करुण-विलाप सुन कर कलेजा काँप उठा। इन्हें देखते ही उस अबला के आँसुओं का कोई दूसरा सोता खुल गया और लड़की तो दौड़ कर इनके पैरों से लिपट गयी। दोनों लड़कों ने भी घेर लिया। मदारीलाल को उन तीनों की आँखों में ऐसी अथाह वेदना, ऐसी विदारक याचना भरी हुई मालूम हुई कि वे उनकी ओर देख न सके। उनकी आत्मा उन्हें धिक्कारने लगी। जिन बेचारों को उन पर इतना विश्वास, इतना भरोसा, इतनी आत्मीयता, इतना स्नेह था, उन्हीं की गर्दन पर उन्होंने छुरी फेरी ! उन्हीं के हाथों यह भरा-पूरा परिवार धूल में मिल गया ! इन असहायों का अब क्या हाल होगा ? लड़की का विवाह करना है; कौन करेगा ? बच्चों के लालन-पालन का भार कौन उठायेगा ? मदारीलाल को इतनी आत्मग्लानि हुई कि उनके मुँह से तसल्ली का एक शब्द भी न निकला। उन्हें ऐसा जान पड़ा कि मेरे मुख में कालिख पुती है, मेरा कद कुछ छोटा हो गया है। उन्होंने जिस वक्त नोट उड़ाये थे, उन्हें गुमान भी न था कि उसका यह फल होगा। वे केवल सुबोध को जिच करना चाहते थे। उनका सर्वनाश करने की इच्छा न थी।

शोकातुर विधवा ने सिसकते हुए कहा—भैया जी, हम लोगों को वे मँझधार में छोड़ गये। अगर मुझे मालूम होता कि मन में यह बात ठान चुके हैं तो अपने पास जो कुछ था; वह सब उनके चरणों पर रख देती। मुझसे तो वे यही कहते रहे कि कोई-न-कोई उपाय हो जायगा। आप ही के मार्फत वे कोई महाजन ठीक करना चाहते थे। आपके ऊपर उन्हें कितना भरोसा था कि कह नहीं सकती।

मदारीलाल को ऐसा मालूम हुआ कि कोई उनके हृदय पर नश्तर चला रहा है। उन्हें अपने कंठ में कोई चीज फँसी हुई जान पड़ती थी।

रामेश्वरी ने फिर कहा—रात सोये, तब खूब हँस रहे थे। रोज की तरह दूध

पिया, बच्चों को प्यार किया, थोड़ी देर हारमोनियम बजाया और तब कुल्ला करके लेटे। कोई ऐसी बात न थी जिससे लेशमात्र भी संदेह होता। मुझे चिंतित देखकर बोले—तुम व्यर्थ घबराती हो। बाबू मदारीलाल से मेरी पुरानी दोस्ती है। आखिर वह किस दिन काम आयेगी ? मेरे साथ के खेले हुए हैं। इस नगर में उनका सबसे परिचय है। रुपयों का प्रबंध आसानी से हो जायेगा। फिर न-जाने कब मन में यह बात समायी। मैं नसीबों-जली ऐसी सोयी कि रात को मिनकी तक नहीं। क्या जानती थी कि वे अपनी जान पर खेल जायेंगे ?

मदारीलाल को सारा विश्व आँखों में तैरता हुआ मालूम हुआ। उन्होंने बहुत जब्त किया; मगर आँसुओं के प्रवाह को न रोक सके।

रामेश्वरी ने आँखें पोंछ कर फिर कहा—भैया जी, जो कुछ होना था, वह तो हो चुका; लेकिन आप उस दुष्ट का पता जरूर लगाइए, जिसने हमारा सर्वनाश कर दिया है। यह दफ्तर ही के किसी आदमी का काम है। वे तो देवता थे। मुझसे यही कहते रहे कि मेरा किसी पर संदेह नहीं है, पर है यह किसी दफ्तरवाले ही का काम। आप से केवल इतनी विनती करती हूँ कि उस पापी को बच कर न जाने दीजिएगा। पुलिसवाले शायद कुछ रिश्वत ले कर उसे छोड़ दें। आपको देख कर उनका यह हौसला न होगा। अब हमारे सिर पर आपके सिवा और कौन है। किससे अपना दुःख कहें ? लाश की यह दुर्गति होनी भी लिखी थी।

मदारीलाल के मन में एक बार ऐसा उबाल उठा कि सब कुछ खोल दें। साफ कह दें, मैं ही वह दुष्ट, वह अधम, वह पामर हूँ। विधवा के पैरों पर गिर पड़ें और कहें, वही छुरी इस हत्यारे की गर्दन पर फेर दो। पर जबान न खुली; इसी दशा में बैठे-बैठे उनके सिर में ऐसा चक्कर आया कि वे जमीन पर गिर पड़े।

5

तीसरे पहर लाश की परीक्षा समाप्त हुई। अर्थी जलाशय की ओर चली। सारा दफ्तर, सारे हुक्काम और हजारों आदमी साथ थे। दाह-संस्कार लड़कों को करना चाहिए था, पर लड़के नाबालिग थे। इसलिए विधवा चलने को तैयार हो रही थी कि मदारीलाल ने जा कर कहा—बहू जी, यह संस्कार मुझे करने दो। तुम क्रिया पर बैठ जाओगी, तो बच्चों को कौन सँभालेगा। सुबोध मेरे भाई थे। जिंदगी में उनके साथ कुछ सलूक न कर सका, अब जिंदगी के बाद मुझे दोस्ती का कुछ हक अदा कर लेने दो। आखिर मेरा भी तो उन पर कुछ हक था। रामेश्वरी ने रो कर कहा—आपको भगवान् ने बड़ा उदार हृदय दिया है भैया जी, नहीं तो मरने पर कौन किसको पूछता है। दफ्तर के और लोग जो आधी-आधी रात तक हाथ बाँधे खड़े रहते थे, झूठी बात पूछने न आये कि जरा ढाढ़स होता।

मदारीलाल ने दाह-संस्कार किया। तेरह दिन तक क्रिया पर बैठे रहे। तेरहवें दिन पिंडदान हुआ; ब्राह्मणों ने भोजन किया, भिखारियों को अन्नदान दिया गया, मित्रों की दावत हुई, और यह सब कुछ मदारीलाल ने अपने खर्च से किया। रामेश्वरी ने बहुत कहा कि आपने जितना किया उतना ही बहुत है। अब मैं आपको और जेरबार नहीं करना चाहती। दोस्ती का हक इससे ज्यादा और कोई क्या अदा करेगा, मगर मदारीलाल ने एक न सुनी। सारे शहर में उनके यश की धूम मच गयी, मित्र हो तो ऐसा हो।

सोलहवें दिन विधवा ने मदारीलाल से कहा—भैया जी, आपने हमारे साथ जो उपकार और अनुग्रह किये हैं उनसे हम मरते दम तक उऋण नहीं हो सकते। आपने हमारी पीठ पर हाथ न रखा होता, तो न-जाने हमारी क्या गति होती। कहीं रूख की भी छाँह तो नहीं थी। अब हमें घर जाने दीजिए। वहाँ देहात में खर्च भी कम होगा और कुछ खेती-बारी का सिलसिला भी कर लूँगी। किसी न किसी तरह विपत्ति के दिन कट ही जायेंगे। इसी तरह हमारे ऊपर दया रखिएगा।

मदारीलाल ने पूछा—घर पर कितनी जायदाद है ?

रामेश्वरी—जायदाद क्या है, एक कच्चा मकान है और दस-बारह बीघे की काश्तकारी है। पक्का मकान बनवाना शुरू किया था; मगर रुपये पूरे न पड़े। अभी अधूरा पड़ा हुआ है। दस-बारह हजार खर्च हो गये और अभी छत पड़ने की नौबत नहीं आयी।

मदारीलाल—कुछ रुपये बैंक में जमा हैं, या बस खेती ही का सहारा है ?

विधवा—जमा तो एक पाई भी नहीं है, भैया जी ! उनके हाथ में रुपये रहने ही नहीं पाते थे। बस, वही खेती का सहारा है।

मदारी.—तो उन खेतों में इतनी पैदावार हो जायेगी कि लगान भी अदा हो जाय और तुम लोगों की गुजर-बसर भी हो ?

रामेश्वरी—और कर ही क्या सकते हैं, भैया जी ! किसी-न-किसी तरह जिंदगी तो काटनी ही है। बच्चे न होते तो मैं जहर खा लेती।

मदारी.—और अभी बेटी का विवाह भी तो करना है।

विधवा—उसके विवाह की अब कोई चिंता नहीं। किसानों में ऐसे बहुत से मिल जायेंगे, जो बिना कुछ लिये-दिये विवाह कर लेंगे।

मदारीलाल ने एक क्षण सोच कर कहा—अगर मैं कुछ सलाह दूँ, तो उसे मानेंगी आप ?

रामेश्वरी—भैया जी, आपकी सलाह न मानूँगी तो किसकी सलाह मानूँगी। और दूसरा है ही कौन ?

मदारी.—तो आप अपने घर जाने के बदले मेरे घर चलिए। जैसे मेरे बाल-बच्चे

रहेंगे, वैसे ही आप के भी रहेंगे। आपको कष्ट न होगा। ईश्वर ने चाहा तो कन्या का विवाह भी किसी अच्छे कुल में हो जायेगा।

विधवा की आँखें सजल हो गयीं। बोली—मगर भैया जी, सोचिए...

मदारीलाल ने बात काट कर कहा—मैं कुछ न सोचूँगा और न कोई उज्र सुनूँगा। क्या दो भाइयों के परिवार एक साथ नहीं रहते ? सुबोध को मैं अपना भाई समझता था और हमेशा समझूँगा।

विधवा का कोई उज्र न सुना गया। मदारीलाल सबको अपने साथ ले गये और आज दस साल से उनका पालन कर रहे हैं। दोनों बच्चे कालेज में पढ़ते हैं और कन्या का एक प्रतिष्ठित कुल में विवाह हो गया है। मदारीलाल और उनकी स्त्री तन-मन से रामेश्वरी की सेवा करते हैं और उनके इशारों पर चलते हैं। मदारीलाल सेवा से अपने पाप का प्रायश्चित्त कर रहे हैं।

कप्तान साहब

जगतसिंह को स्कूल जाना कुनैन खाने या मछली का तेल पीने से कम अप्रिय न था। वह सैलानी, आवारा, घुमक्कड़ युवक था। कभी अमरूद के बागों की ओर निकल जाता और अमरूदों के साथ माली की गालियाँ बड़े शौक से खाता। कभी दरिया की सैर करता और मल्लाहों की डोंगियों में बैठकर उस पार के देहातों में निकल जाता। गालियाँ खाने में उसे मजा आता था। गालियाँ खाने का कोई अवसर वह हाथ से न जाने देता। सवार के घोड़े के पीछे ताली बजाना एक्कों को पीछे से पकड़ कर अपनी ओर खींचना, बूढ़ों की चाल की नकल करना उसके मनोरंजन के विषय थे। आलसी काम तो नहीं करता; पर दुर्व्यसनों का दास होता है, और दुर्व्यसन धन के बिना पूरे नहीं होते। जगतसिंह को जब अवसर मिलता, घर से रुपये उड़ा ले जाता। नकद न मिले, तो बरतन और कपड़े उठा ले जाने में भी उसे संकोच न होता था। घर में शीशियाँ और बोतलें थीं, वह सब उसने एक-एक करके गुदड़ी-बाजार पहुँचा दीं। पुराने दिनों की कितनी चीजें घर में पड़ी थीं, उसके मारे एक भी न बची। इस कला में ऐसा दक्ष और निपुण था कि उसकी चतुराई और पटुता पर आश्चर्य होता था। एक बार बाहर-ही-बाहर, केवल कार्निसों के सहारे अपने दो-मंजिला मकान की छत पर चढ़ गया और ऊपर ही से पीतल की एक बड़ी थाली ले कर उतर आया। घर वालों को आहट तक न मिली।

उसके पिता ठाकुर भक्तसिंह अपने कस्बे के डाकखाने के मुंशी थे। अफसरों ने उन्हें शहर का डाकखाना बड़ी दौड़धूप करने पर दिया था; किन्तु भक्तसिंह जिन इरादों से यहाँ आये थे, उनमें से एक भी पूरा न हुआ। उलटी हानि यह हुई कि देहातों में जो भाजी-साग, उपले-ईंधन मुफ्त मिल जाते थे, वे सब यहाँ बंद हो गये। यहाँ सबसे पुराना घराँव था। न किसी को दबा सकते थे, न सता सकते थे। इस दुरवस्था में जगतसिंह की हथ-लपकियाँ बहुत अखरतीं। उन्होंने कितनी ही बार उसे बड़ी निर्दयता से पीटा। जगतसिंह भीमकाय होने पर भी चुपके से मार खा लिया करता था। अगर वह अपने पिता के हाथ पकड़ लेता, तो वह हिल भी न सकते; पर जगतसिंह इतना सीनाजोर न था। हाँ, मार-पीट, घुड़की-धमकी किसी का भी उस पर असर न होता था।

जगतसिंह ज्यों ही घर में कदम रखता; चारों ओर से काँव-काँव मच जाती, माँ दुर-दुर करके दौड़ती, बहनें गालियाँ देने लगतीं; मानो घर में कोई साँड घुस आया हो। बेचारा उलटे पाँव भागता। कभी-कभी दो-दो, तीन-तीन दिन भूखा रह जाता। घर वाले उसकी सूरत से जलते थे। इन तिरस्कारों ने उसे निर्लज्ज बना दिया था। कष्टों के ज्ञान से वह निर्द्वन्द्व-सा हो गया था। जहाँ नींद आ जाती, वहीं पड़ रहता; जो कुछ मिल जाता वही खा लेता।

ज्यों-ज्यों घर वालों को उसकी चोर-कला के गुप्त साधनों का ज्ञान होता जाता, वे उससे चौकन्ने होते जाते थे। यहाँ तक कि एक बार पूरे महीने-भर तक उसकी दाल न गली। चरसवाले के कई रुपये ऊपर चढ़ गये। गाँजेवाले ने धुआँधार तकाजे करने शुरू किये। हलवाई कड़वी बातें सुनाने लगा। बेचारे जगत को निकलना मुश्किल हो गया। रात-दिन ताक-झाँक में रहता; पर घात न मिलती थी। आखिर एक दिन बिल्ली के भागों छींका टूटा। भक्तसिंह दोपहर को डाकखाने से चले, तो एक बीमा-रजिस्ट्री जेब में डाल ली। कौन जाने हरकारा या डाकिया शरारत कर जाय; किंतु घर आये तो लिफाफे को अचकन की जेब से निकालने की सुधि न रही। जगतसिंह तो ताक लगाये हुए था ही। पैसे के लोभ से जेब टटोली, तो लिफाफा मिल गया। उस पर कई आने के टिकट लगे थे। वह कई बार टिकट चुरा कर आधे दामों पर बेच चुका था। चट लिफाफा उड़ा दिया। यदि उसे मालूम होता कि उसमें नोट हैं, तो कदाचित् वह न छूता; लेकिन जब उसने लिफाफा फाड़ डाला और उसमें से नोट निकल पड़े तो वह बड़े संकट में पड़ गया। वह फटा हुआ लिफाफा गला फाड़-फाड़ कर उसके दुष्कृत्य को धिक्कारने लगा। उसकी दशा उस शिकारी की-सी हो गयी, जो चिड़ियों का शिकार करने जाय और अनजाने में किसी आदमी पर निशाना मार दे। उसके मन में पश्चात्ताप था, लज्जा थी, दुःख था, पर उसे भूल का दंड सहने की शक्ति न थी। उसने नोट लिफाफे में रख दिये और बाहर चला गया।

गरमी के दिन थे। दोपहर को सारा घर सो रहा था; पर जगत की आँखों में नींद न थी। आज उसकी बुरी तरह कुंदी होगी—इसमें संदेह न था। उसका घर पर रहना ठीक नहीं, दस-पाँच दिन के लिए उसे कहीं खिसक जाना चाहिए। तब तक लोगों का क्रोध शांत हो जाता। लेकिन कहीं दूर गये बिना काम न चलेगा। बस्ती में वह कई दिन तक अज्ञातवास नहीं कर सकता। कोई-न-कोई जरूर ही उसका पता देगा और वह पकड़ लिया जायेगा। दूर जाने के लिए कुछ न कुछ खर्च तो पास होना ही चाहिए। क्यों न वह लिफाफे में से एक नोट निकाल ले ? यह तो मालूम ही हो जायेगा कि उसी ने लिफाफा फाड़ा है, फिर एक नोट निकाल लेने में क्या हानि है ? दादा के पास रुपये तो हैं ही, झक मार कर दे देंगे। यह सोचकर उसने दस रुपये का एक नोट उड़ा लिया; मगर उसी वक्त उसके मन

में एक नयी कल्पना का प्रादुर्भाव हुआ। अगर ये सब रुपये ले कर किसी दूसरे शहर में कोई दूकान खोल ले, तो बड़ा मजा हो। फिर एक-एक पैसे के लिए उसे क्यों किसी की चोरी करनी पड़े ! कुछ दिनों में वह बहुत-सा रुपया जमा करके घर आयेगा; तो लोग कितने चकित हो जायेंगे !

उसने लिफाफे को फिर निकाला। उसमें कुल 200 रु. के नोट थे। दो सौ में दूध की दूकान खूब चल सकती है। आखिर मुरारी की दूकान में दो-चार कढ़ाव और दो-चार पीतल के थालों के सिवा और क्या है ? लेकिन कितने ठाट से रहता है ! रुपयों की चरस उड़ा देता है। एक-एक दाँव पर दस-दस रुपये रख देता है, नफा न होता, तो वह ठाट कहाँ से निभाता ? इस आनन्द-कल्पना में वह इतना मग्न हुआ कि उसका मन उसके काबू से बाहर हो गया, जैसे प्रवाह में किसी के पाँव उखड़ जायें और वह लहरों में बह जाय।

उसी दिन शाम को वह बम्बई चल दिया। दूसरे ही दिन मुंशी भक्तसिंह पर गबन का मुकदमा दायर हो गया।

2

बम्बई के किले के मैदान में बैंड बज रहा था और राजपूत रेजिमेंट के सजीले सुंदर जवान कवायद कर रहे थे, जिस प्रकार हवा बादलों को नये-नये रूप में बनाती और बिगाड़ती है, उसी भाँति सेना का नायक सैनिकों को नये-नये रूप में बना-बिगाड़ रहा था।

जब कवायद खतम हो गयी, तो एक छरहरे डील का युवक नायक के सामने आ कर खड़ा हो गया। नायक ने पूछा--क्या नाम है ? सैनिक ने फौजी सलाम करके कहा--जगतसिंह ?

'क्या चाहते हो।'

'फौज में भरती कर लीजिए।'

'मरने से तो नहीं डरते ?'

'बिलकुल नहीं--राजपूत हूँ।'

'बहुत कड़ी मेहनत करनी पड़ेगी।'

'इसका भी डर नहीं।'

'अदन जाना पड़ेगा।'

'खुशी से जाऊँगा।'

कप्तान ने देखा, बला का हाजिर-जवाब, मनचला, हिम्मत का धनी जवान है, तुरंत फौज में भरती कर लिया। तीसरे दिन रेजिमेंट अदन को रवाना हुआ। मगर ज्यों-ज्यों जहाज आगे चलता था, जगत का दिल पीछे रह जाता था। जब

तक जमीन का किनारा नजर आता रहा, वह जहाज के डेक पर खड़ा अनुरक्त नेत्रों से उसे देखता रहा। जब वह भूमि-तट जल में विलीन हो गया तो उसने एक ठंडी साँस ली और मुँह ढाँप कर रोने लगा। आज जीवन में पहली बार उसे प्रियजनों की याद आयी। वह छोटा-सा अपना कस्बा, वह गाँजे की दूकान, वह सैर-सपाटे, वह सुहृद-मित्रों का जमघट आँखों में फिरने लगे। कौन जाने, फिर कभी उनसे भेंट होगी या नहीं। एक बार वह इतना बेचैन हुआ कि जी में आया, पानी में कूद पड़े।

3

जगतसिंह को अदन में रहते तीन महीने गुजर गये। भाँति-भाँति की नवीनताओं ने कई दिन तक उसे मुग्ध किये रखा; लेकिन पुराने संस्कार फिर जाग्रत होने लगे। अब कभी-कभी उसे स्नेहमयी माता की याद आने लगी, जो पिता के क्रोध, बहनों के धिक्कार और स्वजनों के तिरस्कार में भी उसकी रक्षा करती थी। उसे वह दिन याद आया, जब एक बार वह बीमार पड़ा था। उसके बचने की कोई आशा न थी; पर न तो पिता को उसकी कुछ चिन्ता थी, न बहनों को। केवल माता थी, जो रात की रात उसके सिरहाने बैठी अपनी मधुर, स्नेहमयी बातों से उसकी पीड़ा शांत करती रही थी। उन दिनों कितनी बार उसने उस देवी को नीरव रात्रि में रोते देखा था। वह स्वयं रोगों से जीर्ण हो रही थी; लेकिन उसकी सेवा-शुश्रूषा में वह अपनी व्यथा को ऐसी भूल गयी थी, मानो उसे कोई कष्ट ही नहीं। क्या उसे माता के दर्शन फिर होंगे ? वह इसी क्षोभ और नैराश्य में समुद्र-तट पर चला जाता और घण्टों अनंत जल-प्रवाह को देखा करता। कई दिनों से उसे घर पर एक पत्र भेजने की इच्छा हो रही थी, किंतु लज्जा और ग्लानि के कारण वह टालता जाता था। आखिर एक उिन उससे न रहा गया। उसने पत्र लिखा और अपने अपराधों के लिए क्षमा माँगी। पत्र आदि से अंत तक भक्ति से भरा हुआ था। अंत में उसने इन शब्दों में अपनी माता को आश्वासन दिया था—माता जी, मैंने बड़े-बड़े उत्पात किये हैं, आप लोग मुझसे तंग आ गयी थीं, मैं इन सारी भूलों के लिए सच्चे हृदय से लज्जित हूँ और आपको विश्वास दिलाता हूँ कि जीता रहा, तो कुछ-न-कुछ करके दिखाऊँगा। तब कदाचित् आपको मुझे अपना पुत्र कहने में संकोच न होगा। मुझे आशीर्वाद दीजिए कि अपनी प्रतिज्ञा का पालन कर सकूँ।

यह पत्र लिख कर उसने डाकखाने में छोड़ा और उसी दिन से उत्तर की प्रतीक्षा करने लगा; किंतु एक महीना गुजर गया और कोई जवाब न आया। उसका जी घबड़ाने लगा। जवाब क्यों नहीं आता—कहीं माता जी बीमार तो नहीं हैं ? शायद दादा ने क्रोधवश जवाब न लिखा होगा ? कोई और विपत्ति तो नहीं आ पड़ी ?

कैम्प में एक वृक्ष के नीचे कुछ सिपाहियों ने शालिग्राम की एक मूर्ति रख छोड़ी थी। कुछ श्रद्धालु सैनिक रोज उस प्रतिमा पर जल चढ़ाया करते थे। जगतसिंह उनकी हँसी उड़ाया करता; पर आज वह विक्षिप्तों की भाँति प्रतिमा के सम्मुख जाकर बड़ी देर तक मस्तक झुकाये बैठा रहा। वह इसी ध्यानावस्था में बैठा था कि किसी ने उसका नाम ले कर पुकारा, यह दफ्तर का चपरासी था और उसके नाम की चिट्ठी ले कर आया था। जगतसिंह ने पत्र हाथ में लिया, तो उसकी सारी देह काँप उठी। ईश्वर की स्तुति करके उसने लिफाफा खोला और पत्र पढ़ा। लिखा था–'तुम्हारे दादा को गबन के अभियोग में 5 वर्ष की सजा हो गई। तुम्हारी माता इस शोक में मरणासन्न हैं। छुट्टी मिले, तो घर चले आओ।'

जगतसिंह ने उसी वक्त कप्तान के पास जाकर कहा–हुजूर, मेरी माँ बीमार हैं, मुझे छुट्टी दे दीजिए।

कप्तान ने कठोर आँखों से देखकर कहा–अभी छुट्टी नहीं मिल सकती।

'तो मेरा इस्तीफा ले लीजिए।'

'अभी इस्तीफा नहीं लिया जा सकता।'

'मैं अब एक क्षण भी नहीं रह सकता।'

'रहना पड़ेगा। तुम लोगों को बहुत जल्द लाम पर जाना पड़ेगा।'

'लड़ाई छिड़ गयी ! आह, अब मैं घर नहीं जाऊँगा ? हम लोग कब तक यहाँ से जायेंगे ?'

'बहुत जल्द, दो ही चार दिनों में।'

4

चार वर्ष बीत गये। कैप्टन जगतसिंह का-सा योद्धा उस रेजीमेंट में नहीं है। कठिन अवस्थाओं में उसका साहस और भी उत्तेजित हो जाता है। जिस मुहिम में सबकी हिम्मते जवाब दे जाती है, उसे सर करना उसी का काम है। हल्ले और धावे में वह सदैव सबसे आगे रहता है, उसकी त्योरियों पर कभी मैल नहीं आता; इसके साथ ही वह इतना विनम्र, इतना गम्भीर, इतना प्रसन्नचित्त है कि सारे अफसर और मातहत उसकी बड़ाई करते हैं, उसका पुनर्जीवन-सा हो गया। उस पर अफसरों को इतना विश्वास है कि अब वे प्रत्येक विषय में उससे परामर्श करते हैं। जिससे पूछिए, वही वीर जगतसिंह की विरुदावली सुना देगा–कैसे उसने जर्मनों की मेगजीन में आग लगायी, कैसे अपने कप्तान को मशीनगनों की मार से निकाला, कैसे अपने एक मातहत सिपाही को कंधे पर ले कर निकल आया। ऐसा जान पड़ता है, उसे अपने प्राणों का मोह ही नहीं, मानो वह काल को खोजता फिरता हो !

लेकिन नित्य रात्रि के समय, जब जगतसिंह को अवकाश मिलता है, वह

अपनी छोलदारी में अकेले बैठ कर घरवालों की याद कर लिया करता है—दो-चार आँसू की बूँदें अवश्य गिरा देता है। वह प्रति मास अपने वेतन का बड़ा भाग घर भेज देता है, और ऐसा कोई सप्ताह नहीं जाता। जबकि वह माता को पत्र न लिखता हो। सबसे बड़ी चिंता उसे अपने पिता की है जो आज उसी के दुष्कर्मों के कारण कारावास की यातना झेल रहे हैं। हाय ! वह कौन दिन होगा, जबकि वह उनके चरणों पर सिर रख कर अपना अपराध क्षमा करायेगा, और वह उसके सिर पर हाथ रख कर आशीर्वाद देंगे ?

5

सवा चार वर्ष बीत गये। संध्या का समय है। नैनी जेल के द्वार पर भीड़ लगी हुई है। कितने ही कैदियों की मियाद पूरी हो गयी है। उन्हें लिवा ले जाने के लिए उनके घरवाले आये हुए हैं; किंतु बूढ़ा भक्तसिंह अपनी अँधेरी कोठरी में सिर झुकाये उदास बैठा हुआ है। उसकी कमर झुक कर कमान हो गयी है ! देह अस्थि-पंजर-मात्र रह गयी है। ऐसा जान पड़ता है, किसी चतुर शिल्पी ने एक अकाल-पीड़ित मनुष्य की मूर्ति बना कर रख दी है। उसकी भी मियाद पूरी हो गयी है; लेकिन उसके घर से कोई नहीं आया। आये कौन ? आनेवाला था ही कौन ?

एक बूढ़े किंतु हृष्ट-पुष्ट कैदी ने आ कर उसका कंधा हिलाया और बोला—कहो भगत, कोई घर से आया ?

भक्तसिंह ने कंपित कंठ-स्वर से कहा—घर पर है ही कौन ?

'घर तो चलोगे ही ?'

'मेरे घर कहाँ है ?'

'तो क्या यहीं पड़े रहोगे ?'

'अगर ये लोग निकाल न देंगे, तो यहीं पड़ा रहूँगा।'

आज चार साल के बाद भक्तसिंह को अपने प्रताड़ित, निर्वासित पुत्र की याद आ रही थी। जिसके कारण जीवन का सर्वनाश हो गया; आबरू मिट गयी; घर बरबाद हो गया, उसकी स्मृति भी उन्हें असह्य थी; किंतु आज नैराश्य और दुःख के अथाह सागर में डूबते हुए उन्होंने उसी तिनके का सहारा लिया। न-जाने उस बेचारे की क्या दशा हुई। लाख बुरा है, तो भी अपना लड़का है। खानदान की निशानी तो है। मरूँगा तो चार आँसू तो बहायेगा, दो चिल्लू पानी तो देगा। हाय ! मैंने उसके साथ कभी प्रेम का व्यवहार नहीं किया। जरा भी शरारत करता, तो यमदूत की भाँति उसकी गर्दन पर सवार हो जाता। एक बार रसोई में बिना पैर धोये चले जाने के दंड में मैंने उसे उलटा लटका दिया था। कितनी बार केवल जोर से बोलने पर मैंने उसे तमाचे लगाये थे। पुत्र-सा रत्न पाकर मैंने उसका आदर

न किया। उसी का दंड है। जहाँ प्रेम का बन्धन शिथिल हो, वहाँ परिवार की रक्षा कैसे हो सकती है ?

6

सबेरा हुआ। आशा का सूर्य निकला। आज उसकी रश्मियाँ कितनी कोमल और मधुर थीं, वायु कितनी सुखद, आकाश कितना मनोहर, वृक्ष कितने हरे-भरे, पक्षियों का कलरव कितना मीठा ! सारी प्रकृति आशा के रंग में रँगी हुई थी; पर भक्तसिंह के लिए चारों ओर घोर अंधकार था।

जेल का अफसर आया। कैदी एक पंक्ति में खड़े हुए। अफसर एक-एक का नाम ले कर रिहाई का परवाना देने लगा। कैदियों के चेहरे आशा से प्रफुल्लित थे। जिसका नाम आता, वह खुश-खुश अफसर के पास जाता, परवाना लेता, झुक कर सलाम करता और तब अपने विपत्तिकाल के संगियों से गले मिल कर बाहर निकल जाता। उसके घरवाले दौड़ कर उससे लिपट जाते। कोई पैसे लुटा रहा था, कहीं मिठाइयाँ बाँटी जा रही थीं, कहीं जेल के कर्मचारियों को इनाम दिया जा रहा था। आज नरक के पुतले विनम्रता के देवता बने हुए थे।

अन्त में भक्तसिंह का नाम आया। वह सिर झुकाये आहिस्ता-आहिस्ता जेलर के पास गये और उदासीन भाव से परवाना ले कर जेल के द्वार की ओर चले, मानो सामने कोई समुद्र लहरें मार रहा है। द्वार से बाहर निकल कर वह जमीन पर बैठ गये। कहाँ जायँ ?

सहसा उन्होंने एक सैनिक अफसर को घोड़े पर सवार, जेल की ओर आते देखा। उसकी देह पर खाकी वरदी थी, सिर पर कारचोबी साफा। अजीब शान से घोड़े पर बैठा हुआ था। उसके पीछे-पीछे एक फिटन आ रही थी। जेल के सिपाहियों ने अफसर को देखते ही बन्दूकें सँभालीं और लाइन में खड़े हो कर सलाम किया।

भक्तसिंह ने मन में कहा—एक भाग्यवान वह है, जिसके लिए फिटन आ रही है; और एक अभागा मैं हूँ, जिसका कहीं ठिकाना नहीं।

फौजी अफसर ने इधर-उधर देखा और घोड़े से उतर कर सीधे भक्तसिंह के सामने आकर खड़ा हो गया।

भक्तसिंह ने उसे ध्यान से देखा और तब चौंककर उठ खड़े हुए और बोले—अरे ! बेटा जगतसिंह !

जगतसिंह रोता हुआ उनके पैरों पर गिर पड़ा।

इस्तीफा

दफ्तर का बाबू एक बेजबान जीव है। मजदूरों को आँखें दिखाओ, तो वह त्योरियाँ बदल कर खड़ा हो जायेगा। कुली को एक डाँट बताओ, तो सिर से बोझ फेंक कर अपनी राह लेगा। किसी भिखारी को दुत्कारो, तो वह तुम्हारी ओर गुस्से की निगाह से देख कर चला जायेगा। यहाँ तक कि गधा भी कभी-कभी तकलीफ पा कर दोलत्तियाँ झाड़ने लगता है; मगर बेचारे दफ्तर के बाबू को आप चाहे आँखें दिखायें, डाँट बतायें, दुत्कारें या ठोकरें मारें, उसके माथे पर बल न आयेगा। उसे अपने विकारों पर जो आधिपत्य होता है, वह शायद किसी संयमी साधु में भी न हो। संतोष का पुतला, सब्र की मूर्ति, सच्चा आज्ञाकारी, गरज उसमें तमाम मानवी अच्छाइयाँ मौजूद होती हैं। खंडहर के भी एक दिन भाग्य जागते हैं। दीवाली के दिन उस पर भी रोशनी होती है, बरसात में उस पर हरियाली छाती है, प्रकृति की दिलचस्पियों में उसका भी हिस्सा है। मगर इस गरीब बाबू के नसीब कभी नहीं जागते। उसकी अँधेरी तकदीर में रोशनी का जलवा कभी नहीं दिखायी देता। इसके पीले चेहरे पर कभी मुस्कराहट की रोशनी नजर नहीं आती। इसके लिए सूखा सावन है, कभी हरा भादों नहीं। लाला फतहचंद ऐसे ही एक बेजबान जीव थे।

कहते हैं, मनुष्य पर उसके नाम का भी कुछ असर पड़ता है। फतहचंद की दशा में यह बात यथार्थ सिद्ध न हो सकी। यदि उन्हें 'हारचंद' कहा जाय तो कदाचित् यह अत्युक्ति न होगी। दफ्तर में हार, जिंदगी में हार, मित्रों में हार, जीवन में उनके लिए चारों ओर निराशाएँ ही थीं। लड़का एक भी नहीं, लड़कियाँ तीन; भाई एक भी नहीं, भौजाइयाँ दो, गाँठ में कौड़ी नहीं, मगर दिल में दया और मुरव्वत; सच्चा मित्र एक भी नहीं—जिससे मित्रता हुई, उसने धोखा दिया, इस पर तंदुरुस्ती भी अच्छी नहीं—बत्तीस साल की अवस्था में बाल खिचड़ी हो गये थे। आँखों में ज्योति नहीं, हाजमा चौपट, चेहरा पीला, गाल पिचके, कमर झुकी हुई, न दिल में हिम्मत, न कलेजे में ताकत। नौ बजे दफ्तर जाते और छः बजे शाम को लौट कर घर आते। फिर घर से बाहर निकलने की हिम्मत न पड़ती। दुनिया में क्या होता है; इसकी उन्हें बिलकुल खबर न थी। उनकी दुनिया, लोक-परलोक जो कुछ था, दफ्तर

था। नौकरी की खैर मनाते और जिंदगी के दिन पूरे करते थे। न धर्म से वास्ता था, न दीन से नाता। न कोई मनोरंजन था, न खेल। ताश खेले हुए भी शायद एक मुद्दत गुजर गयी थी।

2

जाड़ों के दिन थे। आकाश पर कुछ-कुछ बादल थे। फतहचंद साढ़े पाँच बजे दफ्तर से लौटे तो चिराग जल गये थे। दफ्तर से आ कर वह किसी से कुछ न बोलते, चुपके से चारपाई पर लेट जाते और पंद्रह-बीस मिनट तक बिना हिले-डुले पड़े रहते तब कहीं जा कर उनके मुँह से आवाज निकलती। आज भी प्रतिदिन की तरह वे चुपचाप पड़े थे कि एक ही मिनट में बाहर से किसी ने पुकारा। छोटी लड़की ने जा कर पूछा तो मालूम हुआ कि दफ्तर का चपरासी है। शारदा पति के मुँह-हाथ धोने के लिए लोटा-गिलास माँज रही थी। बोली—उससे कह दे, क्या काम है। अभी तो दफ्तर से आये ही हैं, और अभी फिर बुलावा आ गया ?

चपरासी ने कहा—साहब ने कहा है, अभी बुला लाओ। कोई बड़ा जरूरी काम है।

फतहचंद की खामोशी टूट गयी। उन्होंने सिर उठा कर पूछा—क्या बात है ?

शारदा—कोई नहीं, दफ्तर का चपरासी है।

फतहचंद ने सहम कर कहा—दफ्तर का चपरासी ! क्या साहब ने बुलाया है ?

शारदा—हाँ, कहता है, साहब बुला रहे हैं। यह कैसा साहब है तुम्हारा, जब देखो, बुलाया करता है ? सबेरे के गये-गये अभी मकान लौटे हो, फिर भी बुलावा आ गया।

फतहचंद ने सँभल कर कहा—जरा सुन लूँ, किसलिए बुलाया है। मैंने सब काम खतम कर दिया था, अभी आता हूँ।

शारदा—जरा जलपान तो करते जाओ, चपरासी से बातें करने लगोगे, तो तुम्हें अंदर आने की याद भी न रहेगी।

यह कह कर वह एक प्याली में थोड़ी-सी दालमोठ और सेव लायी। फतहचंद उठ कर खड़े हो गये, किंतु खाने की चीजें देख कर चारपाई पर बैठ गये और प्याली की ओर चाव से देख कर डरते हुए बोले—लड़कियों को दे दिया है न ?

शारदा ने आँखें चढ़ाकर कहा—हाँ-हाँ; दे दिया है, तुम तो खाओ।

इतने में छोटी लड़की आ कर सामने खड़ी हो गयी। शारदा ने उसकी ओर क्रोध से देख कर कहा—तू क्यों आ कर सिर पर सवार हो गयी, जा बाहर खेल !

फतहचंद—रहने दो, क्यों डाँटती हो ? यहाँ आओ चुन्नी, यह लो, दालमोठ ले जाओ !

चुन्नी माँ की ओर देख कर डरती हुई बाहर भाग गयी !

फतहचंद ने कहा—क्यों बेचारी को भगा दिया ? दो-चार दाने दे देती, तो खुश हो जाती।

शारदा—इसमें है ही कितना कि सबको बाँटते फिरोगे ? इसे देते तो बाकी दोनों न आ जातीं ? किस-किसको देते ?

इतने में चपरासी ने फिर पुकारा—बाबू जी, हमें बड़ी देर हो रही है।

शारदा—कह क्यों नहीं देते कि इस वक्त न आयेंगे।

फतहचंद—ऐसा कैसे कह दूँ भाई; रोजी का मामला है !

शारदा—तो क्या प्राण दे कर काम करोगे ? सूरत नहीं देखते अपनी ? मालूम होता है, छः महीने के बीमार हो।

फतहचंद ने जल्दी-जल्दी दालमोठ की दो-तीन फंकियाँ लगायीं, एक गिलास पानी पिया और बाहर की तरफ दौड़े। शारदा पान बनाती ही रह गयी।

चपरासी ने कहा—बाबू जी ! आपने बड़ी देर कर दी। अब जरा लपके चलिए, नहीं तो जाते ही डाँट बतायेगा।

फतहचंद ने दो कदम दौड़ कर कहा—चलेंगे तो भाई आदमी ही की तरह, चाहे डाँट बतायें या दाँत दिखायें। हमसे दौड़ा नहीं जाता। बँगले ही पर हैं न ?

चपरासी—भला, वह दफ्तर क्यों आने लगा। बादशाह है कि दिल्लगी ?

चपरासी तेज चलने का आदी था। बेचारे बाबू फतहचंद धीरे-धीरे जाते थे। थोड़ी ही दूर चल कर हाँफ उठे। मगर मर्द तो थे ही, यह कैसे कहते कि भाई जरा और धीरे चलो। हिम्मत करके कदम उठाते जाते थे, यहाँ तक कि जाँघों में दर्द होने लगा और आधा रास्ता खतम होते-होते पैरों ने उठने से इनकार कर दिया। सारा शरीर पसीने से तर हो गया। सिर में चक्कर आ गया। आँखों के सामने तितलियाँ उड़ने लगीं।

चपरासी ने ललकारा—जरा कदम बढ़ाये चलो, बाबू !

फतहचंद बड़ी मुश्किल से बोले—तुम जाओ, मैं आता हूँ।

वे सड़क के किनारे पटरी पर बैठ गये और सिर को दोनों हाथों से थाम कर दम मारने लगे। चपरासी ने इनकी यह दशा देखी, तो आगे बढ़ा। फतहचंद डरे कि यह शैतान जा कर न-जाने साहब से क्या कह दे, तो गजब ही हो जायेगा। जमीन पर हाथ टेक कर उठे और फिर चले। मगर कमजोरी से शरीर हाँफ रहा था। इस समय कोई बच्चा भी उन्हें जमीन पर गिरा सकता था। बेचारे किसी तरह गिरते-पड़ते साहब के बँगले पर पहुँचे। साहब बँगले पर टहल रहे थे। बार-बार फाटक की तरफ देखते थे और किसी को आते न देखकर मन में झल्लाते थे।

चपरासी को देखते ही आँखें निकाल कर बोले—इतनी देर कहाँ था ?

चपरासी ने बरामदे की सीढ़ी पर खड़े-खड़े कहा—हुजूर ! जब वह आयें तब तो; मैं दौड़ा चला आ रहा हूँ।

साहब ने पैर पटक कर कहा—बाबू क्या बोला ?

चपरासी—आ रहे हैं हुजूर, घंटा-भर में तो घर से निकले।

इतने में फतहचंद अहाते के तार के अंदर से निकल कर वहाँ आ पहुँचे और साहब को सिर झुका कर सलाम किया।

साहब ने कड़क कर कहा—अब तक कहाँ था ?

फतहचंद ने साहब का तमतमाया चेहरा देखा, तो उनका खून सूख गया। बोले—हुजूर, अभी-अभी तो दफ्तर से गया हूँ, ज्यों ही चपरासी ने आवाज दी, हाजिर हुआ।

साहब—झूठ बोलता है, झूठ बोलता है, हम घंटे भर से खड़ा है।

फतहचंद—हुजूर, मैं झूठ नहीं बोलता। आने में जितनी देर हो गयी हो, मगर घर से चलने में मुझे बिलकुल देर नहीं हुई।

साहब ने हाथ की छड़ी घुमाकर कहा—चुप रह सूअर, हम घण्टा-भर से खड़ा है, अपना कान पकड़ो !

फतहचंद ने खून का घूँट पी कर कहा—हुजूर, मुझे दस साल काम करते हो गये, कभी...

साहब—चुप रह सूअर, हम कहता है कि अपना कान पकड़ो !

फतहचंद—जब मैंने कोई कसूर किया हो ?

साहब—चपरासी ! इस सूअर का कान पकड़ो।

चपरासी ने दबी जबान से कहा—हुजूर, यह भी मेरे अफसर हैं, मैं इनका कान कैसे पकड़ूँ ?

साहब—हम कहता है, इसका कान पकड़ो, नहीं हम तुमको हंटरों से मारेगा।

चपरासी—हुजूर, मैं यहाँ नौकरी करने आया हूँ, मार खाने नहीं। मैं भी इज्जतदार आदमी हूँ। हुजूर, अपनी नौकरी ले लें ! आप जो हुक्म दें, वह बजा लाने को हाजिर हूँ, लेकिन किसी की इज्जत नहीं बिगाड़ सकता। नौकरी तो चार दिन की है। चार दिन के लिए क्यों जमाने-भर से बिगाड़ करें।

साहब अब क्रोध को न बर्दाश्त कर सके। हंटर ले कर दौड़े। चपरासी ने देखा, यहाँ खड़े रहने में खैरियत नहीं है, तो भाग खड़ा हुआ। फतहचंद अभी तक चुपचाप खड़े थे। साहब चपरासी को न पा कर उनके पास आया और उनके दोनों कान पकड़ कर हिला दिया। बोला—तुम सूअर गुस्ताखी करता है ? जाकर आफिस से फाइल लाओ।

फतहचंद ने कान हिलाते हुए कहा—कौन-सा फाइल ?

—तुम बहरा है, सुनता नहीं ? हम फाइल माँगता है।

फतहचंद ने किसी तरह दिलेर होकर कहा—आप कौन-सा फाइल माँगते हैं ?

साहब—वही फाइल जो हम माँगता है। वही फाइल लाओ। अभी लाओ।

बेचारे फतहचंद को अब और कुछ पूछने की हिम्मत न हुई। साहब बहादुर एक तो यों ही तेज-मिजाज थे, इस पर हुकूमत का घमंड और सबसे बढ़ कर शराब का नशा। हंटर ले कर पिल पड़ते, तो बेचारे क्या कर लेते ? चुपके से दफ्तर की तरफ चल पड़े।

साहब ने कहा–दौड़ कर जाओ–दौड़ो।

फतहचंद ने कहा–हुजूर, मुझसे दौड़ा नहीं जाता।

साहब–ओ, तुम बहुत सुस्त हो गया है। हम तुमको दौड़ना सिखायेगा। दौड़ो (पीछे से धक्का दे कर) ! तुम अब भी नहीं दौड़ेगा ?

यह कह कर साहब हंटर लेने चले। फतहचंद दफ्तर के बाबू होने पर भी मनुष्य ही थे। यदि वह बलवान् होते, तो उस बदमाश का खून पी जाते। अगर उनके पास कोई हथियार होता, तो उस पर जरूर चला देते; लेकिन उस हालत में तो मार खाना ही उनकी तकदीर में लिखा था। वे बेतहाशा भागे और फाटक से बाहर निकल कर सड़क पर आ गये।

3

फतहचंद दफ्तर न गये। जा कर करते ही क्या ? साहब ने फाइल का नाम तक न बताया। शायद नशा में भूल गया। धीरे-धीरे घर की ओर चले, मगर इस बेइज्जती ने पैरों में बेड़ियाँ-सी डाल दी थीं। माना कि वह शारीरिक बल में साहब से कम थे, उनके हाथ में कोई चीज भी न थी, लेकिन क्या वह उसकी बातों का जवाब न दे सकते थे ? उनके पैरों में जूते तो थे। क्या वह जूते से काम न ले सकते थे ? फिर क्यों उन्होंने इतनी जिल्लत बर्दाश्त की ?

मगर इलाज ही क्या था ? यदि वह क्रोध में उन्हें गोली मार देता, तो उसका क्या बिगड़ता। शायद एक-दो महीने की सादी कैद हो जाती। सम्भव है, दो-चार सौ रुपये जुर्माना हो जाता। मगर इनका परिवार तो मिट्टी में मिल जाता। संसार में कौन था, जो इनके स्त्री-बच्चों की खबर लेता। वह किसके दरवाजे हाथ फैलाते ? यदि उनके पास इतने रुपये होते, जिनसे उनके कुटुम्ब का पालन हो जाता, तो वह आज इतनी जिल्लत न सहते। या तो मर ही जाते, या उस शैतान को कुछ सबक ही दे देते। अपनी जान का उन्हें डर न था। जिंदगी में ऐसा कौन सुख था, जिसके लिए वह इस तरह डरते ? खयाल था सिर्फ परिवार के बरबाद हो जाने का।

आज फतहचंद को अपनी शारीरिक कमजोरी पर जितना दुख हुआ, उतना और कभी न हुआ था। अगर उन्होंने शुरू ही से तंदुरुस्ती का खयाल रखा होता, कुछ कसरत करते रहते, लकड़ी चलाना जानते होते, तो क्या इस शैतान की इतनी

हिम्मत होती कि वह उनका कान पकड़ता। उसकी आँखें निकाल लेते। कम-से-कम उन्हें घर से एक छुरी ले कर चलना था ! और न होता, तो दो-चार हाथ जमाते ही—पीछे देखा जाता, जेल ही तो जाना होता या और कुछ ?

वे ज्यों-ज्यों आगे बढ़ते थे, त्यों-त्यों उनकी तबीयत अपनी कायरता और बोदेपन पर और भी झल्लाती थी। अगर वह उचककर उसके दो-चार थप्पड़ लगा देते, तो क्या होता—यही न कि साहब के खानसामे, बैरे सब उन पर पिल पड़ते और मारते-मारते बेदम कर देते। बाल-बच्चों के सिर पर जो कुछ पड़ती—पड़ती। साहब को इतना तो मालूम हो जाता कि किसी गरीब को बेगुनाह जलील करना आसान नहीं। आखिर आज मैं मर जाऊँ, तो क्या हो ? तब कौन मेरे बच्चों का पालन करेगा ? तब उनके सिर जो कुछ पड़ेगी, वह आज ही पड़ जाती, तो क्या हर्ज था।

इस अंतिम विचार ने फतहचंद के हृदय में इतना जोश भर दिया कि वह लौट पड़े और साहब से जिल्लत का बदला लेने के लिए दो-चार कदम चले, मगर फिर खयाल आया, आखिर जो कुछ जिल्लत होनी थी; वह तो हो ही ली। कौन जाने, बँगले पर हो या क्लब चला गया हो। उसी समय उन्हें शारदा की बेकसी और बच्चों का बिना बाप के हो जाने का खयाल भी आ गया। फिर लौटे और घर चले।

4

घर में जाते ही शारदा ने पूछा—किस लिए बुलाया था, बड़ी देर हो गयी ?

फतहचंद ने चारपाई पर लेटते हुए कहा—नशे की सनक थी, और क्या ? शैतान ने मुझे गालियाँ दीं, जलील किया। बस, यही रट लगाये हुए था कि देर क्यों की ? निर्दयी ने चपरासी से मेरा कान पकड़ने को कहा।

शारदा ने गुस्से में आकर कहा—तुमने एक जूता उतार कर दिया नहीं सूअर को ?

फतहचंद—चपरासी बहुत शरीफ है। उसने साफ कह दिया—हुजूर, मुझसे यह काम न होगा। मैंने भले आदमियों की इज्जत उतारने के लिए नौकरी नहीं की थी। वह उसी वक्त सलाम करके चला गया।

शारदा—यही बहादुरी है। तुमने उस साहब को क्यों नहीं फटकारा ?

फतहचंद—फटकारा क्यों नहीं—मैंने भी खूब सुनायी। वह छड़ी ले कर दौड़ा—मैंने भी जूता सँभाला। उसने मुझे कई छड़ियाँ जमायीं—मैंने भी कई जूते लगाये !

शारदा ने खुश होकर कहा—सच ? इतना-सा मुँह हो गया होगा उसका !

फतहचंद—चेहरे पर झाड़ू-सी फिरी हुई थी।

शारदा—बड़ा अच्छा किया तुमने, और मारना चाहिए था। मैं होती, तो बिना जान लिये न छोड़ती।

फतहचंद—मार तो आया हूँ; लेकिन अब खैरियत नहीं है। देखो, क्या नतीजा होता है ? नौकरी तो जायेगी ही, शायद सजा भी काटनी पड़े।

शारदा—सजा क्यों काटनी पड़ेगी ? क्या कोई इंसाफ करनेवाला नहीं है ? उसने क्यों गालियाँ दीं, क्यों छड़ी जमायी ?

फतहचंद—उसके सामने मेरी कौन सुनेगा ? अदालत भी उसी की तरफ हो जायेगी।

शारदा—हो जायेगी, हो जाय; मगर देख लेना, अब किसी साहब की यह हिम्मत न होगी कि किसी बाबू को गालियाँ दे बैठे। तुम्हें चाहिए था कि ज्यों ही उसके मुँह से गालियाँ निकलीं, लपक कर एक जूता रसीद कर देते।

फतहचंद—तो फिर इस वक्त जिंदा लौट भी न सकता। जरूर मुझे गोली मार देता।

शारदा—देखी जाती।

फतहचंद ने मुस्करा कर कहा—फिर तुम लोग कहाँ जातीं ?

शारदा—जहाँ ईश्वर की मरजी होती। आदमी के लिए सबसे बड़ी चीज इज्जत है। इज्जत गँवा कर बाल-बच्चों की परवरिश नहीं की जाती। तुम उस शैतान को मार कर आये होते तो मैं गरूर से फूली नहीं समाती। मार खा कर आते, तो शायद मैं तुम्हारी सूरत से भी घृणा करती। यों जबान से चाहे कुछ न कहती, मगर दिल से तुम्हारी इज्जत जाती रहती। अब जो कुछ सिर पर आयेगी, खुशी से झेल लूँगी ...। कहाँ जाते हो, सुनो-सुनो, कहाँ जाते हो ?

फतहचंद दीवाने हो कर जोश में घर से निकल पड़े। शारदा पुकारती रह गयी। वह फिर साहब के बँगले की तरफ जा रहे थे। डर से सहमे हुए नहीं; बल्कि गरूर से गर्दन उठाये हुए। पक्का इरादा उनके चेहरे से झलक रहा था। उनके पैरों में वह कमजोरी, आँखों में वह बेकसी न थी। उनकी कायापलट-सी हो गयी थी। वह कमजोर बदन, पीला मुखड़ा, दुबले बदनवाला, दफ्तर के बाबू की जगह अब मर्दाना चेहरा, हिम्मत भरा हुआ, मजबूत गठा और जवान था। उन्होंने पहले एक दोस्त के घर जा कर उसका डंडा लिया और अकड़ते हुए साहब के बँगले पर जा पहुँचे।

इस वक्त नौ बजे थे। साहब खाने की मेज पर थे। मगर फतहचंद ने आज उनके मेज पर से उठ जाने का इंतजार न किया। खानसामा कमरे से बाहर निकला और वह चिक उठा कर अंदर गये। कमरा प्रकाश से जगमगा रहा था। जमीन पर ऐसी कालीन बिछी हुई थी, जैसी फतहचंद की शादी में भी नहीं बिछी होगी। साहब बहादुर ने उसकी तरफ क्रोधित दृष्टि से देखकर कहा—तुम क्यों आया ? बाहर जाओ, क्यों अंदर चला आया ?

फतहचंद ने खड़े-खड़े डंडा सँभाल कर कहा—तुमने मुझसे अभी फाइल माँगा

था, वही फाइल ले कर आया हूँ। खाना खा लो, तो दिखाऊँ। तब तक मैं बैठा हूँ। इतमीनान से खाओ, शायद यह तुम्हारा आखिरी खाना होगा। इसी कारण खूब पेट भर कर खा लो।

साहब सन्नाटे में आ गये। फतहचंद की तरफ डर और क्रोध की दृष्टि से देख कर काँप उठे। फतहचंद के चेहरे पर पक्का इरादा झलक रहा था। साहब समझ गये, यह मनुष्य इस समय मरने-मारने के लिए तैयार होकर आया है। ताकत में फतहचंद उनके पासंग भी नहीं था। लेकिन यह निश्चय था कि वह ईंट का जवाब पत्थर से नहीं, बल्कि लोहे से देने को तैयार है। यदि वह फतहचंद को बुरा-भला कहते हैं, तो क्या आश्चर्य है कि वह डंडा ले कर पिल पड़े। हाथापाई करने में यद्यपि उन्हें जीतने में जरा भी संदेह नहीं था, लेकिन बैठे-बिठाये डंडे खाना भी तो कोई बुद्धिमानी नहीं है। कुत्ते को आप डंडे से मारिये, ठुकराइये, जो चाहे कीजिए; मगर उसी समय तक, जब तक वह गुर्राता नहीं। एक बार गुर्रा कर दौड़ पड़े, तो फिर देखें, आपकी हिम्मत कहाँ जाती है ? यही हाल उस वक्त साहब बहादुर का था। जब तक यकीन था कि फतहचंद घुड़की, गाली, हंटर, ठोकर सब कुछ खामोशी से सह लेगा, तब तक आप शेर थे; अब वह त्योरियाँ बदले, डंडा सँभाले, बिल्ली की तरह घात लगाये खड़ा है। जबान से कोई कड़ा शब्द निकला और उसने डंडा चलाया। वह अधिक से अधिक उसे बरखास्त कर सकते हैं। अगर मारते हैं, तो मार खाने का भी डर है। उस पर फौजदारी में मुकदमा दायर हो जाने का अंदेशा—माना कि वह अपने प्रभाव और ताकत से अंत में फतहचंद को जेल में डलवा देंगे; परन्तु परेशानी और बदनामी से किसी तरह न बच सकते थे। एक बुद्धिमान और दूरंदेश आदमी की तरह उन्होंने यह कहा—ओहो, हम समझ गया, आप हमसे नाराज हैं। हमने क्या आपको कुछ कहा है ? आप क्यों हमसे नाराज हैं ?

फतहचंद ने तन कर कहा—तुमने अभी आध घंटा पहले मेरे कान पकड़े थे, और मुझसे सैकड़ों ऊल-जलूल बातें कही थीं। क्या इतनी जल्दी भूल गये ?

साहब—मैंने आपका कान पकड़ा, आ-हा-हा-हाहा ! मैंने आपका कान पकड़ा, आ-हा-हा-हा ! क्या मजाक है ? क्या मैं पागल हूँ या दीवाना ?

फतहचंद—तो क्या मैं झूठ बोल रहा हूँ ? चपरासी गवाह है। आपके नौकर-चाकर भी देख रहे थे।

साहब—कब का बात है ?

फतहचंद—अभी-अभी, कोई आधा घण्टा हुआ, आपने मुझे बुलवाया था और बिना कारण मेरे कान पकड़े और धक्के दिये थे।

साहब—ओ बाबू जी, उस वक्त हम नशा में था। बेहरा ने हमको बहुत दे दिया था। हमको कुछ खबर नहीं, क्या हुआ माई गाड ! हमको कुछ खबर नहीं।

फतहचंद—नशा में अगर तुमने मुझे गोली मार दी होती, तो क्या मैं मर न जाता ? अगर तुम्हें नशा था और नशा में सब कुछ मुआफ है, तो मैं भी नशे में हूँ। सुनो मेरा फैसला, या तो अपने कान पकड़ो कि फिर कभी किसी भले आदमी के संग ऐसा बर्ताव न करोगे, या मैं आकर तुम्हारे कान पकडूँगा। समझ गये कि नहीं ! इधर-उधर हिलो नहीं, तुमने जगह छोड़ी और मैंने डंडा चलाया। फिर खोपड़ी टूट जाय, तो मेरी खता नहीं। मैं जो कुछ कहता हूँ, करते चलो; पकड़ो कान !

साहब ने बनावटी हँसी हँसकर कहा—वेल बाबू जी, आप बहुत दिल्लगी करता है। अगर हमने आपको बुरा बात कहा है, तो हम आपसे माफी माँगता है।

फतहचंद—(डंडा तौलकर) नहीं, कान पकड़ो !

साहब आसानी से इतनी जिल्लत न सह सके। लपककर उठे और चाहा कि फतहचंद के हाथ से लकड़ी छीन लें; लेकिन फतहचंद गाफिल न थे। साहब मेज पर से उठने न पाये थे कि उन्होंने डंडे का भरपूर और तुला हुआ हाथ चलाया। साहब तो नंगे सिर थे ही; चोट सिर पर पड़ गयी। खोपड़ी भन्ना गयी। एक मिनट तक सिर को पकड़े रहने के बाद बोले—हम तुमको बरखास्त कर देगा।

फतहचंद—इसकी मुझे परवाह नहीं, मगर आज मैं तुमसे बिना कान पकड़वाये नहीं जाऊँगा। कान पकड़कर वादा करो कि फिर किसी भले आदमी के साथ ऐसी बेअदबी न करोगे, नहीं तो मेरा दूसरा हाथ पड़ना ही चाहता है !

यह कहकर फतहचंद ने फिर डंडा उठाया। साहब को अभी तक पहली चोट न भूली थी। अगर कहीं यह दूसरा हाथ पड़ गया, तो शायद खोपड़ी खुल जाये। कान पर हाथ रखकर बोले—अब आप खुश हुआ ?

'फिर तो कभी किसी को गाली न दोगे ?'

'कभी नहीं।'

'अगर फिर कभी ऐसा किया, तो समझ लेना, मैं कहीं दूर नहीं हूँ।'

'अब किसी को गाली न देगा।'

'अच्छी बात है, अब मैं जाता हूँ आज से मेरा इस्तीफा है। मैं कल इस्तीफा में यह लिखकर भेजूँगा कि तुमने मुझे गालियाँ दीं, इसलिए मैं नौकरी नहीं करना चाहता, समझ गये ?'

साहब—आप इस्तीफा क्यों देता है ? हम तो बरखास्त नहीं करता।

फतहचंद—अब तुम जैसे पाजी आदमी की मातहती नहीं करूँगा।

यह कहते हुए फतहचंद कमरे से बाहर निकले और बड़े इत्मीनान से घर चले। आज उन्हें सच्ची विजय की प्रसन्नता का अनुभव हुआ। उन्हें ऐसी खुशी कभी नहीं प्राप्त हुई थी। यही उनके जीवन की पहली जीत थी।

यह मेरी मातृभूमि है

आज पूरे 60 वर्ष के बाद मुझे मातृभूमि—प्यारी मातृभूमि के दर्शन प्राप्त हुए हैं। जिस समय मैं अपने प्यारे देश से विदा हुआ था और भाग्य मुझे पश्चिम की ओर ले चला था, उस समय मैं पूर्ण युवा था। मेरी नसों में नवीन रक्त संचारित हो रहा था। हृदय उमंगों और बड़ी-बड़ी आशाओं से भरा हुआ था। मुझे अपने प्यारे भारतवर्ष से किसी अत्याचारी के अत्याचार या न्याय के बलवान हाथों ने नहीं जुदा किया था। अत्याचारी के अत्याचार और कानून की कठोरताएँ मुझसे जो चाहे सो करा सकती हैं, मगर मेरी प्यारी मातृभूमि मुझसे नहीं छुड़ा सकतीं। वे मेरी उच्च अभिलाषाएँ और बड़े-बड़े ऊँचे विचार ही थे, जिन्होंने मुझे देश-निकाला दिया था।

मैंने अमेरिका जाकर वहाँ खूब व्यापार किया और व्यापार से धन भी खूब पैदा किया तथा धन से आनंद भी खूब मनमाने लूटे। सौभाग्य से पत्नी भी ऐसी मिली, जो सौंदर्य में अपना सानी आप ही थी। उसकी लावण्यता और सुन्दरता की ख्याति तमाम अमेरिका में फैली। उसके हृदय में ऐसे विचार की गुंजाइश भी न थी, जिसका सम्बन्ध मुझसे न हो, मैं उस पर तन-मन से आसक्त था और वह मेरी सर्वस्व थी। मेरे पाँच पुत्र थे जो सुन्दर, हृष्ट-पुष्ट और ईमानदार थे। उन्होंने व्यापार को और भी चमका दिया था। मेरे भोले-भाले नन्हे-नन्हे पौत्र गोद में बैठे हुए थे, जब कि मैंने प्यारी मातृभूमि के अंतिम दर्शन करने को अपने पैर उठाये। मैंने अनंत धन, प्रियतमा पत्नी, सपूत बेटे और प्यारे-प्यारे जिगर के टुकड़े नन्हे-नन्हे बच्चे आदि अमूल्य पदार्थ केवल इसीलिए परित्याग कर दिया कि मैं प्यारी भारत-जननी का अंतिम दर्शन कर लूँ। मैं बहुत बूढ़ा हो गया हूँ; दस वर्ष के बाद पूरे सौ वर्ष का हो जाऊँगा। अब मेरे हृदय में केवल एक ही अभिलाषा बाकी है कि मैं अपनी मातृभूमि का रजकण बनूँ।

यह अभिलाषा कुछ आज ही मेरे मन में उत्पन्न नहीं हुई, बल्कि उस समय भी थी जब मेरी प्यारी पत्नी अपनी मधुर बातों और कोमल कटाक्षों से मेरे हृदय को प्रफुल्लित किया करती थी। और जब कि मेरे युवा पुत्र प्रातःकाल आ कर अपने वृद्ध पिता को सभक्ति प्रणाम करते, उस समय भी मेरे हृदय में एक काँटा-सा खटखता

रहता था कि मैं अपनी मातृभूमि से अलग हूँ। यह देश मेरा देश नहीं है और मैं इस देश का नहीं हूँ।

मेरे पास धन था, पत्नी थी, लड़के थे और जायदाद थी, मगर न मालूम क्यों, मुझे रह-रह कर मातृभूमि के टूटे झोंपड़े, चार-छै बीघा मौरूसी जमीन और बालपन के लँगोटिया यारों की याद अक्सर सता जाया करती। प्रायः अपार प्रसन्नता और आनंदोत्सवों के अवसर पर भी यह विचार हृदय में चुटकी लिया करता था कि "यदि मैं अपने देश में होता।"

2

जिस समय मैं बम्बई में जहाज से उतरा, मैंने पहिले काले कोट-पतलून पहने टूटी-फूटी अँग्रेजी बोलते हुए मल्लाह देखे। फिर अँग्रेजी दूकान, ट्राम और मोटरगाड़ियाँ दीख पड़ीं। इसके बाद रबरटायरवाली गाड़ियों की ओर मुँह में चुरट दाबे हुए आदमियों से मुठभेड़ हुई। फिर रेल का विक्टोरिया टर्मिनल स्टेशन देखा। बाद में मैं रेल में सवार होकर हरी-भरी पहाड़ियों के मध्य में स्थित अपने गाँव को चल दिया। उस समय मेरी आँखों में आँसू भर आये और मैं खूब रोया, क्योंकि यह मेरा देश न था। यह वह देश न था, जिसके दर्शनों की इच्छा सदा मेरे हृदय में लहराया करती थी। यह तो कोई और देश था। यह अमेरिका या इंगलैंड था; मगर प्यारा भारत नहीं था।

रेलगाड़ी जंगलों, पहाड़ों, नदियों और मैदानों को पार करती हुई मेरे प्यारे गाँव के निकट पहुँची, जो किसी समय में फूल, पत्तों और फलों की बहुतायत तथा नदी-नालों की अधिकता से स्वर्ग की होड़ कर रहा था। मैं उस गाड़ी से उतरा, तो मेरा हृदय बाँसों उछल रहा था—अब अपना प्यारा घर देखूँगा—अपने बालपन के प्यारे साथियों से मिलूँगा। मैं इस समय बिलकुल भूल गया था कि मैं 90 वर्ष का बूढ़ा हूँ। ज्यों-ज्यों मैं गाँव के निकट आता था, मेरे पग शीघ्र-शीघ्र उठते थे और हृदय में अकथनीय आनंद का स्रोत उमड़ रहा था। प्रत्येक वस्तु पर आँखें फाड़-फाड़ कर दृष्टि डालता। अहा ! यह वही नाला है, जिसमें हम रोज घोड़े नहलाते थे और स्वयं भी डुबकियाँ लगाते थे, किंतु अब उसके दोनों ओर कँटिदार तार लगे हुए थे। सामने एक बँगला था, जिसमें दो अँग्रेज बंदूकें लिये इधर-उधर ताक रहे थे। नाले में नहाने की सख्त मनाही थी।

गाँव में गया और निगाहें बालपन के साथियों को खोजने लगीं, किन्तु शोक ! वे सब-के-सब मृत्यु के ग्रास हो चुके थे। मेरा घर—मेरा टूटा-फूटा झोंपड़ा—जिसकी गोद में मैं बरसों खेला था, जहाँ बचपन और बेफिक्री के आनंद लूटे थे और जिसका

चित्र अभी तक मेरी आँखों में फिर रहा था, वही मेरा प्यारा घर अब मिट्टी का ढेर हो गया था।

यह स्थान गैर-आबाद न था। सैकड़ों आदमी चलते-चलते दृष्टि आते थे, जो अदालत-कचहरी और थाना-पुलिस की बातें कर रहे थे, उनके मुखों से चिंता, निर्जीवता और उदासी प्रदर्शित होती थी और वे अब सांसारिक चिंताओं से व्यथित मालूम होते थे। मेरे साथियों के समान हृष्ट-पुष्ट, बलवान, लाल चेहरे वाले नवयुवक कहीं न देख पड़ते थे। उस अखाड़े के स्थान पर जिसकी जड़ मेरे हाथों ने डाली थी, अब एक टूटा-फूटा स्कूल था। उसमें दुर्बल तथा कांतिहीन, रोगियों की-सी सूरतवाले बालक फटे कपड़े पहिने बैठे ऊँघ रहे थे। उनको देख कर सहसा मेरे मुख से निकल पड़ा कि नहीं-नहीं, यह मेरा प्यारा देश नहीं है। यह देश देखने मैं इतनी दूर से नहीं आया हूँ—यह मेरा प्यारा भारतवर्ष नहीं है।

बरगद के पेड़ की ओर मैं दौड़ा, जिसकी सुहावनी छाया में मैंने बचपन के आनंद उड़ाये थे, जो हमारे छुटपन का क्रीड़ास्थल और युवावस्था का सुखप्रद वासस्थान था। आह ! इस प्यारे बरगद को देखते ही हृदय पर एक बड़ा आघात पहुँचा और दिल में महान् शोक उत्पन्न हुआ। उसे देख कर ऐसी-ऐसी दुःखदायक तथा हृदय-विदारक स्मृतियाँ ताजी हो गयीं कि घंटों पृथ्वी पर बैठे-बैठे मैं आँसू बहाता रहा। हाँ ! यही बरगद है, जिसकी डालों पर चढ़ कर मैं फुनगियों तक पहुँचता था, जिसकी जटाएँ हमारा झूला थीं और जिसके फल हमें सारे संसार की मिठाइयों से अधिक स्वादिष्ट मालूम होते थे। मेरे गले में बाँहें डाल कर खेलनेवाले लँगोटिया यार, जो कभी रूठते थे, कभी मनाते थे, कहाँ गये ? हाय, बिना घरबार का मुसाफिर अब क्या अकेला ही हूँ ? क्या मेरा कोई भी साथी नहीं ? इस बरगद के निकट अब थाना था और बरगद के नीचे कोई लाल साफा बाँधे बैठा था। उसके आस-पास दस-बीस लाल पगड़ीवाले करबद्ध खड़े थे ! वहाँ फटे-पुराने कपड़े पहने, दुर्भिक्षग्रस्त पुरुष, जिस पर अभी चाबुकों की बौछार हुई थी, पड़ा सिसक रहा था। मुझे ध्यान आया कि यह मेरा प्यारा देश नहीं है, कोई और देश है। यह योरोप है, अमेरिका है, मगर मेरी प्यारी मातृभूमि नहीं है—कदापि नहीं है।

3

इधर से निराश हो कर मैं उस चौपाल की ओर चला, जहाँ शाम के वक्त पिता जी गाँव के अन्य बुजुर्गों के साथ हुक्का पीते और हँसी-कहकहे उड़ाते थे। हम भी उस टाट के बिछौने पर कलाबाजियाँ खाया करते थे। कभी-कभी वहाँ पंचायत भी बैठती थी, जिसके सरपंच सदा पिता जी ही हुआ करते थे। इसी चौपाल के पास एक गोशाला थी, जहाँ गाँव भर की गायें रखी जाती थीं और बछड़ों के साथ

हम यहीं किलोलें किया करते थे। शोक ! कि अब उस चौपाल का पता तक न था। वहाँ अब गाँवों में टीका लगाने की चौकी और डाकखाना था।

उस समय इसी चौपाल से लगा एक कोल्हवाड़ा था, जहाँ जाड़े के दिनों में ईख पेरी जाती थी और गुड़ की सुगंध से मस्तिष्क पूर्ण हो जाता था। हम और हमारे साथी वहाँ गंडरियों के लिए बैठे रहते और गंडरियाँ करनेवाले मजदूरों के हस्तलाघव को देख कर आश्चर्य किया करते थे। वहाँ हजारों बार मैंने कच्चा रस और पक्का दूध मिला कर पिया था और वहाँ आस-पास के घरों की स्त्रियाँ और बालक अपने-अपने घड़े ले कर आते थे और उनमें रस भर कर ले जाते थे। शोक है कि वे कोल्हू अब तक ज्यों के त्यों खड़े थे, किन्तु कोल्हवाड़े की जगह पर अब एक सन लपेटनेवाली मशीन लगी थी और उसके सामने एक तम्बोली और सिगरेटवाले की दूकान थी। इन हृदय-विदारक दृश्यों को देखकर मैंने दुखित हृदय से, एक आदमी से, जो देखने में सभ्य मालूम होता था, पूछा, "महाशय, मैं एक परदेशी यात्री हूँ। रात भर लेट रहने की मुझे आज्ञा दीजिएगा ?" इस आदमी ने मुझे सिर से पैर तक गहरी दृष्टि से देखा और कहने लगा कि "आगे जाओ, यहाँ जगह नहीं है।" मैं आगे गया और वहाँ से भी यही उत्तर मिला "आगे जाओ।" पाँचवीं बार एक सज्जन से स्थान माँगने पर उन्होंने एक मुट्ठी चने मेरे हाथ पर रख दिये। चने मेरे हाथ से छूट पड़े और नेत्रों से अविरल अश्रु-धारा बहने लगी। मुख से सहसा निकल पड़ा कि "हाय ! यह मेरा देश नहीं है, यह कोई और देश है। यह हमारा अतिथि-सत्कारी प्यारा भारत नहीं है—कदापि नहीं।"

मैंने एक सिगरेट की डिबिया खरीदी और एक सुनसान जगह पर बैठकर सिगरेट पीते हुए पूर्व समय की याद करने लगा कि अचानक मुझे धर्मशाला का स्मरण हो आया, जो मेरे विदेश जाते समय बन रही थी; मैं उस ओर लपका कि रात किसी प्रकार वहीं काट लूँ, मगर शोक ! शोक ! ! महान् शोक ! ! ! धर्मशाला ज्यों की त्यों खड़ी थी, किंतु उसमें गरीब यात्रियों के टिकने के लिए स्थान न था। मदिरा, दुराचार और द्यूत ने उसे अपना घर बना रखा था। यह दशा देख कर विवशतः मेरे हृदय से एक सर्द आह निकल पड़ी और मैं जोर से चिल्ला उठा कि "नहीं, नहीं, नहीं और हजार बार नहीं है"—यह मेरा प्यारा भारत नहीं है। यह कोई और देश है। यह योरोप है, अमेरिका है; मगर भारत कदापि नहीं है।

4

अँधेरी रात थी। गीदड़ और कुत्ते अपने-अपने कर्कश स्वर में उच्चारण कर रहे थे। मैं अपना दुखित हृदय ले कर उसी नाले के किनारे जा कर बैठ गया और सोचने लगा—अब क्या करूँ ! फिर अपने पुत्रों के पास लौट जाऊँ और अपना यह शरीर

अमेरिका की मिट्टी में मिलाऊँ। अब तक मेरी मातृभूमि थी, मैं विदेश में जरूर था किंतु मुझे अपने प्यारे देश की याद बनी थी, पर अब मैं देश-विहीन हूँ। मेरा कोई देश नहीं है। इसी सोच-विचार में मैं बहुत देर तक घुटनों पर सिर रखे मौन रहा। रात्रि नेत्रों में ही व्यतीत की। घंटेवाले ने तीन बजाये और किसी के गाने का शब्द कानों में आया। हृदय गद्गद हो गया कि यह तो देश का ही राग है, यह तो मातृभूमि का ही स्वर है। मैं तुरंत उठ खड़ा हुआ और क्या देखता हूँ कि 15-20 वृद्धा स्त्रियाँ, सफेद धोतियाँ पहिने, हाथों में लोटे लिये स्नान को जा रही हैं और गाती जाती हैं :

"हमारे प्रभु, अवगुन चित्त न धरो..."

मैं इस गीत को सुन कर तन्मय हो ही रहा था कि इतने में मुझे बहुत से आदमियों की बोलचाल सुन पड़ी। उनमें से कुछ लोग हाथों में पीतल के कमंडलु लिये हुए शिव-शिव, हर-हर, गंगे-गंगे, नारायण-नारायण आदि शब्द बोलते हुए चले जाते थे। आनंददायक और प्रभावोत्पादक राग से मेरे हृदय पर जो प्रभाव हुआ, उसका वर्णन करना कठिन है।

मैंने अमेरिका की चंचल से चंचल और प्रसन्न से प्रसन्न चित्तवाली लावण्यवती स्त्रियों का आलाप सुना था, सहस्रों बार उनकी जिह्वा से प्रेम और प्यार के शब्द सुने थे, हृदयाकर्षक वचनों का आनंद उठाया था, मैंने सुरीले पक्षियों का चहचहाना भी सुना था, किंतु जो आनंद, जो मजा और जो सुख मुझे इस राग में आया, वह मुझे जीवन में कभी प्राप्त नहीं हुआ था। मैंने खुद गुनगुना कर गाया :

"हमारे प्रभु, अवगुन चित न धरो..."

मेरे हृदय में फिर उत्साह आया कि ये तो मेरे प्यारे देश की ही बातें हैं। आनंदातिरेक से मेरा हृदय आनंदमय हो गया। मैं भी इन आदमियों के साथ हो लिया और 6 मील तक पहाड़ी मार्ग पार करके उसी नदी के किनारे पहुँचा, जिसका नाम पतित-पावनी है, जिसकी लहरों में डुबकी लगाना और जिसकी गोद में मरना प्रत्येक हिंदू अपना परम सौभाग्य समझता है। पतित-पावनी भागीरथी गंगा मेरे प्यारे गाँव से छै-सात मील पर बहती थी। किसी समय में घोड़े पर चढ़ कर गंगा माता के दर्शनों की लालसा मेरे हृदय में सदा रहती थी। यहाँ मैंने हजारों मनुष्यों को इस ठंडे पानी में डुबकी लगाते हुए देखा। कुछ लोग बालू पर बैठे गायत्री-मंत्र जप रहे थे। कुछ लोग हवन करने में संलग्न थे। कुछ माथे पर तिलक लगा रहे थे और कुछ लोग सस्वर वेदमंत्र पढ़ रहे थे। मेरा हृदय फिर उत्साहित हुआ और मैं जोर से कह उठा—"हाँ, हाँ, यही मेरा प्यारा देश है, यही मेरी पवित्र मातृभूमि है, यही मेरा सर्वश्रेष्ठ भारत है और इसी के दर्शनों की मेरी उत्कट इच्छा थी तथा इसी की पवित्र धूलि के कण बनने की मेरी प्रबल अभिलाषा है।"

मैं विशेष आनंद में मग्न था। मैंने अपना पुराना कोट और पतलून उतार कर फेंक दिया और गंगा माता की गोद में जा गिरा, जैसे कोई भोलाभाला बालक दिन भर निर्दय लोगों के साथ रहने के बाद संध्या को अपनी प्यारी माता की गोद में दौड़ कर चला आये और उसकी छाती से चिपट जाय। हाँ, अब मैं अपने देश में हूँ। यह मेरी प्यारी मातृभूमि है। ये लोग मेरे भाई हैं और गंगा मेरी माता है।

मैंने ठीक गंगा के किनारे एक छोटी-सी कुटी बनवा ली है। अब मुझे सिवा राम-नाम जपने के और कोई काम नहीं है। मैं नित्य प्रातः-सायं गंगा-स्नान करता हूँ और मेरी प्रबल इच्छा है कि इसी स्थान पर मेरे प्राण निकलें और मेरी अस्थियाँ गंगा माता की लहरों की भेंट हों।

मेरी स्त्री और मेरे पुत्र बार-बार बुलाते हैं; मगर अब मैं यह गंगा माता का तट और अपना प्यारा देश छोड़ कर वहाँ नहीं जा सकता। अपनी मिट्टी गंगा जी को ही सौंपूँगा। अब संसार की कोई आकांक्षा मुझे इस स्थान से नहीं हटा सकती, क्योंकि यह मेरा प्यारा देश और यही प्यारी मातृभूमि है। बस, मेरी उत्कट इच्छा यही है कि मैं अपनी प्यारी मातृभूमि में ही अपने प्राण विसर्जन करूँ।

राजा हरदौल

बुंदेलखंड में ओरछा पुराना राज्य है। इसके राजा बुंदेले हैं। इन बुंदेलों ने पहाड़ों की घाटियों में अपना जीवन बिताया है। एक समय ओरछे के राजा जुझारसिंह थे। ये बड़े साहसी और बुद्धिमान थे। शाहजहाँ उस समय दिल्ली के बादशाह थे। जब लोदी ने बलवा किया और वह शाही मुल्क को लूटता-पाटता ओरछे की ओर आ निकला, तब राजा जुझारसिंह ने उससे मोरचा लिया। राजा के इस काम से गुणग्राही शाहजहाँ बहुत प्रसन्न हुए। उन्होंने तुरंत ही राजा को दक्खिन का शासन-भार सौंपा। उस दिन ओरछे में बड़ा आनंद मनाया गया। शाही दूत खिलअत और सनद ले कर राजा के पास आया। जुझारसिंह को बड़े-बड़े काम करने का अवसर मिला। सफर की तैयारियाँ होने लगीं, तब राजा ने अपने छोटे भाई हरदौलसिंह को बुला कर कहा, "भैया, मैं तो जाता हूँ। अब यह राज-पाट तुम्हारे सुपुर्द है। तुम भी इसे जी से प्यार करना ! न्याय ही राजा का सबसे बड़ा सहायक है। न्याय की गढ़ी में कोई शत्रु नहीं घुस सकता, चाहे वह रावण की सेना या इन्द्र का बल लेकर आये; पर न्याय वही सच्चा है, जिसे प्रजा भी न्याय समझे। तुम्हारा काम केवल न्याय ही करना न होगा बल्कि प्रजा को अपने न्याय का विश्वास भी दिलाना होगा और मैं तुम्हें क्या समझाऊँ, तुम स्वयं समझदार हो।"

यह कह कर उन्होंने अपनी पगड़ी उतारी और हरदौलसिंह के सिर पर रख दी। हरदौल रोता हुआ उनके पैरों से लिपट गया। इसके बाद राजा अपनी रानी से विदा होने के लिए रनिवास आये। रानी दरवाजे पर खड़ी रो रही थी। उन्हें देखते ही पैरों पर गिर पड़ी। जुझारसिंह ने उठा कर उसे छाती से लगाया और कहा, "प्यारी, यह रोने का समय नहीं है। बुंदेलों की स्त्रियाँ ऐसे अवसर पर रोया नहीं करतीं। ईश्वर ने चाहा, तो हम-तुम जल्द मिलेंगे। मुझ पर ऐसी ही प्रीति रखना। मैंने राज-पाट हरदौल को सौंपा है, वह अभी लड़का है। उसने अभी दुनिया नहीं देखी है। अपनी सलाहों से उसकी मदद करती रहना।"

रानी की जबान बंद हो गयी। वह अपने मन में कहने लगी, "हाय यह कहते हैं, बुंदेलों की स्त्रियाँ ऐसे अवसरों पर रोया नहीं करतीं। शायद उनके हृदय

नहीं होता, या अगर होता है तो उसमें प्रेम नहीं होता !" रानी कलेजे पर पत्थर रख कर आँसू पी गयी और हाथ जोड़ कर राजा की ओर मुस्कराती हुई देखने लगी; पर क्या वह मुस्कराहट थी ? जिस तरह अँधेरे मैदान में मशाल की रोशनी अँधेरे को और भी अथाह कर देती है, उसी तरह रानी की मुस्कराहट उसके मन के अथाह दुःख को और भी प्रकट कर रही थी।

जुझारसिंह के चले जाने के बाद हरदौलसिंह राज करने लगा। थोड़े ही दिनों में उसके न्याय और प्रजावात्सल्य ने प्रजा का मन हर लिया। लोग जुझारसिंह को भूल गये। जुझारसिंह के शत्रु भी थे और मित्र भी; पर हरदौलसिंह का कोई शत्रु न था, सब मित्र ही थे। वह ऐसा हँसमुख और मधुरभाषी था कि उससे जो बातें कर लेता, वही जीवन भर उसका भक्त बना रहता। राज्य भर में ऐसा कोई न था जो उसके पास तक न पहुँच सकता हो। रात-दिन उसके दरबार का फाटक सबके लिए खुला रहता था। ओरछे को कभी ऐसा सर्वप्रिय राजा नसीब न हुआ था। वह उदार था, न्यायी था, विद्या और गुण का ग्राहक था; पर सबसे बड़ा गुण जो उसमें था, वह उसकी वीरता थी। उसका वह गुण हद दर्जे को पहुँच गया था। जिस जाति के जीवन का अवलम्ब तलवार पर है, वह अपने राजा के किसी गुण पर इतना नहीं रीझती जितना उसकी वीरता पर। हरदौल अपने गुण से अपनी प्रजा के मन का भी राजा हो गया, जो मुल्क और माल पर राज करने से भी कठिन है। इस प्रकार एक वर्ष बीत गया। उधर दक्खिन में जुझारसिंह ने अपने प्रबंध से चारों ओर शाही दबदबा जमा दिया, इधर ओरछे में हरदौल ने प्रजा पर मोहन-मंत्र फूँक दिया।

2

फाल्गुन का महीना था, अबीर और गुलाल से जमीन लाल हो रही थी। कामदेव का प्रभाव लोगों को भड़का रहा था। रबी ने खेतों में सुनहला फर्श बिछा रखा था और खलिहानों में सुनहले महल उठा दिये थे। संतोष इस सुनहले फर्श पर इठलाता फिरता था और निश्चिंतता इस सुनहले महल में तानें अलाप रही थी। इन्हीं दिनों दिल्ली का नामवर फेकैत कादिरखाँ ओरछे आया। बड़े-बड़े पहलवान उसका लोहा मान गये थे। दिल्ली से ओरछे तक सैकड़ों मर्दानगी के मद से मतवाले उसके सामने आये; पर कोई उससे जीत न सका। उससे लड़ना भाग्य से नहीं, बल्कि मौत से लड़ना था। वह किसी इनाम का भूखा न था। जैसा ही दिल का दिलेर था, वैसा ही मन का राजा था। ठीक होली के दिन उसने धूमधाम से ओरछे में सूचना दी कि "खुदा का शेर दिल्ली का कादिरखाँ ओरछे आ पहुँचा है। जिसे अपनी जान भारी हो, आ कर अपने भाग्य का निपटारा कर ले।" ओरछे के बड़े-बड़े बुंदेले सूरमा

वह घमंड-भरी वाणी सुन कर गरम हो उठे। फाग और डफ की तान के बदले ढोल की वीर-ध्वनि सुनायी देने लगी। हरदौल का अखाड़ा ओरछे के पहलवानों और फेकैतों का सबसे बड़ा अड्डा था। संध्या को यहाँ सारे शहर के सूरमा जमा हुए। कालदेव और भालदेव बुंदेलों की नाक थे, सैकड़ों मैदान मारे हुए। ये ही दोनों पहलवान कादिरखाँ का घमंड चूर करने के लिए गये।

दूसरे दिन किले के सामने तालाब के किनारे बड़े मैदान में ओरछे के छोटे-बड़े सभी जमा हुए। कैसे-कैसे सजीले, अलबेले जवान थे–सिर पर खुशरंग बाँकी पगड़ी, माथे पर चंदन का तिलक, आँखों में मर्दानगी का सरूर, कमर में तलवार। और कैसे-कैसे बूढ़े थे–तनी हुई मूँछें, सादी पर तिरछी पगड़ी, कानों बँधी हुई दाढ़ियाँ, देखने में तो बूढ़े , पर काम में जवान, किसी को कुछ न समझनेवाले। उनकी मर्दाना चाल-ढाल नौजवानों को लजाती थी। हर एक के मुँह से वीरता की बातें निकल रही थीं। नौजवान कहते थे–देखें आज ओरछे की लाज रहती है या नहीं। पर बूढ़े कहते–ओरछे की हार कभी नहीं हुई, न होगी। वीरों का यह जोश देख कर राजा हरदौल ने बड़े जोर से कह दिया–"खबरदार, बुंदेलों की लाज रहे या न रहे; पर उनकी प्रतिष्ठा में बल न पड़ने पाये–यदि किसी ने औरों को यह कहने का अवसर दिया कि ओरछेवाले तलवार से न जीत सके तो धाँधली कर बैठे, वह अपने को जाति का शत्रु समझे।"

सूर्य निकल आया था। एकाएक नगाड़े पर चोट पड़ी और आशा तथा भय ने लोगों के मन को उछाल कर मुँह तक पहुँचा दिया। कालदेव और कादिरखाँ दोनों लँगोट कसे शेरों की तरह अखाड़े में उतरे और गले मिल गये। तब दोनों तरफ से तलवारें निकलीं और दोनों के बगलों में चली गयीं। फिर बादल के दो टुकड़ों से बिजलियाँ निकलने लगीं। पूरे तीन घंटे तक यही मालूम होता रहा कि दो अगारे हैं। हजारों आदमी खड़े तमाशा देख रहे थे और मैदान में आधी रात का-सा सन्नाटा छाया हुआ था। हाँ, जब कभी कालदेव गिरहदार हाथ चलाता या कोई पेंचदार वार बचा जाता, तो लोगों की गर्दन आप ही आप उठ जाती; पर किसी के मुँह से एक शब्द भी नहीं निकलता था। अखाड़े के अंदर तलवारों की खींचतान थी; पर देखनेवालों के लिए अखाड़े से बाहर मैदान में इससे भी बढ़ कर तमाशा था। बार-बार जातीय प्रतिष्ठा के विचार से मन के भावों को रोकना और प्रसन्नता या दुःख का शब्द मुँह से बाहर न निकलने देना तलवारों के वार बचाने से अधिक कठिन काम था। एकाएक कादिरखाँ 'अल्लाहो-अकबर' चिल्लाया, मानो बादल गरज उठा और उसके गरजते ही कालदेव के सिर पर बिजली गिर पड़ी।

कालदेव के गिरते ही बुंदेलों को सब्र न रहा। हर एक के चेहरे पर निर्बल क्रोध और कुचले हुए घमंड की तसवीर खिंच गयी। हजारों आदमी जोश में आ कर अखाड़े पर दौड़े, पर हरदौल ने कहा–खबरदार ! अब कोई आगे न बढ़े। इस

आवाज ने पैरों के साथ जंजीर का काम किया। दर्शकों को रोक कर जब वे अखाड़े में गये और कालदेव को देखा, तो आँखों में आँसू भर आये। जख्मी शेर जमीन पर पड़ा तड़प रहा था। उसके जीवन की तरह उसकी तलवार के दो टुकड़े हो गये थे।

आज का दिन बीता, रात आयी; पर बुंदेलों की आँखों में नींद कहाँ। लोगों ने करवटें बदल कर रात काटी जैसे दुःखित मनुष्य विकलता से सुबह की बाट जोहता है, उसी तरह बुंदेले रह-रह कर आकाश की तरफ देखते और उसकी धीमी चाल पर झुँझलाते थे। उनके जातीय घमंड पर गहरा घाव लगा था। दूसरे दिन ज्यों ही सूर्य निकला, तीन लाख बुंदेले तालाब के किनारे पहुँचे। जिस समय भालदेव शेर की तरह अखाड़े की तरफ चला, दिलों में धड़कन-सी होने लगी। कल जब कालदेव अखाड़े में उतरा था, बुंदेलों के हौसले बढ़े हुए थे; पर आज वह बात न थी। हृदय में आशा की जगह डर घुसा हुआ था। कादिरखाँ कोई चुटीला वार करता तो लोगों के दिल उछल कर होंठों तक आ जाते। सूर्य सिर पर चढ़ा जाता था और लोगों के दिल बैठ जाते थे। इसमें कोई संदेह नहीं कि भालदेव अपने भाई से फुर्तीला और तेज था। उसने कई बार कादिरखाँ को नीचा दिखलाया; पर दिल्ली का निपुण पहलवान हर बार सँभल जाता था। पूरे तीन घंटे तक दोनों बहादुरों में तलवारें चलती रहीं। एकाएक खटाके की आवाज हुई और भालदेव की तलवार के दो टुकड़े हो गये। राजा हरदौल अखाड़े के सामने खड़े थे। उन्होंने भालदेव की तरफ तेजी से अपनी तलवार फेंकी। भालदेव तलवार लेने के लिए झुका ही था कि कादिरखाँ की तलवार उसकी गर्दन पर आ पड़ी। घाव गहरा न था, केवल एक 'चरका' था; पर उसने लड़ाई का फैसला कर दिया।

हताश बुंदेले अपने-अपने घरों को लौटे। यद्यपि भालदेव अब भी लड़ने को तैयार था; पर हरदौल ने समझा कर कहा कि "भाइयो, हमारी हार उसी समय हो गयी जब हमारी तलवार ने जवाब दे दिया। यदि हम कादिरखाँ की जगह होते तो निहत्थे आदमी पर वार न करते और जब तक हमारे शत्रु के हाथ में तलवार न आ जाती, हम उस पर हाथ न उठाते; पर कादिरखाँ में यह उदारता कहाँ ? बलवान् शत्रु का सामना करने में उदारता को ताक पर रख देना पड़ता है। तो भी हमने दिखा दिया है कि तलवार की लड़ाई में हम उसके बराबर हैं और अब हमको यह दिखाना है कि हमारी तलवार में भी वैसा ही जौहर है !" इसी तरह लोगों को तसल्ली दे कर राजा हरदौल रनिवास को गये।

कुलीना ने पूछा—लाला, आज दंगल का क्या रंग रहा ?

हरदौल ने सिर झुका कर जवाब दिया—आज भी वही कल का-सा हाल रहा।

कुलीना—क्या भालदेव मारा गया ?

हरदौल—नहीं, जान से तो नहीं पर हार हो गयी।

कुलीना—तो अब क्या करना होगा ?

हरदौल—मैं स्वयं इसी सोच में हूँ। आज तक ओरछे को कभी नीचा न देखना पड़ा था। हमारे पास धन न था, पर अपनी वीरता के सामने हम राज और धन कोई चीज न समझते थे। अब हम किस मुँह से अपनी वीरता का घमंड करेंगे ? ओरछे की और बुन्देलों की लाज अब जाती है।

कुलीना—क्या अब कोई आस नहीं है ?

हरदौल—हमारे पहलवानों में वैसा कोई नहीं है, जो उससे बाजी ले जाय। भालदेव की हार ने बुंदेलों की हिम्मत तोड़ दी है। आज सारे शहर में शोक छाया हुआ है। सैकड़ों घरों में आग नहीं जली। चिराग रोशन नहीं हुआ। हमारे देश और जाति की वह चीज जिससे हमारा मान था, अब अंतिम साँस ले रही है। भालदेव हमारा उस्ताद था। उसके हार चुकने के बाद मेरा मैदान में आना धृष्टता है; पर बुंदेलों की साख जाती है, तो मेरा सिर भी उसके साथ जायेगा। कादिरखाँ बेशक अपने हुनर में एक ही है, पर हमारा भालदेव कभी उससे कम नहीं। उसकी तलवार यदि भालदेव के हाथ में होती तो मैदान जरूर उसके हाथ रहता। ओरछे में केवल एक तलवार है जो कादिरखाँ की तलवार का मुँह मोड़ सकती हैं वह भैया की तलवार है। अगर तुम ओरछे की नाक रखना चाहती हो तो उसे मुझे दे दो। यह हमारी अंतिम चेष्टा होगी। यदि इस बार भी हार हुई तो ओरछे का नाम सदैव के लिए डूब जायेगा।

कुलीना सोचने लगी, तलवार इनको दूँ या न दूँ। राजा रोक गये हैं। उनकी आज्ञा थी कि किसी दूसरे की परछाहीं भी उस पर न पड़ने पाये। क्या ऐसी दशा में मैं उनकी आज्ञा का उल्लंघन करूँ तो वे नाराज होंगे ? कभी नहीं। जब वे सुनेंगे कि मैंने कैसे कठिन समय में तलवार निकाली है, तो उन्हें सच्ची प्रसन्नता होगी। बुंदेलों की आन किसको इतनी प्यारी नहीं है ? उनसे ज्यादा ओरछे की भलाई चाहने वाला कौन होगा ? इस समय उनकी आज्ञा का उल्लंघन करना ही आज्ञा मानना है। यह सोच कर कुलीना ने तलवार हरदौल को दे दी।

सबेरा होते ही यह खबर फैल गयी कि राजा हरदौल कादिरखाँ से लड़ने के लिए जा रहे हैं। इतना सुनते ही लोगों में सनसनी-सी फैल गयी और चौंक उठे। पागलों की तरह लोग अखाड़े की ओर दौड़े। हर एक आदमी कहता था कि जब तक हम जीते हैं, महाराज को लड़ने नहीं देंगे; पर जब लोग अखाड़े के पास पहुँचे तो देखा कि अखाड़े में बिजलियाँ-सी चमक रही हैं। बुंदेलों के दिलों पर उस समय जैसी बीत रही थी, उसका अनुमान करना कठिन है। उस समय उस लम्बे-चौड़े मैदान में जहाँ तक निगाह जाती थी, आदमी-ही-आदमी नजर आते थे; पर चारों तरफ सन्नाटा था। हर एक आँख अखाड़े की तरफ लगी हुई थी और हर एक का दिल हरदौल की मंगल-कामना के लिए ईश्वर का प्रार्थी था। कादिरखाँ

का एक-एक वार हजारों दिलों के टुकड़े कर देता था और हरदौल की एक-एक काट से मनों में आनन्द की लहरें उठती थीं। अखाड़ों में दो पहलवानों का सामना था और अखाड़े के बाहर आशा और निराशा का। आखिर घड़ियाल ने पहला पहर बजाया और हरदौल की तलवार बिजली बन कर कादिर के सिर पर गिरी। यह देखते ही बुन्देले मारे आनन्द के उन्मत्त हो गये। किसी को किसी की सुधि न रही। कोई किसी से गले मिलता, कोई उछलता और कोई छलाँगें मारता था। हजारों आदमियों पर वीरता का नशा छा गया। तलवारें स्वयं म्यान से निकल पड़ीं, भाले चमकने लगे। जीत की खुशी में सैकड़ों जानें भेंट हो गयीं। पर जब हरदौल अखाड़े से बाहर आये और उन्होंने बुन्देलों की ओर तेज निगाहों से देखा तो आन-की-आन में लोग सँभल गये। तलवारें म्यान में जा छिपीं। खयाल आ गया, यह खुशी क्यों, यह उमंग क्यों और यह पागलपन किसलिए ? बुन्देलों के लिए यह कोई नयी बात नहीं हुई। इस विचार ने लोगों का दिल ठंडा कर दिया। हरदौल की इस वीरता ने उसे हर एक बुन्देले के दिल में मान-प्रतिष्ठा की ऊँची जगह पर बिठाया, जहाँ न्याय और उदारता भी उसे न पहुँचा सकती थी। वह पहले ही से सर्वप्रिय था और अब वह अपनी जाति का वीरवर और बुन्देला दिलावरी का सिरमौर बन गया।

3

राजा जुझारसिंह ने भी दक्षिण में अपनी योग्यता का परिचय दिया। वे केवल लड़ाई में ही वीर न थे, बल्कि राज्य-शासन में भी अद्वितीय थे। उन्होंने अपने सुप्रबन्ध से दक्षिण प्रांतों को बलवान राज्य बना दिया और वर्ष भर के बाद बादशाह से आज्ञा लेकर वे ओरछे की तरफ चले। ओरछे की याद उन्हें सदैव बेचैन करती रही। आह ओरछा ! वह दिन कब आयेगा कि फिर तेरे दर्शन होंगे ! राजा मंजिलें मारते चले आते थे, न भूख थी, न प्यास, ओरछेवालों की मुहब्बत खींचे लिये आती थी। यहाँ तक कि ओरछे के जंगलों में आ पहुँचे। साथ के आदमी पीछे छूट गये। दोपहर का समय था। धूप तेज थी। वे घोड़े से उतरे और एक पेड़ की छाँह में जा बैठे। भाग्यवश आज हरदौल भी जीत की खुशी में शिकार खेलने निकले थे। सैकड़ों बुंदेला सरदार उनके साथ थे। सब अभिमान के नशे में चूर थे। उन्होंने राजा जुझारसिंह को अकेले बैठे देखा; पर वे अपने घमंड में इतने डूबे हुए थे कि इनके पास तक न आये। समझा कोई यात्री होगा। हरदौल की आँखों ने भी धोखा खाया। वे घोड़े पर सवार अकड़ते हुए जुझारसिंह के सामने आये और पूछना चाहते थे कि तुम कौन हो कि भाई से आँख मिल गयी। पहचानते ही घोड़े से कूद पड़े और उनको प्रणाम किया। राजा ने भी उठ कर हरदौल को छाती से लगा लिया; पर उस छाती में अब भाई की मुहब्बत न थी। मुहब्बत की जगह ईर्ष्या ने घेर ली थी और वह

केवल इसीलिए कि हरदौल दूर से नंगे पैर उनकी तरफ न दौड़ा, उसके सवारों ने दूर ही से उनकी अभ्यर्थना की। संध्या होते-होते दोनों भाई ओरछे पहुँचे। राजा के लौटने का समाचार पाते ही नगर में प्रसन्नता की दुंदुभी बजने लगी। हर जगह आनंदोत्सव होने लगा और तुरती-फुरती शहर जगमगा उठा।

आज रानी कुलीना ने अपने हाथों भोजन बनाया। नौ बजे होंगे। लौंडी ने आ कर कहा—महाराज, भोजन तैयार है। दोनों भाई भोजन करने गये। सोने के थाल में राजा के लिए भोजन परोसा गया और चाँदी के थाल में हरदौल के लिए। कुलीना ने स्वयं भोजन बनाया था, स्वयं थाल परोसे थे और स्वयं ही सामने लायी थी; पर दिनों का चक्र कहो, या भाग्य के दुर्दिन, उसने भूल से सोने का थाल हरदौल के आगे रख दिया और चाँदी का राजा के सामने। हरदौल ने कुछ ध्यान न दिया, वह वर्ष भर से सोने के थाल में खाते-खाते उसका आदी हो गया था, पर जुझारसिंह तिलमिला गये। जबान से कुछ न बोले; पर तीवर बदल गये और मुँह लाल हो गया। रानी की तरफ घूरकर देखा और भोजन करने लगे। पर ग्रास विष मालूम होता था। दो-चार ग्रास खा कर उठ आये। रानी उनके तीवर देख कर डर गयी। आज कैसे प्रेम से उसने भोजन बनाया था, कितनी प्रतीक्षा के बाद यह शुभ दिन आया था, उसके उल्लास का कोई पारावार न था; पर राजा के तीवर देख कर उसके प्राण सूख गये। जब राजा उठ गये और उसने थाल को देखा, तो कलेजा धक् से हो गया और पैरों तले से मिट्टी निकल गयी। उसने सिर पीट लिया—ईश्वर ! आज रात कुशलतापूर्वक कटे, मुझे शकुन अच्छे दिखायी नहीं देते।

राजा जुझारसिंह शीशमहल में लेटे। चतुर नाइन ने रानी का शृंगार किया और मुस्करा कर बोली—कल महाराज से इसका इनाम लूँगी। यह कह कर वह चली गयी; परंतु कुलीना वहाँ से न उठी। वह गहरे सोच में पड़ी हुई थी। उनके सामने कौन-सा मुँह ले कर जाऊँ ? नाइन ने नाहक मेरा शृंगार कर दिया। मेरा शृंगार देख कर वे खुश भी होंगे ? मुझसे इस समय अपराध हुआ है, मैं अपराधिनी हूँ, मेरा उनके पास इस समय बनाव-शृंगार करके जाना उचित नहीं। नहीं, नहीं; आज मुझे उनके पास भिखारिनी के भेष में जाना चाहिए। मैं उनसे क्षमा माँगूँगी। इस समय मेरे लिए यही उचित है। यह सोच कर रानी बड़े शीशे के सामने खड़ी हो गयी वह अप्सरा-सी मालूम होती थी। सुंदरता की कितनी ही तसवीरें उसने देखी थीं; पर उसे इस समय शीशे की तसवीर सबसे ज्यादा खूबसूरत मालूम होती थी।

सुंदरता और आत्मरुचि का साथ है। हल्दी बिना रंग के नहीं रह सकती। थोड़ी देर के लिए कुलीना सुंदरता के मद से फूल उठी। वह तन कर खड़ी हो गयी। लोग कहते हैं कि सुंदरता में जादू है और वह जादू, जिसका कोई उतार नहीं। धर्म और कर्म, तन और मन सब सुंदरता पर न्योछावर हैं। मैं सुंदर न सही, ऐसी कुरूपा भी नहीं हूँ। क्या मेरी सुंदरता में इतनी भी शक्ति नहीं है कि महाराज

से मेरा अपराध क्षमा करा सके ? ये बाहु-लताएँ जिस समय उनके गले का हार होंगी, ये आँखें जिस समय प्रेम के मद से लाल हो कर देखेंगी, तब क्या मेरे सौंदर्य की शीतलता उनकी क्रोधाग्नि को ठंडा न कर देगी ? पर थोड़ी देर में रानी को ज्ञात हुआ। आह यह मैं क्या स्वप्न देख रही हूँ ! मेरे मन में ऐसी बातें क्यों आती हैं ! मैं अच्छी हूँ या बुरी हूँ, उनकी चेरी हूँ। मुझसे अपराध हुआ है, मुझे उनसे क्षमा माँगनी चाहिए। यह शृंगार और बनाव इस समय उपयुक्त नहीं है। यह सोच कर रानी ने सब गहने उतारे दिये। इतर में बसी हुई रेशम की साड़ी अलग कर दी। मोतियों से भरी माँग खोल दी और वह खूब फूट-फूट कर रोयी। हाय ! यह मिलाप की रात वियोग की रात से भी विशेष दुःखदायिनी है। भिखारिनी का भेष बना कर रानी शीशमहल की ओर चली। पैर आगे बढ़ते थे, पर मन पीछे हटता जाता था। दरवाजे तक आयी, पर भीतर पैर न रख सकी। दिल धड़कने लगा। ऐसा जान पड़ा मानो उसके पैर थर्रा रहे हैं। राजा जुझारसिंह बोले, "कौन है ?—कुलीना ! भीतर क्यों नहीं आ जाती ?"

कुलीना ने जी कड़ा करके कहा—महाराज, कैसे आऊँ ? मैं अपनी जगह क्रोध को बैठा पाती हूँ।

राजा—यह क्यों नहीं कहती कि मन दोषी है, इसीलिए आँखें नहीं मिलने देतीं।

कुलीना—निस्संदेह मुझसे अपराध हुआ है, पर एक अबला आपसे क्षमा का दान माँगती है।

राजा—इसका प्रायश्चित्त करना होगा।

कुलीना—क्योंकर ?

राजा—हरदौल के खून से।

कुलीना सिर से पैर तक काँप गयी। बोली—क्या इसलिए कि आज मेरी भूल ने ज्योनार के थालों में उलटफेर कर दिया।

जैसे आग की आँच से लोहा लाल हो जाता है, वैसे ही रानी का मुँह लाल हो गया। क्रोध की अग्नि सद्भावों को भस्म कर देती है, प्रेम और प्रतिष्ठा, दया और न्याय सब जल के राख हो जाते हैं। एक मिनट तक रानी को ऐसा मालूम हुआ, मानो दिल और दिमाग दोनों खौल रहे हैं, पर उसने आत्मदमन की अंतिम चेष्टा से अपने को सँभाला, केवल इतना बोली—हरदौल को अपना लड़का और भाई समझती हूँ।

राजा उठ बैठे और कुछ नर्म स्वर से बोले—नहीं, हरदौल लड़का नहीं है, लड़का मैं हूँ, जिसने तुम्हारे ऊपर विश्वास किया। कुलीना मुझे तुमसे ऐसी आशा न थी। मुझे तुम्हारे ऊपर घमंड था। मैं समझता था, चाँद-सूर्य टल सकते हैं, पर तुम्हारा दिल नहीं टल सकता, पर आज मुझे मालूमं हुआ कि वह मेरा लड़कपन था। बड़ों

ने सच कहा है कि स्त्री का प्रेम पानी की धार है, जिस ओर ढाल पाता है, उधर ही बह जाता है। सोना ज्यादा गरम होकर पिघल जाता है।

कुलीना रोने लगी। क्रोध की आग पानी बन कर आँखों से निकल पड़ी। जब आवाज वश में हुई, तो बोली—आपके इस सन्देह को कैसे दूर करूँ ?

राजा—हरदौल के खून से।

रानी—मेरे खून से दाग न मिटेगा ?

राजा—तुम्हारे खून से और पक्का हो जायेगा।

रानी—और कोई उपाय नहीं है ?

राजा—नहीं।

रानी—यह आपका अंतिम विचार है ?

राजा—हाँ, यह मेरा अन्तिम विचार है। देखो, इस पानदान में पान का बीड़ा रखा है। तुम्हारे सतीत्व की परीक्षा यही है कि तुम हरदौल को इसे अपने हाथों खिला दो। मेरे मन का भ्रम उसी समय निकलेगा, जब इस घर से हरदौल की लाश निकलेगी।

रानी ने घृणा की दृष्टि से पान के बीड़े को देखा और वह उलटे पैर लौट आयी।

रानी सोचने लगी—क्या हरदौल के प्राण लूँ ? निर्दोष, सच्चरित्र वीर हरदौल की जान से अपने सतीत्व की परीक्षा दूँ ? उस हरदौल के खून से अपना हाथ काला करूँ जो मुझे बहन समझता है ? यह पाप किसके सिर पड़ेगा ? क्या एक निर्दोष का खून रंग न लायेगा ? आह ! अभागी कुलीना ! तुझे आज अपने सतीत्व की परीक्षा देने की आवश्यकता पड़ी है और वह ऐसी कठिन ? नहीं, यह पाप मुझसे न होगा। यदि राजा मुझे कुलटा समझते हैं, तो समझें, उन्हें मुझ पर संदेह है, तो हो। मुझसे यह पाप न होगा। राजा को ऐसा संदेह क्यों हुआ ? क्या केवल थालों के बदल जाने से ? नहीं, अवश्य कोई और बात है। आज हरदौल उन्हें जंगल में मिल गया। राजा ने उसकी कमर में तलवार देखी होगी। क्या आश्चर्य है, हरदौल से कोई अपमान भी हो गया हो। मेरा अपराध क्या है ? मुझ पर इतना बड़ा दोष क्यों लगाया जाता है ? केवल थालों के बदल जाने से ? हे ईश्वर ! मैं किससे अपना दुःख कहूँ ? तू ही मेरा साक्षी है। जो चाहे सो हो, पर मुझसे यह पाप न होगा।

रानी ने फिर सोचा—राजा, क्या तुम्हारा हृदय ऐसा ओछा और नीच है ? तुम मुझसे हरदौल की जान लेने को कहते हो ? यदि तुमसे उसका अधिकार और मान नहीं देखा जाता, तो क्यों साफ-साफ ऐसा नहीं कहते ? क्यों मरदों की लड़ाई नहीं लड़ते ? क्यों स्वयं अपने हाथ से उसका सिर नहीं काटते और मुझसे वह काम करने को कहते हो ? तुम खूब जानते हो, मैं यह नहीं कर सकती। यदि मुझसे तुम्हारा जी उकता गया है, यदि मैं तुम्हारी जान की जंजाल हो गयी हूँ, तो मुझे

काशी या मथुरा भेज दो। मैं बेखटके चली जाऊँगी, पर ईश्वर के लिए मेरे सिर इतना बड़ा कलंक न लगने दो। पर मैं जीवित ही क्यों रहूँ, मेरे लिए अब जीवन में कोई सुख नहीं है। अब मेरा मरना ही अच्छा है। मैं स्वयं प्राण दे दूँगी, पर यह महापाप मुझसे न होगा। विचारों ने फिर पलटा खाया। तुमको पाप करना ही होगा। इससे बड़ा पाप शायद आज तक संसार में न हुआ हो, पर यह पाप तुमको करना होगा। तुम्हारे पतिव्रत पर संदेह किया जा रहा है और तुम्हें इस संदेह को मिटाना होगा। यदि तुम्हारी जान जोखिम में होती, तो कुछ हर्ज न था। अपनी जान देकर हरदौल को बचा लेती; पर इस समय तुम्हारे पतिव्रत पर आँच आ रही है। इसलिए तुम्हें यह पाप करना ही होगा, और पाप करने के बाद हँसना और प्रसन्न रहना होगा। यदि तुम्हारा चित्त तनिक भी विचलित हुआ, यदि तुम्हारा मुखड़ा जरा भी मद्धिम हुआ, तो इतना बड़ा पाप करने पर भी तुम संदेह मिटाने में सफल न होगी। तुम्हारे जी पर चाहे जो बीते, पर तुम्हें यह पाप करना ही पड़ेगा। परंतु कैसे होगा ? क्या मैं हरदौल का सिर उतारूँगी ? यह सोच कर रानी के शरीर में कँपकँपी आ गयी। नहीं, मेरा हाथ उस पर कभी नहीं उठ सकता। प्यारे हरदौल, मैं तुम्हें खिला सकती। मैं जानती हूँ, तुम मेरे लिए आनंद से विष का बीड़ा खा लोगे। हाँ, मैं जानती हूँ तुम 'नहीं' न करोगे, पर मुझसे यह महापाप नहीं हो सकता। एक बार नहीं, हजार बार नहीं हो सकता।

4

हरदौल को इन बातों की कुछ भी खबर न थी। आधी रात को एक दासी रोती हुई उसके पास गयी और उसने सब समाचार अक्षर-अक्षर कह सुनाया। वह दासी पानदान ले कर रानी के पीछे-पीछे राजमहल के दरवाजे पर गयी थी और सब बातें सुन कर आयी थी। हरदौल राजा का ढंग देख कर पहले ही पड़ता गया था कि राजा के मन में कोई-न-कोई काँटा अवश्य खटक रहा है। दासी की बातों ने उसके संदेह को और भी पक्का कर दिया। उसने दासी से कड़ी मनाही कर दी कि सावधान ! किसी दूसरे के कानों में इन बातों की भनक न पड़े और वह स्वयं मरने को तैयार हो गया।

हरदौल बुंदेलों की वीरता का सूरज था। उसकी भौंहों के तनिक इशारे से तीन लाख बुंदेले मरने और मारने के लिए इकट्ठे हो सकते थे, ओरछा उस पर न्योछावर था। यदि जुझारसिंह खुले मैदान उसका सामना करते तो अवश्य मुँह की खाते, क्योंकि हरदौल भी बुंदेला था और बुंदेला अपने शत्रु के साथ किसी प्रकार की मुँहदेखी नहीं करते, मारना-मरना उनके जीवन का एक अच्छा दिलबहलाव है। उन्हें सदा इसकी लालसा रही है कि कोई हमें चुनौती दे, कोई हमें छेड़े। उन्हें सदा

खून की प्यास रहती है और वह प्यास कभी नहीं बुझती। परंतु उस समय एक स्त्री को उसके खून की जरूरत थी और उसका साहस उसके कानों में कहता था कि एक निर्दोष और सती अबला के लिए अपने शरीर का खून देने में मुँह न मोड़ो। यदि भैया को यह संदेह होता कि मैं उनके खून का प्यासा हूँ और उन्हें मार कर राज पर अधिकार करना चाहता हूँ, तो कुछ हर्ज न था। राज्य के लिए कत्ल और खून, दगा और फरेब सब उचित समझा गया है, परंतु उनके इस संदेह का निपटारा मेरे मरने के सिवा और किसी तरह नहीं हो सकता। इस समय मेरा धर्म है कि अपना प्राण दे कर उनके इस संदेह को दूर कर दूँ। उनके मन में यह दुखानेवाला संदेह उत्पन्न करके भी यदि मैं जीता ही रहूँ और अपने मन की पवित्रता जनाऊँ, तो मेरी ढिठाई है। नहीं, इस भले काम में अधिक आगा-पीछा करना अच्छा नहीं। मैं खुशी से विष का बीड़ा खाऊँगा। इससे बढ़ कर शूरवीर की मृत्यु और क्या हो सकती है ?

क्रोध में आकर मारू के भय बढ़ानेवाले शब्द सुन कर रणक्षेत्र में अपनी जान को तुच्छ समझना इतना कठिन नहीं है। आज सच्चा वीर हरदौल अपने हृदय के बड़प्पन पर अपनी सारी वीरता न्योछावर करने को उद्यत है।

दूसरे दिन हरदौल ने खूब तड़के स्नान किया। बदन पर अस्त्र-शस्त्र सजा मुस्कराता हुआ राजा के पास गया। राजा भी सोकर तुरंत ही उठे थे, उनकी अलसायी हुई आँखें हरदौल की मूर्ति की ओर लगी हुई थीं। सामने संगमरमर की चौकी पर विष मिला पान सोने की तश्तरी में रखा हुआ था। राजा कभी पान की ओर ताकते और कभी मूर्ति की ओर, शायद उनके विचार ने इस विष की गाँठ और उस मूर्ति में एक सम्बन्ध पैदा कर दिया था। उस समय जो हरदौल एकाएक घर में पहुँचे तो राजा चौंक पड़े। उन्होंने सँभल कर पूछा, "इस समय कहाँ चले ?"

हरदौल का मुखड़ा प्रफुल्लित था। वह हँस कर बोला, "कल आप यहाँ पधारे हैं, इसी खुशी में मैं आज शिकार खेलने जाता हूँ। आपको ईश्वर ने अजित बनाया है, मुझे अपने हाथ से विजय का बीड़ा दीजिए।"

यह कह कर हरदौल ने चौक पर से पानदान उठा लिया और उसे राजा के सामने रख कर बीड़ा लेने के लिए हाथ बढ़ाया। हरदौल का खिला हुआ मुखड़ा देख कर राजा की ईर्ष्या की आग और भी भड़क उठी।–दुष्ट, मेरे घाव पर नमक छिड़कने आया है ! मेरे मान और विश्वास को मिट्टी में मिलाने पर भी तेरा जी न भरा ! मुझसे विज़य का बीड़ा माँगता है ! हाँ, यह विजय का बीड़ा है; पर तेरी विजय का नहीं, मेरी विजय का।

इतना मन में कहकर जुझारसिंह ने बीड़े को हाथ में उठाया। वे एक क्षण तक कुछ सोचते रहे, फिर मुस्करा कर हरदौल को बीड़ा दे दिया। हरदौल ने सिर झुका कर बीड़ा लिया, उसे माथे पर चढ़ाया, एक बार बड़ी ही करुणा के साथ

चारों ओर देखा और फिर बीड़े को मुँह में रख लिया। एक सच्चे राजपूत ने अपना पुरुषत्व दिखा दिया। विष हलाहल था, कंठ के नीचे उतरते ही हरदौल के मुखड़े पर मुर्दनी छा गयी और आँखें बुझ गयीं। उसने एक ठंडी साँस ली, दोनों हाथ जोड़ कर जुझारसिंह को प्रणाम किया और जमीन पर बैठ गया। उसके ललाट पर पसीने की ठंडी-ठंडी बूँदें दिखायी दे रही थीं और साँस तेजी से चलने लगी थी; पर चेहरे पर प्रसन्नता और संतोष की झलक दिखायी देती थी।

जुझारसिंह अपनी जगह से जरा भी न हिले। उनके चेहरे पर ईर्ष्या से भरी हुई मुस्कराहट छायी हुई थी; पर आँखों में आँसू भर आये थे। उजाले और अँधेरे का मिलाप हो गया था।

त्यागी का प्रेम

लाला गोपीनाथ को युवावस्था में ही दर्शन से प्रेम हो गया था। अभी वह इंटरमीडियट क्लास में थे कि मिल और बर्कले के वैज्ञानिक विचार उनको कंठस्थ हो गये थे। उन्हें किसी प्रकार के विनोद-प्रमोद से रुचि न थी। यहाँ तक कि कालेज के क्रिकेट-मैचों में भी उनको उत्साह न होता था। हास-परिहास से कोसों भागते और उनसे प्रेम की चर्चा करना तो मानो बच्चे को जूजू से डराना था। प्रातःकाल घर से निकल जाते और शहर से बाहर किसी सघन वृक्ष की छाँह में बैठ कर दर्शन का अध्ययन करने में निरत हो जाते। काव्य, अलंकार, उपन्यास सभी को त्याज्य समझते थे। शायद ही अपने जीवन में उन्होंने कोई किस्से-कहानी की किताब पढ़ी हो। इसे केवल समय का दुरुपयोग ही नहीं, वरन् मन और बुद्धि-विकास के लिए घातक ख्याल करते थे। इसके साथ ही वह उत्साहहीन न थे। सेवा-समितियों में बड़े उत्साह से भाग लेते। स्वदेशवासियों की सेवा के किसी अवसर को हाथ से न जाने देते। बहुधा मुहल्ले के छोटे-छोटे दूकानदारों की दूकान पर जा बैठते और उनके घाटे-टोटे, मंदे-तेजे की रामकहानी सुनते।

शनैः-शनैः कालेज से उन्हें घृणा हो गयी। उन्हें अब अगर किसी विषय से प्रेम था, तो वह दर्शन था। कालेज की बहुविषयक शिक्षा उनके दर्शनानुराग में बाधक होती। अतएव उन्होंने कालेज छोड़ दिया और एकाग्रचित्त होकर विज्ञानोपार्जन करने लगे। किंतु दर्शनानुराग के साथ-ही-साथ उनका देशानुराग भी बढ़ता गया और कालेज छोड़ने के थोड़े ही दिनों पश्चात् वह अनिवार्यतः जाति-सेवकों के दल में सम्मिलित हो गये। दर्शन में भ्रम था, अविश्वास था, अंधकार था, जाति-सेवा में सम्मान था, यश था और दोनों की सदिच्छाएँ थीं। उनका वह सदनुराग जो बरसों से वैज्ञानिक वादों के नीचे दबा हुआ था, वायु के प्रचंड वेग के साथ निकल पड़ा। नगर के सार्वजनिक क्षेत्र में कूद पड़े। देखा तो मैदान खाली था। जिधर आँख उठाते, सन्नाटा दिखाई देता। ध्वजाधारियों की कमी न थी; पर सच्चे हृदय कहीं नजर न आते थे। चारों ओर से उनकी खींच होने लगी। किसी संस्था के मंत्री बने, किसी के प्रधान, किसी के कुछ, किसी के कुछ। इसके आवेश में दर्शनानुराग भी विदा हुआ।

पिंजरे में गानेवाली चिड़िया विस्तृत पर्वतराशियों में आकर अपना राग भूल गयी। अब भी वह समय निकाल कर दर्शनग्रंथों के पन्ने उलट-पलट लिया करते थे, पर विचार और अनुशीलन का अवकाश कहाँ ! नित्य मन में यह संग्राम होता रहता कि किधर जाऊँ ? उधर या इधर ? विज्ञान अपनी ओर खींचता, देश अपनी ओर खींचता।

एक दिन वह इसी उलझन में नदी के तट पर बैठे हुए थे। जलधारा तट के दृश्यों और वायु के प्रतिकूल झोंकों की परवा न करते हुए बड़े वेग के साथ अपने लक्ष्य की ओर बढ़ी चली जाती थी; पर लाला गोपीनाथ का ध्यान इस तरफ न था। वह अपने स्मृतिभंडार से किसी ऐसे तत्त्वज्ञानी पुरुष को खोज निकालना चाहते थे, जिसने जाति-सेवा के साथ विज्ञान-सागर में गोते लगाये हों। सहसा उनके कालेज के एक अध्यापक पंडित अमरनाथ अग्निहोत्री आ कर समीप बैठ गये और बोले—कहिए लाला गोपीनाथ, क्या खबरें हैं ?

गोपीनाथ ने अन्यमनस्क हो कर उत्तर दिया—कोई नयी बात तो नहीं हुई। पृथ्वी अपनी गति से चली जा रही है।

अमरनाथ—म्युनिसिपल-वार्ड नम्बर 21 की जगह खाली है, उसके लिए किसे चुनना निश्चित किया है ?

गोपी—देखिए, कौन होता है। आप भी खड़े हुए हैं ?

अमर—अजी मुझे तो लोगों ने जबरदस्ती घसीट लिया। नहीं तो मुझे इतनी फुर्सत कहाँ।

गोपी—मेरा भी यही विचार है। अध्यापकों का क्रियात्मक राजनीति में फँसना बहुत अच्छी बात नहीं।

अमरनाथ इस व्यंग्य से बहुत लज्जित हुए। एक क्षण के बाद प्रतिकार के भाव से बोले—तुम आजकल दर्शन का अभ्यास करते हो या नहीं ?

गोपी—बहुत कम। इसी दुविधा में पड़ा हुआ हूँ कि राष्ट्रीय सेवा का मार्ग ग्रहण करूँ या सत्य की खोज में जीवन व्यतीत करूँ।

अमर—राष्ट्रीय संस्थानों में सम्मिलित होने का समय अभी तुम्हारे लिए नहीं आया। अभी तुम्हारी उम्र ही क्या है ? जब तक विचारों में गाम्भीर्य और सिद्धांतों पर दृढ़ विश्वास न हो जाय, उस समय तक केवल क्षणिक आवेशों के वशवर्ती हो कर किसी काम में कूद पड़ना अच्छी बात नहीं। राष्ट्रीय सेवा बड़े उत्तरदायित्व का काम है।

2

गोपीनाथ ने निश्चय कर लिया कि मैं जाति-सेवा में जीवनक्षेप करूँगा। अमरनाथ ने भी यही फैसला किया कि मैं म्युनिसिपैलिटी में अवश्य जाऊँगा। दोनों का परस्पर

विरोध उन्हें कर्म-क्षेत्र की ओर खींच ले गया। गोपीनाथ की साख पहले ही से जम गयी थी। घर के धनी थे। शक्कर और सोने-चाँदी की दलाली होती थी। व्यापारियों में उनके पिता का बड़ा मान था। गोपीनाथ के दो बड़े भाई थे। वह भी दलाली करते थे। परस्पर मेल था, धन था, संतानें थीं। अगर न थी तो शिक्षा और शिक्षित समुदाय में गणना। वह बात गोपीनाथ की बदौलत प्राप्त हो गयी। इसलिए उनकी स्वच्छंदता पर किसी ने आपत्ति नहीं की, किसी ने उन्हें धनोपार्जन के लिए मजबूर नहीं किया। अतएव गोपीनाथ निश्चिंत और निर्द्वन्द्व होकर राष्ट्र-सेवा में कहीं किसी अनाथालय के लिए चंदे जमा करते, कहीं किसी कन्या-पाठशाला के लिए भिक्षा माँगते फिरते। नगर की काँग्रेस कमेटी ने उन्हें अपना मंत्री नियुक्त किया। उस समय तक काँग्रेस ने कर्मक्षेत्र में पदार्पण नहीं किया था। उनकी कार्यशीलता ने इस जीर्ण संस्था का मानो पुनरुद्धार कर दिया। वह प्रातः से संध्या और बहुधा पहर रात तक इन्हीं कामों में लिप्त रहते थे। चंदे का रजिस्टर हाथ में लिये उन्हें नित्यप्रति साँझ-सवेरे अमीरों और रईसों के द्वार पर खड़े देखना एक साधारण दृश्य था। धीरे-धीरे कितने ही युवक उनके भक्त हो गये। लोग कहते, कितना निःस्वार्थ, कितना आदर्शवादी, त्यागी, जाति-सेवक है। कौन सुबह से शाम तक निःस्वार्थ भाव से केवल जनता का उपकार करने के लिए यों दौड़-धूप करेगा ? उनका आत्मोत्सर्ग प्रायः द्वेषियों को भी अनुरक्त कर देता था। उन्हें बहुधा रईसों की अभद्रता, असज्जनता, यहाँ तक कि उनके कटु शब्द भी सहने पड़ते थे। उन्हें अब विदित हो गया था कि जाति-सेवा बड़े अंशों तक केवल चंदे माँगना है। इसके लिए धनिकों की दरबारदारी या दूसरे शब्दों में खुशामद भी करनी पड़ती थी, दर्शन के उस गौरवयुक्त अध्ययन और इस दानलोलुपता में कितना अंतर था ? कहाँ मिल और केंट; स्पेन्सर और किड के साथ एकांत में बैठे हुए जीव और प्रकृति के गहन गूढ़ विषय पर वार्तालाप और कहाँ इन अभिमानी, असभ्य, मूर्ख व्यापारियों के सामने सिर झुकाना ! वह अंतःकरण में उनसे घृणा करते थे। वे धनी थे और केवल धन कमाना चाहते थे। इसके अतिरिक्त उनमें और कोई विशेष गुण न था। उनमें अधिकांश ऐसे थे जिन्होंने कपट-व्यवहार से धनोपार्जन किया था। पर गोपीनाथ के लिए वे सभी पूज्य थे, क्योंकि उन्हीं की कृपादृष्टि पर उनकी राष्ट्र-सेवा अवलम्बित थी।

इस प्रकार कई वर्ष व्यतीत हो गये। गोपीनाथ नगर के मान्य पुरुषों में गिने जाने लगे। वह दीनजनों के आधार और दुखियारों के मददगार थे। अब वह बहुत कुछ निर्भीक हो गये थे और कभी-कभी रईसों को भी कुमार्ग पर चलते देख कर फटकार दिया करते थे। उनकी तीव्र आलोचना भी अब चंदे जमा करने में उनकी सहायक हो जाती थी।

अभी तक उनका विवाह न हुआ था। वह पहले ही से ब्रह्मचर्य व्रत धारण कर चुके थे। विवाह करने से साफ इनकार किया। मगर जब पिता और अन्य

बंधुजनों ने बहुत आग्रह किया, और उन्होंने स्वयं कई विज्ञान-ग्रंथों में देखा कि इन्द्रिय-दमन स्वास्थ्य के लिए हानिकारक है, तो असमंजस में पड़े। कई हफ्ते सोचते हो गये और वह मन में कोई बात पक्की न कर सके। स्वार्थ और परमार्थ में संघर्ष हो रहा था। विवाह का अर्थ था अपनी उदारता की हत्या करना, अपने विस्तृत हृदय को संकुचित करना, न कि राष्ट्र के लिए जीना। वह अब इतने ऊँचे आदर्श का त्याग करना निंद्य और उपहासजनक समझते थे। इसके अतिरिक्त अब वह अनेक कारणों से अपने को पारिवारिक जीवन के अयोग्य पाते थे। जीविका के लिए जिस उद्योगशीलता, जिस अनवरत परिश्रम और जिस मनोवृत्ति की आवश्यकता है, वह उनमें न रही थी। जाति-सेवा में भी उद्योगशीलता और अध्यवसाय की कम जरूरत न थी; लेकिन उसमें आत्म-गौरव का हनन न होता था। परोपकार के लिए भिक्षा माँगना दान है, अपने लिए पान का एक बीड़ा भी भिक्षा है। स्वभाव में एक प्रकार की स्वच्छंदता आ गयी थी। इन त्रुटियों पर परदा डालने के लिए जाति-सेवा का बहाना बहुत अच्छा था।

एक दिन वह सैर करने जा रहे थे कि रास्ते में अध्यापक अमरनाथ से मुलाकात हो गयी। यह महाशय अब म्युनिसिपल बोर्ड के मंत्री हो गये थे और आजकल इस दुविधा में पड़े हुए थे कि शहर में मादक वस्तुओं के बेचने का ठीका लूँ या न लूँ। लाभ बहुत था, पर बदनामी भी कम न थी। अभी तक कुछ निश्चय न कर सके थे। इन्हें देख कर बोले—कहिए लाला जी, मिजाज अच्छा है न ! आपके विवाह के विषय में क्या हुआ ?

गोपीनाथ ने दृढ़ता से कहा—मेरा इरादा विवाह करने का नहीं है।

अमरनाथ—ऐसी भूल न करना। तुम अभी नवयुवक हो, तुम्हें संसार का कुछ अनुभव नहीं है। मैंने ऐसी कितनी मिसालें देखी हैं, जहाँ अविवाहित रहने से लाभ के बदले हानि ही हुई है। विवाह मनुष्य को सुमार्ग पर रखने का सबसे उत्तम साधन है, जिसे अब तक मनुष्य ने आविष्कृत किया है। उस व्रत से क्या फायदा जिसका परिणाम छिछोरापन हो।

गोपीनाथ ने प्रत्युत्तर दिया—आपने मादक वस्तुओं के ठीके के विषय में क्या निश्चय किया ?

अमर—अभी तक कुछ नहीं। जी हिचकता है। कुछ न कुछ बदनामी तो होगी ही।

गोपी—एक अध्यापक के लिए मैं इस पेशे को अपमान समझता हूँ।

अमर—कोई पेशा खराब नहीं है, अगर ईमानदारी से किया जाय।

गोपी—यहाँ मेरा आपसे मतभेद है। कितने ही ऐसे व्यवसाय हैं जिन्हें एक सुशिक्षित व्यक्ति कभी स्वीकार नहीं कर सकता। मादक वस्तुओं का ठीका उनमें एक है।

गोपीनाथ ने आ र अपने पिता से कहा—मैं कदापि विवाह न करूँगा। आप लोग मुझे विवश न करें, वरना पछताइएगा।

अमरनाथ ने उसी दिन ठीके के लिए प्रार्थनापत्र भेज दिया और वह स्वीकृत भी हो गया।

3

दो साल हो गये हैं। लाला गोपीनाथ ने एक कन्या-पाठशाला खोली है और उसके प्रबंधक हैं। शिक्षा की विभिन्न पद्धतियों का उन्होंने खूब अध्ययन किया है और इस पाठशाला में वह उनका व्यवहार कर रहे हैं। शहर में यह पाठशाला बहुत ही सर्वप्रिय है। उसने बहुत अंशों में उस उदासीनता का परिशोध कर दिया है जो माता-पिता को पुत्रियों की शिक्षा की ओर होती है। शहर के गण्यमान्य पुरुष अपनी लड़कियों को सहर्ष पढ़ने भेजते हैं। वहाँ की शिक्षा-शैली कुछ ऐसी मनोरंजक है कि बालिकाएँ एक बार जा कर मानो मंत्रमुग्ध हो जाती हैं। फिर उन्हें घर पर चैन नहीं मिलता। ऐसी व्यवस्था की गयी है कि तीन-चार वर्षों में ही कन्याओं का गृहस्थी के मुख्य कामों से परिचय हो जाय। सबसे बड़ी बात यह है कि यहाँ धर्म-शिक्षा का भी समुचित प्रबंध किया गया है। अबकी साल से प्रबंधक महोदय ने अँग्रेजी की कक्षाएँ भी खोल दी हैं। एक सुशिक्षित गुजराती महिला को बम्बई से बुला कर पाठशाला उनके हाथ में दे दी है। इन महिला का नाम है आनंदी बाई। विधवा हैं। हिंदी भाषा से भली-भाँति परिचित नहीं हैं; किंतु गुजराती में कई पुस्तकें लिख चुकी हैं। कई कन्या-पाठशालाओं में काम कर चुकी हैं। शिक्षा-सम्बन्धी विषयों में अच्छी गति है। उनके आने से मदरसे में और भी रौनक आ गयी है। कई प्रतिष्ठित सज्जनों ने जो अपनी बालिकाओं को मंसूरी और नैनीताल भेजना चाहते थे, अब उन्हें यहीं भरती करा दिया है। आनंदी रईसों के घरों में जाती हैं और स्त्रियों में शिक्षा का प्रचार करती हैं। उनके वस्त्राभूषणों से सुरुचि का बोध होता है। हैं भी उच्चकुल की, इसलिए शहर में उनका बड़ा सम्मान होता है। लड़कियाँ उन पर जान देती हैं, उन्हें माँ कह कर पुकारती हैं। गोपीनाथ पाठशाला की उन्नति देख-देख कर फूले नहीं समाते। जिससे मिलते हैं, आनंदी बाई का ही गुणगान करते हैं। बाहर से कोई सुविख्यात पुरुष आता है, तो उससे पाठशाला का निरीक्षण अवश्य कराते हैं। आनंदी की प्रशंसा से उन्हें वही आनंद प्राप्त होता है, जो स्वयं अपनी प्रशंसा से होता। बाई जी को भी दर्शन से प्रेम है, और सबसे बड़ी बात यह है कि उन्हें गोपीनाथ पर असीम श्रद्धा है। वह हृदय से उनका सम्मान करती हैं। उनके त्याग और निष्काम जाति-भक्ति ने उन्हें वशीभूत कर लिया है। वह मुँह पर उनकी बड़ाई नहीं करतीं; पर रईसों के घरों में बड़े प्रेम से उनका यशोगान करती

हैं। ऐसे सच्चे सेवक आजकल कहाँ ? लोग कीर्ति पर जान देते हैं। जो थोड़ी-बहुत सेवा करते हैं, दिखावे के लिए। सच्ची लगन किसी में नहीं। मैं लाला जी को पुरुष नहीं देवता समझती हूँ। कितना सरल, संतोषमय जीवन है। न कोई व्यसन, न विलास। भोर से सायंकाल तक दौड़ते रहते हैं, न खाने का कोई समय, न सोने का समय। उस पर कोई ऐसा नहीं, जो उनके आराम का ध्यान रखे। बेचारे घर गये, जो कुछ किसी ने सामने रख दिया, चुपके से खा लिया, फिर छड़ी उठायी और किसी तरफ चल दिये। दूसरी औरत कदापि अपनी पत्नी की भाँति सेवा-सत्कार नहीं कर सकती।

दशहरे के दिन थे। कन्या-पाठशाला में उत्सव मनाने की तैयारियाँ हो रही थीं। एक नाटक खेलने का निश्चय किया गया था। भवन खूब सजाया गया था। शहर के रईसों को निमंत्रण दिये गये थे। यह कहना कठिन है कि किसका उत्साह बढ़ा हुआ था, बाई जी का या लाला गोपीनाथ का। गोपीनाथ सामग्रियाँ एकत्र कर रहे थे, उन्हें अच्छे ढंग से सजाने का भार आनंदी ने लिया था, नाटक भी इन्हीं ने रचा था। नित्यप्रति उसका अभ्यास कराती थीं और स्वयं एक पार्ट ले रखा था।

विजयादशमी आ गयी। दोपहर तक गोपीनाथ फर्श और कुर्सियों का इंतजाम करते रहे। जब एक बज गया और अब भी वह वहाँ से न टले तो आनंदी ने कहा—लाला जी, आपको भोजन करने को देर हो रही है। अब सब काम हो गया है। जो कुछ बच रहा है, मुझ पर छोड़ दीजिए।

गोपीनाथ ने कहा—खा लूँगा। मैं ठीक समय पर भोजन करने का पाबंद नहीं हूँ। फिर घर तक कौन जाय। घंटों लग जायेंगे। भोजन के उपरान्त आराम करने का जी चाहेगा। शाम हो जायेगी।

आनंदी—भोजन तो मेरे यहाँ तैयार है, ब्राह्मणी ने बनाया है चल कर खा लीजिए और यहीं जरा देर आराम भी कर लीजिए।

गोपीनाथ—यहाँ क्या खा लूँ ! एक वक्त न खाऊँगा, तो ऐसी कौन-सी हानि हो जायेगी ?

आनंदी—जब भोजन तैयार है, तो उपवास क्यों कीजिएगा।

गोपीनाथ—आप जायें, आपको अवश्य देर हो रही है। मैं काम में ऐसा भूला कि आपकी सुधि ही न रही।

आनंदी—मैं भी एक जून उपवास कर लूँगी तो क्या हानि होगी ?

गोपीनाथ—नहीं-नहीं, इसकी क्या जरूरत है ? मैं आपसे सच कहता हूँ, मैं बहुधा एक ही जून खाता हूँ।

आनंदी—अच्छा, मैं आपके इनकार का माने समझ गयी। इतनी मोटी बात अब तक मुझे न सूझी।

गोपीनाथ—क्या समझ गयीं ? मैं छूतछात नहीं मानता। यह तो आपको मालूम ही है।

आनंदी—इतना जानती हूँ, किंतु जिस कारण से आप मेरे यहाँ भोजन करने से इनकार कर रहे हैं, उसके विषय में केवल इतना निवेदन है कि मुझे आपसे केवल स्वामी और सेवक का सम्बन्ध नहीं है। मुझे आपसे आत्मीयता का सम्बन्ध है। आपका मेरे पान-फूल को अस्वीकार करना अपने एक सच्चे भक्त के मर्म को आघात पहुँचाना है। मैं आपको इसी दृष्टि से देखती हूँ।

गोपीनाथ को अब कोई आपत्ति न हो सकी। जाकर भोजन कर लिया। वह जब तक आसन पर बैठे रहे, आनंदी बैठी पंखा झलती रही।

इस घटना की लाला गोपीनाथ के मित्रों ने यों आलोचना की, "महाशय जी अब तो वहीं ('वहीं' पर खूब जोर दे कर) भोजन भी करते हैं।"

4

शनैः-शनैः परदा हटने लगा। लाला गोपीनाथ को अब परवशता ने साहित्य-सेवी बना दिया था। घर से उन्हें आवश्यक सहायता मिल जाती थी; किंतु पत्रों और पत्रिकाओं तथा अन्य अनेक कामों के लिए उन्हें घरवालों से कुछ माँगते हुए बहुत संकोच होता था। उनका आत्म-सम्मान जरा-जरा सी बातों के लिए भाइयों के सामने हाथ फैलाना अनुचित समझता था। वह अपनी जरूरतें आप पूरी करना चाहते थे। घर पर भाइयों के लड़के इतना कोलाहल मचाते कि उनका जी कुछ लिखने में न लगता। इसलिए जब उनकी कुछ लिखने की इच्छा होती तो बेखटके पाठशाला में चले जाते। आनंदी बाई वहीं रहती थीं। वहाँ न कोई शोर था, न गुल। एकांत में काम करने में जी लगता। भोजन का समय आ जाता तो वहीं भोजन भी कर लेते। कुछ दिनों के बाद उन्हें बैठ कर लिखने में कुछ असुविधा होने लगी (आँखें कमजोर हो गयी थीं) तो आनंदी ने लिखने का भार अपने सिर ले लिया। लाला साहब बोलते थे, आनंदी लिखती थीं। गोपीनाथ की प्रेरणा से उन्होंने हिंदी सीखी थी और थोड़े ही दिनों में इतनी अभ्यस्त हो गयी थीं कि लिखने में जरा भी हिचक न होती। लिखते समय कभी-कभी उन्हें ऐसे शब्द और मुहावरे सूझ जाते कि गोपीनाथ फड़क-फड़क उठते, उनके लेख में जान-सी पड़ जाती। वह कहते, यदि तुम स्वयं कुछ लिखो तो मुझसे बहुत अच्छा लिखोगी। मैं तो बेगारी करता हूँ। तुम्हें परमात्मा की ओर से यह शक्ति करता हुई है। नगर के लाल-बुझक्कड़ों में इस सहकारिता पर टीका-टिप्पणियाँ होने लगी पर विद्वज्जन अपनी आत्मा की शुचिता के सामने ईर्ष्या के व्यंग्य की कब परवाह करते हैं। आनंदी कहतीं—यह तो संसार है, जिसके मन में आये, कहे; पर मैं उस पुरुष का निरादर नहीं कर सकती जिस पर मेरी श्रद्धा है। पर गोपीनाथ इतने निर्भीक न थे। उनकी सुकीर्ति का आधार लोकमत था। वह उसकी भर्त्सना न कर सकते थे। इसलिए वह दिन के बदले रात को

रचना करने लगे। पाठशाला में इस समय कोई देखनेवाला न होता था। रात की नीरवता में खूब जी लगता। आराम-कुरसी पर लेट जाते। आनंदी मेज के सामने कलम हाथ में लिये उनकी ओर देखा करतीं। जो कुछ उनके मुख से निकलता तुरंत लिख लेतीं। उनकी आँखों से विनय और शील, श्रद्धा और प्रेम की किरण-सी निकलती हुई जान पड़ती। गोपीनाथ जब किसी भाव को मन में व्यक्त करने के बाद आनंदी की ओर ताकते कि वह लिखने के लिए तैयार हैं या नहीं, तो दोनों व्यक्तियों की निगाहें मिलतीं और आप ही झुक जातीं। गोपीनाथ को इस तरह काम करने की ऐसी आदत पड़ती जाती थी कि जब किसी कार्यवश यहाँ आने का अवसर न मिलता तो वह विकल हो जाते थे।

आनंदी से मिलने के पहले गोपीनाथ को स्त्रियों का कुछ जो ज्ञान था, वह केवल पुस्तकों पर अवलम्बित था। स्त्रियों के विषय में प्राचीन और अर्वाचीन, प्राच्य और पाश्चात्य, सभी विद्वानों का एक ही मत था—यह मायावी, आत्मिक उन्नति की बाधक, परमार्थ की विरोधिनी, वृत्तियों को कुमार्ग की ओर ले जानेवाली, हृदय को संकीर्ण बनानेवाली होती है। इन्हीं कारणों से उन्होंने इस मायावी जाति से अलग रहना ही श्रेयस्कर समझा था; किंतु अब अनुभव बतला रहा था कि स्त्रियाँ सन्मार्ग की ओर भी ले जा सकती हैं, उनमें सद्गुण भी हो सकते हैं। वे कर्त्तव्य और सेवा के भावों को जागृत भी कर सकती हैं। तब उनके मन में प्रश्न उठता कि यदि आनंदी से मेरा विवाह होता तो मुझे क्या आपत्ति हो सकती थी। उसके साथ तो मेरा जीवन बड़े आनंद से कट जाता। एक दिन वह आनंदी के यहाँ गये तो सिर में दर्द हो रहा था। कुछ लिखने की इच्छा न हुई। आनंदी को इसका कारण मालूम हुआ तो उसने उनके सिर में धीरे-धीरे तेल मलना शुरू किया। गोपीनाथ को उस समय अलौकिक सुख मिल रहा था। मन में प्रेम की तरंगें उठ रही थीं—नेत्र, मुख, वाणी—सभी प्रेम में पगे जाते थे। उसी दिन से उन्होंने आनंदी के यहाँ आना छोड़ दिया। एक सप्ताह बीत गया और न आये। आनंदी ने लिखा—आपसे पाठशाला सम्बन्धी कई विषयों में राय लेनी है। अवश्य आइए। तब भी न गये। उसने फिर लिखा—मालूम होता है आप मुझसे नाराज हैं! मैंने जानबूझ कर तो कोई ऐसा काम नहीं किया, लेकिन यदि वास्तव में आप नाराज हैं तो मैं यहाँ रहना उचित नहीं समझती। अगर आप अब भी न आयेंगे तो मैं द्वितीय अध्यापिका को चार्ज दे कर चली जाऊँगी। गोपीनाथ पर इस धमकी का भी कुछ असर न हुआ। अब भी न गये। अंत में दो महीने तक खिंचे रहने के बाद उन्हें ज्ञात हुआ कि आनंदी बीमार है और दो दिन से पाठशाला नहीं आ सकी। तब वह किसी तर्क या युक्ति से अपने को न रोक सके। पाठशाला में आये और कुछ झिझकते, सकुचाते, आनंदी के कमरे में कदम रखा। देखा तो चुपचाप पड़ी हुई थी। मुख पीला था, शरीर घुल गया था। उसने उनकी ओर दयाप्रार्थी नेत्रों से देखा। उठना चाहा पर अशक्ति ने

उठने न दिया। गोपीनाथ ने आर्द्र कंठ से कहा—लेटी रहो, लेटी रहो, उठने की जरूरत नहीं, मैं बैठ जाता हूँ। डाक्टर साहब आये थे ?

मिश्राइन ने कहा—जी हाँ, दो बार आये थे। दवा दे गये हैं।

गोपीनाथ ने नुसखा देखा। डाक्टरी का साधारण ज्ञान था। नुसखे से ज्ञात हुआ—हृदयरोग है। औषधियाँ सभी पुष्टिकर और बलवर्द्धक थीं। आनंदी की ओर फिर देखा। उसकी आँखों से अश्रुधारा बह रही थी। उनका गला भी भर आया। हृदय मसोसने लगा। गद्गद हो कर बोले—आनंदी, तुमने मुझे पहले इसकी सूचना न दी, नहीं तो रोग इतना न बढ़ने पाता।

आनंदी—कोई बात नहीं है, अच्छी हो जाऊँगी, जल्दी ही अच्छी हो जाऊँगी। मर भी जाऊँगी तो कौन रोनेवाला बैठा हुआ है। यह कहते-कहते वह फूट-फूट कर रोने लगी।

गोपीनाथ दार्शनिक थे, पर अभी तक उनके मन के कोमल भाव शिथिल न हुए थे। कम्पित स्वर से बोले—आनंदी, संसार में कम-से-कम एक ऐसा आदमी है जो तुम्हारे लिए अपने प्राण तक दे देगा। यह कहते-कहते वह रुक गये। उन्हें अपने शब्द और भाव कुछ भद्दे और उच्छृङ्खल से जान पड़े। अपने मनोभावों को प्रकट करने के लिए वह इन सारहीन शब्दों की अपेक्षा कहीं अधिक काव्यमय, रसपूर्ण, अनुरक्त शब्दों का व्यवहार करना चाहते थे; पर वह इस वक्त याद न पड़े ?

आनंदी ने पुलकित हो कर कहा—दो महीने तक किस पर छोड़ दिया था ?

गोपीनाथ—इन दो महीनों में मेरी जो दशा थी, वह मैं ही जानता हूँ। यही समझ लो कि मैंने आत्महत्या नहीं की, यही बड़ा आश्चर्य है। मैंने न समझा था कि अपने व्रत पर स्थिर रहना मेरे लिए इतना कठिन हो जायेगा।

आनंदी ने गोपीनाथ का हाथ धीरे से अपने हाथ में लेकर कहा—अब तो कभी इतनी कठोरता न कीजियेगा ?

गोपीनाथ—(सचिंत होकर) अंत क्या है ?

आनंदी—कुछ भी हो !

गोपी.—कुछ भी हो ! अपमान, निंदा, उपहास, आत्मवेदना।

आनंदी—कुछ भी हो, मैं सब कुछ सह सकती हूँ, और आपको भी मेरे हेतु सहना पड़ेगा।

गोपी.—आनंदी, मैं अपने को प्रेम पर बलिदान कर सकता हूँ, लेकिन अपने नाम को नहीं। इस नाम को अकलंकित रखकर मैं समाज की बहुत कुछ सेवा कर सकता हूँ।

आनंदी—न कीजिए। आपने सब कुछ त्याग कर यह कीर्ति लाभ की है, मैं आपके यश को नहीं मिटाना चाहती (गोपीनाथ का हाथ हृदयस्थल पर रख कर), इसको चाहती हूँ। इससे अधिक त्याग की आकांक्षा नहीं रखती ?

गोपी.—दोनों बातें एक साथ संभव हैं ?

आनंदी—संभव है। मेरे लिए संभव है। मैं प्रेम पर अपनी आत्मा को भी न्योछावर कर सकती हूँ।

5

इसके पश्चात् लाला गोपीनाथ ने आनंदी की बुराई करनी शुरू की। मित्रों से कहते, उनका जी अब काम में नहीं लगता। पहले की-सी तनदेही नहीं है। किसी से कहते, उनका जी अब यहाँ से उचाट हो गया है, अपने घर जाना चाहती हैं, उनकी इच्छा है कि मुझे प्रतिवर्ष तरक्की मिला करे और उसकी यहाँ गुंजाइश नहीं। पाठशाला को कई बार देखा और अपनी आलोचना में काम को असंतोषजनक लिखा। शिक्षा, संगठन, उत्साह, सुप्रबंध सभी बातों में निराशाजनक क्षति पायी। वार्षिक अधिवेशन में जब कई सदस्यों ने आनंदी की वेतन-वृद्धि का प्रस्ताव उपस्थित किया तो लाला गोपीनाथ ने उसका विरोध किया। उधर आनंदी बाई भी गोपीनाथ के दुखड़े रोने लगी। यह मनुष्य नहीं है, पत्थर का देवता है। उन्हें प्रसन्न करना दुस्तर है, अच्छा ही हुआ कि उन्होंने विवाह नहीं किया, नहीं तो दुखिया इनके नखरे उठाते-उठाते सिधार जाती। कहाँ तक कोई सफाई और सुप्रबंध पर ध्यान दे ! दीवार पर एक धब्बा भी पड़ गया, किसी कोने-खुतरे में एक जाला भी लग गया, बरामदों में कागज का एक टुकड़ा भी पड़ा मिल गया तो आपके तीवर बदल जाते हैं। दो साल मैंने ज्यों-त्यों करके निबाहा; लेकिन देखती हूँ तो लाला साहब की निगाह दिनोंदिन कड़ी होती जाती है। ऐसी दशा में मैं यहाँ अधिक नहीं ठहर सकती। मेरे लिए नौकरी में कल्याण नहीं है, जब जी चाहेगा, उठ खड़ी हूँगी। यहाँ आप लोगों से मेल-मुहब्बत हो गयी है, कन्याओं से ऐसा प्यार हो गया है कि छोड़ कर जाने को जी नहीं चाहता। आश्चर्य था कि और किसी को पाठशाला की दशा में अवनति न दीखती थी, वरन् हालत पहले से अच्छी थी।

एक दिन पंडित अमरनाथ की लाला जी से भेंट हो गयी। उन्होंने पूछा—कहिए, पाठशाला खूब चल रही है न ?

गोपी—कुछ न पूछिए। दिनोंदिन दशा गिरती जाती है।

अमर—आनंदी बाई की ओर से ढील है क्या ?

गोपी—जी हाँ, सरासर। अब काम करने में उनका जी नहीं लगता। बैठी हुई योग और ज्ञान के ग्रन्थ पढ़ा करती हैं। कुछ कहता हूँ तो कहती हैं, मैं अब इससे और अधिक कुछ नहीं कर सकती। कुछ परलोक की भी चिन्ता करूँ कि चौबीसों घंटे पेट के धंधों में ही लगी रहूँ ? पेट के लिए पाँच घंटे बहुत हैं। पहले कुछ दिनों तक बारह घण्टे करती; पर वह दशा स्थायी नहीं रह सकती थी। यहाँ

आ कर मैंने स्वास्थ्य खो दिया। एक बार कठिन रोगग्रस्त हो गयी। क्या कमेटी ने मेरे दवा-दर्पन का खर्च दे दिया ? कोई बात पूछने भी आया ? फिर अपनी जान क्यों दूँ ? सुना है, घरों में मेरी बदगोई भी किया करती हैं। अमरनाथ मार्मिक भाव से बोले—ये बातें मुझे पहले ही मालूम थीं।

दो साल और गुजर गये। रात का समय था। कन्या-पाठशाला के ऊपर वाले कमरे में लाला गोपीनाथ मेज के सामने कुरसी पर बैठे हुए थे, सामने आनंदी कोच पर लेटी हुई थी। मुख बहुत म्लान हो रहा था। कई मिनट तक दोनों विचार में मग्न थे। अंत में गोपीनाथ बोले—मैंने पहले ही महीने में तुमसे कहा था कि मथुरा चली जाओ।

आनंदी—वहाँ दस महीने क्योंकर रहती। मेरे पास इतने रुपये कहाँ थे और न तुम्हीं ने कोई प्रबन्ध करने का आश्वासन दिया। मैंने सोचा, तीन-चार महीने यहाँ और रहूँ। तब तक किफायत करके कुछ बचा लूँगी, तुम्हारी किताब से भी कुछ मिल जायेंगे। तब मथुरा चली जाऊँगी; मगर यह क्या मालूम था कि बीमारी भी इसी अवसर की ताक में बैठी हुई है। मेरी दशा दो-चार दिन के लिए भी सँभली और मैं चली। इस दशा में तो मेरे लिए यात्रा करना असम्भव है।

गोपी—मुझे भय है कि कहीं बीमारी तूल न खींचे। संग्रहणी असाध्य रोग है। महीने-दो महीने यहाँ और रहने पड़ गये तो बात खुल जायेगी।

आनंदी—(चिढ़ कर) खुल जायेगी, खुल जाय। अब इससे कहाँ तक डरूँ ?

गोपी—मैं भी न डरता अगर मेरे कारण नगर की कई संस्थाओं का जीवन संकट में न पड़ जाता। इसलिए मैं बदनामी से डरता हूँ। समाज के यह बन्धन निरे पाखंड हैं। मैं उन्हें सम्पूर्णतः अन्याय समझता हूँ। इस विषय में तुम मेरे विचारों को भली-भाँति जानती हो; पर करूँ क्या ? दुर्भाग्यवश मैंने जाति-सेवा का भार अपने ऊपर ले लिया है और उसी का फल है कि आज मुझे अपने माने हुए सिद्धांतों को तोड़ना पड़ रहा है और जो वस्तु मुझे प्राणों से भी प्रिय है, उसे यों निर्वासित करना पड़ रहा है।

किन्तु आनंदी की दशा सँभलने की जगह दिनोंदिन गिरती ही गयी। कमजोरी से उठना-बैठना कठिन हो गया था। किसी वैद्य या डाक्टर को उसकी अवस्था न दिखायी जाती थी। गोपीनाथ दवाएँ लाते थे, आनंदी उनका सेवन करती थी और दिन-दिन निर्बल होती जाती थी। पाठशाला से उसने छुट्टी ले ली थी। किसी से मिलती-जुलती भी न थी। बार-बार चेष्टा करती कि मथुरा चली जाऊँ, किन्तु एक अनजान नगर में अकेले कैसे रहूँगी, न कोई आगे, न पीछे। कोई एक घूँट पानी देनेवाला भी नहीं। यह सब सोचकर उसकी हिम्मत टूट जाती थी। इसी सोच-विचार और हैस-बैस में दो महीने और गुजर गये और अन्त में विवश होकर आनंदी ने निश्चय किया कि अब चाहे कुछ सिर पर बीते, यहाँ से चल ही दूँ। अगर सफर

में मर भी जाऊँगी तो क्या चिन्ता है। उनकी बदनामी तो न होगी। उनके यश को कलंक तो न लगेगा। मेरे पीछे ताने तो न सुनने पड़ेंगे। सफर की तैयारियाँ करने लगी। रात को जाने का मुहूर्त था कि सहसा संध्याकाल से ही प्रसवपीड़ा होने लगी और ग्यारह बजते-बजते एक नन्हा-सा दुर्बल सतवाँसा बालक प्रसव हुआ। बच्चे के होने की आवाज सुनते ही लाला गोपीनाथ बेतहाशा ऊपर से उतरे और गिरते-पड़ते घर भागे। आनंदी ने इस भेद को अंत तक छिपाये रखा, अपनी दारुण प्रसवपीड़ा का हाल किसी से न कहा। दाई को भी सूचना न दी; मगर जब बच्चे के रोने की ध्वनि मदरसे में गूँजी तो क्षणमात्र में दाई सामने आकर खड़ी हो गयी। नौकरानियों को पहले से शंकाएँ थीं। उन्हें कोई आश्चर्य न हुआ। जब दाई ने आनंदी को पुकारा तो वह सचेत हो गयी। देखा तो बालक रो रहा है।

6

दूसरे दिन दस बजते-बजते यह समाचार सारे शहर में फैल गया। घर-घर चर्चा होने लगी। कोई आश्चर्य करता था, कोई घृणा करता, कोई हँसी उड़ाता था। लाला गोपीनाथ के छिद्रान्वेषियों की संख्या कम न थी। पंडित अमरनाथ उनके मुखिया थे। उन लोगों ने लाला जी की निंदा करनी शुरू की। जहाँ देखिए वहीं दो-चार सज्जन बैठे गोपनीय भाव से इसी घटना की आलोचना करते नजर आते थे। कोई कहता था, इस स्त्री के लक्षण पहले ही से विदित हो रहे थे। अधिकांश आदमियों की राय में गोपीनाथ ने यह बुरा किया। यदि ऐसा ही प्रेम ने जोर मारा था तो उन्हें निडर होकर विवाह कर लेना चाहिए था। यह काम गोपीनाथ का है, इसमें किसी को भ्रम न था। केवल कुशल-समाचार पूछने के बहाने से लोग उनके घर जाते और दो-चार अन्योक्तियाँ सुना कर चले आते थे। इसके विरुद्ध आनंदी पर लोगों को दया आती थी। पर लाला जी के ऐसे भक्त भी थे, जो लाला जी के माथे यह कलंक मढ़ना पाप समझते थे। गोपीनाथ ने स्वयं मौन धारण कर लिया था। सबकी भली-बुरी बातें सुनते थे, पर मुँह न खोलते थे। इतनी हिम्मत न थी कि सबसे मिलना छोड़ दें।

प्रश्न था, अब क्या हो ? आनंदी बाई के विषय में तो जनता ने फैसला कर दिया। बहस यह थी कि गोपीनाथ के साथ क्या व्यवहार किया जाय। कोई कहता था, उन्होंने जो कुकर्म किया है, उसका फल भोगें। आनंदी बाई को नियमित रूप से घर में रखें। कोई कहता, हमें इससे क्या मतलब, आनंदी जानें और वह जानें। दोनों जैसे के तैसे हैं, जैसे उदई वैसे भान, न उनके चोटी न उनके कान। लेकिन इन महाशय को पाठशाला के अंदर अब कदम न रखने देना चाहिए। जनता के फैसले साक्षी नहीं खोजते। अनुमान ही उनके लिए सबसे बड़ी गवाही है।

लेकिन पं. अमरनाथ और उनकी गोष्ठी के लोग गोपीनाथ को इतने सस्ते न छोड़ना चाहते थे। उन्हें गोपीनाथ से पुराना द्वेष था। यह कल का लौंडा दर्शन की दो-चार पुस्तकें उलट-पलट कर, राजनीति में कुछ शुदबुद करके लीडर बना हुआ बिचरे, सुनहरी ऐनक लगाये, रेशमी चादर गले में डाले, यों गर्व से ताके, मानो सत्य और प्रेम का पुतला है। ऐसे रँगे सियार की जितनी कलई खोली जाय, उतना ही अच्छा। जाति को ऐसे दगाबाज, चरित्रहीन, दुर्बलात्मा सेवकों से सचेत कर देना चाहिए। पंडित अमरनाथ पाठशाला की अध्यापिकाओं और नौकरों से तहकीकात करते थे। लाला जी कब आते थे, कब जाते थे, कितनी देर रहते थे, यहाँ क्या किया करते थे, तुम लोग उनकी उपस्थिति में वहाँ जाने पाते थे या रोक थी ? लेकिन यह छोटे-छोटे आदमी, जिन्हें गोपीनाथ से संतुष्ट रहने का कोई कारण न था (उनकी सख्ती की नौकर लोग बहुत शिकायत किया करते थे), इस दुरवस्था में उनके ऐबों पर परदा डालने लगे। अमरनाथ ने प्रलोभन दिया, डराया, धमकाया; पर किसी ने गोपीनाथ के विरुद्ध साक्षी न दी।

उधर लाला गोपीनाथ ने उसी दिन से आनन्दी के घर आना-जाना छोड़ दिया। दो हफ्ते तक तो वह अभागिनी किसी तरह कन्या पाठशाला में रही। पन्द्रहवें दिन प्रबन्धक समिति ने उसे मकान खाली कर देने की नोटिस दे दी। महीने भर की मुहलत देना भी उचित न समझा। अब वह दुखिया एक तंग मकान में रहती थी, कोई पूछनेवाला न था। बच्चा कमजोर, खुद बीमार, कोई आगे न पीछे, न कोई दुःख का संगी न साथी। शिशु को गोद में लिये दिन के दिन बेदाना-पानी पड़ी रहती थी। एक बुढ़िया महरी मिल गयी थी, जो बर्तन धो कर चली जाती थी। कभी-कभी शिशु को छाती से लगाये रात की रात रह जाती; पर धन्य है उसके धैर्य और संतोष को ! लाला गोपीनाथ से मुँह में शिकायत थी न दिल में। सोचती, इन परिस्थितियों में उन्हें मुझसे पराङ्मुख ही रहना चाहिए। इसके अतिरिक्त और उपाय नहीं है। उनके बदनाम होने से नगर की कितनी बड़ी हानि होती। सभी उन पर सन्देह करते हैं; पर किसी को यह साहस तो नहीं हो सकता कि उनके विपक्ष में कोई प्रमाण दे सके !

यह सोचते हुए उसने स्वामी अभेदानंद की एक पुस्तक उठायी और उसके एक अध्याय का अनुवाद करने लगी। अब उसकी जीविका का एकमात्र यही आधार था। सहसा धीरे से किसी ने द्वार खटखटाया। वह चौंक पड़ी। लाला गोपीनाथ की आवाज मालूम हुई। उसने तुरंत द्वार खोल दिया। गोपीनाथ आकर खड़े हो गये और सोते हुए बालक को प्यार से देखकर बोले—आनंदी, मैं तुम्हें मुँह दिखाने लायक नहीं हूँ। मैं अपनी भीरुता और नैतिक दुर्बलता पर अत्यंत लज्जित हूँ। यद्यपि मैं जानता हूँ कि मेरी बदनामी जो कुछ होनी थी, वह हो चुकी। मेरे नाम से चलने वाली संस्थाओं को जो हानि पहुँचनी थी, पहुँच चुकी। अब असम्भव है कि मैं जनता

को अपना मुँह फिर दिखाऊँ और न वह मुझ पर विश्वास ही कर सकती है। इतना जानते हुए भी मुझमें इतना साहस नहीं है कि अपने कुकृत्य का भार सिर ले लूँ। मैं पहले सामाजिक शासन की रत्ती भर परवाह न करता, पर अब पग-पग पर उसके भय से मेरे प्राण तक काँपने लगते हैं। धिक्कार है मुझ पर कि तुम्हारे ऊपर ऐसी विपत्तियाँ पड़ीं, लोकनिंदा, रोग, शोक, निर्धनता सभी का सामना करना पड़ा और मैं यों अलग-अलग रहा मानो मुझसे कोई प्रयोजन नहीं है; पर मेरा हृदय ही जानता है कि उसको कितनी पीड़ा होती थी। कितनी ही बार आने का निश्चय किया और फिर हिम्मत हार गया। अब मुझे विदित हो गया कि मेरी सारी दार्शनिकता केवल हाथी के दाँत थी। मुझमें क्रिया-शक्ति नहीं है; लेकिन इसके साथ ही तुमसे अलग रहना मेरे लिए असह्य है। तुमसे दूर रह कर मैं जिन्दा नहीं रह सकता, प्यारे बच्चे को देखने के लिए मैं कितनी ही बार लालायित हो गया हूँ; पर यह आशा कैसे करूँ कि मेरी चरित्रहीनता का ऐसा प्रत्यक्ष प्रमाण पाने के बाद तुम्हें मुझसे घृणा न हो गयी होगी।

आनंदी—स्वामी, आपके मन में ऐसी बातों का आना मुझ पर घोर अन्याय है। मैं ऐसी बुद्धिहीन नहीं हूँ कि केवल अपने स्वार्थ के लिए आपको कलंकित करूँ। मैं आपको अपना इष्टदेव समझती हूँ और सदैव समझूँगी। मैं भी अब आपके वियोग-दुःख को नहीं सह सकती। कभी-कभी आपके दर्शन पाती रहूँ, यही जीवन की सबसे बड़ी अभिलाषा है।

इस घटना को पंद्रह वर्ष बीत गये हैं। लाला गोपीनाथ नित्य बारह बजे रात को आनंदी के साथ बैठे हुए नजर आते हैं। वह नाम पर मरते हैं, आनंदी प्रेम पर। बदनाम दोनों हैं, लेकिन आनंदी के साथ लोगों की सहानुभूति है, गोपीनाथ सबकी निगाह से गिर गये हैं। हाँ, उनके कुछ आत्मीयगण इस घटना को केवल मानुषीय समझ कर अब भी उनका सम्मान करते हैं; किंतु जनता इतनी सहिष्णु नहीं है।

रानी सारन्धा

अँधेरी रात के सन्नाटे में धसान नदी चट्टानों से टकराती हुई ऐसी सुहावनी मालूम होती थी जैसे घुमुर-घुमुर करती हुई चक्कियाँ। नदी के दाहिने तट पर एक टीला है। उस पर एक पुराना दुर्ग बना हुआ है, जिसको जंगली वृक्षों ने घेर रखा है। टीले के पूर्व की ओर छोटा-सा गाँव है। यह गढ़ी और गाँव दोनों एक बुंदेला सरकार के कीर्ति-चिह्न हैं।

शताब्दियाँ व्यतीत हो गयीं, बुंदेलखंड में कितने ही राज्यों का उदय और अस्त हुआ, मुसलमान आये और बुंदेला राजा उठे और गिरे—कोई गाँव, कोई इलाका ऐसा न था, जो इन दुरवस्थाओं से पीड़ित न हो; मगर इस दुर्ग पर किसी शत्रु की विजय-पताका न लहरायी और इस गाँव में किसी विद्रोह का भी पदार्पण न हुआ। यह उसका सौभाग्य था।

अनिरुद्धसिंह वीर राजपूत था। वह जमाना ही ऐसा था जब मनुष्यमात्र को अपने बाहुबल और पराक्रम ही का भरोसा था। एक ओर मुसलमान सेनाएँ पैर जमाये खड़ी रहती थीं, दूसरी ओर बलवान राजा अपने निर्बल भाइयों का गला घोंटने पर तत्पर रहते थे। अनिरुद्धसिंह के पास सवारों और पियादों का एक छोटा-सा, मगर सजीव दल था। इससे वह अपने कुल और मर्यादा की रक्षा किया करता था। उसे कभी चैन से बैठना नसीब न होता था।

तीन वर्ष पहले उसका विवाह शीतला देवी से हुआ था; मगर अनिरुद्ध विहार के दिन और विलास की रातें पहाड़ों में काटता था और शीतला उसकी जान की खैर मनाने में।

वह कितनी बार पति से अनुरोध कर चुकी थी, कितनी बार उसके पैरों पर गिर कर रोई थी कि तुम मेरी आँखों से दूर न हो, मुझे हरिद्वार ले चलो, मुझे तुम्हारे साथ वनवास अच्छा है, यह वियोग अब नहीं सहा जाता। उसने प्यार से कहा, जिद से कहा, विनय की; मगर अनिरुद्ध बुंदेला था। शीतला अपने किसी हथियार से उसे परास्त न कर सकी।

2

अँधेरी रात थी। सारी दुनिया सोती थी, तारे आकाश में जागते थे। शीतला देवी पलंग पर पड़ी करवटें बदल रही थीं और उसकी ननद सारन्धा फर्श पर बैठी मधुर स्वर से गाती थी—

बिनु रघुवीर कटत नहिं रैन

शीतला ने कहा—जी न जलाओ। क्या तुम्हें भी नींद नहीं आती ?

सारन्धा—तुम्हें लोरी सुना रही हूँ।

शीतला—मेरी आँखों से तो नींद लोप हो गयी।

सारन्धा—किसी को ढूँढ़ने गयी होगी।

इतने में द्वार खुला और एक गठे हुए बदन के रूपवान पुरुष ने भीतर प्रवेश किया। वह अनिरुद्ध था। उसके कपड़े भीगे हुए थे, और बदन पर कोई हथियार न था। शीतला चारपाई से उतर कर जमीन पर बैठ गयी।

सारन्धा ने पूछा—भैया, यह कपड़े भीगे क्यों हैं ?

अनिरुद्ध—नदी तैर कर आया हूँ।

सारन्धा—हथियार क्या हुए ?

अनिरुद्ध—छिन गये।

सारन्धा—और साथ के आदमी ?

अनिरुद्ध—सबने वीर-गति पायी।

शीतला ने दबी जबान से कहा—ईश्वर ने ही कुशल किया। मगर सारन्धा के तीवरों पर बल पड़ गये और मुखमण्डल गर्व से सतेज हो गया। बोली—भैया, तुमने कुल की मर्यादा खो दी। ऐसा कभी न हुआ था।

सारन्धा भाई पर जान देती थी। उसके मुँह से यह धिक्कार सुनकर अनिरुद्ध लज्जा और खेद से विकल हो गया। वह वीराग्नि; जिसे क्षण भर के लिए अनुराग ने दबा लिया था, फिर ज्वलंत हो गयी। वह उलटे पाँव लौटा और यह कह कर बाहर चला गया कि "सारंधा, तुमने मुझे सदैव के लिए सचेत कर दिया। यह बात मुझे कभी न भूलेगी।"

3

अँधेरी रात थी। आकाश-मण्डल में तारों का प्रकाश बहुत धुँधला था। अनिरुद्ध किले से बाहर निकला। पल भर में नदी के उस पार जा पहुँचा और फिर अन्धकार में लुप्त हो गया। शीतला उसके पीछे-पीछे किले की दीवारों तक आयी; मगर जब अनिरुद्ध छलाँग मार कर बाहर कूद पड़ा तो वह विरहिणी चट्टान पर बैठ कर रोने लगी।

इतने में सारन्धा भी वहीं आ पहुँची। शीतला ने नागिन की तरह बल खा कर कहा—मर्यादा इतनी प्यारी है ?

सारन्धा—हाँ।

शीतला—अपना पति होता तो हृदय में छिपा लेती।

सारन्धा—ना, छाती में छुरा चुभा देती।

शीतला ने ऐंठकर कहा—चोली में छिपाती फिरोगी, मेरी बात गिरह में बाँध लो।

सारन्धा—जिस दिन ऐसा होगा, मैं भी अपना वचन पूरा कर दिखाऊँगी।

इस घटना के तीन महीने पीछे अनिरुद्ध महरौनी को जीत करके लौटा और साल भर पीछे सारन्धा का विवाह ओरछा के राजा चम्पतराय से हो गया, मगर उस दिन की बातें दोनों महिलाओं के हृदय-स्थल में काँटे की तरह खटकती रहीं।

4

राजा चम्पतराय बड़े प्रतिभाशाली पुरुष थे। सारी बुन्देला जाति उनके नाम पर जान देती थी और उनके प्रभुत्व को मानती थी। गद्दी पर बैठते ही उन्होंने मुगल बादशाहों को कर देना बन्द कर दिया और वे अपने बाहुबल से राज्य-विस्तार करने लगे। मुसलमानों की सेनाएँ बार-बार उन पर हमले करती थीं, पर हार कर लौट जाती थीं।

यही समय था कि जब अनिरुद्ध ने सारन्धा का चम्पतराय से विवाह कर दिया। सारन्धा ने मुँहमाँगी मुराद पायी। उसकी यह अभिलाषा कि मेरा पति बुन्देला जाति का कुल-तिलक हो, पूरी हुई। यद्यपि राजा के रनिवास में पाँच रनियाँ थीं मगर उन्हें शीघ्र ही मालूम हो गया कि वह देवी, जो हृदय में मेरी पूजा करती है, सारन्धा है।

परन्तु कुछ ऐसी घटनाएँ हुईं कि चम्पतराय को मुगल बादशाह का आश्रित होना पड़ा। वे अपना राज्य अपने भाई पहाड़सिंह को सौंपकर देहली चले गये। यह शाहजहाँ के शासन-काल का अन्तिम भाग था। शाहजादा दारा शिकोह राजकीय कार्यों को सँभालते थे। युवराज की आँखों में शील था और चित्त में उदारता। उन्होंने चम्पतराय की वीरता की कथाएँ सुनी थीं, इसलिए उनका बहुत आदर-सम्मान किया और कालपी की बहुमूल्य जागीर उनको भेंट की, जिसकी आमदनी नौ लाख थी। यह पहला अवसर था कि चम्पतराय को आये-दिन के लड़ाई-झगड़े से निवृत्ति मिली और उसके साथ ही भोग-विलास का प्राबल्य हुआ। रात-दिन आमोद-प्रमोद की चर्चा रहने लगी। राजा विलास में डूबे, रानियाँ जड़ाऊ गहनों पर रीझीं, मगर सारन्धा

इन दिनों बहुत उदास और संकुचित रहती—वह इन रहस्यों से दूर-दूर रहती, ये नृत्य और गान की सभाएँ उसे सूनी प्रतीत होतीं।

एक दिन चम्पतराय ने सारन्धा से कहा—सारन, तुम उदास क्यों रहती हो ? मैं तुम्हें कभी हँसते नहीं देखता। क्या मुझसे नाराज हो ?

सारन्धा की आँखों में जल भर आया।

वह बोली—स्वामीजी, आप क्यों ऐसा विचार करते हैं ? जहाँ आप प्रसन्न हैं, वहाँ मैं भी खुश हूँ।

चम्पतराय—मैं जब से यहाँ आया हूँ, मैंने तुम्हारे मुख-कमल पर कभी मनोहारिणी मुस्कराहट नहीं देखी। तुमने कभी अपने हाथों से मुझे बीड़ा नहीं खिलाया। कभी मेरी पाग नहीं सँवारी। कभी मेरे शरीर पर शस्त्र न सजाये। कहीं प्रेम-लता मुरझाने तो नहीं लगी ?

सारन्धा—प्राणनाथ, आप मुझसे ऐसी बात पूछते हैं, जिसका उत्तर मेरे पास नहीं है। यथार्थ में इन दिनों मेरा चित्त उदास रहता है। मैं बहुत चाहती हूँ कि खुश रहूँ, मगर बोझ-सा हृदय पर धरा रहता है।

चम्पतराय स्वयं आनन्द में मग्न थे। इसलिए उनके विचार में सारन्धा को असन्तुष्ट रहने का कोई उचित कारण नहीं हो सकता था। वे भौंहें सिकोड़ कर बोले—मुझे तुम्हारे उदास रहने का कोई विशेष कारण नहीं मालूम होता। ओरछे में कौन-सा सुख था जो यहाँ नहीं है ?

सारन्धा का चेहरा लाल हो गया। बोली—मैं कुछ कहूँ, आप नाराज तो न होंगे ?

चम्पतराय—नहीं, शौक से कहो।

सारन्धा—ओरछे में मैं एक राजा की रानी थी। यहाँ मैं एक जागीरदार की चेरी हूँ। ओरछे में वह थी जो अवध में कौशल्या थीं, यहाँ मैं बादशाह के एक सेवक की स्त्री हूँ। जिस बादशाह के सामने आज आप आदर से सिर झुकाते हैं, वह कल आपके नाम से काँपता था। रानी से चेरी होकर भी प्रसन्नचित्त होना मेरे वश में नहीं है। आपने यह पद और ये विलास की सामग्रियाँ बड़े महँगे दामों मोल ली हैं।

चम्पतराय के नेत्रों पर से एक पर्दा-सा हट गया। वे अब तक सारन्धा की आत्मिक उच्चता को नहीं जानते थे। जैसे बे-माँ-बाप का बालक माँ की चर्चा सुन कर रोने लगता है, उसी तरह ओरछे की याद से चम्पतराय की आँखें सजल हो गयीं। उन्होंने आदरयुक्त अनुराग के साथ सारन्धा को अपने हृदय से लगा लिया।

आज से उन्हें फिर उसी उजड़ी बस्ती की फिक्र हुई, जहाँ से धन और कीर्ति की अभिलाषाएँ खींच लाई थीं।

5

माँ अपने खोये हुए बालक को पा कर निहाल हो जाती है। चम्पतराय के आने से बुन्देलखण्ड निहाल हो गया। ओरछे के भाग जागे। नौबतें बजने लगीं और फिर सारन्धा के कमल-नेत्रों में जातीय अभिमान का आभास दिखाई देने लगा!

यहाँ रहते-रहते महीनों बीत गये। इस बीच में शाहजहाँ बीमार पड़ा। पहले से ईर्ष्या की अग्नि दहक रही थी। यह खबर सुनते ही ज्वाला प्रचण्ड हुई। संग्राम की तैयारियाँ होने लगीं। शाहजादे मुराद और मुहीउद्दीन अपने-अपने दल सजाकर दक्खिन से चले। वर्षा के दिन थे। उर्वरा भूमि रंग-बिरंग के रूप भर कर अपने सौन्दर्य को दिखाती थी।

मुराद और मुहीउद्दीन उमंगों से भरे हुए कदम बढ़ाते चले आ रहे थे। यहाँ तक की धौलपुर के निकट चम्बल के तट पर आ पहुँचे; परन्तु यहाँ उन्होंने बादशाही सेना को अपने शुभागमन के निमित्त तैयार पाया।

शाहजादे अब बड़ी चिंता में पड़े। सामने अगम्य नदी लहरें मार रही थी, किसी योगी के त्याग के सदृश। विवश हो कर चम्पतराय के पास संदेश भेजा कि खुदा के लिए आ कर हमारी डूबती हुई नाव को पार लगाइये।

राजा ने भवन में जा कर सारन्धा से पूछा—इसका क्या उत्तर दूँ?

सारन्धा—आपको मदद करनी होगी।

चम्पतराय—उनकी मदद करना दारा शिकोह से वैर लेना है।

सारन्धा—यह सत्य है; परन्तु हाथ फैलाने की मर्यादा भी तो निभानी चाहिए?

चम्पतराय—प्रिये, तुमने सोचकर जवाब नहीं दिया।

सारन्धा—प्राणनाथ, मैं अच्छी तरह जानती हूँ कि यह मार्ग कठिन है। और अब हमें अपने योद्धाओं का रक्त पानी के समान बहाना पड़ेगा; परंतु हम अपना रक्त बहायेंगे और चम्बल की लहरों को लाल कर देंगे। विश्वास रखिये कि जब तक नदी की धारा बहती रहेगी, वह हमारे वीरों की कीर्तिगान करती रहेगी। जब तक बुन्देलों का एक भी नामलेवा रहेगा, ये रक्त-बिन्दु उसके माथे पर केशर का तिलक बन कर चमकेंगे।

वायुमण्डल में मेघराज की सेनाएँ उमड़ रही थीं। ओरछे के किले से बुन्देलों की एक काली घटा उठी और वेग के साथ चम्बल की तरफ चली। प्रत्येक सिपाही वीर-रस से झूम रहा था। सारन्धा ने दोनों राजकुमारों को गले से लगा लिया और राजा को पान का बीड़ा देकर कहा—बुन्देलों की लाज अब तुम्हारे हाथ है।

आज उसका एक-एक अंग मुस्करा रहा है और हृदय हुलसित है। बुन्देलों की यह सेना देख कर शाहजादे फूले न समाये। राजा वहाँ की अंगुल-अंगुल भूमि से परिचित थे। उन्होंने बुन्देलों को तो एक आड़ में छिपा दिया और वे शाहजादों

की फौज को सजा कर नदी के किनारे-किनारे पश्चिम की ओर चले। दारा शिकोह को भ्रम हुआ कि शत्रु किसी अन्य घाट से नदी उतरना चाहता है। उन्होंने घाट पर से मोर्चे हटा लिये। घाट में बैठे हुए बुन्देले उसी ताक में थे। बाहर निकल पड़े और उन्होंने तुरन्त ही नदी में घोड़े डाल दिये। चम्पतराय ने शाहजादा दारा शिकोह को भुलावा देकर अपनी फौज़ घुमा दी और वह बुन्देलों के पीछे चलता हुआ उसे पार उतार लाया। इस कठिन चाल में सात घण्टों का विलम्ब हुआ; परन्तु जा कर देखा तो सात सौ बुन्देलों की लाशें तड़प रही थीं।

राजा को देखते ही बुन्देलों की हिम्मत बँध गयी। शाहजादों की सेना ने भी 'अल्लाहो अकबर' की ध्वनि के साथ धावा किया। बादशाही सेना में हलचल पड़ गयी। उनकी पंक्तियाँ छिन्न-भिन्न हो गयीं, हाथोंहाथ लड़ाई होने लगी, यहाँ तक कि शाम हो गयी। रणभूमि रुधिर से लाल हो गयी और आकाश में अँधेरा हो गया। घमासान की मार हो रही थी। बादशाही सेना शाहजादों को दबाये आती थी। अकस्मात् पश्चिम से फिर बुन्देलों की एक लहर उठी और इस वेग से बादशाही सेना की पुश्त पर टकरायी कि उसके कदम उखड़ गये। जीता हुआ मैदान हाथ से निकल गया। लोगों को कुतूहल था कि यह दैवी सहायता कहाँ से आयी। सरल स्वभाव के लोगों की धारणा थी कि यह फतह के फरिश्ते हैं; शाहजादों की मदद के लिए आये हैं; परन्तु जब राजा चम्पतराय निकट गये तो सारन्धा ने घोड़े से उतर कर उनके पैरों पर सिर झुका दिया। राजा को असीम आनन्द हुआ। यह सारन्धा थी।

समर-भूमि का दृश्य इस समय अत्यन्त दुःखमय था। थोड़ी देर पहले जहाँ सजे हुए वीरों के दल थे, वहाँ अब बेजान लाशें तड़प रही थीं। मनुष्य ने अपने स्वार्थ के लिए अनादि काल से ही भाइयों की हत्या की है।

अब विजयी सेना लूट पर टूट पड़ी। पहले मर्द मर्दों से लड़ते थे। वह वीरता और पराक्रम का चित्र था, यह नीचता और दुर्बलता की ग्लानिप्रद तसवीर थी। उस समय मनुष्य पशु बना हुआ था, अब वह पशु से भी बढ़ गया था।

इस नोच-खसोट में लोगों को बादशाही सेना के सेनापति वली बहादुर खाँ की लाश दिखायी दी। उसके निकट उसका घोड़ा खड़ा हुआ अपनी दुम से मक्खियाँ उड़ा रहा था। राजा को घोड़ों का शौक था। देखते ही वह उस पर मोहित हो गया। यह इराकी जाति का अति सुन्दर घोड़ा था। एक-एक अंग साँचे में ढला हुआ, सिंह की-सी छाती; चीते की-सी कमर, उसका यह प्रेम और स्वामिभक्ति देखकर लोगों को बड़ा कुतूहल हुआ। राजा ने हुक्म दिया—खबरदार ! इस प्रेमी पर कोई हथियार न चलाये, इसे जीता पकड़ लो, यह मेरे अस्तबल की शोभा बढ़ायेगा। जो इसे मेरे पास ले आयेगा, उसे धन से निहाल कर दूँगा।

योद्धागण चारों ओर से लपके; परन्तु किसी को साहस न होता था कि उसके

निकट जा सके। कोई चुमकार रहा था, कोई फन्दे में फँसाने की फिक्र में था, पर कोई उपाय सफल न होता था। वहाँ सिपाहियों का मेला-सा लगा हुआ था।

तब सारन्धा अपने खेमे से निकली और निर्भय होकर घोड़े के पास चली गयी। उसकी आँखों में प्रेम का प्रकाश था, छल का नहीं। घोड़े ने सिर झुका दिया। रानी ने उसकी गर्दन पर हाथ रखा और वह उसकी पीठ सहलाने लगी। घोड़े ने उसके अंचल में मुँह छिपा लिया। रानी उसकी रास पकड़ कर खेमे की ओर चली। घोड़ा इस तरह चुपचाप उसके पीछे चला मानो सदैव से उसका सेवक है।

पर बहुत अच्छा होता कि घोड़े ने सारन्धा से भी निष्ठुरता की होती। यह सुन्दर घोड़ा आगे चल कर इस राज-परिवार के निमित्त स्वर्णजटित मृग साबित हुआ।

6

संसार एक रण-क्षेत्र है। इस मैदान में उसी सेनापति को विजयलाभ होता है, जो अवसर को पहचानता है। वह अवसर पर जितने उत्साह से आगे बढ़ता है, उतने ही उत्साह से आपत्ति के समय पीछे हट जाता है। वह वीर पुरुष राष्ट्र का निर्माता होता है और इतिहास उसके नाम पर यश के फूलों की वर्षा करता है।

पर इस मैदान में कभी-कभी ऐसे सिपाही भी जाते हैं, जो अवसर पर कदम बढ़ाना जानते हैं; लेकिन संकट में पीछे हटाना नहीं जानते। ये रणवीर पुरुष विजय को नीति की भेंट कर देते हैं। वे अपनी सेना का नाम मिटा देंगे, किन्तु जहाँ एक बार पहुँच गये हैं, वहाँ से कदम पीछे न हटायेंगे। उनमें कोई विरला ही संसार-क्षेत्र में विजय प्राप्त करता है; किंतु प्रायः उसकी हार विजय से भी अधिक गौरवात्मक होती है। अगर अनुभवशील सेनापति राष्ट्रों की नींव डालता है, तो आन पर जान देनेवाला, मुँह न मोड़नेवाला सिपाही राष्ट्र के भावों को उच्च करता है, और उसके हृदय पर नैतिक गौरव को अंकित कर देता है। उसे इस कार्यक्षेत्र में चाहे सफलता न हो, किन्तु जब किसी वाक्य या सभा में उसका नाम जबान पर आ जाता है, श्रोतागण एक स्वर से उसके कीर्ति-गौरव को प्रतिध्वनित कर देते हैं। सारन्धा 'आन' पर जान देनेवालों में थी।

शाहजादा मुहीउद्दीन चम्बल के किनारे से आगरे की ओर चला तो सौभाग्य उसके सिर पर मोर्छल हिलाता था। जब वह आगरे पहुँचा तो विजयदेवी ने उसके लिए सिंहासन सजा दिया!

औरंगजेब गुणज्ञ था। उसने बादशाही अफसरों के अपराध क्षमा कर दिये, उनके राज्य-पद लौटा दिये और राजा चम्पतराय को उसके बहुमूल्य कृत्यों के उपलक्ष्य में बारह हजारी मनसब प्रदान किया। ओरक्षा से बनारस और बनारस से जमुना तक उसकी जागीर नियत की गयी। बुन्देला राजा फिर राज-सेवक बना, वह फिर

सुख-विलास में डूबा और रानी सारन्धा फिर पराधीनता के शोक से घुलने लगी।

वली बहादुर खाँ बड़ा वाक्य-चतुर मनुष्य था। उसकी मृदुता ने शीघ्र ही उसे बादशाह आलमगीर का विश्वासपात्र बना दिया। उस पर राजसभा में सम्मान की दृष्टि पड़ने लगी।

खाँ साहब के मन में अपने घोड़े के हाथ से निकल जाने का बड़ा शौक था। एक दिन कुँवर छत्रसाल उसी घोड़े पर सवार होकर सैर को गया था। वह खाँ साहब के महल की तरफ जा निकला। वली बहादुर ऐसे ही अवसर की ताक में था। उसने तुरन्त अपने सेवकों को इशारा किया। राजकुमार अकेला क्या करता ? पाँव-पाँव घर आया और उसने सारन्धा से सब समाचार बयान किया। रानी का चेहरा तमतमा गया। बोली, "मुझे इसका शोक नहीं कि घोड़ा हाथ से गया, शोक इसका है कि तू उसे खो कर जीता क्यों लौटा ? क्या तेरे शरीर में बुंदेलों का रक्त नहीं है ? घोड़ा न मिलता, न सही; किन्तु तुझे दिखा देना चाहिए था कि एक बुन्देला बालक से उसका घोड़ा छीन लेना हँसी नहीं है।"

यह कह कर उसने अपने पच्चीस योद्धाओं को तैयार होने की आज्ञा दी। स्वयं अस्त्र धारण किये और योद्धाओं के साथ वली बहादुर खाँ के निवास-स्थान पर जा पहुँची। खाँ साहब उसी घोड़े पर सवार हो कर दरबार चले गये थे, सारन्धा दरबार की तरफ चली, और एक क्षण में किसी वेगवती नदी के सदृश बादशाही दरबार के सामने जा पहुँची, यह कैफियत देखते ही दरबार में हलचल मच गयी। अधिकारी वर्ग इधर-उधर से आ कर जमा हो गये। आलमगीर भी सहन में निकल आये। लोग अपनी-अपनी तलवारें सँभालने लगे और चारों तरफ शोर मच गया। कितने ही नेत्रों ने इसी दरबार में अमरसिंह की तलवार की चमक देखी थी। उन्हें वही घटना फिर याद आ गयी।

सारन्धा ने उच्च स्वर से कहा—खाँ साहब, बड़ी लज्जा की बात है, आपने वही वीरता, जो चम्बल के तट पर दिखानी चाहिए थी, आज एक अबोध बालक के सम्मुख दिखायी है। क्या यह उचित था कि आप उससे घोड़ा छीन लेते ?

वली बहादुर खाँ की आँखों से अग्नि-ज्वाला निकल रही थी। वे कड़ी आवाज से बोले—किसी गैर को क्या मजाल है कि मेरी चीज अपने काम में लाये ?

रानी—वह आपकी चीज नहीं, मेरी है। मैंने उसे रणभूमि में पाया है और उस पर मेरा अधिकार है। क्या रणनीति की इतनी मोटी बात भी आप नहीं जानते ?

खाँ साहब—वह घोड़ा मैं नहीं दे सकता, उसके बदले में सारा अस्तबल आपकी नजर है।

रानी—मैं अपना घोड़ा लूँगी।

खाँ साहब—मैं उसके बराबर जवाहरात दे सकता हूँ; परन्तु घोड़ा नहीं दे सकता !

रानी—तो फिर इसका निश्चय तलवार से होगा, बुन्देला योद्धाओं ने तलवारें

सौंत लीं और निकट था कि दरबार की भूमि रक्त से प्लावित हो जाय, बादशाह आलमगीर ने बीच में आ कर कहा—रानी साहबा, आप सिपाहियों को रोकें। घोड़ा आपको मिल जायेगा; परन्तु इसका मूल्य बहुत देना पड़ेगा।

रानी—मैं उसके लिए अपना सर्वस्व खोने को तैयार हूँ।

बादशाह—जागीर और मनसब भी !

रानी—जागीर और मनसब कोई चीज नहीं।

बादशाह—अपना राज्य भी ?

रानी—हाँ, राज्य भी।

बादशाह—एक घोड़े के लिए ?

रानी—नहीं, उस पदार्थ के लिए जो संसार में सबसे अधिक मूल्यवान है।

बादशाह—वह क्या है ?

रानी—अपनी आन।

इस भाँति रानी ने अपने घोड़े के लिए अपनी विस्तृत जागीर, उच्च राज और राज-सम्मान सब हाथ से खोया और केवल इतना ही नहीं, भविष्य के लिए काँटे बोये, इस घड़ी से अन्त दशा तक चम्पतराय को शान्ति न मिली।

7

राजा चम्पतराय ने फिर ओरछे के किले में पदार्पण किया। उन्हें मनसब और जागीर के हाथ से निकल जाने का अत्यन्त शोक हुआ; किन्तु उन्होंने अपने मुँह से शिकायत का एक शब्द भी नहीं निकाला, वे सारन्धा के स्वभाव को भली-भाँति जानते थे। शिकायत इस समय उसके आत्म-गौरव पर कुठार का काम करती।

कुछ दिन यहाँ शान्तिपूर्वक व्यतीत हुए; लेकिन बादशाह सारन्धा की कठोर बात भूला न था। वह क्षमा करना जानता ही न था। ज्यों ही भाइयों की ओर से निश्चिन्त हुआ, उसने एक बड़ी सेना चम्पतराय का गर्व चूर्ण करने के लिए भेजी और बाईस अनुभवशील सरदार इस मुहीम पर नियुक्त किये। शुभकरण बुन्देला बादशाह का सूबेदार था। वह चम्पतराय का बचपन का मित्र और सहपाठी था। उसने चम्पतराय को परास्त करने का बीड़ा उठाया। और भी कितने ही बुन्देला सरदार राजा से विमुख हो कर बादशाही सूबेदार से आ मिले। एक घोर संग्राम हुआ। भाइयों की तलवारें रक्त से लाल हुईं। यद्यपि इस समर में राजा को विजय प्राप्त हुई लेकिन उसकी शक्ति सदा के लिए क्षीण हो गयी। निकटवर्ती बुन्देला राजा जो चम्पतराय के बाहुबल थे, बादशाह के कृपाकांक्षी बन बैठे। साथियों में कुछ तो काम आये, कुछ दगा कर गये। यहाँ तक कि निज सम्बन्धियों ने भी आँखें चुरा लीं; परन्तु इन कठिनाइयों में भी चम्पतराय ने हिम्मत नहीं हारी, धीरज को न छोड़ा। उन्होंने ओरछा छोड़

दिया और वह तीन वर्ष तक बुंदेलखंड के सघन पर्वतों पर छिपे फिरते रहे। बादशाही सेनाएँ शिकारी जानवरों की भाँति सारे देश में मँडरा रही थीं। आये-दिन राजा का किसी न किसी से सामना हो जाता था। सारन्धा सदैव उनके साथ रहती और उनका साहस बढ़ाया करती। बड़ी-बड़ी आपत्तियों में जब कि धैर्य लुप्त हो जाता और आशा साथ छोड़ देती—आत्मरक्षा का धर्म उसे सँभाले रहता है। तीन साल के बाद अंत में बादशाह के सूबेदारों ने आलमगीर को सूचना दी कि इस शेर का शिकार आपके सिवाय और किसी से न होगा। उत्तर आया कि सेना को हटा लो और घेरा उठा लो। राजा ने समझा, संकट से निवृत्ति हुई, पर वह बात शीघ्र ही भ्रमात्मक सिद्ध हो गयी।

8

तीन सप्ताह से बादशाही सेना ने ओरछा घेर रखा है। जिस तरह कठोर वचन हृदय को छेद डालते हैं, उसी तरह तोपों के गोलों ने दीवारों को छेद डाला है। किले में 20 हजार आदमी घिरे हुए हैं, लेकिन उनमें आधे से अधिक स्त्रियाँ और उनसे कुछ ही कम बालक हैं। मर्दों की संख्या दिनोंदिन न्यून होती जाती है। आने-जाने के मार्ग चारों तरफ से बंद हैं। हवा का भी गुजर नहीं। रसद का सामान बहुत कम रह गया है। स्त्रियाँ पुरुषों और बालकों को जीवित रखने के लिए आप उपवास करती हैं। लोग बहुत हताश हो रहे हैं। औरत्तें सूर्य नारायण की ओर हाथ उठा-उठा कर शत्रु को कोसती हैं। बालकवृन्द मारे क्रोध के दीवार की आड़ से उन पर पत्थर फेंकते हैं, जो मुश्किल से दीवार के उस पार जा पाते हैं। राजा चम्पतराय स्वयं ज्वर से पीड़ित हैं। उन्होंने कई दिन से चारपाई नहीं छोड़ी। उन्हें देखकर लोगों को कुछ ढाढ़स होता था, लेकिन उनकी बीमारी से सारे किले में नैराश्य छाया हुआ है।

राजा ने सारन्धा से कहा—आज शत्रु जरूर किले में घुस आयेंगे।

सारन्धा—ईश्वर न करे कि इन आँखों से वह दिन देखना पड़े।

राजा—मुझे बड़ी चिंता इन अनाथ स्त्रियों और बालकों की है। गेहूँ के साथ यह घुन भी पिस जायेंगे।

सारन्धा—हम लोग यहाँ से निकल जायँ तो कैसा ?

राजा—इन अनाथों को छोड़ कर ?

सारन्धा—इस समय इन्हें छोड़ देने में ही कुशल है। हम न होंगे तो शत्रु इन पर कुछ दया ही करेंगे।

राजा—नहीं, यह लोग मुझसे न छोड़े जायेंगे। मर्दों ने अपनी जान हमारी सेवा में अर्पण कर दी है, उनकी स्त्रियों और बच्चों को मैं कदापि नहीं छोड़ सकता।

सारन्धा—लेकिन यहाँ रह कर हम उनकी कुछ मदद भी तो नहीं कर सकते ?

राजा—उनके साथ प्राण तो दे सकते हैं। मैं उनकी रक्षा में अपनी जान लड़ा दूँगा। उनके लिए बादशाही सेना की खुशामद करूँगा, कारावास की कठिनाइयाँ सहूँगा, किन्तु इस संकट में उन्हें छोड़ नहीं सकता।

सारन्धा ने लज्जित हो कर सिर झुका लिया और सोचने लगी, निस्संदेह प्रिय साथियों को आग की आँच में छोड़ कर अपनी जान बचाना घोर नीचता है ! मैं ऐसी स्वार्थान्ध क्यों हो गयी हूँ ? लेकिन एकाएक विचार उत्पन्न हुआ। बोली—यदि आपको विश्वास हो जाय कि इन आदमियों के साथ कोई अन्याय न किया जायेगा तब तो आपको चलने में कोई बाधा न होगी ?

राजा—(सोच कर) कौन विश्वास दिलायेगा ?

सारन्धा—बादशाह के सेनापति का प्रतिज्ञा-पत्र।

राजा—हाँ, तब मैं सानन्द चलूँगा।

सारन्धा विचार-सागर में डूबी। बादशाह के सेनापति से क्योंकर यह प्रतिज्ञा कराऊँ ? कौन यह प्रस्ताव ले कर वहाँ जायेगा और निर्दयी ऐसी प्रतिज्ञा करने ही क्यों लगे ? उन्हें तो अपनी विजय की पूरी आशा है। मेरे यहाँ ऐसा नीति-कुशल, वाक्पटु, चतुर कौन है जो इस दुस्तर कार्य को सिद्ध करे ? छत्रसाल चाहे तो कर सकता है। उसमें ये सब गुण मौजूद हैं।

इस तरह मन में निश्चय करके रानी ने छत्रसाल को बुलाया। यह उसके चारों पुत्रों में बुद्धिमान और साहसी था। रानी उससे सबसे अधिक प्यार करती थीं। जब छत्रसाल ने आ कर रानी को प्रणाम किया तो उनके कमल-नेत्र सजल हो गये और हृदय से दीर्घ निःश्वास निकल गया।

छत्रसाल—माता, मेरे लिए क्या आज्ञा है ?

रानी—आज लड़ाई का क्या ढंग है ?

छत्रसाल—हमारे पचास योद्धा अब तक काम आ चुके हैं।

रानी—बुन्देलों की लाज अब ईश्वर के हाथ है।

छत्रसाल—हम आज रात को छापा मारेंगे।

रानी ने संक्षेप में अपना प्रस्ताव छत्रसाल के सामने उपस्थित किया और कहा—यह काम किसे सौंपा जाय ?

छत्रसाल—मुझको।

'तुम इसे पूरा कर दिखाओगे ?'

'हाँ, मुझे पूर्ण विश्वास है ?'

'अच्छा जाओ, परमात्मा तुम्हारा मनोरथ पूरा करे।'

छत्रसाल जब चला तो रानी ने उसे हृदय से लगा लिया और तब आकाश की ओर दोनों हाथ उठा कर कहा—दयानिधि, मैंने अपना तरुण और होनहार पुत्र

बुन्देलों की आन के आगे भेंट कर दिया। अब इस आन को निभाना तुम्हारा काम है। मैंने बड़ी मूल्यवान् वस्तु अर्पित की है, इसे स्वीकार करो।

9

दूसरे दिन प्रातःकाल सारन्धा स्नान करके थाल में पूजा की सामग्री लिये मन्दिर को चली। उसका चेहरा पीला पड़ गया था और आँखों तले अँधेरा छाया जाता था। वह मंदिर के द्वार पर पहुँची थी कि उसके थाल में बाहर से आ कर एक तीर गिरा। तीर की नोक पर एक कागज का पुरजा लिपटा हुआ था। सारन्धा ने थाल मंदिर के चबूतरे पर रख दिया और पुर्जे को खोलकर देखा तो आनन्द से चेहरा खिल गया; लेकिन यह आनन्द क्षण-भर का था। हाय ! इस पुर्जे के लिए मैंने अपना प्रिय पुत्र हाथ से खो दिया है। कागज के टुकड़े को इतने महँगे दामों किसने लिया होगा ?

मन्दिर से लौटकर सारन्धा राजा चम्पतराय के पास गयी और बोली–"प्राणनाथ, आपने जो वचन दिया था उसे पूरा कीजिये।" राजा ने चौंक कर पूछा, "तुमने अपना वादा पूरा कर दिया ?" रानी ने वह प्रतिज्ञा-पत्र राजा को दे दिया। चम्पतराय ने उसे गौर से देखा फिर बोले–अब मैं चलूँगा और ईश्वर ने चाहा तो एक बार फिर शत्रुओं की खबर लूँगा। लेकिन सारन, सच बताओ, इस पत्र के लिए क्या देना पड़ा है ?

रानी ने कुंठित स्वर से कहा–बहुत कुछ।

राजा–सुनूँ ?

रानी–एक जवान पुत्र।

राजा को बाण-सा लग गया। पूछा–कौन ? अंगदराय ?

रानी–नहीं।

राजा–रतनसाह ?

रानी–नहीं।

राजा–छत्रसाल ?

रानी–हाँ।

जैसे कोई पक्षी गोली खाकर परों को फड़फड़ाता है और तब बेदम हो कर गिर पड़ता है, उसी भाँति चम्पतराय पलंग से उछले और फिर अचेत होकर गिर पड़े। छत्रसाल उनका परम प्रिय पुत्र था। उनके भविष्य की सारी कामनाएँ उसी पर अवलम्बित थीं। जब चेत हुआ तब बोले, "सारन, तुमने बुरा किया।"

अँधेरी रात थी। रानी सारन्धा घोड़े पर सवार चम्पतराय को पालकी में बैठाये किले के गुप्त मार्ग से निकली जाती थी। आज से बहुत काल पहले एक दिन

ऐसी ही अँधेरी दुःखमयी रात्रि थी। तब सारन्धा ने शीतलादेवी को कुछ कठोर वचन कहे थे। शीतलादेवी ने उस समय जो भविष्यवाणी की थी, वह आज पूरी हुई। क्या सारन्धा ने उसका जो उत्तर दिया था, वह भी पूरा होकर रहेगा ?

10

मध्याह्न था। सूर्यनारायण सिर पर आकर अग्नि की वर्षा कर रहे थे। शरीर को झुलसाने वाली प्रचण्ड, प्रखर वायु वन और पर्वत में आग लगाती फिरती थी। ऐसा विदित होता था, मानो अग्निदेव की समस्त सेना गरजती हुई चली आ रही है। गगनमण्डल इस भय से काँप रहा था। रानी सारन्धा घोड़े पर सवार, चम्पतराय को लिये, पश्चिम की तरफ चली जाती थी। ओरछा दस कोस पीछे छूट चुका था और प्रतिक्षण यह अनुमान स्थिर होता जाता था कि अब हम भय के क्षेत्र से बाहर निकल आये। राजा पालकी में अचेत पड़े हुए थे और कहार पसीने में सराबोर थे। पालकी के पीछे पाँच सवार घोड़ा बढ़ाये चले आते थे, प्यास के मारे सबका बुरा हाल था। तालू सूखा जाता था। किसी वृक्ष की छाँह और कुएँ की तलाश में आँखें चारों ओर दौड़ रही थीं।

अचानक सारन्धा ने पीछे की तरफ फिर कर देखा, तो उसे सवारों का एक दल आता हुआ दिखायी दिया। उसका माथा ठनका कि अब कुशल नहीं है। यह लोग अवश्य हमारे शत्रु हैं। फिर विचार हुआ कि शायद मेरे राजकुमार अपने आदमियों को लिये हमारी सहायता को आ रहे हैं। नैराश्य में भी आशा साथ नहीं छोड़ती। कई मिनट तक वह इसी आशा और भय की अवस्था में रही। यहाँ तक कि वह दल निकट आ गया और सिपाहियों के वस्त्र साफ नजर आने लगे। रानी ने एक ठण्डी साँस ली, उसका शरीर तृणवत् काँपने लगा। यह बादशाही सेना के लोग थे।

सारन्धा ने कहारों से कहा—डोली रोक लो। बुन्देला सिपाहियों ने भी तलवारें खींच लीं। राजा की अवस्था बहुत शोचनीय थी; किन्तु जैसे दबी हुई आग हवा लगते ही प्रदीप्त हो जाती है, उसी प्रकार इस संकट का ज्ञान होते ही उनके जर्जर शरीर में वीरात्मा चमक उठी। वे पालकी का पर्दा उठा कर बाहर निकल आये। धनुष-बाण हाथ में ले लिया; किन्तु वह धनुष जो उनके हाथ में इन्द्र का वज्र बन जाता था, इस समय जरा भी न झुका। सिर में चक्कर आया, पैर थर्राये और वे धरती पर गिर पड़े। भावी अमंगल की सूचना मिल गयी। उस पंखरहित पक्षी के सदृश, जो साँप को अपनी तरफ आते देख कर ऊपर को उचकता और फिर गिर पड़ता है, राजा चम्पतराय फिर सँभल उठे और फिर गिर पड़े। सारन्धा ने उन्हें सँभालकर बैठाया और रो कर बोलने की चेष्टा की, परन्तु मुँह से केवल इतना

निकला—प्राणनाथ ! इसके आगे मुँह से एक शब्द भी न निकल सका। आन पर मरने वाली सारन्धा इस समय साधारण स्त्रियों की भाँति शक्तिहीन हो गयी, लेकिन एक अंश तक यह निर्बलता स्त्रीजाति की शोभा है।

चम्पतराय बोले—सारन, देखो, हमारा एक वीर जमीन पर गिरा। शोक ! जिस आपत्ति से यावज्जीवन डरता रहा, उसने इस अन्तिम समय में आ घेरा। मेरी आँखों के सामने शत्रु तुम्हारे कोमल शरीर में हाथ लगायेंगे, और मैं जगह से हिल भी न सकूँगा। हाय ! मृत्यु, तू कब आयेगी ! यह कहते-कहते उन्हें एक विचार आया। तलवार की तरफ हाथ बढ़ाया, मगर हाथों में दम न था। तब सारन्धा से बोले—प्रिये, तुमने कितने ही अवसरों पर मेरी आन निभायी है।

इतना सुनते ही सारन्धा के मुरझाये हुए मुख पर लाली दौड़ गयी। आँसू सूख गये। इस आशा में कि मैं पति के कुछ काम आ सकती हूँ, उसके हृदय में बल का संचार कर दिया। वह राजा की ओर विश्वासोत्पादक भाव से देख कर बोली—ईश्वर ने चाहा तो मरते दम तक निभाऊँगी।

रानी ने समझा, राजा मुझे प्राण देने का संकेत कर रहे हैं।

चम्पतराय—तुमने मेरी बात कभी नहीं टाली।

सारन्धा—मरते दम तक न टालूँगी।

राजा—यह मेरी अन्तिम याचना है। इसे अस्वीकार न करना।

सारन्धा ने तलवार को निकाल कर अपने वक्षस्थल पर रख लिया और कहा—यह आपकी आज्ञा नहीं है। मेरी हार्दिक अभिलाषा है कि मरूँ तो यह मस्तक आपके पद-कमलों पर हो।

चम्पतराय—तुमने मेरा मतलब नहीं समझा। क्या तुम मुझे इसलिए शत्रुओं के हाथ में छोड़ जाओगी कि मैं बेड़ियाँ पहने हुए दिल्ली की गलियों में निन्दा का पात्र बनूँ ?

रानी ने जिज्ञासा की दृष्टि से राजा को देखा। वह उनका मतलब न समझी।

राजा—मैं तुमसे एक वरदान माँगता हूँ।

रानी—सहर्ष माँगिए।

राजा—यह मेरी अन्तिम प्रार्थना है। जो कुछ कहूँगा, करोगी ?

रानी—सिर के बल करूँगी।

राजा—देखो, तुमने वचन दिया है। इनकार न करना।

रानी—(काँप कर) आपके कहने की देर है।

राजा—अपनी तलवार मेरी छाती में चुभा दो।

रानी के हृदय पर वज्रपात-सा हो गया। बोली—जीवननाथ ! इसके आगे वह और कुछ न बोल सकी। आँखों में नैराश्य छा गया।

राजा—मैं बेड़ियाँ पहनने के लिए जीवित रहना नहीं चाहता।

रानी—मुझसे यह कैसे होगा ?

पाँचवाँ और अन्तिम सिपाही धरती पर गिरा। राजा ने झुँझला कर कहा—इसी जीवन पर आन निभाने का गर्व था ?

बादशाह के सिपाही राजा की तरफ लपके। राजा ने नैराश्यपूर्ण भाव से रानी की ओर देखा। रानी क्षण भर अनिश्चित रूप से खड़ी रही; लेकिन संकट में हमारी निश्चयात्मक शक्ति बलवान हो जाती है। निकट था कि सिपाही लोग राजा को पकड़ लें कि सारन्धा ने दामिनी की भाँति लपक कर तलवार राजा के हृदय में चुभा दी।

प्रेम की नाव प्रेम के सागर में डूब गयी। राजा के हृदय से रुधिर की धारा निकल रही थी; पर चेहरे पर शान्ति छाई हुई थी।

कैसा हृदय है ! वह स्त्री जो अपने पति पर प्राण देती थी आज उसकी प्राणघातिका है ! जिस हृदय से आलिंगित होकर उसने यौवनसुख लूटा, जो हृदय उसकी अभिलाषाओं का केन्द्र था, जो हृदय उसके अभिमान का पोषक था, उसी हृदय को सारन्धा की तलवार छेद रही है। किसी स्त्री की तलवार से ऐसा काम हुआ है ?

आह ! आत्माभिमान का कैसा विषादमय अंत है। उदयपुर और मारवाड़ के इतिहास में भी आत्म-गौरव की ऐसी घटनाएँ नहीं मिलतीं।

बादशाही सिपाही सारन्धा का यह साहस और धैर्य देखकर दंग रह गये।

सरदार ने आगे बढ़कर कहा रानी साहिबा, खुदा गवाह है, हम सब आपके गुलाम हैं। आपका जो हुक्म हो, उसे ब-सरो-चश्म बजा लायेंगे।

सारन्धा ने कहा—अगर हमारे पुत्रों में से कोई जीवित हो, तो ये दोनों लाशें उसे सौंप देना।

यह कह कर उसने वही तलवार अपने हृदय में चुभा ली। जब वह अचेत हो कर धरती पर गिरी, तो उसका सिर राजा चम्पतराय की छाती पर था।

शाप

मैं बर्लिन नगर का निवासी हूँ। मेरे पूज्य पिता भौतिक विज्ञान के सुविख्यात ज्ञाता थे। भौगोलिक अन्वेषण का शौक मुझे भी बाल्यावस्था ही से था। उनके स्वर्गवास के बाद मुझे यह धुन सवार हुई कि पैदल पृथ्वी के समस्त देश-देशान्तरों की सैर करूँ। मैं विपुल धन का स्वामी था। वे सब रुपये एक बैंक में जमा कर दिये और उससे शर्त कर ली कि मुझे यथासमय रुपये भेजता रहे, इस कार्य से निवृत्त हो कर मैंने सफर का सामान पूरा किया। आवश्यक वैज्ञानिक यंत्र साथ लिये और ईश्वर का नाम ले कर चल खड़ा हुआ। उस समय यह कल्पना मेरे हृदय में गुदगुदी पैदा कर रही थी कि मैं वह पहला प्राणी हूँ जिसे यह बात सूझी है कि पैरों से पृथ्वी को नापे। अन्य यात्रियों ने रेल, जहाज और मोटरकार की शरण ली है। मैं पहला ही वह वीर-आत्मा हूँ, जो अपने पैरों के बूते पर प्रकृति के विराट् उपवन की सैर के लिए उद्यत हुआ है। अगर मेरे साहस और उत्साह ने यह कष्टसाध्य यात्रा पूरी कर ली तो भद्रसंसार मुझे सम्मान और गौरव के मसनद पर बैठावेगा और अनंत काल तक मेरी कीर्ति के राग अलापे जायेंगे। उस समय मेरा मस्तिष्क इन्हीं विचारों से भरा हुआ था। और ईश्वर को धन्यवाद देता हूँ कि सहस्रों कठिनाइयों का सामना करने पर भी धैर्य ने मेरा साथ न छोड़ा और उत्साह एक क्षण के लिए भी निरुत्साह न हुआ।

मैं वर्षों ऐसे स्थानों में रहा हूँ, जहाँ निर्जनता के अतिरिक्त कोई दूसरा साथी न था। वर्षों ऐसे स्थानों में रहा हूँ, जहाँ की पृथ्वी और आकाश हिम की शिलाएँ थीं। मैं भयंकर जंतुओं के पहलू में सोया हूँ। पक्षियों के घोंसलों में रातें काटी हैं, किंतु ये सारी बलाएँ कट गयीं और वह समय अब दूर नहीं है कि साहित्य और विज्ञान-संसार मेरे चरणों पर शीश नवायें।

मैंने इस यात्रा में बड़े-बड़े अद्‌भुत दृश्य देखे और कितनी ही जातियों के आहार-व्यवहार, रहन-सहन का अवलोकन किया। मेरा यात्रा-वृत्तांत, विचार, अनुभव और निरीक्षण का एक अमूल्य रत्न होगा। मैंने ऐसी-ऐसी आश्चर्यजनक घटनाएँ आँखों से देखी हैं, जो अलिफ-लैला की कथाओं से कम मनोरंजक न होंगी। परंतु

वह घटना जो मैंने ज्ञानसरोवर के तट पर देखी, उसका उदाहरण मुश्किल से मिलेगा, मैं उसे कभी न भूलूँगा। यदि मेरे इस तमाम परिश्रम का उपहार यही एक रहस्य होता तो भी मैं उसे पर्याप्त समझता। मैं यह बता देना आवश्यक समझता हूँ कि मैं मिथ्यावादी नहीं और न सिद्धियों तथा विभूतियों पर मेरा विश्वास है। मैं उस विद्वान् का भक्त हूँ जिसका आधार तर्क और न्याय पर है। यदि कोई दूसरा प्राणी यही घटना मुझसे बयान करता तो मुझे उस पर विश्वास करने में बहुत संकोच होता, किन्तु मैं जो कुछ बयान कर रहा हूँ, वह सत्य घटना है। यदि मेरे इस आश्वासन पर भी कोई उस पर अविश्वास करे, तो उसकी मानसिक दुर्बलता और विचारों की संकीर्णता है।

यात्रा का सातवाँ वर्ष था और ज्येष्ठ का महीना। मैं हिमालय के दामन में ज्ञानसरोवर के तट पर हरी-हरी घास पर लेटा हुआ था, ऋतु अत्यंत सुहावनी थी। ज्ञानसरोवर के स्वच्छ निर्मल जल में आकाश और पर्वत श्रेणी का प्रतिबिम्ब, जलपक्षियों का पानी पर तैरना, शुभ्र हिमश्रेणी का सूर्य के प्रकाश से चमकना आदि दृश्य ऐसे मनोहर थे कि मैं आत्मोल्लास से विह्वल हो गया। मैंने स्विट्जरलैंड और अमेरिका के बहुप्रशंसित दृश्य देखे हैं, पर उनमें यह शांतिप्रद शोभा कहाँ ! मानव बुद्धि ने उनके प्राकृतिक सौंदर्य को अपनी कृत्रिमता से कलंकित कर दिया है। मैं तल्लीन हो कर इस स्वर्गीय आनंद का उपभोग कर रहा था कि सहसा मेरी दृष्टि एक सिंह पर जा पड़ी, जो मंदगति से कदम बढ़ाता हुआ मेरी ओर आ रहा था। उसे देखते ही मेरा खून सूख गया, होश उड़ गये। ऐसा वृहदाकार भयंकर जंतु मेरी नजर से न गुजरा था। वहाँ ज्ञान-सरोवर के अतिरिक्त कोई ऐसा स्थान नहीं था जहाँ भाग कर अपनी जान बचाता। मैं तैरने में कुशल हूँ, पर मैं ऐसा भयभीत हो गया कि अपने स्थान से हिल न सका। मेरे अंग-प्रत्यंग मेरे काबू से बाहर थे। समझ गया कि मेरी जिंदगी यहीं तक थी। इस शेर के पंजे से बचने की कोई आशा न थी। अकस्मात् मुझे स्मरण हुआ कि मेरी जेब में एक पिस्तौल गोलियों से भरी हुई रखी है, जो मैंने आत्मरक्षा के लिए चलते समय साथ ले ली थी, और अब तक प्राणपण से इसकी रक्षा करता आया था। आश्चर्य है कि इतनी देर तक मेरी स्मृति कहाँ सोई रही। मैंने तुरंत ही पिस्तौल निकाली और निकट था कि शेर पर वार करूँ कि मेरे कानों में यह शब्द सुनायी दिए, "मुसाफिर, ईश्वर के लिए वार न करना अन्यथा मुझे दुःख होगा। सिंहराज से तुझे हानि न पहुँचेगी।"

मैंने चकित होकर पीछे की ओर देखा तो एक युवती रमणी आती हुई दिखायी दी। उसके हाथ में एक सोने का लोटा था और दूसरे में एक तश्तरी। मैंने जर्मनी की हूरें और कोहकाफ की परियाँ देखी हैं, पर हिमाचल पर्वत की यह अप्सरा मैंने एक ही बार देखी और उसका चित्र आज तक हृदय-पट पर खिंचा हुआ है। मुझे स्मरण नहीं कि 'रफैल' या 'कोरेजियो' ने भी कभी ऐसा चित्र खींचा हो। 'बैंडाइक'

और 'रेमब्राँड' के आकृति-चित्रों ने भी ऐसी मनोहर छवि नहीं देखी। पिस्तौल मेरे हाथ से गिर पड़ी। कोई दूसरी शक्ति इस समय मुझे अपनी भयावह परिस्थिति से निश्चिंत न कर सकती थी।

मैं उस सुंदरी की ओर देख ही रहा था कि वह सिंह के पास आयी। सिंह उसे देखते ही खड़ा हो गया और मेरी ओर सशंक नेत्रों से देख कर मेघ की भाँति गर्जा। रमणी ने एक रूमाल निकाल कर उसका मुँह पोंछा और फिर लोटे से दूध उँडेल कर उसके सामने रख दिया। सिंह दूध पीने लगा। मेरे विस्मय की अब कोई सीमा न थी। चकित था कि यह कोई तिलिस्म है या जादू। व्यवहार-लोक में हूँ अथवा विचार-लोक में। सोता हूँ या जागता। मैंने बहुधा सरकसों में पालतू शेर देखे हैं, किंतु उन्हें काबू में रखने के लिए किन-किन रक्षा-विधानों से काम लिया जाता है ! उसके प्रतिकूल यह मांसाहारी पशु उस रमणी के सम्मुख इस भाँति लेटा हुआ है मानो वह सिंह की योनि में कोई मृग-शावक है। मन में प्रश्न हुआ, सुंदरी में कौन-सी चमत्कारिक शक्ति है जिसने सिंह को इस भाँति वशीभूत कर लिया ? क्या पशु भी अपने हृदय में कोमल और रसिक भाव छिपाये रखते हैं ? कहते हैं कि महुअर का अलाप काले नाग को भी मस्त कर देता है। जब ध्वनि में यह सिद्धि है तो सौंदर्य की शक्ति का अनुमान कौन कर सकता है। रूप-लालित्य संसार का सबसे अमूल्य रत्न है, प्रकृति के रचना-नैपुण्य का सर्वश्रेष्ठ अंश है।

जब सिंह दूध पी चुका तो सुंदरी ने रूमाल से उसका मुँह पोंछा और उसका सिर अपने जाँघ पर रख कर उसे थपकियाँ देने लगी। सिंह पूँछ हिलाता था और सुंदरी की अरुणवर्ण हथेलियों को चाटता था। थोड़ी देर के बाद दोनों एक गुफा में अंतर्हित हो गये। मुझे भी धुन सवार हुई कि किसी प्रकार इस तिलिस्म को खोलूँ, इस रहस्य का उद्घाटन करूँ। जब दोनों अदृश्य हो गये तो मैं भी उठा और दबे पाँव उस गुफा के द्वार तक जा पहुँचा। भय से मेरे शरीर की बोटी-बोटी काँप रही थी, मगर इस रहस्यपट को खोलने की उत्सुकता भय को दबाये हुए थी। मैंने गुफा के भीतर झाँका तो क्या देखता हूँ कि पृथ्वी पर जरी का फर्श बिछा हुआ है और कारचोबी गावतकिये लगे हुए हैं। सिंह मसनद पर गर्व से बैठा हुआ है। सोने-चाँदी के पात्र, सुंदर चित्र, फूलों के गमले सभी अपने-अपने स्थान पर सजे हुए हैं, वह गुफा राजभवन को भी लज्जित कर रही है।

द्वार पर मेरी परछाईं देख कर वह सुंदरी बाहर निकल आयी और मुझसे कहा, "यात्री, तू कौन है और इधर क्योंकर आ निकला ?"

कितनी मनोहर ध्वनि थी। मैंने अबकी बार समीप से देखा तो सुंदरी का मुख कुम्हलाया हुआ था। उसके नेत्रों से निराशा झलक रही थी, उसके स्वर में भी करुणा और व्यथा की खटक थी। मैंने उत्तर दिया, "देवी, मैं यूरोप का निवासी हूँ, यहाँ देशाटन करने आया हूँ। मेरा परम सौभाग्य है कि आप से सम्भाषण करने

का गौरव प्राप्त हुआ।" सुन्दरी के गुलाब से ओंठों पर मधुर मुसकान की झलक दिखायी दी, उसमें कुछ कुटिल हास्य का भी अंश था। कदाचित् यह मेरे इस अस्वाभाविक वाक्य-प्रणाली का द्योतक था। "तू विदेश से यहाँ आया है। आतिथ्य-सत्कार हमारा कर्त्तव्य है। मैं आज तुझे निमंत्रण देती हूँ, स्वीकार कर।"

मैंने अवसर देख कर उत्तर दिया, "आपकी यह कृपा मेरे लिए गौरव की बात है, पर इस रहस्य ने मेरी भूख-प्यास बंद कर दी है। क्या मैं आशा करूँ कि आप इस पर कुछ प्रकाश डालेंगी ?"

सुन्दरी ने ठंडी साँस ले कर कहा, "मेरी रामकहानी विपत्ति की एक बड़ी कथा है; तुझे सुन कर दुःख होगा।" किंतु मैंने जब बहुत आग्रह किया तो उसने मुझे फर्श पर बैठने का संकेत किया और अपना वृत्तांत सुनाने लगी :

"मैं काश्मीर देश की रहनेवाली राजकन्या हूँ। मेरा विवाह एक राजपूत योद्धा से हुआ था। उनका नाम नृसिंहदेव था। हम दोनों बड़े आनंद से जीवन व्यतीत करते थे। संसार का सर्वोत्तम पदार्थ रूप है, दूसरा स्वास्थ्य और तीसरा धन। परमात्मा ने हमको ये तीनों ही पदार्थ प्रचुर परिमाण में प्रदान किये थे। खेद है कि मैं उनसे मुलाकात नहीं कर सकती। ऐसा साहसी, ऐसा सुन्दर, ऐसा विद्वान् पुरुष सारे काश्मीर में न था। मैं उनकी आराधना करती थी। उनका मेरे ऊपर अपार स्नेह था। कई वर्षों तक हमारा जीवन एक जलस्रोत की भाँति वृक्ष-पुंजों और हरे-भरे मैदानों में प्रवाहित होता रहा।

मेरे पड़ोस में एक मंदिर था। पुजारी एक पंडित श्रीधर थे। हम दोनों प्रातःकाल तथा संध्या समय उस मन्दिर में उपासना के लिए जाते। मेरे स्वामी कृष्ण के भक्त थे। मंदिर एक सुरम्य सागर के तट पर बना हुआ था। वहाँ का परिष्कृत मंद समीर चित्त को पुलकित कर देता था। इसलिए हम उपासना के पश्चात् भी वहाँ घंटों वायु-सेवन करते रहते थे। श्रीधर बड़े विद्वान, वेदों के ज्ञाता, शास्त्रों के जाननेवाले थे। कृष्ण पर उनकी भी अविचल भक्ति थी। समस्त काश्मीर में उनके पांडित्य की चर्चा थी। वह बड़े संयमी, संतोषी, आत्मज्ञानी पुरुष थे। उनके नेत्रों से शांति की ज्योतिरेखाएँ निकलती हुई मालूम होती थीं। सदैव परोपकार में मग्न रहते थे। उनकी वाणी ने कभी किसी का हृदय नहीं दुखाया। उनका हृदय नित्य परवेदना से पीड़ित रहता था।

पंडित श्रीधर मेरे पतिदेव से लगभग दस वर्ष बड़े थे; पर उनकी धर्मपत्नी विद्याधरी मेरी समवयस्का थीं। हम दोनों सहेलियाँ थीं। विद्याधरी अत्यंत गंभीर, शांत प्रकृति की स्त्री थीं। यद्यपि रंग-रूप में वही रानी थीं, पर वह अपनी अवस्था से संतुष्ट थीं। अपने पति को वह देवतुल्य समझती थीं।

श्रावण का महीना था। आकाश पर काले-काले बादल मँडरा रहे थे, मानो काजल के पर्वत उड़े जा रहे हैं। झरनों से दूध की धारें निकल रही थीं और चारों ओर हरियाली छाई हुई थी। नन्ही-नन्ही फुहारें पड़ रही थीं, मानो स्वर्ग से अमृत

की बूँदें टपक रही हैं। जल की बूँदें फूलों और पत्तियों के गले में चमक रही थीं। चित्त को अभिलाषाओं से उभारनेवाला शमा छाया हुआ था। यह वह समय है जब रमणियों को विदेशगामी प्रियतम की याद रुलाने लगती है, जब हृदय किसी से आलिंगन करने के लिए व्यग्र हो जाता है, जब सूनी सेज देख कर कलेजे में हूक-सी उठती है। इसी ऋतु में विरह की मारी वियोगिनियाँ अपनी बीमारी का बहाना करती हैं, जिसमें उनका पति उन्हें देखने आवे। इसी ऋतु में माली की कन्या धानी साड़ी पहन कर क्यारियों में इठलाती हुई चम्पा और बेले के फूलों से आँचल भरती है, क्योंकि हार और गजरों की माँग बहुत बढ़ जाती है। मैं और विद्याधरी ऊपर छत पर बैठी हुई वर्षाऋतु की बहार देख रही थीं और कालिदास का 'ऋतुसंहार' पढ़ती थीं कि इतने में मेरे पति ने आ कर कहा, 'आज का सुहावना दिन है। झूला झूलने में बड़ा आनंद आयेगा।' सावन में झूला झूलने का प्रस्ताव क्योंकर रद्द किया जा सकता था। इन दिनों प्रत्येक रमणी का चित्त आप ही आप झूला झूलने के लिए विकल हो जाता है। जब वन के वृक्ष झूला झूलते हों, जब सारी प्रकृति आंदोलित हो रही हो तो रमणी का कोमल हृदय क्यों न चंचल हो जाय ! विद्याधरी भी राजी हो गयी। रेशम की डोरियाँ कदम की डाल पर पड़ गयीं, चंदन का पटरा रख दिया गया और मैं विद्याधरी के साथ झूला झूलने चली। जिस प्रकार ज्ञानसरोवर पवित्र जल से परिपूर्ण हो रहा है, उसी भाँति हमारे हृदय पवित्र आनंद से परिपूर्ण थे। किन्तु शोक ! वह कदाचित् मेरे सौभाग्यचंद्र की अंतिम झलक थी। मैं झूले के पास पहुँच कर पटरे पर जा बैठी; किंतु कोमलांगी विद्याधरी ऊपर न आ सकी। वह कई बार उचकी, परंतु पटरे तक न आ सकी। तब मेरे पतिदेव ने सहारा देने के लिए उसकी बाँह पकड़ ली ! उस समय उनके नेत्रों में एक विचित्र तृष्णा की झलक थी और मुख पर एक विचित्र आतुरता। वह धीमे में मल्हार गा रहे थे; किंतु विद्याधरी जब पटरे पर आयी तो उसका मुख डूबते हुए सूर्य की भाँति लाल हो रहा था, नेत्र अरुणवर्ण हो रहे थे। उसने पतिदेव की ओर क्रोधोन्मत्त हो कर कहा :

'तूने काम के वश हो कर मेरे शरीर में हाथ लगाया है। मैं अपने पातिव्रत के बल से तुझे शाप देती हूँ कि तू इसी क्षण पशु हो जा।'

यह कहते ही विद्याधरी ने अपने गले से रुद्राक्ष की माला निकाल कर मेरे पतिदेव के ऊपर फेंक दिया और तत्क्षण ही पटरे के समीप मेरे पतिदेव के स्थान पर एक विशाल सिंह दिखलायी दिया।

2

ऐ मुसाफिर, अपने प्रिय पतिदेवता की यह गति देख कर मेरा रक्त सूख गया और कलेजे पर बिजली-सी आ गिरी। मैं विद्याधरी के पैरों से लिपट गयी और फूट-फूट

कर रोने लगी। उस समय अपनी आँखों से देख कर अनुभव हुआ कि पातिव्रत की महिमा कितनी प्रबल है। ऐसी घटनाएँ मैंने पुराणों में पढ़ी थीं, परंतु मुझे विश्वास न था कि वर्तमान काल में जबकि स्त्री-पुरुष के सम्बन्ध में स्वार्थ की मात्रा दिनोंदिन अधिक होती जाती है, पातिव्रत धर्म में यह प्रभाव होगा; परंतु यह नहीं कह सकती कि विद्याधरी के विचार कहाँ तक ठीक थे। मेरे पति विद्याधरी को सदैव बहिन कह कर संबोधित करते थे। वह अत्यंत स्वरूपवान् थे और रूपवान् पुरुष की स्त्री का जीवन बहुत सुखमय नहीं होता; पर मुझे उन पर संशय करने का अवसर कभी नहीं मिला। वह स्त्रीव्रत धर्म का वैसे ही पालन करते थे जैसे सती अपने धर्म का। उनकी दृष्टि में कुचेष्टा न थी और विचार अत्यंत उज्ज्वल और पवित्र थे। यहाँ तक कि कालिदास की श्रृंगारमय कविता भी उन्हें प्रिय न थी, मगर काम के मर्मभेदी बाणों से कौन बचा है ! जिस काम ने शिव, ब्रह्मा जैसे तपस्वियों की तपस्या भंग कर दी, जिस काम ने नारद और विश्वामित्र जैसे ऋषियों के माथे पर कलंक का टीका लगा दिया, वह काम सब कुछ कर सकता है। सम्भव है कि सुरापान ने उद्दीपक ऋतु के साथ मिल कर उनके चित्त को विचलित कर दिया हो। मेरा गुमान तो यह है कि यह विद्याधरी की केवल भ्रांति थी। जो कुछ भी हो, उसने शाप दे दिया। उस समय मेरे मन में भी उत्तेजना हुई कि जिस शक्ति का विद्याधरी को गर्व है, क्या वह शक्ति मुझमें नहीं है ? क्या मैं पतिव्रता नहीं हूँ ? किंतु हा ! मैंने कितना ही चाहा कि शाप के शब्द मुँह से निकालूँ, पर मेरी ज़बान बंद हो गयी। अखंड विश्वास जो विद्याधरी को अपने पातिव्रत पर था, मुझे न था ? विवशता ने मेरे प्रतिकार के आवेग को शांत कर दिया। मैंने बड़ी दीनता के साथ कहा—बहिन, तुमने यह क्या किया ?

विद्याधरी ने निर्दय हो कर कहा—मैंने कुछ नहीं किया। यह उसके कर्मों का फल है।

मैं—तुम्हें छोड़ कर और किसकी शरण जाऊँ, क्या तुम इतनी दया न करोगी ?

विद्याधरी—मेरे किये अब कुछ नहीं हो सकता।

मैं—देवि, तुम पातिव्रतधारिणी हो, तुम्हारे वाक्य की महिमा अपार है। तुम्हारा क्रोध यदि मनुष्य से पशु बना सकता है, तो क्या तुम्हारी दया पशु से मनुष्य न बना सकेगी ?

विद्याधरी—प्रायश्चित्त करो। इसके अतिरिक्त उद्धार का और कोई उपाय नहीं।

ऐ मुसाफिर, मैं राजपूत की कन्या हूँ। मैंने विद्याधरी से अधिक अनुनय-विनय नहीं की। उसका हृदय दया का आगार था। यदि मैं उसके चरणों पर शीश रख देती तो कदाचित् उसे मुझ पर दया आ जाती; किंतु राजपूत की कन्या इतना अपमान नहीं सह सकती। वह घृणा के घाव सह सकती है, क्रोध की अग्नि सह सकती

है, पर दया का बोझ उससे नहीं उठाया जाता। मैंने पटरे से उतर कर पतिदेव के चरणों पर सिर झुकाया और उन्हें साथ लिये हुए अपने मकान चली आयी।

3

कई महीने गुजर गये। मैं पतिदेव की सेवा-शुश्रूषा में तन-मन से व्यस्त रहती। यद्यपि उनकी जिह्वा वाणीविहीन हो गयी थी, पर उनकी आकृति से स्पष्ट प्रकट होता था कि वह अपने कर्म से लज्जित थे। यद्यपि उनका रूपांतर हो गया था; पर उन्हें मांस से अत्यंत घृणा थी। मेरी पशुशाला में सैकड़ों गायें-भैंसें थीं; किंतु शेरसिंह ने कभी किसी की ओर आँख उठा कर भी न देखा। मैं उन्हें दोनों वेला दूध पिलाती और संध्या समय उन्हें साथ लेकर पहाड़ियों की सैर कराती। मेरे मन में न जाने क्यों धैर्य और साहस का इतना संचार हो गया था कि मुझे अपनी दशा असह्य न जान पड़ती थी। मुझे निश्चय था कि शीघ्र ही इस विपत्ति का अंत भी होगा।

इन्हीं दिनों हरिद्वार में गंगा-स्नान का मेला लगा। मेरे नगर से यात्रियों का एक समूह हरिद्वार चला। मैं भी उनके साथ हो ली। दीन-दुखी जनों को दान देने के लिए रुपयों और अशर्फियों की थैलियाँ साथ ले लीं। मैं प्रायश्चित्त करने जा रही थी, इसलिए पैदल ही यात्रा करने का निश्चय कर लिया। लगभग एक महीने में हरिद्वार जा पहुँची। यहाँ भारतवर्ष के प्रत्येक प्रांत से असंख्य यात्री आये हुए थे। संन्यासियों और तपस्वियों की संख्या गृहस्थों से कुछ ही कम होगी। धर्मशालाओं में रहने का स्थान न मिलता था। गंगातट पर, पर्वतों की गोद में, मैदानों के वक्षःस्थल पर, जहाँ देखिए आदमी ही आदमी नजर आते थे। दूर से वह छोटे-छोटे खिलौने की भाँति दिखायी देते थे। मीलों तक आदमियों का फर्श-सा बिछा हुआ था। भजन और कीर्तन की ध्वनि नित्य कानों में आती रहती थी। हृदय में असीम शुद्धि गंगा की लहरों की भाँति लहरें मारती थी। वहाँ का जल, वायु, आकाश सब शुद्ध थे।

मुझे हरिद्वार आये तीन दिन व्यतीत हुए थे। प्रभात का समय था। मैं गंगा में खड़ी स्नान कर रही थी। सहसा मेरी दृष्टि ऊपर की ओर उठी तो मैंने किसी आदमी को पुल की ओर झाँकते देखा। अकस्मात् उस मनुष्य का पाँव ऊपर उठ गया और सैकड़ों ही गज की ऊँचाई से गंगा में गिर पड़ा। सहस्त्रों आखें यह दृश्य देख रही थी, पर किसी का साहस न हुआ कि उस अभागे मनुष्य की जान बचाये। भारतवर्ष के अतिरिक्त ऐसा समवेदनाशून्य और कौन देश होगा और यह वह देश है जहाँ परमार्थ मनुष्य का कर्त्तव्य बताया गया है। लोग बैठे हुए अपंगुओं की भाँति तमाशा देख रहे थे। सभी हतबुद्धि- से हो रहे थे। धारा प्रबल वेग से प्रवाहित थी और जल बर्फ से भी अधिक शीतल। मैंने देखा कि वह धारा के साथ बहता चला

जाता था। यह हृदय-विदारक दृश्य मुझसे न देखा गया। मैं तैरने में अभ्यस्त थी। मैंने ईश्वर का नाम लिया और मन को दृढ़ करके धारा के साथ तैरने लगी। ज्यों-ज्यों मैं आगे बढ़ती थी, वह मनुष्य मुझसे दूर होता जाता था। यहाँ तक मेरे सारे अंग ठंड से शून्य हो गये।

मैंने कई बार चट्टानों को पकड़ कर दम लिया, कई बार पत्थरों से टकरायी। मेरे हाथ ही न उठते थे। सारा शरीर बर्फ का ढाँचा-सा बना हुआ था। मेरे अंग गतिहीन हो गये कि मैं धारा के साथ बहने लगी और मुझे विश्वास हो गया कि गंगामाता के उदर ही में मेरी जल-समाधि होगी। अकस्मात् मैंने उस पुरुष की लाश को एक चट्टान पर रुकते देखा। मेरा हौसला बँध गया। शरीर में एक विचित्र स्फूर्ति का अनुभव हुआ। मैं जोर लगा कर प्राणपण से उस चट्टान पर जा पहुँची और उसका हाथ पकड़ कर खींचा। मेरा कलेजा धक से हो गया। यह श्रीधर पंडित थे।

ऐ मुसाफिर, मैंने यह काम प्राणों को हथेली पर रख कर पूरा किया। जिस समय मैं पंडित श्रीधर की अर्धमृत देह लिये तट पर आयी तो सहस्रों मनुष्यों की जयध्वनि से आकाश गूँज उठा। कितने ही मनुष्यों ने चरणों पर सिर झुकाये। अभी लोग श्रीधर को होश में लाने के उपाय कर ही रहे थे कि विद्याधरी मेरे सामने आ कर खड़ी हो गयी। उसका मुख, प्रभात के चंद्र की भाँति कांतिहीन हो रहा था, होंठ सूखे हुए, बाल बिखरे हुए। आँखों से आँसुओं की झड़ी लगी हुई थी। वह जोर से हाँफ रही थी, दौड़ कर मेरे पैरों से चिमट गयी, किन्तु दिल खोल कर नहीं, निर्मल भाव से नहीं। एक की आँखें गर्व से भरी हुई थीं और दूसरे की ग्लानि से झुकी हुई। विद्याधरी के मुँह से बात न निकलती थी। केवल इतना बोली—'बहिन, ईश्वर तुमको इस सत्कार्य का फल दें।'

4

ऐ मुसाफिर, यह शुभकामना विद्याधरी के अंतःस्थल से निकली थी। मैं उसके मुँह से यह आशीर्वाद सुन कर फूली न समायी। मुझे विश्वास हो गया कि अबकी बार जब मैं अपने मकान पर पहुँचूँगी तो पतिदेव मुस्कराते हुए मुझसे गले मिलने के लिए द्वार पर आयेंगे। इस विचार से मेरे हृदय में गुदगुदी-सी होने लगी। मैं शीघ्र ही स्वदेश को चल पड़ी। उत्कंठा मेरे कदम बढ़ाये जाती थी। मैं दिन में भी चलती और रात को भी चलती, मगर पैर थकना ही न जानते थे। यह आशा कि वह मोहिनी मूर्ति द्वार पर मेरा स्वागत करने के लिए खड़ी होगी, मेरे पैरों में पर-से लगाये हुए थी। एक महीने की मंजिल मैंने एक सप्ताह में तय की। पर शोक ! जब मकान के पास पहुँची, तो उस घर को देख कर दिल बैठ गया और हिम्मत

न पड़ी कि अंदर कदम रखूँ। मैं चौखट पर बैठ कर देर तक विलाप करती रही। न किसी नौकर का पता, न कहीं पाले हुए पशु ही दिखायी देते थे। द्वार पर धूल उड़ रही थी। जान पड़ता था कि पक्षी घोंसले से उड़ गया है, कलेजे पर पत्थर की सिल रख कर भीतर गयी तो क्या देखती हूँ कि मेरा प्यारा सिंह आँगन में मोटी-मोटी जंजीरों से बँधा हुआ है। इतना दुर्बल हो गया है कि उसके कूल्हों की हड्डियाँ दिखायी दे रही हैं। ऊपर-नीचे जिधर देखती थी, उजाड़-सा मालूम होता था। मुझे देखते ही शेरसिंह ने पूँछ हिलायी और सहसा उनकी आँखें दीपक की भाँति चमक उठीं। मैं दौड़कर उनके गले से लिपट गयी, समझ गयी कि नौकरों ने दगा की। घर की सामग्रियों का कहीं पता न था। सोने-चाँदी के बहुमूल्य पात्र, फर्श आदि सब गायब थे। हाय ! हत्यारे मेरे आभूषणों का संदूक भी उठा ले गये। इस अपहरण ने मुसीबत का प्याला भर दिया। शायद पहले उन्होंने शेरसिंह को जकड़ कर बाँध दिया होगा, फिर खूब दिल खोल कर नोच-खसोट की होगी। कैसी विडम्बना थी कि धर्म लूटने गयी थी और धन लुटा बैठी। दरिद्रता ने पहली बार अपना भयंकर रूप दिखाया।

ऐ मुसाफिर, इस प्रकार लुट जाने के बाद वह स्थान आँखों में काँटे की तरह खटकने लगा। यही वह स्थान था जहाँ हमने आनंद के दिन काटे थे। इन्हीं क्यारियों में हमने मृगों की भाँति किलोल किये थे। प्रत्येक वस्तु से कोई न कोई स्मृति सम्बन्धित थी। उन दिनों की याद करके आँखों से रक्त के आँसू बहने लगते थे। बसंत की ऋतु थी, बौर की महक से वायु सुगंधित हो रही थी। महुए के वृक्षों के नीचे परियों के शयन करने के लिए मोतियों की शय्या बिछी हुई थी, करौंदे और नींबू के फलों की सुगंध से चित्त प्रसन्न हो जाता था। मैंने अपनी जन्म-भूमि को सदैव के लिए त्याग दिया। मेरी आँखों से आँसुओं की एक बूँद भी न गिरी। जिस जन्म-भूमि की याद यावज्जीवन हृदय को व्यथित करती रहती है, उससे मैंने यों मुँह मोड़ लिया मानो कोई बंदी कारागार से मुक्त हो जाय। एक सप्ताह तक मैं चारों ओर भ्रमण करके अपने भावी निवासस्थान का निश्चय करती रही। अंत में सिंधु नदी के किनारे एक निर्जन स्थान मुझे पसंद आया। यहाँ एक प्राचीन मंदिर था। शायद किसी समय वहाँ देवताओं का वास था; पर इस समय वह बिलकुल उजाड़ था। देवताओं ने काल को विजय किया हो; पर समय चक्र को नहीं। शनैः-शनैः मुझे इस स्थान से प्रेम हो गया और वह स्थान पथिकों के लिए धर्मशाला बन गया।

मुझे यहाँ रहते तीन वर्ष व्यतीत हो चुके थे। वर्षा ऋतु में एक दिन संध्या के समय मुझे मंदिर के सामने से एक पुरुष घोड़े पर सवार जाता दिखायी दिया। मंदिर से प्रायः दो सौ गज की दूरी पर एक रमणीक सागर था, उसके किनारे कचनार वृक्षों के झुरमुट थे। वह सवार उस झुरमुट में जा कर अदृश्य हो गया। अंधकार बढ़ता जाता था। एक क्षण के बाद मुझे उस ओर किसी मनुष्य का चीत्कार सुनायी दिया, फिर बंदूकों के शब्द सुनायी दिये और उनकी ध्वनि से पहाड़ गूँज उठा।

ऐ मुसाफिर, यह दृश्य देख कर मुझे किसी भीषण घटना का संदेह हुआ। मैं तुरंत उठ खड़ी हुई। एक कटार हाथ में ली और उस सागर की ओर चल दी।

अब मूसलाधार वर्षा होने लगी थी, मानो आज के बाद फिर कभी न बरसेगा। रह-रह कर गर्जन की ऐसी भयंकर ध्वनि उठती थी, मानो सारे पहाड़ आपस में टकरा गये हों। बिजली की चमक ऐसी तीव्र थी, मानो संसारव्यापी प्रकाश सिमट कर एक हो गया हो। अंधकार का यह हाल था मानो सहस्त्रों अमावस्या की रातें गले मिल रही हों। मैं कमर तक पानी में चलती दिल को सम्हाले हुए आगे बढ़ती जाती थी। अंत में सागर के समीप आ पहुँची। बिजली की चमक ने दीपक का काम किया। सागर के किनारे एक बड़ी-सी गुफा थी। इस समय उस गुफा में से प्रकाश-ज्योति बाहर आती हुई दिखायी देती थी। मैंने भीतर की ओर झाँका तो क्या देखती हूँ कि एक बड़ा अलाव जल रहा है। उसके चारों ओर बहुत-से आदमी खड़े हुए हैं और एक स्त्री आग्नेय नेत्रों से घूर-घूर कर कह रही है, 'मैं अपने पति के साथ उसे भी जला कर भस्म कर दूँगी।' मेरे कुतूहल की कोई सीमा न रही। मैंने साँस बंद कर ली और हतबुद्धि की भाँति यह कौतुक देखने लगी। उस स्त्री के सामने एक रक्त से लिपटी हुई लाश पड़ी थी और लाश के समीप ही एक मनुष्य रस्सियों से बँधा हुआ सिर झुकाये बैठा था। मैंने अनुमान किया कि यह वही अश्वारोही पथिक है, जिस पर इन डाकुओं ने आघात किया था। यह शव डाकू सरदार का है और यह स्त्री डाकू की पत्नी है। उसके सिर के बाल बिखरे हुए थे और आँखों से अंगारे निकल रहे थे। हमारे चित्रकारों ने क्रोध को पुरुष कल्पित किया है। मेरे विचार में स्त्री का क्रोध इससे कहीं घातक, कहीं विध्वंसकारी होता है। क्रोधोन्मत्त हो कर वह कोमलांगी सुन्दरी ज्वालाशिखर बन जाती है।

उस स्त्री ने दाँत पीस कर कहा, 'मैं अपने पति के साथ इसे भी जला कर भस्म कर दूँगी।' यह कह कर उसने उस रस्सियों से बँधे हुए पुरुष को घसीटा और दहकती हुई चिता में डाल दिया। आह ! कितना भयंकर, कितना रोमांचकारी दृश्य था। स्त्री ही अपनी द्वेष की अग्नि शांत करने में इतनी पिशाचिनी हो सकती है। मेरा रक्त खौलने लगा। अब एक क्षण भी विलम्ब करने का अवसर न था। मैंने कटार खींच ली, डाकू चौंक कर तितर-बितर हो गये, समझे मेरे साथ और लोग भी होंगे। मैं बेधड़क चिता में घुस गयी और क्षणमात्र में उस अभागे पुरुष को अग्नि के मुख से निकाल लायी। अभी केवल उसके वस्त्र ही जले थे। जैसे सर्प अपना शिकार छिन जाने से फुफकारता हुआ लपकता है, उसी प्रकार गरजती हुई लपटें मेरे पीछे दौड़ीं। ऐसा प्रतीत होता था कि अग्नि भी उसके रक्त की प्यासी हो रही थी।

इतने में डाकू सम्हल गये और आहत सरदार की पत्नी पिशाचिनी की भाँति मुँह खोले मुझ पर झपटी। समीप था कि ये हत्यारे मेरी बोटियाँ कर दें कि इतने

में गुफा के द्वार पर मेघगर्जन की-सी ध्वनि सुनायी दी और शेरसिंह रौद्र रूप धारण किये हुए भीतर पहुँचे। उनका भयंकर रूप देखते ही डाकू अपनी-अपनी जान ले कर भागे। केवल डाकू सरदार की पत्नी स्तम्भित-सी अपने स्थान पर खड़ी रही। एकाएक उसने पति का शव उठाया और उसे ले कर चिता में बैठ गयी। देखते-देखते उसका भयंकर रूप अग्नि-ज्वाला में विलीन हो गया। अब मैंने उस बँधे हुए मनुष्य की ओर देखा तो मेरा हृदय उछल पड़ा। यह पंडित श्रीधर थे। मुझे देखते ही सिर झुका लिया और रोने लगे। मैं उनके समाचार पूछ ही रही थी कि उसी गुफा के एक कोने से किसी के कराहने का शब्द सुनायी दिया। जा कर देखा तो एक सुन्दर युवक रक्त से लथपथ पड़ा था। मैंने उसे देखते ही पहचान तिया। उसका पुरुषवेष उसे छिपा न सका। यह विद्याधरी थी। मर्दों के वस्त्र उस पर खूब सजते थे। वह लज्जा और ग्लानि की मूर्ति बनी हुई थी। वह पैरों पर गिर पड़ी, पर मुँह से कुछ न बोली।

उस गुफा में पल भर भी ठहरना अत्यंत शंकाप्रद था। न जाने कब डाकू फिर सशस्त्र हो कर आ जायँ। उधर चिताग्नि भी शांत होने लगी और उस सती की भी भीषण काया अत्यंत तेज रूप धारण करके हमारे नेत्रों के सामने तांडव क्रीड़ा करने लगी। मैं बड़ी चिंता में पड़ी कि इन दोनों प्राणियों को कैसे वहाँ से निकालूँ। दोनों ही रक्त से चूर थे। शेरसिंह ने मेरा असमंजस ताड़ लिया। रूपांतर हो जाने के बाद उनकी बुद्धि बड़ी तीव्र हो गयी थी। उन्होंने मुझे संकेत किया कि दोनों को हमारी पीठ पर बिठा दो। पहले तो मैं उनका आशय न समझी, पर जब उन्होंने संकेत को बार-बार दुहराया तो मैं समझ गयी। गूँगों के घरवाले ही गूँगों की बातें खूब समझते हैं। मैंने पंडित श्रीधर को गोद में उठा कर शेरसिंह की पीठ पर बिठा दिया। उसके पीछे विद्याधरी को भी बिठाया। नन्हा बालक भालू की पीठ पर बैठ कर जितना डरता है, उससे कहीं ज्यादा यह दोनों प्राणी भयभीत हो रहे थे। चिताग्नि के क्षीण प्रकाश में उनके भयविकृत मुख देख कर करुण विनोद होता था। अस्तु, मैं इन दोनों प्राणियों को साथ ले कर गुफा से निकली और फिर उसी तिमिर-सागर को पार करके मंदिर आ पहुँची।

मैंने एक सप्ताह तक उनका यहाँ यथाशक्ति सेवा-सत्कार किया। जब वे भली-भाँति स्वस्थ हो गये तो मैंने उन्हें विदा किया। ये स्त्री-पुरुष कई आदमियों के साथ टेढ़ी जा रहे थे, यहाँ के राजा पंडित श्रीधर के शिष्य हैं। पंडित श्रीधर का घोड़ा आगे था। विद्याधरी का अभ्यास न होने के कारण पीछे थी, उनके दोनों रक्षक भी उनके साथ थे। जब डाकुओं ने पंडित श्रीधर को घेरा और पंडित ने पिस्तौल से डाकू सरदार को गिराया तो कोलाहल सुन कर विद्याधरी ने घोड़ा बढ़ाया। दोनों रक्षक तो जान ले कर भागे, विद्याधरी को डाकुओं ने पुरुष समझ कर घायल कर दिया और तब दोनों प्राणियों को बाँध कर गुफा में डाल दिया। शेष बातें मैंने अपनी

आँखों देखीं। यद्यपि यहाँ से बिदा होते समय विद्याधरी का रोम-रोम मुझे आशीर्वाद दे रहा था। पर हाँ ! अभी प्रायश्चित्त पूरा न हुआ था। इतना आत्म-समर्पण करके भी मैं सफल मनोरथ न हुई थी।

5

ऐ मुसाफिर, उस प्रान्त में अब मेरा रहना कठिन हो गया। डाकू बंदूकें लिए हुए शेरसिंह की तलाश में घूमने लगे। विवश होकर एक दिन मैं वहाँ से चल खड़ी हुई और दुर्गम पर्वतों को पार करती हुई यहाँ आ निकली। यह स्थान मुझे ऐसा पसंद आया कि मैंने इस गुफा को अपना घर बना लिया है। आज पूरे तीन वर्ष गुजरे जब मैंने पहले-पहल ज्ञानसरोवर के दर्शन किये। उस समय भी यही ऋतु थी। मैं ज्ञानसरोवर में पानी भरने गयी हुई थी, सहसा क्या देखती हूँ कि एक युवक मुश्की घोड़े पर सवार रत्नजटित आभूषण पहने हाथ में चमकता हुआ भाला लिये चला आता है। शेरसिंह को देख कर वह ठिठका और भाला सम्हाल कर उन पर वार कर बैठा। शेरसिंह को भी क्रोध आया। उनके गरजन की ऐसी गगनभेदी ध्वनि उठी कि ज्ञानसरोवर का जल आंदोलित हो गया और तुरंत घोड़े से खींच कर उसकी छाती पर पंजे रख दिये। मैं घड़ा छोड़ कर दौड़ी। युवक का प्राणांत होनेवाला ही था कि मैंने शेरसिंह के गले में हाथ डाल दिये और उनका सिर सहला कर क्रोध शांत किया। मैंने उनका ऐसा भयंकर रूप कभी नहीं देखा था। मुझे स्वयं उनके पास जाते हुए डर लगता था, पर मेरे मृदु वचनों ने अंत में उन्हें वशीभूत कर लिया, वह अलग खड़े हो गये। युवक की छाती में गहरा घाव लगा था। उसे मैंने इसी गुफा में ला कर रखा और उसकी मरहम-पट्टी करने लगी। एक दिन मैं कुछ आवश्यक वस्तुएँ लेंने के लिए उस कस्बे में गयी जिसके मंदिर के कलश यहाँ से दिखायी दे रहे हैं, मगर वहाँ सब दुकानें बंद थीं। बाजारों में खाक उड़ रही थी। चारों ओर सियापा छाया हुआ था। मैं बहुत देर तक इधर-उधर घूमती रही, किसी मनुष्य की सूरत भी न दिखायी देती थी कि उससे वहाँ का सब समाचार पूछूँ। ऐसा विदित होता था, मानो यह अदृश्य जीवों की बस्ती है। सोच ही रही थी कि वापस चलूँ कि घोड़ों के टापों की ध्वनि कानों में आयी और एक क्षण में एक स्त्री सिर से पैर तक काले वस्त्र धारण किये, एक काले घोड़े पर सवार आती हुई दिखायी दी। उसके पीछे कई सवार और प्यादे काली वर्दियाँ पहने आ रहे थे। अकस्मात् उस सवार स्त्री की दृष्टि मुझ पर पड़ी। उसने घोड़े को एड़ लगायी और मेरे निकट आकर कर्कश स्वर में बोली, 'तू कौन है ?' मैंने निर्भीक भाव से उत्तर दिया, 'मैं ज्ञानसरोवर के तट पर रहती हूँ। यहाँ बाजार में कुछ सामग्रियाँ लेने आयी थी; किंतु शहर में किसी का पता नहीं।' उस स्त्री ने पीछे की ओर देख कर कुछ संकेत

किया और दो सवारों ने आगे बढ़ कर मुझे पकड़ लिया और मेरी बाँहों में रस्सियाँ डाल दीं। मेरी समझ में न आता था कि मुझे किस अपराध का दंड दिया जा रहा है। बहुत पूछने पर भी किसी ने मेरे प्रश्नों का उत्तर न दिया। हाँ, अनुमान से यह प्रकट हुआ कि यह स्त्री यहाँ की रानी है। मुझे अपने विषय में तो कोई चिंता न थी पर चिंता थी शेरसिंह की, वह अकेले घबरा रहे होंगे। भोजन का समय आ पहुँचा, कौन खिलावेगा। किस विपत्ति में फँसी। नहीं मालूम विधाता अब मेरी क्या दुर्गति करेंगे। मुझ अभागिन को इस दशा में भी शांति नहीं। इन्हीं मलिन विचारों में मग्न मैं सवारों के साथ आध घंटे तक चलती रही कि सामने एक ऊँची पहाड़ी पर एक विशाल भवन दिखायी दिया। ऊपर चढ़ने के लिए पत्थर काट कर चौड़े जीने बनाये गये थे। हम लोग ऊपर चढ़े। वहाँ सैकड़ों ही आदमी दिखायी दिये, किंतु सब-के-सब काले वस्त्र धारण किए हुए थे। मैं जिस कमरे में ला कर रखी गयी, वहाँ एक कुशासन के अतिरिक्त सजावट का और सामान न था। मैं जमीन पर बैठ कर अपने नसीब को रोने लगी। जो कोई यहाँ आता था, मुझ पर करुण दृष्टिपात करके चुपचाप चला जाता था। थोड़ी देर में रानी साहब आ कर उसी कुशासन पर बैठ गयीं। यद्यपि उनकी अवस्था पचास वर्ष से अधिक थी, परन्तु मुख पर अद्भुत कांति थी। मैंने अपने स्थान से उठ कर उनका सम्मान किया और हाथ बाँध कर अपनी किस्मत का फैसला सुनने के लिए खड़ी हो गयी।

ऐ मुसाफिर, रानी महोदया के तेवर देख कर पहले तो मेरे प्राण सूख गये, किंतु जिस प्रकार चंदन जैसी कठोर वस्तु में मनोहर सुगंधि छिपी होती है, उसी प्रकार उनकी कर्कशता और कठोरता के नीचे मोम के सदृश हृदय छिपा हुआ था। उनका प्यारा पुत्र थोड़े ही दिन पहले युवावस्था ही में दगा दे गया था। उसी के शोक में सारा शहर मातम मना रहा था। मेरे पकड़े जाने का कारण यह था कि मैंने काले वस्त्र क्यों न धारण किये थे। यह वृत्तांत सुन कर मैं समझ गयी कि जिस राजकुमार का शोक मनाया जा रहा है वह वही युवक है जो मेरी गुफा में पड़ा हुआ है। मैंने उनसे पूछा, 'राजकुमार मुश्की घोड़े पर तो सवार नहीं थे ?'

रानी—हाँ-हाँ, मुश्की घोड़ा था। उसे मैंने उनके लिए अरब देश से मँगवा दिया था। क्या तूने उन्हें देखा है ?

मैं—हाँ, देखा है।

रानी ने पूछा—कब ?

मैं—जिस दिन वह शेर का शिकार खेलने गये थे।

रानी—क्या तेरे सामने ही शेर ने उन पर चोट की थी ?

मैं—हाँ, मेरी आँखों के सामने।

रानी उत्सुक हो कर खड़ी हो गयी और बड़े दीन भाव से बोली—तू उनकी लाश का पता लगा सकती है ?

मैं—ऐसा न कहिए, वह अमर हों। वह दो सप्ताहों से मेरे यहाँ मेहमान हैं।

रानी हर्षमय आश्चर्य से बोली—मेरा रणधीर जीवित है ?

मैं—हाँ, अब उनमें चलने-फिरने की शक्ति आ गयी है।

रानी मेरे पैरों पर गिर पड़ी।

तीसरे दिन अर्जुन नगर की कुछ और ही शोभा थी। वायु आनंद के मधुर स्वर में गूँजती थी, दूकानों ने फूलों का हार पहना था, बाजारों में आनंद के उत्सव मनाये जा रहे थे। शोक के काले वस्त्रों की जगह केसर का सुहावना रंग बधाई दे रहा था। इधर सूर्य ने उषा-सागर से सिर निकाला। उधर सलामियाँ दगना आरम्भ हुईं। आगे-आगे मैं एक सब्जा घोड़े पर सवार आ रही थी और पीछे राजकुमार का हाथी सुनहरे झूलों से सजा चला आता था। स्त्रियाँ अटारियों पर मंगल के गीत गाती थीं और पुष्पों की वृष्टि करती थीं। राजभवन के द्वार पर रानी मोतियों से आँचल-भरे खड़ी थी, ज्यों ही राजकुमार हाथी से उतरे; वह उन्हें गोद में लेने के लिए दौड़ी और छाती से लगा लिया।

6

ऐ मुसाफिर, आनंदोत्सव समाप्त होने पर जब मैं विदा होने लगी, तो रानी महोदय ने सजल नयन हो कर कहा :

'बेटी, तूने मेरे साथ जो उपकार किया है उसका फल तुझे भगवान् देंगे। तूने मेरे राजवंश का उद्धार कर दिया, नहीं तो कोई पितरों को जल देनेवाला भी न रहता। मैं तुझे कुछ बिदाई देना चाहती हूँ, वह तुझे स्वीकार करनी पड़ेगी। अगर रणधीर मेरा पुत्र है, तो तू मेरी पुत्री है। तूने ही रणधीर को प्राणदान दिया है, तूने ही इस राज्य का पुनरुद्धार किया है। इसलिए इस माया-बंधन से तेरा गला नहीं छूटेगा। मैं अर्जुन नगर का प्रांत उपहारस्वरूप तेरी भेंट करती हूँ।'

रानी की यह असीम उदारता देख कर मैं दंग रह गयी। कलियुग में भी कोई ऐसा दानी हो सकता है, इसकी मुझे आशा न थी। यद्यपि मुझे धन-भोग की लालसा न थी, पर केवल इस विचार से कि कदाचित् यह सम्पत्ति मुझे अपने भाइयों की सेवा करने की सामर्थ्य दे, मैंने एक जागीरदार की जिम्मेदारियाँ अपने सिर लीं। तब से दो वर्ष व्यतीत हो चुके हैं, पर भोग-विलास ने मेरे मन को एक क्षण के लिए भी चंचल नहीं किया। मैं कभी पलंग पर नहीं सोयी। रूखी-सूखी वस्तुओं के अतिरिक्त और कुछ नहीं खाया। पति-वियोग की दशा में स्त्री तपस्विनी हो जाती है, उसकी वासनाओं का अंत हो जाता है, मेरे पास कई विशाल भवन हैं, कई रमणीक वाटिकाएँ हैं, विषय-वासना की ऐसी कोई सामग्री नहीं है जो प्रचुर मात्रा में उपस्थित न हो, पर मेरे लिए वह सब त्याज्य हैं। भवन सूने पड़े हैं और वाटिकाओं में खोजने

से भी हरियाली न मिलेगी। मैंने उनकी ओर कभी आँख उठा कर भी नहीं देखा। अपने प्राणाधार के चरणों से लगे हुए मुझे अन्य किसी वस्तु की इच्छा नहीं है। मैं नित्यप्रति अर्जुन नगर जाती हूँ और रियासत के आवश्यक काम-काज करके लौट आती हूँ। नौकर-चाकरों को कड़ी आज्ञा दे दी गयी है कि मेरी शांति में बाधक न हों। रियासत की सम्पूर्ण आय परोपकार में व्यय होती है। मैं उसकी कौड़ी भी अपने खर्च में नहीं लाती। आपको अवकाश हो तो आप मेरी रियासत का प्रबंध देख कर बहुत प्रसन्न होंगे। मैंने इन दो वर्षों में बीस बड़े-बड़े तालाब बनवा दिये हैं और चालीस गोशालाएँ बनवा दी हैं। मेरा विचार है कि अपनी रियासत में नहरों का ऐसा जाल बिछा दूँ जैसे शरीर में नाड़ियों का। मैंने एक सौ कुशल वैद्य नियुक्त कर दिये हैं, जो ग्रामों में विचरण करें और रोग की निवृत्ति करें। मेरा कोई ऐसा ग्राम नहीं है जहाँ मेरी ओर से सफाई का प्रबंध न हो। छोटे-छोटे गाँवों में आपको लालटेनें जलती हुई मिलेंगी। दिन का प्रकाश ईश्वर देता है, रात के प्रकाश की व्यवस्था करना राजा का कर्त्तव्य हैं। मैंने सारा प्रबंध पंडित श्रीधर के हाथों में दे दिया है। सबसे प्रथम कार्य जो मैंने किया वह यह था कि उन्हें ढूँढ़ निकालूँ और यह भार उनके सिर रख दूँ। इस विचार से नहीं कि उनका सम्मान करना मेरा अभीष्ट था, बल्कि मेरी दृष्टि में कोई अन्य पुरुष ऐसा कर्त्तव्यपरायण, ऐसा निःस्पृह, ऐसा सच्चरित्र न था। मुझे पूर्ण विश्वास है कि वह यावज्जीवन रियासत की बागडोर अपने हाथ में रखेंगे। विद्याधरी भी उनके साथ है। वही शांति और संतोष की मूर्ति, वही धर्म और व्रत की देवी। उसका पातिव्रत अब भी ज्ञानसरोवर की भाँति अपार और अथाह है। यद्यपि उसका सौंदर्य-सूर्य अब मध्याह्न पर नहीं है, पर अब भी वह रनिवास की रानी जान पड़ती है। चिंताओं ने उसके मुख पर शिकन डाल दिये हैं। हम दोनों कभी-कभी मिल जाती हैं। किंतु बातचीत की नौबत नहीं आती। उसकी आँखें झुक जाती हैं। मुझे देखते ही उसके ऊपर घड़ों पानी पड़ जाता है और उसके माथे के जलबिंदु दिखाई देने लगते हैं। मैं आपसे सत्य कहती हूँ कि मुझे विद्याधरी से कोई शिकायत नहीं है। उसके प्रति मेरे मन में दिनोंदिन श्रद्धा और भक्ति बढ़ती जाती है। मैं उसे देखती हूँ, तो मुझे प्रबल उत्कंठा होती है कि उसके पैरों पर पड़ूँ। पतिव्रता स्त्री के दर्शन बड़े सौभाग्य से मिलते हैं। पर केवल इस भय से कि कदाचित् वह इसे मेरी खुशामद समझे, रुक जाती हूँ। अब मेरी ईश्वर से यही प्रार्थना है कि अपने स्वामी के चरणों में पड़ी रहूँ और जब इस संसार से प्रस्थान करने का समय आये तो मेरा मस्तक उनके चरणों पर हो। और अन्तिम जो शब्द मेरे मुँह से निकलें वह यही कि, 'ईश्वर, दूसरे जन्म में भी इनकी चेरी बनाना।'

पाठक, उस सुन्दरी का जीवन-वृत्तांत सुन कर मुझे जितना कुतूहल हुआ वह अकथनीय है। खेद है कि जिस जाति में ऐसी प्रतिभाशालिनी देवियाँ उत्पन्न हों

उस पर पाश्चात्य के कल्पनाहीन, विश्वासहीन पुरुष उँगलियाँ उठायें ? समस्त यूरोप में एक ऐसी सुन्दरी न होगी, जिससे इसकी तुलना की जा सके। हमने स्त्री-पुरुष के सम्बन्ध को सांसारिक सम्बन्ध समझ रखा है। उसका आध्यात्मिक रूप हमारे विचार से कोसों दूर है। यही कारण है कि हमारे देश में शताब्दियों की उन्नति के पश्चात् भी पातिव्रत का ऐसा उज्ज्वल और अलौकिक उदाहरण नहीं मिल सकता। और दुर्भाग्य से हमारी सभ्यता ने ऐसा मार्ग ग्रहण किया है कि कदाचित् दूर भविष्य में ऐसी देवियों के जन्म लेने की सम्भावना नहीं है। जर्मनी को यदि अपनी सेना पर, फ्रांस को अपनी विलासिता पर और इंगलैंड को अपने वाणिज्य पर गर्व है, तो भारतवर्ष को अपने पातिव्रत का घमंड है। क्या यूरोपनिवासियों के लिए यह लज्जा की बात नहीं है कि होमर और वर्जिल, डैंटे और गेटे, शेक्सपियर और ह्यूगो जैसे उच्चकोटि के कवि एक भी सीता या सावित्री की रचना न कर सके। वास्तव में यूरोपीय समाज ऐसे आदर्शों से वंचित है !

मैंने दूसरे दिन ज्ञानसरोवर से बड़ी अनिच्छा के साथ विदा माँगी और यूरोप को चला। मेरे लौटने का समाचार पूर्व ही प्रकाशित हो चुका था। जब मेरा जहाज हैम्पबर्ग के बंदरगाह में पहुँचा तो सहस्रों नर-नारी, सैकड़ों विद्वान् और राजकर्मचारी मेरा अभिवादन करने के लिए खड़े थे। मुझे देखते ही तालियाँ बजने लगीं, रूमाल और टोप हवा में उछलने लगे और वहाँ से मेरे घर तक जिस समारोह से जुलूस निकला उस पर किसी राष्ट्रपति को भी गर्व हो सकता है। संध्या समय मुझे कैसर की मेज पर भोजन करने का सौभाग्य प्राप्त हुआ। कई दिनों तक अभिनंदन-पत्रों का ताँता लगा रहा और महीनों क्लब और यूनिवर्सिटी की फरमाइशों से दम मारने का अवकाश न मिला। यात्रावृत्तांत देश के प्रायः सभी पत्रों में छपा। अन्य देशों से भी बधाई के तार और पत्र मिले। फ्रांस और रूस आदि देशों की कितनी ही सभाओं ने मुझे व्याख्यान देने के लिए निमंत्रित किया। एक-एक वक्तृता के लिए मुझे कई-कई हजार पौंड दिये जाते थे। कई विद्यालयों ने मुझे उपाधियाँ दीं। जार ने अपना आटोग्राफ भेज कर सम्मानित किया, किन्तु इन आदर-सम्मान की आँधियों से मेरे चित्त को शांति न मिलती थी और ज्ञानसरोवर का सुरम्य तट और वह गहरी गुफा और वह मृदुभाषिणी रमणी सदैव आँखों के सामने फिरती रहती। उसके मधुर शब्द कानों में गूँजा करते। मैं थियेटरों में जाता और स्पेन और जार्जिया की सुन्दरियों को देखता, किंतु हिमालय की अप्सरा मेरे ध्यान से न उतरती। कभी-कभी कल्पना में मुझे वह देवी आकाश से उतरती हुई मालूम होती, तब चित्त चंचल हो जाता और विकल उत्कंठा होती कि किसी तरह पर लगा कर ज्ञानसरोवर के तट पहुँच जाऊँ। आखिर एक रोज मैंने सफर का सामान दुरुस्त किया और उसी मिती के ठीक एक हजार दिनों के बाद जब कि मैंने पहली बार ज्ञानसरोवर के तट पर कदम रखा था, मैं फिर वहाँ जा पहुँचा।

प्रभात का समय था। गिरिराज सुनहरा मुकुट पहने खड़े थे। मंद समीर के आनन्दमय झोंकों से ज्ञानसरोवर का निर्मल प्रकाश से प्रतिबिम्बित जल इस प्रकार लहरा रहा था, मानो अगणित अप्सराएँ आभूषणों से जगमगाती हुई नृत्य कर रही हों। लहरों के साथ शतदल यों झकोरे लेते थे जैसे कोई बालक हिंडोले में झूल रहा हो। फूलों के बीच में श्वेत हंस तैरते हुए ऐसे मालूम होते थे, मानो लालिमा से छाये हुए आकाश पर तारागण चमक रहे हों। मैंने उत्सुक नेत्रों से इस गुफा की ओर देखा तो वहाँ एक विशाल राजप्रासाद आसमान से कंधा मिलाये खड़ा था। एक ओर रमणीक उपवन था, दूसरी ओर एक गगनचुम्बी मंदिर। मुझे यह कायापलट देख कर आश्चर्य हुआ। मुख्य द्वार पर जा कर देखा, तो दो चोबदार ऊदे मखमल की वर्दियाँ पहने, जरी के पट्टे बाँधे खड़े थे। मैंने उनसे पूछा, "क्यों भाई, यह किसका महल है ?"

चोबदार—अर्जुन नगर की महारानी का।

मैं—क्या अभी हाल ही में बना है ?

चोबदार—हाँ ! तुम कौन हो ?

मैं—एक परदेसी यात्री हूँ। क्या तुम महारानी को मेरी सूचना दे दोगे ?

चोबदार—तुम्हारा क्या नाम है और कहाँ से आते हो ?

मैं—उनसे केवल इतना कह देना कि यूरोप से एक यात्री आया है और आपके दर्शन करना चाहता है।

चोबदार भीतर चला गया और एक क्षण के बाद आकर बोला, "मेरे साथ आओ ?"

मैं उसके साथ हो लिया। पहले एक लम्बी दालान मिली जिसमें भाँति-भाँति के पक्षी पिंजरों में बैठे चहक रहे थे। इसके बाद एक विस्तृत बारहदरी में पहुँचा जो सम्पूर्णतः पाषाण की बनी हुई थी। मैंने ऐसी सुन्दर गुलकारी ताजमहल के अतिरिक्त और कहीं नहीं देखी। फर्श की पच्चीकारी को देख कर उस पर पाँव धरते संकोच होता था। दीवारों पर निपुण चित्रकारों की रचनाएँ शोभायमान थीं। बारहदरी के दूसरे सिरे पर एक चबूतरा था जिस पर मोटी कालीनें बिछी हुई थीं। मैं फर्श पर बैठ गया। इतने में एक लम्बे कद का रूपवान् पुरुष अंदर आता हुआ दिखायी दिया। उसके मुख पर प्रतिभा की ज्योति झलक रही थी और आँखों से गर्व टपका पड़ता था। उसकी काली और भाले की नोक के सदृश तनी हुई मूँछें, उसके भौंरे की तरह काले घुँघराले बाल उसकी आकृति की कठोरता को नम्र कर देते थे। विनयपूर्ण वीरता का इससे सुन्दर चित्र नहीं खींच सकता था। उसने मेरी ओर देख कर मुस्कराते हुए कहा, "आप मुझे पहचानते हैं ?" मैं अदब से खड़ा हो कर बोला, "मुझे आपसे परिचय का सौभाग्य नहीं प्राप्त हुआ।" वह कालीन पर बैठ गया और बोला, "मैं शेरसिंह हूँ।" मैं अवाक् रह गया। शेरसिंह ने फिर कहा, "क्या आप प्रसन्न नहीं हैं कि आपने मुझे पिस्तौल का लक्ष्य नहीं बनाया ? मैं तब पशु था, अब मनुष्य

हूँ।" मैंने कहा, "आपको हृदय से धन्यवाद देता हूँ। यदि आज्ञा हो, तो मैं आपसे एक प्रश्न करना चाहता हूँ।"

शेरसिंह ने मुस्करा कर कहा—मैं समझ गया, पूछिए।

मैं—जब आप समझ ही गये तो मैं पूछूँ क्यों ?

शेरसिंह—सम्भव है, मेरा अनुमान ठीक न हो।

मैं—मुझे भय है कि उस प्रश्न से आपको दुःख न हो।

शेरसिंह—कम से कम आपको मुझसे ऐसी शंका न करनी चाहिए।

मैं—विद्याधरी के भ्रम में कुछ सार था ?

शेरसिंह ने सिर झुका कर देर में उत्तर दिया—जी हाँ, था। जिस वक्त मैंने उसकी कलाई पकड़ी थी उस समय आवेश से मेरा एक-एक अंग काँप रहा था। मैं विद्याधरी के उस अनुग्रह को मरणपर्यंत न भूलूँगा। मगर इतना प्रायश्चित्त करने पर भी मुझे अपनी ग्लानि से निवृत्ति न हुई। संसार की कोई वस्तु स्थिर नहीं, किंतु पाप की कालिमा अमर और अमिट है। यश और कीर्ति कालांतर में मिट जाती है किंतु पाप का धब्बा नहीं मिटता। मेरा विचार है कि ईश्वर भी दाग को नहीं मिटा सकता। कोई तपस्या, कोई दंड, कोई प्रायश्चित्त इस कालिमा को नहीं धो सकता। पतितोद्धार की कथाएँ और तौबा या कन्फेशन करके पाप से मुक्त हो जाने की बातें, यह सब संसार-लिप्सी पाखंडी धर्मावलम्बियों की कल्पनाएँ हैं।

हम दोनों यही बातें कर रहे थे कि रानी प्रियंवदा सामने आ कर खड़ी हो गयीं। मुझे आज अनुभव हुआ, जो बहुत दिनों से पुस्तकों में पढ़ा करता था कि सौंदर्य में प्रकाश होता है। आज इसकी सत्यता मैंने अपनी आँखों से देखी। मैंने जब उन्हें पहले देखा था तो निश्चय किया था कि यह ईश्वरीय कलानैपुण्य की पराकाष्ठा है; परंतु अब जब मैंने उन्हें दोबारा देखा तो ज्ञात हुआ कि वह इस असल की नकल थी। प्रियंवदा ने मुस्करा कर कहा— "मुसाफिर, तुझे स्वदेश में भी कभी हम लोगों की याद आयी थी ?" अगर मैं चित्रकार होता तो उसके मधु हास्य को चित्रित करके प्राचीन गुणियों को चकित कर देता। उसके मुँह से यह प्रश्न सुनने के लिए तैयार न था। यदि इसी भाँति मैं उसका उत्तर देता तो शायद वह मेरी धृष्टता होती और शेरसिंह के तेवर बदल जाते। मैं यह भी न सह सका कि मेरे जीवन का सबसे सुखद भाग वही था, जो ज्ञानसरोवर के तट पर व्यतीत हुआ था; किंतु मुझे इतना साहस भी न हुआ। मैंने दबी जबान से कहा, "क्या मैं मनुष्य नहीं हूँ।"

7

तीन दिन बीत गये। इन तीन दिनों में खूब मालूम हो गया कि पूर्व को आतिथ्यसेवी क्यों कहते हैं। यूरोप का कोई दूसरा मनुष्य जो यहाँ की सभ्यता से परिचित न

हो, इन सत्कारों से ऊब जाता। किंतु मुझे इन देशों के रहन-सहन का बहुत अनुभव हो चुका है और मैं इसका आदर करता हूँ।

चौथे दिन मेरी विनय पर रानी प्रियंवदा ने अपनी शेष कथा सुनानी शुरू की–

"ऐ मुसाफिर, मैंने तुझसे कहा था कि अपनी रियासत का शासन-भार मैंने श्रीधर पर रख दिया था और जितनी योग्यता और दूरदर्शिता से उन्होंने इस काम को सम्हाला है, उसकी प्रशंसा नहीं हो सकती। ऐसा बहुत कम हुआ है कि एक विद्वान् पंडित जिसका सारा जीवन पठन-पाठन में व्यतीत हुआ हो, एक रियासत का बोझ सम्हाले; किंतु राजा वीरबल की भाँति पं. श्रीधर भी सब कुछ कर सकते हैं। मैंने परीक्षार्थ उन्हें यह काम सौंपा था। अनुभव ने सिद्ध कर दिया कि वह इस कार्य के सर्वथा योग्य हैं। ऐसा जान पड़ता है कि कुल-परम्परा ने उन्हें इस काम के लिए अभ्यस्त कर दिया। जिस समय उन्होंने इसका काम अपने हाथ में लिया, यह रियासत एक ऊजड़ ग्राम के सदृश थी। अब वह धनधान्यपूर्ण एक नगर है। शासन का कोई ऐसा विभाग नहीं, जिस पर उनकी सूक्ष्म दृष्टि न पहुँची हो।

थोड़े ही दिनों में लोग उनके शील-स्वभाव पर मुग्ध हो गये और राजा रणधीरसिंह भी उन पर कृपा-दृष्टि रखने लगे। पंडित जी पहले शहर से बाहर एक ठाकुरद्वारे में रहते थे। किंतु जब राजा साहब से मेल-जोल बढ़ा तो उनके आग्रह से विवश हो कर राजमहल में चले आये। यहाँ तक परस्पर मैत्री और घनिष्ठता बढ़ी कि मान-प्रतिष्ठा का विचार जाता रहा। राजा साहब पंडित जी से संस्कृत भी पढ़ते थे और उनके समय का अधिकांश भाग पंडित जी के मकान पर ही कटता था; किन्तु शोक ! यह विद्याप्रेम या शुद्ध मित्रभाव का आकर्षण न था। यह सौंदर्य का आकर्षण था। यदि उस समय मुझे लेशमात्र भी संदेह होता कि रणधीरसिंह की यह घनिष्ठता कुछ और ही पहलू लिये हुए है तो उसका अंत इतना खेदजनक न होता जितना कि हुआ। उनकी दृष्टि विद्याधरी पर उस समय पड़ी जब वह ठाकुरद्वारे में रहती थी और यह सारी कुयोजनाएँ उसी की करामात थीं। राजा साहब स्वभावतः बड़े ही सच्चरित्र और संयमी पुरुष हैं; किंतु जिस रूप ने मेरे पति जैसे देवपुरुष का ईमान डिगा दिया, वह सब कुछ कर सकता है।

भोली-भाली विद्याधरी मनोविकारों की इस कुटिल नीति से बेखबर थी। जिस प्रकार छलाँगें मारता हुआ हिरन व्याध की फैलायी हुई हरी-हरी घास से प्रसन्न हो कर उस ओर बढ़ता है और यह नहीं समझता कि प्रत्येक पग मुझे सर्वनाश की ओर लिये जाता है, उसी भाँति विद्याधरी को उसका चंचल मन अंधकार की ओर खींचे लिए जाता था। वह राजा साहब के लिए अपने हाथों से बीड़े लगा कर भेजती, पूजा के लिए चंदन रगड़ती। रानी जी से भी उसका बहनापा हो गया। वह एक

क्षण के लिए भी उसे अपने पास से न जाने देतीं। दोनों साथ-साथ बाग की सैर करतीं, साथ-साथ झूला झूलतीं, साथ-साथ चौपड़ खेलतीं। यह उनका शृंगार करती और वह उनकी माँग-चोटी सँवारती, मानो विद्याधरी ने रानी के हृदय में वह स्थान प्राप्त कर लिया, जो किसी समय मुझे प्राप्त था। लेकिन वह गरीब क्या जानती थी कि जब मैं बाग की रविशों में विचरती हूँ, तो कुवासना मेरे तलवे के नीचे आँखें बिछाती है, जब मैं झूला झूलती हूँ, तो वह आड़ में बैठी हुई आनंद से झूमती है। इस एक सरल हृदय अबला स्त्री के लिए चारों ओर से चक्रव्यूह रचा जा रहा था।

इस प्रकार एक वर्ष व्यतीत हो गया, राजा साहब का रब्त-जब्त दिनोंदिन बढ़ता जाता था। पंडित जी को उनसे वह स्नेह हो गया जो गुरु जी को अपने एक होनहार शिष्य से होता है। मैंने जब देखा कि आठों पहर का यह सहवास पंडित जी के काम में विघ्न डालता है, तो एक दिन मैंने उनसे कहा—यदि आपको कोई आपत्ति न हो, तो दूरस्थ देहातों का दौरा आरम्भ कर दें और इस बात का अनुसंधान करें कि देहातों में कृषकों के लिए बैंक खोलने में हमें प्रजा से कितनी सहानुभूति और कितनी सहायता की आशा करनी चाहिए। पंडित जी के मन की बात नहीं जानती; पर प्रत्यक्ष में उन्होंने कोई आपत्ति नहीं की। दूसरे ही दिन प्रातःकाल चले गये। किंतु आश्चर्य है कि विद्याधरी उनके साथ न गयी। अब तक पंडित जी जहाँ कहीं जाते थे; विद्याधरी परछाईं की भाँति उनके साथ रहती थी। असुविधा या कष्ट का विचार भी उसके मन में न आता था। पंडित जी कितना ही समझायें, कि ाना ही डरायें, पर वह उनका साथ न छोड़ती थी; पर अबकी बार कष्ट के विचार ने उसे कर्तव्य के मार्ग से विमुख कर दिया। पहले उसका पातिव्रत एक वृक्ष था, जो उसके प्रेम की क्यारी में अकेला खड़ा था; किन्तु अब उसी क्यारी में मैत्री का घास-पात निकल आया था, जिनका पोषण भी उसी भोजन पर अवलम्बित था।

8

ऐ मुसाफिर, छह महीने गुजर गये और पंडित श्रीधर वापस न आये। पहाड़ों की चोटियों पर छाया हुआ हिम घुल-घुल कर नदियों में बहने लगा, उनकी गोद में फिर रंग-बिरंग के फूल लहलहाने लगे। चंद्रमा की किरणें फिर फूलों की महक सूँघने लगीं। सभी पर्वतों के पक्षी अपनी वार्षिक यात्रा समाप्त कर फिर स्वदेश आ पहुँचे; किंतु पंडित जी रियासत के कामों में ऐसे उलझे कि मेरे निरंतर आग्रह करने पर भी अर्जुन नगर न आये। विद्याधरी की ओर से वह इतने उदासीन क्यों हुए, समझ में नहीं आता था। उन्हें तो उसका वियोग एक क्षण के लिए भी असह्य था। किंतु इससे अधिक आश्चर्य की बात यह थी कि विद्याधरी ने भी आग्रहपूर्ण

पत्रों के लिखने के अतिरिक्त उनके पास जाने का कष्ट न उठाया। वह अपने पत्रों में लिखती–'स्वामी जी, मैं बहुत व्याकुल हूँ, यहाँ मेरा जी जरा भी नहीं लगता। एक दिन एक-एक वर्ष के समान व्यतीत होता है। न दिन को चैन, न रात को नींद। क्या आप मुझे भूल गये ? मुझसे कौन-सा अपराध हुआ ? क्या आपको मुझ पर दया भी नहीं आती ? मैं आपके वियोग में रो-रो कर मरी जाती हूँ। नित्य स्वप्न देखती हूँ कि आप आ रहे हैं; पर यह स्वप्न सच्चा नहीं होता।' उसके पत्र ऐसे ही प्रेममय शब्दों से भरे होते थे और इसमें भी कोई संदेह नहीं कि जो कुछ वह लिखती थी, वह भी अक्षरशः सत्य था; मगर इतनी व्याकुलता, इतनी चिंता और इतनी उद्विग्नता पर भी उसके मन में कभी यह प्रश्न न उठा कि क्यों न मैं ही उनके पास चली चलूँ।

बहुत ही सुहावनी ऋतु थी। ज्ञानसरोवर में यौवन-काल की अभिलाषाओं की भाँति कमल के फूल खिले हुए थे। राजा रणजीतसिंह की पचीसवीं जयंती का शुभ-मुहूर्त आया। सारे नगर में आनंदोत्सव की तैयारियाँ होने लगीं। गृहणियाँ कोरे-कोरे दीपक पानी में भिगोने लगीं कि वह अधिक तेल न सोख जायँ। चैत्र की पूर्णिमा थी, किन्तु दीपक की जगमगाहट ने ज्योत्सना को मात कर दिया था। मैंने राजा साहब के लिए इस्फहान से एक रत्न-जटित तलवार मँगा रखी थी। दरबार के अन्य जागीरदारों और अधिकारियों ने भी भाँति-भाँति के उपहार मँगा रखे थे। मैंने विद्याधरी के घर जा कर देखा, तो वह एक पुष्पहार गूँथ रही थी। मैं आध घंटे तक उसके सम्मुख खड़ी रही; किंतु वह अपने काम में इतनी व्यस्त थी कि उसे मेरी आहट भी न मिली। तब मैंने धीरे से पुकारा, 'बहन ?' विद्याधरी ने चौंक कर सिर उठाया और बड़ी शीघ्रता से वह हार फूल की डाली में छिपा दिया और लज्जित हो कर बोली–क्या तुम देर से खड़ी हो ? मैंने उत्तर दिया–आध घंटे से अधिक हुआ।

विद्याधरी के चेहरे का रंग उड़ गया, आँखें झुक गयीं, कुछ हिचकिचायी, कुछ घबरायी, अपने अपराधी हृदय को इन शब्दों से शांत किया–'यह हार मैंने ठाकुर जी के लिए गूँथा है।' इस समय विद्याधरी की घबराहट का भेद मैं कुछ न समझी। ठाकुर जी के लिए हार गूँथना क्या कोई लज्जा की बात है ? फिर जब वह हार मेरी नजरों से छिपा दिया गया तो उसका जिक्र ही क्या ? हम दोनों ने कितनी ही बार साथ बैठ कर हार गूँथे थे। कोई निपुण मालिन भी हमसे अच्छे हार न गूँथ सकती थी; मगर इसमें शर्म क्या ? दूसरे दिन यह रहस्य मेरी समझ में आ गया। वह हार राजा रणधीरसिंह को उपहार में देने के लिए बनाया गया था।

यह बहुत सुंदर वस्तु थी। विद्याधरी ने अपना सारा चातुर्य उसके बनाने में खर्च किया था। कदाचित् यह सबसे उत्तम वस्तु थी, जो राजा साहब को भेंट कर सकती थी। वह ब्राह्मणी थी। राजा साहब की गुरुमाता थी। उसके हाथों से यह उपहार बहुत ही शोभा देता था; किंतु यह बात उसने मुझसे छिपायी क्यों ?

मुझे उस दिन रात भर नींद न आयी। उसके इस रहस्य-भाव ने उसे मेरी नजरों से गिरा दिया। एक बार आँख झपकी तो मैंने उसे स्वप्न में देखा, मानो वह एक सुंदर पुष्प है; किन्तु उसकी बास मिट गयी हो। वह मुझसे गले मिलने के लिए बढ़ी; किंतु मैं हट गयी और बोली कि तूने मुझसे यह बात छिपायी क्यों ?

9

ऐ मुसाफिर, राजा रणधीरसिंह की उदारता ने प्रजा को मालामाल कर दिया। रईसों और अमीरों ने खिलअतें पायीं। किसी को घोड़ा मिला, किसी को जागीर मिली। मुझे उन्होंने श्रीभगवद्गीता की एक प्रति, एक मखमली बस्ते में रख, दी। विद्याधरी को एक बहुमूल्य जड़ाऊ कंगन मिला। उस कंगन में अनमोल हीरे जड़े हुए थे। देहली के निपुण स्वर्णकारों ने इसके बनाने में अपनी कला का चमत्कार दिखाया था। विद्याधरी को अब तक आभूषणों से इतना प्रेम न था, अब तक सादगी ही उसका आभूषण और पवित्रता ही उसका शृंगार थी, पर इस कंगन पर वह लोट-पोट हो गयी।

आषाढ़ का महीना आया। घटाएँ गगनमंडल में मँडराने लगीं। पंडित श्रीधर को घर की सुध आयी। पत्र लिखा कि मैं आ रहा हूँ। विद्याधरी ने मकान खूब साफ कराया और स्वयं अपना बनाव-शृंगार किया। उसके वस्त्रों से चंदन की महक उड़ रही थी। उसने कंगन को संदूकचे से निकाला और सोचने लगी कि इसे पहनूँ या न पहनूँ ? उसके मन ने निश्चय किया कि न पहनूँगी। संदूक बंद करके रख दिया।

सहसा लौंडी ने आकर सूचना दी कि पंडित जी आ गये। यह सुनते ही विद्याधरी लपक कर उठी; किंतु पति के दर्शनों की उत्सुकता उसे द्वार की ओर नहीं ले गयी। उसने बड़ी फुर्ती से संदूकचा खोला, कंगन निकाल कर पहना और अपनी सूरत आईने में देखने लगी।

इधर पंडित जी प्रेम की उत्कंठा से कदम बढ़ाते दालान से आँगन और आँगन से विद्याधरी के कमरे में आ पहुँचे। विद्याधरी ने आ कर उनके चरणों को अपने सिर से स्पर्श किया। पंडित जी उसका यह शृंगार देख कर दंग रह गये। एकाएक उनकी दृष्टि उस कंगन पर पड़ी। राजा रणधीरसिंह की संगत ने उन्हें रत्नों का पारखी बना दिया था। ध्यान से देखा तो एक-एक नगीना एक-एक हजार का था। चकित हो कर बोले, 'यह कंगन कहाँ मिला ?'

विद्याधरी ने जवाब पहले ही सोच रखा था। रानी प्रियंवदा ने दिया है। यह जीवन में पहला अवसर था कि विद्याधरी ने अपने पतिदेव से कपट किया। जब हृदय शुद्ध न हो तो मुख से सत्य क्योंकर निकले ! यह कंगन नहीं, वरन् एक विषैला नाग था।

10

एक सप्ताह गुजर गया। विद्याधरी के चित्त की शांति और प्रसन्नता लुप्त हो गयी थी। यह शब्द कि रानी प्रियंवदा ने दिया है, प्रतिक्षण उसके कानों में गूँजा करते। वह अपने को धिक्कारती कि मैंने अपने प्राणाधार से क्यों कपट किया। बहुधा रोया करती।

एक दिन उसने सोचा कि क्यों न चल कर पति से सारा वृत्तांत सुना दूँ। क्या वह मुझे क्षमा न करेंगे ? यह सोच कर उठी; किंतु पति के सम्मुख जाते ही उसकी जबान बंद हो गयी। वह अपने कमरे में आयी और फूट-फूट कर रोने लगी। कंगन पहन कर उसे बहुत आनंद हुआ था। इसी कंगन ने उसे हँसाया था, अब वही रुला रहा है।

विद्याधरी ने रानी के साथ बागों में सैर करना छोड़ दिया, चौपड़ और शतरंज उसके नाम को रोया करते। यह सारे दिन अपने कमरे में पड़ी रोया करती और सोचती कि क्या करूँ? काले वस्त्र पर काला दाग छिप जाता है, किंतु उज्ज्वल वस्त्र पर कालिमा की एक बूँद भी झलकने लगती है। वह सोचती, इसी कंगन ने मेरा सुख हर लिया है, यही कंगन मुझे रक्त के आँसू रुला रहा है। सर्प जितना सुंदर होता है उतना ही विषाक्त भी होता है। यह सुंदर कंगन विषधर नाग है, मैं उसका सिर कुचल डालूँगी। यह निश्चय करके उसने एक दिन अपने कमरे में कोयले का अलाव जलाया, चारों तरफ के किवाड़ बंद कर दिये और उस कंगन को, जिसने उसके जीवन को संकटमय बना रखा था, संदूकचे से निकाल कर आग में डाल दिया। एक दिन वह था कि कंगन उसे प्राणों से भी प्यारा था, उसे मखमली संदूकचे में रखती थी, आज उसे इतनी निर्दयता से आग में जला रही है।

विद्याधरी अलाव के सामने बैठी हुई थी इतने में पंडित श्रीधर ने द्वार खटखटाया। विद्याधरी को काटो तो लोहू नहीं। उसने उठ कर द्वार खोल दिया और सिर झुका कर खड़ी हो गयी। पंडित जी ने बड़े आश्चर्य से कमरे में निगाह दौड़ायी, पर रहस्य कुछ समझ में न आया। बोले कि किवाड़ बन्द करके क्या हो रहा है ? विद्याधरी ने उत्तर न दिया। तब पंडित जी ने छड़ी उठा ली और अलाव कुरेदा तो कंगन निकल आया। उसका संपूर्णतः रूपांतर हो गया था। न वह चमक थी, न वह रंग, न वह आकार। घबरा कर बोले, 'विद्याधरी, तुम्हारी बुद्धि कहाँ है ?'

विद्या.—भ्रष्ट हो गयी है।

पंडित—इस कंगन ने तुम्हारा क्या बिगाड़ा था ?

विद्या.—इसने मेरे हृदय में आग लगा रखी है।

पंडित—ऐसी अमूल्य वस्तु मिट्टी में मिल गयी।

विद्या.—इसने उससे भी अमूल्य वस्तु का अपहरण किया है।

पंडित—तुम्हारा सिर तो नहीं फिर गया है ?

विद्या.—शायद आपका अनुमान सत्य है।

पंडित जी ने विद्याधरी की ओर चुभनेवाली निगाहों से देखा। विद्याधरी की आँखें नीचे को झुक गयीं। वह उनसे आँखें न मिला सकी। भय हुआ कि कहीं यह तीव्र दृष्टि मेरे हृदय में न चुभ जाय। पंडित जी कठोर स्वर में बोले—विद्याधरी, तुम्हें स्पष्ट कहना होगा। विद्याधरी से अब न रुका गया, वह रोने लगी और पंडित जी के सम्मुख धरती पर गिर पड़ी।

11

विद्याधरी को जब सुध आयी तो पंडित जी का वहाँ पता न था। घबरायी हुई बाहर के दीवानखाने में आयी, मगर यहाँ भी उन्हें न पाया। नौकरों से पूछा तो मालूम हुआ कि घोड़े पर सवार हो कर ज्ञानसरोवर की ओर गये हैं। यह सुन कर विद्याधरी को कुछ ढाढ़स हुआ। वह द्वार पर खड़ी होकर उनकी राह देखती रही। दोपहर हुआ, सूर्य सिर पर आया, संध्या हुई, चिड़ियाँ बसेरा लेने लगीं, फिर रात आयी, गगन में तारागण जगमगाने लगे; किंतु विद्याधरी दीवार की भाँति खड़ी पति का इंतजार करती रही। रात भीग गयी, वनजंतुओं के भयानक शब्द कानों में आने लगे, सन्नाटा छा गया। सहसा उसे घोड़े के टापों की ध्वनि सुनायी दी। उसका हृदय फड़कने लगा। आनंदोन्मत्त हो कर द्वार के बाहर निकल आयी; किंतु घोड़े पर सवार न था। विद्याधरी को अब विश्वास हो गया कि अब पतिदेव के दर्शन न होंगे। या तो उन्होंने संन्यास ले लिया या आत्मघात कर लिया। उसके कंठ से वैराग्य और विषाद में डूबी हुई ठंडी साँस निकली। वहीं भूमि पर बैठ गयी और सारी रात खून के आँसू बहाती रही। जब उषा की निद्रा भंग हुई और पक्षी आनंदगान करने लगे तब वह दुखिया उठी और अंदर जाकर लेट रही।

जिस प्रकार सूर्य का ताव जल को सोख लेता है, उसी भाँति शोक के ताव ने विद्याधरी का रक्त जला दिया। मुख से ठंडी साँस निकलती थी, आँखों से गर्म आँसू बहते थे। भोजन से अरुचि हो गयी और जीवन से घृणा। इसी अवस्था में एक दिन राजा रणधीरसिंह समवेदना-भाव से उसके पास आये। उन्हें देखते ही विद्याधरी की आँखें रक्तवर्ण हो गयीं, क्रोध से ओंठ काँपने लगे, झल्लायी हुई नागिन की भाँति फुफकार कर उठी और राजा के सम्मुख आ कर कर्कश स्वर में बोली, 'पापी, यह आग तेरी ही लगायी हुई है। यदि मुझमें अब भी कुछ सत्य है, तो तुझे इस दुष्टता के कड़ुवे फल मिलेंगे।' ये तीर के-से शब्द राजा के हृदय में चुभ गये। मुँह से एक शब्द भी न निकला। काल से न डरनेवाला राजपूत एक स्त्री की आग्नेय दृष्टि से काँप उठा।

12

एक वर्ष बीत गया, हिमालय पर मनोहर हरियाली छायी, फूलों ने पर्वत की गोद में क्रीड़ा करनी शुरू की। यह ऋतु बीती, जल-थल ने बर्फ की सुफेद चादर ओढ़ी, जलपक्षियों की मालाएँ मैदानों की ओर उड़ती हुई दिखाई देने लगीं। यह मौसम भी गुजरा। नदी-नालों में दूध की धारें बहने लगीं; चंद्रमा की स्वच्छ निर्मल ज्योति ज्ञानसरोवर में थिरकने लगी; परंतु पंडित श्रीधर की कुछ टोह न लगी। विद्याधरी ने राजभवन त्याग दिया और एक पुराने निर्जन मंदिर में तपस्विनियों की भाँति कालक्षेप करने लगी। उस दुखिया की दशा कितनी करुणाजनक थी। उसे देख कर मेरी आँखें भर आती थीं। वह मेरी प्यारी सखी थी। उसकी संगत में मेरे जीवन के कई वर्ष आनन्द से व्यतीत हुए थे। उसका यह अपार दुःख देख कर मैं अपना दुःख भूल गयी। एक दिन वह था कि उसने अपने पातिव्रत के बल पर मनुष्य को पशु के रूप में परिणत कर दिया था, और आज यह दिन है कि उसका पति भी उसे त्याग रहा है। किसी स्त्री के हृदय पर इससे अधिक लज्जाजनक, इससे अधिक प्राणघातक आघात नहीं लग सकता। उसकी तपस्या ने मेरे हृदय में उसे फिर उसी सम्मान के पद पर बिठा दिया। उसके सतीत्व पर फिर मेरी श्रद्धा हो गयी; किन्तु उससे कुछ पूछते, सांत्वना देते मुझे संकोच होता था। मैं डरती थी कि कहीं विद्याधरी यह न समझे कि मैं उससे बदला ले रही हूँ। कई महीनों के बाद जब विद्याधरी ने अपने हृदय का बोझा हलका करने के लिए स्वयं मुझसे यह वृत्तांत कहा तो मुझे ज्ञान हुआ कि यह सब काँटे राजा रणधीरसिंह के बोये हुए थे। उन्हीं की प्रेरणा से रानी जी ने पंडित जी के साथ जाने से रोका। उसके स्वभाव ने जो कुछ रंग बदला वह रानी जी ही की कुसंगति का फल था। उन्हीं की देखा-देखी उसे बनाव-शृंगार की चाट पड़ी, उन्हीं के मना करने से उसने कंगन का भेद पंडित जी से छिपाया। ऐसी घटनाएँ स्त्रियों के जीवन में नित्य होती रहती हैं और उन्हें जरा भी शंका नहीं होती। विद्याधरी का पातिव्रत आदर्श था। इसलिए यह विचलता उसके हृदय में चुभने लगी। मैं यह नहीं कहती कि विद्याधरी कर्त्तव्यपथ से विचलित नहीं हुई, चाहे किसी के बहकाने से, चाहे अपने भोलेपन से, उसने कर्त्तव्य का सीधा रास्ता छोड़ दिया, परन्तु पाप-कल्पना उसके दिल से कोसों दूर थी।

13

ऐ मुसाफिर, मैंने पंडित श्रीधर का पता लगाना शुरू किया। मैं उनकी मनोवृत्ति से परिचित थी। वह श्रीरामचंद्र के भक्त थे। कौशलपुरी की पवित्र भूमि और सरयू नदी के रमणीक तट उनके जीवन के सुखस्वप्न थे। मुझे खयाल आया कि सम्भव है, उन्होंने अयोध्या की राह ली हो। कहीं मेरे प्रयत्न से उनकी खोज मिल जाती

और मैं उन्हें लाकर विद्याधरी के गले से मिला देती, तो मेरा जीवन सफल हो जाता। इस विरहिणी ने बहुत दुःख झेले हैं। क्या अब भी देवताओं को उस पर दया न आयेगी ? एक दिन मैंने शेरसिंह से कहा और पाँच विश्वस्त मनुष्य के साथ अयोध्या को चली। पहाड़ों से नीचे उतरते ही रेल मिल गयी। उसने हमारी यात्रा सुलभ कर दी। बीसवें दिन मैं अयोध्या पहुँच गयी और धर्मशाले में ठहरी। फिर सरयू में स्नान करके श्रीरामचंद्र के दर्शन को चली। मन्दिर के आँगन में पहुँची ही थी कि पंडित श्रीधर की सौम्य मूर्ति दिखायी दी। वह एक कुशासन पर बैठे हुए रामायण का पाठ कर रहे थे और सहस्र नर-नारी बैठे हुए उनकी अमृतवाणी का आनन्द उठा रहे थे।

पंडित जी की दृष्टि मुझ पर ज्यों ही पड़ी, वह आसन से उठकर मेरे पास आये और बड़े प्रेम से मेरा स्वागत किया। दो-ढाई घंटे तक उन्होंने मुझे उस मंदिर की सैर करायी। मंदिर की छत पर से सारा नगर शतरंज की बिसात की भाँति मेरे पैरों के नीचे फैला हुआ दिखायी देता था। मंदगामिनी वायु सरयू की तरंगों को धीरे-धीरे थपकियाँ दे रही थी। ऐसा जान पड़ता था मानो स्नेहमयी माता ने इस नगर को अपनी गोद में लिया हो। यहाँ से जब अपने डेरे को चली तब पंडित जी भी मेरे साथ आये। जब वह इतमीनान से बैठे तो मैंने कहा—आपने तो हम लोगों से नाता ही तोड़ लिया।

पंडित जी ने दुखित होकर कहा—विधाता की यही इच्छा थी। मेरा क्या वश था। अब तो श्रीरामचंद्र की शरण आ गया हूँ और शेष जीवन उन्हीं की सेवा में भेंट होगा।

मैं—आप तो श्रीरामचंद्र की शरण में आ गये हैं, उस अबला विद्याधरी को किसकी शरण में छोड़ दिया है ?

पंडित—आपके मुख से ये शब्द शोभा नहीं देते।

मैंने उत्तर दिया—विद्याधरी को मेरी सिफारिश की आवश्यकता नहीं है। अगर आपने उसके पातिव्रत पर संदेह किया है तो आपसे ऐसा भीषण पाप हुआ है, जिसका प्रायश्चित्त आप बार-बार जन्म ले कर भी नहीं कर सकते। आपकी यह भक्ति इस अधर्म का निवारण नहीं कर सकती। आप क्या जानते हैं कि आपके वियोग में उस दुखिया का जीवन कैसे कट रहा है।

किन्तु पंडित जी ने ऐसा मुँह बना लिया, मानो इस विषय में वह अंतिम शब्द कह चुके। किंतु मैं इतनी आसानी से उनका पीछा क्यों छोड़ने लगी। मैंने सारी कथा आद्योपांत सुनायी। और रणधीरसिंह की कपटनीति का रहस्य खोल दिया तब पंडित जी की आँखें खुलीं। मैं वाणी में कुशल नहीं हूँ, किंतु उस समय सत्य और न्याय के पक्ष ने मेरे शब्दों को बहुत ही प्रभावशाली बना दिया था। ऐसा जान पड़ता था, मानो मेरी जिह्वा पर सरस्वती विराजमान हों। अब वह बातें याद आती

हैं तो मुझे स्वयं आश्चर्य होता है। आखिर विजय मेरे ही साथ रही। पंडित जी मेरे साथ चलने पर उद्यत हो गये।

14

यहाँ आकर मैंने शेरसिंह को यहीं छोड़ा और पंडित जी के साथ अर्जुननगर को चली। हम दोनों अपने विचारों में मग्न थे। पंडित जी की गर्दन शर्म से झुकी हुई थी क्योंकि अब उनकी हैसियत रूठनेवालों की भाँति नहीं, बल्कि मनानेवालों की तरह थी।

आज प्रणय के सूखे हुए धान में फिर पानी पड़ेगा, प्रेम की सूखी हुई नदी फिर उमड़ेगी !

जब हम विद्याधरी के द्वार पर पहुँचे तो दिन चढ़ आया था। पंडित जी बाहर ही रुक गये थे। मैंने भीतर जाकर देखा तो विद्याधरी पूजा पर थी। किंतु यह किसी देवता की पूजा न थी। देवता के स्थान पर पंडित जी की खड़ाऊँ रखी हुई थी। पातिव्रत का यह अलौकिक दृश्य देख कर मेरा हृदय पुलकित हो गया। मैंने दौड़ कर विद्याधरी के चरणों पर सिर झुका दिया। उसका शरीर सूख कर काँटा हो गया था और शोक ने कमर झुका दी थी।

विद्याधरी ने मुझे उठा कर छाती से लगा लिया और बोली—बहन, मुझे लज्जित न करो। खूब आयीं, बहुत दिनों से जी तुम्हें देखने को तरस रहा था।

मैंने उत्तर दिया—जरा अयोध्या चली गयी थी। जब हम दोनों अपने देश में थीं तो तब मैं कहीं जाती तो विद्याधरी के लिए कोई न कोई उपहार अवश्य लाती। उसे वह बात याद आ गयी। सजल-नयन हो कर बोली—मेरे लिए भी कुछ लायीं ?

मैं—एक बहुत अच्छी वस्तु लायी हूँ।

विद्या.—क्या है, देखूँ ?

मैं—पहले बूझ जाओ।

विद्या.—सुहाग की पिटारी होगी ?

मैं—नहीं, उससे अच्छी।

विद्या.—ठाकुर जी की मूर्ति ?

मैं—नहीं, उससे भी अच्छी।

विद्या.—मेरे प्राणाधार का कोई समाचार ?

मैं—उससे भी अच्छी।

विद्याधरी प्रबल आवेश से व्याकुल हो कर उठी कि द्वार पर जाकर पति का स्वागत करे, किंतु निर्बलता ने मन की अभिलाषा न निकलने दी। तीन बार सँभली और तीन बार गिरी, तब मैंने उसका सिर अपनी गोद में रख लिया और आँचल

से हवा करने लगी। उसका हृदय बड़े वेग से धड़क रहा था और पतिदर्शन का आनन्द आँखों से आँसू बन कर निकलता था।

जब जरा चित सावधान हुआ तो उसने कहा—उन्हें बुला लो, उनका दर्शन मुझे रामबाण हो जायेगा। ऐसा ही हुआ। ज्यों ही पंडित जी अंदर आये, विद्याधरी उठ कर उनके पैरों से लिपट गयी। देवी ने बहुत दिनों के बाद पति के दर्शन पाये हैं। अश्रुधारा से उनके पैर पखार रही है।

मैंने वहाँ ठहरना उचित न समझा। इन दोनों प्राणियों के हृदय में कितनी ही बातें आ रही होंगी, दोनों क्या-क्या कहना और क्या-क्या सुनना चाहते होंगे, इस विचार से, मैं उठ खड़ी हुई और बोली—बहन, अब मैं जाती हूँ, शाम को फिर आऊँगी। विद्याधरी ने मेरी ओर आँखें उठायीं। पुतलियों के स्थान पर हृदय रखा हुआ था। दोनों आँखें आकाश की ओर उठा कर बोली—ईश्वर तुम्हें इस यश का फल दें।

15

ऐ मुसाफिर, मैंने दो बार पंडित श्रीधर को मौत के मुँह से बचाया था, किन्तु आज का-सा आनंद कभी न प्राप्त हुआ था।

जब मैं ज्ञानसरोवर पर पहुँची तो दोपहर हो आयी थी। विद्याधरी की शुभकामना मुझसे पहले ही पहुँच चुकी थी। मैंने देखा कि कोई पुरुष गुफा से निकल कर ज्ञानसरोवर की ओर चला जाता है। मुझे आश्चर्य हुआ कि इस समय यहाँ कौन आया। लेकिन जब समीप आ गया तो मेरे हृदय में ऐसी तरंगें उठने लगीं मानो छाती से बाहर निकल पड़ेगा। यह मेरे प्राणेश्वर, मेरे पतिदेव थे। मैं चरणों पर गिरना ही चाहती थी कि उनका कर-पाश मेरे गले में पड़ गया।

पूरे दस वर्षों के बाद आज मुझे यह शुभ दिन देखना नसीब हुआ। मुझे उस समय ऐसा जान पड़ता था कि ज्ञानसरोवर के कमल मेरे ही लिए खिले हैं, गिरिराज ने मेरे ही लिए फूल की शय्या दी है, हवा मेरे ही लिए झूमती हुई आ रही है।

दस वर्षों के बाद मेरा उजड़ा हुआ घर बसा; गये हुए दिन लौटे। मेरे आनंद का अनुमान कौन कर सकता है।

मेरे पति ने प्रेमकरुणा भरी आँखों से देख कर कहा, "प्रियंवदा !"

मर्यादा की वेदी

यह वह समय था जब चित्तौड़ में मृदुभाषिणी प्रेम दीवानी मीरा प्यारी आत्माओं को ईश्वर-प्रेम के प्याले पिलाती थी। रणछोड़ जी के मंदिर में जब भक्ति से विह्वल होकर वह अपने मधुर स्वरों में अपने पीयूषपूरित पदों को गाती, तो श्रोतागण प्रेमानुराग से उन्मत्त हो जाते। प्रतिदिन यह स्वर्गीय आनंद उठाने के लिए सारे चित्तौड़ के लोग ऐसे उत्सुक हो कर दौड़ते, जैसे दिन भर की प्यासी गायें दूर से किसी सरोवर को देख कर उसकी ओर दौड़ती हैं। इस प्रेम-सुधा-सागर से केवल चित्तौड़वासियों ही की तृप्ति न होती थी, बल्कि समस्त राजपूताना की मरुभूमि प्लावित हो जाती थी।

एक बार ऐसा संयोग हुआ कि झालावाड़ के रावसाहब और मंदार राज्य के कुमार, दोनों ही लाव-लश्कर के साथ चित्तौड़ आये। रावसाहब के साथ राजकुमारी प्रभा भी थी, जिसके रूप और गुण की दूर-दूर तक चर्चा थी। यहीं रणछोड़ जी के मंदिर में दोनों की आँखें मिलीं। प्रेम ने बाण चलाया।

राजकुमार सारे दिन उदासीन भाव से शहर की गलियों में घूमा करता और राजकुमारी विरह से व्यथित अपने महल के झरोखों से झाँका करती। दोनों व्याकुल हो कर संध्या समय मंदिर में आते और यहाँ चंद्र को देख कर कुमुदिनी खिल जाती।

प्रेम-प्रवीण मीरा ने कई बार इन दोनों प्रेमियों को सतृष्ण नेत्रों से परस्पर देखते हुए पा कर उनके मन के भावों को ताड़ लिया। एक दिन कीर्त्तन के पश्चात् जब झालावाड़ के रावसाहब चलने लगे तो उसने मंदार के राजकुमार को बुला कर उनके सामने खड़ा कर दिया और कहा—रावसाहब, मैं प्रभा के लिए वर लायी हूँ, आप इसे स्वीकार कीजिए।

प्रभा लज्जा से गड़-सी गयी। राजकुमार के गुण-शील पर रावसाहब पहले ही से मोहित हो रहे थे, उन्होंने तुरंत उसे छाती से लगा लिया।

उसी अवसर पर चित्तौड़ के राणा भोजराज जी मंदिर में आये। उन्होंने प्रभा का मुख-चंद्र देखा। उनकी छाती पर साँप लोटने लगा।

2

झालावाड़ में बड़ी धूम थी। राजकुमारी प्रभा का आज विवाह होगा। मंदार से बारात आयेगी। मेहमानों की सेवा-सम्मान की तैयारियाँ हो रही थीं। दूकानें सजी हुई थीं। नौबतखाने आमोदालाप से गूँजते थे। सड़कों पर सुगंधि छिड़की जाती थी, अट्टालिकाएँ पुष्प-लताओं से शोभायमान थीं। पर जिसके लिए ये सब तैयारियाँ हो रही थीं, वह अपनी वाटिका के एक वृक्ष के नीचे उदास बैठी हुई रो रही थी।

रनिवास में डोमिनियाँ आनंदोत्सव के गीत गा रही थीं। कहीं सुंदरियों के हाव-भाव थे, कहीं आभूषणों की चमक-दमक, कहीं हास-परिहास की बहार। नाइन बात-बात पर तेज होती थी। मालिन गर्व से फूली न समाती थी। धोबिन आँखें दिखाती थी। कुम्हारिन मटके के सदृश फूली हुई थी। मंडप के नीचे पुरोहित जी बात-बात पर सुवर्ण-मुद्राओं के लिए ठुनकते थे। रानी सिर के बाल खोले भूखी-प्यासी चारों ओर दौड़ती थी। सबकी बौछारें सहती थी और अपने भाग्य को सराहती थी। दिल खोल कर हीरे-जवाहिर लुटा रही थी। आज प्रभा का विवाह है। बड़े भाग्य से ऐसी बातें सुनने में आती हैं। सबके सब अपनी-अपनी धुन में मस्त हैं। किसी को प्रभा की फिक्र नहीं है, जो वृक्ष के नीचे अकेली बैठी रो रही है।

एक रमणी ने आकर नाइन से कहा—बहुत बढ़-बढ़ कर बातें न कर, कुछ राजकुमारी का भी ध्यान है ? चल, उनके बाल गूँथ।

नाइन ने दाँतों तले जीभ दबायी। दोनों प्रभा को ढूँढ़ती हुई बाग में पहुँचीं। प्रभा ने उन्हें देखते ही आँसू पोंछ डाले। नाइन मोतियों से माँग भरने लगी और प्रभा सिर नीचा किये आँखों से मोती बरसाने लगी।

रमणी ने सजल नेत्र हो कर कहा—बहिन, दिल इतना छोटा मत करो। मुँहमाँगी मुराद पा कर इतनी उदास क्यों होती हो ?

प्रभा ने सहेली की ओर देख कर कहा—बहिन, जाने क्यों दिल बैठा जाता है। सहेली ने छेड़ कर कहा—पिया-मिलन की बेकली है !

प्रभा उदासीन भाव से बोली—कोई मेरे मन में बैठा कह रहा है कि अब उनसे मुलाकात न होगी।

सहेली उसके केश सँवार कर बोली—जैसे उषाकाल से पहले कुछ अँधेरा हो जाता है, उसी प्रकार मिलाप के पहले प्रेमियों का मन अधीर हो जाता है।

प्रभा बोली—नहीं बहिन, यह बात नहीं। मुझे शकुन अच्छे नहीं दिखायी देते। आज दिन भर मेरी आँख फड़कती रही। रात को मैंने बुरे स्वप्न देखे हैं। मुझे शंका होती है कि आज अवश्य कोई-न-कोई विघ्न पड़नेवाला है। तुम राजा भोजराज को जानती हो न ?

संध्या हो गयी। आकाश पर तारों के दीपक जले। झालावाड़ में बूढ़े-जवान

सभी लोग बारात की अगवानी के लिए तैयार हुए। मरदों ने पागें सँवारीं, शस्त्र साजे। युवतियाँ शृंगार कर गाती-बजाती रनिवास की ओर चलीं। हजारों स्त्रियाँ छत पर बैठी बारात की राह देख रही थीं।

अचानक शोर मचा कि बारात आ गयी। लोग सँभल बैठे, नगाड़ों पर चोटें पड़ने लगीं, सलामियाँ दगने लगीं। जवानों ने घोड़ों को एड़ लगायी। एक क्षण में सवारों की एक सेना राजभवन के सामने आ कर खड़ी हो गयी। लोगों को देख कर बड़ा आश्चर्य हुआ, क्योंकि यह मंदार की बारात नहीं थी, बल्कि राणा भोजराज की सेना थी।

झालावाड़वाले अभी विस्मित खड़े ही थे, कुछ निश्चय न कर सके थे कि क्या करना चाहिए। इतने में चित्तौड़वालों ने राजभवन को घेर लिया। तब झालावाड़ी भी सचेत हुए। सँभल कर तलवारें खींच लीं और आक्रमणकारियों पर टूट पड़े। राजा महल में घुस गया। रनिवास में भगदड़ मच गयी।

प्रभा सोलहो शृंगार किये, सहेलियों के साथ बैठी थी। यह हलचल देखकर घबड़ायी। इतने में रावसाहब हाँफते हुए आये और बोले—बेटी प्रभा, राणा भोजराज ने हमारे महल को घेर लिया है। तुम चटपट ऊपर चली जाओ और द्वार को बंद कर लो। अगर हम क्षत्रिय हैं, तो एक चित्तौड़ी भी यहाँ से जीता न जायेगा।

रावसाहब बात भी पूरी न करने पाये थे कि राणा कई वीरों के साथ आ पहुँचे और बोले—चित्तौड़वाले तो सिर कटाने के लिए आये ही हैं। पर यदि वे राजपूत हैं तो राजकुमारी को ले कर ही जायेंगे। वृद्ध रावसाहब की आँखों से ज्वाला निकलने लगी। वे तलवार खींच कर राणा पर झपटे। उन्होंने वार बचा लिया और प्रभा से कहा—राजकुमारी, हमारे साथ चलोगी ?

प्रभा सिर झुकाये राणा के सामने आ कर बोली—हाँ, चलूँगी।

रावसाहब को कई आदमियों ने पकड़ लिया था। वे तड़प कर बोले—प्रभा, तू राजपूत की कन्या है ?

प्रभा की आँखें सजल हो गयीं। बोली—राणा भी तो राजपूतों के कुलतिलक हैं। रावसाहब ने क्रोध में आ कर कहा—निर्लज्जा !

कटार के नीचे पड़ा हुआ बलिदान का पशु जैसी दीन दृष्टि से देखता है, उसी भाँति प्रभा ने रावसाहब की ओर देख कर कहा—जिस झालावाड़ की गोद में पली हूँ, क्या उसे रक्त से रँगवा दूँ ?

रावसाहब ने क्रोध से काँप कर कहा—क्षत्रियों को रक्त इतना प्यारा नहीं होता। मर्यादा पर प्राण देना उनका धर्म है !

तब प्रभा की आँखें लाल हो गयीं। चेहरा तमतमाने लगा।

बोली—राजपूत-कन्या अपने सतीत्व की रक्षा आप कर सकती है। इसके लिए रुधिर प्रवाह की आवश्यकता नहीं।

पल भर में राणा ने प्रभा को गोद में उठा लिया। बिजली की भाँति झपट कर बाहर निकले। उन्होंने उसे घोड़े पर बिठा लिया, आप सवार हो गये और घोड़े को उड़ा दिया। अन्य चित्तौड़ियों ने भी घोड़ों की बागें मोड़ दीं, उसके सौ जवान भूमि पर पड़े तड़प रहे थे; पर किसी ने तलवार न उठायी थी।

रात को दस बजे मंदारवाले भी पहुँचे। मगर यह शोक-समाचार पाते ही लौट गये। मंदार-कुमार निराशा से अचेत हो गया। जैसे रात को नदी का किनारा सुनसान हो जाता है, उसी तरह सारी रात झालावाड़ में सन्नाटा छाया रहा।

3

चित्तौड़ के रंग-महल में प्रभा उदास बैठी सामने के सुन्दर पौधों की पत्तियाँ गिन रही थी। संध्या का समय था। रंग-बिरंग के पक्षी वृक्षों पर बैठे कलरव कर रहे थे। इतने में राणा ने कमरे में प्रवेश किया। प्रभा उठ कर खड़ी हो गयी।

राणा बोले—प्रभा, मैं तुम्हारा अपराधी हूँ। मैं बलपूर्वक तुम्हें माता-पिता की गोद से छीन लाया, पर यदि मैं तुमसे कहूँ कि यह सब तुम्हारे प्रेम से विवश हो कर मैंने किया, तो तुम मन में हँसोगी और कहोगी कि यह निराले, अनूठे ढंग की प्रीति है; पर वास्तव में यही बात है। जबसे मैंने रणछोड़ जी के मंदिर में तुमको देखा, तब से एक क्षण भी ऐसा नहीं बीता कि मैं तुम्हारी सुधि में विकल न रहा होऊँ। तुम्हें अपनाने का अन्य कोई उपाय होता, तो मैं कदापि इस पाशविक ढंग से काम न लेता। मैंने रावसाहब की सेवा में बारंबार संदेशे भेजे; पर उन्होंने हमेशा मेरी उपेक्षा की। अंत में जब तुम्हारे विवाह की अवधि आ गयी और मैंने देखा कि एक ही दिन में तुम दूसरे की प्रेम-पात्री हो जाओगी और तुम्हारा ध्यान करना भी मेरी आत्मा को दूषित करेगा, तो लाचार होकर मुझे यह अनीति करनी पड़ी। मैं मानता हूँ कि यह सर्वथा मेरी स्वार्थान्धता है। मैंने अपने प्रेम के सामने तुम्हारे मनोगत भावों को कुछ न समझा; पर प्रेम स्वयं एक बढ़ी हुई स्वार्थपरता है, जब मनुष्य को अपने प्रियतम के सिवाय और कुछ नहीं सूझता। मुझे पूरा विश्वास था कि मैं अपने विनीत भाव और प्रेम से तुमको अपना लूँगा। प्रभा, प्यास से मरता हुआ मनुष्य यदि किसी गढ़े में मुँह डाल दे, तो वह दंड का भागी नहीं है। मैं प्रेम का प्यासा हूँ। मीरा मेरी सहधर्मिणी है। उसका हृदय प्रेम का अगाध सागर है। उसका एक चुल्लू भी मुझे उन्मत्त करने के लिए काफी था; पर जिस हृदय में ईश्वर का वास हो वहाँ मेरे लिए स्थान कहाँ ? तुम शायद कहोगी कि यदि तुम्हारे सिर पर प्रेम का भूत सवार था तो क्या सारे राजपूताने में स्त्रियाँ न थीं। निस्संदेह राजपूताने में सुन्दरता का अभाव नहीं है और न चित्तौड़ाधिपति की ओर से विवाह की बातचीत किसी के अनादर का कारण हो सकती है; पर इसका जवाब

तुम आप ही हो। इसका दोष तुम्हारे ही ऊपर है। राजस्थान में एक ही चित्तौड़ है, एक ही राणा और एक ही प्रभा। सम्भव है, मेरे भाग्य में प्रेमानंद भोगना न लिखा हो। यह मैं अपने कर्म-लेख को मिटाने का थोड़ा-सा प्रयत्न कर रहा हूँ; परंतु भाग्य के अधीन बैठे रहना पुरुषों का काम नहीं है। मुझे इसमें सफलता होगी या नहीं, इसका फैसला तुम्हारे हाथ है।

प्रभा की आँखें जमीन की तरफ थीं और मन फुदकनेवाली चिड़िया की भाँति इधर-उधर उड़ता फिरता था। वह झालावाड़ को मारकाट से बचाने के लिए राणा के साथ आयी थी, मगर राणा के प्रति उसके हृदय में क्रोध की तरंगें उठ रही थीं। उसने सोचा था कि वे यहाँ आयेंगे तो उन्हें राजपूत कुल-कलंक, अन्यायी, दुराचारी, दुरात्मा, कायर कह कर उनका गर्व चूर-चूर कर दूँगी। उसको विश्वास था कि यह अपमान उनसे न सहा जायेगा और वे मुझे बलात् अपने काबू में लाना चाहेंगे। इस अंतिम समय के लिए उसने अपने हृदय को खूब मजबूत और अपनी कटार को खूब तेज कर रखा था। उसने निश्चय कर लिया था कि इसका एक वार उन पर होगा, दूसरा अपने कलेजे पर और इस प्रकार यह पाप-कांड समाप्त हो जायेगा। लेकिन राणा की नम्रता, उनकी करुणात्मक विवेचना और उनके विनीत भाव ने प्रभा को शांत कर दिया। आग पानी से बुझ जाती है। राणा कुछ देर वहाँ बैठे रहे, फिर उठ कर चले गये।

4

प्रभा को चित्तौड़ में रहते दो महीने गुजर चुके हैं। राणा उसके पास फिर न आये। इस बीच में उनके विचारों में कुछ अंतर हो गया है। झालावाड़ पर आक्रमण होने के पहले मीराबाई को इसकी बिलकुल खबर न थी। राणा ने इस प्रस्ताव को गुप्त रखा था। किंतु अब मीराबाई प्रायः उन्हें इस दुराग्रह पर लज्जित किया करती है और धीरे-धीरे राणा को भी विश्वास होने लगा है कि प्रभा इस तरह काबू में नहीं आ सकती। उन्होंने उसके सुख-विलास की सामग्री एकत्र करने में कोई कसर नहीं रख छोड़ी थी। लेकिन प्रभा उनकी तरफ आँख उठा कर भी नहीं देखती। राणा प्रभा की लौंडियों से नित्य का समाचार पूछा करते हैं और उन्हें रोज वही निराशापूर्ण वृत्तांत सुनायी देता है। मुरझायी हुई कली किसी भाँति नहीं खिलती। अतएव उनको कभी-कभी अपने इस दुस्साहस पर पश्चात्ताप होता है। वे पछताते हैं कि मैंने व्यर्थ ही यह अन्याय किया। लेकिन फिर प्रभा का अनुपम सौंदर्य नेत्रों के सामने आ जाता है और वह अपने मन को इस विचार से समझा लेते हैं कि एक सगर्वा सुंदरी का प्रेम इतनी जल्दी परिवर्तित नहीं हो सकता। निस्संदेह मेरा मृदु व्यवहार भी कभी न कभी अपना प्रभाव दिखलायेगा।

प्रभा सारे दिन अकेली बैठी-बैठी उकताती और झुँझलाती थी। उसके विनोद के निमित्त कई गानेवाली स्त्रियाँ नियुक्त थीं; किंतु राग-रंग से उसे अरुचि हो गयी। वह प्रतिक्षण चिंताओं में डूबी रहती थी।

राणा के नम्र भाषण का प्रभाव अब मिट चुका था और उसकी अमानुषिक वृत्ति अब फिर अपने यथार्थ रूप में दिखायी देने लगी थी। वाक्चतुरता शांतिकारक नहीं होती। वह केवल निरुत्तर कर देती है। प्रभा को अब अपने अवाक् हो जाने पर आश्चर्य होता है। उसे राणा की बातों के उत्तर भी सूझने लगे हैं। वह कभी-कभी उनसे लड़ कर अपनी किस्मत का फैसला करने के लिए विकल हो जाती है।

मगर अब वाद-विवाद किस काम का ? वह सोचती है कि मैं रावसाहब की कन्या हूँ; पर संसार की दृष्टि में राणा की रानी हो चुकी। अब यदि मैं इस कैद से छूट भी जाऊँ तो मेरे लिए कहाँ ठिकाना है ? मैं कैसे मुँह दिखाऊँगी ? इससे केवल मेरे वंश का ही नहीं, वरन् समस्त राजपूत-जाति का नाम डूब जायेगा। मंदार-कुमार मेरे सच्चे प्रेमी हैं। मगर क्या वे मुझे अंगीकार करेंगे? और यदि वे निंदा की परवाह न करके मुझे ग्रहण भी कर लें तो उनका मस्तक सदा के लिए नीचा हो जायेगा और कभी न कभी उनका मन मेरी तरफ से फिर जायेगा। वे मुझे अपने कुल का कलंक समझने लगेंगे। या यहाँ से किसी तरह भाग जाऊँ ? लेकिन भाग कर जाऊँ कहाँ ? बाप के घर ? वहाँ अब मेरी पैठ नहीं। मंदार-कुमार के पास ? इसमें उनका अपमान है और मेरा भी। तो क्या भिखारिणी बन जाऊँ ? इसमें भी जग-हँसाई होगी और न जाने प्रबल भावी किस मार्ग पर ले जाय। एक अबला स्त्री के लिए सुंदरता प्राणघातक यंत्र से कम नहीं। ईश्वर, वह दिन न आये कि मैं क्षत्रिय-जाति का कलंक बनूँ। क्षत्रिय-जाति ने मर्यादा के लिए पानी की तरह रक्त बहाया है। उनकी हजारों देवियाँ पर-पुरुष का मुँह देखने के भय से सूखी लकड़ी के समान जल मरी हैं। ईश्वर, वह घड़ी न आये कि मेरे कारण किसी राजपूत का सिर लज्जा से नीचा हो। नहीं, मैं इसी कैद में मर जाऊँगी। राणा के अन्याय सहूँगी, जलूँगी, मरूँगी, पर इसी घर में। विवाह जिससे होना था, हो चुका। हृदय में उसकी उपासना करूँगी, पर कंठ के बाहर उसका नाम न निकालूँगी।

एक दिन झुँझला कर उसने राणा को बुला भेजा। वे आये। उनका चेहरा उतरा था। वे कुछ चिंतित-से थे। प्रभा कुछ कहना चाहती थी पर उनकी सूरत देख कर उसे उन पर दया आ गयी। उन्होंने उसे बात करने का अवसर न दे कर स्वयं कहना शुरू किया।

"प्रभा, तुमने आज मुझे बुलाया है। यह मेरा सौभाग्य है। तुमने मेरी सुधि तो ली मगर यह मत समझो कि मैं मृदु-वाणी सुनने की आशा ले कर आया हूँ। नहीं, मैं जानता हूँ, जिसके लिए तुमने मुझे बुलाया है। यह लो, तुम्हारा अपराधी तुम्हारे सामने खड़ा है। उसे जो दंड चाहो दो। मुझे अब तक आने का साहस न

हुआ। इसका कारण यही दंड-भय था। तुम क्षत्राणी हो और क्षत्राणियाँ क्षमा करना नहीं जानतीं। झालावाड़ में जब तुम मेरे साथ आने पर स्वयं उद्यत हो गयीं, तो मैंने उसी क्षण तुम्हारे जौहर परख लिये। मुझे मालूम हो गया कि तुम्हारा हृदय बल और विश्वास से भरा हुआ है। उसे काबू में लाना सहज नहीं। तुम नहीं जानतीं कि यह एक मास मैंने किस तरह काटा है। तड़प-तड़प कर मर रहा हूँ, पर जिस तरह शिकारी बिफरी हुई सिंहनी के सम्मुख जाने से डरता है, वही दशा मेरी थी। मैं कई बार आया। यहाँ तुमको उदास त्यौरियाँ चढ़ाये बैठे देखा। मुझे अंदर पैर रखने का साहस न हुआ; मगर आज मैं बिना बुलाया मेहमान नहीं हूँ। तुमने मुझे बुलाया है और तुम्हें अपने मेहमान का स्वागत करना चाहिए। हृदय से न सही—जहाँ अग्नि प्रज्ज्वलित हो, वहाँ ठंडक कहाँ—बातों ही से सही, अपने भावों को दबा कर ही सही, मेहमान का स्वागत करो। संसार में शत्रु का आदर मित्रों से भी अधिक किया जाता है।

"प्रभा, एक क्षण के लिए क्रोध को शांत करो और मेरे अपराधों पर विचार करो। तुम मेरे ऊपर यही दोषारोपण कर सकती हो कि मैं तुम्हें माता-पिता की गोद से छीन लाया। तुम जानती हो, कृष्ण भगवान् रुक्मिणी को हर लाये थे। राजपूतों में यह कोई नयी बात नहीं है। तुम कहोगी, इससे झालावाड़वालों का अपमान हुआ; पर ऐसा कहना कदापि ठीक नहीं। झालावाड़वालों ने वही किया, जो मर्दों का धर्म था। उनका पुरुषार्थ देख कर हम चकित हो गये। यदि वे कृतकार्य नहीं हुए तो यह उनका दोष नहीं है। वीरों की सदैव जीत नहीं होती। हम इसलिए सफल हुए कि हमारी संख्या अधिक थी और इस काम के लिए तैयार हो कर गये थे। वे निश्शंक थे, इस कारण उनकी हार हुई। यदि हम वहाँ से शीघ्र ही प्राण बचा कर भाग न आते तो हमारी गति वही होती जो रावसाहब ने कही थी। एक भी चित्तौड़ी न बचता। लेकिन ईश्वर के लिए यह मत सोचो कि मैं अपने अपराध के दूषण को मिटाना चाहता हूँ। नहीं, मुझसे अपराध हुआ है और मैं हृदय से उस पर लज्जित हूँ। पर अब तो जो कुछ होना था, हो चुका। अब इस बिगड़े हुए खेल को मैं तुम्हारे ऊपर छोड़ता हूँ। यदि मुझे तुम्हारे हृदय में कोई स्थान मिले तो मैं उसे स्वर्ग समझूँगा। डूबते हुए को तिनके का सहारा भी बहुत है। क्या यह संभव है ?"

प्रभा बोली—नहीं।

राणा—झालावाड़ जाना चाहती हो ?

प्रभा—नहीं।

राणा—मंदार के राजकुमार के पास भेज दूँ ?

प्रभा—कदापि नहीं।

राणा—लेकिन मुझसे यह तुम्हारा कुढ़ना देखा नहीं जाता।

प्रभा—आप इस कष्ट से शीघ्र ही मुक्त हो जायेंगे।

राणा ने भयभीत दृष्टि से देख कर कहा, "जैसी तुम्हारी इच्छा," और वे वहाँ से उठ कर चले गये।

5

दस बजे रात का समय था। रणछोड़ जी के मन्दिर में कीर्तन समाप्त हो चुका था और वैष्णव साधु बैठे हुए प्रसाद पा रहे थे। मीरा स्वयं अपने हाथ से थाल ला-ला कर उनके आगे रखती थी। साधुओं और अभ्यागतों के आदर-सत्कार में उस देवी को आत्मिक आनन्द प्राप्त होता था। साधुगण जिस प्रेम से भोजन करते थे, उससे यह शंका होती थी कि स्वादपूर्ण वस्तुओं में कहीं भक्ति-भजन से भी अधिक सुख तो नहीं है। यह सिद्ध हो चुका है कि ईश्वर की दी हुई वस्तुओं का सदुपयोग ही ईश्वरोपासना की मुख्य रीति है। इसीलिए ये महात्मा लोग उपासना के ऐसे अच्छे अवसरों को क्यों खोते ? वे कभी पेट पर हाथ फेरते और कभी आसन बदलते थे। मुँह से 'नहीं' कहना तो वे घोर पाप के समान समझते थे। यह भी मानी हुई बात है कि जैसी वस्तुओं का हम सेवन करते हैं, वैसी ही आत्मा भी बनती है। इसलिए वे महात्मागण घी और खोये से उदर को खूब भर रहे थे।

पर उन्हीं में एक महात्मा ऐसे भी थे जो आँखें बंद किये ध्यान में मग्न थे। थाल की ओर ताकते भी न थे। इनका नाम प्रेमानन्द था। ये आज ही आये थे। इनके चेहरे पर कांति झलकती थी। अन्य साधु खा कर उठ गये, परंतु उन्होंने थाल छुआ भी नहीं।

मीरा ने हाथ जोड़ कर कहा—महाराज, आपने प्रसाद को छुआ भी नहीं। दासी से कोई अपराध तो नहीं हुआ ?

साधु—नहीं, इच्छा नहीं थी।

मीरा—पर मेरी विनय आपको माननी पड़ेगी।

साधु—मैं तुम्हारी आज्ञा का पालन करूँगा, तो तुमको भी मेरी एक बात माननी होगी।

मीरा—कहिए क्या आज्ञा है।

साधु—माननी पड़ेगी।

मीरा—मानूँगी।

साधु—वचन देती हो ?

मीरा—वचन देती हूँ, आप प्रसाद पायें।

मीराबाई ने समझा था कि साधु कोई मन्दिर बनवाने या कोई यज्ञ पूर्ण करा देने की याचना करेगा। ऐसी बातें नित्यप्रति हुआ ही करती थीं और मीरा का सर्वस्व साधु-सेवा के लिए अर्पित था; परन्तु उसके लिए साधु ने ऐसी कोई याचना न

की। वह मीरा के कानों के पास मुँह ले जा कर बोला–आज दो घंटे के बाद राजभवन का चोर दरवाजा खोल देना।

मीरा विस्मित हो कर बोली–आप कौन हैं ?

साधु–मंदार का राजकुमार।

मीरा ने राजकुमार को सिर से पाँव तक देखा। नेत्रों में आदर की जगह घृणा थी। कहा–राजपूत यों छल नहीं करते।

राजकुमार–यह नियम उस अवस्था के लिए है, जब दोनों पक्ष समान शक्ति रखते हों।

मीरा–ऐसा नहीं हो सकता।

राजकुमार–आपने वचन दिया है, उसका पालन करना होगा।

मीरा–महाराज की आज्ञा के सामने मेरे वचन का कोई महत्त्व नहीं।

राजकुमार–मैं यह कुछ नहीं जानता। यदि आपको अपने वचन की कुछ भी मर्यादा रखनी है तो उसे पूरा कीजिए।

मीरा–(सोच कर) महल में जा कर क्या करोगे ?

राजकुमार–नयी रानी से दो-दो बातें।

मीरा चिंता में विलीन हो गयी। एक तरफ राणा की कड़ी आज्ञा थी और दूसरी तरफ अपना वचन और उसका पालन करने का परिणाम। कितनी ही पौराणिक घटनाएँ उसके सामने आ रही थीं। दशरथ ने वचन पालने के लिए अपने प्रिय पुत्र को वनवास दे दिया। मैं वचन दे चुकी हूँ। उसे पूरा करना मेरा परम धर्म है; लेकिन पति की आज्ञा को कैसे तोड़ूँ ? यदि उनकी आज्ञा के विरुद्ध करती हूँ तो लोक और परलोक दोनों बिगड़ते हैं। क्यों न उनसे स्पष्ट कह दूँ। क्या वे मेरी यह प्रार्थना स्वीकार न करेंगे ? मैंने आज तक उनसे कुछ नहीं माँगा। आज उनसे यह दान मागूँगी। क्या वे मेरे वचन की मर्यादा की रक्षा न करेंगे ? उनका हृदय कितना विशाल है ! निस्संदेह वे मुझ पर वचन तोड़ने का दोष न लगने देंगे।

इस तरह मन में निश्चय करके वह बोली–कब खोल दूँ ?

राजकुमार ने उछल कर कहा–आधी रात को।

मीरा–मैं स्वयं तुम्हारे साथ चलूँगी।

राजकुमार–क्यों ?

मीरा–तुमने मेरे साथ छल किया है। मुझे तुम्हारा विश्वास नहीं है।

राजकुमार ने लज्जित हो कर कहा–अच्छा, तो आप द्वार पर खड़ी रहियेगा।

मीरा–यदि फिर कोई दगा किया तो जान से हाथ धोनी पड़ेगी।

राजकुमार–मैं सब कुछ सहने के लिए तैयार हूँ।

मीरा–अच्छा।

राजकुमार–विश्वास करें।

6

मीरा यहाँ से राणा की सेवा में पहुँची। वे उसका बहुत आदर करते थे। वे खड़े हो गये। इस समय मीरा का आना एक असाधारण बात थी। उन्होंने पूछा—बाई जी, क्या आज्ञा है ?

मीरा—आपसे भिक्षा माँगने आयी हूँ। निराश न कीजिएगा। मैंने आज तक आपसे कोई विनती नहीं की; पर आज एक ब्रह्म-फाँस में फँस गयी हूँ। इसमें से मुझे आप ही निकाल सकते हैं ? मंदार के राजकुमार को तो आप जानते हैं ?

राणा—हाँ, अच्छी तरह।

मीरा—आज उसने मुझे बड़ा धोखा दिया। एक वैष्णव महात्मा का रूप धारण कर रणछोड़ जी के मंदिर में आया और उसने छल करके मुझे वचन देने पर बाध्य किया। मेरा साहस नहीं होता कि उसकी कपट विनय आपसे कहूँ।

राणा—प्रभा से मिला देने को तो कहा ?

मीरा—जी हाँ, उसका अभिप्राय वही है। लेकिन सवाल यह है कि मैं आधी रात को राजमहल का गुप्त द्वार खोल दूँ। मैंने उसे बहुत समझाया; बहुत धमकाया; पर वह किसी भाँति न माना। निदान विवश हो कर जब मैंने कह दिया तब उसने प्रसाद पाया, अब मेरे वचन की लाज आपके हाथ है। आप चाहे उसे पूरा करके मेरा मान रखें, चाहे उसे तोड़ कर मेरा मान तोड़ दें। आप मेरे ऊपर जो कृपादृष्टि रखते हैं, उसी के भरोसे मैंने वचन दिया। अब मुझे इस फंदे से उबारना आपका काम है।

राणा कुछ देर सोच कर बोले—तुमने वचन दिया है, उसका पालन करना मेरा कर्त्तव्य है। तुम देवी हो, तुम्हारे वचन नहीं टल सकते। द्वार खोल दो। लेकिन यह उचित नहीं है कि वह अकेले प्रभा से मुलाकात करे। तुम स्वयं उसके साथ जाना। मेरी खातिर से इतना कष्ट उठाना। मुझे भय है कि वह उसकी जान लेने का इरादा करके न आया हो। ईर्ष्या में मनुष्य अंधा हो जाता है। बाई जी, मैं अपने हृदय की बात तुमसे कहता हूँ। मुझे प्रभा को हर लाने का अत्यंत शोक है। मैंने समझा था कि यहाँ रहते-रहते वह हिल-मिल जायेगी; किंतु वह अनुमान गलत निकला। तुझे भय है कि यदि उसे कुछ दिन यहाँ और रहना पड़ा तो वह जीती न बचेगी। मुझ पर एक अबला की हत्या का अपराध लग जायगा। मैंने उससे झालावाड़ जाने के लिए कहा, पर वह राजी न हुई। आज तुम उन दोनों की बातें सुनो। अगर वह मंदार-कुमार के साथ जाने पर राजी हो, तो मैं प्रसन्नतापूर्वक अनुमति दे दूँगा। मुझसे कुढ़ना नहीं देखा जाता। ईश्वर इस सुंदरी का हृदय मेरी ओर फेर देता तो मेरा जीवन सफल हो जाता। किंतु जब यह सुख भाग्य में लिखा ही नहीं

है तो क्या वश है। मैंने तुमसे ये बातें कहीं, इसके लिए मुझे क्षमा करना। तुम्हारे पवित्र हृदय में ऐसे विषयों के लिए स्थान कहाँ ?

मीरा ने आकाश की ओर संकोच से देख कर कहा—तो मुझे आज्ञा है ? मैं चोर-द्वार खोल दूँ ?

राणा—तुम इस घर की स्वामिनी हो, मुझसे पूछने की जरूरत नहीं।

मीरा राणा को प्रणाम कर चली गयी।

7

आधी रात बीत चुकी थी। प्रभा चुपचाप बैठी दीपक की ओर देख रही थी और सोचती थी, इसके घुलने से प्रकाश होता है; यह बत्ती अगर जलती है तो दूसरों को लाभ पहुँचाती है। मेरे जलने से किसी को क्या लाभ ? मैं क्यों घुलूँ ? मेरे जीने की जरूरत है ?

उसने फिर खिड़की से सिर निकाल कर आकाश की तरफ देखा। काले पट पर उज्ज्वल तारे जगमगा रहे थे। प्रभा ने सोचा, मेरे अंधकारमय भाग्य में ये दीप्तिमान तारे कहाँ हैं, मेरे लिए जीवन के सुख कहाँ हैं ? क्या रोने के लिए जीऊँ ? ऐसे जीने से क्या लाभ ? और जीने में उपहास भी तो है। मेरे मन का हाल कौन जानता है ? संसार मेरी निंदा करता होगा। झालावाड़ की स्त्रियाँ मेरे मृत्यु के शुभ समाचार सुनने की प्रतीक्षा कर रही होंगी। मेरी प्रिय माता लज्जा से आँखें न उठा सकती होंगी। लेकिन जिस समय मेरे मरने की खबर मिलेगी, गर्व से उनका मस्तक ऊँचा हो जायेगा। यह बेहयाई का जीना है। ऐसे जीने से मरना कहीं उत्तम है।

प्रभा ने तकिये के नीचे से एक चमकती हुई कटार निकाली। उसके हाथ काँप रहे थे। उसने कटार की तरफ आँखें जमायीं। हृदय को उसके अभिवादन के लिए मजबूत किया। हाथ उठाया, किन्तु हाथ न उठा; आत्मा दृढ़ न थी। आँखें झपक गयीं। सिर में चक्कर आ गया। कटार हाथ से छूट कर जमीन पर गिर पड़ी।

प्रभा क्रुद्ध हो कर सोचने लगी—क्या मैं वास्तव में निर्लज्ज हूँ ? मैं राजपूतनी हो कर मरने से डरती हूँ ? मान-मर्यादा खो कर बेहया लोग ही जिया करते हैं। वह कौन-सी आकांक्षा है जिसने मेरी आत्मा को इतना निर्बल बना रखा है। क्या राणा की मीठी-मीठी बातें ? राणा मेरे शत्रु हैं। उन्होंने मुझे पशु समझ रखा है, जिसे फँसाने के पश्चात् हम पिंजरे में बंद करके हिलाते हैं। उन्होंने मेरे मन को अपनी वाक्-मधुरता का क्रीड़ा-स्थल समझ लिया है। वे इस तरह घुमा-घुमा कर बातें करते हैं और मेरी तरफ से युक्तियाँ निकाल कर उनका ऐसा उत्तर देते हैं कि जबान ही बंद हो जाती है। हाय ! निर्दयी ने मेरा जीवन नष्ट कर दिया और मुझे यों खेलाता है ! क्या इसीलिए जीऊँ कि उसके कपट भावों का खिलौना बनूँ ?

फिर वह कौन-सी अभिलाषा है ? क्या राजकुमार का प्रेम ? उनकी तो अब कल्पना ही मेरे लिए घोर पाप है। मैं अब उस देवता के योग्य नहीं हूँ, प्रियतम ! बहुत दिन हुए मैंने तुमको हृदय से निकाल दिया। तुम भी मुझे दिल से निकाल डालो। मृत्यु के सिवाय अब कहीं मेरा ठिकाना नहीं है। शंकर ! मेरी निर्बल आत्मा को शक्ति प्रदान करो। मुझे कर्त्तव्य-पालन का बल दो।

प्रभा ने फिर कटार निकाली। इच्छा दृढ़ थी। हाथ उठा और निकट था कि कटार उसके शोकातुर हृदय में चुभ जाय कि इतने में किसी के पाँव की आहट सुनायी दी। उसने चौंक कर सहमी दृष्टि से देखा। मंदार-कुमार धीरे-धीरे पैर दबाता हुआ कमरे में दाखिल हुआ।

8

प्रभा उसे देखते ही चौंक पड़ी। उसने कटार को छिपा लिया। राजकुमार को देख कर उसे आनन्द की जगह रोमांचकारी भय उत्पन्न हुआ। यदि किसी को जरा भी संदेह हो गया तो इनका प्राण बचना कठिन है। इनको तुरंत यहाँ से निकल जाना चाहिए। यदि इन्हें बातें करने का अवसर दूँ तो विलम्ब होगा और फिर ये अवश्य ही फँस जायेंगे। राणा इन्हें कदापि न छोड़ेंगे। ये विचार वायु और बिजली की तीव्रता के साथ उसके मस्तिष्क में दौड़े। वह तीव्र स्वर में बोली—भीतर मत आओ।

राजकुमार ने पूछा—मुझे पहचाना नहीं ?

प्रभा—खूब पहचान लिया; किन्तु यह बातें करने का समय नहीं है। राणा तुम्हारी घात में हैं। अभी यहाँ से चले जाओ।

राजकुमार ने एक पग और आगे बढ़ाया और निर्भीकता से कहा—प्रभा, तुम मुझसे निष्ठुरता करती हो।

प्रभा ने धमका कर कहा—तुम यहाँ ठहरोगे तो मैं शोर मचा दूँगी।

राजकुमार ने उद्दंडता से उत्तर दिया—इसका मुझे भय नहीं। मैं अपनी जान हथेली पर रख कर आया हूँ। आज दोनों में से एक का अंत हो जायेगा। या तो राणा रहेंगे या मैं रहूँगा। तुम मेरे साथ चलोगी ?

प्रभा ने दृढ़ता से कहा—नहीं।

राजकुमार व्यंग्य भाव से बोला—क्यों, क्या चित्तौड़ की जलवायु पसंद आ गयी ?

प्रभा ने राजकुमार की ओर तिरस्कृत नेत्रों से देख कर कहा—संसार में अपनी सब आशाएँ पूरी नहीं होतीं। जिस तरह यहाँ मैं अपना जीवन काट रही हूँ, वह मैं ही जानती हूँ; किन्तु लोक-निंदा भी तो कोई चीज है ! संसार की दृष्टि में मैं चित्तौड़ की रानी हो चुकी। अब राणा जिस भाँति रखें उसी भाँति रहूँगी। मैं अंत

समय तक उनसे घृणा करूँगी, जलूँगी, कुढूँगी। जब जलन न सही जायेगी, तो विष खा लूँगी या छाती में कटार मार कर मर जाऊँगी; लेकिन इसी भवन में। इस घर के बाहर कदापि पैर न रखूँगी।

राजकुमार के मन में संदेह हुआ कि प्रभा पर राणा का वशीकरण मंत्र चल गया। यह मुझसे छल कर रही है। प्रेम की जगह ईर्ष्या पैदा हुई। वह उसी भाव से बोला—और यदि मैं यहाँ से उठा ले जाऊँ ? प्रभा के तीवर बदल गये। बोली—तो मैं वही करूँगी जो ऐसी अवस्था में क्षत्राणियाँ किया करती हैं। अपने गले में छुरी मार लूँगी या तुम्हारे गले में।

राजकुमार एक पग और आगे बढ़ा कर यह कटुवाक्य बोला—राणा के साथ तो तुम खुशी से चली आयी। उस समय छुरी कहाँ गयी थी ?

प्रभा को यह शब्द शर-सा लगा। वह तिलमिला कर बोली—उस समय इसी छुरी के एक वार से खून की नदी बहने लगती। मैं नहीं चाहती थी कि मेरे कारण मेरे भाई-बंधुओं की जान जाय। इसके सिवाय मैं कुँवारी थी। मुझे अपनी मर्यादा के भंग होने का कोई भय न था। मैंने पातिव्रत नहीं लिया। कम-से-कम संसार मुझे ऐसा समझता था। मैं अपनी दृष्टि में अब भी वही हूँ, किंतु संसार की दृष्टि में कुछ और हो गयी हूँ। लोक-लाज ने मुझे राणा की आज्ञाकारिणी बना दिया है। पातिव्रत की बेड़ी जबरदस्ती मेरे पैरों में डाल दी गयी है। अब इसकी रक्षा करना मेरा धर्म है। इसके विपरीत और कुछ करना क्षत्राणियों के नाम को कलंकित करना है। तुम मेरे घाव पर व्यर्थ नमक क्यों छिड़कते हो ? यह कौन-सी भलमनसी है ? मेरे भाग्य में जो कुछ बदा है, वह भोग रही हूँ। मुझे भोगने दो और तुमसे विनती करती हूँ कि शीघ्र ही यहाँ से चले जाओ।

राजकुमार एक पग और बढ़ा कर दुष्ट-भाव से बोला—प्रभा, यहाँ आ कर तुम त्रियाचरित्र में निपुण हो गयी। तुम मेरे साथ विश्वासघात करके अब धर्म की आड़ ले रही हो। तुमने मेरे प्रणय को पैरों तले कुचल दिया और अब मर्यादा का बहाना ढूँढ़ रही हो। मैं इन नेत्रों से राणा को तुम्हारे सौन्दर्य-पुष्प का भ्रमर बनते नहीं देख सकता। मेरी कामनाएँ मिट्टी में मिलती हैं तो तुम्हें ले कर जायेंगी। मेरा जीवन नष्ट होता है तो उसके पहले तुम्हारे जीवन का भी अन्त होगा। तुम्हारी बेवफाई का यही दंड है। बोलो, क्या निश्चय करती हो ? इस समय मेरे साथ चलती हो या नहीं ? किले के बाहर मेरे आदमी खड़े हैं।

प्रभा ने निर्भयता से कहा—नहीं।

राजकुमार—सोच लो, नहीं तो पछताओगी।

प्रभा—खूब सोच लिया।

राजकुमार ने तलवार खींच ली और वह प्रभा की तरफ लपके। प्रभा भय से आँखें बन्द किये एक कदम पीछे हट गयी। मालूम होता था, उसे मूर्च्छा आ जायेगी।

अकस्मात् राणा तलवार लिये वेग के साथ कमरे में दाखिल हुए। राजकुमार सँभल कर खड़ा हो गया।

राणा ने सिंह के समान गरज कर कहा—दूर हट। क्षत्रिय स्त्रियों पर हाथ नहीं उठाते।

राजकुमार ने तन कर उत्तर दिया—लज्जाहीन स्त्रियों की यही सजा है।

राणा ने कहा—तुम्हारा वैरी तो मैं था। मेरे सामने आते क्यों लजाते थे। जरा मैं भी तुम्हारी तलवार की काट देखता।

राजकुमार ने ऐंठ कर राणा पर तलवार चलायी। शस्त्र-विद्या में राणा अति कुशल थे। वार खाली दे कर राजकुमार पर झपटे। इतने में प्रभा, जो मूर्च्छित अवस्था में दीवार से चिमटी खड़ी थी, बिजली की तरह कौंध कर राजकुमार के सामने खड़ी हो गयी। राणा वार कर चुके थे। तलवार का पूरा हाथ उसके कंधे पर पड़ा। रक्त की फुहार छूटने लगी। राणा ने एक ठंडी साँस ली और उन्होंने तलवार हाथ से फेंक कर गिरती हुई प्रभा को सँभाल लिया।

क्षणमात्र में प्रभा का मुखमंडल वर्णहीन हो गया। आँखें बुझ गयीं। दीपक ठंडा हो गया। मन्दार-कुमार ने भी तलवार फेंक दी और वह आँखों में आँसू भर प्रभा के सामने घुटने टेक कर बैठ गया। दोनों प्रेमियों की आँखें सजल थीं। पतिंगे बुझे हुए दीपक पर जान दे रहे थे।

प्रेम के रहस्य निराले हैं। अभी एक क्षण हुआ राजकुमार प्रभा पर तलवार ले कर झपटा था। प्रभा किसी प्रकार उसके साथ चलने पर उद्यत न होती थी। लज्जा का भय, धर्म की बेड़ी, कर्त्तव्य की दीवार रास्ता रोके खड़ी थी। परन्तु उसे तलवार के सामने देख कर उसने उस पर अपना प्राण अर्पण कर दिया। प्रीति की प्रथा निबाह दी, लेकिन अपने वचन के अनुसार उसी घर में।

हाँ, प्रेम के रहस्य निराले हैं। अभी एक क्षण पहले राजकुमार प्रभा पर तलवार ले कर झपटा था। उसके खून का प्यासा था। ईर्ष्या की अग्नि उसके हृदय में दहक रही थी। वह रुधिर की धारा से शांत हो गयी। कुछ देर तक वह अचेत बैठा रोता रहा। फिर उठा और उसने तलवार उठा कर जोर से अपनी छाती में चुभा ली। फिर रक्त की फुहार निकली। दोनों धाराएँ मिल गयीं और उनमें कोई भेद न रहा।

प्रभा उसके साथ चलने पर राजी न थी। किंतु वह प्रेम के बन्धन को तोड़ न सकी। दोनों उस घर ही से नहीं, संसार से एक साथ सिधारे।

मृत्यु के पीछे

बाबू ईश्वरचंद्र को समाचारपत्रों में लेख लिखने की चाट उन्हीं दिनों पड़ी जब वे विद्याभ्यास कर रहे थे। नित्य नये विषयों की चिंता में लीन रहते। पत्रों में अपना नाम देख कर उन्हें उससे कहीं ज्यादा खुशी होती थी जितनी परीक्षाओं में उत्तीर्ण होने या कक्षा में उच्च स्थान प्राप्त करने से हो सकती थी। वह अपने कालेज के 'गरम-दल' के नेता थे। समाचारपत्रों में परीक्षापत्रों की जटिलता या अध्यापकों के अनुचित व्यवहार की शिकायत का भार उन्हीं के सिर था। इससे उन्हें कालेज में प्रतिनिधित्व का काम मिल गया। प्रतिरोध के प्रत्येक अवसर पर उन्हीं के नाम नेतृत्व की गोटी पड़ जाती थी। उन्हें विश्वास हो गया कि मैं इस परिमित क्षेत्र से निकल कर संसार के विस्तृत क्षेत्र में अधिक सफल हो सकता हूँ। सार्वजनिक जीवन को वह अपना भाग्य समझ बैठे थे। कुछ ऐसा संयोग हुआ कि अभी एम ए. परीक्षार्थियों में उनका नाम निकलने भी न पाया था कि 'गौरव' के सम्पादक महोदय ने वानप्रस्थ लेने की ठानी और पत्रिका का भार ईश्वरचंद्र दत्त के सिर पर रखने का निश्चय किया। बाबू जी को यह समाचार मिला तो उछल पड़े। धन्य भाग्य कि मैं इस सम्मानित पद के योग्य समझा गया! इसमें संदेह नहीं कि वह इस दायित्व के गुरुत्व से भली-भाँति परिचित थे, लेकिन कीर्तिलाभ के प्रेम ने उन्हें बाधक परिस्थितियों का सामना करने पर उद्यत कर दिया। वह इस व्यवसाय में स्वातंत्र्य, आत्मगौरव, अनुशीलन और दायित्व की मात्रा को बढ़ाना चाहते थे। भारतीय पत्रों को पश्चिम के आदर्श पर चलाने के इच्छुक थे। इन इरादों के पूरा करने का सुअवसर हाथ आया। वे प्रेमोल्लास से उत्तेजित हो कर नाली में कूद पड़े।

2

ईश्वरचंद्र की पत्नी एक ऊँचे और धनाढ्य कुल की लड़की थी और वह ऐसे कुलों की मर्यादाप्रियता तथा मिथ्या गौरवप्रेम से सम्पन्न थी। यह समाचार पा कर डरी की पति महाशय कहीं इस झंझट में फँस कर कानून से मुँह न मोड़ लें। लेकिन

जब बाबू साहब ने आश्वासन दिया कि यह कार्य उनके कानून के अभ्यास में बाधक न होगा, तो कुछ न बोली।

लेकिन ईश्वरचंद्र को बहुत जल्द मालूम हो गया कि पत्र सम्पादन एक बहुत ही ईर्ष्यायुक्त कार्य है, जो चित्त की समग्र वृत्तियों का अपहरण कर लेता है। उन्होंने इसे मनोरंजन का एक साधन और ख्यातिलाभ का एक यंत्र समझा था। उसके द्वारा जाति की कुछ सेवा करना चाहते थे। उससे द्रव्योपार्जन का विचार तक न किया था। लेकिन नौका में बैठ कर उन्हें अनुभव हुआ कि यात्रा उतनी सुखद नहीं है जितनी समझी थी। लेखों के संशोधन, परिवर्धन और परिवर्तन, लेखकगण से पत्र-व्यवहार और चित्ताकर्षक विषयों की खोज और सहयोगियों से आगे बढ़ जाने की चिंता में उन्हें कानून का अध्ययन करने का अवकाश ही न मिलता था। सुबह को किताबें खोलकर बैठते कि 100 पृष्ठ समाप्त किये बिना कदापि न उठूँगा, किन्तु ज्यों ही डाक का पुलिंदा आ जाता, वे अधीर होकर उस पर टूट पड़ते, किताब खुली की खुली रह जाती थी। बार-बार संकल्प करते कि अब नियमित रूप से पुस्तकावलोकन करूँगा और एक निर्दिष्ट समय से अधिक सम्पादनकार्य में न लगाऊँगा। लेकिन पत्रिकाओं का बंडल सामने आते ही दिल काबू के बाहर हो जाता। पत्रों के नोक-झोंक, पत्रिकाओं के तर्क-वितर्क, आलोचना-प्रत्यालोचना, कवियों के काव्य चमत्कार, लेखकों का रचनाकौशल इत्यादि सभी बातें उन पर जादू का काम करतीं। इस पर छपाई की कठिनाइयाँ, ग्राहक-संख्या बढ़ाने की चिंता और पत्रिका को सर्वांग-सुंदर बनाने की आकांक्षा और भी प्राणों को संकट में डाले रहती थी। कभी-कभी उन्हें खेद होता कि व्यर्थ ही इस झमेले में पड़ा; यहाँ तक कि परीक्षा के दिन सिर पर आ गये और वे इसके लिए बिलकुल तैयार न थे। वे उसमें सम्मिलित न हुए। मन को समझाया कि अभी इस काम का श्रीगणेश है, इसी कारण यह सब बाधाएँ उपस्थित होती हैं। अगले वर्ष यह काम एक सुव्यवस्थित रूप में आ जायेगा और तब मैं निश्चिंत हो कर परीक्षा में बैठूँगा ! पास कर लेना क्या कठिन है। ऐसे बुद्धू पास हो जाते हैं जो एक सीधा-सा लेख भी नहीं लिख सकते, तो क्या मैं ही रह जाऊँगा ? मानकी ने उनकी यह बातें सुनीं तो खूब दिल के फफोले फोड़े—'मैं तो जानती थी कि यह धुन तुम्हें मटियामेट कर देगी। इसलिए बार-बार रोकती थी; लेकिन तुमने मेरी एक न सुनी। आप तो डूबे ही, मुझे भी ले डूबे।' उनके पूज्य पिता भी बिगड़े, हितैषियों ने भी समझाया—'अभी इस काम को कुछ दिनों के लिए स्थगित कर दो, कानून में उत्तीर्ण होकर निर्द्वंद्व देशोद्धार में प्रवृत्त हो जाना।' लेकिन ईश्वरचंद्र एक बार मैदान में आ कर भागना निंद्य समझते थे। हाँ, उन्होंने दृढ़ प्रतिज्ञा की कि दूसरे साल परीक्षा के लिए तन-मन से तैयारी करूँगा। अतएव नये वर्ष के पदार्पण करते ही उन्होंने कानून की पुस्तकें संग्रह कीं, पाठ्यक्रम निश्चित किया, रोजनामचा लिखने लगे और अपने चंचल और बहानेबाज चित्त

को चारों ओर से जकड़ा, मगर चटपटे पदार्थों का आस्वादन करने के बाद सरल भोजन कब रुचिकर होता है ! कानून में वे घातें कहाँ, वह उन्माद कहाँ, वे चोटें कहाँ, वह उत्तेजना कहाँ, वह हलचल कहाँ ! बाबू साहब अब नित्य एक खोयी हुई दशा में रहते। जब तक अपने इच्छानुकूल काम करते थे, चौबीस घंटों में घंटे-दो घंटे कानून भी देख लिया करते थे। इस नशे ने मानसिक शक्तियों को शिथिल कर दिया। स्नायु निर्जीव हो गये। उन्हें ज्ञात होने लगा कि अब मैं कानून के लायक नहीं रहा और इस ज्ञान ने कानून के प्रति उदासीनता का रूप धारण किया। मन में संतोषवृत्ति का प्रादुर्भाव हुआ। प्रारब्ध और पूर्व संस्कार के सिद्धांतों की शरण लेने लगे।

एक दिन मानकी ने कहा—यह क्या बात है ? क्या कानून से फिर जी उचाट हुआ ?

ईश्वरचंद्र ने दुस्साहसपूर्ण भाव से उत्तर दिया—हाँ भई, मेरा जी उससे भागता है।

मानकी ने व्यंग्य से कहा—बहुत कठिन है ?

ईश्वरचंद्र—कठिन नहीं है, और कठिन भी होता तो मैं उससे डरने वाला न था, लेकिन मुझे वकालत का पेशा ही पतित प्रतीत होता है। ज्यों-ज्यों वकीलों की आंतरिक दशा का ज्ञान होता है, मुझे उस पेशे से घृणा होती जाती है। इसी शहर में सैकड़ों वकील और बैरिस्टर पड़े हुए हैं, लेकिन एक व्यक्ति भी ऐसा नहीं जिसके हृदय में दया हो, जो स्वार्थपरता के हाथों बिक न गया हो। छल और धूर्तता इस पेशे का मूल तत्त्व है। इसके बिना किसी तरह निर्वाह नहीं। अगर कोई महाशय जातीय आंदोलन में शरीक भी होते हैं, तो स्वार्थसिद्धि करने के लिए, अपना ढोल पीटने के लिए। हम लोगों का समग्र जीवन वासना-भक्ति पर अर्पित हो जाता है। दुर्भाग्य से हमारे देश का शिक्षित समुदाय इसी दरगाह का मुजावर होता जाता है और यही कारण है कि हमारी जातीय संस्थाओं की श्रीवृद्धि नहीं होती। जिस काम में हमारा दिल न हो; हम केवल ख्याति और स्वार्थ-लाभ के लिए उसके कर्णधार बने हुए हों, वह कभी नहीं हो सकता। वर्तमान सामाजिक व्यवस्था का अन्याय है जिसने इस पेशे को इतना उच्च्य स्थान प्रदान कर दिया है। यह विदेशी सभ्यता का निकृष्टतम स्वरूप है कि देश का बुद्धिबल स्वयं धनोपार्जन न करके दूसरों की पैदा की हुई दौलत पर चैन करता, शहद की मक्खी न बन कर, चींटी बनना अपने जीवन का लक्ष्य समझता है।

मानकी चिढ़ कर बोली—पहले तुम वकीलों की इतनी निंदा न करते थे !

ईश्वरचंद्र ने उत्तर दिया—तब अनुभव न था। बाहरी टीमटाम ने वशीकरण कर दिया था।

मानकी—क्या जाने तुम्हें पत्रों से क्यों इतना प्रेम है, मैं जिसे देखती हूँ, अपनी

कठिनाइयों का रोना रोते हुए पाती हूँ। कोई अपने ग्राहकों से नये ग्राहक बनाने का अनुरोध करता है, कोई चंदा न वसूल होने की शिकायत करता है। बता दो कि कोई उच्च शिक्षा प्राप्त मनुष्य कभी इस पेशे में आया है। जिसे कुछ नहीं सूझती, जिसके पास न कोई सनद हो, न कोई डिग्री, वही पत्र निकाल बैठता है और भूखों मरने की अपेक्षा रूखी रोटियों पर ही संतोष करता है। लोग विलायत जाते हैं, वहाँ कोई डाक्टरी पढ़ता है, कोई इंजीनियरी, कोई सिविल सर्विस, लेकिन आज तक न सुना कि कोई एडीटरी का काम सीखने गया। क्यों सीखे ? किसी को क्या पड़ी है कि जीवन की महत्त्वाकांक्षाओं को खाक में मिला कर त्याग और विराग में उम्र काटे ? हाँ, जिनको सनक सवार हो गयी हो, उनकी बात निराली है।

ईश्वरचंद्र–जीवन का उद्देश्य केवल धन-संचय करना ही नहीं है।

मानकी–अभी तुमने वकीलों की निंदा करते हुए कहा, यह लोग दूसरों की कमाई खा कर मोटे होते हैं। पत्र चलानेवाले भी तो दूसरों की ही कमाई खाते हैं।

ईश्वरचंद्र ने बगलें झाँकते हुए कहा–हम लोग दूसरों की कमाई खाते हैं, तो दूसरों पर जान भी देते हैं। वकीलों की भाँति किसी को लूटते नहीं।

मानकी–यह तुम्हारी हठधर्मी है। वकील भी तो अपने मुवक्किलों के लिए जान लड़ा देते हैं। उनकी कमाई भी उतनी ही है, जितनी पत्रवालों की। अंतर केवल इतना है कि एक की कमाई पहाड़ी स्रोता है, दूसरे की बरसाती नाला। एक में नित्य जलप्रवाह होता है, दूसरे में नित्य धूल उड़ा करती है। बहुत हुआ, तो बरसात में घड़ी-दो-घड़ी के लिए पानी आ गया।

ईश्वर.–पहले तो मैं यही नहीं मानता कि वकीलों की कमाई हलाल है, और यह मान भी लूँ तो यह किसी तरह नहीं मान सकता कि सभी वकील फूलों की सेज पर सोते हैं। अपना-अपना भाग्य सभी जगह है। कितने ही वकील हैं जो झूठी गवाहियाँ दे कर पेट पालते हैं। इस देश में समाचारपत्रों का प्रचार अभी बहुत कम है, इसी कारण पत्र संचालकों की आर्थिक दशा अच्छी नहीं है। यूरोप और अमरीका में पत्र चला कर लोग करोड़पति हो गये हैं। इस समय संसार के सभी समुन्नत देशों के सूत्रधार या तो समाचारपत्रों के सम्पादक और लेखक हैं, या पत्रों के स्वामी। ऐसे कितने ही अरबपति हैं, जिन्होंने अपनी सम्पत्ति की नींव पत्रों पर ही खड़ी की थी...

ईश्वरचंद्र सिद्ध करना चाहते थे कि धन, ख्याति और सम्मान प्राप्त करने का पत्र-संचालन से उत्तम और कोई साधन नहीं है, और सबसे बड़ी बात तो यह है कि इस जीवन में सत्य और न्याय की रक्षा करने के सच्चे अवसर मिलते हैं; परंतु मानकी पर इस वक्तृता का जरा भी असर न हुआ। स्थूल दृष्टि को दूर की चीजें साफ नहीं दीखतीं। मानकी के सामने सफल सम्पादक का कोई उदाहरण न था।

3

16 वर्ष गुजर गये। ईश्वरचंद्र ने सम्पादकीय जगत् में खूब नाम पैदा किया, जातीय आन्दोलनों में अग्रसर हुए, पुस्तकें लिखीं, एक दैनिक पत्र निकाला, अधिकारियों के भी सम्मानपात्र हुए। बड़ा लड़का बी. ए. में जा पहुँचा, छोटे लड़के नीचे के दरजों में थे। एक लड़की का विवाह भी एक धनसम्पन्न कुल में किया है। विदित यही होता था कि उनका जीवन बड़ा ही सुखमय है; मगर उनकी आर्थिक दशा अब भी संतोषजनक न थी। खर्च आमदनी से बढ़ा हुआ था। घर की कई हजार की जायदाद हाथ से निकल गयी, इस पर बैंक का कुछ-न-कुछ देना सिर पर सवार रहता था। बाजार में भी उनकी साख न थी। कभी-कभी तो यहाँ तक नौबत आ जाती कि उन्हें बाजार का रास्ता छोड़ना पड़ता। अब वह अक्सर अपनी युवावस्था की अदूरदर्शिता पर अफसोस करते थे। जातीय सेवा का भाव अब भी उनके हृदय में तरंगें मारता था; लेकिन वह देखते थे कि काम तो मैं तय करता हूँ और यश वकीलों और सेठों के हिस्सों में आ जाता था। उनकी गिनती अभी तक छुटभैयों में थी। यद्यपि सारा नगर जानता था कि यहाँ के सार्वजनिक जीवन के प्राण वही हैं, पर यह भाव कभी व्यक्त न होता था। इन्हीं कारणों से ईश्वरचंद्र को सम्पादन कार्य से अरुचि होती थी। दिनोंदिन उत्साह क्षीण होता जाता था; लेकिन इस जाल से निकलने का कोई उपाय न सूझता था। उनकी रचना में सजीवता न थी, न लेखनी में शक्ति। उनके पत्र और पत्रिका दोनों ही से उदासीनता का भाव झलकता था। उन्होंने सारा भार सहायकों पर छोड़ दिया था, खुद बहुत कम काम करते थे। हाँ, दोनों पत्रों की जड़ जम चुकी थी, इसलिए ग्राहक-संख्या कम न होने पाती थी। वे अपने नाम पर चलते थे।

लेकिन इस संघर्ष और संग्राम के काल में उदासीनता का निर्वाह कहाँ। 'गौरव' ने प्रतियोगी खड़े कर दिये, जिनके नवीन उत्साह ने 'गौरव' से बाजी मार ली। उसका बाजार ठंडा होने लगा। नये प्रतियोगियों का जनता ने बड़े हर्ष से स्वागत किया। उनकी उन्नति होने लगी। यद्यपि उनके सिद्धांत भी वही, लेखक भी वही, विषय भी वही थे; लेकिन आगंतुकों ने उन्हीं पुरानी बातों में नयी जान डाल दी। उनका उत्साह देख ईश्वरचंद्र को भी जोश आया कि एक बार फिर अपनी रुकी हुई गाड़ी में जोर लगायें; लेकिन न अपने में सामर्थ्य थी, न कोई हाथ बँटानेवाला नजर आता था। इधर-उधर निराश नेत्रों से देख कर हतोत्साह हो जाते थे। हा ! मैंने अपना सारा जीवन सार्वजनिक कार्यों में व्यतीत किया, खेत को बोया, सींचा, दिन को दिन और रात को रात न समझा, धूप में जला, पानी में भीगा और इतने परिश्रम के बाद जब फसल काटने के दिन आये तो मुझमें हँसिया पकड़ने का भी बूता नहीं। दूसरे लोग जिनका उस समय कहीं पता न था, अनाज काट-काट

कर खलिहान भरे लेते हैं और मैं खड़ा मुँह ताकता हूँ। उन्हें पूरा विश्वास था कि अगर कोई उत्साहशील युवक मेरा शरीक हो जाता तो 'गौरव' अब भी अपने प्रतिद्वंद्वियों को परास्त कर सकता। सभ्य-समाज में उनकी धाक जमी हुई थी, परिस्थिति उनके अनुकूल थी। जरूरत केवल ताजे खून की थी। उन्हें अपने बड़े लड़के से ज्यादा उपयुक्त इस काम के लिए और कोई न दीखता था। उसकी रुचि भी इस काम की ओर थी, पर मानकी के भय से वह इस विचार को जबान पर न ला सके थे। इसी चिंता में दो साल गुजर गये और यहाँ तक नौबत पहुँची कि या तो 'गौरव' का टाट उलट दिया जाय या इसे पुनः अपने स्थान पर पहुँचाने के लिए कटिबद्ध हुआ जाय। ईश्वरचंद्र ने इसके पुनुरुद्धार के लिए अंतिम उद्योग करने का दृढ़ निश्चय कर लिया। इसके सिवा और कोई उपाय न था। यह पत्रिका उनके जीवन का सर्वस्व थी। इससे उनके जीवन और मृत्यु का सम्बन्ध था। उसको बंद करने की वह कल्पना भी न कर सकते थे। यद्यपि उनका स्वास्थ्य अच्छा न था, पर प्राणरक्षा की स्वाभाविक इच्छा ने उन्हें अपना सब कुछ अपनी पत्रिका पर न्योछावर करने को उद्यत कर दिया। फिर दिन के दिन लिखने-पढ़ने में रत रहने लगे। एक क्षण के लिए भी सिर न उठाते। 'गौरव' के लेखों में फिर सजीवता का उद्भव हुआ, विद्वज्जनों में फिर उसकी चर्चा होने लगी, सहयोगियों ने फिर उसके लेखों को उद्धृत करना शुरू किया, पत्रिकाओं में फिर उसकी प्रशंसासूचक आलोचनाएँ निकलने लगीं। पुराने उस्ताद की ललकार फिर अखाड़े में गूँजने लगी।

लेकिन पत्रिका के पुनः संस्कार के साथ उनका शरीर और भी जर्जर होने लगा। हृदयरोग के लक्षण दिखाई देने लगे। रक्त की न्यूनता से मुख पर पीलापन छा गया। ऐसी दशा में वह सुबह से शाम तक अपने काम में तल्लीन रहते; धन और श्रम का संग्राम छिड़ा हुआ था। ईश्वरचंद्र की सदय प्रकृति ने उन्हें श्रम का सपक्षी बना दिया था। धनवादियों का खंडन और प्रतिवाद करते हुए उनके खून में गरमी आ जाती थी, शब्दों से चिनगारियाँ निकलने लगती थीं; यद्यपि यह चिनगारियाँ केंद्रस्थ गरमी को छिन्न किये देती थीं।

एक दिन रात के दस बज गये थे। सरदी खूब पड़ रही थी। मानकी दबे पैर उनके कमरे में आयी। दीपक की ज्योति में उनके मुख का पीलापन और भी स्पष्ट हो गया था। वह हाथ में कलम लिये किसी विचार में मग्न थे। मानकी के आने की उन्हें भी आहट न मिली। मानकी एक क्षण तक उन्हें वेदना-युक्त नेत्रों से ताकती रही। तब बोली, 'अब तो यह पोथा बंद करो। आधी रात होने को आयी। खाना पानी हुआ जाता है।'

ईश्वरचंद्र ने चौंक कर सिर उठाया और बोले—क्यों, क्या आधी रात हो गयी ? नहीं, अभी मुश्किल से दस बजे होंगे। मुझे अभी जरा भी भूख नहीं है।

मानकी—कुछ थोड़ा-सा खा लो न।

ईश्वर –एक ग्रास भी नहीं। मुझे इसी समय अपना लेख समाप्त करना है।

मानकी–मैं देखती हूँ, तुम्हारी दशा दिन-दिन बिगड़ती जाती है। दवा क्यों नहीं करते ? जान खपा कर थोड़े ही काम किया जाता है ?

ईश्वर.–अपनी जान को देखूँ या इस घोर संग्राम को देखूँ जिसने समस्त देश में हलचल मचा रखी है। हजारों-लाखों जानों की हिमायत में एक जान न भी रहे तो क्या चिंता ?

मानकी–कोई सुयोग्य सहायक क्यों नहीं रख लेते ?

ईश्वरचंद्र ने ठंडी साँस ले कर कहा–बहुत खोजता हूँ, पर कोई नहीं मिलता। एक विचार कई दिनों से मेरे मन में उठ रहा है; अगर तुम धैर्य से सुनना चाहो, तो, कहूँ।

मानकी–कहो, सुनूँगी। मानने लायक होगी, तो मानूँगी क्यों नहीं !

ईश्वरचंद्र–मैं चाहता हूँ कि कृष्णचंद्र को अपने काम में शरीक कर लूँ। अब तो वह एम.ए. भी हो गया। इस पेशे से उसे रुचि भी है, मालूम होता है कि ईश्वर ने उसे इसी काम के लिए बनाया है।

मानकी ने अवहेलना-भाव से कहा–क्या अपने साथ उसे भी ले डूबने का इरादा है ? घर की सेवा करनेवाला भी कोई चाहिए कि सब देश की ही सेवा करेंगे ?

ईश्वर.–कृष्णचंद्र यहाँ किसी से बुरा न रहेगा।

मानकी–क्षमा कीजिए। बाज आयी। वह कोई दूसरा काम करेगा, जहाँ चार पैसे मिलें। यह घर-फूँक काम आप ही को मुबारक रहे।

ईश्वर.–वकालत में भेजोगी, पर देख लेना, पछताना पड़ेगा। कृष्णचंद्र उस पेशे के लिए सर्वथा अयोग्य है।

मानकी–वह चाहे मजूरी करे, पर इस काम में न डालूँगी।

ईश्वर –तुमने मुझे देख कर समझ लिया कि इस काम में घाटा-ही-घाटा है। पर इसी देश में ऐसे भाग्यवान लोग मौजूद हैं जो पत्रों की बदौलत धन और कीर्ति से मालामाल हो रहे हैं।

मानकी–इस काम में तो अगर कंचन भी बरसे तो मैं उसे न आने दूँ। सारा जीवन वैराग्य में कट गया। अब कुछ दिन भोग भी करना चाहती हूँ।

यह जाति का सच्चा सेवक अंत को जातीय कष्टों के साथ रोग के कष्टों को न सह सका। इस वार्तालाप के बाद मुश्किल से नौ महीने गुजरे थे कि ईश्वरचंद्र ने संसार से प्रस्थान किया। उनका सारा जीवन सत्य के पोषण, न्याय की रक्षा और प्रजा-कष्टों के विरोध में कटा था। अपने सिद्धांतों के पालन में उन्हें कितनी ही बार अधिकारियों की तीव्र दृष्टि का भाजन बनना पड़ा था, कितनी ही बार जनता का अविश्वास, यहाँ तक कि मित्रों की अवहेलना भी सहनी पड़ी थी, पर उन्होंने अपनी आत्मा का कभी हनन नहीं किया। आत्मा के गौरव के सामने धन को कुछ न समझा।

इस शोक समाचार के फैलते ही सारे शहर में कुहराम मच गया। बाजार बंद हो गये, शोक के जलसे होने लगे, सहयोगी पत्रों ने प्रतिद्वंद्विता के भाव को त्याग दिया, चारों ओर से एक ध्वनि आती थी कि देश से एक स्वतंत्र, सत्यवादी और विचारशील सम्पादक तथा एक निर्भीक त्यागी, देशभक्त उठ गया और उसका स्थान चिरकाल तक खाली रहेगा। ईश्वरचंद्र इतने बहुजनप्रिय हैं, इसका उनके घरवालों को ध्यान भी न था। उनका शव निकला तो सारा शहर, गण्य-अगण्य, अर्थी के साथ था। उनके स्मारक बनने लगे। कहीं छात्रवृत्तियाँ दी गयीं, कहीं उनके चित्र बनवाये गये, पर सबसे अधिक महत्त्वशील वह मूर्ति थी, जो श्रमजीवियों की ओर से प्रतिष्ठित हुई थी।

मानकी को अपने पतिदेव का लोकसम्मान देख कर सुखमय कुतूहल होता था। उसे अब खेद होता था कि मैंने उनके दिव्य गुणों को न पहचाना, उनके पवित्र भावों और उच्च विचारों की कद्र न की। सारा नगर उनके लिए शोक मना रहा है। उनकी लेखनी ने अवश्य इनके ऐसे उपकार किये हैं जिन्हें ये भूल नहीं सकते; और मैं अंत तक उनका मार्ग-कंटक बनी रही, सदैव तृष्णा के वश उनका दिल दुखाती रही। उन्होंने मुझे सोने में मढ़ दिया होता, एक भव्य भवन बनवाया होता, या कोई जायदाद पैदा कर ली होती, तो मैं खुश होती, अपना धन्य भाग्य समझती। लेकिन तब देश में कौन उनके लिए आँसू बहाता, कौन उनका यश गाता ? यहीं एक-से-एक धनिक पुरुष पड़े हुए हैं। वे दुनिया से चले जाते हैं और किसी को खबर भी नहीं होती। सुनती हूँ, पतिदेव के नाम से छात्रों को वृत्ति दी जायेगी। जो लड़के वृत्ति पा कर विद्या-लाभ करेंगे वे मरते दम तक उनकी आत्मा को आशीर्वाद देंगे। शोक ! मैंने उनके आत्मत्याग का मर्म न जाना। स्वार्थ ने मेरी आँखों पर पर्दा डाल दिया था।

मानकी के हृदय में ज्यों-ज्यों ये भावनाएँ जागृत होती थीं, उसे पति में श्रद्धा बढ़ती जाती थी। वह गौरवशीला स्त्री थी। इस कीर्तिगान और जनसम्मान से उसका मस्तिष्क ऊँचा हो जाता था। इसके उपरांत अब उसकी आर्थिक दशा पहले की-सी चिंताजनक न थी। कृष्णचंद्र के असाधारण अध्यवसाय और बुद्धिबल ने उनकी वकालत को चमका दिया था। वह जातीय कामों में अवश्य भाग लेते थे, पत्रों में यथाशक्ति लेख भी लिखते थे, इस काम से उन्हें विशेष प्रेम था। लेकिन मानकी हमेशा इन कामों से दूर रखने की चेष्टा करती थी। कृष्णचंद्र अपने ऊपर जब्र करते थे। माँ का दिल दुखाना उन्हें मंजूर न था।

ईश्वरचंद्र की पहली बरसी थी। शाम को ब्रह्मभोज हुआ। आधी रात तक गरीबों को खाना दिया गया। प्रातःकाल मानकी अपनी सेजगाड़ी पर बैठकर गंगा नहाने गयी। यह उसकी चिरसंचित अभिलाषा थी जो अब पुत्र की मातृभक्ति ने पूरी कर दी थी। यह उधर से लौट रही थी कि उसके कानों में बैंड की आवाज

आयी और एक क्षण के बाद एक जुलूस सामने आता हुआ दिखायी दिया। पहले कोतल घोड़ों की माला थी, उसके बाद अश्वारोही स्वयंसेवकों की सेना। उसके पीछे सैकड़ों सवारीगाड़ियाँ थीं। सबसे पीछे एक सजे हुए रथ पर किसी देवता की मूर्ति थी। कितने ही आदमी इस विमान को खींच रहे थे। मानकी सोचने लगी–'यह किस देवता का विमान है ? न तो रामलीला के ही दिन हैं, न रथयात्रा के !' सहसा उसका दिल जोर से उछल पड़ा। यह ईश्वरचंद्र की मूर्ति थी, जो श्रमजीवियों की ओर से बनवायी गयी थी और लोग उसे बड़े मैदान में स्थापित करने के लिए लिये जाते थे। वही स्वरूप था, वही वस्त्र, वही मुखाकृति। मूर्तिकार ने विलक्षण कौशल दिखाया था। मानकी का हृदय बाँसों उछलने लगा। उत्कठा हुई कि परदे से निकल कर इस जुलूस के सम्मुख पति के चरणों पर गिर पड़ूँ। पत्थर की मूर्ति मानव-शरीर से अधिक श्रद्धास्पद होती है। किंतु कौन मुँह ले कर मूर्ति के सामने जाऊँ ? उसकी आत्मा ने कभी उसका इतना तिरस्कार न किया था। मेरी धनलिप्सा उनके पैरों की बेड़ी न बनती तो वह न जाने किस सम्मान पद पर पहुँचते। मेरे कारण उन्हें कितना क्षोभ हुआ ! घरवालों की सहानुभूति बाहरवालों के सम्मान से कहीं उत्साहजनक होती है। मैं इन्हें क्या कुछ न बना सकती थी, पर कभी उभरने न दिया। स्वामी जी, मुझे क्षमा करो, मैं तुम्हारी अपराधिनी हूँ, मैंने तुम्हारे पवित्र भावों की हत्या की है, मैंने तुम्हारी आत्मा को दुःखी किया है। मैंने बाज को पिंजड़े में बन्द करके रखा था। शोक !

सारे दिन मानकी को वही पश्चात्ताप होता रहा। शाम को उससे न रहा गया। वह अपनी कहारिन को ले कर पैदल उस देवता के दर्शन को चली, जिसकी आत्मा को उसने दुःख पहुँचाया था !

संध्या का समय था। आकाश पर लालिमा छायी थी। अस्ताचल की ओर कुछ बादल भी हो आये थे। सूर्यदेव कभी मेघपट में छिप जाते थे, कभी बाहर निकल आते थे। इस धूप-छाँह में ईश्वरचंद्र की मूर्ति दूर से कभी प्रभात की भाँति प्रसन्नमुख और कभी संध्या की भाँति मलिन देख पड़ती थी। मानकी उसके निकट गयी, पर उसके मुख की ओर न देख सकी। उन आँखों में करुण-वेदना थी। मानकी को ऐसा मालूम हुआ, मानो वह मेरी ओर तिरस्कारपूर्ण भाव से देख रही है। उसकी आँखों से ग्लानि और लज्जा के आँसू बहने लगे। वह मूर्ति के चरणों पर गिर पड़ी और मुँह ढाँप कर रोने लगी। मन के भाव द्रवित हो गये।

वह घर आयी तो नौ बज गये थे। कृष्ण उसे देख कर बोले–अम्माँ, आज आप इस वक्त कहाँ गयी थीं।

मानकी ने हर्ष से कहा–गयी थी तुम्हारे बाबू जी की प्रतिमा के दर्शन करने। ऐसा मालूम होता है, वही साक्षात् खड़े हैं।

कृष्ण–जयपुर से बन कर आयी है।

मानकी—पहले तो लोग उनका इतना आदर न करते थे ?

कृष्ण—उनका सारा जीवन सत्य और न्याय की वकालत में गुजरा है। ऐसे ही महात्माओं की पूजा होती है।

मानकी—लेकिन उन्होंने वकालत कब की ?

कृष्ण—हाँ, यह वकालत नहीं की जो मैं और मेरे हजारों भाई कर रहे हैं, जिससे न्याय और धर्म का खून हो रहा है। उनकी वकालत उच्चकोटि की थी।

मानकी—अगर ऐसा है, तो तुम भी वही वकालत क्यों नहीं करते ?

कृष्ण—बहुत कठिन है। दुनिया का जंजाल अपने सिर लीजिए, दूसरों के लिए रोइए, दीनों की रक्षा के लिए लठ्ठ लिये फिरिए, और इस कष्ट, अपमान और यंत्रणा का पुरस्कार क्या है ? अपनी जीवनाभिलाषाओं की हत्या।

मानकी—लेकिन यश तो होता है।

कृष्ण—हाँ, यश होता है। लोग आशीर्वाद देते हैं।

मानकी—जब इतना यश मिलता है, तो तुम भी वही काम करो। हम लोग उस पवित्र आत्मा की और कुछ सेवा नहीं कर सकते तो उसी वाटिका को चलाते जायँ जो उन्होंने अपने जीवन में इतने उत्सर्ग और भक्ति से लगायी। इससे उनकी आत्मा को शांति होगी।

कृष्णचन्द्र ने माता को श्रद्धामय नेत्रों से देख कर कहा—करूँ तो, मगर संभव है, तब यह टीम-टाम न निभ सके। शायद फिर वही पहले की-सी दशा हो जाय।

मानकी—कोई हरज नहीं। संसार में यश तो होगा ? आज तो अगर धन की देवी भी मेरे सामने आये, तो मैं आँखें न नीची करूँ।

पाप का अग्निकुंड

कुँवर पृथ्वीसिंह महाराज यशवंतसिंह के पुत्र थे। रूप, गुण और विद्या में प्रसिद्ध थे। ईरान, मिस्र, श्याम आदि देशों में परिभ्रमण कर चुके थे और कई भाषाओं के पंडित समझे जाते थे। इनकी एक बहिन थी जिसका नाम राजनंदिनी था। यह भी जैसी सुरूपवती और सर्वगुणसंपन्ना थी वैसी ही प्रसन्नवदना और मृदुभाषिणी भी थी। कड़वी बात कह कर किसी का जी दुखाना उसे पसंद नहीं था। पाप को तो वह अपने पास भी नहीं फटकने देती थी। यहाँ तक कि कई बार महाराज यशवंत से भी वाद-विवाद कर चुकी थी और जब कभी उन्हें किसी बहाने कोई अनुचित काम करते देखती, तो उसे यथाशक्ति रोकने की चेष्टा करती। इसका ब्याह कुँवर धर्मसिंह से हुआ था। यह एक छोटी रियासत का अधिकारी और महाराज यशवंतसिंह की सेना का उच्च पदाधिकारी था। धर्मसिंह बड़ा उदार और कर्मवीर था। इसे होनहार देखकर महाराज ने राजनंदिनी को इसके साथ ब्याह दिया था और दोनों बड़े प्रेम से अपना वैवाहिक जीवन बिताते थे। धर्मसिंह अधिकतर जोधपुर में ही रहता था। पृथ्वीसिंह उसके गाढ़े मित्र थे। इनमें जैसी मित्रता थी, वैसी भाइयों में भी नहीं होती। जिस प्रकार इन दोनों राजकुमारों में मित्रता थी, उसी प्रकार दोनों राजकुमारियाँ भी एक दूसरी पर जान देती थीं। पृथ्वीसिंह की स्त्री दुर्गाकुँवरि बहुत सुशीला और चतुर थी। ननद-भावज में अनबन होना लोक-रीति है, पर इन दोनों में इतना स्नेह था कि एक के बिना दूसरी को कभी कल नहीं पड़ता था। दोनों स्त्रियाँ संस्कृत से प्रेम रखती थीं।

एक दिन दोनों राजकुमारियाँ बाग की सैर में मग्न थीं कि एक दासी ने राजनंदिनी के हाथ में एक कागज लाकर रख दिया। राजनंदिनी ने उसे खोला तो वह संस्कृत का एक पत्र था। उसे पढ़ कर उसने दासी से कहा कि उन्हें भेज दे। थोड़ी देर में एक स्त्री सिर से पैर तक चादर ओढ़े आती दिखायी दी। इसकी उम्र 25 साल से अधिक न थी, पर रंग पीला था। आँखें बड़ी और ओंठ सूखे। चाल-ढाल में कोमलता थी और उसके डील-डौल की गठन बहुत मनोहर थी। अनुमान से जान पड़ता था कि समय ने इसकी वह दशा कर रखी है। पर एक समय वह

भी होगा जब यह बड़ी सुंदर होगी। इस स्त्री ने आ कर चौखट चूमी और आशीर्वाद देकर फर्श पर बैठ गयी। राजनंदिनी ने इसे सिर से पैर तक बड़े ध्यान से देखा और पूछा, "तुम्हारा नाम क्या है ?"

उसने उत्तर दिया, "मुझे ब्रजविलासिनी कहते हैं।"

"कहाँ रहती हो ?"

"यहाँ से तीन दिन की राह पर एक गाँव विक्रमनगर है, वहाँ मेरा घर है।"

"संस्कृत कहाँ पढ़ी है ?"

"मेरे पिता जी संस्कृत के बड़े पंडित थे, उन्होंने थोड़ी-बहुत पढ़ा दी है।"

"तुम्हारा ब्याह तो हो गया है न ?"

ब्याह का नाम सुनते ही ब्रजविलासिनी की आँखों से आँसू बहने लगे। वह आवाज सम्हाल कर बोली—इसका जवाब मैं फिर कभी दूँगी, मेरी रामकहानी बड़ी दुःखमय है। उसे सुन कर आपको दुःख होगा इसलिए इस समय क्षमा कीजिए।

आज से ब्रजविलासिनी वहीं रहने लगी। संस्कृत-साहित्य में उसका बहुत प्रवेश था। वह राजकुमारियों को प्रतिदिन रोचक कविता पढ़ कर सुनाती थी। उसके रंग, रूप और विद्या ने धीरे-धीरे राजकुमारियों के मन में उसके प्रति प्रेम और प्रतिष्ठा उत्पन्न कर दी। यहाँ तक कि राजकुमारियों और ब्रजविलासिनी के बीच बड़ाई-छोटाई उठ गयी और वे सहेलियों की भाँति रहने लगीं।

2

कई महीने बीत गये। कुँवर पृथ्वीसिंह और धर्मसिंह दोनों महाराज के साथ अफगानिस्तान की मुहीम पर गये हुए थे। यह विरह की घड़ियाँ 'मेघदूत' और 'रघुवंश' के पढ़ने में कटीं। ब्रजविलासिनी को कालिदास के देवता से बहुत प्रेम था और वह उसके काव्यों की व्याख्या उत्तमता से करती और उसमें ऐसी बारीकियाँ निकालती कि दोनों राजकुमारियाँ मुग्ध हो जातीं।

एक दिन संध्या का समय था, दोनों राजकुमारियाँ फुलवाड़ी में सैर करने गयीं तो देखा कि ब्रजविलासिनी हरी-हरी घास पर लेटी हुई है और उसकी आँखों से आँसू बह रहे हैं। राजकुमारियों के अच्छे बर्ताव और स्नेहपूर्ण बातचीत से उसकी सुंदरता कुछ चमक गयी थी। इनके साथ अब वह भी राजकुमारी जान पड़ती थी; पर इन सभी बातों के रहते भी वह बेचारी बहुधा एकांत में बैठ कर रोया करती। उसके दिल पर एक ऐसी चोट थी कि वह उसे दम भर भी चैन नहीं लेने देती थी। राजकुमारियाँ उस समय उसे रोती देख कर बड़ी सहानुभूति के साथ उसके पास बैठ गयीं। राजनंदिनी ने उसका सिर अपनी जाँघ पर रख लिया और उसके गुलाब-से गालों को थपथपाकर कहा—सखी, तुम अपने दिल का हाल हमें न

बताओगी ? क्या अब भी हम गैर हैं ? तुम्हारा यों अकेले दुःख की आग में जलना हमसे नहीं देखा जाता।

ब्रजविलासिनी आवाज सम्हाल कर बोली—बहन, मैं अभागिनी हूँ। मेरा हाल मत सुनो।

राज.—अगर बुरा न मानो तो एक बात पूछूँ।

ब्रज.—क्या, कहो ?

राज.—वही जो मैंने पहले दिन पूछा था, तुम्हारा ब्याह हुआ है कि नहीं ?

ब्रज.—इसका जवाब मैं क्या दूँ ? अभी नहीं हुआ।

राज.—क्या किसी का प्रेम-बाण हृदय में चुभा हुआ है ?

ब्रज.—नहीं बहन, ईश्वर जानता है।

राज.—तो इतनी उदास क्यों रहती हो ? क्या प्रेम का आनंद उठाने को जी चाहता है ?

ब्रज.—नहीं, दुःख के सिवा मन में प्रेम को स्थान ही नहीं।

राज.—हम प्रेम का स्थान पैदा कर देंगी।

ब्रजविलासिनी इशारा समझ गयी और बोली—बहन, इन बातों की चर्चा न करो।

राज.—मैं अब तुम्हारा ब्याह रचाऊँगी। दीवान जयचंद को तुमने देखा है ?

ब्रजविलासिनी आँखों में आँसू भर कर बोली—राजकुमारी, मैं व्रतधारिणी हूँ और अपने व्रत को पूरा करना ही मेरे जीवन का उद्देश्य है। प्रण को निभाने के लिए मैं जीती हूँ, नहीं तो मैंने ऐसी आफतें झेली हैं कि जीने की इच्छा अब नहीं रही। मेरे बाप विक्रमनगर के जागीरदार थे। मेरे सिवा उनके कोई संतान न थी। वे मुझे प्राणों से अधिक प्यार करते थे। मेरे ही लिए उन्होंने बरसों संस्कृत-साहित्य पढ़ा था। युद्ध-विद्या में वे बड़े निपुण थे और कई बार लड़ाइयों पर गये थे।

एक दिन गोधूलि-बेला में जब गायें जंगल से लौट रही थीं मैं अपने द्वार पर खड़ी थी। इतने में एक जवान बाँकी पगड़ी बाँधे, हथियार सजाये, झूमता आता दिखायी दिया। मेरी प्यारी मोहिनी इस समय जंगल से लौटी थी, और उसका बच्चा इधर किलोलें कर रहा था। संयोगवश बच्चा उस नौजवान से टकरा गया। गाय उस आदमी पर झपटी। राजपूत बड़ा साहसी था। उसने शायद सोचा कि भागता हूँ तो कलंक का टीका लगता है, तुरंत तलवार म्यान से खींच ली और वह गाय पर झपटा। गाय झल्लायी हुई तो थी ही, कुछ भी न डरी। मेरी आँखों के सामने उस राजपूत ने उस प्यारी गाय को जान से मार डाला। देखते-देखते सैकड़ों आदमी जमा हो गये और उसको टेढ़ी-सीधी सुनाने लगे। इतने में पिता जी भी आ गये। वे संध्या करने गये थे। उन्होंने आकर देखा कि द्वार पर सैकड़ों आदमियों की भीड़ लगी है, गाय तड़प रही है और उसका बच्चा खड़ा रो रहा है। पिता जी की आहट

सुनते ही गाय कराहने लगी और उनकी ओर उसने कुछ ऐसी दृष्टि से देखा कि उन्हें क्रोध आ गया। मेरे बाद उन्हें वह गाय ही प्यारी थी। वे ललकार कर बोले—मेरी गाय किसने मारी है ? नौजवान लज्जा से सिर झुकाये सामने आया और बोला—मैंने।

पिताजी—तुम क्षत्रिय हो ?'

राजपूत—हाँ !

पिताजी—तो किसी क्षत्रिय से हाथ मिलाते ?

राजपूत का चेहरा तमतमा गया। बोला—कोई क्षत्रिय सामने आ जाय। हजारों आदमी खड़े थे; पर किसी का साहस न हुआ कि उस राजपूत का सामना करे। यह देख कर पिताजी ने तलवार खींच ली और वे उस पर टूट पड़े। उसने भी तलवार निकाल ली और दोनों आदमियों में तलवारें चलने लगीं। पिता जी बूढ़े थे; सीने पर जखम गहरा लगा। गिर पड़े। उठा कर लोग घर पर लाये। उनका चेहरा पीला था; पर उनकी आँखों से चिनगारियाँ निकल रही थीं। मैं रोती हुई उनके सामने आयी। मुझे देखते ही उन्होंने सब आदमियों को वहाँ से हट जाने का संकेत किया। जब मैं और पिता जी अकेले रह गये, तो वे बोले—बेटी, तुम राजपूतानी हो ?

मैं—जी हाँ।

पिता जी—राजपूत बात के धनी होते हैं ?

मैं—जी हाँ।

पिता जी—इस राजपूत ने मेरी गाय की जान ली है, इसका बदला तुम्हें लेना होगा।

मैं—आपकी आज्ञा का पालन करूँगी।

पिता जी—अगर मेरा बेटा जीता होता तो मैं यह बोझ तुम्हारी गर्दन पर न रखता।

मैं—आपकी जो कुछ आज्ञा होगी, मैं सिर-आँखों से पूरी करूँगी।

पिता जी—तुम प्रतिज्ञा करती हो ?

मैं—जी हाँ।

पिता जी—इस प्रतिज्ञा को पूरा कर दिखाओगी।

मैं—जहाँ तक मेरा वश चलेगा, मैं निश्चय यह प्रतिज्ञा पूरी करूँगी।

पिता जी—यह मेरी तलवार लो। जब तक तुम यह तलवार उस राजपूत के कलेजे में न भोंक दो, तब तक भोग-विलास न करना।

यह कहते-कहते पिता जी के प्राण निकल गये। मैं उसी दिन से तलवार को कपड़ों में छिपाये उस नौजवान राजपूत की तलाश में घूमने लगी। वर्षों बीत गये। मैं कभी बस्तियों में जाती, कभी पहाड़ों-जंगलों की खाक छानती; पर उस नौजवान का कहीं पता न मिलता। एक दिन मैं बैठी हुई अपने फूटे भाग पर रो रही थी कि वही नौजवान आदमी आता हुआ दिखाई दिया। मुझे देखकर उसने

पूछा, तू कौन है ? मैंने कहा, मैं दुखिया ब्राह्मणी हूँ, आप मुझ पर दया कीजिए और मुझे कुछ खाने को दीजिए। राजपूत ने कहा, अच्छा, मेरे साथ आ !

मैं उठ खड़ी हुई। वह आदमी बेसुध था। मैंने बिजली की तरह लपक कर कपड़ों में से तलवार निकाली और उसके सीने में भोंक दी। इतने में कई आदमी आते दिखायी पड़े। मैं तलवार छोड़कर भागी। तीन वर्ष तक पहाड़ों और जंगलों में छिपी रही। बार-बार जी में आया कि कहीं डूब मरूँ, पर जान बड़ी प्यारी होती है। न जाने क्या-क्या मुसीबतें और कठिनाइयाँ भोगनी हैं, जिनको भोगने को अभी तक जीती हूँ। अंत में जब जंगल में रहते-रहते जी उकता गया, तो जोधपुर चली आयी। यहाँ आपकी दयालुता की चर्चा सुनी। आपकी सेवा में आ पहुँची और तब से आपकी कृपा से मैं आराम से जीवन बिता रही हूँ। यही मेरी रामकहानी है।

राजनंदिनी ने लम्बी साँस ले कर कहा—दुनिया में कैसे-कैसे लोग भरे हुए हैं। खैर, तुम्हारी तलवार ने उसका काम तो तमाम कर दिया ?

ब्रजविलासिनी—कहाँ बहन ! वह बच गया, जखम ओछा पड़ा था। उसी शकल के एक नौजवान राजपूत को मैंने जंगल में शिकार खेलते देखा था। नहीं मालूम, वह था या और कोई, शकल बिलकुल मिलती थी।

3

कई महीने बीत गये। राजकुमारियों ने जब से ब्रजविलासिनी की रामकहानी सुनी है, उसके साथ वे और भी प्रेम और सहानुभूति का बर्ताव करने लगी हैं। पहले बिना संकोच कभी-कभी छेड़छाड़ हो जाती थी; पर अब दोनों हरदम उसका दिल बहलाया करती हैं। एक दिन बादल घिरे हुए थे, राजनंदिनी ने कहा—आज बिहारीलाल की 'सतसई' सुनने को जी चाहता है। वर्षाऋतु पर उसमें बहुत अच्छे दोहे हैं।

दुर्गाकुँवरि—बड़ी अनमोल पुस्तक है। सखी, तुम्हारी बगल में जो आलमारी रखी है, उसी में वह पुस्तक है, जरा निकालना। ब्रजविलासिनी ने पुस्तक उतारी और उसका पहला पृष्ठ खोला था कि उसके हाथ से पुस्तक छूट कर गिर पड़ी। उसके पहले पृष्ठ पर एक तसवीर लगी हुई थी। वह उसी निर्दय युवक की तसवीर थी जो उसके बाप का हत्यारा था। ब्रजविलासिनी की आँखें लाल हो गयीं। त्योरी पर बल पड़ गये। अपनी प्रतिज्ञा याद आ गयी; पर उसके साथ ही यह विचार उत्पन्न हुआ कि इस आदमी का चित्र यहाँ कैसे आया और इसका इन राजकुमारियों से क्या सम्बन्ध है ? कहीं ऐसा न हो कि मुझे इतना कृतज्ञ हो कर अपनी प्रतिज्ञा तोड़नी पड़े। राजनंदिनी ने उसकी सूरत देख कर कहा—सखी क्या बात है ? यह क्रोध क्यों ? ब्रजविलासिनी ने सावधानी से कहा—कुछ नहीं, न जाने क्यों चक्कर आ गया था।

आज से ब्रजविलासिनी के मन में एक और चिन्ता उत्पन्न हुई—क्या मुझे राजकुमारियों का कृतज्ञ होकर अपना प्रण तोड़ना पड़ेगा ?

पूरे सोलह महीने के बाद अफगानिस्तान से पृथ्वीसिंह और धर्मसिंह लौटे। बादशाह की सेना को बड़ी-बड़ी कठिनाइयों का सामना करना पड़ा। बर्फ अधिकता से पड़ने लगी। पहाड़ों के दर बर्फ से ढक गये। आने-जाने के रास्ते बंद हो गये। रसद के सामान कम मिलने लगे। सिपाही भूखों मरने लगे। अब अफगानों ने समय पा कर रात को छापे मारने शुरू किये। आखिर शहजादे मुहीउद्दीन को हिम्मत हार कर लौटना पड़ा।

दोनों राजकुमार ज्यों-ज्यों जोधपुर के निकट पहुँचते थे, उत्कंठा से उनके मन उमड़ आते थे। इतने दिनों के वियोग के बाद फिर भेंट होगी। मिलने की तृष्णा बढ़ती जाती है। रात-दिन मंजिल काटते चले आते हैं, न थकावट मालूम होती है, न माँदगी। दोनों घायल हो रहे हैं; पर फिर भी मिलने की खुशी में जखमों की तकलीफ भूले हुए हैं। पृथ्वीसिंह दुर्गाकुँवरि के लिए एक अफगानी कटार लाये हैं। धर्मसिंह ने राजनन्दिनी के लिए काश्मीर का एक बहुमूल्य शाल जोड़ा मोल लिया है। दोनों के दिल उमंग से भरे हुए हैं।

राजकुमारियों ने जब सुना कि दोनों वीर वापस आते हैं, तो वे फूले अंगों न समायीं। शृंगार किया जाने लगा, माँगें मोतियों से भरी जाने लगीं, उनके चेहरे खुशी से दमकने लगे। इतने दिनों के बिछोह के बाद फिर मिलाप होगा, खुशी आँखों से उबली पड़ती है। एक-दूसरे को छेड़ती हैं और खुश हो कर गले मिलती हैं।

अगहन का महीना था, बरगद की डालियों में मूँगे के दाने लगे हुए थे। जोधपुर के किले से सलामियों की घनगरज आवाजें आने लगीं। सारे नगर में धूम मच गयी कि कुँवर पृथ्वीसिंह सकुशल अफगानिस्तान से लौट आये। दोनों राजकुमारियाँ थाली में आरती के सामान लिये दरवाजे पर खड़ी थीं। पृथ्वीसिंह दरबारियों के मुजरे लेते हुए महल में आये। दुर्गाकुँवरि ने आरती उतारी और दोनों एक-दूसरे को देख कर खुश हो गये। धर्मसिंह भी प्रसन्नता से ऐंठते हुए अपने महल में पहुँचे; पर भीतर पैर रखने न पाये थे कि छींक हुई और बायीं आँख फड़कने लगी। राजनन्दिनी आरती का थाल ले कर लपकी; पर उसका पैर फिसल गया और थाल हाथ से छूट कर गिर पड़ा। धर्मसिंह का माथा ठनका और राजनन्दिनी का चेहरा पीला हो गया। यह असगुन क्यों ?

ब्रजविलासिनी ने दोनों राजकुमारों के आने का समाचार सुन कर उन दोनों को देने के लिए दो अभिनन्दन-पत्र बनवा रखे थे। सबेरे जब कुँवर पृथ्वीसिंह संध्या आदि नित्य-क्रिया से निपट कर बैठे, तो वह उनके सामने आयी और उसने एक सुन्दर कुश की चँगेली में अभिनन्दन-पत्र रख दिया। पृथ्वीसिंह ने उसे प्रसन्नता

से ले लिया। कविता यद्यपि उतनी बढ़िया न थी, पर वह नयी और वीरता से भरी हुई थी। वे वीररस के प्रेमी थे, उसको पढ़ कर बहुत खुश हुए और उन्होंने मोतियों का हार उपहार दिया।

ब्रजविलासिनी यहाँ से छुट्टी पा कर कुँवर धर्मसिंह के पास पहुँची। वे बैठे हुए राजनन्दिनी को लड़ाई की घटनाएँ सुना रहे थे; पर ज्यों ही ब्रजविलासिनी की आँख उन पर पड़ी, वह सन्न होकर पीछे हट गयी। उसको देख कर धर्मसिंह के चेहरे का भी रंग उड़ गया, होंठ सूख गये और हाथ-पैर सनसनाने लगे। ब्रजविलासिनी तो उलटे पाँव लौटी; पर धर्मसिंह ने चारपाई पर लेट कर दोनों हाथों से मुँह ढँक लिया। राजनन्दिनी ने यह दृश्य देखा और उसका फूल-सा बदन पसीने से तर हो गया। धर्मसिंह सारे दिन पलंग पर चुपचाप पड़े करवटें बदलते रहे। उनका चेहरा ऐसा कुम्हला गया जैसे वे बरसों के रोगी हों। राजनन्दिनी उनकी सेवा में लगी हुई थी। दिन तो यों कटा, रात को कुँवर साहब संध्या ही से थकावट का बहाना करके लेट गये। राजनन्दिनी हैरान थी कि माजरा क्या है? ब्रजविलासिनी इन्हीं के खून की प्यासी है ? क्या यह सम्भव है कि मेरा प्यारा, मेरा मुकुट धर्मसिंह ऐसा कठोर हो ? नहीं, नहीं, ऐसा नहीं हो सकता। वह यद्यपि चाहती है कि अपने भावों से उनके मन का बोझ हलका करे, पर नहीं कर सकती। अन्त को नींद ने उसको अपनी गोद में ले लिया।

4

रात बहुत बीत गयी है। आकाश में अँधेरा छा गया है। सारस की दुःख से भरी बोली कभी-कभी सुनायी दे जाती है और रह-रह कर किले के संतरियों की आवाज कान में आ पड़ती है। राजनंदिनी की आँख एकाएक खुली, तो उसने धर्मसिंह को पलंग पर न पाया। चिंता हुई, वह झट उठ कर ब्रजविलासिनी के कमरे की ओर चली और दरवाजे पर खड़ी होकर भीतर की ओर देखने लगी। संदेह पूरा हो गया। क्या देखती है कि ब्रजविलासिनी हाथ में तेगा लिये खड़ी है और धर्मसिंह दोनों हाथ जोड़े उसके सामने दीनों की तरह घुटने टेके बैठे हैं। वह दृश्य देखते ही राजनंदिनी का खून सूख गया और उसके सिर में चक्कर आने लगा, पैर लड़खड़ाने लगे। जान पड़ता था कि गिरी जाती है। वह अपने कमरे में आयी और मुँह ढँक कर लेट रही, पर उसकी आँखों से आँसू की एक बूँद भी न निकली।

दूसरे दिन पृथ्वीसिंह बहुत सबेरे ही कुँवर धर्मसिंह के पास गये और मुस्करा कर बोले–भैया, मौसम बड़ा सुहावना है, शिकार खेलने चलते हो ?

धर्मसिंह–हाँ चलो।

दोनों राजकुमारों ने घोड़े कसवाये और जंगल की ओर चल दिये। पृथ्वीसिंह

का चेहरा खिला हुआ था, जैसे कमल का फूल। एक-एक अंग से तेजी और चुस्ती टपकी पड़ती थी, पर कुँवर धर्मसिंह का चेहरा मैला हो गया था, मानो बदन में जान ही नहीं है। पृथ्वीसिंह ने उन्हें कई बार छेड़ा, पर जब देखा कि वे बहुत दुःखी हैं, तो चुप हो गये। चलते-चलते दोनों आदमी झील के किनारे पहुँचे। एकाएक धर्मसिंह ठिठके और बोले—मैंने आज रात को एक दृढ़ प्रतिज्ञा की है। यह कहते-कहते उनकी आँखों में पानी आ गया। पृथ्वीसिंह ने घबरा कर पूछा—कैसी प्रतिज्ञा ?

'तुमने ब्रजविलासिनी का हाल सुना है ? मैंने प्रतिज्ञा की है कि जिस आदमी ने उसके बाप को मारा है, उसे भी जहन्नुम में पहुँचा दूँ।'

'तुमने सचमुच वीर-प्रतिज्ञा की है।'

'हाँ, यदि मैं पूरी कर सकूँ। तुम्हारे विचार में ऐसा आदमी मारने योग्य है या नहीं ?'

'ऐसे निर्दयी की गर्दन गुट्ठल छुरी से काटनी चाहिए।'

'बेशक, यही मेरा भी विचार है। यदि मैं किसी कारण यह काम न कर सकूँ, तो तुम मेरी प्रतिज्ञा पूरी कर दोगे ?'

'बड़ी खुशी से। उसे पहचानते हो न ?'

'हाँ, अच्छी तरह।'

'तो अच्छा होगा, यह काम मुझको ही करने दो, तुम्हें शायद उस पर दया आ जाय।'

'बहुत अच्छा; पर यह याद रखो कि वह आदमी बड़ा भाग्यशाली है ! कई बार मौत के मुँह से बच कर निकला है। क्या आश्चर्य है कि तुमको भी उस पर दया आ जाय। इसलिए तुम प्रतिज्ञा करो कि उसे जरूर जहन्नुम पहुँचाओगे।'

'मैं दुर्गा की शपथ खाकर कहता हूँ कि उस आदमी को अवश्य मारूँगा।'

'बस, तो हम दोनों मिल कर कार्य सिद्ध कर लेंगे। तुम अपनी प्रतिज्ञा पर दृढ़ रहोगे न ?'

'क्यों ? क्या मैं सिपाही नहीं हूँ ? एक बार जो प्रतिज्ञा की, समझ लो कि वह पूरी करूँगा, चाहे इसमें अपनी जान ही क्यों न चली जाय।'

'सब अवस्थाओं में ?'

'हाँ, सब अवस्थाओं में।'

'यदि वह तुम्हारा कोई बंधु हो तो ?'

पृथ्वीसिंह ने धर्मसिंह को विचारपूर्वक देख कर कहा—कोई बंधु हो तो ?

धर्मसिंह—हाँ, सम्भव है कि तुम्हारा कोई नातेदार हो।

पृथ्वीसिंह—(जोश में) कोई हो, यदि मेरा भाई भी हो, तो भी जीता चुनवा दूँ।

धर्मसिंह घोड़े से उतर पड़े। उनका चेहरा उतरा हुआ था और ओंठ काँप रहे

थे। उन्होंने कमर से तेगा खोल कर जमीन पर रख दिया और पृथ्वीसिंह को ललकार कर कहा—पृथ्वीसिंह, तैयार हो जाओ। वह दुष्ट मिल गया। पृथ्वीसिंह ने चौंक कर इधर-उधर देखा तो धर्मसिंह के सिवाय और कोई दिखायी न दिया।

धर्मसिंह—तेगा खींचो।

पृथ्वीसिंह—मैंने उसे नहीं देखा।

धर्मसिंह—वह तुम्हारे सामने खड़ा है। वह दुष्ट कुकर्मी धर्मसिंह ही है।

पृथ्वीसिंह—(घबरा कर) ऐं तुम ! —मैं—

धर्मसिंह—राजपूत, अपनी प्रतिज्ञा पूरी करो।

इतना सुनते ही पृथ्वीसिंह ने बिजली की तरह अपने कमर से तेगा खींच लिया और उसे धर्मसिंह के सीने में चुभा दिया। मूठ तक तेगा चुभ गया। खून का फव्वारा बह निकला। धर्मसिंह जमीन पर गिर कर धीरे से बोले—पृथ्वीसिंह, मैं तुम्हारा बहुत कृतज्ञ हूँ। तुम सच्चे वीर हो। तुमने पुरुष का कर्त्तव्य पुरुष की भाँति पालन किया।

पृथ्वीसिंह यह सुन कर जमीन पर बैठ गये और रोने लगे।

5

अब राजनंदिनी सती होने जा रही है। उसने सोलहों श्रृंगार किये हैं और माँग मोतियों से भरवायी है। कलाई में सोहाग का कंगन है, पैरों में महावर लगायी है और लाल चुनरी ओढ़ी है। उसके अंग से सुगंधि उड़ रही है, क्योंकि आज वह सती होने जाती है।

राजनंदिनी का चेहरा सूर्य की भाँति प्रकाशमान है। उसकी ओर देखने से आँखों में चकाचौंध लग जाती है। प्रेम-मद से उसका रोआँ-रोआँ मस्त हो गया है, उसकी आँखों से अलौकिक प्रकाश निकल रहा है। वह आज स्वर्ग की देवी जान पड़ती है। उसकी चाल बड़ी मदमाती है। वह अपने प्यारे पति का सिर अपनी गोद में लेती है और उस चिता में बैठ जाती है जो चंदन, खस आदि से बनायी गयी है।

सारे नगर के लोग यह दृश्य देखने के लिए उमड़े चले आते हैं। बाजे बज रहे हैं, फूलों की वृष्टि हो रही है। सती चिता पर बैठ चुकी थी कि इतने में कुँवर पृथ्वीसिंह आये और हाथ जोड़कर बोले—महारानी, मेरा अपराध क्षमा करो।

सती ने उत्तर दिया—क्षमा नहीं हो सकता। तुमने एक नौजवान राजपूत की जान ली है, तुम भी जवानी में मारे जाओगे।

सती के वचन कभी झूठे हुए हैं ? एकाएक चिता में आग लग गयी। जयजयकार के शब्द गूँजने लगे। सती का मुख आग में यों चमकता था, जैसे सबेरे की ललाई

में सूर्य चमकता है। थोड़ी देर में वहाँ राख के ढेर के सिवा और कुछ न रहा।

इस सती के मन में कैसा सत था ! परसों जब उसने ब्रजविलासिनी को झिझक कर धर्मसिंह के सामने जाते देखा था, उसी समय से उसके दिल में संदेह हो गया था। पर जब रात को उसने देखा कि मेरा पति इसी स्त्री के सामने दुखिया की तरह बैठा हुआ है, तब वह संदेह निश्चय की सीमा तक पहुँच गया और यही निश्चय अपने साथ सत लेता आया था। सबेरे जब धर्मसिंह उठे तब राजनंदिनी ने कहा था कि मैं ब्रजविलासिनी के शत्रु का सिर चाहती हूँ, तुम्हें लाना होगा। और ऐसा ही हुआ। अपने सती होने के सब कारण राजनंदिनी ने जान-बूझ कर पैदा किये थे, क्योंकि उसके मन में सत था। पाप की आग कैसे तेज होती है ? एक पाप ने कितनी जानें लीं ? राजवंश के दो राजकुमार और दो कुमारियाँ देखते-देखते इस अग्निकुंड में स्वाहा हो गयीं। सती का वचन सच हुआ। सात ही सप्ताह के भीतर पृथ्वीसिंह दिल्ली में कत्ल किये गये और दुर्गाकुमारी सती हो गयी।

आभूषण

आभूषणों की निंदा करना हमारा उद्देश्य नहीं है। हम असहयोग का उत्पीड़न सह सकते हैं पर ललनाओं के निर्दय, घातक वाक्‌बाणों को नहीं ओढ़ सकते। तो भी इतना अवश्य कहेंगे कि इस तृष्णा की पूर्ति के लिए जितना त्याग किया जाता है, उसका सदुपयोग करने से महान् पद प्राप्त हो सकता है।

यद्यपि हमने किसी रूप-हीना महिला को आभूषणों की सजावट से रूपवती होते नहीं देखा, तथापि हम यह भी मान लेते हैं कि रूप के लिए आभूषणों की उतनी ही जरूरत है, ज़ितनी घर के लिए दीपक की। किन्तु शारीरिक शोभा के लिए हम तन को कितना मलिन, चित्त को कितना अशांत और आत्मा को कितना कलुषित बना लेते हैं ? इसका हमें कदाचित् ज्ञान ही नहीं होता। इस दीपक की ज्योति में आँखें धुँधली हो जाती हैं। यह चमक-दमक कितनी ईर्ष्या, कितने द्वेष, कितनी प्रतिस्पर्धा, कितनी दुश्चिंता और कितनी दुराशा का कारण है, इसकी केवल कल्पना से ही रोंगटे खड़े हो जाते हैं। इन्हें भूषण नहीं, दूषण कहना अधिक उपयुक्त है। नहीं तो यह कब हो सकता था कि कोई नववधू पति के घर आने के तीसरे दिन अपने पति से कहती कि 'मेरे पिता ने तुम्हारे पल्ले बाँध कर मुझे तो कुएँ में ढकेल दिया।' शीतला आज अपने गाँव के ताल्लुकेदार कुँवर सुरेशसिंह की नवविवाहिता वधू को देखने गयी थी। उसके सामने ही वह मंत्रमुग्ध-सी हो गयी। बहू के रूप-लावण्य पर नहीं, उसके आभूषणों की जगमगाहट पर उसकी टकटकी लगी रही। और वह जब से लौट कर घर आयी, उसकी छाती पर साँप लोटता रहा। अंत को ज्यों ही उसका पति आया, वह उस पर बरस पड़ी और दिल में भरा हुआ गुबार पूर्वोक्त शब्दों में निकल पड़ा। शीतला के पति का नाम विमलसिंह था। उनके पुरखे किसी जमाने में इलाकेदार थे। इस गाँव पर भी उन्हीं का सोलहों आने अधिकार था। लेकिन अब इस घर की दशा हीन हो गयी है। सुरेशसिंह के पिता जमींदारी के काम में दक्ष थे। विमलसिंह का सब इलाका किसी-न-किसी प्रकार से उनके हाथ आ गया। विमल के पास सवारी का टट्टू भी न था, उसे दिन में दो बार भोजन भी मुश्किल से मिलता था। उधर सुरेश के पास हाथी, मोटर और कई घोड़े

थे, दस-पाँच बाहर के आदमी नित्य द्वार पर पड़े रहते थे। पर इतनी विषमता होने पर भी दोनों में भाईचारा निभाया जाता था। शादी-ब्याह में, मुंडन-छेदन में परस्पर आना-जाना होता रहता था। सुरेश विद्या-प्रेमी थे। हिंदुस्तान में ऊँची शिक्षा समाप्त करके वह यूरोप चले गये और सब लोगों की शंकाओं के विपरीत, वहाँ से आर्य-सभ्यता के परम भक्त बन कर लौटे। वहाँ के जड़वाद, कृत्रिम भोगलिप्सा और अमानुषिक मदांधता ने उनकी आँखें खोल दी थीं। पहले वह घरवालों के बहुत जोर देने पर भी विवाह करने को राजी नहीं हुए थे। लड़की से पूर्व-परिचय हुए बिना प्रणय नहीं कर सकते थे। पर यूरोप से लौटने पर उनके वैवाहिक विचारों में बहुत बड़ा परिवर्तन हो गया। उन्होंने उसी पहले की कन्या से, बिना उसके आचार-विचार जाने हुए विवाह कर लिया। अब वह विवाह को प्रेम का बंधन नहीं, धर्म का बंधन समझते थे। उसी सौभाग्यवती वधू को देखने के लिए आज शीतला, अपनी सास के साथ, सुरेश के घर गयी थी। उसी के आभूषणों की छटा देख कर वह मर्माहत-सी हो गयी है। विमल ने व्यथित हो कर कहा—तो माता-पिता से कहा होता, सुरेश से ब्याह कर देते। वह तुम्हें गहनों से लाद सकते थे।

शीतला—तो गाली क्यों देते हो ?

विमल—गाली नहीं देता, बात कहता हूँ। तुम जैसी सुंदरी को उन्होंने नाहक मेरे साथ ब्याहा।

शीतला—लजाते तो हो नहीं, उलटे और ताने देते हो।

विमल—भाग्य मेरे वश में नहीं है। इतना पढ़ा भी नहीं हूँ कि कोई बड़ी नौकरी करके रुपये कमाऊँ।

शीतला—यह क्यों नहीं कहते कि प्रेम ही नहीं है। प्रेम हो, तो कंचन बरसने लगे।

विमल—तुम्हें गहनों से बहुत प्रेम है ?

शीतला—सभी को होता है। मुझे भी है।

विमल—अपने को अभागिनी समझती हो ?

शीतला—हूँ ही, समझना कैसा ? नहीं तो क्या दूसरे को देख कर तरसना पड़ता ?

विमल—गहने बनवा दूँ, तो अपने को भाग्यवती समझने लगोगी ?

शीतला—(चिढ़ कर) तुम तो इस तरह पूछ रहे हो, जैसे सुनार दरवाजे पर बैठा है !

विमल—नहीं, सच कहता हूँ, बनवा दूँगा। हाँ, कुछ दिन सबर करना पड़ेगा।

शीतला—कब तक सबर करूँ?

विमल—बस थोड़े दिन और!

2

समर्थ पुरुषों को बात लग जाती है, तो प्राण ले लेते हैं। सामर्थ्यहीन पुरुष अपनी ही जान पर खेल जाता है। विमलसिंह ने घर से निकल जाने की ठानी। निश्चय किया, या तो इसे गहनों से ही लाद दूँगा या वैधव्य-शोक से। या तो आभूषण ही पहनेगी या सेंदुर को भी तरसेगी।

दिन भर वह चिंता में डूबा पड़ा रहा। शीतला को उसने प्रेम से संतुष्ट करना चाहा था। आज अनुभव हुआ कि नारी का हृदय प्रेमपाश से नहीं बँधता, कंचन के पाश ही से बँध सकता है। पहर रात जाते-जाते वह घर से चल खड़ा हुआ। पीछे फिर कर कभी न देखा। ज्ञान से जागे हुए विराग में चाहे मोह का संस्कार हो, पर नैराश्य से जागा हुआ विराग अचल होता है। प्रकाश में इधर की वस्तुओं को देख कर मन विचलित हो सकता है। पर अंधकार में किसका साहस है, जो लीक से जौ भर हट सके।

विमल के पास विद्या न थी, कला-कौशल भी न था। उसे केवल अपने कठिन परिश्रम और कठिन आत्म-त्याग ही का आधार था। वह पहले कलकत्ते गया। वहाँ कुछ दिन तक एक सेठ की अगवानी करता रहा। वहाँ जो सुन पाया कि रंगून में मजदूरी अच्छी मिलती है, तो वह रंगून जा पहुँचा और बंदर पर माल चढ़ाने-उतारने का काम करने लगा।

कुछ तो कठिन श्रम, कुछ खाने-पीने के असंयम और कुछ जलवायु की खराबी के कारण वह बीमार हो गया। शरीर दुर्बल हो गया, मुख की कांति जाती रही; फिर भी उससे ज्यादा मेहनती मजदूर बंदर पर दूसरा न था। और मजदूर थे, पर यह मजदूर तपस्वी था। मन में जो कुछ ठान लिया था, उसे पूरा करना उसके जीवन का एकमात्र उद्देश्य था।

उसने घर को अपना कोई समाचार न भेजा। अपने मन से तर्क किया, घर में मेरा कौन हितू है ? गहनों के सामने मुझे कौन पूछता है ? उसकी बुद्धि यह रहस्य समझने में असमर्थ थी कि आभूषणों की लालसा रहने पर भी प्रणय का पालन किया जा सकता है। और मजदूर प्रातःकाल सेरों मिठाई खा कर जलपान करते थे। दिन भर दम-दम भर पर गाँजे-चरस और तमाखू के दम लगाते थे। अवकाश पाते, तो बाजार की सैर करते थे। कितनों ही को शराब का भी शौक था। पैसों के बदले रुपये कमाते थे, तो पैसों की जगह रुपये खर्च भी कर डालते थे। किसी की देह पर साबुत कपड़े न थे; पर विमल उन गिनती के दो-चार मजदूरों में था, जो संयम से रहते थे, जिनके जीवन का उद्देश्य खा-पी कर मर जाने के सिवा कुछ और भी था। थोड़े ही दिनों में उसके पास थोड़ी-सी संपत्ति हो गयी। धन के साथ और मजदूरों पर दबाव भी बढ़ने लगा। यह प्रायः सभी जानते थे कि विमल जाति

का कुलीन ठाकुर है। सब ठाकुर ही कह कर उसे पुकारते थे। संयम और आचार सम्मान-सिद्धि के मंत्र हैं। विमल मजदूरों का नेता और महाजन हो गया।

विमल को रंगून में काम करते हुए तीन वर्ष हो चुके थे। संध्या हो गयी थी। वह कई मजदूरों के साथ समुद्र के किनारे बैठा बातें कर रहा था।

एक मजदूर ने कहा—यहाँ की सभी स्त्रियाँ निठुर होती हैं। बेचारा झींगुर 10 बरस से उसी बर्मी स्त्री के साथ रहता था। कोई अपनी ब्याही जोरू से भी इतना प्रेम न करता होगा। उस पर इतना विश्वास करता था कि जो कुछ कमाता, सो उसके हाथ में रख देता था। तीन लड़के थे। अभी कल तक दोनों साथ-साथ खा कर लेटे थे। न कोई लड़ाई, न बात, न चीत। रात को औरत न जाने कहाँ चली गयी। लड़कों को छोड़ गयी। बेचारा झींगुर रो रहा है। सबसे बड़ी मुश्किल तो छोटे बच्चे की है। अभी कुल छह महीने का है। कैसे जियेगा भगवान् ही जानें।

विमलसिंह ने गंभीर भाव से कहा—गहने बनवाता था कि नहीं ?

मजदूर—रुपये-पैसे तो औरत ही के हाथ में थे। गहने बनवाती, उसका हाथ कौन पकड़ता ?

दूसरे मजदूर ने कहा—गहनों से तो लदी हुई थी। जिधर से निकल जाती थी, छम्-छम् की आवाज से कान भर जाते थे।

विमल—जब गहने बनवाने पर भी निठुराई की, तो यही कहना पड़ेगा कि यह जाति ही बेवफा होती है।

इतने में एक आदमी आ कर विमलसिंह से बोला—चौधरी, अभी मुझे एक सिपाही मिला था। वह तुम्हारा नाम, गाँव और बाप का नाम पूछ रहा था। कोई बाबू सुरेशसिंह हैं।

विमल ने सशंक होकर कहा—हाँ, हैं तो। मेरे गाँव के इलाकेदार और बिरादरी के भाई हैं।

आदमी—उन्होंने थाने में कोई नोटिस छपवाया है कि जो विमलसिंह का पता लगावेगा उसे 1,000 रुपये का इनाम मिलेगा।

विमल—तो तुमने सिपाही को सब ठीक-ठीक बता दिया ?

आदमी—चौधरी, मैं कोई गँवार हूँ क्या ? समझ गया कुछ दाल में काला है, नहीं तो कोई इतने रुपये क्यों खरच करता। मैंने कह दिया कि उनका नाम विमलसिंह नहीं जसोदा पाँडे है। बाप का नाम सुक्खू बताया और घर जिला झाँसी में। पूछने लगा, यहाँ कितने दिन से रहता है ? मैंने कहा, कोई दस साल से। तब कुछ सोच कर चला गया। सुरेश बाबू से तुमसे कोई अदावत है क्या चौधरी ?

विमल—अदावत तो नहीं थी, मगर कौन जाने, उनकी नीयत बिगड़ गयी हो। मुझ पर कोई अपराध लगा कर मेरी जगह-जमीन पर हाथ बढ़ाना चाहते हों। तुमने बड़ा अच्छा किया कि सिपाही को उड़नझाँईं बतायी।

आदमी—मुझसे कहता था कि ठीक-ठीक बता दो, तो 50 रु. तुम्हें भी दिला दूँ। मैंने सोचा—आप तो हजार की गठरी मारेगा और मुझे 50 रु. दिलाने को कहता है। फटकार बता दी।

एक मजदूर—मगर जो 200 रु. देने को कहता, तो तुम सब ठीक-ठीक नाम-ठिकाना बता देते। (क्यों ? धत् तेरे लालची की !)

आदमी—(लज्जित होकर) 200 रु. नहीं 2,000 रु. भी देता, तो न बताता। मुझे ऐसा विश्वासघात करनेवाला मत समझो। जब जी चाहे, परख लो।

मजदूरों में यों वाद-विवाद होता ही रहा, विमल आकर अपनी कोठरी में लेट गया। वह सोचने लगा—अब क्या करूँ ? जब सुरेश-जैसे सज्जन की नीयत बदल गयी, तो अब किसका भरोसा करूँ ! नहीं, अब बिना घर गये काम नहीं चलेगा। कुछ दिन और न गया, तो फिर कहीं का न हूँगा। दो साल और रह जाता, तो पास में पूरे 5,000 रु. हो जाते। शीतला की इच्छा कुछ पूरी हो जाती। अभी तो सब मिलाकर 3,000 रु. ही होंगे। इतने में उसकी अभिलाषा न पूरी होगी। खैर अभी चलूँ, छह महीने में फिर लौट आऊँगा। अपनी जायदाद तो बच जायगी। नहीं, छह महीने तक रहने का क्या है? जाने-आने का एक महीना लग जायेगा। घर में 15 दिन से ज्यादा न रहूँगा। वहाँ कौन पूछता है, आऊँ या रहूँ, मरूँ या जिऊँ, वहाँ तो गहनों से प्रेम है।

इस तरह मन में निश्चय करके वह दूसरे दिन रंगून से चल पड़ा।

3

संसार कहता है कि गुण के सामने रूप की कोई हस्ती नहीं। हमारे नीतिशास्त्र के आचार्यों का भी यही कथन है; पर वास्तव में यह कितना भ्रममूलक है ! कुँवर सुरेशसिंह की नववधू मंगलाकुमारी गृह-कार्य में निपुण, पति के इशारे पर प्राण देनेवाली, अत्यंत विचारशीला, मधुरभाषिणी और धर्म-भीरु स्त्री थी; पर सौंदर्यविहीन होने के कारण पति की आँखों में काँटे के समान खटकती थी। सुरेशसिंह बात-बात पर उस पर झुंझलाते, पर घड़ी भर में पश्चात्ताप के वशीभूत होकर उससे क्षमा माँगते; किंतु दूसरे ही दिन वही कुत्सित व्यापार शुरू हो जाता। विपत्ति यह थी कि उनके आचरण अन्य रईसों की भाँति भ्रष्ट न थे। वह दाम्पत्य जीवन ही में आनंद, सुख, शांति, विश्वास, प्रायः सभी ऐहिक और पारमार्थिक उद्देश्य पूरा करना चाहते थे। और दाम्पत्य सुख से वंचित हो कर उन्हें अपना समस्त जीवन नीरस, स्वाद-हीन और कुंठित जान पड़ता था। फल यह हुआ कि मंगला को अपने ऊपर विश्वास न रहा। वह अपने मन से कोई काम करते हुए डरती कि स्वामी नाराज होंगे। स्वामी को खुश रखने के लिए अपनी भूलों को छिपाती, बहाने करती, झूठ बोलती।

नौकरों को अपराध लगा कर आत्मरक्षा करना चाहती। पति को प्रसन्न रखने के लिए उसने अपने गुणों की, अपनी आत्मा की अवहेलना की; पर उठने के बदले वह पति की नजरों से गिरती ही गयी। नित्य नये शृंगार करती, पर लक्ष्य से दूर होती जाती थी। पति की एक मधुर मुस्कान के लिए, उनके अधरों के एक मीठे शब्द के लिए उसका प्यासा हृदय तड़प-तड़प कर रह जाता था। लावण्य-विहीन स्त्री वह भिक्षुक नहीं है, जो चंगुल भर आटे से संतुष्ट हो जाय। वह भी पति का सम्पूर्ण, अखंड प्रेम चाहती है, और कदाचित् सुन्दरियों से अधिक, क्योंकि वह इसके लिए असाधारण प्रयत्न और अनुष्ठान करती है। मंगला इस प्रयत्न में निष्फल हो कर और भी संतप्त होती थी।

धीरे-धीरे पति पर से उसकी श्रद्धा उठने लगी। उसने तर्क किया कि ऐसे क्रूर, हृदय-शून्य, कल्पनाहीन मनुष्य से मैं भी उसी का-सा व्यवहार करूँगी। जो पुरुष रूप का भक्त है, वह प्रेम-भक्ति के योग्य नहीं। इस प्रत्याघात ने समस्या और भी जटिल कर दी।

मगर मंगला की केवल अपनी रूपहीनता ही का रोना न था। शीतला का अनुपम रूपलालित्य भी उसकी कामनाओं का बाधक था; बल्कि यह उसकी आशालताओं पर पड़नेवाला तुषार था। मंगला सुन्दरी न सही, पर पति पर जान देती थी। जो अपने को चाहे, उससे हम विमुख नहीं हो सकते। प्रेम की शक्ति अपार है; पर शीतला की मूर्ति सुरेश के हृदय-द्वार पर बैठी हुई मंगला को अंदर न जाने देती थी, चाहे वह कितना ही वेष बदल कर आवे। सुरेश इस मूर्ति को हटाने की चेष्टा करते थे, उसे बलात् निकाल देना चाहते थे; किंतु सौंदर्य का आधिपत्य धन के आधिपत्य से कम दुर्निवार नहीं होता। जिस दिन शीतला इस घर में मंगला का मुख देखने आयी थी, उसी दिन सुरेश की आँखों ने उसकी मनोहर छवि की एक झलक देख ली थी। वह एक झलक मानो एक क्षणिक क्रिया थी, जिसने एक ही धावे में समस्त हृदय-राज्य को जीत लिया, उस पर अपना आधिपत्य जमा लिया।

सुरेश एकांत में बैठे हुए शीतला के चित्र को मंगला से मिलाते यह निश्चय करने के लिए कि उनमें क्या अंतर है ? एक क्यों मन को खींचती है, दूसरी क्यों उसे हटाती है ? पर उसके मन का यह खिंचाव केवल एक चित्रकार या कवि का रसास्वादन-मात्र था। वह पवित्र और वासनाओं से रहित था। वह मूर्ति केवल उसके मनोरंजन की सामग्री-मात्र थी। यह अपने मन को बहुत समझाते, संकल्प करते कि अब मंगला को प्रसन्न रखूँगा। यदि वह सुन्दर नहीं है, तो उसका क्या दोष ? पर उनका यह सब प्रयास मंगला के सम्मुख जाते ही विफल हो जाता था। वह बड़ी सूक्ष्म दृष्टि से मंगला के मन के बदलते हुए भावों को देखते थे; पर एक पक्षाघात-पीड़ित मनुष्य की भाँति घी के घड़े को लुढ़कते देख कर भी रोकने का कोई उपाय न कर सकते थे। परिणाम क्या होगा, यह सोचने का उन्हें साहस ही

न होता था। पर जब मंगला ने अंत को बात-बात में उनकी तीव्र आलोचना करना शुरू कर दिया, वह उनसे उच्छृङ्खलता का व्यवहार करने लगी, तो उसके प्रति उनका वह उतना सौहार्द भी विलुप्त हो गया; घर में आना-जाना छोड़ दिया।

एक दिन संध्या के समय बड़ी गरमी थी। पंखा झलने से आग और भी दहकती थी। कोई सैर करने बगीचों में भी न जाता था। पसीने की भाँति शरीर से सारी स्फूर्ति बह गयी थी, जो जहाँ था, वहीं मुर्दा-सा पड़ा था। आग से सेंके हुए मृदंग की भाँति लोगों के स्वर कर्कश हो गये थे। साधारण बातचीत में भी लोग उत्तेजित हो जाते थे, जैसे साधारण संघर्षण से वन के वृक्ष जल उठते हैं। सुरेशसिंह कभी चार कदम टहलते थे, फिर हाँफ कर बैठ जाते थे। नौकरों पर झुँझला रहे थे कि जल्द-जल्द छिड़काव क्यों नहीं करते। सहसा उन्हें अंदर से गाने की आवाज सुनायी दी। चौंके, फिर क्रोध आया। मधुर गान कानों को अप्रिय जान पड़ा। यह क्या बेवक्त की शहनाई है ! यहाँ गरमी के मारे दम निकल रहा है और इन सबको गाने की सूझी है ! मंगला ने बुलाया होगा, और क्या। लोग नाहक कहते हैं कि स्त्रियों का जीवन का आधार प्रेम है। उनके जीवन का आधार वही भोजन-निद्रा, राग-रंग, आमोद-प्रमोद है, जो समस्त प्राणियों का है। घंटे भर तो सुन चुका। यह गीत कभी बंद भी होगा या नहीं। सब व्यर्थ में गला फाड़-फाड़ कर चिल्ला रही हैं।

अंत को न रहा गया। जनानखाने में आ कर बोले—यह तुम लोगों ने क्या काँव-काँव मचा रखी है ? यह गाने-बजाने का कौन-सा समय है ? बाहर बैठना मुश्किल हो गया !

सन्नाटा छा गया। जैसे शोरगुल मचानेवाले बालकों में मास्टर पहुँच जाय। सभी ने सिर झुका लिये और सिमट गयीं।

मंगला तुरंत उठकर सामने वाले कमरे में चली गयी। पति को बुलाया और आहिस्ते से बोली—क्यों इतना बिगड़ रहे हो ?

"मैं इस वक्त गाना नहीं सुनना चाहता।"

"तुम्हें सुनाता ही कौन है ? क्या मेरे कानों पर भी तुम्हारा अधिकार है ?"

"फजूल की बमचख..."

"तुमसे मतलब ?"

"मैं अपने घर में यह कोलाहल न मचने दूँगा ?"

"तो मेरा घर कहीं और है ?"

सुरेशसिंह इसका उत्तर न देकर बोले—इन सबसे कह दो, फिर किसी वक्त आयें।

मंगला—इसलिए कि तुम्हें इनका आना अच्छा नहीं लगता ?

"हाँ, इसीलिए।"

"तुम क्या सदा वही करते हो, जो मुझे अच्छा लगे ? तुम्हारे यहाँ मित्र आते

है, हँसी-ठट्ठे की आवाज अंदर सुनायी देती है। मैं कभी नहीं कहती कि इन लोगों का आना बंद कर दो। तुम मेरे कामों में दस्तंदाजी क्यों करते हो ?"

सुरेश ने तेज होकर कहा—इसलिए कि मैं घर का स्वामी हूँ।

मंगला—तुम बाहर के स्वामी हो; यहाँ मेरा अधिकार है।

सुरेश—क्यों व्यर्थ की बक-बक करती हो ? मुझे चिढ़ाने से क्या मिलेगा ?

मंगला जरा देर चुपचाप खड़ी रही। वह पति के मनोगत भावों की मीमांसा कर रही थी। फिर बोली—अच्छी बात है। जब इस घर में मेरा कोई अधिकार नहीं, तो न रहूँगी। अब तक भ्रम में थी। आज तुमने वह भ्रम मिटा दिया। मेरा इस घर पर अधिकार कभी नहीं था। जिस स्त्री का पति के हृदय पर अधिकार नहीं, उसका उसकी सम्पत्ति पर भी कोई अधिकार नहीं हो सकता।

सुरेश ने लज्जित होकर कहा—बात का बतंगड़ क्यों बनाती हो ! मेरा यह मतलब न था। कुछ का कुछ समझ गयी।

मंगला—मन की बात आदमी के मुँह से अनायास ही निकल जाती है। सावधान होकर हम अपने भावों को छिपा लेते हैं !

सुरेश को अपनी असज्जनता पर दुःख तो हुआ, पर इस भय से कि मैं इसे जितना ही मनाऊँगा, उतना ही यह और जली-कटी सुनायेगी, उसे वहीं छोड़ कर बाहर चले आये।

प्रातःकाल ठंडी हवा चल रही थी। सुरेश खुमारी में पड़े हुए स्वप्न देख रहे थे कि मंगला सामने से चली जा रही है। चौंक पड़े। देखा, द्वार पर सचमुच मंगला खड़ी है। घर की नौकरानियाँ आँचल से आँखें पोंछ रही हैं। कई नौकर आस-पास खड़े हैं। सभी की आँखें सजल और मुख उदास हैं। मानो बहू विदा हो रही है।

सुरेश समझ गये कि मंगला को कल की बात लग गयी। पर उन्होंने उठ कर कुछ पूछने की, मनाने की या समझाने की चेष्टा नहीं की। यह मेरा अपमान कर रही है, मेरा सिर नीचा कर रही है। जहाँ चाहे, जाय। मुझसे कोई मतलब नहीं। यों बिना कुछ पूछे-गाछे चले जाने का अर्थ यह है कि मैं इसका कोई नहीं। फिर मैं इसे रोकनेवाला कौन !

वह यों ही जड़वत् पड़े रहे और मंगला चली गयी। उनकी तरफ मुँह उठा कर भी न ताका।

4

मंगला पाँव-पैदल चली जा रही थी। एक बड़े ताल्लुकेदार की औरत के लिए यह मामूली बात न थी। हर किसी को हिम्मत न पड़ती थी कि उससे कुछ कहे। पुरुष उसकी राह छोड़ कर किनारे खड़े हो जाते थे। नारियाँ द्वार पर खड़ी करुण-कौतूहल

से देखती थीं और आँखों से कहती थीं—हा निर्दयी पुरुष ! इतना भी न हो सका कि एक डोला पर तो बैठा देता !

इस गाँव से निकल कर उस गाँव में पहुँची, जहाँ शीतला रहती थी। शीतला सुनते ही द्वार पर आ कर खड़ी हो गयी और मंगला से बोली—बहन, जरा आ कर दम ले लो।

मंगला ने अंदर जा कर देखा तो मकान जगह-जगह से गिरा हुआ था। दालान में एक वृद्धा खाट पर पड़ी थी। चारों ओर दरिद्रता के चिह्न दिखायी देते थे।

शीतला ने पूछा—यह क्या हुआ ?

मंगला—जो भाग्य में लिखा था।

शीतला—कुँवर जी ने कुछ कहा-सुना था ?

मंगला—मुँह से कुछ न कहने पर भी तो मन की बात छिपी नहीं रहती।

शीतला—अरे, तो क्या अब यहाँ तक नौबत आ गयी ?

दुःख की अंतिम दशा संकोचहीन होती है। मंगला ने कहा—चाहती, तो अब भी पड़ी रहती। उसी घर में जीवन कट जाता। पर जहाँ प्रेम नहीं, पूछ नहीं, मान नहीं, वहाँ अब नहीं रह सकती।

शीतला—तुम्हारा मैका कहाँ है ?

मंगला—मैके कौन मुँह ले कर जाऊँगी ?

शीतला—तब कहाँ जाओगी ?

मंगला—ईश्वर के दरबार में। पूछूँगी कि तुमने मुझे सुन्दरता क्यों नहीं दी ? बदसूरत क्यों बनाया ? बहन, स्त्री के लिए इससे अधिक दुर्भाग्य की बात नहीं कि वह रूपहीन हो। शायद पहले जनम की पिशाचिनियाँ ही बदसूरत औरतें होती हैं। रूप से प्रेम मिलता है और प्रेम से दुर्लभ कोई वस्तु नहीं है।

यह कह कर मंगला उठ खड़ी हुई। शीतला ने उसे रोका नहीं। सोचा—इसे क्या खिलाऊँगी। आज तो चूल्हा जलने की भी कोई आशा नहीं।

उसके जाने के बाद वह देर तक बैठी सोचती रही, मैं कैसी अभागिन हूँ। जिस प्रेम को न पाकर यह बेचारी जीवन को त्याग रही है, उसी प्रेम को मैंने पाँव से ठुकरा दिया। इसे जेवर की क्या कमी थी ? क्या ये सारे जड़ाऊ जेवर इसे सुखी रख सके ? इसने उन्हें पाँव से ठुकरा दिया। उन्हीं आभूषणों के लिए मैंने अपना सर्वस्व खो दिया। हा ! न जाने वह (विमलसिंह) कहाँ हैं, किस दशा में हैं !

अपनी लालसा को, तृष्णा को वह कितनी ही बार धिक्कार चुकी थी। मंगला की दशा देख कर आज उसे आभूषणों से घृणा हो गयी।

विमल को घर छोड़े दो साल हो गये थे। शीतला को अब उनके बारे में भाँति-भाँति की शंकाएँ होने लगी थीं। आठों पहर उसके चित्त में ग्लानि और क्षोभ की आग सुलगा करती थी।

देहात के छोटे-मोटे जमींदारों का काम डाँट-डपट, छीन-झपट ही से चला करता है। विमल की खेती बेगार में होती थी। उसके जाने के बाद सारे खेत परती रह गये। कोई जोतनेवाला न मिला। इस खयाल से साझे पर भी किसी ने न जोता कि बीच में कहीं विमलसिंह आ गये, तो साझेदार को अँगूठा दिखा देंगे। असामियों ने लगान न दिया। शीतला ने महाजन से रुपये उधार ले कर काम चलाया। दूसरे वर्ष भी यही कैफियत रही। अबकी महाजन ने रुपये नहीं दिये। शीतला के गहनों के सिर गयी। दूसरा साल समाप्त होते-होते घर की सब लेई-पूँजी निकल गयी। फाके होने लगे। बूढ़ी सास, छोटा देवर, ननद और आप—चार प्राणियों का खर्च था। नात-हित भी आते ही रहते थे। उस पर यह और मुसीबत हुई कि मैके में एक फौजदारी हो गयी। पिता और बड़े भाई उसमें फँस गये। दो छोटे भाई, एक बहन और माता चार प्राणी और सर पर आ डटे। गाड़ी पहले मुश्किल से चलती थी, जब जमीन में धँस गयी।

प्रातःकाल से कलह आरंभ हो जाता। समधिन समधिन से, साले बहनोई से गुथ जाते। कभी तो अन्न के अभाव से भोजन ही न बनता; कभी भोजन बनने पर भी गाली-गलौज के कारण खाने की नौबत न आती। लड़के दूसरों के खेतों में जा कर गन्ने और मटर खाते; बुढ़िया दूसरों के घर जा कर अपना दुखड़ा रोती और ठकुरसोहाती करती, पुरुष की अनुपस्थिति में स्त्री के मैकेवालों का प्राधान्य हो जाता है। इस संग्राम में प्रायः विजय-पताका मैकेवालों ही के हाथ में रहती है। किसी भाँति घर अनाज आ जाता, तो उसे पीसे कौन ? शीतला की माँ कहती, चार दिन के लिए आयी हूँ, तो क्या चक्की चलाऊँ ? सास कहती, खाने की बेर तो बिल्ली की तरह लपकेंगी, पीसते क्यों जान निकलती है ? विवश हो कर शीतला को अकेले पीसना पड़ता। भोजन के समय वह महाभारत मचता कि पड़ोसवाले तंग आ जाते। शीतला कभी माँ के पैरों पड़ती, कभी सास के चरण पकड़ती, लेकिन दोनों ही उसे झिड़क देतीं। माँ कहती, तूने यहाँ बुलाकर हमारा पानी उतार लिया। सास कहती, मेरी छाती पर सौत लाकर बैठा दी, अब बातें बनाती है ? इस घोर विवाद में शीतला अपना विरह-शोक भूल गयी। सारी अमंगल शंकाएँ इस विरोधाग्नि में शांत हो गयीं। बस, अब यही चिंता थी कि इस दशा से छुटकारा कैसे हो ? माँ और सास, दोनों ही का यमराज के सिवा और कोई ठिकाना न था; पर यमराज उनका स्वागत करने के लिए बहुत उत्सुक नहीं जान पड़ते थे। सैकड़ों उपाय सोचती; पर उस पथिक की भाँति, जो दिन भर चल कर भी अपने द्वार ही पर खड़ा हो, उसकी सोचने की शक्ति निश्चल हो गयी थी। चारों तरफ निगाहें दौड़ाती कि कहीं कोई शरण का स्थान है ? पर कहीं निगाह न जमती।

एक दिन वह इसी नैराश्य की अवस्था में द्वार पर खड़ी थी। मुसीबत में, चित्त की उद्विग्नता में, इंतजार में द्वार से हमें प्रेम हो जाता है। सहसा उसने बाबू

सुरेशसिंह को सामने से घोड़े पर जाते देखा। उनकी आँखें उसकी ओर फिरीं। आँखें मिल गयीं। वह झिझक कर पीछे हट गयी। किवाड़ें बंद कर लिये। कुँवर साहब आगे बढ़ गये। शीतला को खेद हुआ कि उन्होंने मुझे देख लिया। मेरे सिर पर साड़ी फटी हुई थी, चारों तरफ उसमें पैबंद लगे हुए थे। वह अपने मन में न जाने क्या कहते होंगे ?

कुँवर साहब को गाँववालों से विमलसिंह के परिवार के कष्टों की खबर मिली थी। वह गुप्त रूप से उनकी कुछ सहायता करना चाहते थे। पर शीतला को देखते ही संकोच ने उन्हें ऐसा दबाया कि द्वार पर एक क्षण भी न रुक सके। मंगला के गृह-त्याग के तीन महीने पीछे आज वह पहली बार घर से निकले थे। मारे शर्म के बाहर बैठना छोड़ दिया था।

इसमें संदेह नहीं कि कुँवर साहब मन में शीतला के रूप-रस का आस्वादन करते थे। मंगला के जाने के बाद उनके हृदय में एक विचित्र दुष्कामना जाग उठी। क्या किसी उपाय से यह सुंदरी मेरी नहीं हो सकती ? विमल का मुद्दत से पता नहीं। बहुत सम्भव है कि वह अब संसार में न हो। किंतु वह इस दुष्कल्पना को विचार से दबाते रहते थे। शीतला की विपत्ति की कथा सुन कर भी वह उसकी सहायता करते हुए डरते थे। कौन जाने, वासना यही वेष धर कर मेरे विचार और विवेक पर कुठाराघात करना चाहती हो। अंत को लालसा की कपट-लीला उन्हें भुलावा दे ही गयी। वह शीतला के घर उसका हालचाल पूछने गये। मन में तर्क किया—यह कितना घोर अन्याय है कि एक अबला ऐसे संकट में हो और मैं उसकी बात भी न पूछूँ ? पर वहाँ से लौटे, तो बुद्धि और विवेक की रस्सियाँ टूट गयी थीं और नौका मोह-वासना के अपार सागर में डुबकियाँ खा रही थी। आह ! यह मनोहर छवि ! यह अनुपम सौंदर्य !

एक क्षण में उन्मत्तों की भाँति बकने लगे—यह प्राण और यह शरीर तेरी भेंट करता हूँ। संसार हँसेगा, हँसे। महापाप है, हो। कोई चिंता नहीं। इस स्वर्गीय आनंद से मैं अपने को वंचित नहीं कर सकता ? वह मुझसे भाग नहीं सकती। इस हृदय को छाती से निकाल कर उसके पैरों पर रख दूँगा। विमल मर गया। नहीं मरा, तो अब मरेगा, पाप क्या है ? पता नहीं। कमल कितना कोमल, कितना प्रफुल्ल, कितना ललित है ? क्या उसके अधरों—

अकस्मात् वह ठिठक गये जैसे कोई भूली हुई बात याद आ जाय। मनुष्य में बुद्धि के अंतर्गत एक अज्ञात बुद्धि होती है। जैसे रणक्षेत्र में हिम्मत हार कर भागनेवाले सैनिकों को किसी गुप्त स्थान से आनेवाली कुमक सँभाल लेती है, वैसे ही इस अज्ञात बुद्धि ने सुरेश को सचेत कर दिया। वह सँभल गये। ग्लानि से उनकी आँखें भर आयीं। वह कई मिनट तक किसी दंडित कैदी की भाँति क्षुब्ध खड़े सोचते रहे। फिर विजय-ध्वनि से कह उठे—कितना सरल है। इस विकार के

हाथी को सिंह से नहीं, चिंउटी से मारूँगा। शीतला को एक बार 'बहन' कह देने से ही यह सब विकार शांत हो जायेगा। शीतला ! बहन ! मैं तेरा भाई हूँ !

उसी क्षण उन्होंने शीतला को पत्र लिखा—बहन, तुमने इतने कष्ट झेले पर मुझे खबर तक न दी ! मैं कोई गैर न था। मुझे इसका दुःख है। खैर, अब ईश्वर ने चाहा, तो तुम्हें कष्ट न होगा। इस पत्र के साथ उन्होंने अनाज और रुपये भेजे।

शीतला ने उत्तर दिया—भैया, क्षमा करो, जब तक जिऊँगी, तुम्हारा यश गाऊँगी। तुमने मेरी डूबती नाव पार लगा दी।

5

कई महीने बीत गये। संध्या का समय था। शीतला अपनी मैना को चारा चुगा रही थी। उसे सुरेश नैपाल से उसी के वास्ते लाये थे। इतने में सुरेश आ कर आँगन में बैठ गये।

शीतला ने पूछा—कहाँ से आते हो भैया ?

सुरेश—गया था जरा थाने। कुछ पता नहीं चला। रंगून में पहले कुछ पता मिला था। बाद को मालूम हुआ कि वह कोई और आदमी है। क्या करूँ ? इनाम और बढ़ा दूँ ?

शीतला—तुम्हारे पास रुपये बढ़े हैं; फूँको। उनकी इच्छा होगी, तो आप ही आवेंगे।

सुरेश—एक बात पूछूँ, बताओगी ? किस बात पर तुमसे रूठे थे ?

शीतला—कुछ नहीं, मैंने यही कहा कि मुझे गहने बनवा दो। कहने लगे, मेरे पास है क्या ? मैंने कहा (लजा कर), तो ब्याह क्यों किया ? बस, बातों ही बातों में तकरार हो गयी।

इतने में शीतला की सास आ गयी। सुरेश ने शीतला की माँ और भाइयों को उनके घर पहुँचा दिया था, इसलिए यहाँ अब शांति थी। सास ने बहू की बात सुन ली थी। कर्कश स्वर से बोली—बेटा, तुमसे क्या परदा है। यह महारानी देखने ही को गुलाब की फूल है, अन्दर सब काँटे हैं। यह अपने बनाव-सिंगार के आगे विमल की बात ही न पूछती थी। बेचारा इस पर जान देता था; पर इसका मुँह ही न सीधा होता था। प्रेम तो इसे छू नहीं गया। अन्त को उसे देश से निकाल कर इसने दम लिया।

शीतला ने रुष्ट होकर कहा—क्या वही अनोखे धन कमाने घर से निकले हैं ? देश-विदेश जाना मरदों का काम ही है।

सुरेश—यूरोप में तो धनभोग के सिवा स्त्री-पुरुष में कोई सम्बन्ध ही नहीं होता। बहन ने यूरोप में जन्म लिया होता; तो हीरे-जवाहिर से जगमगाती होती।

शीतला, अब तुम ईश्वर से यही कहना कि सुंदरता देते हो, तो यूरोप में जन्म दो।

शीतला ने व्यथित होकर कहा—जिनके भाग्य में लिखा है, वे यहीं सोने से लदी हुई हैं। मेरी भाँति सभी के करम थोड़े ही फूट गये हैं !

सुरेशसिंह को ऐसा जान पड़ा कि शीतला की मुखकांति मलिन हो गयी है। पतिवियोग में भी गहनों के लिए इतनी लालायित है ! बोले—अच्छा, मैं तुम्हें गहने बनवा दूँगा।

यह वाक्य कुछ अपमानसूचक स्वर में कहा गया था; पर शीतला की आँखें आनन्द से सजल हो आयीं, कंठ गद्गद हो गया। उसके हृदय-नेत्रों के सामने मंगला के रत्न-जटित आभूषणों का चित्र खिंच गया। उसने कृतज्ञतापूर्ण दृष्टि से सुरेश को देखा। मुँह से कुछ न बोली; पर उसका प्रत्येक अंग कह रहा था—मैं तुम्हारी हूँ !

6

कोयल आम की डालियों पर बैठ कर, मछली शीतल निर्मल जल में क्रीड़ा करके और मृग-शावक विस्तृत हरियालियों में छलाँगें भर कर इतने प्रसन्न नहीं होते, जितना मंगला के आभूषणों को पहन कर शीतला प्रसन्न हो रही है। उसके पैर जमीन पर नहीं पड़ते। वह दिन भर आईने के सामने खड़ी रहती है; कभी केशों को सँवारती है, कभी सुरमा लगाती है। कुहरा फट गया है और निर्मल स्वच्छ चाँदनी निकल आयी है। वह घर का एक तिनका भी नहीं उठाती। उसके स्वभाव में एक विचित्र गर्व का संचार हो गया है।

लेकिन शृंगार क्या है ? सोयी हुई काम-वासना को जगाने का घोर नाद, उद्दीपन का मंत्र। शीतला जब नख-शिख से सज कर बैठती है, तो उसे प्रबल इच्छा होती है कि मुझे कोई देखे। वह द्वार पर आ कर खड़ी हो जाती है। गाँव की स्त्रियों की प्रशंसा से उसे संतोष नहीं होता। गाँव के पुरुषों को वह शृंगाररस-विहीन समझती है। इसलिए सुरेशसिंह को बुलाती है। पहले वह दिन में एक बार आ जाते थे, अब शीतला के बहुत अनुनय-विनय करने पर भी नहीं आते।

पहर रात गयी थी। घरों के दीपक बुझ चुके थे। शीतला के घर में दीपक जल रहा था। उसने कुँवर साहब के बगीचे से बेले के फूल मँगवाये थे और बैठी हार गूँथ रही थी—अपने लिए नहीं, सुरेश के लिए। प्रेम के सिवा एहसान का बदला देने के लिए उसके पास और था ही क्या ?

एकाएक कुत्तों के भूँकने की आवाज सुनायी दी, और दम भर में विमलसिंह ने मकान के अंदर कदम रखा। उनके एक हाथ में संदूक था, दूसरे हाथ में एक गठरी। शरीर दुर्बल, कपड़े मैले, दाढ़ी के बाल बढ़े हुए, मुख पीला, जैसे कोई कैदी जेल से निकल कर आया हो। दीपक का प्रकाश देखकर वह शीतला के कमरे

की तरफ चले। मैना पिंजरे में तड़फड़ाने लगी। शीतला ने चौंक कर सिर उठाया। घबरा कर बोली, "कौन ?" फिर पहचान गयी। तुरंत फूलों को एक कपड़े से छिपा दिया। उठ खड़ी हुई और सिर झुका कर पूछा—इतनी जल्दी सुध ली ?

विमल ने कुछ जवाब न दिया। विस्मित हो-हो कर कभी शीतला को देखता और कभी घर को, मानो किसी नये संसार में पहुँच गया है। यह वह अध-खिला फूल न था; जिसकी पंखुड़ियाँ अनुकूल जलवायु न पा कर सिमट गयी थीं। यह पूर्ण विकसित कुसुम था—ओस के जल-कणों से जगमगाता और वायु के झोंकों से लहराता हुआ। विमल उसकी सुंदरता पर पहले भी मुग्ध था; पर यह ज्योति वह अग्निज्वाला थी, जिससे हृदय में ताप और आँखों में जलन होती थी। ये आभूषण, ये वस्त्र, यह सजावट ! उसके सिर में एक चक्कर-सा आ गया। जमीन पर बैठ गया। इस सूर्यमुखी के सामने बैठते हुए उसे लज्जा आती थी। शीतला अभी तक स्तंभित खड़ी थी। वह पानी लाने नहीं दौड़ी, उसने पति के चरण नहीं धोये, उसको पंखा तक नहीं झला। हतबुद्धि-सी हो गयी थी। उसने कल्पनाओं की कैसी सुरम्य वाटिका लगाई थी ! उस पर तुषार पड़ गया। वास्तव में इस मलिनवदन, अर्ध-नग्न पुरुष से उसे घृणा हो रही थी। यह घर का जमींदार विमल न था। वह मजदूर हो गया था। मोटा काम मुखाकृति पर असर डाले बिना नहीं रहता। मजदूर सुंदर वस्त्रों में भी मजदूर ही रहता है।

सहसा विमल की माँ चौंकी। शीतला के कमरे में आयी, तो विमल को देखते ही मातृ-स्नेह से विह्वल होकर उसे छाती से लगा लिया। विमल ने उसके चरणों पर सिर रखा। उसकी आँखों से आँसुओं की गरम-गरम बूँदें निकल रही थीं। माँ पुलकित हो रही थी। मुख से बात न निकलती थी !

एक क्षण में विमल ने कहा—अम्माँ !

कंठ-ध्वनि ने उसका आशय प्रकट कर दिया।

माँ ने प्रश्न समझ कर कहा—नहीं बेटा, यह बात नहीं है।

विमल—यह देखता क्या हूँ ?

माँ—स्वभाव ही ऐसा है, तो कोई क्या करे ?

बिमल—सुरेश ने मेरा हुलिया क्यों लिखाया था ?

माँ—तुम्हारी खोज लेने के लिए। उन्होंने दया न की होती, तो आज घर में किसी को जीता न पाते।

विमल—बहुत अच्छा होता।

शीतला ने ताने से कहा—अपनी ओर से तुमने सबको मार ही डाला था। फूलों की सेज नहीं बिछा गये थे !

विमल—अब तो फूलों की सेज ही बिछी हुई देखता हूँ।

शीतला—तुम किसी के भाग्य के विधाता हो ?

विमलसिंह उठकर क्रोध से काँपता हुआ बोला—अम्माँ, मुझे यहाँ से ले चलो। मैं इस पिशाचिनी का मुँह नहीं देखना चाहता। मेरी आँखों में खून उतरता चला आता है। मैंने इस कुल-कलंकिनी के लिए तीन साल तक जो कठिन तपस्या की है, उससे ईश्वर मिल जाता; पर इसे न पा सका !

यह कह कर वह कमरे से निकल आया और माँ के कमरे में लेट रहा। माँ ने तुरंत उसका मुँह और हाथ-पैर धुलाये। वह चूल्हा जला कर पूरियाँ पकाने लगी। साथ-साथ घर की विपत्ति-कथा भी कहती जाती थी। विमल के हृदय में सुरेश के प्रति जो विरोधाग्नि प्रज्ज्वलित हो रही थी, वह शांत हो गयी; लेकिन हृदय-दाह ने रक्त-दाह का रूप धारण किया। जोर का बुखार चढ़ आया। लंबी यात्रा की थकान और कष्ट तो था ही, बरसों के कठिन श्रम और तप के बाद यह मानसिक संताप और भी दुस्सह हो गया।

सारी रात वह अचेत पड़ा रहा। माँ बैठी पंखा झलती और रोती थी। दूसरे दिन भी वह बेहोश पड़ा रहा। शीतला उसके पास एक क्षण के लिए भी न आयी। इन्होंने मुझे कौन-से सोने के कौर खिला दिये हैं, जो इनकी धौंस सहूँ ? यहाँ तो 'जैसे कंता घर रहे, वैसे रहे विदेश।' किसी की फूटी कौड़ी नहीं जानती। बहुत ताव दिखा कर तो गये थे ? क्या लाद लाये !

संध्या के समय सुरेश को खबर मिली। तुरंत दौड़े हुए आये। आज दो महीने के बाद उन्होंने उस घर में कदम रखा। विमल ने आँखें खोलीं, पहचान गया। आँखों से आँसू बहने लगे। सुरेश के मुखारविन्द पर दया की ज्योति झलक रही थी। विमल ने उसके बारे में जो अनुचित संदेह किया था, उसके लिए वह अपने को धिक्कार रहा था।

शीतला ने ज्यों ही सुना कि सुरेशसिंह आये हैं, तुरंत शीशे के सामने गयी। केश छिटका लिये और बिपत की मूर्ति बनी हुई विमल के कमरे में आयी। कहाँ तो विमल की आँखें बंद थीं, मूर्च्छित-सा पड़ा था, कहाँ शीतला के आते ही आँखें खुल गयीं। अग्निमय नेत्रों से उसकी ओर देख कर बोला—अभी आयी है ? आज के तीसरे दिन आना। कुँवर साहब से उस दिन फिर भेंट हो जायेगी।

शीतला उलटे पाँव चली गयी। सुरेश पर घड़ों पानी पड़ गया। मन में सोचा, कितना रूप-लावण्य है; पर कितना विषाक्त ! हृदय की जगह केवल शृंगार-लालसा !

आतंक बढ़ता गया। सुरेश ने डाक्टर बुलवाये; पर मृत्यु-देव ने किसी की न मानी। उनका हृदय पाषाण है। किसी भाँति नहीं पसीजता। कोई अपना हृदय निकाल कर रख दे, आँसुओं की नदी बहा दे, पर उन्हें दया नहीं आती। बसे हुए घर द.. उजाड़ना, लहराती हुई खेती को सुखाना उनका काम है। और उनकी निर्दयता कितनी विनोदमय है ! यह नित्य नये रूप बदलते रहते हैं। कभी दामिनी बन जाते हैं, तो कभी पुण्य-माला। कभी सिंह बन जाते हैं, तो कभी सियार। कभी अग्नि के रूप में दिखायी देते हैं, तो कभी जल के रूप में।

तीसरे दिन, पिछली रात को, विमल की मानसिक पीड़ा और हृदय-ताप का अंत हो गया। चोर दिन को कभी चोरी नहीं करता। यम के दूत प्रायः रात ही को सबकी नजर बचा कर आते हैं और प्राण-रत्न को चुरा ले जाते हैं। आकाश के फूल मुरझाये हुए थे। वृक्षसमूह स्थिर थे; पर शोक में मग्न, सिर झुकाये हुए। रात शोक का बाह्य रूप है। रात मृत्यु का क्रीड़ा-क्षेत्र है। उसी समय विमल के घर से आर्तनाद सुनायी दिया—वह नाद, जिसे सुनने के लिए मृत्यु-देव विकल रहते हैं।

शीतला चौंक पड़ी और घबरायी हुई मरण-शय्या की ओर चली। उसने मृतदेह पर निगाह डाली और भयभीत हो कर एक पग पीछे हट गयी। उसे जान पड़ा, विमलसिंह उसकी ओर अत्यंत तीव्र दृष्टि से देख रहे हैं। बुझे हुए दीपक में उसे भयंकर ज्योति दिखायी पड़ी। वह मारे भय के वहाँ ठहर न सकी। द्वार से निकल ही रही थी कि सुरेशसिंह से भेंट हो गयी। कातर स्वर में बोली—मुझे यहाँ डर लगता है। उसने चाहा कि रोती हुई इनके पैरों पर गिर पड़ूँ, पर वह अलग हट गये।

7

जब किसी पथिक को चलते-चलते ज्ञात होता है कि मैं रास्ता भूल गया हूँ, तो वह सीधे रास्ते पर आने के लिए बड़े वेग से चलता है ! झुँझलाता है कि मैं इतना असावधान क्यों हो गया ? सुरेश भी अब शांति-मार्ग पर आने के लिए विकल हो गये। मंगला की स्नेहमयी सेवाएँ याद आने लगीं। हृदय में वास्तविक सौंदर्योपासना का भाव उदय हुआ। उसमें कितना प्रेम, कितना त्याग, कितनी क्षमा थी ! उसकी अतुल पति-भक्ति को याद करके कभी-कभी वह तड़प जाते। आह ! मैंने घोर अत्याचार किया। ऐसे उज्ज्वल रत्न का आदर न किया। मैं यों ही जड़वत् पड़ा रहा और मेरे सामने ही लक्ष्मी घर से निकल गयी ! मंगला ने चलते-चलते शीतला से जो बातें कहीं, वे उन्हें मालूम थीं; पर उन बातों पर विश्वास न होता था। मंगला शांत प्रकृति की थी। वह इतनी उद्दंडता नहीं कर सकती। उसमें क्षमा थी, वह इतना विद्वेष नहीं कर सकती। उनका मन कहता था कि वह जीती है और कुशल से है। उसके मैकेवालों को कई पत्र लिखे; पर वहाँ व्यंग्य और कटुवाक्यों के सिवा और क्या रखा था ? अंत को उन्होंने लिखा—अब उस रत्न की खोज में स्वयं जाता हूँ। या तो ले कर ही आऊँगा, या कहीं मुँह में कालिख लगा कर डूब मरूँगा।

इस पत्र का उत्तर आया—अच्छी बात है, जाइए, पर यहाँ से होते हुए जाइएगा। यहाँ से भी कोई आपके साथ चला जायेगा।

सुरेशसिंह को इन शब्दों में आशा की झलक दिखायी दी। उसी दिन प्रस्थान कर दिया। किसी को साथ नहीं लिया।

ससुराल में किसी ने उनका प्रेममय स्वागत नहीं किया। सभी के मुँह फूले

हुए थे। ससुर जी ने तो उन्हें पति-धर्म पर एक लम्बा उपदेश दिया।

रात को जब वह भोजन करके लेटे, तो छोटी साली आकर बैठ गयी और मुस्करा कर बोली–जीजा जी, कोई सुंदरी अपने रूपहीन पुरुष को छोड़ दे, उसका अपमान करे, तो आप उसे क्या कहेंगे ?

सुरेश–(गंभीर स्वर से) कुटिला !

साली–और ऐसे पुरुष को, जो अपनी रूपहीन स्त्री को त्याग दे ?

सुरेश–पशु !

साली–और जो पुरुष विद्वान् हो ?

सुरेश–पिशाच !

साली–(हँस कर) तो मैं भागती हूँ। मुझे आपसे डर लगता है।

सुरेश–पिशाचों का प्रायश्चित्त भी तो स्वीकार हो जाता है।

साली–शर्त यह है कि प्रायश्चित्त सच्चा हो।

सुरेश–यह तो वह अंतर्यामी ही जान सकते हैं।

साली–सच्चा होगा, तो उसका फल भी अवश्य मिलेगा। मगर दीदी को ले कर इधर ही से लौटिएगा।

सुरेश की आशा-नौका फिर डगमगायी। गिड़गिड़ा कर बोले–प्रभा, ईश्वर के लिए मुझ पर दया करो। मैं बहुत दुःखी हूँ। साल भर से ऐसा कोई दिन नहीं गया कि मैं रोकर न सोया हूँ।

प्रभा ने उठ कर कहा–अपने किये का क्या इलाज ? जाती हूँ, आराम कीजिए।

एक क्षण में मंगला की माता आकर बैठ गयी और बोली–बेटा, तुमने तो बहुत पढ़ा-लिखा है, देश-विदेश घूम आये हो, सुंदर बनने की कोई दवा कहीं नहीं देखी ?

सुरेश ने विनयपूर्वक कहा–माता जी, अब ईश्वर के लिए और लज्जित न कीजिए।

माता–तुमने तो मेरी प्यारी बेटी के प्राण ले लिये ! मैं क्या तुम्हें लज्जित करने से भी गयी ? जी में तो था कि ऐसी-ऐसी सुनाऊँगी कि तुम भी याद करोगे; पर मेहमान हो, क्या जलाऊँ ? आराम करो।

सुरेश आशा और भय की दशा में पड़े करवटें बदल रहे थे कि एकाएक द्वार पर किसी ने धीरे से कहा–जाती क्यों नहीं, जागते तो हैं ? किसी ने जवाब दिया–लाज आती है।

सुरेश ने आवाज पहचानी। प्यासे को पानी मिल गया। एक क्षण में मंगला उनके सम्मुख आयी और सिर झुका कर खड़ी हो गयी। सुरेश को उसके मुख पर एक अनूठी छवि दिखायी दी, जैसे कोई रोगी स्वास्थ्य-लाभ कर चुका हो।

रूप वही था, पर आँखें और थीं।

जुगनू की चमक

पंजाब के सिंह राजा रणजीतसिंह संसार से चल चुके थे और राज्य के वे प्रतिष्ठित पुरुष जिनके द्वारा उनका उत्तम प्रबंध चल रहा था, परस्पर के द्वेष और अनबन के कारण मर मिटे थे।

राजा रणजीतसिंह का बनाया हुआ सुंदर किंतु खोखला भवन अब नष्ट हो चुका था। कुँवर दिलीपसिंह अब इंग्लैंड में थे और रानी चंद्रकुँवरि चुनार के दुर्ग में। रानी चंद्रकुँवरि ने विनष्ट होते हुए राज्य को बहुत सँभालना चाहा; किंतु शासन-प्रणाली न जानती थी और कूटनीति ईर्ष्या की आग भड़काने के सिवा और क्या करती ?

रात के बारह बज चुके थे। रानी चंद्रकुँवरि अपने निवास-भवन के ऊपर छत पर खड़ी गंगा की ओर देख रही थी और सोचती थी—लहरें क्यों इस प्रकार स्वतंत्र हैं ? उन्होंने कितने गाँव और नगर डुबाये हैं, कितने जीव-जंतु तथा द्रव्य निगल गयी हैं, किंतु फिर भी वे स्वतंत्र हैं। कोई उन्हें बंद नहीं करता। इसीलिए न कि वे बंद नहीं रह सकतीं ? वे गरजेंगी, बल खायेंगी—और बाँध के ऊपर चढ़कर उसे नष्ट कर देंगी, अपने जोर से उसे बहा ले जायेंगी।

यह सोचते-विचारते रानी गादी पर लेट गयी। उसकी आँखों के सामने पूर्वावस्था की स्मृतियाँ मनोहर स्वप्न की भाँति आने लगीं। कभी उसकी भौंह की मरोड़ तलवार से भी अधिक तीव्र थी और उसकी मुस्कराहट वसंत की सुगंधित समीर से भी अधिक प्राण-पोषक; किंतु हाय, अब इनकी शक्ति हीनावस्था को पहुँच गयी। रोये तो अपने को सुनाने के लिए, हँसे तो अपने को बहलाने के लिए। यदि बिगड़े तो किसी का क्या बिगाड़ सकती है और प्रसन्न हो तो किसी का क्या बना सकती है ? रानी और बाँदी में कितना अंतर है ? रानी की आँखों से आँसू की बूँदें झरने लगीं, जो कभी विष से अधिक प्राणनाशक और अमृत से अधिक अनमोल थीं, वह इसी भाँति अकेली, निराश, कितनी बार रोयी, जब कि आकाश के तारों के सिवा और कोई देखनेवाला न था।

2

इसी प्रकार रोते-रोते रानी की आँखें लग गयीं। उसका प्यारा, कलेजे का टुकड़ा, कुँवर दिलीपसिंह, जिसमें उसके प्राण बसते थे, उदास मुख आ कर खड़ा हो गया। जैसे गाय दिन भर जंगलों में रहने के पश्चात् संध्या को घर आती है और अपने बछड़े को देखते ही प्रेम और उमंग से मतवाली होकर स्तनों में दूध भरे, पूँछ उठाये, दौड़ती है, उसी भाँति चंद्रकुँवरि अपने दोनों हाथ फैलाये अपने प्यारे कुँवर को छाती से लपटाने के लिए दौड़ी। परंतु आँखें खुल गयीं और जीवन की आशाओं की भाँति वह स्वप्न विनष्ट हो गया। रानी ने गंगा की ओर देखा और कहा—मुझे भी अपने साथ लेती चलो। इसके बाद रानी तुरंत छत से उतरी। कमरे में एक लालटेन जल रही थी। उसके उजाले में उसने एक मैली साड़ी पहनी, गहने उतार दिये, रत्नों के एक छोटे-से बक्स को और एक तीव्र कटार को कमर में रखा। जिस समय वह बाहर निकली, नैराश्यपूर्ण साहस की मूर्ति थी। संतरी ने पुकारा—कौन ?

रानी ने उत्तर दिया—मैं हूँ झंगी।

'कहाँ जाती हैं ?'

'गंगाजल लाऊँगी। सुराही टूट गयी है, रानी जी पानी माँग रही हैं।'

संतरी कुछ समीप आकर बोला—चल, मैं भी तेरे साथ चलता हूँ, जरा रुक जा।

झंगी बोली—मेरे साथ मत आओ। रानी कोठे पर हैं। देख लेंगी।

संतरी को धोखा देकर चंद्रकुँवरि गुप्त द्वार से होती हुई अँधेरे में काँटों से उलझती, चट्टानों से टकराती, गंगा के किनारे पर जा पहुँची।

रात आधी से अधिक जा चुकी थी। गंगा जी में संतोषदायिनी शांति विराज रही थी। तरंगें तारों को गोद में लिये सो रही थीं। चारों ओर सन्नाटा था। रानी नदी के किनारे-किनारे चली जाती थी और मुड़-मुड़ कर पीछे देखती थी। एकाएक एक डोंगी खूँटे से बँधी हुई देख पड़ी। रानी ने उसे ध्यान से देखा तो मल्लाह सोया हुआ था। उसे जगाना काल को जगाना था। वह तुरंत रस्सी खोल कर नाव पर सवार हो गयी। नाव धीरे-धीरे धार के सहारे चलने लगी, शोक और अंधकारमय स्वप्न की भाँति जो ध्यान की तरंगों के साथ बहा चला जाता हो। नाव के हिलने से मल्लाह चौंक कर उठ बैठा। आँखें मलते-मलते उसने सामने देखा तो पटरे पर एक स्त्री हाथ में डाँड़ लिये बैठी है। घबरा कर पूछा—तैं कौन है रे ? नाव कहाँ लिये जाती है ? रानी हँस पड़ी। भय के अन्त को साहस कहते हैं। बोली—सच बताऊँ या झूठ ?

मल्लाह कुछ भयभीत-सा होकर बोला—सच बताया जाय।

रानी बोली—अच्छा तो सुनो। मैं लाहौर की रानी चन्द्रकुँवरि हूँ। इसी किले

में कैद थी। आज भागी जाती हूँ। मुझे जल्दी बनारस पहुँचा दे। तुझे निहाल कर दूँगी और शरारत करेगा तो देख, कटार से सिर काट दूँगी। सबेरा होने से पहले मुझे बनारस पहुँचना चाहिए।

यह धमकी काम कर गयी। मल्लाह ने विनीत भाव से अपना कम्बल बिछा दिया और तेजी से डाँड़ चलाने लगा। किनारे के वृक्ष और ऊपर जगमगाते हुए तारे साथ-साथ दौड़ने लगे।

3

प्रातःकाल चुनार के दुर्ग में प्रत्येक मनुष्य अचम्भित और व्याकुल था। संतरी, चौकीदार और लौंडियाँ सब सिर नीचे किये दुर्ग के स्वामी के सामने उपस्थित थे। अन्वेषण हो रहा था; परन्तु कुछ पता न चलता था।

उधर रानी बनारस पहुँची। परन्तु वहाँ पहले से ही पुलिस और सेना का जाल बिछा हुआ था। नगर के नाके बन्द थे। रानी का पता लगानेवाले के लिए एक बहुमूल्य पारितोषिक की सूचना दी गयी थी।

बन्दीगृह से निकल कर रानी को ज्ञात हो गया कि वह और दृढ़ कारागार में है। दुर्ग में प्रत्येक मनुष्य उसका आज्ञाकारी था। दुर्ग का स्वामी भी उसे सम्मान की दृष्टि से देखता था। किंतु आज स्वतंत्र होकर भी उसके ओंठ बन्द थे। उसे सभी स्थानों में शत्रु देख पड़ते थे। पंखरहित पक्षी को पिंजरे के कोने में ही सुख है।

पुलिस के अफसर प्रत्येक आने-जानेवालों को ध्यान से देखते थे; किंतु उस भिखारिनी की ओर किसी का ध्यान नहीं जाता था, जो एक फटी हुई साड़ी पहने, यात्रियों के पीछे-पीछे, धीरे-धीरे सिर झुकाये गंगा की ओर चली आ रही है। न वह चौंकती है, न हिचकती है, न घबराती है। इस भिखारिनी की नसों में रानी का रक्त है।

यहाँ से भिखारिनी ने अयोध्या की राह ली। वह दिन भर विकट मार्गों में चलती और रात को किसी सुनसान स्थान पर लेट रहती थी। मुख पीला पड़ गया था। पैरों में छाले थे। फूल-सा बदन कुम्हला गया था।

वह प्रायः गाँवों में लाहौर की रानी के चरचे सुनती। कभी-कभी पुलिस के आदमी भी उसे रानी की टोह में दत्तचित्त देख पड़ते। उन्हें देखते ही भिखारिनी के हृदय में सोयी हुई रानी जाग उठती। वह आँखें उठा कर उन्हें घृणा-दृष्टि से देखती और शोक तथा क्रोध से उसकी आँखें जलने लगतीं। एक दिन अयोध्या के समीप पहुँच कर रानी एक वृक्ष के नीचे बैठी हुई थी। उसने कमर से कटार निकाल कर सामने रख दी थी। वह सोच रही थी कि कहाँ जाऊँ ? मेरी यात्रा

का अंत कहाँ है ? क्या इस संसार में अब मेरे लिए कहीं ठिकाना नहीं है ? वहाँ से थोड़ी दूर पर आमों का एक बहुत बड़ा बाग था। उसमें बड़े-बड़े डेरे और तम्बू गड़े हुए थे। कई एक संतरी चमकीली वर्दियाँ पहने टहल रहे थे, कई घोड़े बँधे हुए थे। रानी ने इस राजसी ठाट-बाट को शोक की दृष्टि से देखा। एक बार वह भी काश्मीर गयी थी। उसका पड़ाव इससे कहीं बढ़ गया था।

बैठे-बैठे संध्या हो गयी। रानी ने वहीं रात काटने का निश्चय किया ! इतने में एक बूढ़ा मनुष्य टहलता हुआ आया और उसके समीप खड़ा हो गया। ऐंठी हुई दाढ़ी थी, शरीर में सटी हुई चपकन थी, कमर में तलवार लटक रही थी। इस मनुष्य को देखते ही रानी ने तुरन्त कटार उठा कर कमर में खोंस ली। सिपाही ने उसे तीव्र दृष्टि से देख कर पूछा—बेटी कहाँ से आती हो ?

रानी ने कहा—बहुत दूर से।

'कहाँ जाओगी ?'

'यह नहीं कह सकती, बहुत दूर।'

सिपाही ने रानी की ओर फिर ध्यान से देखा और कहा—जरा अपनी कटार दिखाओ। रानी कटार सँभाल कर खड़ी हो गयी और तीव्र स्वर से बोली—मित्र हो या शत्रु ? ठाकुर ने कहा—मित्र। सिपाही के बातचीत करने के ढंग में और चेहरे में कुछ ऐसी विलक्षणता थी जिससे रानी को विवश होकर विश्वास करना पड़ा।

वह बोली—विश्वासघात न करना। यह देखो।

ठाकुर ने कटार हाथ में ली। उसको उलट-पुलट कर देखा और बड़े नम्र भाव से उसे आँखों से लगाया। तब रानी के आगे विनीत भाव से सिर झुका कर वह बोला—महारानी चन्द्रकुँवरि ?

रानी ने करुण स्वर से कहा—नहीं, अनाथ भिखारिनी। तुम कौन हो ?

सिपाही ने उत्तर दिया—आपका एक सेवक !

रानी ने उसकी ओर निराश दृष्टि से देखा और कहा—दुर्भाग्य के सिवा इस संसार में मेरा कोई नहीं।

सिपाही ने कहा—महारानी जी, ऐसा न कहिए। पंजाब के सिंह की महारानी के वचन पर अब भी सैकड़ों सिर झुक सकते हैं। देश में ऐसे लोग विद्यमान हैं, जिन्होंने आपका नमक खाया है और उसे भूले नहीं हैं।

रानी—अब इसकी इच्छा नहीं। केवल एक शांत-स्थान चाहती हूँ, जहाँ पर एक कुटी के सिवा कुछ न हो।

सिपाही—ऐसा स्थान पहाड़ों में ही मिल सकता है। हिमालय की गोद में चलिए, वहीं आप उपद्रव से बच सकती हैं।

रानी—(आश्चर्य से) शत्रुओं में जाऊँ ? नेपाल कब हमारा मित्र रहा है ?

सिपाही—राणा जंगबहादुर दृढ़प्रतिज्ञ राजपूत हैं।

रानी—किंतु वही जंगबहादुर तो है, जो अभी-अभी हमारे विरुद्ध लार्ड डलहौजी को सहायता देने पर उद्यत था ?

सिपाही (कुछ लज्जित-सा होकर)—तब आप महारानी चंद्रकुँवरि थीं, आज आप भिखारिनी हैं। ऐश्वर्य के द्वेषी और शत्रु चारों ओर होते हैं। लोग जलती हुई आग को पानी से बुझाते हैं, पर राख माथे पर चढ़ायी जाती है। आप जरा भी सोच-विचार न करें, नेपाल में अभी धर्म का लोप नहीं हुआ है। आप भय-त्याग करें और चलें। देखिए, वह आपको किस भाँति सिर और आँखों पर बिठाता है।

रानी ने रात इसी वृक्ष की छाया में काटी। सिपाही भी वहीं सोया। प्रातःकाल वहाँ दो तीव्रगामी घोड़े देख पड़े। एक पर सिपाही सवार था और दूसरे पर एक अत्यंत रूपवान युवक। यह रानी चंद्रकुँवरि थी, जो अपने रक्षास्थान की खोज में नेपाल जाती थी। कुछ देर पीछे रानी ने पूछा—यह पड़ाव किसका है ? सिपाही ने कहा—राणा जंगबहादुर का। वे तीर्थयात्रा करने आये हैं, किन्तु हमसे पहले पहुँच जायेंगे।

रानी—तुमने उनसे मुझे यहीं क्यों न मिला दिया। उनका हार्दिक भाव प्रकट हो जाता।

सिपाही—यहाँ उनसे मिलना असम्भव था। आप जासूसों की दृष्टि से न बच सकतीं।

उस समय यात्रा करना प्राण को अर्पण कर देना था। दोनों यात्रियों को अनेक बार डाकुओं का सामना करना पड़ा। उस समय रानी की वीरता, उसका युद्ध-कौशल तथा फुर्ती देख कर बूढ़ा सिपाही दाँतों तले अँगुली दबाता था। कभी उनकी तरह तलवार काम कर जाती और कभी घोड़े की तेज चाल।

यात्रा बड़ी लम्बी थी। जेठ का महीना मार्ग में ही समाप्त हो गया। वर्षा ऋतु आयी। आकाश में मेघ-माला छाने लगी। सूखी नदियाँ उतरा चलीं। पहाड़ी नाले गरजने लगे। न नदियों में नाव, न नालों पर घाट; किंतु घोड़े सधे हुए थे। स्वयं पानी में उतर जाते और डूबते-उतराते, बहते, भँवर खाते पार पहुँच जाते। एक बार बिच्छू ने कछुए की पीठ पर नदी की यात्रा की थी। यह यात्रा उससे कम भयानक न थी।

कहीं ऊँचे-ऊँचे साखू और महुए के जंगल थे और कहीं हरे-भरे जामुन के वन। उनकी गोद में हाथियों और हिरनों के झुंड किलोलें कर रहे थे। धान की क्यारियाँ पानी से भरी हुई थीं। किसानों की स्त्रियाँ धान रोपती थीं और सुहावने गीत गाती थीं। कहीं उन मनोहारी ध्वनियों के बीच में, खेत की मेड़ों पर छाते की छाया में बैठे हुए जमींदारों के कठोर शब्द सुनायी देते थे।

इसी प्रकार यात्रा के कष्ट सहते, अनेकानेक विचित्र दृश्य देखते दोनों यात्री तराई पार करके नेपाल की भूमि में प्रविष्ट हुए।

4

प्रातःकाल का सुहावना समय था। नेपाल के महाराज सुरेंद्रविक्रमसिंह का दरबार सजा हुआ। राज्य के प्रतिष्ठित मंत्री अपने-अपने स्थान पर बैठे हुए थे। नेपाल ने एक बड़ी लड़ाई के पश्चात् तिब्बत पर विजय पायी थी। इस समय संधि की शर्तों पर विवाद छिड़ा था। कोई युद्ध-व्यय का इच्छुक था, कोई राज्य-विस्तार का। कोई-कोई महाशय वार्षिक कर पर जोर दे रहे थे। केवल राणा जंगबहादुर के आने की देर थी। वे कई महीनों के देशाटन के पश्चात् आज ही रात को लौटे थे और यह प्रसंग, जो उन्हीं के आगमन की प्रतीक्षा कर रहा था, अब मंत्रि-सभा में उपस्थित किया गया था। तिब्बत के यात्री, आशा और भय की दशा में, प्रधानमंत्री के मुख से अंतिम निर्णय सुनने को उत्सुक हो रहे थे। नियत समय पर चोबदार ने राणा के आगमन की सूचना दी। दरबार के लोग उन्हें सम्मान देने के लिए खड़े हो गये। महाराज को प्रणाम करने के पश्चात् वे अपने सुसज्जित आसन पर बैठ गये। महाराज ने कहा—राणा जी, आप संधि के लिए कौन प्रस्ताव करना चाहते थे।

राणा ने नम्र भाव से कहा—मेरी अल्प बुद्धि में तो इस समय कठोरता का व्यवहार करना अनुचित है। शोकाकुल शत्रु के साथ दयालुता का आचरण करना सर्वदा हमारा उद्देश्य रहा है। क्या इस अवसर पर स्वार्थ के मोह में हम अपने बहुमूल्य उद्देश्य को भूल जायेंगे ? हम ऐसी संधि चाहते हैं जो हमारे हृदय को एक कर दे। यदि तिब्बत का दरबार हमें व्यापारिक सुविधाएं प्रदान करने को कटिबद्ध हो, तो हम संधि करने के लिए सर्वथा उद्यत हैं।

मंत्रिमंडल में विवाद आरम्भ हुआ। सबकी सम्मति इस दयालुता के अनुसार न थी; किंतु महाराज ने राणा का समर्थन किया। यद्यपि अधिकांश सदस्यों को शत्रु के साथ ऐसी नरमी पसंद न थी, तथापि महाराज के विपक्ष में बोलने का किसी को साहस न हुआ।

यात्रियों के चले जाने के पश्चात् राणा जंगबहादुर ने खड़े हो कर कहा—सभा में उपस्थित सज्जनो, आज नेपाल के इतिहास में एक नयी घटना होनेवाली है, जिसे मैं आपकी जातीय नीतिमत्ता की परीक्षा समझता हूँ, इसमें सफल होना आपके ही कर्त्तव्य पर निर्भर है। आज राज-सभा में आते समय मुझे यह आवेदनपत्र मिला है, जिसे मैं आप सज्जनों की सेवा में उपस्थित करता हूँ। निवेदक ने तुलसीदास की यह चौपाई लिख दी है—

"आपत-काल परखिये चारी।
धीरज धर्म मित्र अरु नारी।।"

महाराज ने पूछा—यह पत्र किसने भेजा है ?

'एक भिखारिनी ने।'

'भिखारिनी कौन है ?'

'महारानी चंद्रकुँवरि।'

कड़बड़ खत्री ने आश्चर्य से पूछा—जो हमारी मित्र अँग्रेजी सरकार के विरुद्ध होकर भाग आयी हैं ?

राणा जंगबहादुर ने लज्जित हो कर कहा—जी हाँ। यद्यपि हम इसी विचार को दूसरे शब्दों में प्रकट कर सकते हैं।

कड़बड़ खत्री—अँग्रेजों से हमारी मित्रता है और मित्र के शत्रु की सहायता करना मित्रता की नीति के विरुद्ध है।

जनरल शमशेर बहादुर—ऐसी दशा में इस बात का भय है कि अँग्रेजी सरकार से हमारे सम्बन्ध टूट न जायँ।

राजकुमार रणवीरसिंह—हम यह मानते हैं कि अतिथि-सत्कार हमारा धर्म है; किंतु उसी समय तक, जब तक कि हमारे मित्रों को हमारी ओर से शंका करने का अवसर न मिले।

इस प्रसंग पर यहाँ तक मतभेद तथा वाद-विवाद हुआ कि एक शोर-सा मच गया और कई प्रधान यह कहते हुए सुनायी दिये कि महारानी का इस समय आना देश के लिए कदापि मंगलकारी नहीं हो सकता।

तब राणा जंगबहादुर उठे। उनका मुख लाल हो गया था। उनका सद्विचार क्रोध पर अधिकार जमाने के लिए व्यर्थ प्रयत्न कर रहा था। वे बोले—भाइयो, यदि इस समय मेरी बातें आप लोगों को अत्यंत कड़ी जान पड़ें तो मुझे क्षमा कीजिएगा, क्योंकि अब मुझमें अधिक श्रवण करने की शक्ति नहीं है। अपनी जातीय साहसहीनता का यह लज्जाजनक दृश्य अब मुझसे नहीं देखा जाता। यदि नेपाल के दरबार में इतना भी साहस नहीं कि वह अतिथि-सत्कार और सहायता की नीति को निभा सके तो मैं इस घटना के सम्बन्ध में सब प्रकार का भार अपने ऊपर लेता हूँ। दरबार अपने को इस विषय में निर्दोष समझे और इसकी सर्वसाधारण में घोषणा कर दे।

कड़बड़ खत्री गर्म हो कर बोले—केवल यह घोषणा देश को भय से रहित नहीं कर सकती।

राणा जंगबहादुर ने क्रोध से ओंठ चबा लिया, किंतु सँभल कर कहा—देश का शासन-भार अपने ऊपर लेनेवालों की ऐसी अवस्थाएँ अनिवार्य हैं। हम उन नियमों से, जिन्हें पालन करना हमारा कर्त्तव्य है, मुँह नहीं मोड़ सकते। अपनी शरण में आये हुओं का हाथ पकड़ना—उनकी रक्षा करना राजपूतों का धर्म है। हमारे पूर्व-पुरुष सदा इस नियम पर—धर्म पर प्राण देने को उद्यत रहते थे। अपने माने हुए धर्म को तोड़ना एक स्वतंत्र जाति के लिए लज्जास्पद है। अँग्रेज हमारे मित्र हैं और अत्यन्त हर्ष का विषय है कि बुद्धिशाली मित्र हैं। महारानी चंद्रकुँवरि को अपनी

दृष्टि में रखने से उनका उद्देश्य केवल यह था कि उपद्रवी लोगों के गिरोह का कोई केन्द्र शेष न रहे। यदि उनका यह उद्देश्य भंग न हो, तो हमारी ओर से शंका होने का न उन्हें कोई अवसर है और न हमें उनसे लज्जित होने की कोई आवश्यकता।

कड़बड़ खत्री—महारानी चंद्रकुँवरि यहाँ किस प्रयोजन से आयी हैं ?

राणा जंगबहादुर—केवल एक शांति-प्रिय सुख-स्थान की खोज में, जहाँ उन्हें अपनी दुरवस्था की चिन्ता से मुक्त होने का अवसर मिले। वह ऐश्वर्यशाली रानी जो रंगमहलों में सुख-विलास करती थी, जिसे फूलों की सेज पर भी चैन न मिलता था, आज सैकड़ों कोस से अनेक प्रकार के कष्ट सहन करती, नदी-नाले, पहाड़-जंगल छानती यहाँ केवल एक रक्षित स्थान की खोज में आयी हैं। उमड़ी हुई नदियों और उबलते हुए नाले, बरसात के दिन। इन दुखों को आप लोग जानते हैं और यह सब उसी एक रक्षित स्थान के लिए, उसी एक भूमि के टुकड़े की आशा में। किन्तु हम ऐसे स्थानहीन हैं कि उनकी यह अभिलाषा भी पूरी नहीं कर सकते। उचित तो यह था कि उतनी-सी भूमि के बदले हम अपना हृदय फैला देते। सोचिए, कितने अभिमान की बात है कि एक आपदा में फँसी हुई रानी अपने दुःख के दिनों में जिस देश को याद करती हैं, यह वही पवित्र देश है। महारानी चंद्रकुँवरि को हमारे इस अभयप्रद स्थान पर—हमारी शरणागतों की रक्षा पर पूरा भरोसा था और वही विश्वास उन्हें यहाँ तक लाया है। इसी आशा पर कि पशुपतिनाथ की शरण में मुझे शांति मिलेगी, वह यहाँ तक आयी हैं। आपको अधिकार है, चाहे उनकी आशा पूर्ण करें या धूल में मिला दें। चाहे रक्षणता के—शरणागतों के साथ सदाचरण के—नियमों को निभा कर इतिहास के पृष्ठों पर अपना नाम छोड़ जायँ, या जातीयता तथा सदाचार-सम्बन्धी नियमों को मिटा कर स्वयं अपने को पतित समझें। मुझे विश्वास नहीं है कि यहाँ एक भी मनुष्य ऐसा निरभिमान है कि जो इस अवसर पर शरणागत-पालन-धर्म को विस्तृत करके अपना सिर ऊँचा कर सके। अब मैं आपके अंतिम निपटारे की प्रतीक्षा करता हूँ। कहिए, आप अपनी जाति और देश का नाम उज्ज्वल करेंगे या सर्वदा के लिए अपने माथे पर अपयश का टीका लगायेंगे ?

राजकुमार ने उमंग से कहा—हम महारानी के चरणों तले आँखें बिछायेंगे।

कप्तान विक्रमसिंह बोले—हम राजपूत हैं और अपने धर्म का निर्वाह करेंगे।

जनरल वनवीरसिंह—हम उनको ऐसी धूम से लायेंगे कि संसार चकित हो जायेगा।

राणा जंगबहादुर ने कहा—मैं अपने मित्र कड़बड़ खत्री के मुख से उसका फैसला सुनना चाहता हूँ।

कड़बड़ खत्री एक प्रभावशाली पुरुष थे और मंत्रिमंडल में वे राणा जंगबहादुर के विरुद्ध मंडली के प्रधान थे। वे लज्जा भरे शब्दों में बोले—यद्यपि मैं महारानी के आगमन को भयरहित नहीं समझता, किन्तु इस अवसर पर हमारा धर्म यही

है कि हम महारानी को आश्रय दें। धर्म से मुँह मोड़ना किसी जाति के लिए मान का कारण नहीं हो सकता।

कई ध्वनियों ने उमंग-भरे शब्दों में इस प्रसंग का समर्थन किया।

महाराजा सुरेंद्रविक्रमसिंह—इस निपटारे पर बधाई देता हूँ। तुमने जाति का नाम रख लिया। पशुपति इस उत्तम कार्य में तुम्हारी सहायता करें।

सभा विसर्जित हुई। दुर्ग से तोपें छूटने लगीं। नगर भर में खबर गूँज उठी कि पंजाब की रानी चन्द्रकुँवरि का शुभागमन हुआ है। जनरल रणवीरसिंह और जनरल रणधीरसिंह बहादुर 50,000 सेना के साथ महारानी की अगवानी के लिए चले।

अतिथि-भवन की सजावट होने लगी। बाजार अनेक भाँति की उत्तम सामग्रियों से सज गये।

ऐश्वर्य की प्रतिष्ठा व सम्मान सब कहीं होता है, किंतु किसी ने भिखारिनी का ऐसा सम्मान देखा है ? सेनाएँ बैंड बजाती और पताका फहराती हुई एक उमड़ी नदी की भाँति जाती थीं। सारे नगर में आनन्द ही आनन्द था। दोनों ओर सुंदर वस्त्राभूषणों से सजे दर्शकों का समूह खड़ा था। सेना के कमांडर आगे-आगे घोड़ों पर सवार थे। सबके आगे राणा जंगबहादुर जातीय अभिमान के मद में लीन, अपने सुवर्णखचित हौदे में बैठे हुए थे। यह उदारता का एक पवित्र दृश्य था। धर्मशाला के द्वार पर यह जुलूस रुका। राणा हाथी से उतरे। महारानी चंद्रकुँवरि कोठरी से बाहर निकल आयीं। राणा ने झुक कर वन्दना की। रानी उनकी ओर आश्चर्य से देखने लगीं। यह वही उनका मित्र बूढ़ा सिपाही था।

आँखें भर आयीं। मुस्करायीं। खिले हुए फूल पर से ओस की बूँदें टपकीं। रानी बोलीं—मेरे बूढ़े ठाकुर, मेरी नाव पार लगानेवाले, किस भाँति तुम्हारा गुण गाऊँ ?

राणा ने सिर झुका कर कहा—आपके चरणारविंद से हमारे भाग्य उदय हो गये।

5

नेपाल की राजसभा ने पच्चीस हजार रुपये से महारानी के लिए एक उत्तम भवन बनवा दिया और उनके लिए दस हजार रुपया मासिक नियत कर दिया।

वह भवन आज तक वर्तमान है और नेपाल की शरणागतप्रियता तथा प्रणपालन-तत्परता का स्मारक है। पंजाब की रानी को लोग आज तक याद करते हैं।

यह वह सीढ़ी है जिससे जातियाँ, यश के सुनहले शिखर पर पहुँचती हैं। ये ही घटनाएँ हैं, जिनसे जातीय इतिहास प्रकाश और महत्त्व को प्राप्त होता है।

पोलिटिकल रेजीडेंट ने गवर्नमेंट को रिपोर्ट की। इस बात की शंका थी कि गवर्नमेंट ऑफ इंडिया और नेपाल के बीच कुछ खिंचाव हो जाय; किंतु गवर्नमेंट को राणा जंगबहादुर पर पूर्ण विश्वास था। और जब नेपाल की राजसभा ने विश्वास और संतोष दिलाया कि महारानी चंद्रकुँवरि को किसी शत्रु भाव का अवसर न दिया जायेगा, तो भारत सरकार को संतोष हो गया। इस घटना को भारतीय इतिहास की अँधेरी रात में 'जुगनू की चमक' कहना चाहिए।

गृह-दाह

सत्यप्रकाश के जन्मोत्सव में लाला देवप्रकाश ने बहुत रुपये खर्च किये थे। उसका विद्यारम्भ-संस्कार भी खूब धूम-धाम से किया गया। उसके हवा खाने को एक छोटी-सी गाड़ी थी। शाम को नौकर उसे टहलाने ले जाता था। एक नौकर उसे पाठशाला पहुँचाने जाता। दिन भर वहीं बैठा रहता और उसे साथ लेकर घर आता। कितना सुशील, होनहार बालक था ! गोरा मुखड़ा, बड़ी-बड़ी आँखें, ऊँचा मस्तक, पतले-पतले लाल अधर, भरे हुए पाँव। उसे देख कर सहसा मुँह से निकल पड़ता था—भगवान् इसे जिला दें, प्रतापी मनुष्य होगा। उसकी बल-बुद्धि की प्रखरता पर लोगों को आश्चर्य होता था। नित्य उसके मुखचंद्र पर हँसी खेलती रहती थी। किसी ने उसे हठ करते या रोते नहीं देखा।

वर्षा के दिन थे। देवप्रकाश पत्नी को ले कर गंगास्नान करने गये। नदी खूब चढ़ी हुई थी; मानो अनाथ की आँखें हों। उनकी पत्नी निर्मला जल में बैठ कर जल क्रीड़ा करने लगी। कभी आगे जाती, कभी पीछे जाती, कभी डुबकी मारती, कभी अंजुलियों से छींटे उड़ाती। देवप्रकाश ने कहा—अच्छा, अब निकलो, सरदी हो जायेगी। निर्मला ने कहा—कहो, मैं छाती तक पानी में चली जाऊँ ?

देवप्रकाश—और जो कहीं पैर फिसल जाय ?

निर्मला—पैर क्या फिसलेगा !

यह कह कर वह छाती तक पानी में चली गयी। पति ने कहा—अच्छा, अब आगे पैर न रखना; किंतु निर्मला के सिर पर मौत खेल रही थी। यह जल क्रीड़ा नहीं, मृत्यु-क्रीड़ा थी। उसने एक पग और आगे बढ़ाया और फिसल गयी। मुँह से एक चीख निकली; दोनों हाथ सहारे के लिए ऊपर उठे और फिर जलमग्न हो गये। एक पल में प्यासी नदी उसे पी गयी। देवप्रकाश खड़े तौलिया से देह पोंछ रहे थे। तुरंत पानी में कूदे, साथ का कहार भी कूदा। दो मल्लाह भी कूद पड़े। सबने डुबकियाँ मारीं, टटोला, पर निर्मला का पता न चला। तब डोंगी मँगवायी गयी। मल्लाह ने बार-बार गोते मारे पर लाश हाथ न आयी। देवप्रकाश शोक में डूबे हुए घर आये। सत्यप्रकाश किसी उपहार की आशा से दौड़ा। पिता ने गोद

में उठा लिया और बड़े यत्न करने पर भी अपनी सिसकी को न रोक सके। सत्यप्रकाश ने पूछा—अम्माँ कहाँ है ?

देव.—बेटा, गंगा ने उन्हें नेवता खाने के लिए रोक लिया।

सत्यप्रकाश ने उनके मुख की ओर जिज्ञासाभाव से देखा और आशय समझ गया। अम्माँ-अम्माँ कह कर रोने लगा।

2

मातृहीन बालक संसार का सबसे करुणाजनक प्राणी है। दीन से दीन प्राणियों को भी ईश्वर का आधार होता है, जो उनके हृदय को सहलाता रहता है। मातृहीन बालक इस आधार से वंचित होता है। माता ही उसके जीवन का एकमात्र आधार होती है। माता के बिना वह पंखहीन पक्षी है।

सत्यप्रकाश का एकांत से प्रेम हो गया। अकेला बैठा रहता। वृक्षों में उसे कुछ-कुछ सहानुभूति का अज्ञात अनुभव होता था, जो घर के प्राणियों से उसे न मिलती थी। माता का प्रेम था, तो सभी प्रेम करते थे, माता का प्रेम उठ गया, तो सभी निष्ठुर हो गये। पिता की आँखों में भी वह प्रेम-ज्योति न रही। दरिद्र को कौन भिक्षा देता है।

छह महीने बीत गये। सहसा एक दिन उसे मालूम हुआ, मेरी नयी माता आनेवाली हैं। दौड़ा पिता के पास गया और पूछा—क्या मेरी नयी माता आयेंगी।

पिता ने कहा—हाँ बेटा, वे आकर तुम्हें प्यार करेंगी।

सत्य.—क्या मेरी ही माँ स्वर्ग से आ जायेंगी ?

देव.—हाँ, वही माता आ जायेगी।

सत्य.—मुझे उसी तरह प्यार करेंगी ?

देवप्रकाश इसका क्या उत्तर देते ? मगर सत्यप्रकाश उस दिन से प्रसन्न-मन रहने लगा। अम्माँ आयेंगी ! मुझे गोद में ले कर प्यार करेंगी ! अब मैं उन्हें कभी दिक न करूँगा, कभी जिद न करूँगा, उन्हें अच्छी कहानियाँ सुनाया करूँगा।

विवाह के दिन आये। घर में तैयारियाँ होने लगीं। सत्यप्रकाश खुशी से फूला न समाता। मेरी नयी अम्माँ आयेंगी। बारात में वह भी गया। नये-नये कपड़े मिले। पालकी पर बैठा। नानी ने अंदर बुलाया और उसे गोद में ले कर एक अशरफी दी। वहीं उसे नयी माता के दर्शन हुए। नानी ने नयी माता से कहा—बेटी, कैसा सुन्दर बालक है ! इसे प्यार करना।

सत्यप्रकाश ने नयी माता को देखा और मुग्ध हो गया। बच्चे भी रूप के उपासक होते हैं। एक लावण्यमयी मूर्ति आभूषण से लदी सामने खड़ी थी। उसने दोनों हाथों से उसका अंचल पकड़ कर कहा—अम्माँ !

कितना अरुचिकर शब्द था, कितना लज्जायुक्त, कितना अप्रिय ! वह ललना जो 'देवप्रिया' नाम से सम्बोधित होती थी, यह उत्तरदायित्व, त्याग और क्षमा का सम्बोधन न सह सकी। अभी वह प्रेम और विलास का सुख-स्वप्न देख रही थी—यौवनकाल की मदमय वायुतरंगों में आंदोलित हो रही थी। इस शब्द ने उसके स्वप्न को भंग कर दिया। कुछ रुष्ट होकर बोली—मुझे अम्माँ मत कहो।

सत्यप्रकाश ने विस्मित नेत्रों से देखा। उसका बालस्वप्न भी भंग हो गया। आँखें डबडबा गयीं। नानी ने कहा—बेटी, देखो, लड़के का दिल छोटा हो गया। वह क्या जाने, क्या कहना चाहिए। अम्माँ कह दिया तो तुम्हें कौन-सी चोट लग गयी ?

देवप्रिया ने कहा—मुझे अम्माँ न कहे।

3

सौत का पुत्र विमाता की आँखों में क्यों इतना खटकता है ? इसका निर्णय आज तक किसी मनोभाव के पंडित ने नहीं किया। हम किस गिनती में हैं। देवप्रिया जब तक गर्भिणी न हुई, वह सत्यप्रकाश से कभी-कभी बातें करती, कहानियाँ सुनातीं; किंतु गर्भिणी होते ही उसका व्यवहार कठोर हो गया, और प्रसवकाल ज्यों-ज्यों निकट आता था, उसकी कठोरता बढ़ती ही जाती थी। जिस दिन उसकी गोद में एक चाँद-से बच्चे का आगमन हुआ, सत्यप्रकाश खूब उछला-कूदा और सौरगृह में दौड़ा हुआ बच्चे को देखने लगा। बच्चा देवप्रिया की गोद में सो रहा था। सत्यप्रकाश ने बड़ी उत्सुकता से बच्चे को विमाता की गोद से उठाना चाहा कि सहसा देवप्रिया ने सरोष स्वर में कहा—खबरदार, इसे मत छूना, नहीं तो कान पकड़ कर उखाड़ लूँगी !

बालक उल्टे पाँव लौट आया और कोठे की छत पर जाकर खूब रोया। कितना सुन्दर बच्चा है ! मैं उसे गोद में ले कर बैठता, तो कैसा मजा आता ! मैं उसे गिराता थोड़े ही, फिर इन्होंने क्यों मुझे झिड़क दिया ? भोला बालक क्या जानता था कि इस झिड़की का कारण माता की सावधानी नहीं, कुछ और ही है।

एक दिन शिशु सो रहा था। उसका नाम ज्ञानप्रकाश रखा गया था। देवप्रिया स्नानागार में थी। सत्यप्रकाश चुपके से आया और बच्चे का ओढ़ना हटा कर उसे अनुरागमय नेत्रों से देखने लगा। उसका जी कितना चाहा कि उसे गोद में ले कर प्यार करूँ; पर डर के मारे उसने उसे उठाया नहीं, केवल उसके कपोलों को चूमने लगा। इतने में देयप्रिया निकल आयी। सत्यप्रकाश, को बच्चे को चूमते देख कर आग हो गयी। दूर ही से डाँटा, हट जा वहाँ से !

सत्यप्रकाश माता को दीननेत्रों से देखता हुआ बाहर निकल आया !

संध्या समय उसके पिता ने पूछा—तुम लल्ला को क्यों रुलाया करते हो ?

सत्य.—मैं तो उसे कभी नहीं रुलाता। अम्माँ खिलाने को नहीं देतीं।

देव.—झूठ बोलते हो। आज तुमने बच्चे को चुटकी काटी।

सत्य.—जी नहीं, मैं तो उसकी मुच्छियाँ ले रहा था।

देव.—झूठ बोलता है !

सत्य.—मैं झूठ नहीं बोलता।

देवप्रकाश को क्रोध आ गया। लड़के को दो-तीन तमाचे लगाये। पहली बार यह ताड़ना मिली, और निरपराध ! इसने उसके जीवन की कायापलट कर दी।

4

उस दिन से सत्यप्रकाश के स्वभाव में एक विचित्र परिवर्तन दिखायी देने लगा। वह घर में बहुत कम आता। पिता आते, तो उनसे मुँह छिपाता फिरता। कोई खाना खाने को बुलाने आता, तो चोरों की भाँति दुबका हुआ जा कर खा लेता; न कुछ माँगता, न कुछ बोलता। पहले अत्यंत कुशाग्रबुद्धि था। उसकी सफाई, सलीके और फुरती पर लोग मुग्ध हो जाते थे। अब वह पढ़ने से जी चुराता, मैले-कुचैले कपड़े पहिने रहता। घर में कोई प्रेम करनेवाला न था। बाजार के लड़कों के साथ गली-गली घूमता, कनकौवे लूटता, गालियाँ बकना भी सीख गया। शरीर भी दुर्बल हो गया। चेहरे की कांति गायब हो गयी। देवप्रकाश को अब आये-दिन उसकी शरारतों के उलाहने मिलने लगे और सत्यप्रकाश नित्य घुड़कियाँ और तमाचे खाने लगा, यहाँ तक कि अगर वह घर में किसी काम से चला जाता, तो सब लोग दुर-दुर करके दौड़ाते। ज्ञानप्रकाश को पढ़ाने के लिए मास्टर आता था। देवप्रकाश उसे रोज सैर कराने साथ ले जाते। हँसमुख लड़का था। देवप्रिया उसे सत्यप्रकाश के साथ से भी बचाती रहती थी। दोनों लड़कों में कितना अंतर था ! एक साफ सुथरा, सुन्दर कपड़े पहिने, शील और विनय का पुतला, सच बोलनेवाला। देखनेवालों के मुँह से अनायास ही दुआ निकल आती थी। दूसरा मैला, नटखट, चोरों की तरह मुँह छिपाये हुए; मुँहफट, बात-बात पर गालियाँ बकनेवाला। एक हरा-भरा पौधा था, प्रेम से प्लावित, स्नेह से सिंचित, दूसरा सूखा हुआ, टेढ़ा, पल्लवहीन नववृक्ष था, जिसकी जडों को एक मुद्दत से पानी नहीं नसीब हुआ। एक को देख कर पिता की छाती ठंडी होती थी; दूसरे को देख कर देह में आग लग जाती थी।

आश्चर्य यह था कि सत्यप्रकाश को अपने छोटे भाई से लेशमात्र भी ईर्ष्या न थी। अगर उसके हृदय में कोई कोमल भाव शेष रह गया था, तो वह अपने भाई के प्रति स्नेह था। उस मरुभूमि में यही एक हरियाली थी। ईर्ष्या साम्यभाव की द्योतक है। सत्यप्रकाश अपने भाई को अपने से कहीं ऊँचा, कहीं भाग्यशाली

समझता था। उसमें ईर्ष्या का भाव ही लोप हो गया था।

घृणा से घृणा उत्पन्न होती है। प्रेम से प्रेम। ज्ञान भी बड़े भाई को चाहता था। कभी-कभी उसका पक्ष ले कर अपनी माँ से वाद-विवाद कर कहता, भैया की अचकन फट गयी है, आप नयी अचकन क्यों नहीं बनवा देतीं ? माँ उत्तर देती—उसके लिए वही अचकन अच्छी है। अभी क्या, कभी तो वह नंगा फिरेगा। ज्ञानप्रकाश बहुत चाहता था कि अपने जेब-खर्च से बचा कर कुछ अपने भाई को दे, पर सत्यप्रकाश कभी इसे स्वीकार न करता था। वास्तव में जितनी देर वह छोटे भाई के साथ रहता; उतनी देर उसे एक शांतिमय आनन्द का अनुभव होता। थोड़ी देर के लिए वह सद्भावों के साम्राज्य में विचरने लगता। उसके मुख से कोई भद्दी और अप्रिय बात न निकलती। एक क्षण के लिए उसकी सोयी हुई आत्मा जाग उठती।

एक बार कई दिन तक सत्यप्रकाश मदरसे न गया। पिता ने पूछा—तुम आजकल पढ़ने क्यों नहीं जाते ? क्या सोच रखा है कि मैंने तुम्हारी जिन्दगी भर का ठेका ले रखा है।

सत्य.—मेरे ऊपर जुर्माने और फीस के कई रुपये हो गये हैं। जाता हूँ तो दरजे से निकाल दिया जाता हूँ।

देव.—फीस क्यों बाकी है ? तुम तो महीने-महीने ले लिया करते हो न ?

सत्य.—आये-दिन चन्दे लगा करते हैं, फीस के रुपये चन्दे में दे दिये।

देव.—और जुर्माना क्यों हुआ ?

सत्य.—फीस न देने के कारण।

देव.—तुमने चन्दा क्यों दिया !

सत्य.—ज्ञानू ने चन्दा दिया तो मैंने भी दिया।

देव.—तुम ज्ञानू से जलते हो ?

सत्य.—मैं ज्ञानू से क्यों जलने लगा। यहाँ हम और वह दो हैं, बाहर हम और वह एक समझे जाते हैं। मैं यह नहीं कहना चाहता कि मेरे कुछ नहीं है।

देव.—क्यों, यह कहते शर्म आती है ?

सत्य.—जी हाँ, आपकी बदनामी होगी।

देव.—अच्छा, तो आप मेरी मानरक्षा करते हैं। यह क्यों नहीं कहते कि पढ़ना अब मुझे मंजूर नहीं है। मेरे पास इतना रुपया नहीं कि तुम्हें एक-एक क्लास में तीन-तीन साल पढ़ाऊँ और ऊपर से तुम्हारे खर्च के लिए भी प्रतिमास कुछ दूँ। ज्ञानबाबू तुमसे कितना छोटा है, लेकिन तुमसे एक ही दर्जा नीचे है। तुम इस साल जरूर ही फेल होओगे और वह जरूर ही पास हो कर अगले साल तुम्हारे साथ हो जायेगा। तब तो तुम्हारे मुँह में कालिख लगेगी ?

सत्य.—विद्या मेरे भाग्य ही में नहीं है।

देव.—तुम्हारे भाग्य में क्या है ?

सत्य.—भीख माँगना।

देव.—तो फिर भीख माँगो। मेरे घर से निकल जाओ।

देवप्रिया भी आ गयी। बोली—शरमाता तो नहीं, और बातों का जवाब देता है !

सत्य.—जिनके भाग्य में भीख माँगना होता है, वही बचपन में अनाथ हो जाते हैं।

देवप्रिया—ये जली-कटी बातें अब मुझसे न सही जायेंगी। मैं खून का घूँट पी-पी कर रह जाती हूँ।

देवप्रकाश—बेहया है। कल से इसका नाम कटवा दूँगा। भीख माँगनी है, तो भीख ही माँगे।

5

दूसरे दिन सत्यप्रकाश ने घर से निकलने की तैयारी कर दी। उसकी उम्र अब 16 साल की हो गयी थी। इतनी बातें सुनने के बाद अब उसे उस घर में रहना असह्य हो गया। जब हाथ-पाँव न थे, किशोरावस्था की असमर्थता थी, तब तक अवहेलना, निरादर, निष्ठुरता, भर्त्सना सब कुछ सह कर घर में रहता था। अब हाथ-पाँव हो गये थे, उस बंधन में क्यों रहता। आत्माभिमान आशा की भाँति बहुत चिरंजीवी होता है।

गर्मी के दिन थे। दोपहर का समय। घर के सब प्राणी सो रहे थे। सत्यप्रकाश ने अपनी धोती बग़ल में दबायी; छोटा-सा बेग हाथ में लिया और चाहता था कि चुपके से बैठक से निकल जाय कि ज्ञानू आ गया और उसे कहीं जाने को तैयार देख कर बोला—कहाँ जाते हो भैया ?

सत्य.—जाता हूँ कहीं नौकरी करूँगा।

ज्ञानू.—मैं जा कर अम्माँ से कहे देता हूँ।

सत्य.—तो फिर मैं तुमसे छिपकर चला जाऊँगा।

ज्ञानू.—क्यों चले जाओगे ? तुम्हें मेरी जरा भी मुहब्बत नहीं ?

सत्यप्रकाश ने भाई को गले लगा कर कहा—तुम्हें छोड़ कर जाने को जी तो नहीं चाहता, लेकिन जहाँ कोई पूछने वाला नहीं है, वहाँ पड़े रहना बेहयाई है। कहीं दस-पाँच की नौकरी कर लूँगा और पेट पालता रहूँगा। और किस लायक हूँ ?

ज्ञानू.—तुमसे अम्माँ क्यों इतना चिढ़ती हैं ? मुझे तुमसे मिलने को मना किया करती हैं ?

सत्य.—मेरे नसीब खोटे हैं, और क्या?

ज्ञानू.—तुम लिखने-पढ़ने में जी नहीं लगाते ?

सत्य.—लगता ही नहीं, कैसे लगाऊँ ? जब कोई परवा नहीं करता तो मैं भी सोचता हूँ—उँह, यही न होगा, ठोकर खाऊँगा। बला से !

ज्ञानू.—मुझे भूल तो न जाओगे ? मैं तुम्हारे पास खत लिखा करूँगा, मुझे भी एक बार अपने यहाँ बुलाना।

सत्य.—तुम्हारे स्कूल के पते से चिट्ठी लिखूँगा।

ज्ञानू.—(रोते-रोते) मुझे न जाने क्यों तुम्हारी बड़ी मुहब्बत लगती है !

सत्य.—मैं तुम्हें सदैव याद रखूँगा।

यह कह कर उसने फिर भाई को गले लगाया और घर से निकल पड़ा। पास एक कौड़ी भी न थी और वह कलकत्ते जा रहा था।

6

सत्यप्रकाश कलकत्ते क्योंकर पहुँचा, इसका वृत्तांत लिखना व्यर्थ है। युवकों में दुस्साहस की मात्रा अधिक होती है। वे हवा में किले बना सकते हैं, धरती पर नाव चला सकते हैं। कठिनाइयों की उन्हें कुछ परवा नहीं होती। अपने ऊपर असीम विश्वास होता है। कलकत्ते पहुँचना ऐसा कष्ट-साध्य न था। सत्यप्रकाश चतुर युवक था। पहिले ही उसने निश्चय कर लिया था कि कलकत्ते में क्या करूँगा, कहाँ रहूँगा। उसके बेग में लिखने की सामग्री मौजूद थी। बड़े शहर में जीविका का प्रश्न कठिन भी है और सरल भी है। सरल है उनके लिए, जो हाथ से काम कर सकते हैं, कठिन है उनके लिए, जो कलम से काम करते हैं। सत्यप्रकाश मजदूरी करना नीच काम समझता था। उसने एक धर्मशाला में असबाब रखा। बाद में शहर के मुख्य स्थानों का निरीक्षण करके एक डाकघर के सामने लिखने का सामान लेकर बैठ गया और अपढ़ मजदूरों की चिट्ठियाँ, मनीआर्डर आदि लिखने का व्यवसाय करने लगा। पहले कई दिन तो उसको इतने पैसे भी न मिले कि भर-पेट भोजन करता; लेकिन धीरे-धीरे आमदनी बढ़ने लगी। वह मजदूरों से इतने विनय के साथ बातें करता और उनके समाचार इतने विस्तार से लिखता कि बस वे पत्र को सुन कर बहुत प्रसन्न होते। अशिक्षित लोग एक ही बात को दो-दो तीन-तीन बार लिखाते हैं। उनकी दशा ठीक रोगियों की-सी होती है, जो वैद्य से अपनी व्यथा और वेदना का वृत्तांत कहते नहीं थकते। सत्यप्रकाश सूत्र को व्याख्या का रूप दे कर मजदूरों को मुग्ध कर देता था। एक संतुष्ट हो कर जाता, तो अपने कई अन्य भाइयों को खोज लाता। एक ही महीने में उसे 1 रु. रोज मिलने लगा। उसने धर्मशाला से निकल कर शहर से बाहर 5 रु. महीने पर एक छोटी-सी कोठरी ले ली। एक जून खाता। बर्तन अपने हाथों से धोता। जमीन पर सोता। उसे अपने निर्वासन पर जरा भी खेद और दुःख न था। घर के लोगों की कभी याद न आती। वह अपनी

दशा पर संतुष्ट था। केवल ज्ञानप्रकाश की प्रेमयुक्त बातें न भूलतीं। अंधकार में यही एक प्रकाश था। बिदाई का अंतिम दृश्य आँखों के सामने फिरा करता। जीविका से निश्चिंत हो कर उसने ज्ञानप्रकाश को एक पत्र लिखा। उत्तर आया तो उसके आनंद की सीमा न रही। ज्ञानू मुझे याद करके रोता है, मेरे पास आना चाहता है, स्वास्थ्य भी अच्छा नहीं है। प्यासे को पानी से जो तृप्ति होती है वही तृप्ति इस पत्र से सत्यप्रकाश को हुई। मैं अकेला नहीं हूँ, कोई मुझे भी चाहता है—मुझे भी याद करता है।

उसी दिन से सत्यप्रकाश को यह चिंता हुई कि ज्ञान के लिए कोई उपहार भेजूँ। युवकों को मित्र बहुत जल्द मिल जाते हैं। सत्यप्रकाश को भी कई युवकों से मित्रता हो गयी थी। उनके साथ कई बार सिनेमा देखने गया। कई बार बूटी-भंग, शराब-कबाब की भी ठहरी। आईना, तेल, कंघी का शौक भी पैदा हुआ, जो कुछ पाता, उड़ा देता। बड़े वेग से नैतिक पतन और शारीरिक विनाश की ओर दौड़ा चला जाता था। इस प्रेम-पत्र ने उसके पैर पकड़ लिये। उपहार के प्रयास ने इन दुर्व्यसनों को तिरोहित करना शुरू किया। सिनेमा का चसका छूटा, मित्रों को हीले-हवाले करके टालने लगा। भोजन भी रूखा-सूखा करने लगा। धन-संचय की चिंता ने सारी इच्छाओं को परास्त कर दिया। उसने निश्चय किया कि अच्छी-सी घड़ी भेजूँ। उसका दाम कम से कम 40 रु. होगा। अगर तीन महीने तक एक कौड़ी का भी अपव्यय न करूँ, तो घड़ी मिल सकती है। ज्ञानू घड़ी देख कर कैसा खुश होगा ! अम्माँ और बाबू जी भी देखेंगे। उन्हें मालूम हो जायेगा कि मैं भूखों नहीं मर रहा हूँ। किफायत की धुन में वह बहुधा दिया-बत्ती भी न करता। बड़े सबेरे काम करने चला जाता और सारे दिन दो-चार पैसे की मिठाई खा कर काम करता रहता। उसके ग्राहकों की संख्या दिन-दूनी होती जाती थी। चिट्ठी-पत्री के अतिरिक्त अब उसने तार लिखने का भी अभ्यास कर लिया था। दो ही महीने में उसके पास 50 रु. एकत्र हो गये और जब घड़ी के साथ सुनहरी चेन का पारसल बना कर ज्ञानू के नाम भेज दिया, तो उसका चित्त इतना उत्साहित था मानो किसी निस्संतान पुरुष के बालक हुआ हो।

7

'घर' कितनी कोमल, पवित्र, मनोहर स्मृतियों को जागृत कर देता है ! यह प्रेम का निवास-स्थान है। प्रेम ने बहुत तपस्या करके यह वरदान पाया है।

किशोरावस्था में 'घर' माता-पिता, भाई-बहन, सखी-सहेली के प्रेम की याद दिलाता है, प्रौढ़ावस्था में गृहिणी और बाल-बच्चों के प्रेम की। यही वह लहर है, जो मानव-जीवन मात्र को स्थिर रखता है, उसे समुद्र की वेगवती लहरों में बहने

और चट्टानों से टकराने से बचाता है। यही वह मंडप है, जो जीवन को समस्त विघ्न-बाधाओं से सुरक्षित रखता है।

सत्यप्रकाश का 'घर' कहाँ था ? वह कौन-सी शक्ति थी, जो कलकत्ते के विराट प्रलोभनों से उसकी रक्षा करती थी ? —माता का प्रेम, पिता का स्नेह, बाल-बच्चों की चिंता ? —नहीं, उनका रक्षक, उद्धारक, उसका पारितोषिक केवल ज्ञानप्रकाश का स्नेह था। उसी के निमित्त वह एक-एक पैसे की किफायत करता था, उसी के लिए वह कठिन परिश्रम करता था और धनोपार्जन के नये-नये उपाय सोचता था। उसे ज्ञानप्रकाश के पत्रों से मालूम हुआ था कि इन दिनों देवप्रकाश की आर्थिक स्थिति अच्छी नहीं है। वे एक घर बनवा रहे हैं, जिसमें व्यय अनुमान से अधिक हो जाने के कारण ऋण लेना पड़ा है, इसलिए अब ज्ञानप्रकाश को पढ़ाने के लिए घर पर मास्टर नहीं आता। तब से सत्यप्रकाश प्रतिमाह ज्ञानू के पास कुछ न कुछ अवश्य भेज देता था। वह अब केवल पत्रलेखक न था, लिखने के सामान की एक छोटी-दूकान भी उसने खोल ली थी। इससे अच्छी आमदनी हो जाती थी। इस तरह पाँच वर्ष बीत गये। रसिक मित्रों ने जब देखा कि अब यह हत्थे नहीं चढ़ता, तो उसके पास आना-जाना छोड़ दिया।

8

संध्या का समय था। देवप्रकाश अपने मकान में बैठे देवप्रिया से ज्ञानप्रकाश के विवाह के सम्बन्ध में बातें कर रहे थे। ज्ञानू अब 17 वर्ष का सुंदर युवक था। बालविवाह के विरोधी होने पर भी देवप्रकाश अब इस शुभमुहूर्त को न टाल सकते थे। विशेषतः जब कोई महाशय 50,000 रु. दायज देने को प्रस्तुत हों।

देवप्रकाश—मैं तो तैयार हूँ, लेकिन तुम्हारा लड़का भी तो तैयार हो !

देवप्रिया—तुम बातचीत पक्की कर लो, वह तैयार हो ही जायेगा। सभी लड़के पहले 'नहीं' करते हैं।

देव.—ज्ञानू का इनकार केवल संकोच का इनकार नहीं है, वह सिद्धांत का इनकार है। वह साफ-साफ कह रहा है कि जब तक भैया का विवाह न होगा, मैं अपना विवाह करने पर राजी नहीं हूँ।

देबप्रिया—उसकी कौन चलावे, वहाँ कोई रखैली रख ली होगी, विवाह क्यों करेगा ? वहाँ कोई देखने जाता है ?

देव.—(झुँझला कर) रखैली रख ली होती तो तुम्हारे लड़के को 40 रु. महीने न भेजता और न वे चीजें ही देता, जो पहले महीने से अब तक बराबर देता चला आता है। न जाने क्यों तुम्हारा मन उसकी ओर से इतना मैला हो गया है ! चाहे वह जान निकाल कर भी दे दे, लेकिन तुम न पसीजोगी। देवप्रिया नाराज हो कर

चली गयी। देवप्रकाश उससे यही कहलाना चाहते थे कि पहिले सत्यप्रकाश का विवाह करना उचित है, किंतु वह कभी इस प्रसंग को आने ही न देती थी। स्वयं देवप्रकाश की यह हार्दिक इच्छा थी कि पहिले बड़े लड़के का विवाह करें, पर उन्होंने भी आज तक सत्यप्रकाश को कोई पत्र न लिखा था। देवप्रिया के चले जाने के बाद उन्होंने आज पहली बार सत्प्रपकाश को पत्र लिखा। पहिले इतने दिनों तक चुपचाप रहने के लिए क्षमा माँगी, तब उसे एक बार घर आने का प्रेमाग्रह किया। लिखा, अब मैं कुछ ही दिनों का मेहमान हूँ। मेरी अभिलाषा है कि तुम्हारा और तुम्हारे छोटे भाई का विवाह देख लूँ। मुझे बहुत दुःख होगा, यदि तुम मेरी विनय स्वीकार न करोगे। ज्ञानप्रकाश के असमंजस की बात भी लिखी, अंत में इस बात पर जोर दिया कि किसी और विचार से नहीं, तो ज्ञानू के प्रेम के नाते ही तुम्हें इस बंधन में पड़ना होगा।

सत्यप्रकाश को यह पत्र मिला, तो उसे बहुत खेद हुआ। मेरे भ्रातृस्नेह का यह परिणाम होगा, मुझे न मालूम था। इसके साथ ही उसे यह ईर्ष्यामय आनंद हुआ कि अम्माँ और दादा को अब तो कुछ मानसिक पीड़ा होगी। मेरी उन्हें क्या चिंता थी ? मैं तो मर भी जाऊँ तो भी उनकी आँखों में आँसू न आयें। 7 वर्ष हो गये, कभी भूल कर भी पत्र न लिखा कि मरा है या जीता है। अब कुछ चेतावनी मिलेगी। ज्ञानप्रकाश अंत में विवाह करने पर राजी तो हो जायेगा, लेकिन सहज में नहीं। कुछ न हो तो मुझे तो एक बार अपने इनकार के कारण लिखने का अवसर मिला। ज्ञानू को मुझसे प्रेम है, लेकिन उसके कारण मैं पारिवारिक अन्याय का दोषी न बनूँगा। हमारा पारिवारिक जीवन सम्पूर्णतः अन्यायमय है। यह कुमति और वैमनस्य, क्रूरता और नृशंसता का बीजारोपण करता है। इसी माया में फँस कर मनुष्य अपनी संतान का शत्रु हो जाता है। न, मैं आँखों देख कर यह मक्खी न निगलूँगा। मैं ज्ञानू को समझाऊँगा अवश्य। मेरे पास जो कुछ जमा है; वह सब उसके विवाह के निमित्त अर्पण भी कर दूँगा। बस, इससे ज्यादा मैं और कुछ नहीं कर सकता। अगर ज्ञानू भी अविवाहित रहे, तो संसार कौन सूना हो जायेगा ? ऐसे पिता का पुत्र क्या वंशपरम्परा का पालन न करेगा ? क्या उसके जीवन में फिर वही अभिनय न दुहराया जायेगा, जिसने मेरा सर्वनाश कर दिया ?

दूसरे दिन सत्यप्रकाश ने 500 रु. पिता के पास भेजे और पत्र का उत्तर लिखा कि मेरा अहोभाग्य जो आपने मुझे याद किया। ज्ञानू का विवाह निश्चित हो गया, इसकी बधाई ! इन रुपयों से नववधू के लिए कोई आभूषण बनवा दीजिएगा। रही मेरे विवाह की बात। मैंने अपनी आँखों से जो कुछ देखा है और मेरे सिर पर जो कुछ बीता है, उस पर ध्यान देते हुए यदि मैं कुटुम्बपाश में फँसू तो मुझसे बड़ा उल्लू संसार में न होगा। मुझे आशा है, आप मुझे क्षमा करेंगे। विवाह की चर्चा ही से मेरे हृदय को आघात पहुँचता है।

दूसरा पत्र ज्ञानप्रकाश को लिखा कि माता-पिता की आज्ञा को शिरोधार्य करो। मैं अपढ़, मूर्ख, बुद्धिहीन आदमी हूँ; मुझे विवाह करने का कोई अधिकार नहीं है। मैं तुम्हारे विवाह के शुभोत्सव में सम्मिलित न हो सकूँगा, लेकिन मेरे लिए इससे बढ़ कर आनंद और संतोष का कोई विषय नहीं हो सकता।

9

देवप्रकाश यह पढ़ कर अवाक् रह गये। फिर आग्रह करने का साहस न हुआ। देवप्रिया ने नाक सिकोड़ कर कहा—यह लौंडा देखने को सीधा है, है जहर का बुझाया हुआ ! कैसा सौ कोस से बैठा हुआ बरछियों से छेद रहा है।

किंतु ज्ञानप्रकाश ने यह पत्र पढ़ा, तो उसे मर्माघात पहुँचा। दादा और अम्माँ के अन्याय ने ही उन्हें यह भीषण व्रत धारण करने पर बाध्य किया है। इन्हीं ने उन्हें निर्वासित किया है, और शायद सदा के लिए। न जाने अम्माँ को उनसे क्यों इतनी जलन हुई। मुझे तो अब याद आता है कि किशोरावस्था ही से वे बड़े आज्ञाकारी, विनयशील और गम्भीर थे। अम्माँ की बातों का उन्हें जवाब देते नहीं सुना। मैं अच्छे से अच्छा खाता था, फिर भी उनके तीवर मैले न हुए, हालाँकि उन्हें जलना चाहिए था। ऐसी दशा में अगर उन्हें गार्हस्थ्य-जीवन से घृणा हो गयी, तो आश्चर्य ही क्या ? फिर मैं ही क्यों इस विपत्ति में फसूँ ? कौन जाने मुझे भी ऐसी ही परिस्थिति का सामना करना पड़े। भैया ने बहुत सोच-समझ कर यह धारणा की है।

संध्या समय जब उसके माता-पिता बैठे हुए इसी समस्या पर विचार कर रहे थे, ज्ञानप्रकाश ने आ कर कहा—मैं कल भैया से मिलने जाऊँगा।

देवप्रिया—क्या कलकत्ते जाओगे ?

ज्ञान.—जी हाँ।

देवप्रिया—उन्हीं को क्यों नहीं बुलाते ?

ज्ञान.—उन्हें कौन मुँह ले कर बुलाऊँ ? आप लोगों ने पहिले ही मेरे मुँह में कालिख लगा दी है। ऐसा देव-पुरुष आप लोगों के कारण विदेश में ठोकर खा रहा है और मैं इतना निर्लज्ज हो जाऊँ कि...

देवप्रिया—अच्छा चुप रह, नहीं ब्याह करना है, न कर, जले पर लोन मत छिड़क ! माता-पिता का धर्म है, इसलिए कहती हूँ, नहीं तो यहाँ ठेंगे की परवा नहीं है। तू चाहे ब्याह कर, चाहे क्वाँरा रह, पर मेरी आँखों से दूर हो जा।

ज्ञान.—क्या मेरी सूरत से भी घृणा हो गयी ?

देवप्रिया—जब तू हमारे कहने ही में नहीं, तो जहाँ चाहे, रह। हम भी समझ लेंगे कि भगवान् ने लड़का ही नहीं दिया।

देव.—क्यों व्यर्थ में ऐसे कटुवचन बोलती हो ?

ज्ञान.—अगर आप लोगों की यही इच्छा है, तो यही होगा। देवप्रकाश ने देखा कि बात का बतंगड़ हुआ चाहता है, ज्ञानप्रकाश को इशारे से टाल दिया और पत्नी के क्रोध को शांत करने की चेष्टा करने लगे। मगर देवप्रिया फूट-फूट कर रो रही थी और बार-बार कहती थी, मैं इसकी सूरत नहीं देखूँगी। अंत में देवप्रकाश ने चिढ़ कर कहा—तो तुम्हीं ने तो कटुवचन कह कर उसे उत्तेजित कर दिया।

देवप्रिया—यह सब विष उसी चांडाल ने बोया है, जो यहाँ से सात समुद्र पार बैठा मुझे मिट्टी में मिलाने का उपाय कर रहा है। मेरे बेटे को मुझसे छीनने के लिए उसने यह प्रेम का स्वाँग भरा है। मैं उसकी नस-नस पहिचानती हूँ। उसका यह मंत्र मेरी जान ले कर छोड़ेगा; नहीं तो मेरा ज्ञानू, जिसने कभी मेरी बात का जवाब नहीं दिया, यों मुझे न जलाता !

देव.—अरे, तो क्या वह विवाह ही न करेगा ! अभी गुस्से में अनाप- शनाप बक गया है। जरा शांत हो जायेगा तो मैं समझा कर राजी कर दूँगा।

देवप्रिया—मेरे हाथ से निकल गया।

देवप्रिया की आशंका सत्य निकली। देवप्रकाश ने बेटे को बहुत समझाया। कहा—तुम्हारी माता इस शोक से मर जायेगी, किंतु कुछ असर न हुआ। उसने एक बार 'नहीं' करके 'हाँ' न की। निदान पिता भी निराश हो कर बैठ रहे।

तीन साल तक प्रतिवर्ष विवाह के दिनों में यह प्रश्न उठता रहा, पर ज्ञानप्रकाश अपनी प्रतिज्ञा पर अटल रहा। माता का रोना-धोना निष्फल हुआ। हाँ, उसने माता की एक बात मान ली—वह भाई से मिलने कलकत्ता न गया।

तीन साल में घर में बड़ा परिवर्तन हो गया। देवप्रिया की तीनों कन्याओं का विवाह हो गया। अब घर में उसके सिवा कोई स्त्री न थी। सूना घर उसे फाड़े खाता था। जब वह नैराश्य और क्रोध से पागल हो जाती, तो सत्यप्रकाश को खूब जी भर कर कोसती ! मगर दोनों भाइयों में प्रेम-पत्रव्यवहार बराबर होता रहता था।

देवप्रकाश के स्वभाव में एक विचित्र उदासीनता प्रकट होने लगी। उन्होंने पेंशन ले ली थी और प्रायः धर्मग्रंथों का अध्ययन किया करते थे। ज्ञानप्रकाश ने भी 'आचार्य' की उपाधि प्राप्त कर ली थी और एक विद्यालय में अध्यापक हो गये थे। देवप्रिया अब संसार में अकेली थी।

देवप्रिया अपने पुत्र को गृहस्थी की ओर खींचने के लिए नित्य टोने-टोटके किया करती। बिरादरी में कौन-सी कन्या सुन्दरी है, गुणवती है, सुशिक्षिता है—उसका बखान किया करती, पर ज्ञानप्रकाश को इन बातों के सुनने की भी फुरसत न थी।

मोहल्ले के और घरों में नित्य ही विवाह होते रहते थे। बहुएँ आती थीं, उनकी गोद में बच्चे खेलने लगते थे, घर गुलजार हो जाता था। कहीं बिदाई होती थी, कहीं बधाइयाँ आती थीं, कहीं गाना-बजाना होता था, कहीं बाजे बजते थे। यह चहल-पहल देख कर देवप्रिया का चित्त चंचल हो जाता। उसे मालूम होता, मैं ही

संसार में सबसे अभागिनी हूँ। मेरे ही भाग्य में यह सुख भोगना नहीं बदा है। भगवान्, ऐसा भी कोई दिन आयेगा कि मैं अपनी बहू का मुखचंद्र देखूँगी, उसके बालकों को गोद में खिलाऊँगी। वह भी कोई दिन होगा कि मेरे घर में भी आनन्दोत्सव के मधुर गान की तानें उठेंगी ! रात-दिन ये ही बातें सोचते-सोचते देवप्रिया की दशा उन्मादिनी की-सी हो गयी। आप ही आप सत्यप्रकाश को कोसने लगती। वही मेरे प्राणों का घातक है। तल्लीनता उन्माद का प्रधान गुण है। तल्लीनता अत्यंत रचनाशील होती है। वह आकाश में देवताओं के विमान उड़ाने लगती है। अगर भोजन में नमक तेज हो गया, तो यह शत्रु ने कोई रोड़ा रख दिया होगा। देवप्रिया को अब कभी-कभी धोखा हो जाता कि सत्यप्रकाश घर में गया है, वह मुझे मारना चाहता है, ज्ञानप्रकाश को विष खिलाये देता है। एक दिन उसने सत्यप्रकाश के नाम एक पत्र लिखा और उसे जितना कोसते बना, उतना कोसा। तू मेरे प्राणों का वैरी है, मेरे कुल का घातक है, हत्यारा है। वह कौन दिन आयेगा कि तेरी मिट्टी उठेगी। तूने मेरे लड़के पर वशीकरण-मंत्र चला दिया है। दूसरे दिन फिर ऐसा ही एक पत्र लिखा। यहाँ तक कि यह उसका नित्य का कर्म हो गया। जब तक एक चिट्ठी में सत्यप्रकाश को गालियाँ न दे लेती, उसे चैन ही न आता था। इन पत्रों को वह कहारिन के हाथ डाकघर भिजवा दिया करती थी।

10

ज्ञानप्रकाश का अध्यापक होना सत्यप्रकाश के लिए घातक हो गया। परदेश में उसे यही संतोष था कि मैं संसार में निराधार नहीं हूँ। अब यह अवलम्ब भी जाता रहा। ज्ञानप्रकाश ने जोर दे कर लिखा, अब आप मेरे हेतु कोई कष्ट न उठायें। मुझे अपनी गुजर करने के लिए काफी से ज्यादा मिलने लगा है।

यद्यपि सत्यप्रकाश की दूकान खूब चलती थी, लेकिन कलकत्ते-जैसे शहर में एक छोटे-से दूकानदार का जीवन बहुत सुखी नहीं होता। 660-70 रु. की मासिक आमदनी होती ही क्या है ? अब तक जो कुछ बचाता था, वह वास्तव में बचत न थी, बल्कि त्याग था। एक वक्त रूखा-सुखा खा कर, एक तंग आर्द्र कोठरी में रह कर 25-30 रु. बच रहते थे। अब दोनों वक्त भोजन करने लगा। कपड़े भी जरा साफ पहिनने लगा। मगर थोड़े ही दिनों में उसके खर्च में औषधियों की एक मद बढ़ गयी और फिर वही पहिले की-सी दशा हो गयी। बरसों तक शुद्ध वायु, प्रकाश और पुष्टिकर भोजन से वंचित रह कर अच्छे से अच्छा स्वास्थ्य भी नष्ट हो सकता है। सत्यप्रकाश को भी अरुचि, मंदाग्नि आदि रोगों ने आ घेरा। कभी-कभी ज्वर भी आ जाता। युवावस्था में आत्मविश्वास होता है, किसी अवलम्ब की परवा नहीं होती। वयोवृद्धि दूसरों का मुँह ताकती है, आश्रय ढूँढ़ती है। सत्यप्रकाश पहिले

सोता, तो एक ही करवट में सबेरा हो जाता। कभी बाजार से पूरियाँ ले कर खा लेता, कभी मिठाइयों पर टाल देता। पर अब रात को अच्छी तरह नींद न आती, बाजारी भोजन से घृणा होती, रात को घर आता तो थक कर चूर-चूर हो जाता था। उस वक्त चूल्हा जलाना, भोजन पकाना बहुत अखरता। कभी-कभी वह अपने अकेलेपन पर रोता। रात को जब किसी तरह नींद न आती, तो उसका मन किसी से बातें करने को लालायित होने लगता। पर वहाँ निशांधकार के सिवा और कौन था ? दीवालों के कान चाहे हों, मुँह नहीं होता। इधर ज्ञानप्रकाश के पत्र भी अब कम आते थे और वे भी रूखे। उनमें अब हृदय के सरल उद्गारों का लेश भी न होता। सत्यप्रकाश अब भी वैसे ही भावमय पत्र लिखता था; पर एक अध्यापक के लिए भावुकता कब शोभा देती है। शनैः-शनैः सत्यप्रकाश को भ्रम होने लगा कि ज्ञानप्रकाश भी मुझसे निष्ठुरता करने लगा, नहीं तो क्या मेरे पास दो-चार दिन के लिए आना असम्भव था ? मेरे लिए तो घर का द्वार बंद है, पर उसे कौन-सी बाधा है ? उस गरीब को क्या मालूम कि यहाँ ज्ञानप्रकाश ने माता से कलकत्ते न जाने की कसम खा ली है। इस भ्रम ने उसे और भी हताश कर दिया।

शहरों में मनुष्य बहुत होते हैं, पर मनुष्यता बिरले ही में होती है। सत्यप्रकाश उस बहुसंख्यक स्थान में भी अकेला था। उसके मन में अब एक नयी आकांक्षा अंकुरित हुई। क्यों न घर लौट चलूँ ? किसी संगिनी के प्रेम में क्यों न शरण लूँ ? वह सुख और शांति और कहाँ मिल सकती है। मेरे जीवन के निराशांधकार को और कौन ज्योति आलोकित कर सकती है ? वह इस आवेश को अपनी सम्पूर्ण विचारशक्ति से रोकता, जिस भाँति किसी बालक को घर में रखी हुई मिठाइयों की याद बार-बार खेल से घर खींच लाती है, उसी तरह उसका चित्त भी बार-बार उन्हीं मधुर चिंताओं में मग्न हो जाता था। वह सोचता—मुझे विधाता ने सब सुख से वंचित कर दिया है, नहीं तो मेरी दशा ऐसी हीन क्यों होती ? मुझे ईश्वर ने बुद्धि न दी थी क्या ? क्या मैं श्रम से जी चुराता था ? अगर बालपन में ही मेरे उत्साह और अभिरुचि पर तुषार न पड़ गया होता, मेरी बुद्धि-शक्तियों का गला न घोंट दिया गया होता, तो मैं आज आदमी होता। पेट पालने के लिए इस विदेश में न पड़ा रहता। नहीं, मैं अपने ऊपर यह अत्याचार न करूँगा।

11

महीनों तक सत्यप्रकाश के मन और बुद्धि में यह संग्राम होता रहा। एक दिन वह दूकान से आ कर चूल्हा जलाने जा रहा था कि डाकिये ने पुकारा। ज्ञानप्रकाश के सिवा उसके पास और किसी के पत्र न आते थे। आज ही उसका पत्र आ चुका था। यह दूसरा पत्र क्यों ? किसी अनिष्ट की आशंका हुई। पत्र ले कर पढ़ने

लगा। एक क्षण में पत्र उसके हाथ से छूट कर गिर पड़ा और वह सिर थाम कर बैठ गया कि जमीन पर न गिर पड़े। यह देवप्रिया की विषयुक्त लेखनी से निकला हुआ जहर का प्याला था, जिसने एक पल में संज्ञाहीन कर दिया। उसकी सारी मर्मांतक व्यथा—क्रोध, नैराश्य, कृतघ्नता, ग्लानि—केवल एक ठंडी साँस में समाप्त हो गयी।

वह जा कर चारपाई पर लेटा रहा। मानसिक व्यथा आग से पानी हो गयी। हा ! सारा जीवन नष्ट हो गया ! मैं ज्ञानप्रकाश का शत्रु हूँ। मैं इतने दिनों से केवल उसके जीवन को मिट्टी में मिलाने के लिए ही प्रेम का स्वाँग भर रहा हूँ। भगवान् ! इसके तुम्हीं साक्षी हो !

दूसरे दिन फिर देवप्रिया का पत्र पहुँचा। सत्यप्रकाश ने उसे ले कर फाड़ डाला, पढ़ने की हिम्मत न पड़ी।

एक ही दिन पीछे तीसरा पत्र पहुँचा। उसका भी वही अंत हुआ। फिर वह एक नित्य का कर्म हो गया। पत्र आता और फाड़ दिया जाता। किंतु देवप्रिया का अभिप्राय बिना पढ़े ही पूरा हो जाता था—सत्यप्रकाश के मर्मस्थान पर एक चोट और पड़ जाती थी।

एक महीने की भीषण हार्दिक वेदना के बाद सत्यप्रकाश को जीवन से घृणा हो गयी। उसने दूकान बंद कर दी, बाहर आना-जाना छोड़ दिया। सारे दिन खाट पर पड़ा रहता। वे दिन याद आते जब माता पुचकार कर गोद में बिठा लेती और कहती, 'बेटा !' पिता भी संध्या समय दफ्तर से आकर गोद में उठा लेते और कहते 'भैया !' माता की सजीव मूर्ति उसके सामने आ खड़ी होती; ठीक वैसी ही जब वह गंगा-स्नान करने गयी थी। उसकी प्यार-भरी बातें कानों में आने लगतीं। फिर वह दृश्य सामने आ जाता, जब उसने नववधू माता को 'अम्माँ' कहकर पुकारा था। तब उसके कठोर शब्द याद आ जाते, उसके क्रोध से भरे हुए विकराल नेत्र आँखों के सामने आ जाते। उसे अब अपना सिसक-सिसक कर रोना याद आ जाता। फिर सौरगृह का दृश्य सामने आता। उसने कितने प्रेम से बच्चे को गोद में लेना चाहा था ! तब माता के वज्र के-से शब्द कानों में गूँजने लगते। हाय ! उसी वज्र ने मेरा सर्वनाश कर दिया ! फिर ऐसी कितनी ही घटनाएँ याद आतीं। अब बिना किसी अपराध के माँ डाँट बताती। पिता का निर्दय, निष्ठुर व्यवहार याद आने लगता। उनका बात-बात पर तिउरियाँ बदलना, माता के मिथ्यापवादों पर विश्वास करना—हाय ! मेरा सारा जीवन नष्ट हो गया ! तब वह करवट बदल लेता और फिर वही दृश्य आँखों में फिरने लगते। फिर करवट बदलता और चिल्ला कर कहता—इस जीवन का अन्त क्यों नहीं हो जाता।

इस भाँति पड़े-पड़े उसे कई दिन हो गये। संध्या हो गयी थी कि सहसा उसे द्वार पर किसी के पुकारने की आवाज सुनायी पड़ी। उसने कान लगाकर सुना

और चौंक पड़ा। किसी परिचित मनुष्य की आवाज थी। दौड़ा द्वार पर आया, तो देखा ज्ञानप्रकाश खड़ा है। कितना रूपवान पुरुष था ! वह उसके गले से लिपट गया। ज्ञानप्रकाश ने उसके पैरों को स्पर्श किया। दोनों भाई घर में आये। अंधकार छाया हुआ था। घर की यह दशा देख कर ज्ञानप्रकाश, जो अब तक अपने कंठ के आवेग को रोके हुए था, रो पड़ा। सत्यप्रकाश ने लालटेन जलायी। घर क्या था, भूत का डेरा था। सत्यप्रकाश ने जल्दी से एक कुरता गले में डाल लिया। ज्ञानप्रकाश भाई का जर्जर शरीर, पीला मुख, बुझी हुई आँखें देखता था और रोता था।

सत्यप्रकाश ने कहा–मैं आजकल बीमार हूँ।

ज्ञानप्रकाश–वह तो देख ही रहा हूँ।

सत्य.–तुमने अपने आने की सूचना भी न दी, मकान का पता कैसे चला ?

ज्ञान.–सूचना तो दी थी, आपको पत्र न मिला होगा।

सत्य.–अच्छा, हाँ दी होगी, पत्र दूकान में डाल गया होगा। मैं इधर कई दिनों से दूकान नहीं गया। घर पर सब कुशल है ?

ज्ञान.–माता जी का देहांत हो गया।

सत्य.–अरे ! क्या बीमार थीं ?

ज्ञान.–जी नहीं। मालूम नहीं, क्या खा लिया। इधर उन्हें उन्माद-सा हो गया था; पिता जी ने कुछ कटुवचन कहे थे, शायद इसी पर कुछ खा लिया।

सत्य.–पिता जी तो कुशल से हैं ?

ज्ञान.–हाँ, अभी मरे नहीं हैं।

सत्य.–अरे ! क्या बहुत बीमार हैं ?

ज्ञान.–माता ने विष खा लिया, तो वे उनका मुँह खोल कर दवा पिला रहे थे। माता जी ने जोर से उनकी दो उँगलियाँ काट लीं। वही विष उनके शरीर में पहुँच गया। तब से सारा शरीर सूज आया है। अस्पताल में पड़े हुए हैं किसी को देखते हैं तो काटने दौड़ते हैं। बचने की आशा नहीं है।

सत्य.–तब तो घर ही चौपट हो गया।

ज्ञान.–ऐसे घर को अबसे बहुत पहले चौपट हो जाना चाहिए था।

× × ×

तीसरे दिन दोनों भाई प्रातःकाल कलकत्ते से बिदा होकर चल दिये।

धोखा

सतीकुण्ड में खिले हुए कमल वसंत के धीमे-धीमे झोंकों से लहरा रहे थे और प्रातःकाल की मंद-मंद सुनहरी किरणें उनसे मिल-मिल कर मुस्कराती थीं। राजकुमारी प्रभा कुण्ड के किनारे हरी-हरी घास पर खड़ी सुन्दर पक्षियों का कलरव सुन रही थी। उसका कनक वर्ण तन इन्हीं फूलों की भाँति दमक रहा था। मानो प्रभात की साक्षात् सौम्य मूर्ति है, जो भगवान् अंशुमाली के किरणकरों द्वारा निर्मित हुई थी।

प्रभा ने मौलसिरी के वृक्ष पर बैठी हुई एक श्यामा की ओर देख कर कहा—मेरा जी चाहता है कि मैं भी एक चिड़िया होती।

उसकी सहेली उमा ने मुस्करा कर पूछा—क्यों ?

प्रभा ने कुण्ड की ओर ताकते हुए उत्तर दिया—वृक्ष की हरी-भरी डालियों पर बैठी हुई चहचहाती, मेरे कलरव से सारा बाग गूँज उठता।

उमा ने छेड़ कर कहा—नौगढ़ की रानी ऐसी कितनी ही पक्षियों का गाना जब चाहे, सुन सकती है।

प्रभा ने संकुचित हो कर कहा—मुझे नौगढ़ की रानी बनने की अभिलाषा नहीं है। मेरे लिए किसी नदी का सुनसान किनारा चाहिए। एक वीणा और ऐसे ही सुन्दर सुहावने पक्षियों के संगीत की मधुर ध्वनि में मेरे लिए सारे संसार का ऐश्वर्य भरा हुआ है।

प्रभा का संगीत पर अपरिमित प्रेम था। वह बहुधा ऐसे ही सुख-स्वप्न देखा करती थी। उमा उत्तर देना ही चाहती थी कि इतने में बाहर से किसी के गाने की आवाज आयी—

कर गये थोड़े दिन की प्रीति।

प्रभा ने एकाग्र मन हो कर सुना और अधीर हो कर कहा—बहन, इस वाणी में जादू है। मुझसे अब बिना सुने नहीं रहा जाता, इसे भीतर बुला लाओ।

उस पर भी गीत का जादू असर कर रहा था। वह बोली—निःसंदेह ऐसा राग मैंने आज तक नहीं सुना, खिड़की खोल कर बुलाती हूँ।

थोड़ी देर में रागिया भीतर आया—सुन्दर सजीले बदन का नौजवान था। नंगे

पैर, नंगे सिर, कंधे पर एक मृगचर्म, शरीर पर एक गेरुआ वस्त्र, हाथों में एक सितार। मुखारविंद से तेज छिटक रहा था। उसने दबी हुई दृष्टि से दोनों कोमलांगी रमणियों को देखा और सिर झुका कर बैठ गया।

प्रभा ने झिझकती हुई आँखों से देखा और दृष्टि नीचे कर ली। उमा ने कहा—योगी जी, हमारे बड़े भाग्य थे कि आपके दर्शन हुए, हमको भी कोई पद सुना कर कृतार्थ कीजिए।

योगी ने सिर झुका कर उत्तर दिया—हम योगी लोग नारायण का भजन करते हैं। ऐसे-ऐसे दरबारों में हम भला क्या गा सकते हैं, पर आपकी इच्छा है तो सुनिए—

कर गये थोड़े दिन की प्रीति।
कहाँ वह प्रीति, कहाँ यह बिछरन, कहाँ मधुबन की रीति,
कर गये थोड़े दिन की प्रीति।

योगी का रसीला करुण स्वर, सितार का सुमधुर निनाद, उस पर गीत का माधुर्य, प्रभा को बेसुध किये देता था। इसका रसज्ञ स्वभाव और उसका मधुर रसीला गान, अपूर्व संयोग था। जिस भाँति सितार की ध्वनि गगनमंडल में प्रतिध्वनित हो रही थी, उसी भाँति प्रभा के हृदय में लहरों की हिलोरें उठ रही थीं। वे भावनाएँ जो अब तक शांत थीं, जाग पड़ीं। हृदय सुख स्वप्न देखने लगा। सतीकुण्ड के कमल तिलिस्म की परियाँ बन-बन कर मँडराते हुए भौंरों से कर जोड़ सजल नयन हो, कहते थे—

कर गये थोड़े दिन की प्रीति।

सुर्ख और हरी पत्तियों से लदी हुई डालियाँ सिर झुकाये चहकते हुए पक्षियों से रो-रो कर कहती थीं—

कर गये थोड़े दिन की प्रीति।

और राजकुमारी प्रभा का हृदय भी सितार की मस्तानी तान के साथ गूँजता था—

कर गये थोड़े दिन की प्रीति।

2

प्रभा बघौली के राव देवीचंद की एकलौती कन्या थी। राव पुराने विचारों के रईस थे। कृष्ण की उपासना में लवलीन रहते थे, इसलिए इनके दरबार में दूर-दूर के कलावंत और गवैये आया करते और इनाम-एकराम पाते थे। राव साहब को गाने से प्रेम था, वे स्वयं भी इस विद्या में निपुण थे। यद्यपि अब वृद्धावस्था के कारण यह शक्ति निःशेष हो चली थी, पर फिर भी विद्या के गूढ़ तत्त्वों के पूर्ण जानकार थे। प्रभा बाल्यकाल से ही इनकी सोहबतों में बैठने लगी। कुछ तो पूर्व-जन्म का

संस्कार और कुछ रात-दिन गाने की ही चर्चाओं ने उसे भी इस फन में अनुरक्त कर दिया था। इस समय उसके सौंदर्य की खूब चर्चा थी। रावसाहब ने नौगढ़ के नवयुवक और सुशील राजा हरिश्चंद्र से उसकी शादी तजवीज की थी। उभय पक्ष में तैयारियाँ हों रही थीं। राजा हरिश्चंद्र मेयो कालिज अजमेर के विद्यार्थी और नयी रोशनी के भक्त थे। उनकी आकांक्षा थी कि उन्हें एक बार राजकुमारी प्रभा से साक्षात्कार होने और प्रेमालाप करने का अवसर दिया जाये; किंतु रावसाहब इस प्रथा को दूषित समझते थे।

प्रभा राजा हरिश्चंद्र के नवीन विचारों की चर्चा सुन कर इस संबंध से बहुत संतुष्ट न थी। पर जब से उसने इस प्रेममय युवा योगी का गाना सुना था, तब से तो वह उसी के ध्यान में डूबी रहती। उमा उसकी सहेली थी। इन दोनों के बीच कोई परदा न था; परंतु इस भेद को प्रभा ने उससे भी गुप्त रखा। उमा उसके स्वभाव से परिचित थी, ताड़ गयी। परंतु उसने उपदेश करके इस अग्नि को भड़काना उचित न समझा। उसने सोचा कि थोड़े दिनों में यह अग्नि आप से आप शांत हो जायेगी। ऐसी लालसाओं का अंत प्रायः इसी तरह हो जाया करता है; किंतु उसका अनुमान गलत सिद्ध हुआ। योगी की वह मोहिनी मूर्ति कभी प्रभा की आँखों से न उतरती, उसका मधुर राग प्रतिक्षण उसके कानों में गूँजा करता। उसी कुण्ड के किनारे वह सिर झुकाये सारे दिन बैठी रहती। कल्पना में वही मधुर हृदयग्राही राग सुनती और वही योगी की मनोहारिणी मूर्ति देखती। कभी-कभी उसे ऐसा भास होता कि बाहर से यह आवाज आ रही है। वह चौंक पड़ती और तृष्णा से प्रेरित हो कर वाटिका की चहारदीवारी तक जाती और वहाँ से निराश हो कर लौट आती। फिर आप ही विचार करती—यह मेरी क्या दशा है ! मुझे यह क्या हो गया है ! मैं हिंदू कन्या हूँ, माता-पिता जिसे सौंप दें, उसकी दासी बन कर रहना धर्म है। मुझे तन-मन से उसकी सेवा करनी चाहिए। किसी अन्य पुरुष का ध्यान तक मन में लाना मेरे लिए पाप है ! आह ! यह कलुषित हृदय ले कर मैं किस मुँह से पति के पास जाऊँगी ! इन कानों से क्योंकर प्रणय की बातें सुन सकूँगी जो मेरे लिए व्यंग्य से भी अधिक कर्ण-कटु होंगी ! इन पापी नेत्रों से वह प्यारी-प्यारी चितवन कैसे देख सकूँगी जो मेरे लिए वज्र से भी हृदय-भेदी होगी ! इस गले में वे मृदुल प्रेमबाहु पड़ेंगे जो लौह-दंड से भी अधिक भारी और कठोर होंगे। प्यारे, तुम मेरे हृदय मंदिर से निकल जाओ। यह स्थान तुम्हारे योग्य नहीं। मेरा वश होता तो तुम्हें हृदय की सेज पर सुलाती; परंतु मैं धर्म की रस्सियों में बँधी हूँ।

इस तरह एक महीना बीत गया। ब्याह के दिन निकट आते जाते थे और प्रभा का कमल-सा मुख कुम्हलाया जाता था। कभी-कभी विरह वेदना एवं विचार-विप्लव से व्याकुल होकर उसका चित्त चाहता कि सती-कुण्ड की गोद में शांति लूँ, किंतु रावसाहब इस शोक में जान ही दे देंगे यह विचार कर वह रुक जाती। सोचती,

मैं उनकी जीवन सर्वस्व हूँ, मुझ अभागिनी को उन्होंने किस लाड़-प्यार से पाला है; मैं ही उनके जीवन का आधार और अंतकाल की आशा हूँ। नहीं, यों प्राण दे कर उनका आशाओं की हत्या न करूँगी। मेरे हृदय पर चाहे जो बीते, उन्हें न कुढ़ाऊँगी ! प्रभा का एक योगी गवैये के पीछे उन्मत्त हो जाना कुछ शोभा नहीं देता। योगी का गान तानसेन के गानों से भी अधिक मनोहर क्यों न हो, पर एक राजकुमारी का उसके हाथों बिक जाना हृदय की दुर्बलता प्रकट करता है; रावसाहब के दरबार में विद्या की, शौर्य की और वीरता से प्राण हवन करने की चर्चा न थी। यहाँ तो रात-दिन राग-रंग की धूम रहती थी। यहाँ इसी शास्त्र के आचार्य प्रतिष्ठा के मसनद पर विराजित थे और उन्हीं पर प्रशंसा के बहुमूल्य रत्न लुटाये जाते थे। प्रभा ने प्रारंभ ही से इसी जलवायु का सेवन किया था और उस पर इनका गाढ़ा रंग चढ़ गया था। ऐसी अवस्था में उसकी गान-लिप्सा ने यदि भीषण रूप धारण कर लिया तो आश्चर्य ही क्या है !

3

शादी बड़ी धूमधाम से हुई। रावसाहब ने प्रभा को गले लगा कर विदा किया। प्रभा बहुत रोयी। उमा को वह किसी तरह छोड़ती न थी।

नौगढ़ एक बड़ी रियासत थी और राजा हरिश्चंद्र के सुप्रबंध से उन्नति पर थी। प्रभा की सेवा के लिए दासियों की एक पूरी फौज थी। उसके रहने के लिए वह आनंद-भवन सजाया गया था, जिसके बनाने में शिल्प विशारदों ने अपूर्व कौशल का परिचय दिया था। शृंगार चतुराओं ने दुलहिन को खूब सँवारा। रसीले राजा साहब अधरामृत के लिए विह्वल हो रहे थे। अंतःपुर में गये। प्रभा ने हाथ जोड़ कर, सिर झुका कर, उनका अभिवादन किया। उसकी आँखों से आँसू की नदी बह रही थी। पति ने प्रेम के मद में मत्त हो कर घूँघट हटा दिया, दीपक था, पर बुझा हुआ। फूल था, पर मुरझाया हुआ।

दूसरे दिन से राजा साहब की यह दशा हुई कि भौंरे की तरह प्रतिक्षण इस फूल पर मँडराया करते। न राज-पाट की चिंता थी, न सैर और शिकार की परवा। प्रभा की वाणी रसीला राग थी, उसकी चितवन सुख का सागर और उसका मुख-चंद्र आमोद का सुहावना कुंज। बस, प्रेम-मद में राजा साहब बिलकुल मतवाले हो गये थे, उन्हें क्या मालूम था कि दूध में मक्खी है।

यह असम्भव था कि राजासाहब के हृदयहारी और सरस व्यवहार का जिसमें सच्चा अनुराग भरा हुआ था, प्रभा पर कोई प्रभाव न पड़ता। प्रेम का प्रकाश अँधेरे हृदय को भी चमका देता है। प्रभा मन में बहुत लज्जित होती। वह अपने को इस निर्मल और विशुद्ध प्रेम के योग्य न पाती थी, इस पवित्र प्रेम के बदले में

उसे अपने कृत्रिम, रँगे हुए भाव प्रकट करते हुए मानसिक कष्ट होता था। जब तक राजासाहब उसके साथ रहते, वह उनके गले लता की भाँति लिपटी हुई घंटों प्रेम की बातें किया करती। वह उनके साथ सुमन-वाटिका में चुहल करती, उनके लिए फूलों का हार गूँथती और उनके गले में हाथ डाल कर कहती—प्यारे, देखना ये फूल मुरझा न जायें, इन्हें सदा ताजा रखना। वह चाँदनी रात में उसके साथ नाव पर बैठ कर झील की सैर करती, और उन्हें प्रेम का राग सुनाती। यदि उन्हें बाहर से आने में जरा भी देर हो जाती, तो वह मीठा-मीठा उलाहना देती, उन्हें निर्दय तथा निष्ठुर कहती। उनके सामने वह स्वयं हँसती, उनकी आँखें हँसतीं और आँखों का काजल हँसता था। किंतु आह ! जब वह अकेली होती, उसका चंचल चित्त उड़ कर उसी कुंड के तट पर जा पहुँचता; कुंड का वह नीला-नीला पानी, उस पर तैरते हुए कमल और मौलसिरी की वृक्ष-पंक्तियों का सुंदर दृश्य आँखों के सामने आ जाता। उमा मुस्कराती और नजाकत से लचकती हुई आ पहुँचती, तब रसीले योगी की मोहनी छवि आँखों में आ बैठती और सितार के सुलसित सुर गूँजने लगते—

कर गये थोड़े दिन की प्रीति।

तब वह एक दीर्घ निःश्वास ले कर उठ बैठती और बाहर निकल कर पिंजरे में चहकते हुए पक्षियों के कलरव में शांति प्राप्त करती। इस भाँति यह स्वप्न तिरोहित हो जाता।

4

इस तरह कई महीने बीत गये। एक दिन राजा हरिश्चंद्र प्रभा को अपनी चित्रशाला में ले गये। उसके प्रथम भाग में ऐतिहासिक चित्र थे। सामने ही शूरवीर महाराणा प्रतापसिंह का चित्र नजर आया। मुखारविंद से वीरता की ज्योति स्फुटित हो रही थी। तनिक और आगे बढ़ कर दाहिनी ओर स्वामिभक्त जगमल, वीरवर साँगा और दिलेर दुर्गादास विराजमान थे। बायीं ओर उदार भीमसिंह बैठे हुए थे। राणाप्रताप के सम्मुख महाराष्ट्र केसरी, वीर शिवाजी का चित्र था। दूसरे भाग में कर्मयोगी कृष्ण और मर्यादा पुरुषोत्तम राम बिराजते थे। चतुर चित्रकारों ने चित्र-निर्माण में अपूर्व कौशल दिखलाया था। प्रभा ने प्रताप के पाद-पद्मों को चूमा और वह कृष्ण के सामने देर तक नेत्रों में प्रेम और श्रद्धा के आँसू-भरे मस्तक झुकाये खड़ी रही। उसके हृदय पर इस समय कलुषित प्रेम का भय खटक रहा था। उसे मालूम होता था कि यह उन महापुरुषों के चित्र नहीं, उनकी पवित्र आत्माएँ हैं। उन्हीं के चरित्र से भारतवर्ष का इतिहास गौरवान्वित है। वे भारत के बहुमूल्य जातीय रत्न, उच्चकोटि के जातीय स्मारक और गगनभेदी जातीय तुमुल ध्वनि हैं। ऐसी उच्च आत्माओं के सामने खड़े होते उसे संकोच होता था। आगे बढ़ी, दूसरा भाग सामने आया।

यहाँ ज्ञानमय बुद्ध योग-साधन में बैठे हुए देख पड़े। उनकी दाहिनी ओर शास्त्रज्ञ शंकर थे और महर्षि दयानंद। एक ओर शांतिपथगामी कबीर और भक्त रामदास यथायोग्य खड़े थे। एक दीवार पर गुरु गोविंद अपने देश और जाति पर बलि चढ़नेवाले दोनों बच्चों के साथ विराजमान थे। दूसरी दीवार पर वेदांत की ज्योति फैलानेवाले स्वामी रामतीर्थ और विवेकानंद विराजमान थे। चित्रकारों की योग्यता एक-एक अवयव से टपकती थी। प्रभा ने इनके चरणों पर मस्तक टेका। वह उनके सामने सिर न उठा सकी। उसे अनुभव होता था कि उनकी दिव्य आँखें उसके दूषित हृदय में चुभी जाती हैं ?

इसके बाद तीसरा भाग आया। यह प्रतिभाशाली कवियों की सभा थी। सर्वोच्च स्थान पर आदिकवि वाल्मीकि और महर्षि वेदव्यास सुशोभित थे। दाहिनी ओर शृंगाररस के अद्वितीय कवि कालिदास थे, बायीं तरफ गम्भीर भावों से पूर्ण भवभूति। निकट ही भर्तृहरि अपने संतोषाश्रम में बैठे हुए थे।

दक्षिण की दीवार पर राष्ट्रभाषा हिंदी के कवियों का सम्मेलन था। सहृदय कवि सूर, तेजस्वी तुलसी, सुकवि केशव और रसिक बिहारी यथाक्रम विराजमान थे। सूरदास से प्रभा का अगाध प्रेम था। वह समीप जा कर उनके चरणों पर मस्तक रखना ही चाहती थी कि अकस्मात् उन्हीं चरणों के सम्मुख सर झुकाये उसे एक छोटा-सा चित्र दीख पड़ा। प्रभा उसे देख कर चौंक पड़ी। यह वही चित्र था जो उसके हृदय पट पर खिंचा हुआ था। वह खुल कर उसकी तरफ ताक न सकी। दबी हुई आँखों से देखने लगी। राजा हरिश्चंद्र ने मुस्करा कर पूछा—इस व्यक्ति को तुमने कहीं देखा है ?

इस प्रश्न से प्रभा का हृदय काँप उठा। जिस तरह मृग-शावक व्याध के सामने व्याकुल हो कर इधर-उधर देखता है, उसी तरह प्रभा अपनी बड़ी-बड़ी आँखों से दीवार की ओर ताकने लगी। सोचने लगी—क्या उत्तर दूँ ? इसको कहीं देखा है, उन्होंने यह प्रश्न मुझसे क्यों किया ? कहीं ताड़ तो नहीं गये ? हे नारायण, मेरी पत तुम्हारे हाथ है, क्योंकर इनकार करूँ ? मुँह पीला हो गया। सिर झुका कर क्षीण स्वर से बोली, 'हाँ, ध्यान आता है कि कहीं देखा है।'

हरिश्चंद्र ने कहा—कहाँ देखा है ?

प्रभा के सिर में चक्कर-सा आने लगा। बोली—शायद एक बार यह गाता हुआ मेरी वाटिका के सामने जा रहा था। उमा ने बुला कर इसका गाना सुना था।

हरिश्चंद्र ने पूछा—कैसा गाना था ?

प्रभा के होश उड़े हुए थे। सोचती थी, राजा के इन सवालों में जरूर कोई बात है। देखूँ, लाज रहती है या नहीं। बोली—उसका गाना ऐसा बुरा न था।

हरिश्चंद्र ने मुस्करा कर कहा—क्या गाता था ?

प्रभा ने सोचा, इस प्रश्न का उत्तर दे दूँ तो बाकी क्या रहता है। उसे विश्वास

हो गया कि आज कुशल नहीं है। वह छत की ओर निरखती हुई बोली—सूरदास का कोई पद था।

हरिश्चंद्र ने कहा—यह तो नहीं—

कर गये थोड़े दिन की प्रीति।

प्रभा की आँखों के सामने अँधेरा छा गया। सिर घूमने लगा, वह खड़ी न रह सकी, बैठ गयी और हताश हो कर बोली—हाँ, यही पद था। फिर उसने कलेजा मजबूत करके पूछा—आपको कैसे मालूम हुआ ?

हरिश्चंद्र बोले—वह योगी मेरे यहाँ अक्सर आया-जाया करता है। मुझे भी उसका गाना पसंद है। उसी ने मुझे यह हाल बताया था, किंतु वह तो कहता था कि राजकुमारी ने मेरे गानों को बहुत पसंद किया और पुनः आने के लिए आदेश किया।

प्रभा को अब सच्चा क्रोध दिखाने का अवसर मिल गया। वह बिगड़ कर बोली—यह बिलकुल झूठ है। मैंने उससे कुछ नहीं कहा।

हरिश्चंद्र बोले—यह तो मैं पहले ही समझ गया था कि यह उन महाशय की चालाकी है। डींग मारना गवैयों की आदत है; परंतु इसमें तो तुम्हें इनकार नहीं कि उसका गान बुरा न था ?

प्रभा बोली—ना ! अच्छी चीज को बुरा कौन कहेगा ?

हरिश्चंद्र ने पूछा—फिर सुनना चाहो तो उसे बुलवाऊँ। सिर के बल दौड़ा आयेगा।

क्या उनके दर्शन फिर होंगे ? इस आशा से प्रभा का मुखमंडल विकसित हो गया। परंतु इन कई महीनों की लगातार कोशिश से जिस बात को भुलाने में वह किंचित् सफल हो चुकी थी, उसके फिर नवीन हो जाने का भय हुआ। बोली—इस समय गाना सुनने को मेरा जी नहीं चाहता।

राजा ने कहा—यह मैं न मानूँगा कि तुम और गाना नहीं सुनना चाहती, मैं उसे अभी बुलाये लाता हूँ।

यह कह कर राजा हरिश्चंद्र तीर की तरह कमरे से बाहर निकल गये। प्रभा उन्हें रोक न सकी। वह बड़ी चिंता में डूबी खड़ी थी। हृदय में खुशी और रंज की लहरें बारी-बारी से उठती थीं। मुश्किल से दस मिनट बीते होंगे कि उसे सितार के मस्ताने सुर के साथ योगी की रसीली तान सुनाई दी—

कर गये थोड़े दिन की प्रीति।

वही हृदयग्राही राग था, वही हृदयभेदी प्रभाव, वही मनोहरता और वही सब कुछ, जो मन को मोह लेता है। एकक्षण में योगी की मोहिनी मूर्ति दिखायी दी। वही मस्तानापन, वही मतवाले नेत्र, वही नयनाभिराम देवताओं का-सा स्वरूप। मुखमंडल पर मंद-मंद मुस्कान थी। प्रभा ने उसकी तरफ सहमी हुई आँखों से देखा।

एकाएक उसका हृदय उछल पड़ा। उसकी आँखों के आगे से एक पर्दा हट गया। प्रेम-विह्वल हो, आँखों में आँसू-भरे वह अपने पति के चरणारविंदों पर गिर पड़ी और गद्‌गद कंठ से बोली—प्यारे ! प्रियतम !

राजा हरिश्चंद्र को आज सच्ची विजय प्राप्त हुई। उन्होंने प्रभा को उठा कर छाती से लगा लिया। दोनों आज एक प्राण हो गये। राजा हरिश्चंद्र ने कहा—जानती हो, मैंने यह स्वाँग क्यों रचा था ? गाने का मुझे सदा से व्यसन है और सुना है तुम्हें भी इसका शौक है। तुम्हें अपना हृदय भेंट करने से प्रथम एक बार तुम्हारा दर्शन करना आवश्यक प्रतीत हुआ और उसके लिए सबसे सुगम उपाय यही सूझ पड़ा।

प्रभा ने अनुराग से देखकर कहा—योगी बन कर तुमने जो कुछ पा लिया, वह राजा रह कर कदापि न पा सकते। अब तुम मेरे पति हो और प्रियतम भी हो; पर तुमने मुझे बड़ा धोखा दिया और मेरी आत्मा को कलंकित किया। इसका उत्तरदाता कौन होगा ?

लाग-डाट

जोखू भगत और बेचन चौधरी में तीन पीढ़ियों से अदावत चली आती थी। कुछ डाँड़-मेंड़ का झगड़ा था। उनके परदादों में कई बार खून-खच्चर हुआ। बापों के समय से मुकदमेबाजी शुरू हुई। दोनों कई बार हाईकोर्ट तक गये। लड़कों के समय में संग्राम की भीषणता और भी बढ़ी, यहाँ तक कि दोनों ही अशक्त हो गये। पहले दोनों इसी गाँव में आधे-आधे के हिस्सेदार थे। अब उनके पास उस झगड़नेवाले खेत को छोड़ कर एक अंगुल जमीन न थी। भूमि गयी, धन गया, मान-मर्यादा गयी लेकिन वह विवाद ज्यों-का-त्यों बना रहा। हाईकोर्ट के धुरंधर नीतिज्ञ एक मामूली-सा झगड़ा तय न कर सके।

इन दोनों सज्जनों ने गाँव को दो विरोधी दलों में विभक्त कर दिया था। एक दल की भंग-बूटी चौधरी के द्वार पर छनती; तो दूसरे दल के चरस-गाँजे के दम भगत के द्वार पर लगते थे। स्त्रियों और बालकों के भी दो दल हो गये थे। यहाँ तक कि दोनों सज्जनों के सामाजिक और धार्मिक विचारों में भी विभाजक रेखा खिंची हुई थी। चौधरी कपड़े पहने सत्तू खा लेते और भगत को ढोंगी कहते। भगत बिना कपड़े उतारे पानी भी न पीते और चौधरी को भ्रष्ट बतलाते। भगत सनातनधर्मी बने तो चौधरी ने आर्यसमाज का आश्रय लिया। जिस बजाज, पन्सारी या कुंजड़े से चौधरी सौदे लेते उसकी ओर भगतजी ताकना भी पाप समझते थे। और भगत जी की हलवाई की मिठाइयाँ, उनके ग्वाले का दूध और तेली का तेल चौधरी के लिए त्याज्य थे। यहाँ तक कि उनके आरोग्यता के सिद्धांतों में भी भिन्नता थी। भगत जी वैद्यक के कायल थे, चौधरी यूनानी प्रथा के माननेवाले। दोनों चाहे रोग से मर जाते, पर अपने सिद्धांतों को न तोड़ते।

2

जब देश में राजनैतिक आंदोलन शुरू हुआ, तो उसकी भनक उस गाँव में आ पहुँची। चौधरी ने आंदोलन का पक्ष लिया, भगत उनके विपक्षी हो गये। एक सज्जन ने

आ कर गाँव में किसान-सभा खोली। चौधरी उसमें शरीक हुए, भगत अलग रहे। जागृति और बढ़ी, स्वराज्य की चर्चा होने लगी। चौधरी स्वराज्यवादी हो गये, भगत ने राजभक्ति का पक्ष लिया। चौधरी का घर स्वराज्यवादियों का अड्डा हो गया, भगत का घर राजभक्तों का क्लब बन गया।

चौधरी जनता में स्वराज्यवाद का प्रचार करने लगे :

"मित्रो, स्वराज्य का अर्थ है अपना राज। अपने देश में अपना राज हो वह अच्छा है कि किसी दूसरे का राज हो वह ?"

जनता ने कहा—अपना राज हो, वह अच्छा है।

चौधरी—तो यह स्वराज्य कैसे मिलेगा ? आत्मबल से, पुरुषार्थ से, मेल से, एक-दूसरे से द्वेष करना छोड़ दो। अपने झगड़े आप मिल कर निपटा लो।

एक शंका—आप तो नित्य अदालत में खड़े रहते हैं।

चौधरी—हाँ, पर आज से अदालत जाऊँ तो मुझे गऊहत्या का पाप लगे। तुम्हें चाहिए कि तुम अपनी गाढ़ी कमाई अपने बाल-बच्चों को खिलाओ, और बचे तो परोपकार में लगाओ, वकील-मुखतारों की जेब क्यों भरते हो, थानेदार को घूस क्यों देते हो, अमलों की चिरौरी क्यों करते हो ? पहले हमारे लड़के अपने धर्म की शिक्षा पाते थे; वह सदाचारी, त्यागी, पुरुषार्थी बनते थे। अब वह विदेशी मदरसों में पढ़ कर चाकरी करते हैं, घूस खाते हैं, शौक करते हैं, अपने देवताओं और पितरों की निंदा करते हैं, सिगरेट पीते हैं, साल बनाते हैं और हाकिमों की गोड़धरिया करते हैं। क्या यह हमारा कर्त्तव्य नहीं है कि हम अपने बालकों को धर्मानुसार शिक्षा दें ?

जनता—चंदा करके पाठशाला खोलनी चाहिए।

चौधरी—हम पहले मदिरा का छूना पाप समझते थे। अब गाँव-गाँव और गली-गली में मदिरा की दूकानें हैं। हम अपनी गाढ़ी कमाई के करोड़ों रुपये गाँजे-शराब में उड़ा देते हैं।

जनता—जो दारू-भाँग पिये उसे डाँड़ लगाना चाहिए !

चौधरी—हमारे दादा-बाबा, छोटे-बड़े सब गाढ़ा-गजी पहनते थे। हमारी दादियाँ-नानियाँ चरखा काता करती थीं। सब धन देश में रहता था, हमारे जुलाहे भाई चैन की वंशी बजाते थे। अब हम विदेश के बने हुए महीन रंगीन कपड़ों पर जान देते हैं। इस तरह दूसरे देश वाले हमारा धन ढो ले जाते हैं; बेचारे जुलाहे कंगाल हो गये। क्या हमारा यही धर्म है कि अपने भाइयों की थाली छीन कर दूसरों के सामने रख दें ?

जनता—गाढ़ा कहीं मिलता ही नहीं।

चौधरी—अपने घर का बना हुआ गाढ़ा पहनो, अदालतों को त्यागो, नशेबाजी छोड़ो, अपने लड़कों को धर्म-कर्म सिखाओ, मेल से रहो—बस, यही स्वराज्य है।

जो लोग कहते हैं कि स्वराज्य के लिए खून की नदी बहेगी, वे पागल हैं--उनकी बातों पर ध्यान मत दो।

जनता यह बातें चाव से सुनती थी। दिनोंदिन श्रोताओं की संख्या बढ़ती जाती थी। चौधरी के सब श्रद्धाभाजन बन गये।

3

भगत जी भी राजभक्ति का उपदेश करने लगे—

"भाइयो, राजा का काम राज करना और प्रजा का काम उसकी आज्ञा का पालन करना है। इसी को राजभक्ति कहते हैं। और हमारे धार्मिक ग्रंथों में हमें इसी राजभक्ति की शिक्षा दी गई है। राजा ईश्वर का प्रतिनिधि है, उसकी आज्ञा के विरुद्ध चलना महान पातक है। राजविमुख प्राणी नरक का भागी होता है।"

एक शंका—राजा को भी तो अपने धर्म का पालन करना चाहिए ?

दूसरी शंका—हमारे राजा तो नाम के हैं, असली राजा तो विलायत के बनिये-महाजन हैं।

तीसरी शंका—बनिये धन कमाना जानते हैं, राज करना क्या जानें।

भगत—लोग तुम्हें शिक्षा देते हैं कि अदालतों में मत जाओ, पंचायतों में मुकदमे ले जाओ; लेकिन ऐसे पंच कहाँ हैं, जो सच्चा न्याय करें, दूध का दूध और पानी का पानी कर दें ! यहाँ मुँह-देखी बातें होंगी। जिनका कुछ दबाव है, उनकी जीत होगी, जिनका कुछ दबाव नहीं है, वह बेचारे मारे जायेंगे। अदालतों में सब कार्रवाई कानून पर होती है, वहाँ छोटे-बड़े सब बराबर हैं, शेर-बकरी एक घाट पर पानी पीते हैं।

दूसरी शंका—अदालतों का न्याय कहने ही को है, जिसके पास बने हुए गवाह और दाँव-पेंच खेले हुए वकील होते हैं, उसी की जीत होती है, झूठे-सच्चे की परख कौन करता है ? हाँ, हैरानी अलबत्ता होती है।

भगत—कहा जाता है कि विदेशी चीजों का व्यवहार मत करो। यह गरीबों के साथ घोर अन्याय है। हमको बाजार में जो चीज सस्ती और अच्छी मिले, वह लेनी चाहिए। चाहे स्वेदशी हो या विदेशी। हमारा पैसा सेंत में नहीं आता है कि उसे रद्दी-भद्दी स्वदेशी चीजों पर फेंकें।

एक शंका—अपने देश में तो रहता है, दूसरों के हाथ में तो नहीं जाता।

दूसरी शंका—अपने घर में अच्छा खाना न मिले तो क्या विजातियों के घर का अच्छा भोजन खाने लगेंगे ?

भगत—लोग कहते हैं, लड़कों को सरकारी मदरसों में मत भेजो। सरकारी मदरसे में न पढ़ते तो आज हमारे भाई बड़ी-बड़ी नौकरियाँ कैसे पाते, बड़े-बड़े कारखाने

कैसे बना लेते ? बिना नयी विद्या पढ़े अब संसार में निबाह नहीं हो सकता, पुरानी विद्या पढ़ कर पत्रा देखने और कथा बाँचने के सिवाय और क्या आता है ? राज-काज क्या पट्टी-पोथी बाँचने वाले लोग करेंगे ?

एक शंका—हमें राज-काज न चाहिए। हम अपनी खेती-बारी ही में मगन हैं, किसी के गुलाम तो नहीं।

दूसरी शंका—जो विद्या घमंडी बना दे, उससे मूरख ही अच्छा, यही नयी विद्या पढ़कर तो लोग सूट-बूट, घड़ी-छड़ी, हैट-कैट लगाने लगते हैं और अपने शौक के पीछे देश का धन विदेशियों के जेब में भरते हैं। ये देश के द्रोही हैं।

भगत—गाँजा-शराब की ओर आजकल लोगों की कड़ी निगाह है। नशा बुरी लत है, इसे सब जानते हैं। सरकार को नशे की दूकानों से करोड़ों रुपये साल की आमदनी होती है। अगर दूकानों में न जाने से लोगों की नशे की लत छूट जाय तो बड़ी अच्छी बात है। वह दूकान पर न जायेगा तो चोरी-छिपे किसी न किसी तरह दूने-चौगुने दाम दे कर, सजा काटने पर तैयार हो कर, अपनी लत पूरी करेगा। तो ऐसा काम क्यों करो कि सरकार का नुकसान अलग हो, और गरीब रैयत का नुकसान अलग हो। और फिर किसी-किसी को नशा खाने से फायदा होता है। मैं ही एक दिन अफीम न खाऊँ तो गाँठों में दर्द होने लगे, दम उखड़ जाय और सरदी पकड़ ले।

एक आवाज—शराब पीने से बदन में फुर्ती आ जाती है।

एक शंका—सरकार अधर्म से रुपया कमाती है। उसे यह उचित नहीं। अधर्मी के राज में रह कर प्रजा का कल्याण कैसे हो सकता है ?

दूसरी शंका—पहले दारू पिला कर पागल बना दिया। लत पड़ी तो पैसे की चाट हुई। इतनी मजूरी किसको मिलती है कि रोटी-कपड़ा भी चले और दारू-शराब भी उड़े ? या तो बाल-बच्चों को भूखों मारो या चोरी करो, जुआ खेलो और बेईमानी करो। शराब की दूकान क्या है ? हमारी गुलामी का अड्डा है।

4

चौधरी के उपदेश सुनने के लिए जनता टूटती थी। लोगों को खड़े होने को जगह न मिलती। दिनोंदिन चौधरी का मान बढ़ने लगा। उनके यहाँ नित्य पंचायतों की, राष्ट्रोन्नति की चर्चा रहती, जनता को इन बातों में बड़ा आनंद और उत्साह होता। उनके राजनैतिक ज्ञान की वृद्धि होती। वह अपना गौरव और महत्त्व समझने लगे, उन्हें अपनी सत्ता का अनुभव होने लगा। निरंकुशता और अन्याय पर अब उनकी तिउरियाँ चढ़ने लगीं। उन्हें स्वतंत्रता का स्वाद मिला। घर की रुई, घर का सूत, घर का कपड़ा, घर का भोजन, घर की अदालत, न पुलिस का भय, न अमला की

खुशामद, सुख और शांति से जीवन व्यतीत करने लगे। कितनों ही ने नशेबाजी छोड़ दी और सद्भावों की एक लहर-सी दौड़ने लगी।

लेकिन भगत जी इतने भाग्यशाली न थे। जनता को दिनोंदिन उनके उपदेशों से अरुचि होती जाती थी। यहाँ तक कि बहुधा उनके श्रोताओं में पटवारी, चौकीदार, मुदर्रिस और इन्हीं कर्मचारियों के मित्रों के अतिरिक्त और कोई न होता था। कभी-कभी बड़े हाकिम भी आ निकलते और भगत जी का बड़ा आदर-सत्कार करते। जरा देर के लिए भगत जी के आँसू पुँछ जाते, लेकिन क्षण-भर का सम्मान आठों पहर के अपमान की बराबरी कैसे करता ! जिधर निकल जाते उधर ही उँगलियाँ उठने लगतीं। कोई कहता, खुशामदी टट्टू है, कोई कहता, खुफिया पुलिस का भेदी है। भगत जी अपने प्रतिद्वंद्वी की बड़ाई और अपनी लोकनिंदा पर दाँत पीस-पीस कर रह जाते थे। जीवन में यह पहला ही अवसर था कि उन्हें सबके सामने नीचा देखना पड़ा। चिरकाल से जिस कुल-मर्यादा की रक्षा करते आये थे और जिस पर अपना सर्वस्व अर्पण कर चुके थे, वह धूल में मिल गयी। यह दाहमय चिंता उन्हें एक क्षण के लिए चैन न लेने देती। नित्य समस्या सामने रहती कि अपना खोया हुआ सम्मान क्योंकर पाऊँ, अपने प्रतिपक्षी को क्योंकर पददलित करूँ, कैसे उसका गरूर तोड़ूँ ?

अंत में उन्होंने सिंह को उसी की माँद में पछाड़ने का निश्चय किया।

5

संध्या का समय था। चौधरी के द्वार पर एक बड़ी सभा हो रही थी। आस-पास के गाँवों के किसान भी आ गये, हजारों आदमियों की भीड़ थी। चौधरी उन्हें स्वराज्य-विषयक उपदेश दे रहे थे। बार-बार भारतमाता की जयजयकार की ध्वनि उठती थी। एक ओर स्त्रियों का जमाव था। चौधरी ने अपना उपदेश समाप्त किया और अपनी जगह पर बैठे। स्वयंसेवकों ने स्वराज्य फंड के लिए चंदा जमा करना शुरू किया कि इतने में भगत जी न जाने किधर से लपके हुए आये और श्रोताओं के सामने खड़े हो कर उच्च स्वर से बोले :

'भाइयो, मुझे यहाँ देखकर अचरज मत करो, मैं स्वराज्य का विरोधी नहीं हूँ। ऐसा पतित कौन प्राणी होगा जो स्वराज्य का निंदक हो; लेकिन इसके प्राप्त करने का वह उपाय नहीं है जो चौधरी ने बताया है और जिस पर तुम लोग लट्टू हो रहे हो। जब आपस में फूट और रार है, पंचायतों से क्या होगा ? जब विलासिता का भूत सिर पर सवार है तो नशा कैसे छूटेगा, मदिरा की दूकानों का बहिष्कार कैसे होगा ? सिगरेट, साबुन, मोजे, बनियान, अद्धी, तंजेब से कैसे पिंड छूटेगा ? जब रोब और हुकूमत की लालसा बनी हुई है तो सरकारी मदरसे कैसे छोड़ोगे,

विधर्मी शिक्षा की बेड़ी से कैसे मुक्त हो सकोगे ? स्वराज्य लेने का केवल एक ही उपाय है और वह आत्म-संयम है। यही महौषधि तुम्हारे समस्त रोगों को समूल नष्ट करेगी। आत्मा को बलवान् बनाओ, इंद्रियों को साधो, मन को वश में करो, तुममें भातृभाव पैदा होगा, तभी वैमनस्य मिटेगा, तभी ईर्ष्या और द्वेष का नाश होगा, तभी भोग-विलास से मन हटेगा, तभी नशेबाजी का दमन होगा। आत्मबल के बिना स्वराज्य कभी उपलब्ध न होगा। स्वयंसेवा सब पापों का मूल है, यही तुम्हें अदालतों में ले जाता है, यह तुम्हें विधर्मी शिक्षा का दास बनाये हुए है। इस पिशाच को आत्मबल से मारो और तुम्हारी कामना पूरी हो जायेगी। सब जानते हैं, मैं 40 साल से अफीम का सेवन करता हूँ। आज से मैं अफीम को गऊ का रक्त समझता हूँ। चौधरी से मेरी तीन पीढ़ियों की अदावत है। आज से चौधरी मेरे भाई हैं। आज से मुझे या मेरे घर के किसी प्राणी को घर के कते सूत से बुने हुए कपड़े के सिवाय कुछ और पहनते देखो तो मुझे जो दंड चाहो दो। बस मुझे यही कहना है, परमात्मा हम सबकी इच्छा पूरी करे।

यह कह कर भगत जी घर की ओर चले कि चौधरी दौड़कर उनके गले से लिपट गये। तीन पुश्तों की अदावत एक क्षण में शांत हो गयी।

उस दिन से चौधरी और भगत साथ-साथ स्वराज्य का उपदेश करने लगे। उनमें गाढ़ी मित्रता हो गयी और यह निश्चय करना कठिन था कि दोनों में जनता किसका अधिक सम्मान करती है।

प्रतिद्वंद्विता वह चिनगारी थी, जिसने दोनों पुरुषों के हृदय-दीपक को प्रकाशित कर दिया था।

अमावस्या की रात्रि

दीवाली की संध्या थी। श्रीनगर के घूरों और खँडहरों के भी भाग्य चमक उठे थे। कस्बे के लड़के और लड़कियाँ श्वेत थालियों में दीपक लिये मंदिर की ओर जा रही थीं। दीपों से उनके मुखारविंद प्रकाशमान थे। प्रत्येक गृह रोशनी से जगमगा रहा था। केवल पंडित देवदत्त का सतधारा भवन काली घटा के अंधकार में गंभीर और भयंकर रूप में खड़ा था। गंभीर इसलिए कि उसे अपनी उन्नति के दिन भूले न थे, भयंकर इसलिए कि यह जगमगाहट मानो उसे चिढ़ा रही थी। एक समय वह था जब कि ईर्ष्या भी उसे देख-देखकर हाथ मलती थी और एक समय यह है जब कि घृणा भी उस पर कटाक्ष करती है। द्वार पर द्वारपाल की जगह अब मदार और एरंड के वृक्ष खड़े थे। दीवानखाने में एक मतंग साँड़ अकड़ता था। ऊपर के घरों में जहाँ सुन्दर रमणियाँ मनोहर संगीत गाती थीं, वहाँ आज जंगली कबूतरों के मधुर स्वर सुनायी देते थे। किसी अँग्रेजी मदरसे के विद्यार्थी के आचरण की भाँति उसकी जड़ें हिल गयी थीं और उसकी दीवारें किसी विधवा स्त्री के हृदय की भाँति विदीर्ण हो रही थीं, पर समय को हम कुछ नहीं कह सकते। समय की निंदा व्यर्थ और भूल है, यह मूर्खता और अदूरदर्शिता का फल था।

अमावस्या की रात्रि थी। प्रकाश से पराजित हो कर मानो अंधकार ने उसी विशाल भवन में शरण ली थी। पंडित देवदत्त अपने अर्द्ध अंधकारवाले कमरे में मौन, परंतु चिंता में निमग्न थे। आज एक महीने से उनकी पत्नी गिरिजा की जिंदगी को निर्दय काल ने खिलवाड़ बना लिया है। पंडित जी दरिद्रता और दुःख को भुगतने के लिए तैयार थे। भाग्य का भरोसा उन्हें धैर्य बँधाता था; किंतु यह नयी विपत्ति सहन-शक्ति से बाहर थी। बेचारे दिन के दिन गिरिजा के सिरहाने बैठे हुए उसके मुरझाये हुए मुख को देख कर कुढ़ते और रोते थे। गिरिजा जब अपने जीवन से निराश होकर रोती तो वह उसे समझाते—गिरिजा, रोओ मत, शीघ्र ही अच्छी हो जाओगी।

पंडित देवदत्त के पूर्वजों का कारोबार बहुत विस्तृत था। वे लेन-देन किया करते थे। अधिकतर उनके व्यवहार बड़े-बड़े चकलेदारों और रजवाड़ों के साथ थे।

उस समय ईमान इतना सस्ता नहीं बिकता था। सादे पत्रों पर लाखों की बातें हो जाती थीं। मगर सन् 57 ईस्वी के बलवे ने कितनी ही रियासतों और राज्यों को मिटा दिया और उनके साथ तिवारियों का यह अन्न-धन-पूर्ण परिवार भी मिट्टी में मिल गया। खजाना लुट गया, बही-खाते पंसारियों के काम आये। जब कुछ शांति हुई, रियासतें फिर सँभलीं तो समय पलट चुका था। वचन लेख के अधीन हो रहा था, तथा लेख में भी सादे और रंगीन का भेद होने लगा था।

जब देवदत्त ने होश सँभाला तब उनके पास इस खँडहर के अतिरिक्त और कोई सम्पत्ति न थी। अब निर्वाह के लिए कोई उपाय न था। कृषि में परिश्रम और कष्ट था। वाणिज्य के लिए धन और बुद्धि की आवश्यकता थी। विद्या भी ऐसी नहीं थी कि कहीं नौकरी करते, परिवार की प्रतिष्ठा दान लेने में बाधक थी। अस्तु, साल में दो-तीन बार अपने पुराने व्यवहारियों के घर बिना बुलाये पाहुनों की भाँति जाते और कुछ विदाई तथा मार्ग-व्यय पाते, उसी पर गुजारा करते। पैतृक प्रतिष्ठा का चिह्न यदि कुछ शेष था, तो वह पुरानी चिट्ठी-पत्रियों का ढेर तथा हुंडियों का पुलिंदा, जिनकी स्याही भी उनके मंद भाग्य की भाँति फीकी पड़ गयी थी। पंडित देवदत्त उन्हें प्राणों से भी अधिक प्रिय समझते। द्वितीया के दिन जब घर-घर लक्ष्मी की पूजा होती है, पंडित जी ठाट-बाट से इन पुलिंदों की पूजा करते। लक्ष्मी न सही, लक्ष्मी का स्मारक-चिह्न ही सही। दूज का दिन पंडित जी के प्रतिष्ठा के श्रद्धा का दिन था। इसे चाहे विडंबना कहो, चाहे मूर्खता, परंतु श्रीमान् पंडित महाशय को उन पत्रों पर बड़ा अभिमान था। जब गाँव में कोई विवाद छिड़ जाता तो यह सड़े-गले कागजों की सेना ही बहुत काम कर जाती और प्रतिवादी शत्रु को हार माननी पड़ती। यदि सत्तर पीढ़ियों से शस्त्र की सूरत न देखने पर भी लोग क्षत्रिय होने का अभिमान करते हैं, तो पंडित देवदत्त का उन लेखों पर अभिमान करना अनुचित नहीं कहा जा सकता, जिसमें सत्तर लाख रुपयों की रकम छिपी हुई थी।

2

वही अमावस्या की रात्रि थी। किंतु दीपमालिका अपनी अल्प जीवनी समाप्त कर चुकी थी। चारों ओर जुआरियों के लिए यह शकुन की रात्रि थी, क्योंकि आज की हार साल भर की हार होती है। लक्ष्मी के आगमन की धूम थी। कौड़ियों पर अशर्फियाँ लुट रही थीं। भट्ठियों में शराब के बदले पानी बिक रहा था। पंडित देवदत्त के अतिरिक्त कस्बे में कोई ऐसा मनुष्य नहीं था, जो कि दूसरों की कमाई समेटने की धुन में न हो। आज भोर से ही गिरिजा की अवस्था शोचनीय थी। विषम ज्वर उसे एक-एक क्षण में मूर्च्छित कर रहा था। एकाएक उसने चौंक कर आँखें खोलीं और अत्यंत क्षीण स्वर में कहा—आज तो दीवाली है।

देवदत्त ऐसा निराश हो रहा था कि गिरिजा को चैतन्य देख कर भी उसे आनंद नहीं हुआ। बोला—हाँ, आज दीवाली है।

गिरिजा ने आँसू-भरी दृष्टि से इधर-उधर देख कर कहा—हमारे घर में क्या दीपक न जलेंगे ?

देवदत्त फूट-फूट कर रोने लगा। गिरिजा ने फिर उसी स्वर में कहा—देखो, आज बरस-भर के दिन भी घर अँधेरा रह गया। मुझे उठा दो, मैं भी अपने घर दिये जलाऊँगी।

ये बातें देवदत्त के हृदय में चुभी जाती थीं। मनुष्य की अंतिम घड़ी लालसाओं और भावनाओं में व्यतीत होती है।

इस नगर में लाला शंकरदास अच्छे प्रसिद्ध वैद्य थे। अपने प्राणसंजीवन औषधालय में दवाओं के स्थान पर छापने का प्रेस रखे हुए थे। दवाइयाँ कम बनती थीं, इश्तहार अधिक प्रकाशित होते थे।

वे कहा करते थे कि बीमारी केवल रईसों का ढकोसला है और पोलिटिकल एकानोमी के (राजनीतिक अर्थशास्त्र के) अनुसार इस विलास-पदार्थ से जितना अधिक सम्भव हो, टैक्स लेना चाहिए। यदि कोई निर्धन है तो हो। यदि कोई मरता है तो मरे। उसे क्या अधिकार है कि बीमार पड़े और मुफ्त में दवा कराये ? भारतवर्ष की यह दशा अधिकतर मुफ्त दवा कराने से हुई है। इसने मनुष्यों को असावधान और बलहीन बना दिया है। देवदत्त महीने भर नित्य उनके निकट दवा लेने आता था; परंतु वैद्य जी कभी उसकी ओर इतना ध्यान नहीं देते थे कि वह अपनी शोचनीय दशा प्रकट कर सके। वैद्य जी के हृदय के कोमल भाग तक पहुँचने के लिए देवदत्त ने बहुत कुछ हाथ-पैर चलाये। वह आँखों में आँसू भरे आता, किन्तु वैद्य जी का हृदय ठोस था, उसमें कोमल भाव था ही नहीं।

वही अमावस्या की डरावनी रात थी। गगन-मंडल में तारे आधी रात के बीतने पर और भी अधिक प्रकाशित हो रहे थे मानो श्रीनगर की बुझी हुई दीवाली पर कटाक्षयुक्त आनंद के साथ मुस्करा रहे थे। देवदत्त बेचैनी की दशा में गिरिजा के सिरहाने से उठे और वैद्य जी के मकान की ओर चले। वे जानते थे कि लाला जी बिना फीस लिये कदापि नहीं आयेंगे, किंतु हताश होने पर भी आशा पीछा नहीं छोड़ती। देवदत्त कदम आगे बढ़ाते चले जाते थे।

3

हकीम जी उस समय अपने 'रामबाण बिंदु' का विज्ञापन लिखने में व्यस्त थे। उस विज्ञापन की भावप्रद भाषा तथा आकर्षण-शक्ति देख कर कह नहीं सकते कि वे वैद्य-शिरोमणि थे या सुलेखक विद्यावारिधि।

पाठक, आप उनके उर्दू विज्ञापन का साक्षात् दर्शन कर लें—

'नाजरीन, आप जानते हैं कि मैं कौन हूँ ? आपका जर्द चेहरा, आपका तने लागिर, आपका जरा-सी मेहनत में बेदम हो जाना, आपका लज्जात दुनिया में महरूम रहना, आपका खाना तरीकी, यह सब इस सवाल का नफी में जवाब देते हैं। सुनिए, मैं कौन हूँ ? मैं वह शख्स हूँ, जिसने इमराज इन्सानी को पर्दे दुनिया से गायब कर देने का बीड़ा उठाया है, जिसने इश्तिहारबाज, जा फरोश, गंदुमनुमा बने हुए हकीमों को बेखबर व बुन से खोद कर दुनिया को पाक कर देने का अज्म विल् जज्म कर लिया है। मैं वह हैरतअंगेज इनसान जईफ-उल- बयान हूँ जो नाशाद को दिलशाद, नामुराद को बामुराद, भगोड़े को दिलेर, गीदड़ को शेर बनाता है। और यह किसी जादू से नहीं, मंत्र से नहीं, वह मेरी ईजाद करदा 'अमृतबिंदु' के अदना करिश्मे हैं। अमृतबिंदु क्या है, इसे कुछ मैं ही जानता हूँ। महर्षि अगस्त ने धन्वन्तरि के कानों में इसका नुस्खा बतलाया था। जिस वक्त आप वी. पी. पार्सल खोलेंगे, आप पर उसकी हकीकत रौशन हो जायेगी। यह आबेहयात है। यह मर्दानगी का जौहर, फरजानगी का अक्सीर, अक्ल का मुरब्बा और जेहन का सकील है। अगर वर्षों की मुशायराबाजी ने भी आपको शायर नहीं बनाया, अगर शबे रोज के रटंत पर भी आप इम्तहान में कामयाब नहीं हो सके, अगर दल्लालों की खुशामद और मुवक्किलों की नाजबर्दारी के बावजूद भी आप अहाते-अदालत में भूखे कुत्ते की तरह चक्कर लगाते फिरते हैं, अगर आप गला फाड़-फाड़ चीखने, मेज पर हाथ-पैर पटकने पर भी अपनी तकरीर से कोई असर पैदा नहीं कर सकते, तो आप 'अमृतबिंदु' का इस्तेमाल कीजिए। इसका सबसे बड़ा फायदा जो पहले ही दिन मालूम हो जायेगा, यह है कि आपकी आँखें खुल जायेंगी और आप फिर कभी इश्तहारबाज हकीमों के दाम फरेब में न फँसेंगे।'

वैद्य जी इस विज्ञापन को समाप्त कर उच्च स्वर से पढ़ रहे थे; उनके नेत्रों में उचित अभिमान और आशा झलक रही थी कि इतने में देवदत्त ने बाहर से आवाज दी। वैद्य जी बहुत खुश हुए। रात के समय उनकी फीस दुगुनी थी। लालटेन लिये बाहर निकले तो देवदत्त रोता हुआ उनके पैरों से लिपट गया और बोला—वैद्य जी, इस समय मुझ पर दया कीजिए। गिरिजा अब कोई सायत की पाहुनी है। अब आप ही उसे बचा सकते हैं। यों तो मेरे भाग्य में जो लिखा है, वही होगा; किंतु इस समय तनिक चल कर आप देख लें तो मेरे दिल का दाह मिट जायेगा। मुझे धैर्य हो जायेगा कि उसके लिए मुझसे जो कुछ हो सकता था, मैंने किया। परमात्मा जानता है कि मैं इस योग्य नहीं हूँ कि आपकी कुछ सेवा कर सकूँ; किंतु जब तक जीऊँगा, आपका यश गाऊँगा और आपके इशारों का गुलाम बना रहूँगा !

हकीम जी को पहले कुछ तरस आया, किंतु वह जुगनू की चमक थी जो शीघ्र स्वार्थ के विशाल अंधकार में विलीन हो गयी।

4

वही अमावस्या की रात्रि थी। वृक्षों पर सन्नाटा छा गया था। जीतनेवाले अपने बच्चों को नींद से जगाकर इनाम देते थे। हारनेवाले अपनी रुष्ट और क्रोधित स्त्रियों से क्षमा के लिए प्रार्थना कर रहे थे। इतने में घंटी के लगातार शब्द वायु और अंधकार को चीरते हुए कान में आने लगे। उनकी सुहावनी ध्वनि इस निस्तब्ध अवस्था में अत्यंत भली प्रतीत होती थी। यह शब्द समीप हो गये और अंत में पंडित देवदत्त के समीप आकर उस खँडहर में डूब गये। पंडित जी उस समय निराशा के अथाह समुद्र में गोते खा रहे थे। शोक में इस योग्य भी नहीं थे कि प्राणों से भी अधिक प्यारी गिरिजा का दवा-दरपन कर सकें। क्या करें ? इस निष्ठुर वैद्य को यहाँ कैसे लायें ? जालिम, मैं सारी उमर तेरी गुलामी करता। तेरे इश्तिहार छापता। तेरी दवाइयाँ कूटता। आज पंडित जी को यह ज्ञात हुआ है कि सत्तर लाख की चिट्ठी-पत्रियाँ इतनी कौड़ियों के मोल भी नहीं। पैतृक प्रतिष्ठा का अहंकार अब आँखों से दूर हो गया। उन्होंने उस मखमली थैले को संदूक से बाहर निकाला और उन चिट्ठी-पत्रियों को, जो बाप-दादों की कमाई का शेषांश थीं और प्रतिष्ठा की भाँति जिनकी रक्षा की जाती थी, एक-एक करके दीया को अर्पण करने लगे। जिस तरह सुख और आनंद से पालित शरीर चिता की भेंट हो जाती है, उसी प्रकार वह कागजी पुतलियाँ भी उस प्रज्ज्वलित दीया के धधकते हुए मुँह का ग्रास बनती थीं। इतने में किसी ने बाहर से पंडित जी को पुकारा। उन्होंने चौंक कर सिर उठाया। वे नींद से, अँधेरे में टटोलते हुए दरवाजे तक आये। देखा कि कई आदमी हाथ में मशाल लिये हुए खड़े हैं और एक हाथी अपने सूँड से उन एरंड के वृक्षों को उखाड़ रहा है, जो द्वार पर द्वारपालों की भाँति खड़े थे। हाथी पर एक सुंदर युवक बैठा है जिसके सिर पर केसरिया रंग की रेशमी पाग है। माथे पर अर्धचंद्राकार चंदन, भाले की तरह तनी हुई नोकदार मूँछें, मुखारविंद से प्रभाव और प्रकाश टपकता हुआ, कोई सरदार मालूम पड़ता था। उसका कलीदार अँगरखा और चुनावदार पैजामा, कमर में लटकती हुई तलवार और गर्दन में सुनहरे कंठे और जंजीर उसके सजीले शरीर पर अत्यंत शोभा पा रहे थे। पंडित जी को देखते ही उसने रकाब पर पैर रखा और नीचे उतर कर उनकी वंदना की। उसके इस विनीत भाव से कुछ लज्जित होकर पंडित जी बोले—आपका आगमन कहाँ से हुआ ?

नवयुवक ने बड़े नम्र शब्दों में जवाब दिया। उसके चेहरे से भलमनसाहत बरसती थी—मैं आपका पुराना सेवक हूँ। दास का घर राजनगर है। मैं वहाँ का जागीरदार हूँ। मेरे पूर्वजों पर आपके पूर्वजों ने बड़े अनुग्रह किये हैं। मेरी इस समय जो कुछ प्रतिष्ठा तथा सम्पदा है, सब आपके पूर्वजों की कृपा और दया का परिणाम है। मैंने अपने अनेक स्वजनों से आपका नाम सुना था और मुझे बहुत दिनों से

आपके दर्शनों की आकांक्षा थी। आज वह सुअवसर भी मिल गया। अब मेरा जन्म सफल हुआ।

पंडित देवदत्त की आँखों में आँसू भर आये। पैतृक प्रतिष्ठा का अभिमान उनके हृदय का कोमल भाग था।

वह दीनता जो उनके मुख पर छायी हुई थी, थोड़ी देर के लिए विदा हो गयी। वे गम्भीर भाव धारण करके बोले—यह आपका अनुग्रह है जो ऐसा कहते हैं। नहीं तो मुझ जैसे कपूत में तो इतनी भी योग्यता नहीं है जो अपने को उन लोगों की संतति कह सकूँ। इतने में नौकरों ने आँगन में फर्श बिछा दिया। दोनों आदमी उस पर बैठे और बातें होने लगीं, वे बातें जिनका प्रत्येक शब्द पंडित जी के मुख को इस तरह प्रफुल्लित कर रहा था जिस तरह प्रातःकाल की वायु फूलों को खिला देती है। पंडित जी के पितामह ने नवयुवक ठाकुर के पितामह को पच्चीस सहस्र रुपये कर्ज दिये थे। ठाकुर अब गया में जा कर अपने पूर्वजों का श्राद्ध करना चाहता था, इसलिए जरूरी था कि उसके जिम्मे जो कुछ ऋण हो उसकी एक-एक कौड़ी चुका दी जाय। ठाकुर को पुराने बहीखाते में यह ऋण दिखायी दिया। पच्चीस के अब पचहत्तर हजार हो चुके। वही ऋण चुका देने के लिए ठाकुर आया था। धर्म ही वह शक्ति है जो अंतःकरण में ओजस्वी विचारों को पैदा करती है। हाँ, इस विचार को कार्य में लाने के लिए पवित्र और बलवान् आत्मा की आवश्यकता है। नहीं तो वे ही विचार क्रूर और पापमय हो जाते हैं। अंत में ठाकुर ने कहा—आपके पास तो वे चिट्ठियाँ होंगी ?

देवदत्त का दिल बैठ गया। वे सँभल कर बोले—सम्भवतः हों। कुछ कह नहीं सकते।

ठाकुर ने लापरवाही से कहा—ढूँढ़िए, यदि मिल जायँ तो हम लेते जायेंगे।

पंडित देवदत्त उठे, लेकिन हृदय ठंडा हो रहा था। शंका होने लगी कि कहीं भाग्य हरे बाग न दिखा रहा हो। कौन जाने वह पुर्जा जल कर राख हो गया या नहीं। यदि न मिला तो रुपये कौन देता है। शोक कि दूध का प्याला सामने आ कर हाथ से छूट जाता है ! —हे भगवान् ! वह पत्री मिल जाय। हमने अनेक कष्ट पाये हैं, अब हम पर दया करो। इस प्रकार आशा और निराशा की दशा में देवदत्त भीतर गये और दीया के टिमटिमाते हुए प्रकाश में बचे हुए पत्रों को उलट-पुलट कर देखने लगे। वे उछल पड़े और उमंग में भरे हुए पागलों की भाँति आनंद की अदम्यता में दो-तीन बार कूदे। तब दौड़ कर गिरिजा को गले से लगा लिया और बोले—प्यारी, यदि ईश्वर ने चाहा तो तू अब बच जायेगी। उन्मत्तता में उन्हें एकदम यह नहीं जान पड़ा कि 'गिरिजा' अब नहीं है, केवल उसकी लोथ है।

देवदत्त ने पत्री को उठा लिया और द्वार तक वे इसी तेजी से आये मानो पाँवों में पर लग गये। परंतु यहाँ उन्होंने अपने को रोका और हृदय में आनंद की

उमड़ती हुई तरंग को रोक कर कहा—यह लीजिए, वह पत्री मिल गयी। संयोग की बात है, नहीं तो सत्तर लाख के कागज दीमकों के आहार बन गये।

आकस्मिक सफलता में कभी-कभी संदेह बाधा डालता है। जब ठाकुर ने उस पत्री को लेने को हाथ बढ़ाया तो देवदत्त को संदेह हुआ कि कहीं वह उसे फाड़ कर फेंक न दे। यद्यपि यह संदेह निरर्थक था, किंतु मनुष्य कमज़ोरियों का पुतला है। ठाकुर ने उनके मन के भाव को ताड़ लिया। उसने बेपरवाही से पत्री को लिया और मशाल के प्रकाश में देख कर कहा—अब मुझे विश्वास हुआ। यह लीजिए, आपका रुपया आपके समक्ष है, आशीर्वाद दीजिए कि मेरे पूर्वजों की मुक्ति हो जाय।

यह कह कर उसने अपनी कमर से एक थैला निकाला और उसमें से एक-एक हजार के पचहत्तर नोट निकाल कर देवदत्त को दे दिये। पंडित जी का हृदय बड़े वेग से धड़क रहा था। नाड़ी तीव्र-गति से कूद रही थी। उन्होंने चारों ओर चौकन्नी दृष्टि से देखा कि कहीं कोई दूसरा तो नहीं खड़ा है और तब काँपते हुए हाथों से नोटों को ले लिया। अपनी उच्चता प्रकट करने की व्यर्थ चेष्टा में उन्होंने नोटों की गणना भी नहीं की। केवल उड़ती हुई दृष्टि से देख कर उन्हें समेटा और जेब में डाल लिया।

5

वही अमावस्या की रात्रि थी। स्वर्गीय दीपक भी धुँधले हो चुके थे। उनकी यात्रा सूर्यनारायण के आने की सूचना दे रही थी। उदयाचल फ़िरोजी बाना पहन चुका था। अस्ताचल में भी हलके श्वेत रंग की आभा दिखायी दे रही थी। पंडित देवदत्त ठाकुर को विदा करके घर चले। उस समय उनका हृदय उदारता के निर्मल प्रकाश से प्रकाशित हो रहा था। कोई प्रार्थी उस समय उनके घर से निराश नहीं जा सकता था। सत्यनारायण की कथा धूमधाम से सुनने का निश्चय हो चुका था। गिरिजा के लिए कपड़े और गहने के विचार ठीक हो गये। अंतःपुर में ही उन्होंने शालिग्राम के सम्मुख मनसा-वाचा-कर्मणा सिर झुकागा और तब शेष चिट्ठी-पत्रियों को समेट कर उसी मखमली थैले में रख दिया। किंतु अब उनका यह विचार नहीं था कि संभवतः उन मुर्दों में भी कोई जीवित हो उठे। वरन् जीविका से निश्चिंत हो अब वे पैतृक प्रतिष्ठा पर अभिमान कर सकते थे। उस समय वे धैर्य और उत्साह के नशे में मस्त थे। बस, अब मुझे जिंदगी में अधिक सम्पदा की जरूरत नहीं। ईश्वर ने मुझे इतना दे दिया है। इसमें मेरी और गिरिजा की जिंदगी आनंद से कट जायेगी। उन्हें क्या खबर थी कि गिरिजा की जिंदगी पहले कट चुकी है। उनके दिल में यह विचार गुदगुदा रहा था कि जिस समय गिरिजा इस आनंद-समाचार को सुनेगी

उस समय अवश्य उठ बैठेगी। चिंता और कष्ट नें ही उसकी ऐसी दुर्गति बना दी है। जिसे भरपेट कभी रोटी नसीब न हुई, जो कभी नैराश्यमय धैर्य और निर्धनता के हृदय-विदारक बंधन से मुक्त न हुई, उसकी दशा इसके सिवा और हो ही क्या सकती है ? यह सोचते हुए वे गिरिजा के पास गये और आहिस्ता से हिला कर बोले—गिरिजा, आँखें खोलो। देखो ईश्वर ने तुम्हारी विनती सुन ली और हमारे ऊपर दया की। कैसी तबीयत है ?

किंतु जब गिरिजा तनिक भी न मिनकी तब उन्होंने चादर उठा दी और उसके मुँह की ओर देखा। हृदय से एक करुणात्मक ठंडी आह निकली। वे वहीं सिर थाम कर बैठ गये। आँखों से शोणित की बूँदें-सी टपक पड़ीं। आह क्या यह सम्पदा इतने महँगे मूल्य पर मिली है ? क्या परमात्मा के दरबार से मुझे इस प्यारी जान का मूल्य दिया गया है ? ईश्वर, तुम खूब न्याय करते हो। मुझे गिरिजा की आवश्यकता है, रुपयों की आवश्यकता नहीं। यह सौदा बड़ा महँगा है।

6

अमावस्या की अँधेरी रात गिरिजा के अंधकारमय जीवन की भाँति समाप्त हो चुकी थी। खेतों में हल चलाने वाले किसान ऊँचे और सुहावने स्वर से गा रहे थे। सर्दी से काँपते हुए बच्चे सूर्य देवता से बाहर निकलने की प्रार्थना कर रहे थे। पनघट पर गाँव की अलबेली स्त्रियाँ जमा हो गयी थीं। पानी भरने के लिए नहीं; हँसने के लिए। कोई घड़े को कुएँ में डाले हुए अपनी पोपली सास की नकल कर रही थी, कोई खम्भों से चिपटी हुई अपनी सहेली से मुस्करा कर प्रेमरहस्य की बातें करती थी। बूढ़ी स्त्रियाँ पोतों को गोद में लिये अपनी बहुओं को कोस रही थीं कि घंटे भर हुए अब तक कुएँ से नहीं लौटीं। किंतु राजवैद्य लाला शंकरदास अभी तक मीठी नींद ले रहे थे। खाँसते हुए बच्चे और कराहते हुए बूढ़े उनके औषधालय के द्वार पर जमा हो चले थे। इस भीड़-भब्भड़ से कुछ दूर पर दो-तीन सुंदर किंतु मुरझाये हुए नवयुवक टहल रहे थे और वैद्य जी से एकांत में कुछ बातें किया चाहते थे। इतने में पंडित देवदत्त नंगे सिर, नंगे बदन, लाल आँखें, डरावनी सूरत, कागज का एक पुलिंदा लिये दौड़ते हुए आये और औषधालय के द्वार पर इतने जोर से हाँक लगाने लगे कि वैद्य जी चौंक पड़े और कहार को पुकार कर बोले कि दरवाजा खोल दे। कहार महात्मा बड़ी रात गये किसी बिरादरी की पंचायत से लौटे थे। उन्हें दीर्घ-निद्रा का रोग था जो वैद्य जी के लगातार भाषण और फटकार की औषधियों से भी कम न होता था। आप ऐंठते हुए उठे और किवाड़ खोल कर हुक्का-चिलम की चिंता में आग ढूँढ़ने चले गये। हकीम जी उठने की चेष्टा कर रहे थे कि सहसा देवदत्त उनके सम्मुख जा कर खड़े हो गये और नोटों का पुलिंदा उनके आगे पटक

कर बोले—वैद्य जी, ये पचहत्तर हजार के नोट हैं। यह आपका पुरस्कार और आपकी फीस है। आप चल कर गिरिजा को देख लीजिए और ऐसा कुछ कीजिए कि वह केवल एक बार आँखें खोल दे। यह उसकी एक दृष्टि पर न्योछावर है—केवल एक दृष्टि पर। आपको रुपये मनुष्य की जान से प्यारे हैं। वे आपके समक्ष हैं। मुझे गिरिजा की एक चितवन इन रुपयों से कई गुनी प्यारी है।

वैद्य जी ने लज्जामय सहानुभूति से देवदत्त की ओर देखा और केवल इतना कहा—मुझे अत्यंत शोक है, सदैव के लिए तुम्हारा अपराधी हूँ। किंतु तुमने मुझे शिक्षा दे दी। ईश्वर ने चाहा तो ऐसी भूल कदापि न होगी। मुझे शोक है। सचमुच है !

ये बातें वैद्य जी के अंतःकरण से निकली थीं।

चकमा

सेठ चंदूमल जब अपनी दूकान और गोदाम में भरे हुए माल को देखते तो मुँह से ठंडी साँस निकल जाती। यह माल कैसे बिकेगा ? बैंक का सूद बढ़ रहा है, दूकान का किराया चढ़ रहा है, कर्मचारियों का वेतन बाकी पड़ता जाता है। ये सभी रकमें गाँठ से देनी पड़ेंगी। अगर कुछ दिन यही हाल रहा तो दिवाले के सिवा और किसी तरह जान न बचेगी। तिस पर भी धरनेवाले नित्य सिर पर शैतान की तरह सवार रहते हैं।

सेठ चंदूमल की दूकान चाँदनी चौक, दिल्ली में थी। मुफस्सिल में भी कई दूकानें थीं। जब शहर काँग्रेस कमेटी ने उनसे बिलायती कपड़े की खरीद और बिक्री के विषय में प्रतीक्षा करानी चाही तो उन्होंने कुछ ध्यान न दिया। बाजार के कई आढ़तियों ने उनकी देखा-देखी प्रतिज्ञा-पत्र पर हस्ताक्षर करने से इनकार कर दिया। चंदूमल को जो नेतृत्व कभी न नसीब हुआ था, वह इस अवसर पर बिना हाथ-पैर हिलाये ही मिल गया। वे सरकार के खैरख्वाह थे। साहब बहादुरों को समय-समय पर डालियाँ नजर देते थे। पुलिस से भी घनिष्ठता थी। म्युनिसिपैलिटी के सदस्य भी थे। काँग्रेस के व्यापारिक कार्यक्रम का विरोध करके अमनसभा के कोषाध्यक्ष बन बैठे। यह इसी खैरख्वाही की बरकत थी। युवराज का स्वागत करने के लिए अधिकारियों ने उनसे पचीस हजार के कपड़े खरीदे। ऐसा सामर्थी पुरुष काँग्रेस से क्यों डरे ? काँग्रेस है किस खेत की मूली ? पुलिसवालों ने भी बढ़ावा दिया—"मुआहिदे पर हरगिज दस्तखत न कीजिएगा। देखें ये लोग क्या करते हैं। एक-एक को जेल न भिजवा दिया तो कहिएगा।" लाला जी के हौसले बढ़े। उन्होंने काँग्रेस से लड़ने की ठान ली। उसी के फलस्वरूप तीन महीनों से उनकी दूकान पर प्रातःकाल से 9 बजे रात तक पहरा रहता था। पुलिस-दलों ने उनकी दूकान पर वालंटियरों को कई बार गालियाँ दीं, कई बार पीटा, खुद सेठ जी ने भी कई बार उन पर बाण चलाये, परंतु पहरेवाले किसी तरह न टलते थे। बल्कि इन अत्याचारों के कारण चंदूमल का बाजार और भी गिरता जाता। मुफस्सिल की दूकानों से मुनीम लोग और भी दुराशाजनक समाचार भेजते रहते थे। कठिन समस्या थी। इस संकट से

निकलने का कोई उपाय न था। वे देखते थे कि जिन लोगों ने प्रतिज्ञा-पत्र पर हस्ताक्षर कर दिये हैं, वे चोरी-छिपे कुछ-न-कुछ विदेशी माल लेते हैं। उनकी दूकानों पर पहरा नहीं बैठता। यह सारी विपत्ति मेरे ही सिर पर है।

उन्होंने सोचा, पुलिस और हाकिमों की दोस्ती से मेरा भला क्या हुआ ? उनके हटाये ये पहरे नहीं हटते। सिपाहियों की प्रेरणा से ग्राहक नहीं आते ! किसी तरह पहरे बन्द हो जाते तो सारा खेल बन जाता।

इतने में मुनीम जी ने कहा—लाला जी, यह देखिए, कई व्यापारी हमारी तरफ आ रहे थे। पहरेवालों ने उनको न जाने क्या मंत्र पढ़ा दिया, सब चले जा रहे हैं।

चंदूमल—अगर इन पापियों को कोई गोली मार देता तो मैं बहुत खुश होता। यह सब मेरा सर्वनाश करके दम लेंगे।

मुनीम—कुछ हेठी तो होगी, यदि आप प्रतिज्ञा पर हस्ताक्षर कर देते तो यह पहरा उठ जाता। तब हम भी यह सब माल किसी न किसी तरह खपा देते।

चंदूमल—मन में तो मेरे भी यह बात आती है, पर सोचो, अपमान कितना होगा ? इतनी हेकड़ी दिखाने के बाद फिर झुका नहीं जाता। फिर हाकिमों की निगाहों में गिर जाऊँगा। और लोग भी ताने देंगे कि चले थे बच्चा काँग्रेस से लड़ने ! ऐसी मुँह की खायी कि होश ठिकाने आ गये। जिन लोगों को पीटा और पिटवाया, जिनको गालियाँ दीं, जिनकी हँसी उड़ायी, अब उनकी शरण कौन मुँह ले कर जाऊँ ? मगर एक उपाय सूझ रहा है। अगर चकमा चल गया तो पौबारह है। बात तो तब है जब साँप को मारूँ, मगर लाठी बचा कर। पहरा उठा दूँ, पर बिना किसी की खुशामद किये।

2

नौ बज गये थे। सेठ चंदूमल गंगा-स्नान करके लौट आये थे और मसनद पर बैठ कर चिट्ठियाँ पढ़ रहे थे। अन्य दूकानों के मुनीमों ने अपनी विपत्ति-कथा सुनायी थी। एक-एक पत्र को पढ़ कर सेठ जी का क्रोध बढ़ता जाता था। इतने में दो वालंटियर गाड़ियाँ लिये हुए उनकी दूकान के सामने आ कर खड़े हो गये !

सेठ जी ने डाँट कर कहा—हट जाओ हमारी दूकान के सामने से।

एक वालंटियर ने उत्तर दिया—महाराज, हम तो सड़क पर हैं। क्या यहाँ से भी चले जायँ ?

सेठ जी—मैं तुम्हारी सूरत नहीं देखना चाहता।

वालंटियर—तो आप काँग्रेस कमेटी को लिखिए। हमको तो वहाँ से यहाँ खड़े रह कर पहरा देने का हुक्म मिला है।

एक कान्सटेबिल ने आ कर कहा—क्या है सेठ जी, यह लौंडा क्या टर्राता है।

चंदूमल बोले—मैं कहता हूँ कि दूकान के सामने से हट जाओ, पर यह कहता है कि न हटेंगे, न हटेंगे। जरा इसकी जबरदस्ती देखो।

कान्सटेबिल—(वालंटियरों से) तुम दोनों यहाँ से जाते हो कि आ कर गरदन नापूँ ?

वालंटियर—हम सड़क पर खड़े हैं, दूकान पर नहीं।

कान्सटेबिल का अभीष्ट अपनी कारगुजारी दिखाना था। यह सेठ जी को खुश करके कुछ इनाम-इकराम भी लेना चाहता था। उसने वालंटियरों को अपशब्द कहे और जब उन्होंने उसकी कुछ परवा न की तो एक वालंटियर को इतने जोर से धक्का दिया कि वह बेचारा मुँह के बल जमीन पर गिर पड़ा। कई वालंटियर इधर-उधर से आ कर जमा हो गये। कई सिपाही भी आ पहुँचे। दर्शकवृन्द को ऐसी घटनाओं में मजा आता ही है। उनकी भीड़ लग गयी। किसी ने हाँक लगायी 'महात्मा गाँधी की जय'। औरों ने भी उसके सुर में सुर मिलाया, देखते-देखते एक जनसमूह एकत्रित हो गया।

एक दर्शक ने कहा—क्या है लाला चंदूमल ? अपनी दूकान के सामने इन गरीबों की दुर्गति करा रहे हो और तुम्हें जरा भी लज्जा नहीं आती ? कुछ भगवान् का भी डर है या नहीं ?

सेठ जी ने कहा—मुझसे कसम ले लो जो मैंने किसी सिपाही से कुछ कहा हो। ये लोग अनायास बेचारों के पीछे पड़ गये। मुझे सेंत में बदनाम करते हैं।

एक सिपाही—लाला जी, आप ही ने तो कहा था कि ये दोनों वालंटियर मेरे ग्राहकों को छेड़ रहे हैं। अब आप निकले जाते हैं ?

चंदूमल—बिलकुल झूठ, सरासर झूठ, सोलहों आना झूठ। तुम लोग अपनी कारगुजारी की धुन में इनसे उलझ पड़े। यह बेचारे तो दूकान से बहुत दूर खड़े थे। न किसी से बोलते थे, न चालते थे। तुमने जबरदस्ती ही इन्हें गरदनी देनी शुरू की। मुझे अपना सौदा बेचना है कि किसी से लड़ना है ?

दूसरा सिपाही—लाला जी, हो बड़े होशियार। मुझसे आग लगवा कर आप अलग हो गये। तुम न कहते तो हमें क्या पड़ी थी कि इन लोगों को धक्के देते ? दारोगा जी ने भी हमको ताकीद कर दी थी कि सेठ चन्दूमल की दूकान का विशेष ध्यान रखना। वहाँ कोई वालंटियर न आये। तब हम लोग आये थे। तुम फरियाद न करते, तो दारोगा जी हमारी तैनाती ही क्यों करते ?

चंदूमल—दारोगा जी को अपनी कारगुजारी दिखानी होगी। मैं उनके पास क्यों फरियाद करने जाता ? सभी लोग काँग्रेस के दुश्मन हो रहे हैं। थाने वाले तो उनके नाम से ही जलते हैं। क्या मैं शिकायत करता तभी तुम्हारी तैनाती करते ?

इतने में किसी ने थाने में इत्तिला दी कि चन्दूमल की दूकान पर कांस्टेबिलों

और वालंटियरों में मारपीट हो गयी। काँग्रेस के दफ्तर में भी खबर पहुँची। जरा देर में मय सशस्त्र पुलिस के थानेदार और इन्सपेक्टर साहब आ पहुँचे। उधर काँग्रेस के कर्मचारी भी दल-बल सहित दौड़े। समूह और बढ़ा। बार-बार जयकार की ध्वनि उठने लगी। काँग्रेस और पुलिस के नेताओं में वाद-विवाद होने लगा। परिणाम यह हुआ कि पुलिसवालों ने दोनों को हिरासत में लिया और थाने की ओर चले।

पुलिस अधिकारियों के जाने के बाद सेठ जी ने काँग्रेस के प्रधान से कहा—आज मुझे मालूम हुआ कि ये लोग वालंटियरों पर इतना घोर अत्याचार करते हैं।

प्रधान—तब तो दो वालंटियरों का फँसना व्यर्थ नहीं हुआ। इस विषय में अब तो आपको कोई शंका नहीं है ? हम कितने लड़ाकू, कितने द्रोही, कितने शांतिभंगकारी हैं; यह तो आपको खूब मालूम हो गया होगा ?

चंदूमल—जी हाँ, मालूम हो गया।

प्रधान—आपकी शहादत तो अवश्य ही होगी।

चंदूमल—होगी तो मैं भी साफ-साफ कह दूँगा; चाहे बने या बिगड़े। पुलिस की सख्ती अब नहीं देखी जाती। मैं भी भ्रम में पड़ा हुआ था।

मंत्री—पुलिसवाले आपको दबायेंगे बहुत।

चंदूमल—एक नहीं, सौ दबाव पड़ें, मैं झूठ कभी न बोलूँगा। सरकार उस दरबार में साथ न जायेगी।

मंत्री—अब तो हमारी लाज आपके हाथ है।

चंदूमल—मुझे आप देश का द्रोही न पायेंगे।

यहाँ से प्रधान और मंत्री तथा अन्य पदाधिकारी चले तो मंत्री जी ने कहा—आदमी सच्चा जान पड़ता है।

प्रधान—(संदिग्ध भाव से) कल तक आप ही सिद्ध हो जायेगा।

3

शाम को इन्सपेक्टर-पुलिस ने लाला चन्दूमल को थाने में बुलाया और कहा—आपको शहादत देनी होगी। हम आपकी तरफ से बेफिक्र हैं।

चंदूमल बोले—हाजिर हूँ।

इन्स—वालंटियरों ने कान्स्टेबिलों को गालियाँ दीं ?

चंदूमल—मैंने नहीं सुनी।

इन्स—सुनी या न सुनी यह बहस नहीं है। आपको यह कहना होगा वह सब खरीदारों को धक्के दे कर हटा रहे थे, हाथापाई करते थे, मारने की धमकी देते थे, ये सभी बातें कहनी होंगी। दारोगा जी, वह बयान लाइए जो मैंने सेठ जी के लिए लिखवाया है।

चंदूमल—मुझसे भरी अदालत में झूठ न बोला जायेगा। अपने हजारों जाननेवाले अदालत में होंगे। किस-किस से मुँह छिपाऊँगा ? कहीं निकलने को जगह भी चाहिए।

इन्स.—यह सब बातें निज के मुआमलों के लिए हैं। पोलिटिकल मुआमलों में झूठ-सच, शर्म और हया, किसी का भी खयाल नहीं किया जाता।

चंदूमल—मुँह में कालिख लग जायेगी।

इन्स —सरकार की निगाह में इज्जत चौगुनी हो जायेगी।

चंदू —(सोच कर) जी नहीं, गवाही न दे सकूँगा। कोई और गवाह बना लीजिए।

इन्स —याद रखिए, यह इज्जत खाक में मिल जायेगी।

चंदू—मिल जाय; मजबूरी है।

इन्स —अमन-सभा के कोषाध्यक्ष का पद छिन जायेगा।

चंदू —उससे कौन रोटियाँ चलती हैं ?

इन्स —बंदूक का लाइसेंस छिन जायेगा।

चंदू -छिन जाय; बला से !

इन्स —इनकम टैक्स की जाँच फिर से होगी।

चंदू —जरूर कराइए। यह तो मेरे मन की बात हुई।

इन्स —बैठने को कुरसी न मिलेगी।

चंदू —कुरसी ले कर चाटूँ ? दिवाला तो निकला जा रहा है।

इन्स —अच्छी बात है। तशरीफ ले जाइए। कभी तो आप पंजे में आयेंगे।

4

दूसरे दिन इसी समय काँग्रेस के दफ्तर में कल के लिए कार्यक्रम निश्चित किया जा रहा था। प्रधान ने कहा—सेठ चंदूमल की दूकान पर धरना देने के लिए दो स्वयंसेवक भेजिए।

मंत्री—मेरे विचार में वहाँ अब धरना देने की कोई जरूरत नहीं।

प्रधान—क्यों ? उन्होंने अभी प्रतिज्ञा-पत्र पर हस्ताक्षर तो नहीं किये ?

मंत्री—हस्ताक्षर नहीं किये, पर हमारे मित्र अवश्य हो गये। पुलिस की तरफ से गवाही न देना यही सिद्ध करता है। अधिकारियों का कितना दबाव पड़ा होगा, इसका अनुमान किया जा सकता है। यह नैतिक साहस में परिवर्तन हुए बिना नहीं आ सकता।

प्रधान—हाँ, कुछ परिवर्तन तो अवश्य हुआ है।

मंत्री—कुछ नहीं महाशय ! पूरी क्रांति कहना चाहिए। आप जानते हैं, ऐसे मुआमलों में अधिकारियों की अवहेलना करने का क्या अर्थ है ? यह राजविद्रोह की घोषणा के समान है ! त्याग में संन्यास से इसका महत्त्व कम नहीं है। आज

जिले के सारे हाकिम उनके खून के प्यासे हो रहे हैं। आश्चर्य नहीं कि गवर्नर महोदय को भी इसकी सूचना दी गयी हो।

प्रधान—और कुछ नहीं तो उन्हें नियम का पालन करने ही के लिए प्रतिज्ञा-पत्र पर हस्ताक्षर कर देना चाहिए था। किसी तरह उन्हें यहाँ बुलाइए। अपनी बात तो रह जाय।

मंत्री—वह बड़ा आत्माभिमानी है, कभी न आयेगा। बल्कि हम लोगों की ओर से इतना अविश्वास देख कर सम्भव है कि फिर उस दल में मिलने की चेष्टा करने लगे।

प्रधान—अच्छी बात है, आपको उन पर इतना विश्वास हो गया है तो उनकी दूकान छोड़ दीजिए। तब भी मैं यही कहूँगा कि आपको स्वयं मिलने के बहाने से उस पर निगाह रखनी होगी।

मंत्री—आप नाहक इतना शक करते हैं।

नौ बजे सेठ चंदूमल अपनी दूकान पर आये तो वहाँ एक भी वालंटियर न था। मुख पर मुस्कराहट की झलक आयी। मुनीम से बोले—कौड़ी चित्त पड़ी।

मुनीम—मालूम तो होता है। एक महाशय भी नहीं आये।

चंदूमल—न आये और न आयेंगे। बाजी अपने हाथ रही। कैसा दाँव खेला—चारों खाने चित।

चंदू—आप भी बातें करते हैं? इन्हें दोस्त बनाते कितनी देर लगती है। कहिए, अभी बुला कर जूतियाँ सीधी करवाऊँ। टके के गुलाम हैं, न किसी के दोस्त, न किसी के दुश्मन। सच कहिए, कैसा चकमा दिया है?

मुनीम—बस, यही जी चाहता है कि आपके हाथ चूम लें। साँप भी मरा और लाठी भी न टूटी। मगर काँग्रेसवाले भी टोह में होंगे।

चंदूमल—तो मैं भी तो मौजूद हूँ। वह डाल-डाल चलेंगे, तो मैं पात-पात चलूँगा। विलायती कपड़े की गाँठ निकलवाइए और व्यापारियों को देना शुरू कीजिए। एक अठवारे में बेड़ा पार है।

पछतावा

पंडित दुर्गानाथ जब कालेज से निकले ,तो उन्हें जीवन-निर्वाह की चिंता उपस्थित हुई। वे दयालु और धार्मिक थे। इच्छा थी कि ऐसा काम करना चाहिए जिससे अपना जीवन भी साधारणतः सुखपूर्वक व्यतीत हो और दूसरों के साथ भलाई और सदाचरण का भी अवसर मिले। वे सोचने लगे—यदि किसी कार्यालय में क्लर्क बन जाऊँ तो अपना निर्वाह हो सकता है, किन्तु सर्वसाधारण से कुछ भी सम्बन्ध न रहेगा। वकालत में प्रविष्ट हो जाऊँ तो दोनों बातें सम्भव हैं, किंतु अनेकानेक यत्न करने पर भी अपने को पवित्र रखना कठिन होगा। पुलिस-विभाग में दीन-पालन और परोपकार के लिए बहुत-से अवसर मिलते रहते हैं; किंतु एक स्वतंत्र और सद्विचार-प्रिय मनुष्य के लिए वहाँ की हवा हानिप्रद है। शासन-विभाग में नियम और नीतियों की भरमार रहती है। कितना ही चाहो, पर वहाँ कड़ाई और डाँट-डपट से बचे रहना असम्भव है। इसी प्रकार बहुत सोच-विचार के पश्चात् उन्होंने निश्चय किया कि किसी जमींदार के यहाँ 'मुख्तारआम' बन जाना चाहिए। वेतन तो अवश्य कम मिलेगा; किंतु दीन खेतिहरों से रात-दिन सम्बन्ध रहेगा, उनके साथ सद्व्यवहार का अवसर मिलेगा। साधारण जीवन-निर्वाह होगा और विचार दृढ़ होंगे।

कुँवर विशालसिंह जी एक सम्पत्तिशाली जमींदार थे। पं दुर्गानाथ ने उनके पास जा कर प्रार्थना की कि मुझे भी अपनी सेवा में रख कर कृतार्थ कीजिए। कुँवर साहब ने इन्हें सिर से पैर तक देखा और कहा—पंडित जी, आपको अपने यहाँ रखने में मुझे बड़ी प्रसन्नता होती, किंतु आपके योग्य मेरे यहाँ कोई स्थान नहीं देख पड़ता।

दुर्गानाथ ने कहा—मेरे लिए किसी विशेष स्थान की आवश्यकता नहीं है। मैं हर एक काम कर सकता हूँ। वेतन आप जो कुछ प्रसन्नतापूर्वक देंगे, मैं स्वीकार करूँगा। मैंने तो यह संकल्प कर लिया है कि सिवा किसी रईस के और किसी की नौकरी न करूँगा। कुँवर विशालसिंह ने अभिमान से कहा—रईस की नौकरी नौकरी नहीं, राज्य है। मैं अपने चपरासियों को दो रुपया माहवार देता हूँ और वे तंजेब के अँगरखे पहन कर निकलते हैं। उनके दरवाजों पर घोड़े बँधे हुए हैं। मेरे

कारिंदे पाँच रुपये से अधिक नहीं पाते, किंतु शादी-विवाह वकीलों के यहाँ करते हैं। न जाने उनकी कमाई में क्या बरकत होती है। बरसों तनख्वाह का हिसाब नहीं करते। कितने ऐसे हैं जो बिना तनख्वाह के कारिंदगी या चपरासगिरी को तैयार बैठे हैं। परंतु अपना यह नियम नहीं। समझ लीजिए, मुख्तारआम अपने इलाके में एक बड़े जमींदार से अधिक रोब रखता है, उसका ठाट-बाट और उसकी हुकूमत छोटे-छोटे राजाओं से कम नहीं। जिसे इस नौकरी का चसका लग गया है, उसके सामने तहसीलदारी झूठी है।

पंडित दुर्गानाथ ने कुँवर साहब की बातों का समर्थन किया, जैसा कि करना उनकी सभ्यतानुसार उचित था। वे दुनियादारी में अभी कच्चे थे, बोले—मुझे अब तक किसी रईस की नौकरी का चसका नहीं लगा है। मैं तो अभी कालेज से निकला आता हूँ। और न मैं इन कारणों से नौकरी करना चाहता हूँ जिनका कि आपने वर्णन किया। किंतु इतने कम वेतन में मेरा निर्वाह न होगा। आपके और नौकर असामियों का गला दबाते होंगे, मुझसे मरते समय तक ऐसे कार्य न होंगे। यदि सच्चे नौकर का सम्मान होना निश्चय है, तो मुझे विश्वास है कि बहुत शीघ्र आप मुझसे प्रसन्न हो जायेंगे।

कुँवर साहब ने बड़ी दृढ़ता से कहा—हाँ, यह तो निश्चय है कि सत्यवादी मनुष्य का आदर सब कहीं होता है, किंतु मेरे यहाँ तनख्वाह अधिक नहीं दी जाती।

जमीदार के इस प्रतिष्ठा-शून्य उत्तर को सुन कर पंडित जी कुछ खिन्न हृदय से बोले—तो फिर मजबूरी है। मेरे द्वारा इस समय कुछ कष्ट आपको हो तो क्षमा कीजिएगा। किंतु मैं आप से कह सकता हूँ कि ईमानदार आदमी आपको सस्ता न मिलेगा।

कुँवर साहब ने मन में सोचा कि मेरे यहाँ सदा अदालत-कचहरी लगी ही रहती है, सैकड़ों रुपये तो डिगरी और तजवीजों तथा और-और अँग्रेजी कागजों के अनुवाद में लग जाते हैं। एक अँग्रेजी का पूर्ण पंडित सहज ही में मिल रहा है। सो भी अधिक तनख्वाह नहीं देनी पड़ेगी। इसे रख लेना ही उचित है। लेकिन पंडित जी की बात का उत्तर देना आवश्यक था, अतः कहा—महाशय, सत्यवादी मनुष्य को कितना ही कम वेतन दिया जाये, वह सत्य को न छोड़ेगा, और न अधिक वेतन पाने से बेईमान सच्चा बन सकता है। सच्चाई का रुपये से कुछ सम्बन्ध नहीं। मैंने ईमानदार कुली देखे हैं और बेईमान बड़े-बड़े धनाढ्य पुरुष। परंतु अच्छा, आप एक सज्जन पुरुष हैं। आप मेरे यहाँ प्रसन्नतापूर्वक रहिए। मैं आपको एक इलाके का अधिकारी बना दूँगा और आपका काम देख कर तरक्की भी कर दूँगा।

दुर्गानाथ जी ने 20 रु. मासिक पर रहना स्वीकार कर लिया। यहाँ से कोई ढाई मील पर कई गाँवों का एक इलाका चाँदपार के नाम से विख्यात था। पंडित जी इसी इलाके के कारिंदे नियत हुए।

2

पंडित दुर्गानाथ ने चाँदपार के इलाके में पहुँच कर अपने निवास-स्थान को देखा तो उन्होंने कुँवर साहब के कथन को बिलकुल सत्य पाया। यथार्थ में रियासत की नौकरी सुख-सम्पत्ति का घर है। रहने के लिए सुंदर बँगला है, जिसमें बहुमूल्य बिछौना बिछा हुआ था, सैकड़ों बीघे की सीर, कई नौकर-चाकर, कितने ही चपरासी, सवारी के लिए एक सुंदर टाँगन, सुख, ठाट-बाट के सारे सामान उपस्थित। किंतु इस प्रकार की सजावट और विलास की सामग्री देख कर उन्हें उतनी प्रसन्नता न हुई, क्योंकि इसी सजे हुए बँगले के चारों ओर किसानों के झोंपड़े थे। फूस के घरों में मिट्टी के बरतनों के सिवा और सामान ही क्या था ! वहाँ के लोगों में वह बँगला कोट के नाम से विख्यात था। लड़के उसे भय की दृष्टि से देखते। उसके चबूतरे पर पैर रखने का उन्हें साहस न पड़ता। इस दीनता के बीच में इतना बड़ा ऐश्वर्ययुक्त दृश्य उनके लिए अत्यंत हृदय-विदारक था। किसानों की यह दशा थी कि सामने आते हुए थर-थर काँपते थे। चपरासी लोग उनसे ऐसा बरताव करते थे कि पशुओं के साथ भी वैसा नहीं होता।

पहले ही दिन कई सौ किसानों ने पंडित जी को अनेक प्रकार के पदार्थ भेंट के रूप में उपस्थित किये, किंतु जब वे सब लौटा दिये गये तो उन्हें बहुत आश्चर्य हुआ। किसान प्रसन्न हुए, किंतु चपरासियों का रक्त उबलने लगा। नाई और कहार खिदमत को आये, किंतु लौटा दिये गये। अहीरों के घरों से दूध से भरा हुआ मटका आया, वह भी वापस हुआ। तमोली एक ढोली पान लाया, किंतु वह भी स्वीकार न हुआ। असामी आपस में कहने लगे कि कोई धर्मात्मा पुरुष आये हैं। परंतु चपरासियों को तो ये नयी बातें असह्य हो गयीं। उन्होंने कहा—हुजूर, अगर आपको ये चीजें पसंद न हों तो न लें, मगर रस्म को तो न मिटायें। अगर कोई दूसरा आदमी यहाँ आयेगा तो उसे नये सिरे से यह रस्म बाँधने में कितनी दिक्कत होगी ? यह सब सुन कर पंडित जी ने केवल यही उत्तर दिया—जिसके सिर पर पड़ेगा वह भुगत लेगा। मुझे इसकी चिन्ता करने की क्या आवश्यकता ? एक चपरासी ने साहस बाँध कर कहा—इन असामियों को आप जितना गरीब समझते हैं उतने गरीब ये नहीं हैं। इनका ढंग ही ऐसा है। भेष बनाये रहते हैं। देखने में ऐसे सीधे-सादे मानो बेसींग की गाय हैं, लेकिन सच मानिए, इनमें का एक-एक आदमी हाईकोर्ट का वकील है।

चपरासियों के इस वाद-विवाद का प्रभाव पंडित जी पर कुछ न हुआ। उन्होंने प्रत्येक गृहस्थ से दयालुता और भाईचारे का आचरण करना आरम्भ किया। सबेरे से आठ बजे तक तो गरीबों को बिना दाम औषधियाँ देते, फिर हिसाब-किताब का काम देखते। उनके सदाचरण ने असामियों को मोह लिया। मालगुजारी का

रुपया, जिसके लिए प्रति वर्ष कुरकी तथा नीलामी की आवश्यकता होती थी, इस वर्ष एक इशारे पर वसूल हो गया। किसानों ने अपने भाग सराहे और वे मनाने लगे कि हमारे सरकार की दिनोंदिन बढ़ती हो।

3

कुँवर विशालसिंह अपनी प्रजा के पालन-पोषण पर बहुत ध्यान रखते थे। वे बीज के लिए अनाज देते और मजूरी और बैलों के लिए रुपये। फसल कटने पर एक का डेढ़ वसूल कर लेते ! चाँदपार के कितने ही असामी इनके ऋणी थे। चैत का महीना था। फसल कट-कट कर खलियानों में आ रही थी। खलियान में से कुछ अनाज घर में आने लगा था। इसी अवसर पर कुँवर साहब ने चाँदपारवालों को बुलाया और कहा—हमारा अनाज और रुपया बेबाक कर दो। यह चैत का महीना है। जब तक कड़ाई न की जाय, तुम लोग डकार नहीं लेते। इस तरह काम नहीं चलेगा। बूढ़े मलूका ने कहा—सरकार, भला असामी कभी अपने मालिक से बेबाक हो सकता है ! कुछ अभी ले लिया जाय, कुछ फिर दे देंगे। हमारी गर्दन तो सरकार की मुट्ठी में है।

कुँवर साहब—आज कौड़ी-कौड़ी चुका कर यहाँ से उठने पाओगे। तुम लोग हमेशा इसी तरह हीला-हवाला किया करते हो।

मलूका (विनय के साथ)—हमारा पेट है, सरकार की रोटियाँ हैं, हमको और क्या चाहिए ? जो कुछ उपज है वह सब सरकार ही की है।

कुँवर साहब से मलूका की यह वाचालता सही न गयी। उन्हें इस पर क्रोध आ गया; राजा-रईस ठहरे। उन्होंने बहुत कुछ खरी-खोटी सुनायी और कहा—कोई है ? जरा इस बुड्ढे का कान तो गरम करो, वह बहुत बढ़-बढ़ कर बातें करता है। उन्होंने तो कदाचित् धमकाने की इच्छा से कहा, किन्तु चपरासी कादिर खाँ ने लपक कर बूढ़े की गर्दन पकड़ी और ऐसा धक्का दिया कि बेचारा जमीन पर जा गिरा। मलूका के दो जवान बेटे वहाँ चुपचाप खड़े थे। बाप की ऐसी दशा देख कर उनका रक्त गरम हो उठा। वे दोनों झपटे और कादिर खाँ पर टूट पड़े। धमाधम शब्द सुनायी पड़ने लगा। खाँ साहब का पानी उतर गया, साफा अलग जा गिरा। अचकन के टुकड़े-टुकड़े हो गये। किन्तु जबान चलती रही।

मलूका ने देखा, बात बिगड़ गयी। वह उठा और कादिर खाँ को छुड़ा कर अपने लड़कों को गालियाँ देने लगा। जब लड़कों ने उसी को डाँटा तब दौड़ कर कुँवर साहब के चरणों पर गिर पड़ा। पर बात यथार्थ में बिगड़ गयी थी। बूढ़े के इस विनीत भाव का कुछ प्रभाव न हुआ। कुँवर साहब की आँखों से मानो आग के अंगारे निकल रहे थे। वे बोले—बेईमान, आँखों के सामने से दूर हो जा। नहीं तो तेरा खून पी जाऊँगा।

बूढ़े के शरीर में रक्त तो अब वैसा न रहा था, किन्तु कुछ गर्मी अवश्य थी। समझता था कि ये कुछ न्याय करेंगे, परंतु यह फटकार सुन कर बोला—सरकार, बुढ़ापे में आपके दरवाजे पर पानी उतर गया और तिस पर सरकार हमी को डाँटते हैं। कुँवर साहब ने कहा—तुम्हारी इज्जत अभी क्या उतरी है, अब उतरेगी।

दोनों लड़के सरोष बोले—सरकार अपना रुपया लेंगे कि किसी की इज्जत लेंगे ?

कुँवर साहब (ऐंठ कर)—रुपया पीछे लेंगे, पहले देखेंगे कि तुम्हारी इज्जत कितनी है !

4

चाँदपार के किसान अपने गाँव पर पहुँच कर पंडित दुर्गानाथ से अपनी रामकहानी कह ही रहे थे कि कुँवर साहब का दूत पहुँचा और खबर दी कि सरकार ने आपको अभी-अभी बुलाया है।

दुर्गानाथ ने असामियों को परितोष दिया और आप घोड़े पर सवार हो कर दरबार में हाजिर हुए।

कुँवर साहब की आँखें लाल थीं। मुख की आकृति भयंकर हो रही थी। कई मुख्तार और चपरासी बैठे हुए आग पर तेल डाल रहे थे। पंडित जी को देखते ही कुँवर साहब बोले—चाँदपारवालों की हरकत आपने देखी ?

पंडित जी ने नम्र भाव से कहा—जी हाँ, सुन कर बहुत शोक हुआ। ये तो ऐसे सरकश न थे।

कुँवर साहब—यह सब आप ही के आगमन का फल है। आप अभी स्कूल के लड़के हैं। आप क्या जानें कि संसार में कैसे रहना होता है। यदि आपका बरताव असामियों के साथ ऐसा ही रहा तो फिर मैं जमींदारी कर चुका। यह सब आपकी करनी है। मैंने इसी दरवाजे पर असामियों को बाँध-ब़ाँध कर उलटे लटका दिया है और किसी ने चूँ तक न की। आज उनका यह साहस कि मेरे ही आदमी पर हाथ चलायें।

दुर्गानाथ (कुछ दबते हुए)—महाशय, इसमें मेरा क्या अपराध ? मैंने तो जब से सुना है तभी से स्वयं सोच में पड़ा हूँ।

कुँवर साहब—आपका अपराध नहीं तो किसका है ? आप ही ने तो इनको सिर चढ़ाया। बेगार बन्द कर दी, आप ही उनके साथ भाईचारे का बरताव करते हैं, उनके साथ हँसी-मजाक करते हैं। ये छोटे आदमी इस बरताव की कदर क्या जानें, किताबी बातें स्कूलों ही के लिए हैं। दुनिया के व्यवहार का कानून दूसरा है। अच्छा, जो हुआ सो हुआ। अब मैं चाहता हूँ कि इन बदमाशों को इस सरकशी

का मजा चखाया जाय। असामियों को आपने मालगुजारी की रसीदें तो नहीं दी हैं ?

दुर्गानाथ (कुछ डरते हुए)—जी नहीं, रसीदें तैयार हैं, लेकिन आपके हस्ताक्षरों की देर है।

कुँवर साहब (कुछ संतुष्ट हो कर)—यह बहुत अच्छा हुआ। शकुन अच्छे हैं। अब आप इन रसीदों को चिरागअली के सिपुर्द कीजिए। इन लोगों पर बकाया लगान की नालिश की जायेगी, फसल नीलाम कर लूँगा। जब भूखे मरेंगे तब सूझेगी। जो रुपया अब तक वसूल हो चुका है, वह बीज और ऋण के खाते में चढ़ा लीजिए। आपको केवल यह गवाही देनी होगी कि यह रुपया मालगुजारी के मद में नहीं, कर्ज में वसूल हुआ है। बस !

दुर्गानाथ चिंतित हो गये। सोचने लगे कि क्या यहाँ भी उसी आपत्ति का सामना करना पड़ेगा जिससे बचने के लिए इतने सोच-विचार के बाद, इस शांति-कुटीर को ग्रहण किया था ? क्या जान-बूझ कर इन गरीबों की गर्दन पर छुरी फेरूँ, इसलिए कि मेरी नौकरी बनी रहे ? नहीं, यह मुझसे न होगा। बोले—क्या मेरी शहादत बिना काम न चलेगा ?

कुँवर साहब (क्रोध से)—क्या इतना कहने में भी आपको कोई उज्र है ?

दुर्गानाथ (द्विविधा में पड़े हुए)—जी, यों तो मैंने आपका नमक खाया है। आपकी प्रत्येक आज्ञा का पालन करना मुझे उचित है, किंतु न्यायालय में मैंने गवाही नहीं दी है। संभव है कि यह कार्य मुझसे न हो सके, अतः मुझे तो क्षमा ही कर दिया जाय।

कुँवर साहब (शासन के ढंग से)—यह काम आपको करना पड़ेगा, इसमें 'हाँ-नहीं' की कोई आवश्यकता नहीं। आग आपने लगायी है। बुझायेगा कौन ?

दुर्गानाथ (दृढ़ता के साथ)—मैं झूठ कदापि नहीं बोल सकता, और न इस प्रकार की शहादत दे सकता हूँ !

कुँवर साहब (कोमल शब्दों में)—कृपानिधान, यह झूठ नहीं है। मैंने झूठ का व्यापार नहीं किया है। मैं यह नहीं कहता कि आप रुपये का वसूल होना अस्वीकार कर दीजिए। जब असामी मेरे ऋणी हैं, तो मुझे अधिकार है कि चाहे रुपया ऋण की मद में वसूल करूँ या मालगुजारी की मद में। यदि इतनी-सी बात को आप झूठ समझते हैं तो आपकी जबरदस्ती है। अभी आपने संसार देखा नहीं। ऐसी सच्चाई के लिए संसार में स्थान नहीं आप मेरे यहाँ नौकरी कर रहे हैं। इस सेवक-धर्म पर विचार कीजिए। आप शिक्षित और होनहार पुरुष हैं। अभी आपको संसार में बहुत दिन तक रहना है और बहुत काम करना है। अभी से आप यह धर्म और सत्यता धारण करेंगे तो अपने जीवन में आपको विपत्ति और निराशा के सिवा और कुछ प्राप्त न होगा। सत्यप्रियता अवश्य उत्तम वस्तु है, किंतु उसकी भी सीमा है,

'अति सर्वत्रवर्जयेत् !' अब अधिक सोच-विचार की आवश्यकता नहीं। यह अवसर ऐसा ही है।

कुँवर साहब पुराने खुर्राट थे। इस फैंकनैत से युवक खिलाड़ी हार गया।

5

इस घटना के तीसरे दिन चाँदपार के असामियों पर बकाया लगान की नालिश हुई। सम्मन आये। घर-घर उदासी छा गयी। सम्मन क्या थे, यम के दूत थे। देवी-देवताओं की मिन्नतें होने लगीं। स्त्रियाँ अपने घरवालों को कोसने लगीं और पुरुष अपने भाग्य को। नियत तारीख के दिन गाँव के गँवार कंधे पर लोटा-डोर रखे और अँगोछे में चबेना बाँधे कचहरी को चले। सैकड़ों स्त्रियाँ और बालक रोते हुए उनके पीछे-पीछे जाते थे। मानो अब वे फिर उनसे न मिलेंगे।

पंडित दुर्गानाथ के तीन दिन कठिन परीक्षा के थे। एक ओर कुँवर साहब की प्रभावशालिनी बातें, दूसरी ओर किसानों की हाय-हाय; परन्तु विचार-सागर में तीन दिन निमग्न रहने के पश्चात् उन्हें धरती का सहारा मिल गया। उनकी आत्मा ने कहा—यह पहली परीक्षा है। यदि इसमें अनुत्तीर्ण रहे तो फिर आत्मिक दुर्बलता ही हाथ रह जायेगी। निदान निश्चय हो गया कि मैं अपने लाभ के लिए इतने गरीबों को हानि न पहुँचाऊँगा।

दस बजे दिन का समय था। न्यायालय के सामने मेला-सा लगा हुआ था। जहाँ-तहाँ श्यामवस्त्राच्छादित देवताओं की पूजा हो रही थी। चाँदपार के किसान झुंड के झुंड एक पेड़ के नीचे आकर बैठे। उनसे कुछ दूर पर कुँवर साहब के मुख्तारआम, सिपाहियों और गवाहों की भीड़ थी। ये लोग अत्यंत विनोद में थे। जिस प्रकार मछलियाँ पानी में पहुँच कर किलोलें करती हैं, उसी भाँति ये लोग भी आनंद में चूर थे। कोई पान खा रहा था। कोई हलवाई की दूकान से पूरियों की पत्तल लिये चला आता था। उधर बेचारे किसान पेड़ के नीचे चुपचाप उदास बैठे थे कि आज न जाने क्या होगा, कौन आफत आयेगी ! भगवान का भरोसा है। मुकदमे की पेशी हुई। कुँवर साहब की ओर के गवाह गवाही देने लगे कि असामी बड़े सरकश हैं। जब लगान माँगा जाता है तो लड़ाई-झगड़े पर तैयार हो जाते हैं। अबकी इन्होंने एक कौड़ी भी नहीं दी।

कादिर खाँ ने रो कर अपने सिर की चोट दिखायी। सबसे पीछे पंडित दुर्गानाथ की पुकार हुई। उन्हीं के बयान पर निपटारा होना था। वकील साहब ने उन्हें खूब तोते की भाँति पढ़ा रखा था, किंतु उनके मुख से पहला वाक्य निकला ही था कि मैजिस्ट्रेट ने उनकी ओर तीव्र दृष्टि से देखा। वकील साहब बगलें झाँकने लगे। मुख्तारआम ने उनकी ओर घूर कर देखा। अहलमद, पेशकार आदि सबके सब उनकी ओर आश्चर्य की दृष्टि से देखने लगे।

न्यायाधीश ने तीव्र स्वर से कहा–तुम जानते हो कि मैजिस्ट्रेट के सामने खड़े हो ?

दुर्गानाथ (दृढ़तापूर्वक)–जी हाँ, भली-भाँति जानता हूँ।

न्याया.–तुम्हारे ऊपर असत्य भाषण का अभियोग लगाया जा सकता है।

दुर्गानाथ–अवश्य, यदि मेरा कथन झूठा हो।

वकील ने कहा–जान पड़ता है, किसानों के दूध, घी और भेंट आदि ने यह काया-पलट कर दी है। और न्यायाधीश की ओर सार्थक दृष्टि से देखा।

दुर्गानाथ–आपको इन वस्तुओं का अधिक तजुर्बा होगा। मुझे तो अपनी रूखी रोटियाँ ही अधिक प्यारी हैं।

न्यायाधीश–तो इन असामियों ने सब रुपया बेबाक कर दिया है ?

दुर्गानाथ–जी हाँ, इनके जिम्मे लगान की एक कौड़ी भी बाकी नहीं है।

न्यायाधीश–रसीदें क्यों नहीं दीं ?

दुर्गानाथ–मेरे मालिक की आज्ञा।

6

मैजिस्ट्रेट ने नालिशें डिसमिस कर दीं। कुँवर साहब को ज्यों ही इस पराजय की खबर मिली, उनके कोप की मात्रा सीमा से बाहर हो गयी। उन्होंने पंडित दुर्गानाथ को सैकड़ों कुवाक्य कहे–नमकहराम, विश्वासघाती, दुष्ट। मैंने उसका कितना आदर किया, किंतु कुत्ते की पूँछ कहीं सीधी हो सकती है ! अंत में विश्वासघात कर ही गया। यह अच्छा हुआ कि पं दुर्गानाथ मैजिस्ट्रेट का फैसला सुनते ही मुख्तारआम को कुंजियाँ और कागजपत्र सुपुर्द कर चलते हुए। नहीं तो उन्हें इस कार्य के फल में कुछ दिन हल्दी और गुड़ पीने की आवश्यकता पड़ती।

कुँवर साहब का लेन-देन विशेष अधिक था। चाँदपार बहुत बड़ा इलाका था। वहाँ के असामियों पर कई सौ रुपये बाकी थे। उन्हें विश्वास हो गया कि अब रुपया डूब जायेगा। वसूल होने की कोई आशा नहीं। इस पंडित ने असामियों को बिलकुल बिगाड़ दिया। अब उन्हें मेरा क्या डर ? अपने कारिंदों और मंत्रियों से सम्मति ली। उन्होंने भी यही कहा–अब वसूल होने की कोई सूरत नहीं। कागजात न्यायालय में पेश किये जायँ तो इनकम टैक्स लग जायेगा। किंतु रुपया वसूल होना कठिन है। उजरदारियाँ होंगी। कहीं हिसाब में कोई भूल निकल आयी तो रही-सही साख भी जाती रहेगी और दूसरे इलाकों का रुपया भी मारा जायेगा।

दूसरे दिन कुँवर साहब पूजा-पाठ से निश्चिंत हो अपने चौपाल में बैठे तो क्या देखते हैं कि चाँदपार के असामी झुंड के झुंड चले आ रहे हैं। उन्हें यह देख कर भय हुआ कि कहीं ये सब कुछ उपद्रव तो न करेंगे, किंतु किसी के हाथ में

एक छड़ी तक न थी। मलूका आगे-आगे आता था। उसने दूर ही से झुक कर वंदना की। ठाकुर साहब को ऐसा आश्चर्य हुआ, मानो वे कोई स्वप्न देख रहे हों।

7

मलूका ने सामने आ कर विनयपूर्वक कहा—सरकार, हम लोगों से जो कुछ भूल-चूक हुई हो उसे क्षमा किया जाय। हम लोग सब हुजूर के चाकर हैं; सरकार ने हमको पाला-पोसा है। अब भी हमारे ऊपर यही निगाह रहे।

कुँवर साहब का उत्साह बढ़ा। समझे कि पंडित के चले जाने से इन सबों के होश ठिकाने हुए हैं। आज किसका सहारा लेंगे। उसी खुर्राट ने इन सबों को बहका दिया था। कड़क कर बोले—वे तुम्हारे सहायक पंडित कहाँ गये ? वे आ जाते तो जरा उनकी खबर ली जाती।

यह सुन कर मलूका की आँखों में आँसू भर आये। वह बोला—सरकार, उनको कुछ न कहें। वे आदमी नहीं देवता थे। जवानी की सौगंध है, जो उन्होंने आपकी कोई निंदा की हो। वे बेचारे तो हम लोगों को बार-बार समझाते थे कि देखो, मालिक से बिगाड़ करना अच्छी बात नहीं। हमसे कभी एक लोटा पानी के रवादार नहीं हुए। चलते-चलते हमसे कह गये कि मालिक का जो कुछ तुम्हारे जिम्मे निकले, चुका देना। आप हमारे मालिक हैं। हमने आपका बहुत खाया-पिया है। अब हमारी यही विनती सरकार से है कि हमारा हिसाब-किताब देख कर जो कुछ हमारे ऊपर निकले बताया जाय। हम एक-एक कौड़ी चुका देंगे, तब पानी पियेंगे।

कुँवर साहब प्रसन्न हो गये। इन्हीं रुपयों के लिए कई बार खेत कटवाने पड़े थे। कितनी बार घरों में आग लगवायी। अनेक बार मार-पीट की। कैसे-कैसे दंड दिये। आज ये सब आप से आप सारा हिसाब-किताब साफ करने आये हैं। यह क्या जादू है।

मुख्तारआम साहब ने कागजात खोले और असामियों ने अपनी-अपनी पोटलियाँ। जिसके जिम्मे जितना निकला, बे-कान-पूँछ हिलाये उतना द्रव्य सामने रख दिया। देखते-देखते सामने रुपयों का ढेर लग गया। छः सौ रुपया बात की बात में वसूल हो गया। किसी के जिम्मे कुछ बाकी न रहा। यह सत्यता और न्याय की विजय थी। कठोरता और निर्दयता से जो काम कभी न हुआ, वह धर्म और न्याय ने पूरा कर दिखाया।

जब से ये लोग मुकदमा जीत आये तभी से उनको रुपया चुकाने की धुन सवार थी। पंडित जी को वे यथार्थ में देवता समझते थे। रुपया चुका देने के लिए उनकी विशेष आज्ञा थी। किसी ने बैल, किसी ने गहने बंधक रखे। यह सब कुछ सहन किया, परंतु पंडित जी की बात न टाली। कुँवर साहब के मन में पंडित

जी के प्रति जो बुरे विचार थे, सब मिट गये। उन्होंने सदा से कठोरता से काम लेना सीखा था। उन्हीं नियमों पर वे चलते थे। न्याय तथा सत्यता पर उनका विश्वास न था। किंतु आज उन्हें प्रत्यक्ष देख पड़ा कि सत्यता और कोमलता में बहुत बड़ी शक्ति है।

ये असामी मेरे हाथ से निकल गये थे। मैं इनका क्या बिगाड़ सकता था ? अवश्य वह पंडित सच्चा और धर्मात्मा पुरुष था। उसमें दूरदर्शिता न हो, काल-ज्ञान न हो, किंतु इसमें संदेह नहीं कि वह निःस्पृह और सच्चा पुरुष था।

8

कैसी ही अच्छी वस्तु क्यों न हो, जब तक हमको उसकी आवश्यकता नहीं होती तब तक हमारी दृष्टि में उसका गौरव नहीं होता। हरी दूब भी किसी समय अशर्फियों के मोल बिक जाती है। कुँवर साहब का काम एक निःस्पृह मनुष्य के बिना नहीं रुक सकता था। अतएव पंडित जी के इस सर्वोत्तम कार्य की प्रशंसा किसी कवि की कविता से अधिक न हुई। चाँदपार के असामियों ने तो अपने मालिक को कभी किसी प्रकार का कष्ट न पहुँचाया, किंतु अन्य इलाकोंवाले असामी उसी पुराने ढंग से चलते थे। उन इलाकों में रगड़-झगड़ सदैव मची रहती थी। अदालत, मार-पीट, डाँट-डपट सदा लगी रहती थी। किंतु ये सब तो जमींदार के शृंगार हैं। बिना इन सब बातों के जमींदारी कैसी ? क्या दिन भर बैठे-बैठे वे मक्खियाँ मारें ?

कुँवर साहब इसी प्रकार पुराने ढंग से अपना प्रबंध सँभालते जाते थे। कई वर्ष व्यतीत हो गये। कुँवर साहब का कारोबार दिनोंदिन चमकता ही गया। यद्यपि उन्होंने पाँच लड़कियों के विवाह बड़ी धूमधाम के साथ किये, परंतु तिस पर भी उनकी बढ़ती में किसी प्रकार की कमी न हुई। हाँ, शारीरिक शक्तियाँ अवश्य कुछ-कुछ ढीली पड़ती गयीं। बड़ी भारी चिंता यही थी कि इतनी बड़ी सम्पत्ति और ऐश्वर्य को भोगनेवाला कोई उत्पन्न न हुआ। भानजे, भतीजे और नवासे इस रियासत पर दाँत लगाये हुए थे।

कुँवर साहब का मन अब इन सांसारिक झगड़ों से फिरता जाता था। आखिर यह रोना-धोना किसके लिए ? अब उनके जीवन-नियम में एक परिवर्तन हुआ। द्वार पर कभी-कभी साधु-संत धूनी रमाये हुए देख पड़ते। स्वयं भगवद्गीता और विष्णुसहस्रनाम पढ़ते थे। पारलौकिक चिंता अब नित्य रहने लगी। परमात्मा की कृपा और साधु-संतों के आशीर्वाद से बुढ़ापे में उनको एक लड़का पैदा हुआ। जीवन की आशाएँ सफल हुईं; पर दुर्भाग्यवश पुत्र के जन्म ही से कुँवर साहब शारीरिक व्याधियों से ग्रस्त रहने लगे। सदा वैद्यों और डाक्टरों का ताँता लगा रहता था; लेकिन दवाओं का उल्टा प्रभाव पड़ता। ज्यों-त्यों करके उन्होंने ढाई वर्ष बिताये। अंत में

उनकी शक्तियों ने जवाब दे दिया। उन्हें मालूम हो गया कि अब संसार से नाता टूट जायेगा। अब चिंता ने और धर दबाया, यह सारा माल-असबाब, इतनी बड़ी सम्पत्ति किस पर छोड़ जाऊँ ? मन की इच्छाएँ मन ही मन रह गयीं। लड़के का विवाह भी न देख सका। उसकी तोतली बातें सुनने का भी सौभाग्य न हुआ। हाय, अब इस कलेजे के टुकड़े को किसे सौंपूँ, जो इसे अपना पुत्र समझे। लड़के की माँ स्त्री-जाति, न कुछ जाने, न समझे। उससे कारबार सँभलना कठिन है। मुख़्तारआम, गुमाश्ते, कारिंदे कितने हैं, परन्तु सब के सब स्वार्थी—विश्वासघाती। एक भी ऐसा पुरुष नहीं जिस पर मेरा विश्वास जमे ! कोर्ट आफ वार्ड्स के सुपुर्द करूँ तो वहाँ भी वे ही सब आपत्तियाँ। कोई इधर दबायेगा, कोई उधर। अनाथ बालक को कौन पूछेगा ? हाय, मैंने आदमी नहीं पहचाना। मुझे हीरा मिल गया था, मैंने उसे ठीकरा समझा ! कैसा सच्चा, कैसा वीर, दृढ़प्रतिज्ञ पुरुष था ! यदि वह कहीं मिल जाये तो इस अनाथ बालक के दिन फिर जायँ। उसके हृदय में करुणा है, दया है। वह अनाथ बालक पर तरस खायेगा। हाँ ! क्या मुझे उसके दर्शन मिलेंगे ? मैं उस देवता के चरण धो कर माथे पर चढ़ाता। आँसुओं से उसके चरण धोता। वही यदि हाथ लगाये तो यह मेरी डूबती नाव पार लगे।

9

ठाकुर साहब की दशा दिन पर दिन बिगड़ती गयी। अब अंतकाल आ पहुँचा। उन्हें पंडित दुर्गानाथ की रट लगी हुई थी। बच्चे का मुँह देखते और कलेजे से एक आह निकल जाती। बार-बार पछताते और हाथ मलते। हाय ! उस देवता को कहाँ पाऊँ ? जो कोई उसके दर्शन करा दे, आधी जायदाद उस पर न्योछावर कर दूँ—प्यारे पंडित ! मेरे अपराध क्षमा करो। मैं अंधा था, अज्ञानी था। अब मेरी बाँह पकड़ो। मुझे डूबने से बचाओ। इस अनाथ बालक पर तरस खाओ।

हितार्थी और सम्बन्धियों का समूह सामने खड़ा था। कुँवर साहब ने उनकी ओर अधखुली आँखों से देखा। सच्चा हितैषी कहीं देख न पड़ा। सबके चेहरे पर स्वार्थ की झलक थी। निराशा से आँखें मूँद लीं। उनकी स्त्री फूट-फूटकर रो रही थी। निदान उसे लज्जा त्यागनी पड़ी। वह रोती हुई पास जा कर बोली—प्राणनाथ, मुझे और इस असहाय बालक को किस पर छोड़े जाते हो ?

कुँवर साहब ने धीरे से कहा—पंडित दुर्गानाथ पर। वे जल्द आयेंगे। उनसे कह देना कि मैंने सब कुछ उनको भेंट कर दिया। यह अंतिम वसीयत है।

आप-बीती

प्रायः अधिकांश साहित्य-सेवियों के जीवन में एक ऐसा समय आता है, जब पाठकगण उनके पास श्रद्धा-पूर्ण पत्र भेजने लगते हैं। कोई उनकी रचना-शैली की प्रशंसा करता है, कोई उनके सद्विचारों पर मुग्ध हो जाता है। लेखक को भी कुछ दिनों से यह सौभाग्य प्राप्त है। ऐसे पत्रों को पढ़ कर उसका हृदय कितना गद्गद हो जाता है, इसे किसी साहित्य-सेवी ही से पूछना चाहिए। अपने फटे कंबल पर बैठा हुआ वह गर्व और आत्मगौरव की लहरों में डूब जाता है। भूल जाता है कि रात को गीली लकड़ी से भोजन पकाने के कारण सिर में कितना दर्द हो रहा था, खटमलों और मच्छरों ने रात भर कैसे नींद हराम कर दी थी। "मैं भी कुछ हूँ' यह अहंकार उसे एक क्षण के लिए उन्मत्त बना देता है। पिछले साल सावन के महीने में मुझे एक ऐसा ही पत्र मिला। उसमें मेरी क्षुद्र रचनाओं की दिल खोल कर दाद दी गयी थी।

पत्र-प्रेषक महोदय स्वयं एक अच्छे कवि थे। मैं उनकी कविताएँ पत्रिकाओं में अक्सर देखा करता था। यह पत्र पढ़ कर फूला न समाया। उसी वक्त जवाब लिखने बैठा। उस तरंग में जो कुछ लिख गया, इस समय याद नहीं। इतना जरूर याद है कि पत्र आदि से अंत तक प्रेम के उद्गारों से भरा हुआ था। मैंने कभी कविता नहीं की और न कोई गद्य-काव्य ही लिखा; पर भाषा को जितना सँवार सकता था, उतना सँवारा। यहाँ तक कि जब पत्र समाप्त करके दुबारा पढ़ा तो कविता का आनंद आया। सारा पत्र भाव-लालित्य से परिपूर्ण था। पाँचवें दिन कवि महोदय का दूसरा पत्र आ पहुँचा। वह पहले पत्र से भी कहीं अधिक मर्मस्पर्शी था। 'प्यारे भैया !' कह कर मुझे सम्बोधित किया गया था; मेरी रचनाओं की सूची और प्रकाशकों के नाम-ठिकाने पूछे गये थे। अंत में यह शुभ समाचार है कि "मेरी पत्नी जी को आपके ऊपर बड़ी श्रद्धा है। वह बड़े प्रेम से आपकी रचनाओं को पढ़ती हैं। वही पूछ रही हैं कि आपका विवाह कहाँ हुआ है। आपकी संतानें कितनी हैं तथा आपका कोई फोटो भी है ? हो तो कृपया भेज दीजिए।" मेरी जन्म-भूमि और वंशावली का पता भी पूछा गया था। इस पत्र, विशेषतः उसके अंतिम समाचार ने मुझे पुलकित कर दिया।

यह पहला ही अवसर था कि मुझे किसी महिला के मुख से, चाहे वह प्रतिनिधि द्वारा ही क्यों न हो, अपनी प्रशंसा सुनने का सौभाग्य प्राप्त हुआ। गरूर का नशा छा गया। धन्य है भगवान् ! अब रमणियाँ भी मेरे कृत्य की सराहना करने लगीं ! मैंने तुरंत उत्तर लिखा। जितने कर्णप्रिय शब्द मेरी स्मृति के कोष में थे, सब खर्च कर दिये। मैत्री और बंधुत्व से सारा पत्र भरा हुआ था। अपनी वंशावली का वर्णन किया। कदाचित् मेरे पूर्वजों का ऐसा कीर्ति-गान किसी भाट ने भी न किया होगा। मेरे दादा एक जमींदार के कारिंद थे, मैंने उन्हें एक बड़ी रियासत का मैनेजर बतलाया। अपने पिता को, जो एक दफ्तर में क्लर्क थे, उस दफ्तर का प्रधानाध्यक्ष बना दिया। और काश्तकारी को जमींदारी बना देना तो साधारण बात थी। अपनी रचनाओं की संख्या तो न बढ़ा सका, पर उनके महत्त्व, आदर और प्रचार का उल्लेख ऐसे शब्दों में किया, जो नम्रता की ओट में अपने गर्व को छिपाते हैं। कौन नहीं जानता कि बहुधा 'तुच्छ' का अर्थ उससे विपरीत होता है, और 'दीन' के माने कुछ और ही समझे जाते हैं। स्पष्ट से अपनी बड़ाई करना उच्छृंखलता है; मगर सांकेतिक शब्दों से आप इसी काम को बड़ी आसानी से पूरा कर सकते हैं। खैर, मेरा पत्र समाप्त हो गया और तत्क्षण लेटरबक्स के पेट में पहुँच गया।

इसके बाद दो सप्ताह तक कोई पत्र न आया। मैंने उस पत्र में अपनी गृहिणी की ओर से भी दो-चार समयोचित बातें लिख दी थीं। आशा थी, घनिष्ठता और भी घनिष्ठ होगी। कहीं कविता में मेरी प्रशंसा हो जाय, तो क्या पूछना ! फिर तो साहित्य-संसार में मैं ही नजर आऊँ ! इस चुप्पी से कुछ निराशा होने लगी; लेकिन इस डर से कि कहीं कवि जी मुझे मतलबी अथवा सेंटिमेंटल न समझ लें, कोई पत्र न लिख सका।

आश्विन का महीना था, और तीसरा पहर। रामलीला की धूम मची हुई थी। मैं अपने एक मित्र के घर चला गया था। ताश की बाजी हो रही थी। सहसा एक महाशय मेरा नाम पूछते हुए आये और मेरे पास की कुरसी पर बैठ गये। मेरा उनसे कभी का परिचय न था। सोच रहा था, यह कौन आदमी है और यहाँ कैसे आया ? यार लोग उन महाशय की ओर देख कर आपस में इशारेबाजियाँ कर रहे थे। उनके आकार-प्रकार में कुछ नवीनता अवश्य थी। श्यामवर्ण, नाटा डील, मुख पर चेचक के दाग, नंगा सिर, बाल सँवारे हुए, सिर्फ सादी कमीज, गले में फूलों की एक माला, पैर में फुल-बूट और हाथ में एक मोटी-सी पुस्तक !

मैंने विस्मित हो कर नाम पूछा।

उत्तर मिला—मुझे उमापतिनारायण कहते हैं।

मैं उठ कर उनके गले से लिपट गया। यह वही कवि महोदय थे, जिनके कई प्रेम-पत्र मुझे मिल चुके थे। कुशल-समाचार पूछा। पान-इलायची से खातिर की। फिर पूछा—आपका आना कैसे हुआ ?

उन्होंने कहा—मकान पर चलिए, तो सब वृत्तांत कहूँगा। मैं आपके घर गया था। वहाँ मालूम हुआ, आप यहाँ हैं। पूछता हुआ चला आया।

मैं उमापति जी के साथ घर चलने को उठ खड़ा हुआ। जब वह कमरे के बाहर निकल गये, तो मेरे मित्र ने पूछा—यह कौन साहब हैं ?

मैं—मेरे एक नये दोस्त हैं।

मित्र—जरा इनसे होशियार रहिएगा। मुझे तो उचक्के-से मालूम होते हैं।

मैं—आपका अनुमान गलत है। आप हमेशा आदमी को उसकी सजधज से परखा करते हैं। पर मनुष्य कपड़ों में नहीं, हृदय में रहता है।

मित्र—खैर, ये रहस्य की बातें तो आप जानें; मैं आपको आगाह किये देता हूँ।

मैंने इसका कुछ जवाब नहीं दिया। उमापति जी के साथ घर पर आया। बाजार से भोजन मँगवाया। फिर बातें होने लगीं। उन्होंने मुझे अपनी कई कविताएँ सुनायीं। स्वर बहुत सरस और मधुर था।

कविताएँ तो मेरी समझ में खाक न आयीं, पर मैंने तारीफों के पुल बाँध दिये। झूम-झूम कर वाह, वाह करने लगा; जैसे मुझसे बढ़ कर कोई काव्य रसिक संसार में न होगा। संध्या को हम रामलीला देखने गये। लौटकर उन्हें फिर भोजन कराया। अब उन्होंने अपना वृत्तांत सुनाना शुरू किया। इस समय वह अपनी पत्नी को लेने के लिए कानपुर जा रहे हैं। उसका मकान कानपुर ही में है। उनका विचार है कि एक मासिक पत्रिका निकालें। उनकी कविताओं के लिए एक प्रकाशक 1,000 रु देता है; पर उनकी इच्छा तो यह है कि उन्हें पहले पत्रिका में क्रमशः निकाल कर फिर अपनी ही लागत से पुस्तकाकार छपवायें। कानपुर में उनकी जमींदारी भी है; पर वह साहित्यिक जीवन व्यतीत करना चाहते हैं। जमींदारी से उन्हें घृणा है। उनकी स्त्री एक कन्या-विद्यालय में प्रधानाध्यापिका है। आधी रात तक बातें होती रहीं। अब उनमें से अधिकांश याद नहीं हैं। हाँ ! इतना याद है कि हम दोनों ने मिल कर अपने भावी जीवन का एक कार्यक्रम तैयार कर लिया था। मैं अपने भाग्य को सराहता था कि भगवान् ने बैठे-बैठाये ऐसा सच्चा मित्र भेज दिया। आधी रात बीत गयी, तो सोये। उन्हें दूसरे दिन 8 बजे की गाड़ी से जाना था। मैं जब सो कर उठा, तब 7 बज चुके थे। उमापति जी हाथ-मुँह धोये तैयार बैठे थे। बोले—अब आज्ञा दीजिए; लौटते समय इधर ही से जाऊँगा। इस समय आपको कुछ कष्ट दे रहा हूँ। क्षमा कीजिएगा। मैं कल चला, तो प्रातःकाल के 4 बजे थे। दो बजे रात से पड़ा जाग रहा था कि कहीं नींद न आ जाये। बल्कि यों समझिए कि सारी रात जागना पड़ा; क्योंकि चलने की चिंता लगी हुई थी। गाड़ी में बैठा तो झपकियाँ आने लगीं। कोट उतार कर रख दिया और लेट गया, तुरंत नींद आ गयी। मुगलसराय में नींद खुली। कोट गायब ! नीचे-ऊपर चारों तरफ देखा, कहीं पता नहीं। समझ

गया, किसी महाशय ने उड़ा दिया। सोने की सजा मिल गयी। कोट में 50 रु. खर्च के लिए रखे थे; वे भी उसके साथ उड़ गये। आप मुझे 50 रु. दें। पत्नी को मैके से लाना है; कुछ कपड़े वगैरह ले जाने पड़ेंगे। फिर ससुराल में सैकड़ों तरह के नेग-जोग लगने हैं। कदम-कदम पर रुपये खर्च होते हैं। न खर्च कीजिए तो हँसी हो। मैं इधर से लौटूँगा तो देता जाऊँगा।

मैं बड़े संकोच में पड़ गया। एक बार पहले भी धोखा खा चुका था। तुरंत भ्रम हुआ कहीं अबकी फिर वही दशा न हो। लेकिन शीघ्र ही मन के इस अविश्वास पर लज्जित हुआ। संसार में सभी मनुष्य एक-से नहीं होते। यह बेचारे इतने सज्जन हैं। इस समय संकट में पड़ गये हैं। और मिथ्या संदेह में पड़ा हुआ हूँ। घर में आकर पत्नी से कहा—तुम्हारे पास कुछ रुपये तो नहीं हैं ?

स्त्री—क्या करोगे।

मैं—मेरे मित्र जो कल आये हैं, उनके रुपये किसी ने गाड़ी में चुरा लिये। उन्हें बीवी को बिदा कराने ससुराल जाना है। लौटती बार देते जायेंगे।

पत्नी ने व्यंग्य करके कहा—तुम्हारे याँ जितने मित्र आते हैं, सब तुम्हें ठगने ही आते हैं, सभी संकट में पड़े रहते हैं। मेरे पास रुपये नहीं हैं।

मैंने खुशामद करते हुए कहा—लाओ दे दो, बेचारे तैयार खड़े हैं। गाड़ी छूट जायेगी।

स्त्री—कह दो, इस समय घर में रुपये नहीं हैं।

मैं—यह कह देना आसान नहीं है। इसका अर्थ तो यह है कि मैं दरिद्र ही नहीं, मित्र-हीन भी हूँ; नहीं तो क्या मेरे लिए 50 रु. का इंतजाम न हो सकता। उमापति को कभी विश्वास न आयेगा कि मेरे पास रुपये नहीं हैं। इससे तो कहीं अच्छा हो कि साफ-साफ यह कह दिया जाय कि 'हमको आप पर भरोसा नहीं है, हम आपको रुपये नहीं दे सकते।' कम से कम अपना पर्दा तो ढका रह जायेगा।

श्रीमती ने झुँझला कर संदूक की कुंजी मेरे आगे फेंक दी और कहा—तुम्हें जितना बहस करना आता है, उतना कहीं आदमियों को परखना आता, तो अब तक आदमी हो गये होते ! ले जाओ, दे दो। किसी तरह तुम्हारी मरजाद तो बनी रहे। लेकिन उधार समझ कर मत दो, यह समझ लो कि पानी में फेंके देते हैं।

मुझे आम खाने से काम था, पेड़ गिनने से नहीं। चुपके से रुपये निकाले और ला कर उमापति को दे दिये। फिर लौटती बार आकर रुपये दे जाने का आश्वासन दे कर वह चल दिये।

सातवें दिन शाम को वह घर से लौट आये। उनकी पत्नी और पुत्री भी साथ थीं। मेरी पत्नी ने शक्कर और दही खिला कर उनका स्वागत किया। मुँह-दिखायी के 20 रु. दिये। उनकी पुत्री को भी मिठाई खाने को 2 रु. दिये। मैंने समझा था, उमापति आते ही आते मेरे रुपये गिनने लगेंगे; लेकिन उन्होंने पहर रात गये

तक रुपयों का नाम भी नहीं लिया। जब मैं घर में सोने गया, तो बीवी से कहा—इन्होंने तो रुपये नहीं दिये जी !

पत्नी ने व्यंग्य से हँस कर कहा—तो क्या सचमुच तुम्हें आशा थी कि वह आते ही आते तुम्हारे हाथ में रुपये रख देंगे ? मैंने तो तुमसे पहले ही कह दिया था कि फिर पाने की आशा से रुपये मत दो; यही समझ लो कि किसी मित्र को सहायतार्थ दे दिये। लेकिन तुम भी विचित्र आदमी हो।

मैं लज्जित और चुप हो रहा। उमापति जी दो दिन रहे। मेरी पत्नी उनका यथोचित आदर-सत्कार करती रही। लेकिन मुझे उतना संतोष न था। मैं समझता था, इन्होंने मुझे धोखा दिया।

तीसरे दिन प्रातःकाल वह चलने को तैयार हुए। मुझे अब भी आशा थी कि वह रुपये दे कर जायेंगे। लेकिन जब उनकी नयी रामकहानी सुनी, तो सन्नाटे में आ गया। वह अपना बिस्तर बाँधते हुए बोले—बड़ा ही खेद है कि मैं अबकी बार आपके रुपये न दे सका। बात यह है कि मकान पर पिता जी से भेंट ही नहीं हुई। वह तहसील-वसूल करने गाँव चले गये थे। और मुझे इतना अवकाश न था कि गाँव तक जाता। रेल का रास्ता नहीं है। बैलगाड़ियों पर जाना पड़ता है। इसीलिए मैं एक दिन मकान पर रहकर ससुराल चला गया। वहाँ सब रुपये खर्च हो गये। बिदाई के रुपये न मिल जाते, तो यहाँ तक आना कठिन था। अब मेरे पास रेल का किराया तक नहीं है। आप मुझे 25 रु. और दे दें। मैं वहाँ जाते ही भेज दूँगा। मेरे पास इक्के तक का किराया नहीं है।

जी में तो आया कि टका-सा जवाब दे दूँ; पर इतनी अशिष्टता न हो सकी। फिर पत्नी के पास गया और रुपये माँगे। अबकी उन्होंने बिना कुछ कहे-सुने रुपये निकाल कर मेरे हवाले कर दिये। मैंने उदासीन भाव से रुपये उमापति जी को दिये। जब उनकी पुत्री और अर्धांगिनी जीने से उतर गयीं, तो उन्होंने बिस्तर उठाया और मुझे प्रणाम किया। मैंने बैठे-बैठे सर हिला कर जवाब दिया। उन्हें सड़क तक पहुँचाने भी न गया।

एक सप्ताह के बाद उमापति जी ने लिखा—मैं कार्यवश बरार जा रहा हूँ। लौट कर रुपये भेजूँगा।

15 दिन के बाद एक पत्र लिख कर कुशल-समाचार पूछे। कोई उत्तर न आया। 15 दिन के बाद फिर रुपयों का तकाजा किया। उसका भी कुछ जवाब न मिला। एक महीने के बाद फिर तकाजा किया। उसका भी यही हाल ! एक रजिस्टरी पत्र भेजा। वह पहुँच गया, इसमें संदेह नहीं; लेकिन जवाब उसका भी न आया। समझ गया, समझदार जोरू ने जो कुछ कहा था, वह अक्षरशः सत्य था ! निराश हो कर चुप हो रहा।

इन पत्रों की मैंने पत्नी से चर्चा भी नहीं की और न उसी ने कुछ इस बारे में पूछा।

2

इस कपट-व्यवहार का मुझ पर वही असर पड़ा जो साधारणतः स्वाभाविक रूप से पड़ना चाहिए। कोई ऊँची और पवित्र आत्मा इस छल पर भी अटल रह सकती थी। उसे यह समझ कर संतोष हो सकता था कि मैंने अपने कर्त्तव्य को पूरा कर दिया। यदि ऋणी ने ऋण नहीं चुकाया, तो मेरा क्या अपराध। पर मैं इतना उदार नहीं हूँ। यहाँ तो महीनों सिर खपाता हूँ, कलम घिसता हूँ, तब जा कर नगद-नारायण के दर्शन होते हैं।

इसी महीने की बात है। मेरे यंत्रालय में एक नया कंपोजीटर बिहार-प्रांत से आया। काम में चतुर जान पड़ता था। मैंने उसे 15 रु. मासिक पर नौकर रख लिया। पहले किसी अँग्रेजी स्कूल में पढ़ता था। असहयोग के कारण पढ़ना छोड़ बैठा था। घरवालों ने किसी प्रकार की सहायता देने से इनकार किया। विवश होकर उसने जीविका के लिए यह पेशा अख्तियार कर लिया। कोई 17-18 वर्ष की उम्र थी। स्वभाव में गंभीरता थी। बातचीत बहुत सलीके से करता था। यहाँ आने के तीसरे दिन बुखार आने लगा। दो-चार दिन तो ज्यों-त्यों करके काटे, लेकिन जब बुखार न छूटा, तो घबरा गया। घर की याद आयी। और कुछ न सही, घरवाले क्या दवा-दरपन भी न करेंगे। मेरे पास आकर बोला—महाशय, मैं बीमार हो गया हूँ। आप कुछ रुपये दे दें तो घर चला जाऊँ। वहाँ जाते ही रुपयों का प्रबंध करके भेज दूँगा। वह वास्तव में बीमार था। मैं उससे भली-भाँति परिचित था। यह भी जानता था कि यहाँ रहकर वह कभी स्वास्थ्य-लाभ नहीं कर सकता। उसे सचमुच सहायता की जरूरत थी। पर मुझे शंका हुई कि कहीं यह भी रुपये हजम न कर जाय। जब एक विचारशील, सुयोग्य विद्वान् पुरुष धोखा दे सकता है, तो ऐसे अर्द्धशिक्षित नवयुवक से कैसे यह आशा की जाय कि वह अपने बचन का पालन करेगा ?

मैं कई मिनट तक घोर संकट में पड़ा रहा। अंत में बोला—भई, मुझे तुम्हारी दशा पर बहुत दुःख है। मगर मैं इस समय कुछ न कर सकूँगा। बिलकुल खाली हाथ हूँ। खेद है।

यह कोरा जवाब सुन कर उसकी आँखों से आँसू गिरने लगे। वह बोला—आप चाहें तो कुछ न कुछ प्रबंध अवश्य कर सकते हैं। मैं जाते ही आपके रुपये भेज दूँगा।

मैंने दिल में कहा—यहाँ तुम्हारी नीयत साफ है, लेकिन घर पहुँच कर भी

यही नीयत रहेगी, इसका क्या प्रमाण है ? नीयत साफ रहने पर भी मेरे रुपये दे सकोगे या नहीं यह कौन जाने ? कम से कम तुमसे वसूल करने का मेरे पास कोई साधन नहीं है। प्रकट में कहा--इसमें मुझे कोई संदेह नहीं है, लेकिन खेद है कि मेरे पास रुपये नहीं हैं। हाँ, तुम्हारी जितनी तनख्वाह निकलती हो वह ले सकते हो।

उसने कुछ जवाब नहीं दिया, किंकर्तव्यविमूढ़ की तरह एक बार आकाश की ओर देखा और चला गया। मेरे हृदय में कठिन वेदना हुई। अपनी स्वार्थपरता पर ग्लानि हुई। पर अंत को मैंने जो निश्चय किया था उसी पर स्थिर रहा। इस विचार से मन को संतोष हो गया कि मैं ऐसा कहाँ का धनी हूँ जो यों रुपये पानी में फेंकता फिरूँ।

यह है उस कपट का परिणाम, जो मेरे कवि मित्र ने मेरे साथ किया।

मालूम नहीं, आगे चल कर इस निर्बलता का क्या कुफल निकलता, पर सौभाग्य से उसकी नौबत न आयी। ईश्वर को मुझे इस अपयश से बचाना मंजूर था। जब वह आँखों में आँसू-भरे मेरे पास से चला, तो कार्यालय के एक क्लर्क, पं. पृथ्वीनाथ से उसकी भेंट हो गयी। पंडित जी ने उससे हाल पूछा। पूरा वृत्तांत सुन लेने पर बिना किसी आगा-पीछा के उन्होंने 15 रु. निकाल कर उसे दे दिये। ये रुपये उन्हें कार्यालय के मुनीम से उधार लेने पड़े। मुझे यह हाल मालूम हुआ, तो हृदय के ऊपर से एक बोझ-सा उतर गया। अब वह बेचारा मजे से अपने घर पहुँच जायेगा। यह संतोष मुफ्त ही में प्राप्त हो गया। कुछ अपनी नीचता पर लज्जा भी आयी। मैं लंबे-लंबे लेखों में दया, मनुष्यता और सद्व्यवहार का उपदेश किया करता था; पर अवसर पड़ने पर साफ जान बचा कर निकल गया ! और, यह बेचारा क्लर्क, जो मेरे लेखों का भक्त था, इतना उदार और दयाशील निकला ! गुरु गुड़ ही रहे, चेला शक्कर हो गये। खैर, उसमें भी एक व्यंग्य-पूर्ण संतोष था कि मेरे उपदेशों का असर मुझ पर न हुआ, न सही; दूसरों पर तो हुआ! चिराग के तले अँधेरा रहा तो क्या हुआ, उसका प्रकाश तो फैल रहा है ! पर, कहीं बेचारे को रुपये न मिले (और शायद ही मिलें, इसकी बहुत कम आशा है) तो खूब छकेंगे। हजरत को आड़े हाथों लूँगा। किंतु मेरी यह अभिलाषा न पूरी हुई। पाँचवें दिन रुपये आ गये। ऐसी और आँखें खोल देनेवाली यातना मुझे और कभी नहीं मिली थी। खैरियत यही थी कि मैंने इस घटना की चर्चा स्त्री से नहीं की थी; नहीं तो मुझे घर में रहना भी मुश्किल हो जाता।

3

उपर्युक्त वृत्तांत लिख कर मैंने एक पत्रिका में भेज दिया। मेरा उद्देश्य केवल यह था कि जनता के सामने कपट-व्यवहार के कुपरिणाम का एक दृश्य रखूँ। मुझे

स्वप्न में भी आशा न थी कोई प्रत्यक्ष फल निकलेगा। इसी से जब चौथे दिन अनायास मेरे पास 75 रु. का मनीआर्डर पहुँचा, तो मेरे आनंद की सीमा न रही। प्रेषक वही महाशय थे–उमापति। कूपन पर केवल 'क्षमा' लिखा हुआ था। मैंने रुपये ले जाकर पत्नी के हाथों में रख दिये और कूपन दिखलाया।

उसने अनमने भाव से कहा–इन्हें ले जा कर यत्न से अपने संदूक में रखो। तुम ऐसे लोभी प्रकृति के मनुष्य हो, यह मुझे आज ज्ञात हुआ। थोड़े-से रुपयों के लिए किसी के पीछे पंजे झाड़ कर पड़ जाना सज्जनता नहीं है। जब कोई शिक्षित और विनयशील मनुष्य अपने वचन का पालन न करे, तो यही समझना चाहिए कि वह विवश है। विवश मनुष्य को बार-बार तकाजों से लज्जित करना भलमनसी नहीं है। कोई मनुष्य, जिसका सर्वथा नैतिक पतन नहीं हो गया है, यथाशक्ति किसी को धोखा नहीं देता। इन रुपयों को मैं तब तक अपने पास नहीं रखूँगी, जब तक उमापति का कोई पत्र नहीं आ जायेगा कि क्यों रुपये भेजने में इतना विलंब हुआ।

पर इस समय मैं ऐसी उदार बातें सुनने को तैयार न था। डूबा हुआ धन मिल गया, इसकी खुशी से फूला नहीं समाता था।

राज्य-भक्त

संध्या का समय था। लखनऊ के बादशाह नासिरुद्दीन अपने मुसाहबों और दरबारियों के साथ बाग की सैर कर रहे थे। उनके सिर पर रत्नजटित मुकुट की जगह अँग्रेजी टोपी थी। वस्त्र भी अँग्रेजी ही थे। मुसाहबों में पाँच अँग्रेज थे। उनमें से एक के कन्धे पर सिर रख कर बादशाह चल रहे थे। तीन-चार हिंदुस्तानी भी थे। उनमें से एक राजा बख्तावरसिंह थे। वह बादशाही सेना के अध्यक्ष थे। उन्हें सब लोग 'जेनरल' कहा करते थे। वह अधेड़ आदमी थे। शरीर खूब गठा हुआ था। लखनवी पहनावा उन पर बहुत सजता था। मुख से विचारशीलता झलक रही थी। दूसरे महाशय का नाम रोशनुद्दौला था। यह राज्य के प्रधानमंत्री थे। बड़ी-बड़ी मूँछें और नाटा डील था, जिसे ऊँचा करने के लिए वह तन कर चलते थे। नेत्रों से गर्व टपक रहा था। शेष लोगों में एक कोतवाल था और दो बादशाह के रक्षक। यद्यपि अभी 19वीं शताब्दी का आरंभ ही था, पर बादशाह ने अँग्रेजी रहन-सहन अख्तियार कर ली थी। भोजन भी प्रायः अँग्रेजी ही करते थे। अँग्रेजों पर उनका असीम विश्वास था। वह सदैव उनका पक्ष लिया करते थे। मजाल न थी कि कोई बड़े-से-बड़ा राजा या राजकर्मचारी किसी अँग्रेज से बराबरी करने का साहस कर सके।

अगर किसी में यह हिम्मत थी, तो वह राजा बख्तावरसिंह थे। उनसे कंपनी का बढ़ता हुआ अधिकार न देखा जाता था; कंपनी की उस सेना की संख्या जो उसने अवध के राज्य की रक्षा के लिए लखनऊ में नियुक्त की थी, दिन-दिन बढ़ती जाती थी। उसी परिणाम से सेना का व्यय भी बढ़ रहा था। राजदरबार उसे चुका न सकने के कारण कंपनी का ऋणी होता जाता था। बादशाही सेना की दशा हीन से हीनतर होती जाती थी। उसमें न संगठन था, न बल। बरसों तक सिपाहियों का वेतन न मिलता था। शस्त्र सभी पुराने थे। वर्दी फटी हुई। कवायद का नाम नहीं। कोई उनका पूछनेवाला न था। अगर राजा बख्तावरसिंह वेतन-वृद्धि या नये शस्त्रों के सम्बन्ध में कोई प्रयत्न करते तो कम्पनी का रेजीडेंट उसका घोर विरोध और राज्य पर विद्रोहात्मक शक्ति-संचार का दोषारोपण करता था। उधर से डाँट पड़ती तो बादशाह अपना गुस्सा राजा साहब पर उतारते। बादशाह के सभी अँग्रेज मुसाहब

राजासाहब से शंकित रहते और उनकी जड़ खोदने का प्रयास किया करते थे। पर वह राज्य का सेवक एक ओर अवहेलना और दूसरी ओर से घोर विरोध सहते हुए भी अपने कर्त्तव्य का पालन करता जाता था। मजा यह कि सेना भी उनसे संतुष्ट न थी। सेना में अधिकांश लखनऊ के शोहदे और गुंडे भरे हुए थे। राजासाहब जब उन्हें हटा कर अच्छे-अच्छे जवानों की भरती करने की चेष्टा करते, तो सारी सेना में हाहाकार मच जाता। लोगों को शंका होती कि यह राजपूतों की सेना बना कर कहीं राज्य ही पर तो हाथ नहीं बढ़ाना चाहते ? इसलिए मुसलमान भी उनसे बदगुमान रहते थे। राजा साहब के मन में बार-बार प्रेरणा होती कि इस पद को त्याग कर चले जायँ; पर यह भय उन्हें रोकता था कि मेरे हटते ही अँग्रेजों की बन आयेगी और बादशाह उनके हाथों में कठपुतली बन जायेंगे, रही-सही सेना के साथ अवध-राज्य का अस्तित्व भी मिट जायेगा। अतएव इतनी कठिनाइयों के होते हुए भी, चारों ओर से वैर-विरोध से घिरे होने पर भी, वह अपने पद से हटने का निश्चय न कर सकते थे। सबसे कठिन समस्या यह थी कि रोशनुद्दौला भी राजा साहब से खार खाता था। उसे सदैव शंका रहती कि यह मराठों से मैत्री करके अवध-राज्य को मिटाना चाहते हैं। इसलिए वह राजा साहब के प्रत्येक कार्य में बाधा डालता रहता था। उसे अब भी आशा थी कि अवध का मुसलमानी राज्य अगर जीवित रह सकता है, तो अँग्रेजों के संरक्षण में, अन्यथा वह अवश्य हिंदुओं की बढ़ती हुई शक्ति का ग्रास बन जायगा।

वास्तव में बख्तावरसिंह की दशा अत्यंत करुण थी। वह अपनी चतुराई से जिह्वा की भाँति दाँतों के बीच में पड़े हुए अपना काम किये जाते थे। यों तो वह स्वभाव के अक्खड़ थे, अपना काम निकालने के लिए मधुरता और मृदुलता, शील और विनय का आवाहन करते रहते थे। इससे उनके व्यवहार में कृत्रिमता आ जाती थी और वह शत्रुओं को उनकी ओर से और भी सशंक बना देती थी।

बादशाह ने एक अँग्रेज मुसाहब से पूछा—तुमको मालूम है, मैं तुम्हारी कितनी खातिर करता हूँ ? मेरी सल्तनत में किसी की मजाल नहीं कि वह किसी अँग्रेज को कड़ी निगाहों से देख सके।

अँग्रेज मुसाहब ने सिर झुका कर कहा—हम हुजूर की इस मिहरबानी को कभी नहीं भूल सकते।

बा.—इमामहुसैन की कसम, अगर यहाँ कोई आदमी तुम्हें तकलीफ दे, तो मैं उसे फौरन जिंदा दीवार में चुनवा दूँ।

बादशाह की आदत थी कि वह बहुधा अपनी अँग्रेजी टोपी हाथ में ले कर उसे उँगली पर नचाने लगते थे। रोज-रोज नचाते-नचाते टोपी में उँगली का घर हो गया था। इस समय जो उन्होंने टोपी उठा कर उँगली पर रखी तो टोपी में छेद हो गया। बादशाह का ध्यान अँग्रेजों की तरफ था। बख्तावरसिंह बादशाह के मुँह

से ऐसी बात सुन कर कबाब हुए जाते थे। उक्त कथन में कितनी खुशामद, कितनी नीचता और अवध की प्रजा तथा राजों का कितना अपमान था ! और लोग तो टोपी का छिद्र देख कर हँसने लगे, पर राजा बख्तावरसिंह के मुँह से अनायास निकल गया--हुजूर, ताज में सुराख हो गया।

राजा साहब के शत्रुओं ने तुरंत कानों पर उँगलियाँ रख लीं। बादशाह को भी ऐसा मालूम हुआ कि राजा ने मुझ पर व्यंग्य किया। उनके तेवर बदल गये। अँग्रेजों और अन्य सभासदों ने इस प्रकार कानाफूसी शुरू की, जैसे कोई महान् अनर्थ हो गया। राजा साहब के मुँह से अनर्गल शब्द अवश्य निकले। इसमें कोई संदेह नहीं था। संभव है, उन्होंने जान-बूझ कर व्यंग्य न किया हो, उनके दुःखी हृदय ने साधारण चेतावनी को यह तीव्र रूप दे दिया; पर बात बिगड़ जरूर गयी थी। अब उनके शत्रु उन्हें कुचलने के ऐसे सुन्दर अवसर को हाथ से क्यों जाने देते ?

राजा साहब ने सभा का यह रंग देखा, तो खून सर्द हो गया। समझ गये, आज शत्रुओं के पंजे में फँस गया और ऐसा बुरा फँसा कि भगवान् ही निकालें, तो निकल सकता हूँ।

बादशाह ने कोतवाल से लाल आँखें करके कहा--इस नमकहराम को कैद कर लो और इसी वक्त इसका सिर उड़ा दो। इसे मालूम हो जाय कि बादशाहों से बेअदबी करने का क्या नतीजा होता है।

कोतवाल को सहसा 'जेनरल' पर हाथ बढ़ाने की हिम्मत न पड़ी। रोशनुद्दौला ने उससे इशारे से कहा--खड़े सोचते क्या हो, पकड़ लो, नहीं तो तुम भी इसी आग में जल जाओगे।

तब कोतवाल ने आगे बढ़ कर बख्तावरसिंह को गिरफ्तार कर लिया। एक क्षण में उनकी मुश्कें कस दी गयीं। लोग उन्हें चारों ओर से घेर कर कत्ल करने ले चले।

बादशाह ने मुसाहबों से कहा--मैं भी वहीं चलता हूँ। जरा देखूँगा कि नमकहरामों की लाश क्योंकर तड़पती है।

कितनी घोर पशुता थी ! यही प्राण जरा देर पहले बादशाह का विश्वासपात्र था !

एकाएक बादशाह ने कहा--पहले इस नमकहराम की खिलअत उतार लो। मैं नहीं चाहता कि मेरी खिलअत की बेइज्जती हो।

किसकी मजाल थी, जो जरा भी जबान हिला सके। सिपाहियों ने राजा साहब के वस्त्र उतारने शुरू किये। दुर्भाग्यवश उनके एक जेब से पिस्तौल निकल आयी। उसकी दोनों नालियाँ भरी हुई थीं। पिस्तौल देखते ही बादशाह की आँखों से चिनगारियाँ निकलने लगीं। बोले--कसम है हजरत इमामहुसैन की, अब इसकी जाँबख्शी नहीं

करूँगा। मेरे साथ भरी हुई पिस्तौल की क्या जरूरत ! जरूर इसकी नीयत में फितूर था। अब मैं इसे कुत्तों से नुचवाऊँगा। (मुसाहबों की तरफ देख कर) देखा तुम लोगों ने इसकी नीयत ! मैं अपनी आस्तीन में साँप पाले हुए था। आप लोगों के खयाल में इसके पास भरी हुई पिस्तौल का निकलना क्या माने रखता है ?

अँग्रेजों को केवल राजा साहब को नीचा दिखाना मंजूर था। वे उन्हें अपना मित्र बना कर जितना काम निकाल सकते थे उतना उनके मारे जाने से नहीं। इसी से एक अँग्रेज मुसाहब ने कहा—मुझे तो इसमें कोई गैरमुनासिब बात नहीं मालूम होती। जेनरल आपका बाडीगार्ड (रक्षक) है। उसे हमेशा हथियारबन्द रहना चाहिए। खासकर जब आपकी खिदमत में हो। नहीं मालूम, किस वक्त इसकी जरूरत आ पड़े।

दूसरे अंग्रेज मुसाहबों ने भी इस विचार की पुष्टि की। बादशाह के क्रोध की ज्वाला कुछ शांत हुई। अगर ये ही बातें किसी हिंदुस्तानी मुसाहब की जबान से निकली होतीं, तो उसकी जान की खैरियत न थी। कदाचित् अँग्रेजों को अपनी न्यायपरकता का नमूना दिखाने ही के लिए उन्होंने यह प्रश्न किया था। बोले—कसम हजरत इमाम की, तुम सबके सब शेर के मुँह से उसका शिकार छीनना चाहते हो ! पर मैं एक न मानूँगा, बुलाओ कप्तान साहब को। मैं उनसे यही सवाल करता हूँ। अगर उन्होंने भी तुम लोगों के खयाल की ताईद की, तो इसकी जान न लूँगा। और अगर उनकी राय इसके खिलाफ हुई, तो इस मक्कार को इसी वक्त जहन्नुम भेज दूँगा। मगर खबरदार, कोई उनकी तरफ किसी तरह का इशारा न करे। वरना मैं जरा भी रू-रिआयत न करूँगा। सबके सब सिर झुकाये बैठे रहें।

कप्तान साहब थे तो राजा साहब के आउरदे, पर इन दिनों बादशाहों की उन पर विशेष कृपा थी। वह उन सच्चे राजभक्तों में थे, जो अपने को राजा का नहीं, राज्य का सेवक समझते हैं। वह दरबार से अलग रहते थे। बादशाह उनके कामों से बहुत संतुष्ट थे। एक आदमी तुरन्त कप्तान साहब को बुला लाया। राजा साहब की जान उनकी मुट्ठी में थी। रोशनुद्दौला को छोड़ कर ऐसा शायद एक व्यक्ति भी न था, जिसका हृदय आशा और निराशा से न धड़क रहा हो। सब मन में भगवान् से यही प्रार्थना कर रहे थे कि कप्तान साहब किसी तरह से इस समस्या को समझ जायँ। कप्तान साहब आये, और उड़ती हुई दृष्टि से सभा की ओर देखा। सभी की आँखें नीचे झुकी हुई थीं। वह कुछ अनिश्चित भाव से सिर झुका कर खड़े हो गये।

बादशाह ने पूछा—मेरे मुसाहबों को अपनी जेब में भरी हुई पिस्तौल रखना मुनासिब है या नहीं ?

दरबारियों की नीरवता, उनके आशंकित चेहरे और उनकी चिंतायुक्त अधीरता देख कर कप्तान साहब को वर्तमान समस्या की कुछ टोह मिल गयी। वह निर्भीक

भाव से बोले—हुजूर, मेरे खयाल में तो यह उनका फर्ज है। बादशाह के दोस्त-दुश्मन सभी होते हैं। अगर मुसाहब लोग उनकी रक्षा का भार न लेंगे, तो कौन लेगा ? उन्हें सिर्फ पिस्तौल ही नहीं, और भी छिपे हुए हथियारों से लैस रहना चाहिए। न जाने कब हथियारों की जरूरत आ पड़े, तो वह ऐन वक्त पर कहाँ दौड़ते फिरेंगे ?

राजा साहब के जीवन के दिन बाकी थे। बादशाह ने निराश होकर कहा—रोशन, इसे कत्ल मत करना, काल कोठरी में कैद कर दो। मुझसे पूछे बगैर इसे दाना-पानी कुछ न दिया जाय। जा कर इसके घर का सारा माल-असबाब जब्त कर लो और सारे खानदान को जेल में बंद कर दो। इसके मकान की दीवारें जमींदोज करा देना। घर में एक फूटी हाँड़ी भी न रहने पाये।

इससे तो यही कहीं अच्छा था कि राजा साहब ही की जान जाती। खानदान की बेइज्जती तो न होती, महिलाओं का अपमान तो न होता, दरिद्रता की चोटें तो न सहनी पड़तीं ! विकार को निकलने का मार्ग नहीं मिलता, तो वह सारे शरीर में फैल जाता है। राजा के प्राण तो बचे, पर सारे खानदान को विपत्ति में डाल कर !

रोशनुद्दौला को मुँहमाँगी मुराद मिली। उसकी ईर्ष्या कभी इतनी संतुष्ट न हुई थी। वह मगन था कि आज वह काँटा निकल गया, जो बरसों से हृदय में चुभा हुआ था। आज हिन्दू-राज्य का अंत हुआ। अब मेरा सिक्का चलेगा। अब मैं समस्त राज्य का विधाता हूँगा। संध्या से पहले ही राजा साहब की सारी स्थावर और जंगम संपत्ति कुर्क हो गयी। वृद्ध माता-पिता, सुकोमल रमणियाँ, छोटे-छोटे बालक, सबके सब जेल में कैद कर दिये गये। कितनी करुण दशा थी। वे महिलाएँ, जिन पर कभी देवताओं की भी निगाह न पड़ी थी, खुले मुँह, नंगे पैर, पाँव घसीटती, शहर की भरी हुई सड़कों और गलियों से होती हुई, सिर झुकाये, शोक-चित्रों की भाँति, जेल की तरफ चली जाती थीं। सशस्त्र सिपाहियों का एक बड़ा दल साथ था। जिस पुरुष के एक इशारे पर कई घंटे पहले सारे शहर में हलचल मच जाती, उसी के खानदान की यह दुर्दशा !

2

राजा बख्तावरसिंह को बंदी-गृह में रहते हुए एक मास बीत गया। वहाँ उन्हें सभी प्रकार के कष्ट दिये जाते थे। यहाँ तक कि भोजन भी यथासमय न मिलता था। उनके परिवार को भी असह्य यातनाएँ दी जाती थीं। लेकिन राजा साहब को बंदी-गृह में एक प्रकार की शांति का अनुभव होता था। वहाँ प्रति-क्षण यह खटका तो न रहता था कि बादशाह मेरी किसी बात से नाराज न हो जायँ; मुसाहब लोग कहीं मेरी शिकायत तो नहीं कर रहे हैं। शारीरिक कष्टों का सहना उतना कठिन नहीं,

जितना कि मानसिक कष्टों का। यहाँ सब तकलीफें थीं, पर सिर पर तलवार तो नहीं लटक रही थी। उन्होंने मन में निश्चय किया कि अब चाहे बादशाह मुझे मुक्त भी कर दें, मगर मैं राज-काज से अलग ही रहूँगा। इस राज्य का सूर्य अस्त होनेवाला है; कोई मानवी शक्ति उसे विनाश-दिशा में लीन होने से नहीं रोक सकती। ये उसी पतन के लक्षण हैं। नहीं तो क्या मेरी राज-भक्ति का यही पुरस्कार मिलना चाहिए था ? मैंने अब तक कितनी कठिनाइयों से राज्य की रक्षा की है, यह भगवान् ही जानते हैं। एक ओर तो बादशाह की निरंकुशता, दूसरी ओर बलवान् और युक्ति-संपन्न शत्रुओं की कूटनीति—इस शिला और भँवर के बीच में राज्य की नौका को चलाते रहना कितना कष्टसाध्य था ! शायद ही ऐसा कोई दिन गुजरा होगा, जिस दिन मेरा चित्त प्राण-शंका से आंदोलित न हुआ हो। इस सेवा, भक्ति और तल्लीनता का यह पुरस्कार है ! मेरे मुख से व्यंग्य-शब्द अवश्य निकले, लेकिन उनके लिए इतना कठोर दंड ? इससे तो यह कहीं अच्छा था कि मैं कत्ल कर दिया गया होता, अपनी आँखों से अपने परिवार की यह दुर्गति तो न देखता ? सुनता हूँ पिता जी को सोने के लिए चटाई नहीं दी गयी है ! न जाने स्त्रियों पर कैसे-कैसे अत्याचार हो रहे होंगे। लेकिन इतना जानता हूँ कि प्यारी सुखदा अंत तक अपने सतीत्व की रक्षा करेगी; अन्यथा प्राण त्याग देगी। मुझे बेड़ियों की परवाह नहीं। पर सुनता हूँ लड़कों के पैरों में भी बेड़ियाँ डाली गयी हैं। यह सब इसी कुटिल रोशनुद्दौला की शरारत है। जिसका जी चाहे, इस समय सता ले, कुचल ले, मुझे किसी से कोई शिकायत नहीं। भगवान् से यही प्रार्थना है कि अब संसार से उठा ले। मुझे अपने जीवन में जो कुछ करना था, कर चुका, और उसका खूब फल पा चुका। मेरे-जैसे आदमी के लिए संसार में स्थान नहीं है।

राजा इन्हीं विचारों में डूबे थे। सहसा उन्हें अपनी काल कोठरी की ओर किसी के आने की आहट मिली। रात बहुत जा चुकी थी। चारों ओर सन्नाटा छाया था, और उस अंधकारमय सन्नाटे में किसी के पैरों की चाप स्पष्ट सुनायी देती थी। कोई बहुत पाँव दबा-दबा कर चला आ रहा था। राजा साहब का कलेजा धक्-धक् करने लगा। वह उठ कर खड़े हो गये। हम निःशस्त्र और प्रतिकार के लिए असमर्थ होने पर भी बैठे-बैठे वारों का निशाना नहीं बनना चाहते। खड़े हो जाना आत्मरक्षा का अंतिम प्रयत्न है। कोठरी में ऐसी कोई वस्तु न थी, जिससे वह अपनी रक्षा कर सकते। समझ गये अंतिम समय आ गया। शत्रुओं ने इस तरह मेरे प्राण लेने की ठानी है। अच्छा है, जीवन के साथ इस विपत्ति का भी अंत हो जायेगा।

एक क्षण में उनके सम्मुख एक आदमी आ कर खड़ा हो गया। राजा साहब ने पूछा—कौन है ?

उत्तर मिला—मैं हूँ, आपका सेवक।

राजा—ओ हो, तुम हो कप्तान ! मैं शंका में पड़ा हुआ था कि कहीं शत्रुओं ने मेरा वध करने के लिए कोई दूत न भेजा हो !

कप्तान—शत्रुओं ने कुछ और ही ठानी है। आज बादशाह-सलामत की जान बचती नहीं नजर आती।

राजा—अरे ! यह क्योंकर !

कप्तान—जब से आपको यहाँ नजरबंद किया गया है, सारे राज्य में हाहाकार मचा हुआ है। स्वार्थी कर्मचारियों ने लूट मचा रखी है। अँग्रेजों की खुदाई फिर रही है। जो जी में आता है, करते हैं; किसी की मजाल नहीं कि चूँ कर सके। इस एक महीने में शहर के सैकड़ों बड़े-बड़े रईस मिट गये। रोशनुद्दौला की बादशाही है। बाजारों का भाव चढ़ता जाता है। बाहर से व्यापारी लोग डर के मारे कोई चीज ही नहीं लाते। दूकानदारों से मनमानी रकमें महसूल के नाम पर वसूल की जा रही हैं। गल्ले का भाव इतना चढ़ गया है कि कितने ही घरों में चूल्हा जलने की नौबत नहीं आती। सिपाहियों को अभी तक तनख्वाह नहीं मिली। वे जा कर दूकानदारों को लूटते हैं। सारे राज्य में बदअमनी हो रही है। मैंने कई बार यह कैफियत बादशाह-सलामत के कानों तक पहुँचाने की कोशिश की; मगर वह यह तो कह देते हैं कि मैं इसकी तहकीकात करूँगा, और फिर बेखबर हो जाते हैं। आज शहर के बहुत-से दूकानदार फरियाद ले कर आये थे कि हमारे हाल पर निगाह न की गयी, तो हम शहर छोड़ कर कहीं और चले जायेंगे। क्रिस्तानों ने उनको सख्त कहा, धमकाया, लेकिन उन्होंने जब तक अपनी सारी मुसीबत न बयान कर ली, वहाँ से न हटे। आखिर बादशाह-सलामत ने उनको दिलासा दिया, तो चले गये।

राजा—बादशाह पर इतना असर हुआ, मुझे तो यही ताज्जुब है !

कप्तान—असर-वसर कुछ नहीं हुआ। यह भी उनकी एक दिल्लगी है। शाम को खास मुसाहबों को बुला कर हुक्म दिया है कि आज मैं भेष बदल कर शहर का गश्त करूँगा; तुम लोग भी भेष बदले हुए मेरे साथ रहना। मैं देखना चाहता हूँ कि रिआया क्यों इतनी घबरायी हुई है। सब लोग मुझसे दूर रहें; किसी को न मालूम हो कि मैं कौन हूँ। रोशनुद्दौला और पाँचों अँग्रेज मुसाहिब साथ रहेंगे।

राजा—तुम्हें क्योंकर यह बात मालूम हो गयी ?

कप्तान—मैंने उसी अँग्रेज हज्जाम को मिला रखा है। दरबार में जो कुछ होता है, उसका पता मुझे मिल जाता है। उसी की सिफारिश से आपकी खिदमत में हाजिर होने का मौका मिला। (घड़ियाल में 10 बजते हैं) ग्यारह बजे चलने की तैयारी है। बारह बजते-बजते लखनऊ का तख्त खाली हो जायेगा।

राजा (घबरा कर)—क्या इन सबों ने उन्हें कत्ल करने की साजिश कर रखी है ?

कप्तान—जी नहीं; कत्ल करने से उनका मंशा पूरा न होगा। बादशाह को बाजार की सैर कराते हुए गोमती की तरफ ले जायेंगे। वहाँ अँग्रेज सिपाहियों का एक दस्ता तैयार रहेगा। वह बादशाह को फौरन एक गाड़ी में बिठा कर रेजिडेंसी में ले जायेगा। वहाँ रेजिडेंट साहब बादशाह-सलामत को सल्तनत से इस्तीफा देने

पर मजबूर करेंगे। उसी वक्त उनसे इस्तीफा लिखा लिया जायेगा और इसके बाद रातों-रात उन्हें कलकत्ते भेज दिया जायेगा।

राजा—बड़ा गजब हो गया। अब तो वक्त बहुत कम है, बादशाह-सलामत निकल पड़े होंगे ?

कप्तान—गजब क्या हो गया ? इनकी जात से किसे आराम था। दूसरी हुकूमत चाहे कितनी ही खराब हो, इससे अच्छी ही होगी।

राजा—अँग्रेजों की हुकूमत होगी ?

कप्तान—अँग्रेज इनसे कहीं बेहतर इंतजाम करेंगे।

राजा—(करुण स्वर से)—कप्तान ! ईश्वर के लिए ऐसी बातें न करो। तुमने मुझसे जरा देर पहले क्यों न यह कैफियत बयान की ?

कप्तान (आश्चर्य से)—आपके साथ तो बादशाह ने कोई अच्छा सलूक नहीं किया !

राजा—मेरे साथ कितना ही बुरा सलूक किया हो, लेकिन एक राज्य की कीमत एक आदमी या एक खानदान की जान से कहीं ज्यादा होती है। तुम मेरे पैरों की बेड़ियाँ खुलवा सकते हो ?

कप्तान—सारे अवध-राज्य में एक भी ऐसा आदमी न निकलेगा, जो बादशाह को सच्चे दिल से दुआ देता हो। दुनिया उनके जुल्म से तंग आ गयी है।

राजा—मैं अपनों के जुल्म को गैरों की बंदगी से कहीं बेहतर खयाल करता हूँ। बादशाह की यह हालत गैरों ही के भरोसे पर हुई है। वह इसीलिए किसी की परवाह नहीं करते कि अँग्रेजों की मदद का यकीन है। मैं इन फिरंगियों की चालों को गौर से देखता आया हूँ। बादशाह के मिजाज को उन्होंने बिगाड़ा है। उनका मंशा यही था, जो हुआ। रिआया के दिल से बादशाह की इज्जत और मुहब्बत उठ गयी। आज सारा मुल्क बगावत करने पर आमादा है। ये लोग इसी मौके का इंतजार कर रहे थे। वह जानते हैं कि बादशाह की माजूली (गद्दी से हटाये जाने) पर एक आदमी भी आँसू न बहावेगा। लेकिन मैं जताये देता हूँ कि अगर इस वक्त तुमने बादशाह को दुश्मनों के हाथों से न बचाया, तो तुम हमेशा के लिए अपने ही वतन में गुलामी की जंजीरों में बँध जाओगे। किसी गैर कौम के चाकर बन कर अगर तुम्हें आफियत (शांति) भी मिली, तो वह आफियत न होगी, मौत होगी। गैरों के बेरहम पैरों के नीचे पड़ कर तुम हाथ भी न हिला सकोगे, और यह उम्मीद कि कभी हमारे मुल्क में आईनी सल्तनत (वैध शासन) कायम होगी, हसरत का दाग बन कर रह जायेगी। नहीं, मुझमें अभी मुल्क की मुहब्बत बाकी है। मैं अभी इतना बेजान नहीं हुआ हूँ। मैं इतनी आसानी से सल्तनत को हाथ से न जाने दूँगा, अपने को इतने सस्ते दामों गैर के हाथों न बेचूँगा, मुल्क की इज्जत को न मिटने दूँगा, चाहे इस कोशिश में मेरी जान ही क्यों न जाय। कुछ

और नहीं कर सकता, तो अपनी जान तो दे ही सकता हूँ। मेरी बेड़ियाँ खोल दो।

कप्तान—मैं आपका खादिम हूँ, मगर मुझे यह मजाज नहीं है।

राजा—(जोश में आ कर) जालिम, यह इन बातों का वक्त नहीं है। एक-एक पल हमें तबाही की तरफ लिये जा रहा है। खोल दे ये बेड़ियाँ। जिस घर में आग लगी है, उसके आदमी खुदा को नहीं याद करते, कुएँ की तरफ दौड़ते हैं।

कप्तान—आप मेरे मुहसिन हैं। आपके हुक्म से मुँह नहीं मोड़ सकता। लेकिन—

राजा—जल्दी करो, जल्दी करो। अपनी तलवार मुझे दे दो। अब इन तकल्लुफ की बातों का मौका नहीं है।

कप्तान साहब निरुत्तर हो गये। सजीव उत्साह में बड़ी संक्रामक शक्ति होती है। यद्यपि राजा साहब के नीतिपूर्ण वार्तालाप ने उन्हें माकूल नहीं किया, तथापि वह अनिवार्य रूप से उनकी बेड़ियाँ खोलने पर तत्पर हो गये। उसी वक्त जेल के दारोगा को बुला कर कहा—साहब ने हुक्म दिया है कि राजा साहब को फौरन आजाद कर दिया जाय। इसमें एक पल की भी ताखीर (विलंब) हुई, तो तुम्हारे हक में अच्छा न होगा।

दारोगा को मालूम था कि कप्तान साहब और मि...में गाढ़ी मैत्री है। अगर साहब नाराज हो जायेंगे, तो रोशनुद्दौला की कोई सिफारिश मेरी रक्षा न कर सकेगी। उसने राजा साहब की बेड़ियाँ खोल दीं।

राजा साहब ज़ब तलवार हाथ में ले कर जेल से निकले, तो उनका हृदय राज्य-भक्ति की तरंगों से आंदोलित हो रहा था। उसी वक्त घड़ियाल ने 11 बजाये।

3

आधी रात का समय था। मगर लखनऊ की तंग गलियों में खूब चहल-पहल थी। ऐसा मालूम होता था कि अभी 9 बजे होंगे। सराफे में सबसे ज्यादा रौनक थी। मगर आश्चर्य यह था कि किसी दूकान पर जवाहरात या गहने नहीं दिखायी देते थे। केवल आदमियों के आने-जाने की भीड़ थी। जिसे देखो, पाँचों शस्त्रों से सुसज्जित, मूँछें खड़ी किये, ऐंठता हुआ चला जाता था। बाजार के मामूली दूकानदार भी निःशस्त्र न थे।

सहसा एक आदमी भारी साफा बाँधे, पैर की घुटनियों तक नीची कबा पहने, कमर में पटका बाँधे, आ कर एक सराफ की दूकान पर खड़ा हो गया। जान पड़ता था कोई ईरानी सौदागर है। उन दिनों ईरान के व्यापारी लखनऊ में बहुत आते-जाते थे। इस समय ऐसे आदमी का आ जाना असाधारण बात न थी।

सराफ का नाम माधोदास था। बोला—कहिए मीर साहब, कुछ दिखाऊँ ?

सौदागर—सोने का क्या निर्ख है ?

माधो–(सौदागर के कान के पास मुँह ले जाकर) निर्ख की कुछ न पूछिए। आज करीब एक महीना से बाजार का निर्ख बिगड़ा हुआ है। माल बाजार में आता ही नहीं। लोग दबाये हुए हैं। बाजार में खौफ के मारे नहीं लाते। अगर आपको ज्यादा माल की दरकार हो तो मेरे साथ गरीबखाने तक तकलीफ कीजिए। जैसा माल चाहिए, लीजिए। निर्ख मुनासिब ही होगा। इसका इतमीनान रखिए।

सौदागर–आजकल बाजार का निर्ख क्यों बिगड़ा हुआ है ?

माधो–क्या आप हाल ही में वारिद हुए हैं ?

सौदागर–हाँ, मैं आज ही आया हूँ। कहीं पहले की-सी रौनक नहीं नजर आती। कपड़े का बाजार भी सुस्त था। ढाके का एक कीमती थान बहुत तलाश करने पर भी न मिला।

माधो–इसके बड़े किस्से हैं; कुछ ऐसा ही मुआमला है।

सौदागर–डाकुओं का जोर तो नहीं है ? पहले तो यहाँ इस किस्म की वारदातें न होती थीं।

माधो–अब वह कैफियत नहीं है। दिनदहाड़े डाके पड़ते हैं। उन्हें कोतवाल क्या, बादशाह-सलामत भी गिरफ्तार नहीं कर सकते। अब और क्या कहूँ। दीवार के भी कान होते हैं। कहीं कोई सुन ले तो लेने के देने पड़ जायँ।

सौदागर–सेठ जी, आप तो पहेलियाँ बुझवाने लगे। मैं परदेसी आदमी हूँ, यहाँ किससे कहने जाऊँगा। आखिर बात क्या है ? बाजार क्यों इतना बिगड़ा हुआ है ? नाज की मंडी की तरफ गया था। सन्नाटा छाया हुआ है। मोटी जिंस भी दूने दामों पर बिक रही थी।

माधो (इधर-उधर चौकन्नी आँखों से देख कर)–एक महीना हुआ; रोशनुद्दौला के हाथ में सियाह-सफेद का अख्तियार आ गया है। यह सब उन्हीं की बदइंतजामी का फल है। उनके पहले राजा बख्तावरसिंह हमारे मालिक थे। उनके वक्त में किसी की मजाल न थी कि व्यापारियों को टेढ़ी आँख से देख सके। उनका रोब सभी पर छाया हुआ था। फिरंगियों पर उनकी कड़ी निगाह रहती थी। हुक्म था कि कोई फिरंगी बाजार में आवे, तो थाने का सिपाही उसकी देखभाल करता रहे। इसी वजह से फिरंगी उनसे जला करते थे। आखिर सबों ने रोशनुद्दौला को मिला कर बख्तावरसिंह को बेकसूर कैद करा दिया। बस तब से बाजार में लूट मची हुई है। सरकारी अमले अलग लूटते हैं। फिरंगी अलग नोचते-खसोटते हैं। जो चीज चाहते हैं उठा ले जाते हैं। दाम माँगो तो धमकियाँ देते हैं। शाही दरबार में फरियाद करो, तो उलटे सजा होती है। अभी हाल ही में हम-सब मिल कर बादशाह-सलामत की खिदमत में हाजिर हुए थे। पहले तो वह बहुत नाराज हुए, पर आखिर रहम आ गया। बादशाहों का मिजाज ही तो है। हमारी सब शिकायतें सुनीं और तसकीन दी कि हम तहकीकात करेंगे। मगर अभी तक वही लूट-खसोट जारी है।

इतने में तीन आदमी राजपूती ढंग की मिर्जई पहने आ कर दूकान के सामने खड़े हो गये। माधोदास उनका रंग-ढंग देख कर चौंका। शाही फौज के सिपाही बहुधा इसी सज-धज से निकलते थे। तीनों आदमी सौदागर को देख कर ठिठके; पर उसने उन्हें कुछ ऐसी निगाहों से देखा कि तीनों आगे चले गये। तब सौदागर ने माधोदास से पूछा—इन्हें देख कर तुम क्यों चौंके ?

माधोदास ने कहा—ये फौज के सिपाही हैं। जब से राजा बख्तावरसिंह नजरबंद हुए हैं, इन पर किसी की दाब ही नहीं रही। खुले साँड़ की तरह बाजारों में चक्कर लगाया करते हैं। सरकार से तलब मिलने का कुछ ठीक तो नहीं है। बस, नोच-खसोट करके गुजर करते हैं। —हाँ तो फिर अगर मरजी हो, तो मेरे साथ घर तक चलिए, आपको माल दिखाऊँ।

सौदागर—नहीं भाई, इस वक्त नहीं। सुबह आऊँगा। देर हो गयी है, और मुझे भी यहाँ की हालत देख कर खौफ मालूम होने लगा है।

यह कह कर सौदागर उसी तरफ चला गया, जिधर वे तीनों राजपूत गये थे। थोड़ी देर में तीन आदमी और सराफे में आये। एक तो पंडितों की तरह नीची चपकन पहने हुए था, सिर पर गोल पगिया थी और कंधे पर जरी के काम का शाल। उसके दोनों साथी खिदमतगारों के-से कपड़े पहने हुए थे। तीनों इस तरह इधर-उधर ताक रहे थे, मानो किसी को खोज रहे हों। यों ताकते हुए तीनों आगे चले गये। ईरानी सौदागर तीव्र नेत्रों से इधर-उधर देखता हुआ एक मील चला गया। वहाँ एक छोटा-सा बाग था। एक पुरानी मसजिद भी थी। सौदागर वहाँ ठहर गया। एकाएक तीनों राजपूत मसजिद से बाहर निकल आये और बोले—हुजूर तो बहुत देर तक सराफ की दूकान पर बैठे रहे। क्या बातें हुईं।

सौदागर ने अभी कुछ जवाब न दिया था कि पीछे से पंडित और उनके दोनों खिदमतगार भी आ पहुँचे। सौदागर ने पंडित को देखते ही भर्त्सनापूर्ण शब्दों में कहा—मियाँ रोशनुद्दौला, मुझे इस वक्त तुम्हारे ऊपर इतना गुस्सा आ रहा है कि तुम्हें कुत्तों से नुचवा दूँ। नमकहराम कहीं का ! दगाबाज ! तूने मेरी सल्तनत को तबाह कर दिया ! सारा शहर तेरे जुल्म का रोना रो रहा है ! मुझे आज मालूम हुआ कि तूने क्यों राजा बख्तानरसिंह को कैद कराया। मेरी अकल पर न जाने क्यों पत्थर पड़ गये थे कि मैं तेरी चिकनी-चुपड़ी बातों में आ गया। इस नमकहरामी की तुझे वह सजा दूँगा कि देखनेवालों को भी इबरत (शिक्षा) हो।

रोशनुद्दौला ने निर्भीकता से उत्तर दिया—आप मेरे बादशाह हैं; इसलिए आपका अदब करता हूँ, वरना इसी वक्त बदजबानी का मजा चखा देता। खुद आप तो महल में हसीनों के साथ ऐश किया करते हैं, दूसरों को क्या गरज पड़ी है कि सल्तनत की फिक्र से दुबले हों ? खूब, हम अपना खून जलायें और आप जशन मनायें ! ऐसे अहमक कहीं और रहते होंगे।

बादशाह (क्रोध से काँपते हुए)—मि...मैं तुम्हें हुक्म देता हूँ कि इस नमकहराम को अभी गोली मार दो। मैं इसकी सूरत नहीं देखना चाहता। और, इसी वक्त जा कर इसकी सारी जायदाद जब्त कर लो। इसके खानदान का एक बच्चा भी जिंदा न रहने पाये।

रोशन—मि...मैं तुमको हुक्म देता हूँ कि इस मुल्क और कौम के दुश्मन, रैयत के कातिल और बदकार आदमी को फौरन गिरफ्तार कर लो। यह इस काबिल नहीं कि ताज और तख्त का मालिक बने।

इतना सुनते ही पाँचों अँग्रेज मुसाहबों ने, जो भेष बदले हुए साथ थे, बादशाह के दोनों हाथ पकड़ लिये और खींचते हुए गोमती नदी की तरफ ले चले। तब बादशाह की आँखें खुलीं। समझ गये कि पहले ही से यह षड्यंत्र रचा गया था। इधर-उधर देखा, कोई आदमी नहीं। शोर मचाना व्यर्थ था। बादशाही का नशा उतर गया। दुरवस्था ही वह परीक्षाग्नि है, जो मुलम्मे और रोगन को उतार कर मनुष्य का यथार्थ रूप दिखा देती है। ऐसे ही अवसरों पर विदित होता है कि मानव-हृदय पर कृत्रिम भावों का कितना गहरा रंग चढ़ा होता है। एक क्षण में बादशाह की उद्दंडता और घमंड ने दीनता और विनयशीलता का आश्रय लिया। बोले—मैंने तो आप लोगों की मरजी के खिलाफ ऐसा कोई काम नहीं किया, जिसकी यह सजा मिले। मैंने आप लोगों को हमेशा अपना दोस्त समझा है।

रोशन—तो हम लोग जो कुछ कर रहे हैं, वह भी आपके फायदे ही के लिए कर रहे हैं। हम आपके सिर से सल्तनत का बोझ उतार कर आपको आजाद कर देंगे। तब आपके ऐश में खलल न पड़ेगा। आप बेफिक्र होकर हसीनों के साथ जिंदगी की बहार लूटिएगा।

बादशाह—तो क्या आप लोग मुझे तख्त से उतारना चाहते हैं ?

रोशन—नहीं, आपको बादशाही की जिम्मेदारियों से आजाद कर देना चाहते हैं।

बादशाह—हजरत इमाम की कसम, मैं यह जिल्लत न बर्दाश्त करूँगा। मैं अपने बुजुर्गों का नाम न डुबाऊँगा।

रोशन—आपके बुजुर्गों के नाम की फिक्र हमें आपसे ज्यादा है। आपकी ऐश परस्ती बुजुर्गों का नाम रोशन नहीं कर रही है।

बादशाह (दीनता से)—वादा करता हूँ कि आइंदा से आप लोगों को शिकायत का कोई मौका न दूँगा।

रोशन—नशेबाजों के वादों पर कोई दीवाना ही यकीन कर सकता है।

बादशाह—तुम मुझे जबरदस्ती तख्त से नहीं उतार सकते।

रोशन—इन धमकियों की जरूरत नहीं। चुपचाप चले चलिए; आगे आपको सेजगाड़ी मिल जायेगी। हम आपको इज्जत के साथ रुखसत करेंगे।

बादशाह—आप जानते हैं, रिआया पर इसका क्या असर होगा ?

रोशन—खूब जानता हूँ ! आपकी हिमायत में एक उँगली भी न उठेगी। कल सारी सल्तनत में घी के चिराग जलेंगे।

इतनी देर में सब लोग उस स्थान पर आ पहुँचे, जहाँ बादशाह को ले जाने के लिए सवारी तैयार खड़ी थी। लगभग 25 सशस्त्र गोरे सिपाही भी खड़े थे। बादशाह सेजगाड़ी को देखकर मचल गये। उनके रुधिर की गति तीव्र हो गयी, भोग और विलास के नीचे दबी हुई मर्यादा सजग हो गयी। उन्होंने जोर से झटका दे कर अपना हाथ छुड़ा लिया और नैराश्यपूर्ण दुस्साहस के साथ, परिणाम-भय को त्याग कर, उच्च स्वर से बोले—ऐ लखनऊ के बसनेवालो ! तुम्हारा बादशाह यहाँ दुश्मनों के हाथों कत्ल किया जा रहा है। उसे इनके हाथ से बचाओ, दौड़ो वरना पछताओगे !

यह आर्त पुकार आकाश की नीरवता को चीरती हुई गोमती की लहरों में विलीन नहीं हुई बल्कि लखनऊवालों के हृदयों में जा पहुँची। राजा बख्तावरसिंह बंदी-गृह से निकल कर नगर-निवासियों को उत्तेजित करते और प्रतिक्षण रक्षाकारियों के दल को बढ़ाते, बड़े वेग से दौड़े चले आ रहे थे। एक पल का विलम्ब भी षड्यंत्रकारियों के घातक विरोध को सफल कर सकता था। देखते-देखते उनके साथ दो-तीन हजार सशस्त्र मनुष्यों का दल हो गया था। यह सामूहिक शक्ति बादशाह का और लखनऊ राज्य का उद्धार कर सकती थी। समय सब कुछ था। बादशाह गोरी सेना के पंजे में फँस गये, तो फिर समस्त लखनऊ भी उन्हें मुक्त न कर सकता था। राजा साहब ज्यों-ज्यों आगे बढ़ते जाते थे, नैराश्य से दिल बैठा जाता था। विफल मनोरथ होने की शंका से उत्साह भंग हुआ जाता था। अब तक कहीं उन लोगों का पता नहीं ! अवश्य हम देर में पहुँचे। विद्रोहियों ने अपना काम पूरा कर लिया। लखनऊ राज्य की स्वाधीनता सदा के लिए विसर्जित हो गयी !

ये लोग निराश हो कर लौटना ही चाहते थे कि अचानक बादशाह का आर्तनाद सुनायी दिया। कई हजार कंठों से आकाश-भेदी ध्वनि निकली—हुजूर को खुदा सलामत रखे। हम फिदा होने को आ पहुँचे !

समस्त दल एक ही प्रबल इच्छा से प्रेरित हो कर, वेगवती जलधारा की भाँति, घटनास्थल की ओर दौड़ा। अशक्त लोग भी सशक्त हो गये। पिछड़े हुए लोग आगे निकल जाना चाहते थे। आगे के लोग चाहते थे कि उड़ कर जा पहुँचें !

इन आदमियों की आहट पाते ही गोरों ने बंदूकें भरीं और 25 बंदूकों की बाढ़ सर हो गयी। रक्षाकारियों में कितने ही लोग गिर पड़े; मगर कदम पीछे न हटे। वीर मद ने और भी मतवाला कर दिया। एक क्षण में दूसरी बाढ़ आयी; कुछ लोग फिर वीर-गति को प्राप्त हुए लेकिन कदम आगे बढ़ते ही गये। तीसरी बाढ़ छूटने ही वाली थी कि लोगों ने विद्रोहियों को पा लिया। गोरे भागे।

जब लोग बादशाह के पास पहुँचे, तो अद्‌भुत दृश्य देखा। बादशाह रोशनुद्दौला

की छाती पर सवार थे। जब गोरे जान ले कर भागे, तो बादशाह ने इस नरपिशाच को पकड़ लिया और उसे बलपूर्वक भूमि पर गिरा कर उसकी छाती पर बैठ गये। अगर उनके हाथों में हथियार होता, तो इस वक्त रोशन की लाश तड़फती हुई दिखायी देती।

राजा बख्तावरसिंह आगे बढ़ कर बादशाह को आदाब बजा लाये। लोगों की जय-ध्वनि से आकाश हिल उठा। कोई बादशाह के पैरों को चूमता था। कोई उन्हें आशीर्वाद देता था, और रोशनुद्दौला का शरीर तो लातों और घूसों का लक्ष्य बना हुआ था। कुछ बिगड़े दिल ऐसे भी थे, जो उसके मुँह पर थूकने में भी संकोच न करते थे।

3

प्रातःकाल था। लखनऊ में आनन्दोत्सव मनाया जा रहा था। बादशाही महल के सामने लाखों आदमी जमा थे। सब लोग बादशाह को यथायोग्य नजर देने आये थे। जगह-जगह गरीबों को भोजन कराया जा रहा था। शाही नौबतखाने में नौबत बज रही थी।

दरबार सजा। बादशाह हीरे और जवाहर से जगमगाते, रत्नजटित आभूषणों से सजे हुए, सिंहासन पर बिराजे। रईसों और अमीरों से नजरें गुजारीं। कविजनों ने कसीदे पढ़े। एकाएक बादशाह ने पूछा—राजा बख्तावरसिंह कहाँ हैं ? कप्तान ने जवाब दिया—कैदखाने में।

बादशाह ने उसी वक्त कई कर्मचारियों को भेजा कि राजा साहब को जेलखाने से इज्जत के साथ लायें। जब थोड़ी देर के बाद राजा ने आ कर बादशाह को सलाम किया, तो वे तख्त से उतर कर उनसे गले मिले और उन्हें अपनी दाहिनी ओर सिंहासन पर बैठाया। फिर दरबार में खड़े होकर उनकी सुकीर्ति और राज-भक्ति की प्रशंसा करने के उपरांत अपने ही हाथों से उन्हें खिलअत पहनायी। राजा साहब के कुटुम्ब के प्राणी आदर और सम्मान के साथ बिदा किये गये।

अन्त को जब दोपहर के समय दरबार बर्खास्त होने लगा तो बादशाह ने राजा साहब से कहा—आपने मुझ पर और मेरी सल्तनत पर जो एहसान किया है, उसका सिला (पुरस्कार) देना मेरे इमकान से बाहर है। मेरी आपसे यही इल्तिजा (अनुरोध) है कि आप वजरत का कलमदान अपने हाथ में लीजिए और सल्तनत का, जिस तरह मुनासिब समझिए, इन्तजाम कीजिए। मैं आपके किसी काम में दखल न दूँगा। मुझे एक गोशे में पड़ा रहने दीजिए। नमकहराम रोशन को भी मैं आपके सुपुर्द किये देता हूँ। आप इसे जो सजा चाहें दें। मैं इसे कब का जहन्नुम भेज चुका होता; पर यह समझ कर कि यह आपका शिकार है, इसे छोड़े हुए हूँ।

लेकिन बख्तावरसिंह बादशाह के उच्छृंखल स्वभाव से भली-भाँति परिचित थे, वह जानते थे, बादशाह की ये सदिच्छाएँ थोड़े ही दिनों की मेहमान हैं ! मानवचरित्र में आकस्मिक परिवर्तन बहुत कम हुआ करते हैं। दो-चार महीने में दरबार का फिर वही रंग हो जायेगा, इसलिए मेरा तटस्थ रहना ही अच्छा है। राज्य के प्रति मेरा जो कुछ कर्त्तव्य था, वह मैंने पूरा कर दिया। मैं दरबार में रह कर कदापि नहीं कर सकता। हितैषी मित्र का जितना सम्मान होता है, स्वामिभक्त सेवक का उतना नहीं हो सकता।

वह विनीत भाव से बोले–हुजूर, मुझे इस ओहदे से मुआफ रखें। मैं यों ही आपका खादिम हूँ। इस मनसब पर किसी लायक आदमी को माशूर फरमाइए (नियुक्त कीजिए)। मैं अक्खड़ राजपूत हूँ। मुल्की इन्तजाम करना क्या जानूँ।

बादशाह–मुझे तो आपसे ज्यादा लायक और वफादार आदमी नजर नहीं आता।

मगर राजा साहब उनकी बातों में न आये। आखिर मजबूर होकर बादशाह ने उन्हें ज्यादा न दबाया। क्षण भर बाद जब रोशनुद्दौला को सजा देने का प्रश्न उठा, तब दोनों आदमियों में इतना मतभेद हुआ कि वाद-विवाद की नौबत आ गयी। बादशाह आग्रह करते थे कि इसे कुत्तों से नुचवा दिया जाय। राजा साहब इस बात पर अड़े हुए थे कि इसे जान से न मारा जाय, केवल नजरबन्द कर दिया जाय। अन्त में बादशाह ने क्रुद्ध होकर कहा–यह एक दिन आपको जरूर दगा देगा !

राजा–इस खौफ से मैं इसकी जान न लूँगा।

बादशाह–तो जनाब, आप चाहें इसे मुआफ कर दें, मैं कभी मुआफ नहीं कर सकता।

राजा–आपने तो इसे मेरे सुपुर्द कर दिया था। दी हुई चीज को आप वापस कैसे लेंगे ?

बादशाह ने कहा–तुमने मेरे निकलने का कहीं रास्ता ही नहीं रखा।

रोशनुद्दौला की जान बच गयी। वजारत का पद कप्तान साहब को मिला। मगर सबसे विचित्र बात यह थी कि रेजिडेंट ने इस षड्यन्त्र से पूर्ण अनभिज्ञता प्रकट की और साफ लिख दिया कि बादशाह सलामत अपने अँग्रेज मुसाहबों को जो सजा चाहें दें; कोई आपत्ति न होगी। मैं उन्हें पाता, तो स्वयं बादशाह की खिदमत में भेज देता; लेकिन पाँचों महानुभावों में से एक का भी पता न चला। शायद वे सबके सब रातों-रात कलकत्ते भाग गये।

इतिहास में उक्त घटना का कहीं उल्लेख नहीं किया गया, लेकिन किंवदंतियाँ, जो इतिहास से अधिक विश्वसनीय हैं, उसकी सत्यता की साक्षी हैं।

अधिकार-चिन्ता

टामी यों देखने में तो बहुत तगड़ा था। भूँकता तो सुननेवाले के कानों के परदे फट जाते। डील-डौल भी ऐसा कि अँधेरी रात में उस पर गधे का भ्रम हो जाता। लेकिन उसकी श्वानोचित वीरता किसी संग्रामक्षेत्र में प्रमाणित न होती थी। दो-चार दफे जब बाजार के लेडियों ने उसे चुनौती दी, तो वह उनका गर्व-मर्दन करने के लिए मैदान में आया; और देखनेवालों का कहना है कि जब तक लड़ा, जीवट से लड़ा, नखों और दाँतों से ज्यादा चोटें उसकी दुम ने की। निश्चित रूप से नहीं कहा जा सकता कि मैदान किसके हाथ रहा, किंतु जब उस दल को कुमक मँगानी पड़ी, तो रण-शास्त्र के नियमों के अनुसार विजय का श्रेय टामी ही को देना उचित न्यायानुकूल जान पड़ता है। टामी ने उस अवसर पर कौशल से काम लिया और दाँत निकाल दिये; जो संधि की याचना थी। किंतु तब से उसने ऐसे सन्नीति-विहीन प्रतिद्वंद्वियों के मुँह लगना उचित न समझा।

इतना शांतिप्रिय होने पर भी टामी के शत्रुओं की संख्या दिनोंदिन बढ़ती जाती थी। उसके बराबरवाले उससे इसलिए जलते कि वह इतना मोटा-ताजा हो कर इतना भीरु क्यों है? बाजारी दल इसलिए जलता कि टामी के मारे घूरों पर की हड्डियाँ भी न बचने पाती थीं। वह घड़ी-रात रहे उठता और हलवाइयों की दूकानों के सामने के दोने और पत्तल, कसाईखाने के सामने की हड्डियाँ और छीछड़े चबा डालता। अतएव इतने शत्रुओं के बीच में रह कर टामी का जीवन संकटमय होता जाता था। महीनों बीत जाते और पेट भर भोजन न मिलता। दो-तीन बार उसे मनमाने भोजन करने की ऐसी प्रबल उत्कंठा हुई कि उसने संदिग्ध साधनों द्वारा उसको पूरा करने की चेष्टा की; पर जब परिणाम आशा के प्रतिकूल हुआ और स्वादिष्ट पदार्थों के बदले अरुचिकर दुर्ग्राह्य वस्तुएँ भरपेट खाने को मिलीं—जिससे पेट के बदले कई दिन तक पीठ में विषम वेदना होती रही—तो उसने विवश हो कर फिर सन्मार्ग का आश्रय लिया। पर डंडों से पेट चाहे भर गया हो, वह उत्कंठा शांत न हुई। वह किसी ऐसी जगह जाना चाहता था, जहाँ खूब शिकार मिले; खरगोश, हिरन, भेड़ों के बच्चे मैदानों में विचर रहे हों और उनका कोई मालिक न हो, जहाँ

किसी प्रतिद्वंद्वी की गंध तक न हो; आराम करने को सघन वृक्षों की छाया हो, पीने को नदी का पवित्र जल। वहाँ मनमाना शिकार करूँ, खाऊँ और मीठी नींद सोऊँ। वहाँ चारों ओर मेरी धाक बैठ जाय; सब पर ऐसा रोब छा जाय कि मुझी को अपना राजा समझने लगें और धीरे-धीरे मेरा ऐसा सिक्का बैठ जाय कि किसी द्वेषी को वहाँ पैर रखने का साहस ही न हो।

संयोगवश एक दिन वह इन्हीं कल्पनाओं के सुख स्वप्न देखता हुआ सिर झुकाये सड़क छोड़ कर गलियों से चला जा रहा था कि सहसा एक सज्जन से उसकी मुठभेड़ हो गयी। टामी ने चाहा कि बच कर निकल जाऊँ, पर वह दुष्ट इतना शांतिप्रिय न था। उसने तुरंत झपट कर टामी का टेटुआ पकड़ लिया। टामी ने बहुत अनुनय-विनय की, गिड़गिड़ा कर कहा—ईश्वर के लिए मुझे यहाँ से चले जाने दो; कसम ले लो, जो इधर पैर रखूँ। मेरी शामत आयी थी कि तुम्हारे अधिकार क्षेत्र में चला आया। पर उस मदांध और निर्दयी प्राणी ने जरा भी रिआयत न की। अंत में हार कर टामी ने गर्दभ स्वर में फरियाद करनी शुरू की। यह कोलाहल सुन कर मोहल्ले के दो-चार नेता लोग एकत्र हो गये; पर उन्होंने भी दीन पर दया करने के बदले उलटे उसी पर दंत-प्रहार करना शुरू किया। इस अन्यायपूर्ण व्यवहार ने टामी का दिल तोड़ दिया। वह जान छुड़ा कर भागा। उन अत्याचारी पशुओं ने बहुत दूर तक उसका पीछा किया, यहाँ तक कि मार्ग में एक नदी पड़ गयी और टामी ने उसमें कूद कर अपनी जान बचायी।

कहते हैं, एक दिन सबके दिन फिरते हैं। टामी के दिन भी नदी में कूदते ही फिर गये। कूदा था जान बचाने के लिए, हाथ लग गये मोती। तैरता हुआ उस पार पहुँचा, तो वहाँ उसकी चिर-संचित अभिलाषाएँ मूर्तिमती हो रही थीं।

2

यह एक विस्तृत मैदान था। जहाँ तक निगाह जाती थी, हरियाली की छटा दिखायी देती थी। कहीं नालों का मधुर कलरव था, कहीं झरनों का मंद गान; कहीं वृक्षों के सुखद पुंज थे, कहीं रेत के सपाट मैदान। बड़ा सुरम्य मनोहर दृश्य था।

यहाँ बड़े तेज नखोंवाले पशु थे, जिनकी सूरत देख कर टामी का कलेजा दहल उठता था, पर उन्होंने टामी की कुछ परवा न की। वे आपस में नित्य लड़ा करते थे; नित्य खून की नदी बहा करती थी। टामी ने देखा, यहाँ इन भयंकर जंतुओं से पेश न पा सकूँगा। उसने कौशल से काम लेना शुरू किया। जब दो लड़नेवाले पशुओं में एक घायल और मुर्दा होकर गिर पड़ता, तो टामी लपक कर मांस का कोई टुकड़ा ले भागता और एकांत में बैठ कर खाता। विजयी पशु विजय के उन्माद में उसे तुच्छ समझ कर कुछ न बोलता।

अब क्या था, टामी के पौ-बारह हो गये। सदा दीवाली रहने लगी। न गुड़ की कमी थी, न गेहूँ की। नित्य नये पदार्थ उड़ाता और वृक्षों के नीचे आनंद से सोता। उसने ऐसे सुख स्वर्ग की कल्पना भी न की थी। वह मर कर नहीं, जीते जी स्वर्ग पा गया।

थोड़े ही दिनों में पौष्टिक पदार्थों के सेवन से टामी की चेष्टा ही कुछ और हो गयी। उसका शरीर तेजस्वी और सुगठित हो गया। अब वह छोटे-मोटे जीवों पर स्वयं हाथ साफ करने लगा। जंगल के जंतु अब चौंके और उसे वहाँ से भगा देने का यत्न करने लगे। टामी ने एक नयी चाल चली। वह कभी किसी पशु से कहता, तुम्हारा फलाँ शत्रु तुम्हें मार डालने की तैयारी कर रहा है; किसी से कहता, फलाँ तुमको गाली देता था। जंगल के जंतु उसके चकमे में आ कर आपस में लड़ जाते और टामी की चाँदी हो जाती। अंत में यहाँ तक नौबत पहुँची कि बड़े-बड़े जंतुओं का नाश हो गया। छोटे-मोटे पशुओं का उससे मुकाबला करने का साहस न होता था। उसकी उन्नति और शक्ति देख कर उन्हें ऐसा प्रतीत होने लगा, मानो यह विचित्र जीव आकाश से हमारे ऊपर शासन करने के लिए भेजा गया है। टामी भी अब अपनी शिकारबाजी के जौहर दिखा कर उनकी इस भ्रांति को पुष्ट किया करता था। बड़े गर्व से कहता—"परमात्मा ने मुझे तुम्हारे ऊपर राज्य करने के लिए भेजा है। यह ईश्वर की इच्छा है। तुम आराम से अपने घर में पड़े रहो। मैं तुमसे कुछ न बोलूँगा, केवल तुम्हारी सेवा करने के पुरस्कारस्वरूप तुममें से एकाध का शिकार कर लिया करूँगा। आखिर मेरा भी तो पेट है; बिना आहार के कैसे जीवित रहूँगा और कैसे तुम्हारी रक्षा करूँगा।" वह अब बड़ी शान से जंगल में चारों ओर गौरवान्वित दृष्टि से ताकता हुआ विचरा करता।

टामी को अब कोई चिंता थी तो यह कि इस देश में मेरा कोई मुद्दई न उठ खड़ा हो। वह सजग और सशस्त्र रहने लगा। ज्यों-ज्यों दिन गुजरते थे और सुख-भोग का चसका बढ़ता जाता था, त्यों-त्यों उसकी चिंता भी बढ़ती जाती थी। बस अब बहुधा रात को चौंक पड़ता और किसी अज्ञात शत्रु के पीछे दौड़ता। अक्सर 'अंधा कूकुर बात से भूँके' वाली लोकोक्ति को चरितार्थ करता। वन के पशुओं से कहता—"ईश्वर न करे कि तुम किसी दूसरे शासक के पंजे में फँस जाओ। वह तुम्हें पीस डालेगा। मैं तुम्हारा हितैषी हूँ; सदैव तुम्हारी शुभ-कामना में मग्न रहता हूँ। किसी दूसरे से यह आशा मत रखो।" पशु एक स्वर में कहते, जब तक हम जियेंगे, आप ही के अधीन रहेंगे।"

आखिरकार यह हुआ कि टामी को क्षण भर भी शांति से बैठना दुर्लभ हो गया। वह रात-दिन दिन-दिन भर नदी के किनारे इधर से उधर चक्कर लगाया करता। दौड़ते-दौड़ते हाँफने लगता, बेदम हो जाता; मगर चित्त को शांति न मिलती। कहीं कोई शत्रु न घुस आये।

लेकिन क्वार का महीना आया तो टामी का चित्त एक बार फिर अपने पुराने सहचरी से मिलने के लिए लालायित होने लगा। वह अपने मन को किसी भाँति रोक न सका। वह दिन याद आया जब वह दो-चार मित्रों के साथ किसी प्रेमिका के पीछे गली-गली और कूचे-कूचे में चक्कर लगाता था। दो-चार दिन तो उसने सब्र किया, पर अन्त में आवेग इतना प्रबल हुआ कि वह तकदीर ठोंक कर खड़ा हुआ। उसे अब अपने तेज और बल पर अभिमान भी था। दो-चार को तो वही मजा चखा सकता था।

किन्तु नदी के इस पार आते ही उसका आत्मविश्वास प्रातःकाल के तम के समान फटने लगा। उसकी चाल मन्द पड़ गयी, आप-ही-आप सिर झुक गया, दुम सिकुड़ गयी। मगर एक प्रेमिका को आते देख कर वह विस्वल हो उठा; उसके पीछे हो लिया। प्रेमिका को उसकी वह कुचेष्टा अप्रिय लगी। उसने तीव्र स्वर से उसकी अवहेलना की। उसकी आवाज सुनते ही उसके कई प्रेमी आ पहुँचे और टामी को वहाँ देखते ही जामे से बाहर हो गये। टामी सिटपिटा गया। अभी निश्चय न कर सका था कि क्या करूँ कि चारों ओर से उस पर दाँतों और नखों की वर्षा होने लगी। भागते भी न बन पड़ा। देह लहूलुहान हो गयी। भागा भी, तो शैतानों का एक दल पीछे था।

उस दिन से उसके दिल में शंका-सी समा गयी। हर घड़ी यह भय लगा रहता कि आक्रमणकारियों का दल मेरे सुख और शांति में बाधा डालने के लिए, मेरे स्वर्ग को विध्वंस करने के लिए आ रहा है। यह शंका पहले भी कम न थी; अब और भी बढ़ गयी।

एक दिन उसका चित्त भय से इतना व्याकुल हुआ कि उसे जान पड़ा, शत्रु-दल आ पहुँचा। वह बड़े वेग से नदी के किनारे आया और इधर से उधर दौड़ने लगा।

दिन बीत गया, रात बीत गयी; पर उसने विश्राम न लिया। दूसरा दिन आया और गया, पर टामी निराहार, निर्जल नदी के किनारे चक्कर लगाता रहा।

इस तरह पाँच दिन बीत गये। टामी के पैर लड़खड़ाने लगे, आँखों-तले अँधेरा छाने लगा। क्षुधा से व्याकुल हो कर गिर पड़ता, पर वह शंका किसी भाँति शांत न हुई।

अन्त में सातवें दिन अभागा टामी अधिकार-चिन्ता से ग्रस्त, जर्जर और शिथिल हो कर परलोक सिधारा। वन का कोई पशु उसके निकट न गया। किसी ने उसकी चर्चा तक न की; किसी ने उसकी लाश पर आँसू तक न बहाये। कई दिनों तक उस पर गिद्ध और कौए मँडराते रहे; अन्त में अस्थिपंजरों के सिवा और कुछ न रह गया।

दुराशा

[प्रहसन]

पात्र

दयाशंकर	—	कार्यालय के एक साधारण लेखक
आनंदमोहन	—	कालेज का एक विद्यार्थी तथा दयाशंकर का मित्र
ज्योतिस्वरूप	—	दयाशंकर का एक सुदूर-सम्बन्धी
सेवती	—	दयाशंकर की पत्नी

[होली का दिन]

(समय–9 बजे रात्रि, आनंदमोहन तथा दयाशंकर वार्तालाप करते जा रहे हैं।)

आनंद. — हम लोगों को देर तो न हुई। अभी तो नौ बजे होंगे !

दया. — नहीं, अभी क्या देर होगी !

आनंद. — वहाँ बहुत इंतजार न कराना। क्योंकि एक तो दिन भर गली-गली घूमने के पश्चात् मुझमें इंतजार करने की शक्ति ही नहीं, दूसरे ठीक ग्यारह बजे बोर्डिंग हाउस का दरवाजा बंद हो जाता है।

दया. — अजी, चलते-चलते थाली सामने आवेगी। मैंने तो सेवती से पहले ही कह दिया है कि नौ बजे तक सामान तैयार रखना।

आनंद. — तुम्हारा घर तो अभी दूर है। यहाँ मेरे पैरों में चलने की शक्ति ही नहीं। आओ कुछ बातचीत करते चलें। भला यह तो बताओ कि परदे के सम्बन्ध में तुम्हारा क्या विचार है ? भाभी जी मेरे सामने आयेंगी या नहीं, क्या मैं उनके चंद्रमुख का दर्शन कर सकूँगा ? सच कहो।

दया. — तुम्हारे और मेरे बीच में तो भाईचारे का सम्बन्ध है। यदि सेवती मुँह खोले हुए भी तुम्हारे सम्मुख आ जाय तो मुझे कोई म्लान नहीं। किंतु साधारणतः मैं परदे की प्रथा का सहायक और समर्थक हूँ। क्योंकि हम लोगों की सामाजिक नीति इतनी पवित्र नहीं है कि कोई स्त्री

अपने लज्जा-भाव को चोट पहुँचाये बिना अपने घर से बाहर निकले।

आनंद. – मेरे विचार में तो पर्दा ही कुचेष्टाओं का मूल कारण है। पर्दे से स्वभावतः पुरुषों के चित्त में उत्सुकता उत्पन्न होती है और वह भाव कभी तो बोली-ठोली में प्रकट होता है और कभी नेत्रों के कटाक्षों में।

दया. – जब तक हम लोग इतने दृढ़प्रतिज्ञ न हो जायँ कि सतीत्व-रक्षा के पीछे प्राण भी बलिदान कर दें तब तक परदे की प्रथा को तोड़ना समाज के मार्ग में विष बोना है।

आनंद. – आपके विचार से तो यही सिद्ध होता है कि यूरोप में सतीत्व-रक्षा के लिए रात-दिन रुधिर की नदियाँ बहा करती हैं।

दया. – वहाँ इसी बेपर्दगी ने तो सतीत्व-धर्म को निर्मूल कर दिया है। अभी मैंने किसी समाचारपत्र में पढ़ा था कि एक स्त्री ने किसी पुरुष पर इस प्रकार का अभियोग चलाया था कि उसने मुझे निर्भीकतापूर्वक कुदृष्टि से घूरा था, किन्तु विचारक ने उस स्त्री को नख-शिख से देख कर यह कह कर मुकदमा खारिज कर दिया कि प्रत्येक मनुष्य को अधिकार है कि हाट-बाट में नौजवान स्त्री को घूर कर देखे। मुझे तो यह अभियोग और यह फैसला सर्वथा हास्यास्पद जान पड़ते हैं और किसी भी समाज को निंदित करनेवाले हैं।

आनंद. – इस विषय को छोड़ो। यह तो बताओ कि इस समय क्या-क्या खिलाओगे ? मित्र नहीं तो मित्र की चर्चा ही हो।

दया. – यह तो सेवती की पाक-कला-कुशलता पर निर्भर है। पूरियाँ और कचौरियाँ तो होंगी ही। यथासंभव खूब खरी भी होंगी। यथाशक्ति खस्ते और समोसे भी आयेंगे। खीर आदि के बारे में भविष्यवाणी की जा सकती है। आलू और गोभी की शोरबेदार तरकारी और मटर, दालमोट भी मिलेंगे। फीरिनी के लिए भी कह आया था। गूलर के कोफते और आलू के कबाब, यह दोनों सेवती खूब पकाती है। इनके सिवा दही-बड़े और चटनी-अचार की चर्चा तो व्यर्थ ही है। हाँ, शायद किशमिश का रायता भी मिले जिसमें केसर की सुगंध उड़ती होगी।

आनंद. – मित्र, मेरे मुँह में तो पानी भर आया। तुम्हारी बातों ने तो मेरे पैरों में जान डाल दी। शायद पर होते तो उड़ कर पहुँच जाता।

दया. – लो, अब तो आ ही जाते हैं। यह तम्बाकूवाले की दूकान है, इसके बाद चौथा मकान मेरा ही है।

आनंद. – मेरे साथ बैठ कर एक ही थाली में खाना। कहीं ऐसा न हो कि

अधिक खाने के लिए मुझे भाभी जी के सामने लज्जित होना पड़े।

दया. — इससे तुम निश्शंक रहो। उन्हें मिताहारी आदमी से चिढ़ है, वे कहती हैं—"जो खायेगा ही नहीं दुनिया में काम क्या करेगा ?" आज शायद तुम्हारी बदौलत मुझे भी काम करनेवालों की पंक्ति में स्थान मिल जावे। कम से कम कोशिश तो ऐसी ही करना।

आनंद. — भई, यथाशक्ति चेष्टा करूँगा। शायद तुम्हें ही प्रधानपद मिल जाये।

दया. — यह लो, आ गये। देखना सीढ़ियों पर अँधेरा है। शायद चिराग जलाना भूल गयी।

आनंद. — कोई हर्ज नहीं। तिमिरलोक ही में तो सिकंदर को अमृत मिला था।

दया. — अंतर इतना ही है कि तिमिरलोक में पैर फिसले तो पानी में गिरोगे और यहाँ फिसला तो पथरीली सड़क पर।

[ज्योतिस्वरूप आते हैं]

ज्योति. — सेवक भी उपस्थित हो गया। देर तो नहीं हुई ? डबल मार्च करता आया हूँ।

दया. — नहीं, अभी तो देर नहीं हुई। शायद आपकी भोजनाभिलाषा आपको समय से पहले खींच लायी।

आनंद. — आपका परिचय कराइए। मुझे आपसे देखा-देखी नहीं है।

दया. — **(अँगरेजी में)** मेरे सुदूर के सम्बन्ध में साले होते हैं। एक वकील के मुहर्रिर हैं। जबरदस्ती नाता जोड़ रहे हैं। सेवती ने निमंत्रण दिया होगा; मुझे कुछ भी ज्ञात नहीं। ये अँगरेजी नहीं जानते।

आनंद. — इतना तो अच्छा है। अँगरेजी में ही बातें करेंगे।

दया. — सारा मजा किरकिरा हो गया। कुमानुषों के साथ बैठ कर खाना फोड़े के आप्रेशन के बराबर है।

आनंद. — किसी उपाय से इन्हें विदा कर देना चाहिए।

दया. — मुझे तो चिंता यह है कि अब संसार के कार्यकर्त्ताओं में हमारी और तुम्हारी गणना ही न होगी। पाला इसके हाथ रहेगा।

आनंद. — खैर ऊपर चलो। आनंद तो जब आवे कि इन महाशय को आधे पेट ही उठना पड़े।

[तीनों आदमी ऊपर जाते हैं]

दया. — अरे ! कमरे में भी रोशनी नहीं, घुप अँधेरा है। लाला ज्योतिस्वरूप, देखिएगा, कहीं ठोकर खा कर न गिर पड़ियेगा।

आनंद. – अरे गजब...(आलमारी से टकरा कर धम् से गिर पड़ता है)।

दया. – लाला ज्योतिस्वरूप, क्या आप गिरे ? चोट तो नहीं आयी ?

आनंद. – अजी, मैं गिर पड़ा। कमर टूट गयी। तुमने अच्छी दावत की।

दया. – भले आदमी, सैकड़ों बार तो आये हो। मालूम नहीं था कि सामने आलमारी रखी हुई है। क्या ज्यादा चोट लगी ?

आनंद. – भीतर जाओ। थालियाँ लाओ और भाभी जी से कह देना कि थोड़ा-सा तेल गर्म कर लें। मालिश कर लूँगा।

ज्योति. – महाशय, यह आपने क्या रख छोड़ा है। जमीन पर गिर पड़ा।

दया. – उगालदान तो नहीं लुढ़का दिया ? हाँ, वही तो है। सारा फर्श खराब हो गया।

आनंद. – बन्धुवर, जा कर लालटेन जला लाओ। कहाँ ला कर काल-कोठरी में डाल दिया।

दया. – (घर में जा कर) अरे ! यहाँ भी अँधेरा है ! चिराग तक नहीं। सेवती, कहाँ हो ?

सेवती – बैठी तो हूँ।

दया. – यह बात क्या है ? चिराग क्यों नहीं जले ! तबीयत तो अच्छी है ?

सेवती – बहुत अच्छी है। बारे, तुम आ तो गये ! मैंने समझा था कि आज आपका दर्शन ही न होगा।

दया. – ज्वर है क्या ? कब से आया है ?

सेवती – नहीं, ज्वर-स्वर कुछ नहीं, चैन से बैठी हूँ।

दया. – तुम्हारा पुराना बायगोला तो नहीं उभर आया ?

सेवती – (व्यंग्य से) हाँ, बायगोला ही तो है। लाओ, कोई दवा है ?

दया. – अभी डाक्टर के यहाँ से मँगवाता हूँ।

सेवती – कुछ मुफ्त की रकम हाथ आ गयी है क्या ? लाओ, मुझे दे दो, अच्छी हो जाऊँ।

दया. – तुम तो हँसी कर रही हो। साफ-साफ कोई बात नहीं कहती। क्या मेरे देर से आने का यही दंड है ? मैंने नौ बजे आने का वचन दिया था। शायद दो-चार मिनट अधिक हुए हों। सब चीजें तैयार हैं न ?

सेवती – हाँ, बहुत ही खस्ता आधो-आध मक्खन डाला था।

दया. – आनंदमोहन से मैंने तुम्हारी खूब प्रशंसा की है।

सेवती – ईश्वर ने चाहा तो वे भी प्रशंसा ही करेंगे। पानी रख आओ, हाथ-वाथ तो धोयें।

दया. – चटनियाँ भी बनवा ली हैं न ? आनंदमोहन को चटनियों से बहुत प्रेम है।

सेवती – खूब चटनी खिलाओ। सेरों बना रखी है।

दया. – पानी में केवड़ा डाल दिया है ?

सेवती – हाँ, ले जा कर पानी रख आओ। पानी आरम्भ करें, प्यास लगी होगी।

आनंद. – **(बाहर से)** मित्र, शीघ्र आओ। अब इन्तजार करने की शक्ति नहीं है।

दया. – जल्दी मचा रहा है। लाओ, थालियाँ परसो।

सेवती – पहले चटनी और पानी तो रख आओ।

दया. – (रसोई में जा कर) अरे ! यहाँ तो चूल्हा बिलकुल ठंडा पड़ गया है। महरी आज सबेरे ही काम कर गयी क्या ?

सेवती – हाँ, खाना पकने से पहले ही आ गयी थी।

दया. – बर्तन सब मँजे हुए हैं। क्या कुछ पकाया ही नहीं ?

सेवती – भूत-प्रेत आ कर खा गये होंगे।

दया. – क्या–चूल्हा ही नहीं जलाया ? गजब कर दिया।

सेवती – गजब मैंने कर दिया या तुमने ?

दया. – मैंने तो सब सामान ला कर रख दिया था। तुमसे बार-बार पूछ लिया था कि किसी चीज की कमी हो तो बतलाओ। फिर खाना क्यों न पका ? क्या विचित्र रहस्य है ! भला मैं इन दोनों को क्या मुँह दिखाऊँगा।

आनंद. – मित्र, क्या तुम अकेले ही सब सामग्री चट कर रहे हो ? इधर भी लोग आशा लगाये बैठे हैं। इन्तजार दम तोड़ रहा है।

सेवती – यदि सब सामग्री ला कर रख ही देते तो मुझे बनाने में क्या आपत्ति थी ?

दया. – अच्छा, यदि दो-एक वस्तुओं की कमी ही रह गयी थी, तो इसका क्या अभिप्राय कि चूल्हा ही न जले ? यह तो किस अपराध का दंड दिया है ? आज होली का दिन और यहाँ आग ही न जली ?

सेवती – जब तक ऐसे चरके न खाओगे, तुम्हारी आँखें न खुलेंगी।

दया. – तुम तो पहेलियों से बातें कर रही हो। आखिर किस बात पर अप्रसन्न हो ? मैंने कौन-सा अपराध किया ? जब मैं यहाँ से जाने लगा था, तुम प्रसन्नमुख थीं और इसके पहले भी मैंने तुम्हें दुखी नहीं देखा था। तो मेरी अनुपस्थिति में कौन ऐसी बात हो गयी कि तुम इतनी रूठ गयीं ?

सेवती – घर में स्त्रियों को कैद करने का यह दंड है।

दया. – अच्छा तो यह इस अपराध का दंड है ? मगर तुमने मुझसे परदे की निन्दा नहीं की। बल्कि इस विषय पर जब कोई बात छिड़ती थी तो तुम मेरे विचारों से सहमत ही रहती थीं। मुझे आज ही ज्ञात हुआ कि तुम्हें परदे से कितनी घृणा है ! क्या दोनों अथितियों से यह कह दूँ कि परदे की सहायता के दंड में मेरे यहाँ अनशन व्रत है, आप लोग ठंडी-ठंडी हवा खायें ?

सेवती – जो चीजें तैयार हैं वह जा कर खिलाओ और जो नहीं हैं, उसके लिए क्षमा माँगो।

दया. – मैं तो कोई चीज तैयार नहीं देखता ?

सेवती – हैं क्यों नहीं, चटनी बना ही डाली है और पानी भी पहले से तैयार है।

दया. – यह दिल्लगी तो हो चुकी। सचमुच बताओ खाना क्यों नहीं पकाया ? क्या तबीयत खराब हो गयी थी, अथवा किसी कुत्ते ने आ कर रसोई अपवित्र कर दी थी ?

आनंद. – बाहर क्यों नहीं आते हो भाई, भीतर ही भीतर क्या मिसकौट कर रहे हो ? अब सब चीजें नहीं तैयार हैं, नहीं सही, जो कुछ तैयार हो वही लाओ। इस समय तो सादी पूरियाँ भी खस्ते से अधिक स्वादिष्ट जान पड़ेंगी। कुछ लाओ, भला श्रीगणेश तो हो। मुझसे अधिक उत्सुक मेरे मित्र मुंशी ज्योतिस्वरूप हैं।

सेवती – भैया ने दावत के इंतजार में आज दोपहर को भी न खाया होगा।

दया. – बात क्यों टालती हो, मेरी बातों का जवाब क्यों नहीं देतीं ?

सेवती – नहीं जवाब देती, क्या कुछ आपका कर्ज खाया है या रसोई बनाने के लिए लौंडी हूँ ?

दया. – यदि मैं घर का काम करके अपने को दास नहीं समझता तो तुम घर का काम करके अपने को दासी क्यों समझती हो !

सेवती – मैं नहीं समझती, तुम समझते हो !

दया. – क्रोध मुझे आना चाहिए, उल्टी तुम बिगड़ रही हो।

सेवती – तुम्हें क्यों मुझ पर क्रोध आना चाहिए ? इसलिए कि तुम पुरुष हो ?

दया. – नहीं, इसलिए कि तुमने आज मुझे मेरे मित्रों तथा सम्बन्धियों के सम्मुख नीचा दिखाया।

सेवती – नीचा दिखाया तुमने मुझे कि मैंने तुम्हें ? तुम तो किसी प्रकार

क्षमा करा लोगे, किंतु कालिमा तो मेरे मुख लगेगी।

आनंद. – भई, अपराध क्षमा हो, मैं भी वहीं आता हूँ। यहाँ तो किसी पदार्थ की सुगंध तक नहीं आती।

दया. – क्षमा क्या करा लूँगा, लाचार हो कर बहाना करना पड़ेगा।

सेवती – चटनी खिला कर पानी पिलाओ। इतना सत्कार बहुत है। होली का दिन है, यह भी एक प्रहसन रहेगा।

दया. – प्रहसन क्या रहेगा, कहीं मुख दिखाने योग्य न रहूँगा। आखिर तुम्हें यह क्या शरारत सूझी ?

सेवती – फिर वही बात ! शरारत क्यों सूझती ! क्या तुमसे और तुम्हारे मित्रों से कोई बदला लेना था ? लेकिन जब लाचार हो गयी तो क्या करती ? तुम तो दस मिनट पछता कर और मुझ पर क्रोध मिटा कर आनंद से सोओगे। यहाँ तो मैं तीन बजे से बैठी झींक रही हूँ। और यह सब तुम्हारी करतूत है।

दया. – यही तो पूछता हूँ कि मैंने क्या किया ?

सेवती – तुमने मुझे पिंजरे में बंद कर दिया, पर काट दिये ! मेरे सामने दाना रख दो तो खाऊँ, मुधिया में पानी डाल दो तो पीऊँ, यह किसका कसूर है ?

दया. – भाई छिपी-छिपी बातें न करो। साफ-साफ क्यों नहीं कहतीं !

आनंद. – विदा होता हूँ, मौज उड़ाइए। नहीं, बाजार की दुकानें भी बंद हो जायेंगी। खूब चकमा दिये मित्र, फिर समझेंगे। लाला ज्योतिस्वरूप तो बैठे-बैठे अपनी निराशा को खुर्राटों से भुला रहे हैं। मुझे यह संतोष कहाँ ! तारे भी नहीं हैं कि बैठ कर उन्हें ही गिनूँ। इस समय तो स्वादिष्ट पदार्थों का स्मरण कर रहा हूँ।

दया. – बंधुवर, दो मिनट और संतोष करो। आया। आँ ! लाला ज्योतिस्वरूप से कह दो कि किसी हलवाई की दूकान से पूरियाँ ले आयें। यहाँ कम पड़ गयी हैं। आज दोपहर ही से इनकी तबीयत खराब हो गयी है। मेरे मेज की दराज में रुपये रखे हैं।

सेवती – साफ-साफ तो यही है कि तुम्हारे परदे ने मुझे पंगु बना दिया है। कोई मेरा गला भी घोंट जाय तो फरियाद नहीं कर सकती।

दया. – फिर भी वही अन्योक्ति ! इस विषय का अंत भी होगा या नहीं !

सेवती – दियासलाई तो थी ही नहीं, फिर आग कैसे जलाती !

दया. – अहा ! मैंने जाते समय दियासलाई की डिबिया जेब में रख ली थी...जरा-सी बात का तुमने इतना बतंगड़ बना दिया। शायद मुझे

तंग करने के लिए अवसर ढूँढ़ रही थीं। कम-से-कम मुझे तो ऐसा ही जान पड़ता है।

सेवती – यह तुम्हारी ज्यादती है। ज्यों ही तुम सीढ़ी से उतरे, मेरी दृष्टि डिबिया की तरफ गयी, किंतु वह लापता थी। ताड़ गयी कि तुम ले गये। तुम मुश्किल से दरवाजे तक पहुँचे होगे। अगर जोर से पुकारती तो तुम सुन लेते। लेकिन नीचे दूकानदारों के कान में भी आवाज जाती तो सुन कर तुम न जाने मेरी कौन-कौन दुर्दशा करते। हाथ मल कर रह गयी। उसी समय से बहुत व्याकुल हो रही हूँ कि किसी प्रकार भी दियासलाई मिल जाती तो अच्छा होता। मगर कोई वश न चलता था। अंत में लाचार हो कर बैठ रही।

दया. – यह कहो कि तुम मुझे तंग करना चाहती थीं। नहीं तो क्या आग या दियासलाई न मिल जाती?

सेवती – अच्छा, तुम मेरी जगह होते तो क्या करते? नीचे सबके सब दूकानदार हैं। और तुम्हारी जान-पहचान के हैं। घर के एक ओर पंडित जी रहते हैं। उनके घर में कोई स्त्री नहीं। सारे दिन फाग हुई है। बाहर के सैकड़ों आदमी जमा थे। दूसरी ओर बंगाली बाबू रहते हैं। उनके घर की स्त्रियाँ किसी सम्बन्धी से मिलने गयी हैं और अब तक नहीं आयीं। इन दोनों से भी बिना दज्जे पर आये चीज न मिल सकती थी। लेकिन शायद तुम इतनी बेपर्दगी को क्षमा न करते। और कौन ऐसा था जिससे कहती कि कहीं से आग ला दो। महरी तुम्हारे सामने ही चौका-बर्तन करके चली गयी थी। रह-रह कर तुम्हारे ऊपर क्रोध आता था।

दया. – तुम्हारी लाचारी का कुछ अनुमान कर सकता हूँ, पर मुझे अब भी यह मानने में आपत्ति है कि दियासलाई का न होना चूल्हा न जलने का वास्तविक कारण हो सकता है।

सेवती – तुम्हीं से पूछती हूँ कि बतलाओ, क्या करती?

दया. – मेरा मन इस समय स्थिर नहीं, किंतु मुझे विश्वास है कि यदि मैं तुम्हारे स्थान पर होता तो होली के दिन और खासकर जब अतिथि भी उपस्थित हों, चूल्हा ठंडा न रहता। कोई-न-कोई उपाय अवश्य ही निकालता।

सेवती – जैसे?

दया. – एक रुक्का लिख कर किसी दूकानदार के सामने फेंक देता।

सेवती – यदि मैं ऐसा करती तो शायद तुम आँख मिलाने का मुझ पर कलंक लगाते।

दया. – अँधेरा हो जाने पर सिर से पैर तक चादर ओढ़ कर बाहर निकल जाता और दियासलाई ले आता। घंटे-दो-घंटे में अवश्य ही कुछ-न-कुछ तैयार हो जाता। ऐसा उपवास तो न पड़ता।

सेवती – बाजार जाने से मुझे तुम गली-गली घूमनेवाली कहते और गला काटने पर उतारू हो जाते। तुमने मुझे कभी इतनी स्वतंत्रता नहीं दी। यदि कभी स्नान करने जाती हूँ तो गाड़ी का पट बंद रहता है।

दया. – अच्छा, तुम जीती और मैं हारा। सदैव के लिए उपदेश मिल गया कि ऐसे अत्यावश्यक समय पर तुम्हें घर से बाहर निकलने की स्वतंत्रता है।

सेवती – मैं तो इसे आकस्मिक समय नहीं कहती। आकस्मिक समय तो वह है कि दैवात् घर में कोई बीमार हो जाय और उसे डाक्टर के यहाँ ले जाना आवश्यक हो।

दया. – निस्संदेह वह समय आकस्मिक है। इस दशा में तुम्हारे जाने में कोई हस्तक्षेप नहीं।

सेवती – और भी आकस्मिक समय गिनाऊँ ?

दया. – नहीं भाई, इसका फैसला तुम्हारी बुद्धि पर निर्भर है।

सेवती – मित्र, संतोष की सीमा तो अंत हो गयी; अब प्राण-पीड़ा हो रही है। ईश्वर करे, घर आबाद रहे, बिदा होता हूँ।

दया. – बस, एक मिनट और। उपस्थित हुआ।

सेवती – चटनी और पानी लेते जाओ और पूरियाँ बाजार से मँगवा लो। इसके सिवा इस समय हो ही क्या सकता है ?

दया. – (मरदाने कमरे में आकर) पानी लाया हूँ, प्यालियों में चटनी है। आप लोग जब तक भोग लगावें। मैं अभी आता हूँ।

आनंद. – धन्य है ईश्वर ! भला तुम बाहर तो निकले ! मैंने तो समझा था कि एकांतवास करने लगे। मगर निकले भी तो चटनियाँ ले कर। वह स्वादिष्ट वस्तुएँ क्या हुईं जिनका आपने वादा किया था और जिनका स्मरण मैं प्रेमानुरक्त भाव से कर रहा हूँ ?

दया. – ज्योतिस्वरूप कहाँ गये ?

सेवती – ऊर्द्धव संसार में भ्रमण कर रहे हैं। बड़ा ही अद्भुत उदासीन मनुष्य है कि आते ही आते सो गया और अभी तक नहीं चौंका।

दया. – मेरे यहाँ एक दुर्घटना हो गयी। उसे और क्या कहूँ। सब सामान मौजूद और चूल्हे में आग न जली।

आनंद. – खूब ! यह एक ही रही। लकड़ियाँ न रही होंगी।

दया. – घर में तो लकड़ियों का पहाड़ लगा है। अभी थोड़े ही दिन हुए कि गाँव से एक गाड़ी लकड़ी आ गयी थी। दियासलाई न थी।

आनंद. – (अट्टहास कर) वाह ! यह अच्छा प्रहसन हुआ। थोड़ी-सी भूल ने सारा स्वप्न ही नष्ट कर दिया। कम-से-कम मेरी तो बधिया बैठ गयी।

दया. – क्या कहूँ मित्र, लज्जित हूँ। तुमसे सत्य कहता हूँ। आज से मैं परदे का शत्रु हो गया। इस निगोड़ी प्रथा के बन्धन ने ठीक होली के दिन ऐसा विश्वासघात किया कि जिसकी कभी भी संभावना न थी। अच्छा अब बतलाओ, बाजार से लाऊँ पूरियाँ ? अभी तो ताजी मिल जायेंगी।

आनंद. – बाजार का रास्ता तो मैंने भी देखा है। कष्ट न करो। जा कर बोर्डिंग हाउस में खा लूँगा। रहे ये महाशय, मेरे विचार में तो इन्हें छेड़ना ठीक नहीं। पड़े-पड़े खर्राटे लेने दो। प्रातःकाल चौंकेंगे तो घर का मार्ग पकड़ेंगे।

दया. – तुम्हारा यों वापस जाना मुझे खल रहा है। क्या सोचा था, क्या हुआ ! मजे ले-ले कर समोसे और कोफ्ते खाते और गपड़चौथ मचाते। सभी आशाएँ मिट्टी में मिल गयीं। ईश्वर ने चाहा तो शीघ्र ही इसका प्रायश्चित्त करूँगा।

आनंद. – मुझे इस बात की प्रसन्नता है कि तुम्हारा सिद्धान्त टूट गया। अब इतनी आज्ञा दो कि भाभी जी को धन्यवाद दे आऊँ।

दया. – शौक से जाओ।

आनंद. – (भीतर जा कर) भाभी जी साष्टांग प्रणाम कर रहा हूँ। यद्यपि आज के आकाशी भोज से मुझे दुराशा तो अवश्य हुई, किन्तु वह उस आनन्द के सामने शून्य है जो भाई साहब के विचार-परिवर्तन से हुआ है। आज एक दियासलाई ने जो शिक्षा प्रदान की है वह लाखों प्रामाणिक प्रमाणों से भी संभव नहीं है। इसके लिए मैं आपको सहर्ष धन्यवाद देता हूँ। अब से बन्धुवर परदे के पक्षपाती न होंगे, यह मेरा अटल विश्वास है।

[पटाक्षेप]

जेल

मृदुला मैजिस्ट्रेट के इजलास से ज़नाने जेल में वापस आयी, तो उसका मुख प्रसन्न था। बरी हो जाने की गुलाबी आशा उसके कपोलों पर चमक रही थी। उसे देखते ही राजनैतिक कैदियों के एक गिरोह ने घेर लिया और पूछने लगीं, कितने दिन की हुई ?

मृदुला ने विजय-गर्व से कहा—मैंने तो साफ-साफ कह दिया, मैंने धरना नहीं दिया। यों आप जबर्दस्त हैं, जो फैसला चाहें, करें। न मैंने किसी को रोका, न पकड़ा, न धक्का दिया, न किसी से आरजू-मिन्नत ही की। कोई गाहक मेरे सामने आया ही नहीं। हाँ, मैं दूकान पर खड़ी ज़रूर थी। वहाँ कई वालंटियर गिरफ्तार हो गये थे। जनता जमा हो गयी थी। मैं भी खड़ी हो गयी। बस, थानेदार ने आ कर मुझे पकड़ लिया।

क्षमादेवी कुछ कानून जानती थीं। बोलीं—मैजिस्ट्रेट पुलिस के बयान पर फैसला करेगा। मैं ऐसे कितने ही मुकदमे देख चुकी।

मृदुला ने प्रतिवाद किया—पुलिसवालों को मैंने ऐसा रगड़ा कि वह भी याद करेंगे। मैं मुकदमे की कार्रवाई में भाग न लेना चाहती थी; लेकिन जब मैंने उनके गवाहों को सरासर झूठ बोलते देखा, तो मुझसे ज़ब्त न हो सका। मैंने उनसे जिरह करनी शुरू की। मैंने भी इतने दिनों घास नहीं खोदी है। थोड़ा-सा कानून जानती हूँ। पुलिस ने समझा होगा, यह कुछ बोलेगी तो है नहीं, हम जो बयान चाहेंगे, देंगे। जब मैंने जिरह शुरू की, तो सब बगलें झाँकने लगे। मैंने तीनों गवाहों को झूठा साबित कर दिया। उस समय जाने कैसे मुझे चोट सूझती गयी। मैजिस्ट्रेट ने थानेदार को दो-तीन बार फटकार भी बतायी। वह मेरे प्रश्नों का ऊल-जलूल जवाब देता था, तो मैजिस्ट्रेट बोल उठता था—वह जो कुछ पूछती हैं, उसका जवाब दो, फजूल की बातें क्यों करते हो? तब मियाँ जी का मुँह जरा-सा निकल आता था। मैंने सबों का मुँह बंद कर दिया। अभी साहब ने फैसला तो नहीं सुनाया, लेकिन मुझे विश्वास है, बरी हो जाऊँगी। मैं जेल से नहीं डरती; लेकिन बेवकूफ भी नहीं बनना चाहती। वहाँ हमारे मंत्री जी भी थे और बहुत-सी बहनें थीं। सब यही कहती थीं, तुम छूट जाओगी।

महिलाएँ उसे द्वेष-भरी आँखों से देखती हुई चली गयीं। उनमें किसी की मियाद साल-भर की थी, किसी की छह मास की। उन्होंने अदालत के सामने जबान ही न खोली थी। उनकी नीति में यह अधर्म से कम न था। मृदुला पुलिस से जिरह करके उनकी नजरों में गिर गयी थी। सजा हो जाने पर उसका व्यवहार क्षम्य हो सकता था; लेकिन बरी हो जाने में तो उसका कुछ प्रायश्चित्त ही न था।

दूर जा कर एक देवी ने कहा—इस तरह तो हम लोग भी छूट जाते। हमें तो यह दिखाना है, नौकरशाही से हमें न्याय की कोई आशा ही नहीं।

दूसरी महिला बोली—यह तो क्षमा माँग लेने के बराबर है। गयी तो थीं धरना देने, नहीं दूकान पर जाने का काम ही क्या था। वालंटियर गिरफ्तार हुए थे आपकी बला से। आप वहाँ क्यों गयीं; मगर अब कहती हैं, मैं धरना देने गयी ही नहीं। यह क्षमा माँगना हुआ, साफ !

तीसरी देवी मुँह बनाकर बोलीं—जेल में रहने के लिए बड़ा कलेजा चाहिए। उस वक्त तो वाह-वाह लूटने के लिए आ गयीं, अब रोना आ रहा है। ऐसी स्त्रियों को तो राष्ट्रीय कामों के नगीच ही न आना चाहिए। आंदोलन को बदनाम करने से क्या फायदा ?

केवल क्षमादेवी अब तक मृदुला के पास चिंता में डूबी खड़ी थीं। उन्होंने एक उद्दंड व्याख्यान देने के अपराध में साल-भर की सजा पायी थी। दूसरी जिले से एक महीना हुआ यहाँ आयी थीं। अभी मियाद पूरी होने में आठ महीने बाकी थे। यहाँ की पंद्रह कैदियों में किसी से उनका दिल न मिलता था। जरा-जरा सी बातों के लिए उनका आपस में झगड़ना, बनाव-सिंगार की चीजों के लिए लेडीवार्डरों की खुशामदें करना, घरवालों से मिलने के लिए व्यग्रता दिखलाना उसे पसंद न था। वही कुत्सा और कनफुसकियाँ जेल के भीतर भी थीं। वह आत्माभिमान, जो उसके विचार में एक पोलिटिकल कैदी में होना चाहिए, किसी में भी न था। क्षमा उन सबों से दूर रहती थी। उसके जाति-प्रेम का वारापार न था। इस रंग में पगी हुई थी; पर अन्य देवियाँ उसे घमंडिन समझती थीं और उपेक्षा का जवाब उपेक्षा से देती थीं। मृदुला को हिरासत में आये आठ दिन हुए थे। इतने ही दिनों में क्षमा को उससे विशेष स्नेह हो गया था। मृदुला में वह संकीर्णता और ईर्ष्या न थी, न निन्दा करने की आदत, न शृंगार की धुन, न भद्दी दिल्लगी का शौक। उसके हृदय में करुणा थी, सेवा का भाव था, देश का अनुराग था। क्षमा ने सोचा था, इसके साथ छह महीने आनन्द से कट जायेंगे; लेकिन दुर्भाग्य यहाँ भी उसके पीछे पड़ा हुआ था। कल मृदुला यहाँ से चली जायेगी। वह फिर अकेली हो जायेगी। यहाँ ऐसा कौन है ? जिसके साथ घड़ी भर बैठ कर अपना दुःख-दर्द सुनायेगी, देश-चर्चा करेगी; यहाँ तो सभी के मिजाज आसमान पर हैं।

मृदुला ने पूछा—तुम्हें तो अभी आठ महीने बाकी हैं, बहन !

क्षमा ने हसरत के साथ कहा—किसी-न-किसी तरह कट ही जायेंगे बहन ! पर तुम्हारी याद बराबर सताती रहेगी। इसी एक सप्ताह के अन्दर तुमने मुझ पर न जाने क्या जादू कर दिया। जब से तुम आयी हो, मुझे जेल जेल न मालूम होता था। कभी-कभी मिलती रहना।

मृदुला ने देखा, क्षमा की आँखें डबडबायी हुई थीं। ढाढ़स देती हुई बोली—जरूर मिलूँगी दीदी ! मुझसे तो खुद न रहा जायेगा। भान को भी लाऊँगी। कहूँगी—चल, तेरी मौसी आयी है, तुझे बुला रही है। दौड़ा हुआ आयेगा। अब तुमसे आज कहती हूँ बहन, मुझे यहाँ किसी की याद थी, तो भान की। बेचारा रोया करता होगा। मुझे देख कर रूठ जायेगा। तुम कहाँ चली गयीं ? मुझे छोड़ कर क्यों चली गयीं ? जाओ, मैं तुमसे नहीं बोलता, तुम मेरे घर से निकल जाओ। बड़ा शैतान है बहन ! छन-भर निचला नहीं बैठता, सबेरे उठते ही गाता है—'झन्ना ऊँता लये अमाला' 'छोलाज का मन्दिर देल में है।' जब एक झंडी कन्धे पर रख कर कहता है—'ताली-छलाब पीनी हलाम है' तो देखते ही बनता है। बाप को तो कहता है—तुम गुलाम हो। वह एक अँगरेजी कम्पनी में हैं, बार-बार इस्तीफा देने का विचार करके रह जाते हैं। लेकिन गुजर-बसर के लिए कोई उद्यम करना ही पड़ेगा। कैसे छोड़ें। वह तो छोड़ बैठे होते। तुमसे सच कहती हूँ, गुलामी से उन्हें घृणा है, लेकिन मैं ही समझाती रहती हूँ। बेचारे कैसे दफ़्तर जाते होंगे, कैसे भान को सँभालते होंगे। सास जी के पास तो रहता ही नहीं। वह बेचारी बूढ़ी, उसके साथ कहाँ-कहाँ दौड़ें ! चाहती हैं कि मेरी गोद में दबक कर बैठा रहे। और भान को गोद से चिढ़ है। अम्माँ मुझ पर बहुत बिगड़ेंगी, बस यही डर लग रहा है। मुझे देखने एक बार भी नहीं आयीं। कल अदालत में बाबू जी मुझसे कहते थे, तुमसे बहुत खफा हैं। तीन दिन तक तो दाना-पानी छोड़े रहीं। इस छोकरी ने कुल-मरजाद डुबा दी, खानदान में दाग लगा दिया, कलमुँही, कुलच्छनी न जाने क्या-क्या बकती रहीं। मैं उनकी बातों को बुरा नहीं मानती ! पुराने जमाने की हैं। उन्हें कोई चाहे कि आ कर हम लोगों में मिल जायँ, तो यह उसका अन्याय है। चल कर मनाना पड़ेगा। बड़ी मिन्नतों से मानेंगी। कल ही कथा होगी, देख लेना। ब्राह्मण खायेंगे। बिरादरी जमा होगी। जेल का प्रायश्चित्त तो करना ही पड़ेगा। तुम हमारे घर दो-चार दिन रह कर तब जाना बहन ! मैं आ कर तुम्हें ले जाऊँगी।

क्षमा आनन्द के इन प्रसंगों से वंचित है। वह विधवा है, अकेली है। जलियानवाला बाग में उसका सर्वस्व लुट चुका है, पति और पुत्र दोनों ही की आहुति जा चुकी है। अब कोई ऐसा नहीं, जिसे वह अपना कह सके। अभी उसका हृदय इतना विशाल नहीं हुआ है कि प्राणी-मात्र को अपना समझ सके। इन दस बरसों से उसका व्यथित हृदय जाति सेवा में धैर्य और शांति खोज रहा है। जिन कारणों ने उसके बसे हुए घर को उजाड़ दिया, उसकी गोद सूनी कर दी, उन कारणों का

अन्त करने—उनको मिटाने—में वह जी-जान से लगी हुई थी। बड़े-से-बड़े बलिदान तो वह पहले ही कर चुकी थी। अब अपने हृदय के सिवाय उसके पास होम करने को और क्या रह गया था ? औरों के लिए जाति-सेवा सभ्यता का एक संस्कार हो, या यशोपार्जन का एक साधन; क्षमा के लिए तो यह तपस्या थी और वह नारीत्व की सारी शक्ति और श्रद्धा के साथ उसकी साधना में लगी हुई थी। लेकिन आकाश में उड़नेवाले पक्षी को भी तो अपने बसेरे की याद आती ही है। क्षमा के लिए वह आश्रय कहाँ था ? यही वह अवसर थे, जब क्षमा भी आत्म-समवेदना के लिए आकुल हो जाती थी। यहाँ मृदुला को पाकर वह अपने को धन्य मान रही थी; पर यह छाँह भी इतनी जल्दी हट गयी !

क्षमा ने व्यथित कंठ से कहा—यहाँ से जा कर भूल जाओगी मृदुला। तुम्हारे लिए तो यह रेलगाड़ी का परिचय है और मेरे लिए तुम्हारे वादे उसी परिचय के वादे हैं। कभी भेंट हो जायेगी तो या तो पहचानोगी ही नहीं, या जरा मुस्करा कर नमस्ते करती हुई अपनी राह चली जाओगी। यही दुनिया का दस्तूर है। अपने रोने से छुट्टी ही नहीं मिलती, दूसरों के लिए कोई क्योंकर रोये। तुम्हारे लिए तो मैं कुछ नहीं थी, मेरे लिए तुम बहुत अच्छी थीं। मगर अपने प्रियजनों में बैठ कर कभी-कभी इस अभागिनी को जरूर याद कर लिया करना। भिखारी के लिए चुटकी भर आटा ही बहुत है।

दूसरे दिन मैजिस्ट्रेट ने फैसला सुना दिया। मृदुला बरी हो गयी। संध्या समय वह सब बहनों से गले मिल कर, रो कर-रुला कर चली गयी, मानो मैके से विदा हुई हो।

2

तीन महीने बीत गये; पर मृदुला एक बार भी न आयी। और कैदियों से मिलनेवाले आते रहते थे, किसी-किसी के घर से खाने-पीने की चीजें और सौगातें आ जाती थीं; लेकिन क्षमा का पूछनेवाला कौन बैठा था ? हर महीने के अन्तिम रविवार को प्रातःकाल से ही मृदुला की बाट जोहने लगती। जब मुलाकात का समय निकल जाता, तो जरा देर रोकर मन को समझा लेती—जमाने का यही दस्तूर है !

एक दिन शाम को क्षमा संध्या करके उठी थी कि देखा, मृदुला सामने चली आ रही है। न वह रूप-रंग है, न वह कांति। दौड़ कर उसके गले से लिपट गयी और रोती हुई बोली—यह तेरी क्या दशा है मृदुला ! सूरत ही बदल गयी। क्या बीमार है क्या ?

मृदुला की आँखों से आँसुओं की झड़ी लगी हुई थी। बोली—बीमार तो नहीं हूँ बहन; विपत्ति से बिंधी हुई हूँ। तुम मुझे खूब कोस रही होगी। उन सारी निठुराइयों

का प्रायश्चित्त करने आयी हूँ। और सब चिंताओं से मुक्त हो कर आयी हूँ।

क्षमा काँप उठी। अंतस्तल की गहराइयों से एक लहर-सी उठती हुई जान पड़ी, जिसमें उनका अपना अतीत जीवन टूटी हुई नौकाओं की भाँति उतराता हुआ दिखायी दिया। रुँधे हुए कंठ से बोली—कुशल तो है बहन, इतनी जल्दी तुम यहाँ फिर क्यों आ गयीं ? अभी तो तीन महीने भी नहीं हुए।

मृदुला मुस्करायी; पर उसकी मुस्कराहट में रुदन छिपा हुआ था। फिर बोली—अब सब कुशल है बहन, सदा के लिए कुशल है। कोई चिन्ता ही नहीं रही। अब यहाँ जीवन-पर्यन्त रहने को तैयार हूँ। तुम्हारे स्नेह और कृपा का मूल्य अब समझ रही हूँ।

उसने एक ठंडी साँस ली और सजल नेत्रों से बोली—तुम्हें बाहर की खबरें क्या मिली होंगी ! परसों शहर में गोलियाँ चलीं। देहातों में आजकल संगीनों की नोक पर लगान वसूल किया जा रहा है। किसानों के पास रुपये हैं नहीं, दें तो कहाँ से दें। अनाज का भाव दिन-दिन गिरता जाता है। पौने दो रुपये में मन भर गेहूँ आता है। मेरी उम्र ही अभी क्या है, अम्माँ जी भी कहती हैं कि अनाज इतना सस्ता कभी नहीं था। खेत की उपज से बीजों तक के दाम नहीं आते। मेहनत और सिंचाई इसके ऊपर। गरीब किसान लगान कहाँ से दें। उस पर सरकार का हुक्म है कि लगान कड़ाई के साथ वसूल किया जाय। किसान इस पर भी राजी हैं कि हमारी जमा-जथा नीलाम कर लो, घर कुर्क कर लो, अपनी जमीन ले लो; मगर यहाँ तो अधिकारियों को अपनी कारगुजारी दिखाने की फिक्र पड़ी हुई है। वह चाहे प्रजा को चक्की में पीस ही क्यों न डालें; सरकार उन्हें मना न करेगी। मैंने सुना है कि वह उलटे और सह देती है। सरकार को तो अपने कर से मतलब है। प्रजा मरे या जिये, उससे कोई प्रयोजन नहीं। अकसर जमींदारों ने तो लगान वसूल करने से इनकार कर दिया है। अब पुलिस उनकी मदद पर भेजी गयी है। भैरोगंज का सारा इलाका लूटा जा रहा है। मरता क्या न करता, किसान भी घर-बार छोड़-छोड़ कर भागे जा रहे हैं। एक किसान के घर में घुस कर कई कांस्टेबलों ने उसे पीटना शुरू किया। बेचारा बैठा मार खाता रहा । उसकी स्त्री से न रहा गया। शामत की मारी कांस्टेबलों को कुवचन कहने लगी। बस, एक सिपाही ने उसे नंगा कर दिया। क्या कहूँ बहन, कहते शर्म आती है। हमारे ही भाई इतनी निर्दयता करें, इससे ज्यादा दुःख और लज्जा की और क्या बात होगी ? किसान से जब्त न हुआ । कभी पेट भर गरीबों को खाने को तो मिलता नहीं, इस पर इतना कठोर परिश्रम, न देह में बल है, न दिल में हिम्मत, पर मनुष्य का हृदय ही तो ठहरा। बेचारा बेदम पड़ा हुआ था। स्त्री का चिल्लाना सुन कर उठ बैठा और उस दुष्ट सिपाही को धक्का दे कर जमीन पर गिरा दिया। फिर दोनों में कुश्तम-कुश्ती होने लगी। एक किसान किसी पुलिस के आदमी के साथ इतनी

बेअदबी करे, इसे भला वह कहीं बरदाश्त कर सकती है। सब कांस्टेबलों ने गरीब को इतना मारा, कि वह मर गया।

क्षमा ने कहा—गाँव के और लोग तमाशा देखते रहे होंगे।

मृदुला तीव्र कंठ से बोली—बहन, प्रजा की तो हर तरह से मरन है। अगर दस-बीस आदमी जमा हो जाते, तो पुलिस कहती, हमसे लड़ने आये हैं। डंडे चलाने शुरू करती और अगर कोई आदमी क्रोध में आकर एकाध कंकड़ फेंक देता, तो गोलियाँ चला देती। दस-बीस आदमी भुन जाते। इसलिए लोग जमा नहीं होते, लेकिन जब वह किसान मर गया तो गावँवालों को तैश आ गया। लाठियाँ ले-लेकर दौड़ पड़े और कांस्टेबलों को घेर लिया। सम्भव है दो-चार आदमियों ने लाठियाँ चलायी भी हों। कांस्टेबलों ने गोलियाँ चलानी शुरू कीं। दो-तीन सिपाहियों को हल्की चोटें आयीं। उसके बदले में बारह आदमियों की जानें ले ली गयीं और कितनों ही के अंग-भंग कर दिये गये। इन छोटे-छोटे आदमियों को इसीलिए तो इतने अधिकार दिये गये हैं कि उनका दुरुपयोग करें। आधे गाँव का कत्लेआम करके पुलिस विजय के नगाड़े बजाती हुई लौट गयी। गाँववालों की फरियाद कौन सुनता। गरीब हैं, बेबस हैं, अपंग हैं, जितने आदमियों को चाहो, मार डालो। अदालत और हाकिमों से तो उन्होंने न्याय की आशा करना ही छोड़ दिया। आखिर सरकार ही ने तो कांस्टेबलों को यह मुहिम सर करने के लिए भेजा था। वह किसानों की फरियाद क्यों सुनने लगी। मगर आदमी का दिल फरियाद किये बगैर नहीं मानता। गाँववालों ने अपने शहर के भाइयों से फरियाद करने का निश्चय किया। जनता और कुछ नहीं कर सकती, हमदर्दी तो करती है। दुःख-कथा सुन कर आँसू तो बहाती है। दुखियारों को हमदर्दी के आँसू भी कम प्यारे नहीं होते। अगर आस-पास के गाँवों के लोग जमा होकर उनके साथ रो लेते तो गरीबों के आँसू पुँछ जाते; किन्तु पुलिस ने उस गाँव की नाकेबंदी कर रखी थी, चारों सीमाओं पर पहरे बिठा दिये गये थे। यह घाव पर नमक था। मारते भी हो और रोने भी नहीं देते। आखिर लोगों ने लाशें उठायीं और शहरवालों को अपनी विपत्ति की कथा सुनाने चले। इस हंगामे की खबर पहले ही शहर में पहुँच गयी थी। इन लाशों को देखकर जनता उत्तेजित हो गयी और जब पुलिस के अध्यक्ष ने इन लाशों का जुलूस निकालने की अनुमति न दी, तो लोग और भी झल्लाये। बहुत बड़ा जमाव हो गया। मेरे बाबू जी भी इसी दल में थे। और मैंने उन्हें रोका—मत जाओ, आज का रंग अच्छा नहीं है। तो कहने लगे—मैं किसी से लड़ने थोड़े ही जाता हूँ। जब सरकार की आज्ञा के विरुद्ध जनाजा चला तो पचास हजार आदमी साथ थे। उधर पाँच सौ सशस्त्र पुलिस रास्ता रोके खड़ी थी—सवार, प्यादे, सारजंट—पूरी फौज थी। हम निहत्थों के सामने इन नामर्दों को तलवारें चमकाते और झंकारते शर्म भी नहीं आती ! जब बार-बार पुलिस की धमकियों पर भी लोग न भागे, तो गोलियाँ चलाने का हुक्म हो गया।

घंटे-भर बराबर फैर होते रहे, पूरे घंटे-भर तक ! कितने मरे, कितने घायल हुए, कौन जानता है। मेरा मकान सड़क पर है। मैं छज्जे पर खड़ी, दोनों हाथों से दिल थामे, काँपती थी। पहली बाढ़ चलते ही भगदड़ पड़ गयी। हज़ारों आदमी बदहवास भागे चले आ रहे थे। बहन ! वह दृश्य अभी तक आँखों के सामने है। कितना भीषण, कितना रोमांचकारी और कितना लज्जास्पद। ऐसा जान पड़ता था कि लोगों के प्राण आँखों से निकले पड़ते हैं, मगर इन भागनेवालों के पीछे वीर व्रत-धारियों का दल था, जो पर्वत की भाँति अटल खड़ा छातियों पर गोलियाँ खा रहा था और पीछे हटने का नाम न लेता था। बन्दूकों की आवाज़ें साफ सुनायी देती थीं और हरेक धायँ-धायँ के बाद हज़ारों गलों से जय की गहरी गगन-भेदी ध्वनि निकलती थी। उस ध्वनि में कितनी उत्तेजना थी ! कितना आकर्षण ! कितना उन्माद ! बस यही जी चाहता था कि जा कर गोलियों के सामने खड़ी हो जाऊँ और हँसते-हँसते मर जाऊँ। उस समय ऐसा भान होता था कि मर जाना कोई खेल है। अम्माँ जी कमरे में भान को लिये मुझे बार-बार भीतर बुला रही थीं। जब मैं न गयी, तो वह भान को लिये हुए छज्जे पर आ गयीं। उसी वक्त दस-बारह आदमी एक स्ट्रेचर पर हृदयेश की लाश लिये हुए द्वार पर आये। अम्माँ की उन पर नजर पड़ी। समझ गयीं। मुझे तो सकता-सा हो गया। अम्माँ ने जाकर एक बार बेटे को देखा, उसे छाती से लगाया, चूमा, आशीर्वाद दिया और उन्मत्त दशा में चौरास्ते की तरफ चलीं, जहाँ से अब भी धायँ और जय की ध्वनि बारी-बारी से आ रही थी। मैं हतबुद्धि-सी खड़ी कभी स्वामी की लाश को देखती थी, कभी अम्माँ को। न कुछ बोली, न जगह से हिली, न रोयी, न घबरायी। मुझमें जैसे स्पंदन ही न था। चेतना जैसे लुप्त हो गयी हो।

क्षमा—तो क्या अम्माँ भी गोलियों के स्थान पर पहुँच गयीं ?

मृदुला—हाँ, यही तो विचित्रता है बहन ! बंदूक की आवाजें सुन कर कानों पर हाथ रख लेती थीं, खून देख कर मूर्छित हो जाती थीं। वहीं अम्माँ वीर सत्याग्रहियों की सफों को चीरती हुई सामने खड़ी हो गयीं और एक ही क्षण में उनकी लाश भी जमीन पर गिर पड़ी। उनके गिरते ही योद्धाओं का धैर्य टूट गया, व्रत का बंधन टूट गया। सभी के सिरों पर खून-सा सवार हो गया। निहत्थे थे, अशक्त थे, पर हर एक अपने अंदर अपार-शक्ति का अनुभव कर रहा था। पुलिस पर धावा कर दिया। सिपाहियों ने इस बाढ़ को आते देखा तो होश जाते रहे। जानें लेकर भागे, मगर भागते हुए भी गोलियाँ चलाते जाते थे। भान छज्जे पर खड़ा था, न जाने किधर से एक गोली आ कर उसकी छाती में लगी। मेरा लाल वहीं पर गिर पड़ा। साँस तक न ली; मगर मेरी आँखों में अब भी आँसू न थे। मैंने प्यारे भान को गोद में उठा लिया। उसकी छाती से खून के फौव्वारे निकल रहे थे। मैंने उसे जो दूध पिलाया था, उसे वह खून से अदा कर रहा था। उसके खून से तर कपड़े पहने

हुए मुझे वह नशा हो रहा था जो शायद उसके विवाह में गुलाल से तर रेशमी कपड़े पहन कर भी न होता। लड़कपन, जवानी और मौत ! तीनों मंजिलें एक ही हिचकी में तमाम हो गयीं। मैंने बेटे को बाप की गोद में लेटा दिया। इतने में कई स्वयंसेवक अम्माँ जी को भी लाये। मालूम होता था, लेटी हुई मुस्करा रही हैं। मुझे तो रोकती रहती थीं और खुद इस तरह जा कर आग में कूद पड़ीं, मानो वह स्वर्ग का मार्ग हो ! बेटे ही के लिए जीती थीं, बेटे को अकेला कैसे छोड़तीं !

जब नदी के किनारे तीनों लाशें एक ही चिता में रखी गयीं, तब मेरा सकता टूटा, होश आया। एक बार जी में आया चिता में जा बैठूँ, सारा कुनबा एक साथ ईश्वर के दरबार में जा पहुँचे। लेकिन फिर सोचा--तूने अभी ऐसा कौन काम किया है, जिसका इतना ऊँचा पुरस्कार मिले ? बहन ! चिता की लपटों में मुझे ऐसा मालूम हो रहा था कि अम्माँ जी सचमुच भान को गोद में लिये बैठी मुस्करा रही हैं और स्वामी जी खड़े मुझसे कह रहे हैं, तुम जाओ और निश्चिंत होकर काम करो। मुख पर कितना तेज था ! रक्त और अग्नि ही में तो देवता बसते हैं।

मैंने सिर उठा कर देखा। नदी के किनारे न जाने कितनी चिताएँ जल रही थीं। दूर से वह चितावली ऐसी मालूम होती थी, मानो देवता ने भारत का भाग्य गढ़ने के लिए भट्ठियाँ जलायी हों।

जब चिताएँ राख हो गयीं; तो हम लोग लौटे; लेकिन उस घर में जाने की हिम्मत न पड़ी। मेरे लिए अब वह घर, घर न था। मेरा घर तो अब यह है, जहाँ बैठी हूँ, या फिर वही चिता। मैंने घर का द्वार भी नहीं खोला। महिला आश्रम में चली गयी। कल की गोलियों में कांग्रेस कमेटी का सफाया हो गया था। यह संस्था बागी बना डाली गयी थी। उसके दफ्तर पर पुलिस ने छापा मारा और उस पर अपना ताला डाल दिया। महिला आश्रम पर भी हमला हुआ। उस पर अपना ताला डाल दिया गया। हमने एक वृक्ष की छाँह में अपना नया दफ्तर बनाया और स्वच्छंदता के साथ काम करते रहे। यहाँ दीवारें हमें कैद न कर सकती थीं। हम भी वायु के समान मुक्त थे।

संध्या समय हमने एक जुलूस निकालने का फैसला किया। कल के रक्तपात की स्मृति, हर्ष और मुबारकबाद में जुलूस निकालना आवश्यक था ! लोग कहते हैं, जुलूस निकालने से क्या होता है? इससे यह सिद्ध होता है कि हम जीवित हैं, अटल हैं, और मैदान से हटे नहीं हैं। हमें अपने हार न माननेवाले आत्माभिमान का प्रमाण देना था। हमें यह दिखाना था कि हम गोलियों और अत्याचार से भयभीत होकर अपने लक्ष्य से हटनेवाले नहीं और हम उस व्यवस्था का अंत करके रहेंगे जिसका आधार स्वार्थपरता और खून पर है। उधर पुलिस ने भी जुलूस को रोक कर अपनी शक्ति और विजय का प्रमाण देना आवश्यक समझा। शायद जनता को धोखा हो गया हो कि कल की दुर्घटना ने नौकरशाही का नैतिक ज्ञान जाग्रत

कर दिया है। इस धोखे को दूर करना उसने अपना कर्तव्य समझा। वह यह दिखा देना चाहती थी कि हम तुम्हारे ऊपर शासन करने आये हैं और शासन करेंगे। तुम्हारी खुशी या नाराजी की हमें परवाह नहीं है। जुलूस निकालने की मनाही हो गयी। जनता को चेतावनी दे दी गयी कि खबरदार जुलूस में न आना, नहीं तो दुर्गति होगी। इसका जनता ने वह जवाब दिया, जिसने अधिकारियों की आँखें खोल दी होंगी। संध्या समय पचास हजार आदमी जमा हो गये। आज का नेतृत्व मुझे सौंपा गया था। मैं अपने हृदय में एक विचित्र बल और उत्साह का अनुभव कर रही थी। एक अबला स्त्री जिसे संसार का कुछ ज्ञान नहीं, जिसने कभी घर से बाहर पाँव नहीं निकाला, आज अपने प्यारों के उत्सर्ग की बदौलत उस महान् पद पर पहुँच गयी थी, जो बड़े-बड़े अफसरों को भी, बड़े-से-बड़े महाराजा को भी प्राप्त नहीं—मैं इस समय जनता के हृदय पर राज कर रही थी। पुलिस अधिकारियों की इसीलिए गुलामी करती है कि उसे वेतन मिलता है। पेट की गुलामी उससे सब कुछ करवा लेती है। महाराजा का हुक्म लोग इसीलिए मानते हैं कि उससे उपकार की आशा या हानि का भय होता है। यह अपार जन-समूह क्या मुझसे किसी फायदे की आशा रखता था, उसे मुझसे किसी हानि का भय था ? कदापि नहीं। फिर भी वह कड़े से कड़े हुक्म को मानने के लिए तैयार था। इसीलिए कि जनता मेरे बलिदानों का आदर करती थी, इसीलिए कि उनके दिलों में स्वाधीनता की जो तड़प थी, गुलामी की जंजीरों को तोड़ देने की जो बेचैनी थी मैं उस तड़प और बेचैनी की सजीव मूर्ति समझी जा रही थी। निश्चित समय पर जुलूस ने प्रस्थान किया। उसी वक्त पुलिस ने मेरी गिरफ्तारी का वारंट दिखाया। वारंट देखते ही तुम्हारी याद आयी। पहले तुम्हें मेरी जरूरत थी। अब मुझे तुम्हारी जरूरत है। उस वक्त तुम मेरी हमदर्दी की भूखी थीं। अब मैं सहानुभूति की भिक्षा माँग रही हूँ। मगर मुझमें अब लेशमात्र भी दुर्बलता नहीं है। मैं चिंताओं से मुक्त हूँ। मैजिस्ट्रेट जो कठोर से कठोर दंड प्रदान करे उसका स्वागत करूँगी। अब मैं पुलिस के किसी आक्षेप या असत्य आरोपण का प्रतिवाद न करूँगी; क्योंकि मैं जानती हूँ, मैं जेल के बाहर रह कर जो कुछ कर सकती हूँ, जेल के अंदर रह कर उससे कहीं ज्यादा कर सकती हूँ। जेल के बाहर भूलों की सम्भावना है, बहकने का भय है, समझौते का प्रलोभन है, स्पर्धा की चिंता है, जेल सम्मान और भक्ति की एक रेखा है, जिसके भीतर शैतान कदम नहीं रख सकता। मैदान में जलता हुआ अलाव वायु में अपनी उष्णता को खो देता है; लेकिन इंजिन में बन्द हो कर वही आग संचालक-शक्ति का अखंड भंडार बन जाती है।

अन्य देवियाँ भी आ पहुँचीं और मृदुला सबसे गले मिलने लगी। फिर 'भारत माता की जय' ध्वनि जेल की दीवारों को चीरती हुई आकाश में जा पहुँची।

पत्नी से पति

मिस्टर सेठ को सभी हिन्दुस्तानी चीजों से नफरत थी और उनकी सुन्दरी पत्नी गोदावरी को सभी विदेशी चीजों से चिढ़ ! मगर धैर्य और विनय भारत की देवियों का आभूषण है। गोदावरी दिल पर हजार जब्र करके पति की लायी हुई विदेशी चीज़ों का व्यवहार करती थी, हालाँकि भीतर-ही-भीतर उसका हृदय अपनी परवशता पर रोता था। वह जिस वक्त अपने छज्जे पर खड़ी होकर सड़क पर निगाह दौड़ाती और कितनी ही महिलाओं को खद्दर की साड़ियाँ पहने गर्व से सिर उठाये चलते देखती, तो उसके भीतर की वेदना एक ठंडी आह बन कर निकल जाती थी। उसे ऐसा मालूम होता था कि मुझसे ज्यादा बदनसीब औरत संसार में नहीं है। मैं अपने स्वदेशवासियों की इतनी भी सेवा नहीं कर सकती। शाम को मिस्टर सेठ के आग्रह करने पर वह कहीं मनोरंजन या सैर के लिए जाती, तो विदेशी कपड़े पहने हुए निकलते शर्म से उसकी गर्दन झुक जाती थी। वह पत्रों में महिलाओं के जोश-भरे व्याख्यान पढ़ती तो उसकी आँखें जगमगा उठतीं, थोड़ी देर के लिए वह भूल जाती कि मैं यहाँ बन्धनों में जकड़ी हुई हूँ।

होली का दिन था, आठ बजे रात का समय। स्वदेश के नाम पर बिके हुए अनुरागियों का जुलूस आ कर मिस्टर सेठ के मकान के सामने रुका और उसी चौड़े मैदान में विलायती कपड़ों की होलियाँ लगाने की तैयारियाँ होने लगीं। गोदावरी अपने कमरे में खिड़की पर खड़ी यह समारोह देखती थी और दिल मसोस कर रह जाती थी। एक वह हैं, जो यों खुश-खुश, आजादी के नशे से मतवाले, गर्व से सिर उठाये होली लगा रहे हैं, और एक मैं हूँ कि पिंजड़े में बन्द पक्षी की तरह फड़फड़ा रही हूँ। इन तीलियों को कैसे तोड़ दूँ ? उसने कमरे में निगाह दौड़ायी। सभी चीजें विदेशी थीं। स्वदेशी का एक सूत भी न था। यही चीजें वहाँ जलायी जा रही थीं और वही चीजें यहाँ उसके हृदय में संचित ग्लानि की भाँति सन्दूकों में रखी हुई थीं। उसके जी में एक लहर उठ रही थी कि इन चीजों को उठाकर उसी होली में डाल दे, उसकी सारी ग्लानि और दुर्बलता जल कर भस्म हो जाय ! मगर पति की अप्रसन्नता के भय ने उसका हाथ पकड़ लिया। सहसा मि. सेठ ने अन्दर

आ कर कहा—जरा इन सिरफिरों को देखो, कपड़े जला रहे हैं। यह पागलपन, उन्माद और विद्रोह नहीं तो और क्या है? किसी ने सच कहा है, हिंदुस्तानियों को न अक्ल आयी है न आयेगी। कोई कल भी तो सीधी नहीं।

गोदावरी ने कहा—तुम भी हिंदुस्तानी हो ?

सेठ ने गर्म होकर कहा—हाँ, लेकिन मुझे इसका हमेशा खेद रहता है कि ऐसे अभागे देश में क्यों पैदा हुआ।? मैं नहीं चाहता कि कोई मुझे हिन्दुस्तानी कहे या समझे। कम-से-कम मैंने आचार-व्यवहार, वेश-भूषा, रीति-नीति, कर्म-वचन में कोई ऐसी बात नहीं रखी, जिससे हमें कोई हिन्दुस्तानी होने का कलंक लगाये। पूछिये, जब हमें आठ आने गज में बढ़िया कपड़ा मिलता है, तो हम क्यों मोटा टाट खरीदें। इस विषय में हर एक को पूरी स्वाधीनता होनी चाहिए। न जाने क्यों गवर्नमेंट ने इन दुष्टों को यहाँ जमा होने दिया। अगर मेरे हाथ में अधिकार होता, तो सबों को जहन्नुम रसीद कर देता। तब आटे-दाल का भाव मालूम होता।

गोदावरी ने अपने शब्दों में तीक्ष्ण तिरस्कार भर के कहा—तुम्हें अपने भाइयों का जरा भी खयाल नहीं आता ? भारत के सिवा और भी कोई देश है, जिस पर किसी दूसरी जाति का शासन हो ? छोटे-छोटे राष्ट्र भी किसी दूसरी जाति के गुलाम बन कर नहीं रहना चाहते। क्या एक हिन्दुस्तानी के लिए यह लज्जा की बात नहीं है कि वह अपने थोड़े-से फायदे के लिए सरकार का साथ दे कर अपने ही भाइयों के साथ अन्याय करे ?

सेठ ने भौंहें चढ़ा कर कहा—मैं इन्हें अपना भाई नहीं समझता।

गोदावरी—आखिर तुम्हें सरकार जो वेतन देती है, वह इन्हीं की जेब से तो आता है।

सेठ—मुझे इससे कोई मतलब नहीं कि मेरा वेतन किसकी जेब से आता है। मुझे जिसके हाथ से मिलता है, वह मेरा स्वामी है। न जाने इन दुष्टों को क्या सनक सवार हुई है। कहते हैं, भारत आध्यात्मिक देश है। क्या अध्यात्म का यही आशय है कि परमात्मा के विधानों का विरोध किया जाये ? जब यह मालूम है कि परमात्मा की इच्छा के विरुद्ध एक पत्ती भी नहीं हिल सकती, तो यह कैसे मुमकिन है कि यह इतना बड़ा देश परमात्मा की मर्जी के बगैर अँगरेजों के अधीन हो ? क्यों इन दीवानों को इतनी अक्ल नहीं आती कि जब तक परमात्मा की इच्छा न होगी, कोई अँगरेजों का बाल भी बाँका न कर सकेगा।

गोदावरी—तो फिर क्यों नौकरी करते हो ? परमात्मा की इच्छा होगी, तो आप ही आप भोजन मिल जायेगा। बीमार होते हो, तो क्यों दौड़े वैद्य के घर जाते हो ? परमात्मा उन्हीं की मदद करता है, जो अपनी मदद आप करते हैं !

सेठ—बेशक करता है; लेकिन अपने घर में आग लगा देना, घर की चीजों को जला देना, ऐसे काम हैं, जिन्हें परमात्मा कभी पसंद नहीं कर सकता।

गोदावरी—तो यहाँ के लोगों को चुपचाप बैठे रहना चाहिए।

सेठ—नहीं रोना चाहिए। इस तरह रोना चाहिए जैसे बच्चे माता के दूध के लिए रोते हैं।

सहसा होली जली, आग की शिखाएँ आसमान से बातें करने लगीं, मानो स्वाधीनता की देवी अग्नि-वस्त्र धारण किये हुए आकाश के देवताओं से गले मिलने जा रही हो।

दीनानाथ ने खिड़की बन्द कर दी, उनके लिए यह दृश्य भी असह्य था।

गोदावरी इस तरह खड़ी रही, जैसे कोई गाय कसाई के खूँटे पर खड़ी हो। उसी वक्त किसी के गाने की आवाज़ आयी—

वतन की देखिए तकदीर कब बदलती है।

गोदावरी के विषाद से भरे हुए हृदय में एक चोट लगी। उसने खिड़की खोल दी और नीचे की तरफ झाँका। होली अब भी जल रही थी और एक अंधा लड़का अपनी खंजरी बजा कर गा रहा था—

वतन की देखिए तकदीर कब बदलती है।

वह खिड़की के सामने पहुँचा तो गोदावरी ने पुकारा—ओ अन्धे ! खड़ा रह।

अन्धा खड़ा हो गया। गोदावरी ने सन्दूक खोला, पर उसमें उसे एक पैसा मिला। नोट और रुपये थे, मगर अन्धे फकीर को नोट या रुपये देने का तो सवाल ही न था। पैसे अगर दो-चार मिल जाते, तो इस वक्त वह जरूर दे देती। पर वहाँ एक ही पैसा था, वह भी इतना घिसा हुआ कि कहार बाजार से लौटा लाया था। किसी दूकानदार ने न लिया था। अन्धे को वह पैसा देते हुए गोदावरी को शर्म आ रही थी। वह जरा देर तक पैसे को हाथ में लिये संशय में खड़ी रही। तब अन्धे को बुलाया और पैसा दे दिया।

अन्धे ने कहा—माता जी कुछ खाने को दीजिए। आज दिन भर से कुछ नहीं खाया।

गोदावरी—दिन भर माँगता है, तब भी तुझे खाने को नहीं मिलता ?

अन्धा—क्या करूँ माता, कोई खाने को नहीं देता।

गोदावरी—इस पैसे का चबैना ले कर खा ले।

अन्धा—खा लूँगा, माता जी, भगवान् आपको खुश रखे। अब यहीं सोता हूँ।

2

दूसरे दिन प्रातःकाल कांग्रेस की तरफ से एक आम जलसा हुआ। मिस्टर सेठ ने विलायती टूथ पाउडर विलायती ब्रुश से दाँतों पर मला, विलायती साबुन से नहाया, विलायती चाय विलायती प्यालियों में पी, विलायती बिस्कुट विलायती मक्खन के

साथ खाया, विलायती दूध पिया। फिर विलायती सूट धारण करके विलायती सिगार मुँह में दबा कर घर से निकले, और अपनी मोटर साइकिल पर बैठ फ्लावर शो देखने चले गये।

गोदावरी को रात भर नींद नहीं आयी थी। दुराशा और पराजय की कठिन यंत्रणा किसी कोड़े की तरह उसके हृदय पर पड़ रही थी। ऐसा मालूम होता था कि उसके कंठ में कोई कड़वी चीज अटक गयी है। मिस्टर सेठ को अपने प्रभाव में लाने की उसने वह सब योजनाएँ कीं, जो एक रमणी कर सकती है; पर उस भले आदमी पर उसके सारे हाव-भाव, मृदु-मुस्कान और वाणी-विलास का कोई असर न हुआ। खुद तो स्वदेशी वस्त्रों के व्यवहार करने पर क्या राजी होते, गोदावरी के लिए एक खद्दर की साड़ी लाने पर भी सहमत न हुए। यहाँ तक कि गोदावरी ने उनसे कभी कोई चीज माँगने की कसम खा ली।

क्रोध और ग्लानि ने उसकी सद्भावना को इस तरह विकृत कर दिया जैसे कोई मैली वस्तु निर्मल जल को दूषित कर देती है। उसने सोचा, जब यह मेरी इतनी-सी बात नहीं मान सकते, तब फिर मैं क्यों इनके इशारों पर चलूँ, क्यों इनकी इच्छाओं की लौंडी बनी रहूँ? मैंने इनके हाथ कुछ अपनी आत्मा नहीं बेची है। अगर आज ये चोरी या गबन करें, तो क्या मैं सजा पाऊँगी? उसकी सजा ये खुद झेलेंगे। उसका अपराध इनके ऊपर होगा। इन्हें अपने कर्म और वचन का अख्तियार है, मुझे अपने कर्म और वचन का अख्तियार। यह अपनी सरकार की गुलामी करें, अँगरेजों की चौखट पर नाक रगड़ें, मुझे क्या गरज है कि उसमें उनका सहयोग करूँ। जिसमें आत्माभिमान नहीं, जिसने अपने को स्वार्थ के हाथों बेच दिया, उसके प्रति अगर मेरे मन में भक्ति न हो तो मेरा दोष नहीं। यह नौकर हैं या गुलाम? नौकरी और गुलामी में अन्तर है। नौकर कुछ नियमों के अधीन अपना निर्दिष्ट काम करता है। वह नियम स्वामी और सेवक दोनों ही पर लागू होते हैं। स्वामी अगर अपमान करे, अपशब्द कहे तो नौकर उसको सहन करने के लिए मजबूर नहीं। गुलाम के लिए कोई शर्त नहीं, उसकी दैहिक गुलामी पीछे होती है, मानसिक गुलामी पहले ही हो जाती है। सरकार ने इनसे कब कहा है कि देशी चीजें न खरीदो। सरकारी टिकटों तक पर यह शब्द लिखे होते हैं, 'स्वदेशी चीजें खरीदो।' इससे विदित है कि सरकार देशी चीजों का निषेध नहीं करती, फिर भी यह महाशय सुर्खरू बनने की फिक्र में सरकार से भी दो अंगुल आगे बढ़ना चाहते हैं!

मिस्टर सेठ ने कुछ झेंपते हुए कहा—कल फ्लावर शो देखने चलोगी?

गोदावरी ने विरक्त मन से कहा—नहीं!

'बहुत अच्छा तमाशा है।'

'मैं कांग्रेस के जलसे में जा रही हूँ।'

मिस्टर सेठ के ऊपर यदि छत गिर पड़ी होती या उन्होंने बिजली का तार

हाथ से पकड़ लिया होता, तो भी वह इतने बदहवास न होते। आँखें फाड़ कर बोले—तुम कांग्रेस के जलसे में जाओगी ?

'हाँ, जरूर जाऊँगी।'

'मैं नहीं चाहता कि तुम वहाँ जाओ।'

'अगर तुम मेरी परवाह नहीं करते, तो मेरा धर्म नहीं कि तुम्हारी हर एक आज्ञा का पालन करूँ।'

मिस्टर सेठ ने आँखों में विष भर कर कहा—नतीजा बुरा होगा।

गोदावरी मानो तलवार के सामने छाती खोल कर बोली—इसकी चिंता नहीं, तुम किसी के ईश्वर नहीं हो।

मिस्टर सेठ खूब गर्म पड़े, धमकियाँ दीं, आखिर मुँह फेर कर लेट रहे। प्रातःकाल फ्लावर शो जाते समय भी उन्होंने गोदावरी से कुछ न कहा।

3

गोदावरी जिस समय कांग्रेस के जलसे में पहुँची, तो कई हजार मर्दों और औरतों का जमाव था। मंत्री ने चन्दे की अपील की थी और कुछ लोग चन्दा दे रहे थे। गोदावरी उस जगह खड़ी हो गयी जहाँ और स्त्रियाँ जमा थीं और देखने लगी कि लोग क्या देते हैं। अधिकांश लोग दो-दो, चार-चार आना ही दे रहे थे। वहाँ ऐसा धनवान् था ही कौन ? उसने अपनी जेब टटोली, तो एक रुपया निकला। उसने समझा यह काफी है। इसी इन्तजार में थी कि झोली सामने आवे तो उसमें डाल दूँ ? सहसा वही अन्धा लड़का जिसे कि उसने पैसा दिया था, न जाने किधर से आ गया और ज्यों ही चन्दे की झोली उसके सामने पहुँची, उसने उसमें कुछ डाल दिया। सबकी आँखें उसकी तरफ उठ गयीं। सबको कुतूहल हो रहा था कि अन्धे ने क्या दिया ? कहीं एक आध पैसा मिल गया होगा। दिन भर गला फाड़ता है, तब भी तो उस बेचारे को रोटी नहीं मिलती। अगर यही गाना पिश्वाज़ और साज के साथ किसी महफिल में होता तो रुपये बरसते; लेकिन सड़क पर गाने वाले अन्धे की कौन परवाह करता है।

झोली में पैसा डाल कर अन्धा वहाँ से चल दिया और कुछ दूर जा कर गाने लगा—

वतन की देखिए तकदीर कब बदलती है।

सभापति ने कहा—मित्रो, देखिए, यह वह पैसा है, जो एक गरीब अन्धा लड़का इस झोली में डाल गया है। मेरी आँखों में इस एक पैसे की कीमत किसी अमीर के एक हज़ार रुपये से कम नहीं। शायद यही इस गरीब की सारी बिसात होगी। जब ऐसे गरीबों की सहानुभूति हमारे साथ है, तो मुझे सत्य की विजय में कोई संदेह नहीं मालूम होता। हमारे यहाँ क्यों इतने फकीर दिखायी देते हैं। या तो इसीलिए

कि समाज में इन्हें कोई काम नहीं मिलता ग्रा दरिद्रता से पैदा हुई बीमारियों के कारण यह अब इस योग्य ही नहीं रह गये कि कुछ काम करें। या भिक्षावृत्ति ने इनमें कोई सामर्थ्य ही नहीं छोड़ी। स्वराज्य के सिवा इन गरीबों का अब उद्धार कौन कर सकता है। देखिए, वह गा रहा है–

वतन की देखिए तकदीर कब बदलती है।

इस पीड़ित हृदय में कितना उत्सर्ग ! क्या अब भी कोई संदेह कर सकता है कि यह किसकी आवाज है ? (पैसा ऊपर उठा कर) आपमें कौन इस रत्न को खरीद सकता है ?

गोदावरी के मन में जिज्ञासा हुई, क्या यह वही पैसा तो नहीं है, जो रात मैंने उसे दिया था ? क्या उसने सचमुच रात को कुछ नहीं खाया ?

उसने जा कर समीप से पैसे को देखा, जो मेज पर रख दिया गया था। उसका हृदय धक् से हो गया। यह वही घिसा हुआ पैसा था।

उस अंधे की दशा, उसके त्याग का स्मरण करके गोदावरी अनुरक्त हो उठी। काँपते हुए स्वर में बोली–मुझे आप यह पैसा दे दीजिए, मैं पाँच रुपये दूँगी।

सभापति ने कहा–एक बहन इस पैसे के दाम पाँच रुपये दे रही हैं।

दूसरी आवाज आयी–दस रुपये।

तीसरी आवाज आयी–बीस रुपये।

गोदावरी ने इस अंतिम व्यक्ति की ओर देखा। उसके मुख पर आत्माभिमान झलक रहा था। मानो कह रहा हो कि यहाँ कौन है, जो मेरी बराबरी कर सके ! गोदावरी के मन में स्पर्द्धा का भाव जाग उठा। चाहे कुछ हो जाये, इसके हाथ में यह पैसा न जाय। समझता है, इसने बीस रुपये क्या कह दिये, सारे संसार को मोल ले लिया।

गोदावरी ने कहा–चालीस रुपये।

उस पुरुष ने तुरंत कहा–पचास रुपये।

हजारों आँखें गोदावरी की ओर उठ गयीं मानो कह रही हों, अब आप ही हमारी लाज रखिए।

गोदावरी ने उस आदमी की ओर देख कर धमकी से मिले हुए स्वर में कहा–सौ रुपये।

धनी आदमी ने भी तुरंत कहा–एक सौ बीस रुपये।

लोगों के चेहरे पर हवाइयाँ उड़ने लगीं। समझ गये, इसी के हाथ विजय रही। निराश आँखों से गोदावरी की ओर ताकने लगे; मगर ज्यों ही गोदावरी के मुँह से निकला डेढ़ सौ, कि चारों तरफ तालियाँ पड़ने लगीं। मानो किसी दंगल के दर्शक अपने पहलवान की विजय पर मतवाले हो गये हों।

उस आदमी ने फिर कहा–पौने दो सौ।

गोदावरी बोली–दो सौ।

फिर चारों तरफ से तालियाँ पड़ीं। प्रतिद्वंद्वी ने अब मैदान से हट जाने ही में अपनी कुशल समझी।

गोदावरी विजय के गर्व पर नम्रता का पर्दा डाले हुए खड़ी थी और हजारों शुभकामनाएँ उस पर फूलों की तरह बरस रही थीं।

4

जब लोगों को मालूम हुआ कि यह देवी मिस्टर सेठ की बीवी हैं, तो उन्हें ईर्ष्यामय आनंद के साथ उस पर दया भी आयी।

मिस्टर सेठ अभी फ्लावर शो में ही थे कि एक पुलिस के अफसर ने उन्हें यह घातक संवाद सुनाया। मिस्टर सेठ सकते में पड़ गये, मानो सारी देह शून्य पड़ गयी हो। फिर दोनों मुट्ठियाँ बाँध लीं। दाँत पीसे, ओंठ चबाये और उसी वक्त घर चले। उनकी मोटर-साइकिल कभी इतनी तेज न चली थी।

घर में कदम रखते ही उन्होंने चिनगारियों-भरी आँखों से देखते हुए कहा—क्या तुम मेरे मुँह में कालिख पुतवाना चाहती हो ?

गोदावरी ने शांत भाव से कहा—कुछ मुँह से भी तो कहो या गालियाँ ही दिये जाओगे ? तुम्हारे मुँह में कालिख लगेगी, तो क्या मेरे मुँह में न लगेगी ? तुम्हारी जड़ खुदेगी, तो मेरे लिए दूसरा कौन-सा सहारा है।

मिस्टर सेठ—सारे शहर में तूफान मचा हुआ है। तुमने मेरे रुपये दिये क्यों ?

गोदावरी ने उसी शांत भाव से कहा—इसलिए कि मैं उसे अपना ही रुपया समझती हूँ।

मिस्टर सेठ दाँत किटकिटा कर बोले—हरगिज़ नहीं, तुम्हें मेरा रुपया खर्च करने का कोई हक नहीं है।

गोदावरी—बिलकुल गलत, तुम्हारे रुपये खर्च करने का तुम्हें जितना अख्तियार है, उतना ही मुझको भी है। हाँ, जब तलाक का कानून पास करा लोगे और तलाक दे दोगे, तब न रहेगा।

मिस्टर सेठ ने अपना हैट इतने जोर से मेज पर फेंका कि वह लुढ़कता हुआ जमीन पर गिर पड़ा और बोले—मुझे तुम्हारी अक्ल पर अफसोस आता है। जानती हो तुम्हारी इस उद्दंडता का क्या नतीजा होगा ? मुझसे जवाब तलब हो जायेगा। बतलाओ, क्या जवाब दूँगा ? जब यह जाहिर है कि कांग्रेस सरकार से दुश्मनी कर रही है तो कांग्रेस की मदद करना सरकार के साथ दुश्मनी करना है।

'तुमने तो नहीं की कांग्रेस की मदद !'

'तुमने तो की !'

'इसकी सजा मुझे मिलेगी या तुम्हें ? अगर मैं चोरी करूँ, तो क्या तुम जेल जाओगे ?'

'चोरी की बात और है, यह बात और है।'

'तो क्या कांग्रेस की मदद करना चोरी या डाके से भी बुरा है ?'

'हाँ, सरकारी नौकर के लिए चोरी या डाके से भी कहीं बुरा है।'

'मैंने यह नहीं समझा था।'

'अगर तुमने यह नहीं समझा था, तो तुम्हारी ही बुद्धि का भ्रम था। रोज अखबारों में देखती हो, फिर भी मुझसे पूछती हो। एक कांग्रेस का आदमी प्लेटफार्म पर बोलने खड़ा होता है, तो बीसियों सादे कपड़े वाले पुलिस अफ़सर उसकी रिपोर्ट लेने बैठते हैं। कांग्रेस के सरगनाओं के पीछे कई-कई मुखबिर लगा दिये जाते हैं, जिनका काम यही है कि उन पर कड़ी निगाह रखें। चोरों के साथ तो इतनी सख्ती कभी नहीं की जाती। इसीलिए हजारों चोरियाँ और डाके और खून रोज होते रहते हैं, किसी का कुछ पता नहीं चलता, न पुलिस इसकी परवाह करती है। मगर पुलिस को जिस मामले में राजनीति की गंध भी आ जाती है फिर देखो पुलिस की मुस्तैदी। इन्स्पेक्टर जनरल से लेकर कांस्टेबिल तक एड़ियों तक का जोर लगाते हैं। सरकार को चोरों से भय नहीं। चोर सरकार पर चोट नहीं करता। कांग्रेस सरकार के अख्तियार पर हमला करती है, इसलिए सरकार भी अपनी रक्षा के लिए अपने अख्तियार से काम लेती है। यह तो प्रकृति का नियम है।

मिस्टर सेठ आज दफ्तर चले, तो उनके कदम पीछे रह जाते थे ! न जाने आज वहाँ क्या हाल हो। रोज की तरह दफ्तर में पहुँच कर उन्होंने चपरासियों को डाँटा नहीं, क्लर्कों पर रोब नहीं जमाया, चुपके से जाकर कुर्सी पर बैठ गये। ऐसा मालूम होता था, कोई तलवार सिर पर लटक रही है। साहब की मोटर की आवाज सुनते ही उनके प्राण सूख गये। रोज वह अपने कमरे में बैठे रहते थे। जब साहब आ कर बैठ जाते थे, तब आध घंटे के बाद मिसलें ले कर पहुँचते थे। आज वह बरामदे में खड़े थे, साहब उतरे तो झुक कर उन्होंने सलाम किया। मग़र साहब ने मुँह फेर लिया।

लेकिन वह हिम्मत नहीं हारे, आगे बढ़ कर पर्दा हटा दिया, साहब कमरे में गये, तो सेठ साहब ने पंखा खोल दिया, मगर जान सूखी जाती थी कि देखें, कब सिर पर तलवार गिरती है। साहब ज्यों ही कुर्सी पर बैठे, सेठ ने लपक कर, सिगार-केस और दियासलाई मेज पर रख दी।

एकाएक ऐसा मालूम हुआ, मानो आसमान फट गया हो, साहब गरज रहे थे, तुम दगाबाज आदमी है !

सेठ ने इस तरह साहब की तरफ देखा, जैसे उनका मतलब नहीं समझे।

साहब ने फिर गरज कर कहा—तुम दगाबाज आदमी है।

मिस्टर सेठ का खून गर्म हो उठा, बोले—मेरा तो खयाल है कि मुझसे बड़ा राजभक्त इस देश में न होगा।

साहब–तुम नमकहराम आदमी है।

मिस्टर सेठ के चेहरे पर सुर्खी आयी–आप व्यर्थ ही अपनी जबान ख़राब कर रहे हैं।

साहब–तुम शैतान आदमी है।

मिस्टर सेठ की आँखों में सुर्खी आयी–आप मेरी बेइज्जती कर रहे हैं। ऐसी बातें सुनने की मुझे आदत नहीं है।

साहब–चुप रहो, यू ब्लडी। तुमको सरकार पाँच सौ रुपये इसलिए नहीं देता कि तुम अपने वाइफ के हाथ से कांग्रेस का चंदा दिलवाओ। तुमको इसलिए सरकार रुपया नहीं देता।

मिस्टर सेठ को अब अपनी सफाई देने का अवसर मिला। बोले–मैं आपको विश्वास दिलाता हूँ कि मेरी वाइफ ने सरासर मेरी मर्जी के खिलाफ रुपये दिये हैं। मैं तो उस वक्त फ्लावर शो देखने गया था, जहाँ मिस फ्रांक का गुलदस्ता पाँच रुपये में लिया। वहाँ से लौटा, तो मुझे यह खबर मिली।

साहब–ओ ! तुम हमको बेवकूफ बनाता है ?

यह बात अग्नि-शिला की भाँति ज्यों ही साहब के मस्तिष्क में घुसी, उनके मिजाज का पारा उबाल के दर्जे तक पहुँच गया। किसी हिंदुस्तानी की इतनी मजाल कि उन्हें बेवकूफ बनाये ! वह जो हिंदुस्तान के बादशाह हैं, जिनके पास बड़े-बड़े तालुकेदार सलाम करने आते हैं, जिनके नौकरों को बड़े-बड़े रईस नजराना देते हैं, उन्हीं को कोई बेवकूफ बनाये ! उसके लिए वह असह्य था। रूल उठा कर दौड़ा।

लेकिन मिस्टर सेठ भी मजबूत आदमी थे। यों वह हर तरह की खुशामद किया करते थे, लेकिन यह अपमान स्वीकार न कर सके। उन्होंने रूल को तो हाथ पर लिया और एक डग आगे बढ़ कर ऐसा घूँसा साहब के मुँह पर रसीद किया कि साहब की आँखों के सामने अँधेरा छा गया। वह इस मुष्टिप्रहार के लिए तैयार न थे। उन्हें कई बार इसका अनुभव हो चुका था कि नेटिव बहुत शांत, दब्बू, और गमखोर होता है। विशेषकर साहबों के सामने तो उसकी जबान तक नहीं खुलती। कुर्सी पर बैठ कर नाक का खून पोंछने लगा। फिर मिस्टर सेठ से उलझने की उसकी हिम्मत नहीं पड़ी, मगर दिल में सोच रहा था, इसे कैसे नीचा दिखाऊँ।

मिस्टर सेठ भी अपने कमरे में आ कर इस परिस्थिति पर विचार करने लगे। उन्हें बिलकुल खेद न था; बल्कि वह अपने साहस पर प्रसन्न थे। इसकी बदमाशी तो देखो कि मुझ पर रूल चला दिया। जितना दबता था, उतना ही दबाये जाता था। मेम यारों को लिये घूमा करती है, उससे बोलने की हिम्मत नहीं पड़ती। मुझसे शेर बन गया। अब दौड़ेगा कमिश्नर के पास। मुझे बरखास्त कराये बगैर न छोड़ेगा। यह सब कुछ गोदावरी के कारण हो रहा है। बेइज्जती तो हो ही गयी। अब रोटियों को भी मुहताज होना पड़ा। मुझसे तो कोई पूछेगा भी नहीं, बरखास्तगी का परवाना

आ जायेगा। अपील कहाँ होगी ? सेक्रेटरी हैं हिंदुस्तानी, मगर अँगरेजों से भी ज्यादा अँगरेज। होम मेम्बर भी हिन्दुस्तानी हैं, मगर अँगरेजों के गुलाम। गोदावरी के चंदे का हाल सुनते ही उन्हें जूड़ी चढ़ आयेगी। न्याय की किसी से आशा नहीं, अब यहाँ से निकल जाने में ही कुशल है।

उन्होंने तुरंत एक इस्तीफा लिखा और साहब के पास भेज दिया। साहब ने उस पर लिख दिया, 'बरखास्त'।

5

दोपहर को जब मिस्टर सेठ मुँह लटकाये हुए घर पहुँचे तो गोदावरी ने पूछा—आज जल्दी कैसे आ गये ?

मिस्टर सेठ दहकती हुई आँखों से देख कर बोले—जिस बात पर लगी थीं, वह हो गयी। अब रोओ, सिर पर हाथ रखके !

गोदावरी—बात क्या हुई, कुछ कहो भी तो ?

सेठ—बात क्या हुई, उसने आँखें दिखायीं, मैंने चाँटा जमाया और इस्तीफा दे कर चला आया।

गोदावरी—इस्तीफा देने की क्या जल्दी थी ?

सेठ—और क्या सिर के बाल नुचवाता ? तुम्हारा यही हाल है, तो आज नहीं, कल अलग होना ही पड़ता।

गोदावरी—खैर, जो हुआ अच्छा ही हुआ। आज से तुम भी कांग्रेस में शरीक हो जाओ।

सेठ ने ओंठ चबा कर कहा—लजाओगी तो नहीं, ऊपर से घाव पर नमक छिड़कती हो।

गोदावरी—लजाऊँ क्यों, मैं तो खुश हूँ कि तुम्हारी बेड़ियाँ कट गयीं।

सेठ—आखिर कुछ सोचा है, काम कैसे चलेगा ?

गोदावरी—सब सोच लिया है। मैं चल कर दिखा दूँगी। हाँ, मैं जो कुछ कहूँ, वह तुम किये जाना। अब तक मैं तुम्हारे इशारों पर चलती थी, अब से तुम मेरे इशारे पर चलना। मैं तुमसे किसी बात की शिकायत न करती थी; तुम जो कुछ खिलाते थे खाती थी, जो कुछ पहनाते थे पहनती थी। महल में रखते, महल में रहती। झोंपड़ी में रखते, झोंपड़ी में रहती। उसी तरह तुम भी रहना। जो काम करने को कहूँ वह करना। फिर देखूँ कैसे काम नहीं चलता। बड़प्पन सूट-बूट और ठाट-बाट में नहीं है। जिसकी आत्मा पवित्र हो, वही ऊँचा है। आज तक तुम मेरे पति थे, आज से मैं तुम्हारा पति हूँ।

सेठ जी उसकी ओर स्नेह की आँखों से देख कर हँस पड़े।

शराब की दूकान

कांग्रेस कमेटी में यह सवाल पेश था–शराब और ताड़ी की दूकानों पर कौन धरना देने जाय ? कमेटी के पच्चीस मेम्बर सिर झुकाये बैठे थे; पर किसी के मुँह से बात न निकलती थी। मुआमला बड़ा नाजुक था। पुलिस के हाथों गिरफ्तार हो जाना तो ज्यादा मुश्किल बात न थी। पुलिस के कर्मचारी अपनी जिम्मेदारियों को समझते हैं। चूँकि अच्छे और बुरे तो सभी जगह होते हैं, लेकिन पुलिस के अफसर, कुछ लोगों को छोड़ कर, सभ्यता से इतने खाली नहीं होते कि जाति और देश पर जान देनेवालों के साथ दुर्व्यवहार करें; लेकिन नशेबाजों में यह जिम्मेदारी कहाँ ? उनमें तो अधिकांश ऐसे लोग होते हैं, जिन्हें घुड़की-धमकी के सिवा और किसी शक्ति के सामने झुकने की आदत नहीं। मारपीट से नशा हिरन हो सकता है; पर शांतिवादियों के लिए तो वह दरवाजा बंद है। तब कौन इस ओखली में सिर दे, कौन पियक्कड़ों की गालियाँ खाय ? बहुत सम्भव है कि वे हाथापाई कर बैठें। उनके हाथों पिटना किसे मंजूर हो सकता था ? फिर पुलिसवाले भी बैठे तमाशा न देखेंगे। उन्हें और भी भड़काते रहेंगे। पुलिस की शह पा कर ये नशे के बंदे जो कुछ न कर डालें, वह थोड़ा ! ईंट का जवाब पत्थर से दे नहीं सकते और इस समुदाय पर विनती का कोई असर नहीं !

एक मेम्बर ने कहा–मेरे विचार में तो इन जातों में पंचायतों को फिर सँभालना चाहिए। इधर हमारी लापरवाही से उनकी पंचायतें निर्जीव हो गयी हैं। इसके सिवा मुझे तो और कोई उपाय नहीं सूझता।

सभापति ने कहा–हाँ, यह एक उपाय है। मैं इसे नोट किये लेता हूँ, पर धरना देना जरूरी है।

दूसरे महाशय बोले–उनके घरों पर जा कर समझाया जाय, तो अच्छा असर होगा।

सभापति ने अपनी चिकनी खोपड़ी सहलाते हुए कहा–यह भी अच्छा उपाय है; मगर धरने को हम लोग त्याग नहीं सकते।

फिर सन्नाटा हो गया।

पिछली कतार में एक देवी भी मौन बैठी हुई थीं। जब कोई मेम्बर बोलता वह एक नजर उसकी तरफ डाल कर फिर सिर झुका लेती थीं। यही कांग्रेस की लेडी मेम्बर थीं। उनके पति महाशय जी. पी. सक्सेना कांग्रेस के अच्छे काम करनेवालों में थे। उनका देहांत हुए तीन साल हो गये थे। मिसेज सक्सेना ने इधर एक साल से कांग्रेस के कामों में भाग लेना शुरू कर दिया था और कांग्रेस कमेटी ने उन्हें अपना मेम्बर चुन लिया था। वह शरीफ घरानों में जा कर स्वदेशी और खद्दर का प्रचार करती थीं। जब कभी कांग्रेस के प्लेटफार्म पर बोलने खड़ी होतीं तो उनका जोश देख कर ऐसा मालूम होता था मानो आकाश में उड़ जाना चाहती हैं। कुंदन का-सा रंग लाल हो जाता था, बड़ी-बड़ी करुण आँखें जिनमें जल भरा हुआ मालूम होता था, चमकने लगती थीं। बड़ी खुशमिजाज और इसके साथ बला की निर्भीक स्त्री थीं। दबी हुई चिनगारी थी, जो हवा पाकर दहक उठती है। उनके मामूली शब्दों में इतना आकर्षण कहाँ से आ जाता था, कह नहीं सकते। कमेटी के कई जवान मेम्बर, जो पहले कांग्रेस में बहुत कम आते थे, अब बिला नागा आने लगे थे। मिसेज सक्सेना कोई भी प्रस्ताव करें, उनका अनुमोदन करनेवालों की कमी न थी। उनकी सादगी, उनका उत्साह, उनकी विनय, उनकी मृदु-वाणी कांग्रेस पर उनका सिक्का जमाये देती थी। हर आदमी उनकी खातिर सम्मान की सीमा तय करता था, पर उनकी स्वाभाविक नम्रता उन्हें अपने दैवी साधनों से पूरा-पूरा फायदा न उठाने देती थी। जब कमरे में आतीं, लोग खड़े हो जाते थे; पर वह पिछली सफ से आगे न बढ़ती थीं।

मिसेज सक्सेना ने प्रधान से पूछा—शराब की दूकानों पर औरतें धरना दे सकती हैं ?

सबकी आँखें उनकी ओर उठ गयीं। इस प्रश्न का आशय सब समझ गये।

प्रधान ने कातर स्वर में कहा—महात्मा जी ने तो यह काम औरतों ही को सुपुर्द करने पर जोर दिया है पर–

मिसेज सक्सेना ने उन्हें अपना वाक्य पूरा न करने दिया। बोलीं—तो फिर मुझे इस काम पर भेज दीजिए।

लोगों ने कुतूहल की आँखों से मिसेज सक्सेना को देखा। यह सुकुमारी जिसके कोमल अंगों में शायद हवा भी चुभती हो, गंदी गलियों में ताड़ी और शराब की दुर्गंध-भरी दूकानों के सामने जाने और नशे से पागल आदमियों की कलुषित आँखों और बाँहों का सामना करने को कैसे तैयार हो गयी।

एक महाशय ने अपने समीप के आदमी के कान में कहा—बला की निडर औरत है।

उन महाशय ने जले हुए शब्दों में उत्तर दिया—हम लोगों को काँटों में घसीटना चाहती हैं, और कुछ नहीं। वह बेचारी क्या पिकेटिंग करेंगी। दूकान के सामने खड़ा तक तो हुआ न जायेगा।

प्रधान ने सिर झुका कर कहा—मैं आपके साहस और उत्सर्ग की प्रशंसा करता हूँ, लेकिन मेरे विचार में अभी इस शहर की दशा ऐसी नहीं है कि देवियाँ पिकेटिंग कर सकें। आपको खबर नहीं, नशेबाज कितने मुँहफट होते हैं। विनय तो वह जानते ही नहीं !

मिसेज सक्सेना ने व्यंग्य-भाव से कहा—तो क्या आपका विचार है कि कोई ऐसा जमाना भी आयेगा, जब शराबी लोग विनय और शील के पुतले बन जायेंगे ? यह दशा तो हमेशा ही रहेगी। आखिर महात्मा जी ने कुछ समझ कर ही तो औरतों को यह काम सौंपा है। मैं नहीं कह सकती कि मुझे कहाँ तक सफलता होगी; पर इस कर्तव्य को टालने से काम न चलेगा।

प्रधान ने पसोपेश में पड़ कर कहा—मैं तो आपको इस काम के लिए घसीटना उचित नहीं समझता, आगे आपको अख्तियार है।

मिसेज सक्सेना ने जैसे विनय का आलिंगन करते हुए कहा—मैं आपके पास फरियाद ले कर न आऊँगी कि मुझे फलाँ आदमी ने मारा या गाली दी। इतना जानती हूँ कि अगर मैं सफल हो गयी, तो ऐसी स्त्रियों की कमी न रहेगी जो इस काम को सोलहों आने अपने हाथ में न ले लें।

इस पर एक नौजवान मेम्बर ने कहा—मैं सभापति जी से निवेदन करूँगा कि मिसेज सक्सेना को यह काम दे कर आप हिंसा का सामना कर रहे हैं। इससे यह कहीं अच्छा है कि आप मुझे यह काम सौंपें।

मिसेज सक्सेना ने गर्म होकर कहा—आपके हाथों हिंसा होने का डर और भी ज्यादा है।

इस नौजवान मेम्बर का नाम था जयराम। एक बार एक कड़ा व्याख्यान देने के लिए जेल हो आये थे, पर उस वक्त उनके सिर गृहस्थी का भार न था। कानून पढ़ते थे। अब उनका विवाह हो गया था, दो-तीन बच्चे भी हो गये थे, दशा बदल गयी थी। दिल में वही जोश, वही तड़प, वही दर्द था, पर अपनी हालत से मजबूर थे।

मिसेज सक्सेना की ओर नम्र आग्रह से देख कर बोले—आप मेरी खातिर इस गंदे काम में हाथ न डालें। मुझे एक सप्ताह का अवसर दीजिए। अगर इस बीच में कहीं दंगा हो जाये, तो आपको मुझे निकाल देने का अधिकार होगा।

मिसेज सक्सेना जयराम को खूब जानती थीं। उन्हें मालूम था कि यह त्याग और साहस का पुतला है और अब तक परिस्थितियों के कारण पीछे दबका हुआ था। इसके साथ ही वह यह भी जानती थीं कि इसमें वह धैर्य और बर्दाश्त नहीं है, जो पिकेटिंग के लिए लाजमी है। जेल में उसने दारोगा को अपशब्द कहने पर चाँटा लगाया था और उसकी सजा तीन महीने और बढ़ गयी थी। बोलीं—आपके सिर गृहस्थी का भार है। मैं घमंड नहीं करती पर जितने धैर्य से मैं यह काम कर सकती हूँ, आप नहीं कर सकते।

जयराम ने उसी नम्र आग्रह के साथ कहा—आप मेरे पिछले रेकार्ड पर फैसला कर रही हैं। आप भूल जाती हैं कि आदमी की अवस्था के साथ उसकी उद्दंडता घटती जाती है।

प्रधान ने कहा—मैं चाहता हूँ, महाशय जयराम इस काम को अपने हाथों में लें।

जयराम ने प्रसन्न हो कर कहा—मैं सच्चे हृदय से आपको धन्यवाद देता हूँ।

मिसेज सक्सेना ने निराश हो कर कहा—महाशय, जयराम, आपने मेरे साथ बड़ा अन्याय किया है और मैं इसे कभी क्षमा न करूँगी। आप लोगों ने इस बात का आज नया परिचय दे दिया कि पुरुषों के अधीन स्त्रियाँ अपने देश की सेवा भी नहीं कर सकतीं।

2

दूसरे दिन, तीसरे पहर जयराम पाँच स्वयंसेवकों को ले कर बेगमगंज के शराबखाने की पिकेटिंग करने जा पहुँचा। ताड़ी और शराब—दोनों की दूकानें मिली हुई थीं। ठीकेदार भी एक ही था। दूकान के सामने, सड़क की पटरी पर, अंदर के आँगन में नशेबाजों की टोलियाँ विष में अमृत का आनंद लूट रही थीं। कोई वहाँ अफलातून से कम न था। कहीं वीरता की डींग थी, कहीं अपने दान-दक्षिणा के पचड़े, कहीं अपने बुद्धि-कौशल का आलाप। अहंकार नशे का मुख्य रूप है।

एक बूढ़ा शराबी कह रहा था—भैया, जिंदगानी का भरोसा नहीं। हाँ, कोई भरोसा नहीं। मेरी बात मान लो, जिंदगानी का कोई भरोसा नहीं। बस यही खाना-खिलाना याद रह जायेगा। धन-दौलत, जगह-जमीन सब धरी रह जायेगी !

दो ताड़ीवालों में एक दूसरी बहस छिड़ी हुई थी—

'हम-तुम रिआया हैं भाई ! हमारी मजाल है कि सरकार के सामने सिर उठा सकें ?'

'अपने घर में बैठकर बादशाह को गालियाँ दे लो; लेकिन मैदान में आना कठिन है।'

'कहाँ की बात भैया, सरकार तो बड़ी चीज है, लाल पगड़ी देख कर तो घर भाग जाते हो।'

'छोटा आदमी भर-पेट खाके बैठता है, तो समझता है, अब बादशाह हमीं हैं। लेकिन अपनी हैसियत को भूलना न चाहिए।'

'बहुत पक्की बात कहते हो खाँ साहब। अपनी असलियत पर डटे रहो। जो राजा है, वह राजा है, जो परजा है, वह परजा है। भला परजा कहीं राजा हो सकता है ?'

इतने में जयराम ने आ कर कहा—राम राम भाइयो, राम राम !

पाँच-छह खद्दरदारी मनुष्यों को देख कर सभी लोग उनकी ओर शंका और कुतूहल से ताकने लगे। दूकानदार ने चुपके से अपने एक नौकर के कान में कुछ कहा और नौकर दूकान से उतर कर चला गया।

जयराम ने झंडे को जमीन पर खड़ा करके कहा—भाइयो, महात्मा गांधी का हुक्म है कि आप लोग ताड़ी-शराब न पियें। जो रुपये आप यहाँ उड़ा देते हैं, वह अगर अपने बाल-बच्चों को खिलाने-पिलाने में खर्च करें, तो कितनी अच्छी बात हो। जरा देर के नशे के लिए आप अपने बाल-बच्चों को भूखों मारते हैं। गंदे घरों में रहते हैं, महाजन की गालियाँ खाते हैं। सोचिए, इस रुपये से आप अपने प्यारे बच्चों को कितने आराम से रख सकते हैं !

एक बूढ़े शराबी ने अपने साथी से कहा—भैया, है तो बुरी चीज, घर तबाह करके छोड़ देती है। मुदा इतनी उमिर पीते कट गयी, तो अब मरते दम क्या छोड़ें ? उसके साथी ने समर्थन किया—पक्की बात कहते हो चौधरी ! जब इतनी उमिर पीते कट गयी, तो अब मरते दम क्या छोड़ें ?

जयराम ने कहा—वाह चौधरी, यही तो उमिर है छोड़ने की। जवानी तो दीवानी होती है, उस वक्त सब कुछ मुआफ है।

चौधरी ने तो कोई जवाब न दिया; लेकिन उसके साथी ने जो काला, मोटा, बड़ी-बड़ी मूँछोंवाला आदमी था, सरल आपत्ति के भाव से कहा—अगर पीना बुरा है, तो अँगरेज़ क्यों पीते हैं ?

जयराम वकील था, उससे बहस करना भिड़ के छत्ते को छेड़ना था। बोला—यह तुमने बहुत अच्छा सवाल पूछा भाई। अँगरेजों के बाप-दादा अभी डेढ़-दो सौ साल पहले लुटेरे थे। हमारे-तुम्हारे बाप-दादा ऋषि-मुनि थे। लुटेरों की संतान पिये, तो पीने दो। उनके पास न कोई धर्म है, न नीति; लेकिन ऋषियों की संतान उनकी नकल क्यों करे। हम और तुम उन महात्माओं की संतान हैं, जिन्होंने दुनिया को सिखाया, जिन्होंने दुनिया को आदमी बनाया। हम अपना धर्म छोड़ बैठे, उसी का फल है कि आज हम गुलाम हैं। लेकिन अब हमने गुलामी की जंजीरों को तोड़ने का फैसला कर लिया है और...

एकाएक थानेदार और चार-पाँच कांस्टेबल आ खड़े हुए।

थानेदार ने चौधरी से पूछा—यह लोग तुमको धमका रहे हैं ?

चौधरी ने खड़े हो कर कहा—नहीं हुजूर, यह तो हमें समझा रहे हैं। कैसे प्रेम से समझा रहे हैं कि वाह !

थानेदार ने जयराम से कहा—अगर यहाँ फिसाद हो जाये, तो आप जिम्मेदार होंगे ?

जयराम—मैं उस वक्त तक ज़िम्मेदार हूँ, जब तक आप न रहें।

'आपका मतलब है कि मैं फिसाद कराने आया हूँ ?'

'मैं यह नहीं कहता, लेकिन आप आये हैं, तो अँगरेजी साम्राज्य की अतुल शक्ति का परिचय जरूर ही दीजिएगा। जनता में उत्तेजना फैलेगी। तब आप पिल पड़ेंगे और दस-बीस आदमियों को मार गिरायेंगे। वही सब जगह होता है और यहाँ भी होगा।'

सब इन्स्पेक्टर ने ओंठ चबा कर कहा—मैं आपसे कहता हूँ, यहाँ से चले जाइए, वरना मुझे जाबते की कार्रवाई करनी पड़ेगी।

जयराम ने अविचल भाव से कहा—और मैं आपसे कहता हूँ कि आप मुझे अपना काम करने दीजिए। मेरे बहुत-से भाई यहाँ जमा हैं और मुझे उनसे बातचीत करने का उतना ही हक है, जितना आपको।

इस वक्त तक सैकड़ों दर्शक जमा हो गये थे। दारोगा ने अफसरों से पूछे बगैर और कोई कार्रवाई करना उचित न समझा। अकड़ते हुए दूकान पर गये और कुर्सी पर पाँव रख कर बोले—ये लोग तो माननेवाले नहीं हैं !

दूकानदार ने गिड़गिड़ाकर कहा—हुजूर, मेरी तो बधिया बैठ जायेगी।

दारोगा—दो-चार गुंडे बुला कर भगा क्यों नहीं देते ? मैं कुछ न बोलूँगा। हाँ, जरा एक बोतल अच्छी-सी भेज देना। कल न जाने क्या भेज दिया, कुछ मजा ही नहीं आया।

थानेदार चला गया, तो चौधरी ने अपने साथी से कहा—देखा कल्लू, थानेदार कितना बिगड़ रहा था ? सरकार चाहती है कि हम लोग खूब शराब पीयें और कोई हमें समझाने न पाये। शराब का पैसा भी तो सरकार ही में जाता है ?

कल्लू ने दार्शनिक भाव से कहा—हर एक बहाने से पैसा खींचते हैं सब !

चौधरी—तो फिर क्या सलाह है ? है तो बुरी चीज।

कल्लू—बहुत बुरी चीज है भैया, महात्मा जी का हुक्म है, तो छोड़ ही देना चाहिए।

चौधरी—अच्छा तो यह लो, आज से अगर पिये तो दोगला।

यह कहते हुए चौधरी ने बोतल जमीन पर पटक दी। आधी बोतल शराब जमीन पर बह कर सूख गयी।

जयराम को शायद जिंदगी में कभी इतनी खुशी न हुई थी। जोर-जोर से तालियाँ बजा कर उछल पड़े।

उसी वक्त दोनों ताड़ी पीनेवालों ने भी 'महात्मा जी की जय' पुकारी और अपनी हाँड़ी जमीन पर पटक दी। एक स्वयंसेवक ने लपक कर फूलों की माला ली और चारों आदमियों के गले में डाल दी।

3

सड़क की पटरी पर कई नशेबाज बैठे इन चारों आदमियों की तरफ उस दुर्बल भक्ति से ताक रहे थे, जो पुरुषार्थहीन मनुष्यों का लक्षण है। वहाँ एक भी ऐसा व्यक्ति न था, जो अँगरेजों की मांस-मदिरा या ताड़ी को जिंदगी के लिए अनिवार्य समझता हो और उसके बगैर जिंदगी की कल्पना भी न कर सके। सभी लोग नशे को दूषित समझते थे, केवल दुर्बलेन्द्रिय होने के कारण नित्य आ कर पी जाते थे। चौधरी जैसे घाघ पियक्कड़ को बोतल पटकते देख कर उनकी आँखें खुल गयीं।

एक मरियल दाढ़ीवाले आदमी ने आकर चौधरी की पीठ ठोंकी। चौधरी ने उसे पीछे ढकेल कर कहा–पीठ क्या ठोंकते हो जी, जाकर अपनी बोतल पटक दो।

दाढ़ीवाले ने कहा–आज और पी लेने दो चौधरी ! अल्लाह जानता है, कल से इधर भूल कर भी न आऊँगा।

चौधरी–जितनी बची हो, उसके पैसे हमसे ले लो। घर जा कर बच्चों को मिठाई खिला देना।

दाढ़ीवाले ने जा कर बोतल पटक दी और बोला–लो, तुम भी क्या कहोगे ? अब तो हुए खुश।

चौधरी–अब तो न पीयोगे कभी ?

दाढ़ीवाले ने कहा–अगर तुम न पीयोगे, तो मैं भी न पीऊँगा। जिस दिन तुमने पी, उसी दिन फिर शुरू कर दी।

चौधरी की तत्परता ने दुराग्रह की जड़ें हिला दीं। बाहर अभी पाँच-छह आदमी और थे। वे सचेत निर्लज्जता से बैठे हुए अभी तक पीते जाते थे। जयराम ने उनके सामने जा कर कहा–भाइयो, आपके पाँच भाइयों ने अभी आपके सामने अपनी-अपनी बोतल पटक दी। क्या आप उन लोगों को बाजी जीत ले जाने देंगे ?

एक ठिगने, काले आदमी ने जो किसी अँगरेज़ का खानसामा मालूम होता था, लाल-लाल आँखें निकाल कर कहा–हम पीते हैं तुमसे मतलब ? तुमसे भीख माँगने तो नहीं जाते ?

जयराम ने समझ लिया, अब बाजी मार ली। गुमराह आदमी जब विवाद करने पर उतर आये, तो समझ लो, वह रास्ते पर आ जायेगा। चुप्पा ऐब वह चिकना घड़ा है, जिस पर किसी बात का असर नहीं होता।

जयराम ने कहा–अगर मैं अपने घर में आग लगाऊँ तो उसे देख कर क्या आप मेरा हाथ न पकड़ लेंगे ? मुझे तो इसमें रत्ती भर संदेह नहीं है कि आप मेरा हाथ ही न पकड़ लेंगे बल्कि मुझे वहाँ से जबरदस्ती खींच ले जायेंगे।

चौधरी ने खानसामा की तरफ मुग्ध आँखों से देखा, मानो कह रहा है–इसका

तुम्हारे पास क्या जवाब है ? और बोला—जमादार, अब इसी बात पर बोतल पटक दो।

खानसामा ने जैसे काट खाने के लिए दाँत तेज कर लिये और बोला—बोतल क्यों पटक दूँ, पैसे नहीं दिये हैं ?

चौधरी परास्त हो गया। जयराम से बोला—इन्हें छोड़िए बाबू जी, यह लोग इस तरह माननेवाले असामी नहीं हैं। आप इनके सामने जान भी दे दें तो भी शराब न छोड़ेंगे। हाँ, पुलिस की एक घुड़की पा जायें तो फिर कभी इधर भूल कर भी न आयें।

खानसामा ने चौधरी की ओर तिरस्कार के भाव से देखा, जैसे कह रहा हो—क्या तुम समझते हो कि मैं ही मनुष्य हूँ, यह सब पशु हैं ? फिर बोला—तुमसे क्या मतलब है जी, क्यों बीच में कूदे पड़ते हो ? मैं तो बाबू जी से बात कर रहा हूँ। तुम कौन होते हो बीच में बोलनेवाले ? मैं तुम्हारी तरह नहीं हूँ कि बोतल पटक कर वाह-वाह कराऊँ। कल फिर मुँह में कालिख लगाऊँ, घर पर मँगवा कर पीऊँ ? जब यहाँ छोड़ेंगे, तो सच्चे दिल से छोड़ेंगे। फिर कोई लाख रुपये भी दे तो आँख उठा कर न देखें।

जयराम—मुझे आप लोगों से ऐसी ही आशा है।

चौधरी ने खानसामा की ओर कटाक्ष करके कहा—क्या समझते हो, मैं कल फिर पीने आऊँगा ?

खानसामा ने उद्दंडता से कहा—हाँ-हाँ, कहता हूँ तुम आओगे और बद कर आओगे। कहो, पक्के कागज पर लिख दूँ।

चौधरी—अच्छा भाई, तुम बड़े धरमात्मा हो, मैं पापी सही। तुम छोड़ोगे तो जिंदगी भर के लिए छोड़ोगे, मैं आज छोड़ कर कल फिर पीने लगूँगा, यही सही। मेरी एक बात गाँठ बाँध लो। तुम उस बखत छोड़ोगे, जब जिंदगी तुम्हारा साथ छोड़ देगी। इसके पहले तुम नहीं छोड़ सकते।

खानसामा—तुम मेरे दिल का हाल क्या जानते हो ?

चौधरी—जानता हूँ, तुम्हारे जैसे सैकड़ों आदमी को भुगत चुका हूँ।

खानसामा—तो तुमने ऐसे-वैसे बेशर्मों को देखा होगा। हयादार आदमियों को न देखा होगा।

यह कहते हुए उसने जा कर बोतल पटक दी और बोला—अब अगर तुम इस दूकान पर देखना, तो मुँह में कालिख लगा देना।

चारों तरफ तालियाँ बजने लगीं। मर्द ऐसे होते हैं।

ठीकेदार ने दूकान के नीचे उतर कर कहा—तुम लोग अपनी-अपनी दूकान पर क्यों नहीं जाते जी ? मैं तो किसी की दूकान पर नहीं जाता ?

एक दर्शक ने कहा—खड़े हैं, तो तुमसे मतलब ? सड़क तुम्हारी नहीं है ?

तुम गरीबों को लूटे जाओ। किसी के बाल-बच्चे भूखों मरें तुम्हारा क्या बिगड़ता है। (दूसरे शराबियों से) क्या यारो, अब भी पीते जाओगे ! जानते हो, यह किसका हुक्म है ? अरे कुछ भी तो शर्म करो ?

जयराम ने दर्शकों से कहा—आप लोग यहाँ भीड़ न लगायें और न किसी को भला-बुरा कहें !

मगर दर्शकों का समूह बढ़ता जाता था। अभी तक चार-पाँच आदमी बे-गम बैठे हुए कुल्हड़ पर कुल्हड़ चढ़ा रहे थे। एक मनचले आदमी ने जा कर उस बोतल को उठा लिया, जो उनके बीच में रखी हुई थी और उसे पटकना चाहता था कि चारों शराबी उठ खड़े हुए और उसे पीटने लगे। जयराम और उसके स्वयंसेवक तुरन्त वहाँ पहुँच गये और उसे बचाने की चेष्टा करने लगे कि चारों उसे छोड़ कर जयराम की तरफ लपके। दर्शकों ने देखा कि जयराम पर मार पड़ा चाहती है, तो कई आदमी झल्ला कर उन चारों शराबियों पर टूट पड़े। लातें, घूँसे और डंडे चलाने लगे। जयराम को इसका कुछ अवसर न मिलता था कि किसी को समझाये। दोनों हाथ फैलाये उन चारों के वारों से बच रहा था; वह चारों भी आपे से बाहर हो कर दर्शकों पर डंडे चला रहे थे। जयराम दोनों तरफ से मार खाता था। शराबियों के वार भी उस पर पड़ते थे, तमाशाइयों के वार भी उसी पर पड़ते थे, पर वह उनके बीच से हटता न था। अगर वह इस वक्त अपनी जान बचा कर हट जाता, तो शराबियों की खैरियत न थी। इसका दोष कांग्रेस पर पड़ता। वह कांग्रेस को इस आक्षेप से बचाने के लिए अपने प्राण देने पर तैयार था। मिसेज सक्सेना को अपने ऊपर हँसने का मौका वह न देना चाहता था।

आखिर उसके सिर पर डंडा इस जोर से पड़ा कि वह सिर पकड़ कर बैठ गया। आँखों के सामने तितलियाँ उड़ने लगीं। फिर उसे होश न रहा।

4

जयराम सारी रात बेहोश पड़ा रहा। दूसरे दिन सुबह को जब उसे होश आया, तो सारी देह में पीड़ा हो रही थी और कमजोरी इतनी थी कि रह-रह कर जी डूबता जाता था। एकाएक सिरहाने की तरफ आँख उठ गयी, तो मिसेज सक्सेना बैठी नज़र आयीं। उन्हें देखते ही स्वयंसेवकों के मना करने पर भी उठ बैठा। दर्द और कमजोरी दोनों जैसे गायब हो गयी। एक-एक अंग में स्फूर्ति दौड़ गयी।

मिसेज सक्सेना ने उसके सिर पर हाथ रख कर कहा—आपको बड़ी चोट आयी। इसका सारा दोष मुझ पर है।

जयराम ने भक्तिमय कृतज्ञता के भाव से देख कर कहा—चोट तो ऐसी ज्यादा न थी, इन लोगों ने बरबस पट्टी-सट्टी बाँध कर जख्मी बना दिया।

मिसेज सक्सेना ने ग्लानित होकर कहा—मुझे आपको न जाने देना चाहिए था।

जयराम—आपका वहाँ जाना उचित न था। मैं आपसे अब भी यही अनुरोध करूँगा कि उस तरफ न जाइएगा।

मिसेज सक्सेना ने जैसे उन बाधाओं पर हँस कर कहा—वाह ! मुझे आज से वहाँ पिकेट करने की आज्ञा मिल गयी है।

'आप मेरी इतनी विनय मान जाइएगा। शोहदों के लिए आवाज कसना बिलकुल मामूली बात है।'

'मैं आवाजों की परवाह नहीं करती !'

'तो फिर मैं भी आपके साथ चलूँगा।'

'आप इस हालत में ?'—मिसेज सक्सेना ने आश्चर्य से कहा।

'मैं बिलकुल अच्छा हूँ, सच !'

'यह नहीं हो सकता। जब तक डाक्टर यह न कह देगा कि अब आप वहाँ जाने के योग्य हैं, आपको न जाने दूँगी। किसी तरह नहीं।'

'तो मैं भी आपको न जाने दूँगा।'

मिसेज सक्सेना ने मृदु-व्यंग्य के साथ कहा—आप भी अन्य पुरुषों ही की भाँति स्वार्थ के पुतले हैं। सदा यश खुद लूटना चाहते हैं, औरतों को कोई मौका नहीं देना चाहते। कम से कम यह तो देख लीजिए कि मैं भी कुछ कर सकती हूँ या नहीं।

जयराम ने व्यथित कंठ से कहा—जैसी आपकी इच्छा।

5

तीसरे पहर मिसेज सक्सेना चार स्वयंसेवकों के साथ बेगमगंज चलीं।

जयराम आँखें बंद किये चारपाई पर पड़ा था। शोर सुनकर चौंका और अपनी स्त्री से पूछा—यह कैसा शोर है ?

स्त्री ने खिड़की से झाँककर देखा और बोली—वह औरत, जो कल आयी थी झंडा लिये कई आदमियों के साथ जा रही है। इसे शर्म भी नहीं आती।

जयराम ने उसके चेहरे पर क्षमा की दृष्टि डाली और विचार में डूब गया। फिर वह उठ खड़ा हुआ और बोला—मैं भी वहीं जाता हूँ।

स्त्री ने उसका हाथ पकड़ कर कहा—अभी कल मार खा कर आये हो, आज फिर जाने की सूझी !

जयराम ने हाथ छुड़ा कर कहा—तुम उसे मार कहती हो, मैं उसे उपहार समझता हूँ।

स्त्री ने उसका रास्ता रोक लिया—कहती हूँ, तुम्हारा जी अच्छा नहीं है, मत जाओ, क्यों मेरी जान के गाहक हुए हो ? उसकी देह में हीरे नहीं जड़े हैं, जो वहाँ कोई नोच लेगा।

जयराम ने मिन्नत करके कहा—मेरी तबीयत बिलकुल अच्छी है चम्मू ! अगर कुछ कसर है तो वह भी मिट जायेगी। भला सोचो, यह कैसे मुमकिन है कि एक देवी उन शोहदों के बीच में पिकेटिंग करने जाय और मैं बैठा रहूँ। मेरा वहाँ रहना जरूरी है। अगर कोई बात आ पड़ी, तो कम से कम मैं लोगों को समझा तो सकूँगा।

चम्मू ने जल कर कहा—यह क्यों नहीं कहते कि कोई और ही चीज खींचे लिये जाती है !

जयराम ने मुस्करा कर उसकी ओर देखा, जैसे कह रहा हो—यह बात तुम्हारे दिल से नहीं, कंठ से निकल रही है और कतरा कर निकल गया। फिर द्वार पर खड़ा हो कर बोला—शहर में तीन लाख से कुछ ही कम आदमी हैं, कमेटी में भी तीस मेम्बर हैं, मगर सब के सब जी चुरा रहे हैं। लोगों को अच्छा बहाना मिल गया कि शराबखानों पर धरना देने के लिए स्त्रियों ही की जरूरत है ? आखिर क्यों स्त्रियों ही को इस काम के लिए उपयुक्त समझा जाता है ? इसीलिए कि मरदों के सिर भूत सवार हो जाता है और जहाँ नम्रता से काम लेना चाहिए, वहाँ लोग उग्रता से काम लेने लगते हैं। वे देवियाँ क्या इसी योग्य हैं कि शोहदों के फिकरे सुनें और उनकी कुदृष्टि का निशाना बनें ? कम से कम मैं यह नहीं देख सकता।

वह लँगड़ाता हुआ घर से निकल पड़ा। चम्मू ने फिर उसे रोकने का प्रयास नहीं किया। रास्ते में एक स्वयंसेवक मिल गया। जयराम ने उसे साथ लिया और एक ताँगे पर बैठ कर चला। शराबखाने से कुछ दूर इधर एक लेमनेड-बर्फ की दूकान थी। उसने ताँगे को छोड़ दिया और वालंटियर को शराबखाने भेज कर खुद उसी दूकान में जा बैठा।

दूकानदार ने लेमनेड का एक गिलास उसे देते हुए कहा—बाबू जी, कलवाले चारों बदमाश आज फिर आये हुए हैं। आपने न बचाया होता तो आज शराब या ताड़ी की जगह हल्दी-गुड़ पीते होते।

जयराम ने गिलास लेकर कहा—तुम लोग बीच में न कूद पड़ते, तो मैंने उन सबों को ठीक कर लिया होता।

दूकानदार ने प्रतिवाद किया—नहीं बाबू जी, वह सब छँटे हुए गुंडे हैं। मैं तो उन्हें अपनी दूकान के सामने खड़ा भी नहीं होने देता। चारों तीन-तीन साल काट आये हैं।

अभी बीस मिनट भी न गुजरे होंगे कि एक स्वयंसेवक आकर खड़ा हो गया। जयराम ने सचिंत होकर पूछा—कहो, वहाँ क्या हो रहा है ?

स्वयंसेवक ने कुछ ऐसा मुँह बना लिया, जैसे वहाँ की दशा कहना वह उचित नहीं समझता और बोला—कुछ नहीं, देवी जी आदमियों को समझा रही हैं।

जयराम ने उसकी ओर अतृप्त नेत्रों से ताका, मानो कह रहे हों—बस इतना ही ! इतना तो मैं जानता ही था।

स्वयंसेवक ने एक क्षण बाद फिर कहा—देवियों का ऐसे शोहदों के सामने जाना अच्छा नहीं।

जयराम ने अधीर होकर पूछा—साफ-साफ क्यों नहीं कहते, क्या बात है ?

स्वयंसेवक डरते-डरते बोला—सब के सब उनसे दिल्लगी कर रहे हैं। देवियों का यहाँ आना अच्छा नहीं।

जयराम ने और कुछ न पूछा। डंडा उठाया और लाल-लाल आँखें निकाले बिजली की तरह कौंध कर शराबखाने के सामने जा पहुँचा और मिसेज सक्सेना का हाथ पकड़ कर पीछे हटाता हुआ शराबियों से बोला—अगर तुम लोगों ने देवियों के साथ जरा भी गुस्ताखी की, तो तुम्हारे हक में अच्छा न होगा। कल मैंने तुम लोगों की जान बचायी थी आज इसी डंडे से तुम्हारी खोपड़ी तोड़ कर रख दूँगा।

उसके बदले हुए तेवर को देख कर सब के सब नशेबाज घबड़ा गये। वे कुछ कहना चाहते थे कि मिसेज सक्सेना ने गम्भीर भाव से पूछा—आप यहाँ क्यों आये ? मैंने तो आपसे कहा था, अपनी जगह से न हिलिएगा। मैंने तो आपसे मदद न माँगी थी ?

जयराम ने लज्जित होकर कहा—मैं इस नीयत से यहाँ नहीं आया था। एक जरूरत से इधर आ निकला था। यहाँ जमाव देख कर आ गया। मेरे खयाल में आप अब यहाँ से चलें। मैं आज कांग्रेस कमेटी में यह सवाल पेश करूँगा कि इस काम के लिए पुरुषों को भेजें।

मिसेज सक्सेना ने तीखे स्वर में कहा—आपके विचार में दुनिया के सारे काम मरदों के लिए हैं।

जयराम—मेरा यह मतलब न था।

मिसेज सक्सेना—तो आप जा कर आराम से लेटें और मुझे अपना काम करने दें।

जयराम वहीं सिर झुकाये खड़ा रहा।

मिसेज सक्सेना ने पूछा—अब आप क्यों खड़े हैं ?

जयराम ने विनीत स्वर में कहा—मैं भी यहीं एक किनारे खड़ा रहूँगा।

मिसेज सक्सेना ने कठोर स्वर में कहा—जी नहीं, आप जायें।

जयराम धीरे-धीरे लदी हुई गाड़ी की भाँति चला और आ कर फिर उसी लेमनेड की दूकान पर बैठ गया। उसे जोर की प्यास लगी थी। उसने एक गिलास शर्बत बनवाया और सामने मेज पर रख कर विचार में डूब गया; मगर आँखें और कान उसी तरफ लगे हुए थे।

जब कोई आदमी दूकान पर आता, वह चौंक कर उसकी तरफ ताकने लगता—वहाँ कोई नयी बात तो नहीं हो गयी ?

कोई आध घंटे बाद वही स्वयंसेवक फिर डरा हुआ-सा आ कर खड़ा हो गया। जयराम ने उदासीन बनने की चेष्टा करके पूछा—वहाँ क्या हो रहा है जी ?

स्वयंसेवक ने कानों पर हाथ रख कर कहा—मैं कुछ नहीं जानता बाबू जी, मुझसे कुछ न पूछिए।

जयराम ने एक साथ ही नम्र और कठोर होकर पूछा—फिर कोई छेड़छाड़ हुई ?

स्वयंसेवक—जी नहीं, कोई छेड़छाड़ नहीं हुई। एक आदमी ने देवी जी को धक्का दे दिया, वे गिर पड़ीं।

जयराम निस्पंद बैठा रहा; पर उसके अंतराल में भूकम्प-सा मचा हुआ था। बोला—उनके साथ के स्वयंसेवक क्या कर रहे हैं ?

'खड़े हैं, देवीजी उन्हें बोलने ही नहीं देतीं।'

'तो क्या बड़े जोर से धक्का दिया ?'

'जी हाँ, गिर पड़ीं। घुटनों में चोट आ गयी। वे आदमी साथ पी रहे थे। जब एक बोतल उड़ गयी, तो उनमें से एक आदमी दूसरी बोतल लेने चला। देवी जी ने रास्ता रोक लिया। बस, उसने धक्का दे दिया। वही जो काला-काला मोटा सा आदमी है ! कलवाले चारों आदमियों की शरारत है।'

जयराम उन्माद की दशा में वहाँ से उठा और दौड़ता हुआ शराबखाने के सामने आया। मिसेज सक्सेना सिर पकड़े जमीन पर बैठी हुई थीं और वह काला मोटा आदमी दूकान के कठघरे के सामने खड़ा था। पचासों आदमी जमा थे। जयराम ने उसे देखते ही लपक कर उसकी गर्दन पकड़ ली और इतने जोर से दबायी कि उसकी आँखें बाहर निकल आयीं। मालूम होता था, उसके हाथ फौलाद के हो गये हैं।

सहसा मिसेज सक्सेना ने आकर उसका फौलादी हाथ पकड़ लिया और भवें सिकोड़ कर बोलीं—छोड़ दो इसकी गर्दन ! क्या इसकी जान ले लोगे ?

जयराम ने और जोर से उसकी गर्दन दबायी और बोला—हाँ, ले लूँगा। ऐसे दुष्ट की यही सजा है।

मिसेज सक्सेना ने अधिकार-गर्व से गर्दन उठा कर कहा—आपको यहाँ आने का कोई अधिकार नहीं है।

एक दर्शक ने कहा—ऐसा दबाओ बाबू जी, कि साला ठंडा हो जाये। इसने देवी जी को ऐसा ढकेला कि बेचारी गिर पड़ीं। हमें तो बोलने का हुक्म नहीं है, नहीं तो हड्डी तोड़ कर रख देते।

जयराम ने शराबी की गर्दन छोड़ दी। वह किसी बाज के चंगुल से छूटी हुई चिड़िया की तरह सहमा हुआ खड़ा हो गया। उसे एक धक्का देते हुए उसने

मिसेज सक्सेना से कहा—आप यहाँ से चलतीं क्यों नहीं ? आप जायें, मैं बैठता हूँ; अगर एक छटाँक शराब बिक जाय, तो मेरा कान पकड़ लीजियेगा।

उसका दम फूलने लगा, आँखों के सामने अँधेरा छा रहा था। वह खड़ा न रह सका। जमीन पर बैठ कर रूमाल से माथे का पसीना पोंछने लगा।

मिसेज सक्सेना ने परिहास करके कहा—आप कांग्रेस नहीं हैं कि मैं आपका हुक्म मानूँ। अगर आप यहाँ से न जायेंगे, तो मैं सत्याग्रह करूँगी।

फिर एकाएक कठोर हो कर बोलीं—जब तक कांग्रेस ने इस काम का भार मुझ पर रखा है, आपको मेरे बीच में बोलने का कोई हक नहीं है। आप मेरा अपमान कर रहे हैं। कांग्रेस कमेटी के सामने आपको इसका जवाब देना होगा।

जयराम तिलमिला उठा। बिना कोई जवाब दिये लौट पड़ा। और वेग से घर की तरफ चला; पर ज्यों-ज्यों आगे बढ़ता था उसकी गति मंद होती जाती थी। यहाँ तक कि बाजार के दूसरे सिरे पर आकर वह रुक गया। रस्सी यहाँ खत्म हो गयी। उसके आगे जाना उसके लिए असाध्य हो गया। जिस झटके ने उसे यहाँ तक भेजा था, उसकी शक्ति अब शेष हो गयी थी। उन शब्दों में जो कटुता और चोट थी, उसमें अब उसे सहानुभूति और स्नेह की सुगंध आ रही थी।

उसे फिर चिंता हुई न जाने वहाँ क्या हो रहा है। कहीं उन बदमाशों ने और कोई दुष्टता न की हो, या पुलिस न आ जाये।

वह बाजार की तरफ मुड़ा लेकिन एक कदम ही चल कर फिर रुक गया। ऐसे पसोपेश में वह कभी न पड़ा था।

सहसा उसे वही स्वयंसेवक दौड़ता आता दिखायी दिया। वह बदहवास होकर उससे मिलने के लिए खुद भी उसकी तरफ दौड़ा। बीच में दोनों मिल गये।

जयराम ने हाँफते हुए पूछा—क्या हुआ ? क्यों भागे जा रहे हो ?

स्वयंसेवक ने दम ले कर कहा—बड़ा गजब हो गया बाबू जी ! आपके आने के बाद वह काला शराबी बोतल ले कर दूकान से चला, तो देवी जी दरवाजे पर बैठ गयीं। वह बार-बार देवी जी को हटा कर निकलना चाहता है; पर वह फिर आ कर बैठ जाती हैं। धक्कम-धक्के में उनके कुछ कपड़े फट गये हैं और कुछ चोट भी...

अभी बात पूरी न हुई थी कि जयराम शराबखाने की तरफ दौड़ा।

6

जयराम शराबखाने के सामने पहुँचा तो देखा, मिसेज सक्सेना के चारों स्वयंसेवक दूकान के सामने लेटे हुए हैं और मिसेज सक्सेना एक किनारे सिर झुकाये खड़ी

हैं। जयराम ने डरते-डरते उनके चेहरे पर निगाह डाली। आँचल पर रक्त की बूँदें दिखायी दीं। उसे फिर कुछ सुध न रही। खून की वह चिनगारियाँ जैसे उसके रोम-रोम में समा गयीं। उसका खून खौलने लगा, मानो उसके सिर खून सवार हो गया हो। वह उन चारों शराबियों पर टूट पड़ा और पूरे जोर के साथ लकड़ी चलाने लगा। एक-एक बूँद की जगह वह एक-एक घड़ा खून बहा देना चाहता था। खून उसे कभी इतना प्यारा न था। खून में इतनी उत्तेजना है, इसकी उसे खबर न थी।

वह पूरे जोर से लकड़ी चला रहा था। मिसेज सक्सेना कब आकर उसके सामने खड़ी हो गयीं उसे कुछ पता न चला। जब वह जमीन पर गिर पड़ीं, तब उसे जैसे होश आ गया हो। उसने लकड़ी फेंक दी और वहीं निश्चल, निस्पंद खड़ा हो गया, मानो उसका रक्त प्रवाह रुक गया है।

चारों स्वयंसेवकों ने दौड़ कर मिसेज सक्सेना को पंखा झलना शुरू किया। दूकानदार ठंडा पानी ले कर दौड़ा। एक दर्शक डाक्टर को बुलाने भागा, पर जयराम वहीं बेजान खड़ा था जैसे स्वयं अपने तिरस्कार-भाव का पुतला बन गया हो। अगर इस वक्त कोई उसके दोनों हाथ काट डालता, कोई उसकी आँखें लाल लोहे से फोड़ देता, तब भी वह चूँ न करता।

फिर वहीं सड़क पर बैठ कर उसने अपने लज्जित, तिरस्कृत, पराजित मस्तक को भूमि पर पटक दिया और बेहोश हो गया।

उसी वक्त उस काले मोटे शराबी ने बोतल जमीन पर पटक दी और उसके सिर पर ठंडा पानी डालने लगा।

एक शराबी ने लैसंसदार से कहा—तुम्हारा रोजगार अन्य लोगों की जान ले कर रहेगा। अब तो अभी दूसरा ही दिन है।

लैसंसदार ने कहा—कल से मेरा इस्तीफा है। अब स्वदेशी कपड़े का रोजगार करूँगा, जिसमें जस भी है और उपकार भी।

शराबी ने कहा—घाटा तो बहुत रहेगा।

दूकानदार ने किस्मत ठोंक कर कहा—घाटा-नफा तो जिंदगानी के साथ है।

जुलूस

पूर्ण स्वराज्य का जुलूस निकल रहा था। कुछ युवक, कुछ बूढ़े, कुछ बालक झंडियाँ और झंडे लिये वंदेमातरम् गाते हुए माल के सामने से निकले। दोनों तरफ दर्शकों की दीवारें खड़ी थीं, मानो उन्हें इस लक्ष्य से कोई सरोकार नहीं है, मानो यह कोई तमाशा है और उनका काम केवल खड़े-खड़े देखना है।

शंभूनाथ ने दूकान की पटरी पर खड़े होकर अपने पड़ोसी दीनदयाल से कहा—सब के सब काल के मुँह में जा रहे हैं। आगे सवारों का दल मार-मार भगा देगा।

दीनदयाल ने कहा—महात्मा जी भी सठिया गये हैं। जुलूस निकालने से स्वराज्य मिल जाता तो अब तक कब का मिल गया होता। और जुलूस में हैं कौन लोग, देखो—लौंडे, लफंगे; सिरफिरे। शहर का कोई बड़ा आदमी नहीं।

मैकू चट्टियों और स्लीपरों की माला गरदन में लटकाये खड़ा था। इन दोनों सेठों की बातें सुनकर हँसा।

शंभू ने पूछा—क्यों हँसे मैकू ? आज रंग चोखा मालूम होता है।

मैकू—हँसा इस बात पर जो तुमने कही कि कोई बड़ा आदमी जुलूस में नहीं है। बड़े आदमी क्यों जुलूस में आने लगे, उन्हें इस राज में कौन आराम नहीं है ? बँगलों और महलों में रहते हैं, मोटरों पर घूमते हैं, साहबों के साथ दावतें खाते हैं, कौन तकलीफ है ! मर तो हम लोग़ रहे हैं जिन्हें रोटियों का ठिकाना नहीं। इस बखत कोई टेनिस खेलता होगा, कोई चाय पीता होगा, कोई ग्रामोफोन लिए गाना सुनता होगा, कोई पारिक की सैर करता होगा, यहाँ आये पुलिस के कोड़े खाने के लिए ? तुमने भी भली कही ?

शंभू—तुम यह सब बातें क्या समझोगे मैकू, जिस काम में चार बड़े आदमी अगुआ होते हैं उसकी सरकार पर भी धाक बैठ जाती है। लौंडों-लफंगों का गोल भला हाकिमों की निगाह में क्या जँचेगा ?

मैकू ने ऐसी दृष्टि से देखा, जो कह रही थी—इन बातों के समझने का ठीका कुछ तुम्हीं ने नहीं लिया है और बोला—बड़े आदमी को तो हमी लोग बनाते-बिगाड़ते

हैं या कोई और ? कितने ही लोग जिन्हें कोई पूछता भी न था, हमारे ही बनाये बड़े आदमी बन गये और अब मोटरों पर निकलते हैं और हमें नीच समझते हैं। यह लोगों की तकदीर की खूबी है कि जिसकी जरा बढ़ती हुई और उसने हमसे आँखें फेरीं। हमारा बड़ा आदमी तो वही है, जो लँगोटी बाँधे नंगे पाँव घूमता है, जो हमारी दशा को सुधारने के लिए अपनी जान हथेली पर लिये फिरता है। और हमें किसी बड़े आदमी की परवाह नहीं है। सच पूछो तो इन बड़े आदमियों ने ही हमारी मिट्टी खराब कर रखी है। इन्हें सरकार ने कोई अच्छी-सी जगह दे दी, बस उसका दम भरने लगे।

दीनदयाल—नया दारोगा बड़ा जल्लाद है। चौरास्ते पर पहुँचते ही हंटर लेकर पिल पड़ेगा। फिर देखना, सब कैसे दुम दबाकर भागते हैं। मजा आयेगा।

जुलूस स्वाधीनता के नशे में चूर चौरास्ते पर पहुँचा तो देखा, आगे सवारों और सिपाहियों का एक दस्ता रास्ता रोके खड़ा है।

सहसा दारोगा बीरबल सिंह घोड़ा बढ़ा कर जुलूस के सामने आ गये और बोले—तुम लोगों को आगे जाने का हुक्म नहीं है।

जुलूस के बूढ़े नेता इब्राहिम अली ने आगे बढ़कर कहा—मैं आपको इत्मीनान दिलाता हूँ, किसी किस्म का दंगा-फसाद न होगा। हम दूकानें लूटने या मोटरें तोड़ने नहीं निकले हैं। हमारा मकसद इससे कहीं ऊँचा है।

बीरबल—मुझे यह हुक्म है कि जुलूस यहाँ से आगे न जाने पाये।

इब्राहिम—आप अपने अफसरों से जरा पूछ न लें।

बीरबल—मैं इसकी कोई जरूरत नहीं समझता।

इब्राहिम—तो हम लोग यहीं बैठते हैं। जब आप लोग चले जायेंगे तो हम निकल जायेंगे।

बीरबल—यहाँ खड़े होने का भी हुक्म नहीं है। तुमको वापस जाना पड़ेगा।

इब्राहिम ने गंभीर भाव से कहा—वापस तो हम न जायेंगे। आपको या किसी को भी, हमें रोकने का कोई हक नहीं। आप अपने सवारों, संगीनों और बंदूकों के जोर से हमें रोकना चाहते हैं, रोक लीजिए, मगर आप हमें लौटा नहीं सकते। न जाने वह दिन कब आयेगा, जब हमारे भाई-बंद ऐसे हुक्मों की तामील करने से साफ इन्कार कर देंगे, जिनकी मंशा महज कौम को गुलामी की जंजीरों में जकड़े रखना है।

बीरबल ग्रेजुएट था। उसका बाप सुपरिंटेंडेंट पुलिस था। उसकी नस-नस में रोब भरा हुआ था। अफसरों की दृष्टि में उसका बड़ा सम्मान था। खासा गोरा चिट्टा, नीली आँखों और भूरे बालों वाला तेजस्वी पुरुष था। शायद जिस वक्त वह कोट पहन कर ऊपर से हैट लगा लेता तो वह भूल जाता था कि मैं भी यहाँ का रहनेवाला हूँ। शायद वह अपने को राज्य करनेवाली जाति का अंग समझने लगता

था; मगर इब्राहिम के शब्दों में जो तिरस्कार भरा हुआ था, उसने जरा देर के लिए उसे लज्जित कर दिया। पर मुआमला नाजुक था। जुलूस को रास्ता दे देता है, तो जवाब तलब हो जायेगा; वहीं खड़ा रहने देता है, तो यह सब न जाने कब तक खड़े रहें। इस संकट में पड़ा हुआ था कि उसने डी. एस. पी. को घोड़े पर आते देखा। अब सोच-विचार का समय न था। यही मौका था कारगुजारी दिखाने का। उसने कमर से बेटन निकाल लिया और घोड़े को एड़ लगा कर जुलूस पर चढ़ाने लगा। उसे देखते ही और सवारों ने भी घोड़ों को जुलूस पर चढ़ाना शुरू कर दिया। इब्राहिम दारोगा के घोड़े के सामने खड़ा था। उसके सिर पर एक बेटन ऐसे जोर से पड़ा कि उसकी आँखें तिलमिला गयीं। खड़ा न रह सका। सिर पकड़ कर बैठ गया। उसी वक्त दारोगा जी के घोड़े ने दोनों पाँव उठाये और जमीन पर बैठा हुआ इब्राहिम उसकी टापों के नीचे आ गया। जुलूस अभी तक शांत खड़ा था। इब्राहिम को गिरते देख कर कई आदमी उसे उठाने के लिए लपके; मगर कोई आगे न बढ़ सका। उधर सवारों के डंडे बड़ी निर्दयता से पड़ रहे थे। लोग हाथों पर डंडों को रोकते थे और अविचलित रूप से खड़े थे। हिंसा के भावों में प्रभावित न हो जाना उसके लिए प्रतिक्षण कठिन होता जाता था। जब आघात और अपमान ही सहना है, तो फिर हम भी इस दीवार को पार करने की क्यों न चेष्टा करें? लोगों को खयाल आया शहर के लाखों आदमियों की निगाहें हमारी तरफ लगी हुई हैं। यहाँ से यह झंडा लेकर हम लौट जायँ, तो फिर किस मुँह से आजादी का नाम लेंगे; मगर प्राण-रक्षा के लिए भागने का किसी को ध्यान भी न आता था। यह पेट के भक्तों, किराये के टट्टुओं का दल न था। यह स्वाधीनता के सच्चे स्वयंसेवकों का, आजादी के दीवानों का संगठित दल था—अपनी जिम्मेदारियों को खूब समझता था। कितने ही के सिरों से खून जारी था, कितने ही के हाथ जख्मी हो गये थे। एक हल्ले में यह लोग सवारों की सफों को चीर सकते थे, मगर पैरों में बेड़ियाँ पड़ी हुई थीं—सिद्धान्त की, धर्म की, आदर्श की।

दस-बारह मिनट तक यों ही डंडों की बौछार होती रही और लोग शांत खड़े रहे।

2

इस मार-धाड़ की खबर एक क्षण में बाजार में जा पहुँची। इब्राहिम घोड़े से कुचल गये, कई आदमी जख्मी हो गये, कई के हाथ टूट गये; मगर न वे लोग पीछे फिरते हैं और न पुलिस उन्हें आगे जाने देती है।

मैकू ने उत्तेजित होकर कहा—अब तो भाई, यहाँ नहीं रहा जाता। मैं भी चलता हूँ।

दीनदयाल ने कहा—हम भी चलते हैं भाई, देखी जायेगी।

शम्भू एक मिनट तक मौन खड़ा रहा। एकाएक उसने भी दूकान बढ़ायी और बोला—एक दिन तो मरना ही है, जो कुछ होना है, हो। आखिर वे लोग सभी के लिए तो जान दे रहे हैं। देखते-देखते अधिकांश दूकानें बंद हो गयीं। वह लोग, जो दस मिनट पहले तमाशा देख रहे थे इधर-उधर से दौड़ पड़े और हजारों आदमियों का एक विराट दल घटनास्थल की ओर चला। यह उन्मत्त, हिंसामद से भरे हुए मनुष्यों का समूह था, जिसे सिद्धांत और आदर्श की परवाह न थी। जो मरने के लिए ही नहीं, मारने के लिए भी तैयार थे। कितनों ही के हाथों में लाठियाँ थीं, कितने ही जेबों में पत्थर भरे हुए थे। न कोई किसी से कुछ बोलता था, न पूछता था। बस, सब-के-सब मन में एक दृढ़ संकल्प किये लपके चले जा रहे थे, मानो कोई घटा उमड़ी चली आती हो।

इस दल को दूर से देखते ही सवारों में कुछ हलचल पड़ी। बीरबल सिंह के चेहरे पर हवाइयाँ उड़ने लगीं। डी. एस. पी. ने अपनी मोटर बढ़ायी। शांति और अहिंसा के व्रतधारियों पर डंडे बरसाना और बात थी, एक उन्मत्त दल से मुकाबला करना दूसरी बात। सवार और सिपाही पीछे खिसक गये।

इब्राहिम की पीठ पर घोड़े ने टाप रख दी। वह अचेत जमीन पर पड़े थे। इन आदमियों का शोरगुल सुन कर आप ही आप उनकी आँखें खुल गयीं। एक युवक को इशारे से बुलाकर कहा—क्यों कैलाश, क्या कुछ लोग शहर से आ रहे हैं ?

कैलाश ने उस बढ़ती हुई घटा की ओर देख कर कहा—जी हाँ, हजारों आदमी हैं।

इब्राहिम—तो अब खैरियत नहीं है। झंडा लौटा दो। हमें फौरन लौट चलना चाहिए, नहीं तूफान मच जायेगा। हमें अपने भाइयों से लड़ाई नहीं करनी है। फौरन लौट चलो।

यह कहते हुए उन्होंने उठने की चेष्टा की, मगर उठ न सके।

इशारे की देर थी। संगठित सेना की भाँति लोग हुक्म पाते ही पीछे फिर गये। झंडियों के बाँसों, साफों और रूमालों से चटपट एक स्ट्रेचर तैयार हो गया। इब्राहिम को लोगों ने उस पर लिटा दिया और पीछे फिरे। मगर क्या वह परास्त हो गये थे ? अगर कुछ लोगों को उन्हें परास्त मानने में ही संतोष हो तो हो, लेकिन वास्तव में उन्होंने एक युगांतकारी विजय प्राप्त की थी। वे जानते थे, हमारा संघर्ष अपने ही भाइयों से है, जिनके हित परिस्थितियों के कारण हमारे हितों से भिन्न हैं। हमें उनसे वैर नहीं करना है। फिर, वह यह भी नहीं चाहते कि शहर में लूट और दंगे का बाजार गर्म हो जाय और हमारे धर्मयुद्ध का अंत लूटी हुई दूकानें, फूटे हुए सिर हों, उनकी विजय का सबसे उज्ज्वल चिह्न यह था कि उन्होंने जनता

की सहानुभूति प्राप्त कर ली थी। वही लोग, जो पहले उन पर हँसते थे; उनका धैर्य और साहस देखकर उनकी सहायता के लिए निकल पड़े थे। मनोवृत्ति का यह परिवर्तन ही हमारी असली विजय है। हमें किसी से लड़ाई करने की जरूरत नहीं, हमारा उद्देश्य केवल जनता की सहानुभूति प्राप्त करना है, उसकी मनोवृत्तियों को बदल देना है। जिस दिन हम इस लक्ष्य पर पहुँच जायेंगे, उसी दिन स्वराज्य सूर्य उदय होगा।

3

तीन दिन गुजर गये थे। बीरबल सिंह अपने कमरे में बैठे चाय पी रहे थे। और उनकी पत्नी मिट्ठन बाई शिशु को गोद में लिये सामने खड़ी थीं।

बीरबल सिंह ने कहा—मैं क्या करता उस वक्त। पीछे डी. एस. पी. खड़ा था। अगर उन्हें रास्ता दे देता तो अपनी जान मुसीबत में फँसती।

मिट्ठन बाई ने सिर हिला कर कहा—तुम कम से कम इतना तो कर ही सकते थे कि उन पर डंडे न चलाने देते। तुम्हारा काम आदमियों पर डंडे चलाना है ? तुम ज्यादा से ज्यादा उन्हें रोक सकते थे। कल को तुम्हें अपराधियों को बेंत लगाने का काम दिया जाय, तो शायद तुम्हें बड़ा आनंद आयेगा, क्यों ? बीरबल सिंह ने खिसिया कर कहा—तुम तो बात नहीं समझती हो !

मिट्ठन बाई—मैं खूब समझती हूँ। डी. एस. पी. पीछे खड़ा था। तुमने सोचा होगा ऐसी कारगुजारी दिखाने का अवसर शायद फिर कभी मिले या न मिले। क्या तुम समझते हो, उस दल में कोई भला आदमी न था ? उसमें कितने आदमी ऐसे थे, जो तुम्हारे जैसों को नौकर रख सकते हैं। विद्या में तो शायद अधिकांश तुमसे बढ़े हुए होंगे। मगर तुम उन पर डंडे चला रहे थे और उन्हें घोड़े से कुचल रहे थे, वाह री जवाँमर्दी !

बीरबल सिंह ने बेहयाई की हँसी के साथ कहा—डी. एस. पी. ने मेरा नाम नोट कर लिया है। सच !

दारोगा जी ने समझा था कि यह सूचना दे कर वह मिट्ठन बाई को खुश कर देंगे। सज्जनता और भलमनसी आदि ऊपर की बातें हैं, दिल से नहीं, जबान से कही जाती हैं। स्वार्थ दिल की गहराइयों में बैठा होता है। वह गम्भीर विचार का विषय है।

मगर मिट्ठन बाई के मुख पर हर्ष की कोई रेखा न नजर आयी, ऊपर की बातें शायद गहराइयों तक पहुँच गयी थीं ! बोलीं—जरूर कर लिया होगा और शायद तुम्हें जल्दी तरक्की भी मिल जाय। मगर बेगुनाहों के खून से हाथ रंग कर तरक्की पायी, तो क्या पायी ! यह तुम्हारी कारगुजारी का इनाम नहीं, तुम्हारे देशद्रोह की

कीमत है। तुम्हारी कारगुजारी का इनाम तो तब मिलेगा, जब तुम किसी खूनी को खोज निकालोगे, किसी डूबते हुए आदमी को बचा लोगे।

एकाएक एक सिपाही ने बरामदे में खड़े होकर कहा–हुजूर, यह लिफाफा लाया हूँ। बीरबल सिंह ने बाहर निकल कर लिफाफा ले लिया और भीतर की सरकारी चिट्ठी निकाल कर पढ़ने लगे। पढ़ कर उसे मेज पर रख दिया।

मिट्ठन ने पूछा–क्या तरक्की का परवाना आ गया ?

बीरबल सिंह ने झेंप कर कहा–तुम तो बनाती हो ! आज फिर कोई जुलूस निकलनेवाला है। मुझे उसके साथ रहने का हुक्म हुआ है।

मिट्ठन–फिर तो तुम्हारी चाँदी है, तैयार हो जाओ। आज फिर वैसे ही शिकार मिलेंगे। खूब बढ़-बढ़कर हाथ दिखलाना ! डी. एस. पी. भी जरूर आयेंगे। अबकी तुम इंस्पेक्टर हो जाओगे। सच !

बीरबल सिंह ने माथा सिकोड़ कर कहा–कभी-कभी तुम बे-सिर-पैर की बातें करने लगती हो। मान लो, मैं जाकर चुपचाप खड़ा रहूँ, तो क्या नतीजा होगा। मैं नालायक समझा जाऊँगा और मेरी जगह कोई दूसरा आदमी भेज दिया जायेगा। कहीं शुबहा हो गया कि मुझे स्वराज्यवादियों से सहानुभूति है, तो कहीं का न रहूँगा। अगर बर्खास्त भी न हुआ तो लैन की हाजिरी तो हो ही जायेगी। आदमी जिस दुनिया में रहता है, उसी का चलन देखकर काम करता है। मैं बुद्धिमान न सही; पर इतना जानता हूँ कि ये लोग देश और जाति का उद्धार करने के लिए ही कोशिश कर रहे हैं। यह भी जानता हूँ कि सरकार इस खयाल को कुचल डालना चाहती है। ऐसा गधा नहीं हूँ कि गुलामी की जिंदगी पर गर्व करूँ; लेकिन परिस्थिति से मजबूर हूँ।

बाजे की आवाज कानों में आयी। बीरबल सिंह ने बाहर जाकर पूछा। मालूम हुआ स्वराज्य वालों का जुलूस आ रहा है। चटपट वर्दी पहनी, साफा बाँधा और जेब में पिस्तौल रखकर बाहर आये। एक क्षण में घोड़ा तैयार हो गया। कांस्टेबल पहले ही से तैयार बैठे थे। सब लोग डबल मार्च करते हुए जुलूस की तरफ चले।

4

ये लोग डबल मार्च करते हुए कोई पंद्रह मिनट में जुलूस के सामने पहुँच गये। इन लोगों को देखते ही अगणित कंठों से 'वंदेमातरम्' की एक ध्वनि निकली, मानो मेघमंडल में गर्जन का शब्द हुआ हो, फिर सन्नाटा छा गया। उस जुलूस में और इस जुलूस में कितना अंतर था ! वह स्वराज्य के उत्सव का जुलूस था, यह एक शहीद के मातम का। तीन दिन के भीषण ज्वर और वेदना के बाद आज उस जीवन का अंत हो गया, जिसने कभी पद की लालसा नहीं की, कभी अधिकार के सामने

सिर नहीं झुकाया। उन्होंने मरते समय वसीयत की थी कि मेरी लाश को गंगा में नहला कर दफन किया जाय और मेरे मजार पर स्वराज्य का झंडा खड़ा किया जाय। उनके मरने का समाचार फैलते ही सारे शहर पर मातम का पर्दा-सा पड़ गया। जो सुनता था, एक बार इस तरह चौंक पड़ता था, जैसे उसे गोली लग गयी हो और तुरंत उनके दर्शनों के लिए भागता था। सारे बाजार बंद हो गये, इक्कों और तांगों का कहीं पता न था जैसे शहर लुट गया हो। देखते-देखते सारा शहर उमड़ पड़ा। जिस वक्त जनाजा उठा, लाख-सवा लाख आदमी साथ थे। कोई आँख ऐसी न थी, जो आँसुओं से लाल न हो।

बीरबल सिंह अपने कांस्टेबलों और सवारों को पाँच-पाँच गज के फासले पर जुलूस के साथ चलने का हुक्म दे कर खुद पीछे चले गये। पिछली सफों में कोई पचास गज तक महिलाएँ थीं। दारोगा ने उनकी तरफ ताका। पहली ही कतार में मिट्ठन बाई नजर आयी। बीरबल को विश्वास न आया। फिर ध्यान से देखा, वही थी। मिट्ठन ने उनकी तरफ एक बार देखा और आँखें फेर लीं, पर उसकी एक चितवन में कुछ ऐसा धिक्कार, कुछ ऐसी लज्जा, कुछ ऐसी व्यथा, कुछ ऐसी घृणा भरी हुई थी कि बीरबल सिंह की देह में सिर से पाँव तक सनसनी-सी दौड़ गयी। वह अपनी दृष्टि में कभी इतने हल्के, इतने दुर्बल, इतने जलील न हुए थे।

सहसा एक युवती ने दारोगा जी की तरफ देख कर कहा—कोतवाल साहब, कहीं हम लोगों पर डंडे न चला दीजिएगा। आपको देखकर भय हो रहा है !

दूसरी बोली—आप ही के कोई भाई तो थे, जिन्होंने उस माल के चौरस्ते पर इस पुरुष पर आघात किये थे।

मिट्ठन ने कहा—आपके कोई भाई न थे, आप खुद थे।

बीसियों ही मुँहों से आवाजें निकलीं—अच्छा, यह वही महाशय हैं ? महाशय आपको नमस्कार है। यह आप ही की कृपा का फल है कि आज हम भी आपके डंडे के दर्शन के लिए आ खड़ी हुई हैं !

बीरबल ने मिट्ठन बाई की ओर आँखों का भाला चलाया; पर मुँह से कुछ न बोले। एक तीसरी महिला ने फिर कहा—हम एक जलसा करके आपको जयमाल पहनायेंगे और आपका यशोगान करेंगे।

चौथी ने कहा—आप बिलकुल अँगरेज मालूम होते हैं, जभी इतने गोरे हैं !

एक बुढ़िया ने आँखें चढ़ा कर कहा—मेरी कोख में ऐसा बालक जन्मा होता, तो उसकी गर्दन मरोड़ देती !

एक युवती ने उसका तिरस्कार करके कहा—आप भी खूब कहती हैं, माता जी, कुत्ते तक तो नमक का हक अदा करते हैं, यह तो आदमी हैं !

बुढ़िया ने झल्ला कर कहा—पेट के गुलाम, हाय पेट, हाय पेट !

इस पर कई स्त्रियों ने बुढ़िया को आड़े हाथों ले लिया और वह बेचारी लज्जित

हो कर बोली—अरे, मैं कुछ कहती थोड़े ही हूँ। मगर ऐसा आदमी भी क्या, जो स्वार्थ के पीछे अंधा हो जाय।

बीरबल सिंह अब और न सुन सके। घोड़ा बढ़ा कर जुलूस से कई गज पीछे चले गये। मर्द लज्जित करता है, तो हमें क्रोध आता है; स्त्रियाँ लज्जित करती हैं, तो ग्लानि उत्पन्न होती है। बीरबल सिंह की इस वक्त इतनी हिम्मत न थी कि फिर उन महिलाओं के सामने जाते। अपने अफसरों पर क्रोध आया। मुझी को बार-बार क्यों इन कामों पर तैनात किया जाता है ? और लोग भी तो हैं, उन्हें क्यों नहीं लाया जाता ? क्या मैं ही सबसे गया-बीता हूँ। क्या मैं ही सबसे भावशून्य हूँ।

मिट्ठी इस वक्त मुझे दिल में कितना कायर और नीच समझ रही होगी ! शायद इस वक्त मुझे कोई मार डाले, तो वह जबान भी न खोलेगी। शायद मन में प्रसन्न होगी कि अच्छा हुआ। अभी कोई जा कर साहब से कह दे कि बीरबल सिंह की स्त्री जुलूस में निकली थी, तो कहीं का न रहूँ ! मिट्ठी जानती है, समझती है, फिर भी निकल खड़ी हुई। मुझसे पूछा तक नहीं। कोई फिक्र नहीं है न, जभी ये बातें सूझती हैं, यहाँ सभी बेफिक्र हैं, कालेजों और स्कूलों के लड़के, मजदूर, पेशेवर इन्हें क्या चिंता ? मरन तो हम लोगों की है, जिनके बाल-बच्चे हैं और कुल-मर्यादा का ध्यान है। सब की सब मेरी तरफ कैसा घूर रही थीं, मानो खा जायेगी।

जुलूस शहर की मुख्य सड़कों से गुजरता हुआ चला जा रहा था। दोनों ओर छतों पर, छज्जों पर, जँगलों पर, वृक्षों पर दर्शकों की दीवारें-सी खड़ी थीं। बीरबल सिंह को आज उनके चेहरों पर एक नयी स्फूर्ति, एक नया उत्साह, एक नया गर्व झलकता हुआ मालूम होता था। स्फूर्ति थी वृक्षों के चेहरे पर, उत्साह युवकों के और गर्व रमणियों के। यह स्वराज्य के पथ पर चलने का उल्लास था। अब उनको यात्रा का लक्ष्य अज्ञात न था, पथभ्रष्टों की भाँति इधर-उधर भटकना न था, दलितों की भाँति सिर झुका कर रोना न था। स्वाधीनता का सुनहला शिखर सुदूर आकाश में चमक रहा था। ऐसा जान पड़ता था कि लोगों को बीच के नालों और जंगलों की परवाह नहीं है। सब उस सुनहले लक्ष्य पर पहुँचने के लिए उत्सुक हो रहे हैं।

ग्यारह बजते-बजते जुलूस नदी के किनारे जा पहुँचा, जनाजा उतारा गया और लोग शव को गंगा-स्नान कराने के लिए चले। उसके शीतल, शांत, पीले मस्तक पर लाठी की चोट साफ नजर आ रही थी। रक्त जम कर काला हो गया था। सिर के बड़े-बड़े बाल खून जम जाने से किसी चित्रकार की तूलिका की भाँति चिमट गये थे। कई हजार आदमी इस शहीद के अंतिम दर्शनों के लिए मंडल बाँध कर खड़े हो गये। बीरबल सिंह पीछे घोड़े पर सवार खड़े थे। लाठी की चोट उन्हें

भी नजर आयी। उनकी आत्मा ने जोर से धिक्कारा। वह शव की ओर न ताक सके। मुँह फेर लिया। जिस मनुष्य के दर्शनों के लिए, जिनके चरणों की रज मस्तक पर लगाने के लिए लाखों आदमी विकल हो रहे हैं उसका मैंने इतना अपमान किया। उनकी आत्मा इस समय स्वीकार कर रही थी कि उस निर्दय प्रहार में कर्त्तव्य के भाव का लेश भी न था—केवल स्वार्थ था, कारगुजारी दिखाने की हवस और अफसरों को खुश करने की लिप्सा थी। हजारों आँखें क्रोध से भरी हुई उनकी ओर देख रही थीं; पर वह सामने ताकने का साहस न कर सकते थे।

एक कांस्टेबल ने आकर प्रशंसा की—हुजूर का हाथ गहरा पड़ा था। अभी तक खोपड़ी खुली हुई है। सबकी आँखें खुल गयीं।

बीरबल ने उपेक्षा की—मैं इसे अपनी जवाँमर्दी नहीं, अपना कमीनापन समझता हूँ।

कांस्टेबल ने फिर खुशामद की—बड़ा सरकश आदमी था हुजूर !

बीरबल ने तीव्र भाव से कहा—चुप रहो ! जानते भी हो, सरकश किसे कहते हैं ? सरकश वे कहलाते हैं, जो डाके मारते हैं, चोरी करते हैं, खून करते हैं। उन्हें सरकश नहीं कहते जो देश की भलाई के लिए अपनी जान हथेली पर लिये फिरते हों। हमारी बदनसीबी है कि जिनकी मदद करनी चाहिए उनका विरोध कर रहे हैं। यह घमंड करने और खुश होने की बात नहीं है, शर्म करने और रोने की बात है।

स्नान समाप्त हुआ। जुलूस यहाँ से फिर रवाना हुआ।

5

शव को जब खाक के नीचे सुला कर लोग लौटने लगे तो दो बज रहे थे। मिट्ठन बाई स्त्रियों के साथ-साथ कुछ दूर तक तो आयी, पर क्वीन्सपार्क में आ कर ठिठक गयी। घर जाने की इच्छा न हुई। वह जीर्ण, आहत, रक्तरंजित शव, मानो उसके अंतस्तल में बैठा उसे धिक्कार रहा था। पति से उसका मन इतना विरक्त हो गया था कि अब उसे धिक्कारने की भी उसकी इच्छा न थी। ऐसे स्वार्थी मनुष्य पर भय के सिवा और किसी चीज का असर हो सकता है, इसका उसे विश्वास ही न था।

वह बड़ी देर तक पार्क में घास पर बैठी सोचती रही, पर अपने कर्त्तव्य का कुछ निश्चय न कर सकी। मैके जा सकती थी, किन्तु वहाँ से महीने-दो महीने में फिर इसी घर आना पड़ेगा। नहीं, मैं किसी की आश्रित न बनूँगी। क्या मैं अपने गुजर-बसर को भी नहीं कमा सकती ? उसने स्वयं भाँति-भाँति की कठिनाइयों की कल्पना की; पर आज उसकी आत्मा में न जाने इतना बल कहाँ से आ गया। इन

कल्पनाओं को ध्यान में लाना ही उसे अपनी कमजोरी मालूम हुई।

सहसा उसे इब्राहिम अली की वृद्धा विधवा का खयाल आया। उसने सुना था, उनके लड़के-बाले नहीं हैं। बेचारी बैठी रो रही होंगी। कोई तसल्ली देने वाला भी पास न होगा। वह उनके मकान की ओर चली। पता उसने पहले ही अपने साथ की औरतों से पूछ लिया था। वह दिल में सोचती जाती थी—मैं उनसे कैसे मिलूँगी, उनसे क्या कहूँगी, उन्हें किन शब्दों में समझाऊँगी। इन्हीं विचारों में डूबी हुई वह इब्राहिम अली के घर पर पहुँच गयी। मकान एक गली में था, साफ-सुथरा; लेकिन द्वार पर हसरत बरस रही थी। उसने धड़कते हुए हृदय से अंदर कदम रखा। सामने बरामदे में एक खाट पर वह वृद्धा बैठी हुई थी, जिसके पति ने आज स्वाधीनता की वेदी पर अपना बलिदान दिया था। उसके सामने सादे कपड़े पहने एक युवक खड़ा, आँखों में आँसू भरे वृद्धा से बातें कर रहा था। मिट्ठन उस युवक को देख कर चौंक पड़ी—वह बीरबल सिंह थे।

उसने क्रोधमय आश्चर्य से पूछा—तुम यहाँ कैसे आये ?

बीरबल सिंह ने कहा—उसी तरह जैसे तुम आयीं। अपने अपराध क्षमा कराने आया हूँ !

मिट्ठन के गोरे मुखड़े पर आज गर्व, उल्लास और प्रेम की जो उज्ज्वल विभूति नजर आयी, वह अकथनीय थी ! ऐसा जान पड़ा, मानो उसके जन्म-जन्मांतर के क्लेश मिट गये हैं, वह चिंता और माया के बंधनों से मुक्त हो गयी है।

मैकू

कादिर और मैकू ताड़ीखाने के सामने पहुँचे, तो वहाँ कांग्रेस के वालंटियर झंडा लिये खड़े नजर आये। दरवाजे के इधर-उधर हजारों दर्शक खड़े थे। शाम का वक्त था। इस वक्त गली में पियक्कड़ों के सिवा और कोई न आता था। भले आदमी इधर से निकलते झिझकते। पियक्कड़ों की छोटी-छोटी टोलियाँ आती-जाती रहती थीं। दो-चार वेश्याएँ दूकान के सामने खड़ी नजर आती थीं। आज यह भीड़-भाड़ देखकर मैकू ने कहा—बड़ी भीड़ है बे, कोई दो-तीन सौ आदमी होंगे।

कादिर ने मुस्करा कर कहा—भीड़ देख कर डर गये क्या ? यह सब हुर्र हो जायेंगे, एक भी न टिकेगा। यह लोग तमाशा देखने आये हैं, लाठियाँ खाने नहीं आये हैं।

मैकू ने संदेह के स्वर में कहा—पुलिस के सिपाही भी बैठे हैं। ठीकेदार ने तो कहा था, पुलिस न बोलेगी।

कादिर—हाँ बे, पुलिस न बोलेगी, तेरी नानी क्यों मरी जा रही है। पुलिस वहाँ बोलती है, जहाँ चार पैसे मिलते हैं या जहाँ कोई औरत का मामला होता है। ऐसी बेफजूल बातों में पुलिस नहीं पड़ती। पुलिस तो और शह दे रही है। ठीकेदार से साल में सैकड़ों रुपये मिलते हैं। पुलिस इस वक्त उसकी मदद न करेगी, तो कब करेगी ?

मैकू—चलो, आज दस हमारे भी सीधे हुए। मुफ्त में पियेंगे वह अलग, मगर सुनते हैं, कांग्रेसवालों में बड़े-बड़े मालदार लोग शरीक हैं। वह कहीं हम लोगों से कसर निकालें तो बुरा होगा।

कादिर—अबे, कोई कसर-वसर नहीं निकालेगा, तेरी जान क्यों निकल रही है ? कांग्रेसवाले किसी पर हाथ नहीं उठाते, चाहे कोई उन्हें मार ही डाले। नहीं तो उस दिन जुलूस में दस-बारह चौकीदारों की मजाल थी कि दस हजार आदमियों को पीटकर रख देते। चार तो वहीं ठंडे हो गये थे, मगर एक ने हाथ नहीं उठाया। इनके जी महात्मा हैं, वह बड़े भारी फकीर हैं ! उनका हुक्म है कि चुपके से मार खा लो, लड़ाई मत करो।

यों बातें करते-करते दोनों ताड़ीखाने के द्वार पर पहुँच गये। एक स्वयंसेवक हाथ जोड़कर सामने आ गया और बोला–भाई साहब, आपके मजहब में ताड़ी हराम है।

मैकू ने बात का जवाब चाँटे से दिया। ऐसा तमाचा मारा कि स्वयंसेवक की आँखों में खून आ गया। ऐसा मालूम होता था, गिरा चाहता है। दूसरे स्वयंसेवक ने दौड़कर उसे सँभाला। पाँचों उँगलियों का रक्तमय प्रतिबिम्ब झलक रहा था।

मगर वालंटियर तमाचा खा कर भी अपने स्थान पर खड़ा रहा। मैकू ने कहा–अब हटता है कि और लेगा ?

स्वयंसेवक ने नम्रता से कहा–अगर आपकी यही इच्छा है, तो सिर सामने किये हुए हूँ। जितना चाहिए, मार लीजिए। मगर अंदर न जाइए।

यह कहता हुआ वह मैकू के सामने बैठ गया।

मैकू ने स्वयंसेवक के चेहरे पर निगाह डाली। उसकी पाँचों उँगलियों के निशान झलक रहे थे।

मैकू ने इसके पहले अपनी लाठी से टूटे हुए कितने ही सिर देखे थे, पर आज की-सी ग्लानि उसे कभी न हुई थी। वह पाँचों उँगलियों के निशान किसी पंचशूल की भाँति उसके हृदय में चुभ रहे थे।

कादिर चौकीदारों के पास खड़ा सिगरेट पीने लगा। वहीं खड़े-खड़े बोला–अब, खड़ा देखता क्या है, लगा कसके एक हाथ।

मैकू ने स्वयंसेवक से कहा–तुम उठ जाओ, मुझे अंदर जाने दो।

'आप मेरी छाती पर पाँव रखकर चले जा सकते हैं।'

'मैं कहता हूँ, उठ जाओ, मैं अन्दर ताड़ी न पीऊँगा, एक दूसरा ही काम है।'

उसने यह बात कुछ इस दृढ़ता से कही कि स्वयंसेवक उठ कर रास्ते से हट गया। मैकू ने मुस्करा कर उसकी ओर ताका। स्वयंसेवक ने फिर हाथ जोड़कर कहा–अपना वादा भूल न जाना।

एक चौकीदार बोला–लात के आगे भूत भागता है, एक ही तमाचे में ठीक हो गया !

कादिर ने कहा–यह तमाचा बच्चा को जन्म-भर याद रहेगा। मैकू के तमाचे सह लेना मामूली काम नहीं है।

चौकीदार–आज ऐसा ठोंको इन सबों को कि फिर इधर आने का नाम न लें।

कादिर–खुदा ने चाहा, तो फिर इधर आयेंगे भी नहीं। मगर हैं सब बड़े हिम्मती। जान को हथेली पर लिये फिरते हैं।

2

मैकू भीतर पहुँचा, तो ठीकेदार ने स्वागत किया—आओ मैकू मियाँ ! एक ही तमाचा लगाकर क्यों रह गये ? एक तमाचे का भला इन पर क्या असर होगा ? बड़े लतखोर हैं सब। कितना ही पीटो, असर ही नहीं होता। बस आज सबों के हाथ-पाँव तोड़ दो; फिर इधर न आयें !

मैकू—तो क्या और न आयेंगे ?

ठीकेदार—फिर आते सबों की नानी मरेगी।

मैकू—और जो कहीं इन तमाशा देखनेवालों ने मेरे ऊपर डंडे चलाये तो !

ठीकेदार—तो पुलिस उनको मार भगायेगी। एक झड़प में मैदान साफ हो जायेगा। लो, जब तक एकाध बोतल पी लो। मैं तो आज मुफ्त की पिला रहा हूँ।

मैकू—क्या इन ग्राहकों को भी मुफ्त ?

ठीकेदार—क्या करता, कोई आता ही न था। सुना कि मुफ्त मिलेगी, तो सब धँस पड़े।

मैकू—मैं तो आज न पीऊँगा।

ठीकेदार—क्यों ? तुम्हारे लिए तो आज ताजी ताड़ी मँगवायी है।

मैकू—यों ही, आज पीने की इच्छा नहीं है। लाओ, कोई लकड़ी निकालो, हाथ से मारते नहीं बनता।

ठीकेदार ने लपक कर एक मोटा सोंटा मैकू के हाथ में दे दिया, और डंडेबाजी का तमाशा देखने के लिए द्वार पर खड़ा हो गया।

मैकू ने एक क्षण डंडे को तौला, तब उछल कर ठीकेदार को ऐसा डंडा रसीद किया कि वहीं दोहरा होकर द्वार में गिर पड़ा। इसके बाद मैकू ने पियक्कड़ों की ओर रुख किया और लगा डंडों की वर्षा करने। न आगे देखता था, न पीछे, बस डंडे चलाये जाता था।

ताड़ीबाजों के नशे हिरन हुए। घबड़ा-घबड़ा कर भागने लगे, पर किवाड़ों के बीच में ठीकेदार की देह बिंधी पड़ी थी। उधर से फिर भीतर की ओर लपके। मैकू ने फिर डंडों से आवाहन किया। आखिर सब ठीकेदार की देह को रौंद-रौंद कर भागे। किसी का हाथ टूटा, किसी का सिर फूटा, किसी की कमर टूटी। ऐसी भगदड़ मची कि एक मिनट के अंदर ताड़ीखाने में एक चिड़िये का पूत भी न रह गया।

एकाएक मटकों के टूटने की आवाज आयी। स्वयंसेवक ने भीतर झाँककर देखा, तो मैकू मटकों को विध्वंस करने में जुटा हुआ था। बोला—भाई साहब, अजी भाई साहब, यह आप गजब कर रहे हैं। इससे तो कहीं अच्छा कि आपने हमारे ही ऊपर अपना गुस्सा उतारा होता।

मैकू ने दो-तीन हाथ चला कर बाकी बची हुई बोतलों और मटकों का सफाया कर दिया और तब चलते-चलते ठीकेदार को एक लात जमा कर बाहर निकल आया।

कादिर ने उसको रोक कर पूछा—तू पागल तो नहीं हो गया है बे ? क्या करने आया था, और क्या कर रहा है।

मैकू ने लाल-लाल आँखों से उसकी ओर देख कर कहा—हाँ, अल्लाह का शुक्र है कि मैं जो करने आया था, वह न करके कुछ और ही कर बैठा। तुममें कूवत हो, तो वालंटरों को मारो, मुझमें कूवत नहीं है। मैंने तो जो एक थप्पड़ लगाया, उसका रंज अभी तक है और हमेशा रहेगा ! तमाचे के निशान मेरे कलेजे पर बन गये हैं। जो लोग दूसरों को गुनाह से बचाने के लिए अपनी जान देने को खड़े हैं, उन पर वही हाथ उठायेगा, जो पाजी है, कमीना है, नामर्द है। मैकू फिसादी है, लठैत, गुंडा है, पर कमीना और नामर्द नहीं है। कह दो पुलिसवालों से, चाहें तो मुझे गिरफ्तार कर लें।

कई ताड़ीबाज खड़े सिर सहलाते हुए, उसकी ओर सहमी हुई आँखों से ताक रहे थे। कुछ बोलने की हिम्मत न पड़ती थी। मैकू ने उनकी ओर देख कर रहा—मैं कल फिर आऊँगा। अगर तुममें से किसी को यहाँ देखा तो खून ही पी जाऊँगा ! जेल और फाँसी से नहीं डरता। तुम्हारी भलमनसी इसी में है कि अब भूल कर भी इधर न आना। यह कांग्रेसवाले तुम्हारे दुश्मन नहीं हैं। तुम्हारे और तुम्हारे बाल-बच्चों की भलाई के लिए ही तुम्हें पीने से रोकते हैं। इन पैसों से अपने बाल-बच्चों की परवरिश करो, घी-दूध खाओ। घर में तो फाके हो रहे हैं, घरवाली तुम्हारे नाम को रो रही है, और तुम यहाँ बैठे पी रह हो ? लानत है इस नशेबाजी पर।

मैकू ने वहीं डंडा फेंक दिया और कदम बढ़ाता हुआ घर चला। इस वक्त तक हजारों आदमियों का हुजूम हो गया था। सभी श्रद्धा, प्रेम और गर्व की आँखों से मैकू को देख रहे थे।

समर-यात्रा

आज सवेरे ही से गाँव में हलचल मची हुई थी। कच्ची झोंपड़ियाँ हँसती हुई जान पड़ती थीं। आज सत्याग्रहियों का जत्था गाँव में आयेगा। कोदई चौधरी के द्वार पर चँदोवा तना हुआ है। आटा, घी, तरकारी, दूध और दही जमा किया जा रहा है। सबके चेहरों पर उमंग है, हौसला है, आनन्द है। वही बिंदा अहीर, जो दौरे के हाकिमों के पड़ाव पर पाव-पाव भर दूध के लिए मुँह छिपाता फिरता था, आज दूध और दही के दो मटके अहिराने से बटोर कर रख गया है। कुम्हार, जो घर छोड़कर भाग जाया करता था, मिट्टी के बर्तनों का अटम लगा गया है। गाँव के नाई-कहार सब आप ही आप दौड़े चले आ रहे हैं। अगर कोई प्राणी दुखी है, तो वह नोहरी बुढ़िया है। वह अपनी झोंपड़ी के द्वार पर बैठी हुई अपनी पचहत्तर साल की बूढ़ी सिकुड़ी हुई आँखों से यह समारोह देख रही है और पछता रही है। उसके पास क्या है, जिसे ले कर कोदई के द्वार पर जाय और कहे—मैं यह लायी हूँ। वह तो दानों को मुहताज है।

मगर नोहरी ने अच्छे दिन भी देखे हैं। एक दिन उसके पास धन, जन सब कुछ था। गाँव पर उसी का राज्य था। कोदई को उसने हमेशा नीचे दबाये रखा। वह स्त्री होकर भी पुरुष थी। उसका पति घर में सोता था, वह खेत में सोने जाती थी। मामले-मुकदमे की पैरवी खुद ही करती थी। लेना-देना सब उसी के हाथों में था लेकिन वह सब कुछ विधाता ने हर लिया; न धन रहा, न जन रहे—अब उनके नामों को रोने के लिए वही बाकी थी। आँखों से सूझता न था, कानों से सुनायी न देता था, जगह से हिलना मुश्क़िल था। किसी तरह जिंदगी के दिन पूरे कर रही थी और उधर कोदई के भाग उदय हो गये थे। अब चारों ओर से कोदई की पूछ थी—पहुँच थी। आज जलसा भी कोदई के द्वार पर हो रहा है। नोहरी को अब कौन पूछेगा। यह सोचकर उसका मनस्वी हृदय मानो किसी पत्थर से कुचल उठा। हाय ! मगर भगवान ने उसे इतना अपंग न कर दिया होता, तो आज झोपड़े को लीपती, द्वार पर बाजे बजवाती, कढ़ाव चढ़ा देती, पूड़ियाँ बनवाती और जब वह लोग खा चुकते; तो अँजुली भर रुपये उनकी भेंट कर देती।

उसे वह दिन याद आया, जब वह अपने बूढ़े पति को लेकर यहाँ से बीस कोस महात्मा जी के दर्शन करने गयी थी। वह उत्साह, वह सात्विक प्रेम, वह श्रद्धा, आज उसके हृदय में आकाश के मटियाले मेघों की भाँति उमड़ने लगी।

कोदई ने आकर पोपले मुँह से कहा—भाभी, आज महात्मा जी का जत्था आ रहा है, तुम्हें भी कुछ देना है।

नोहरी ने चौधरी को कटार भरी हुई आँखों से देखा। निर्दयी मुझे जलाने आया है। मुझे नीचा दिखाना चाहता है। जैसे आकाश पर चढ़ कर बोली—मुझे जो कुछ देना है, वह उन्हीं लोगों को दूँगी। तुम्हें क्यों दिखाऊँ !

कोदई ने मुस्करा कर कहा—हम किसी से कहेंगे नहीं, सच कहते हैं भाभी, निकालो वह पुरानी हाँड़ी ! अब किस दिन के लिए रखे हुए हो। किसी ने कुछ नहीं दिया। गाँव की लाज कैसे रहेगी ?

नोहरी ने कठोर दीनता के भाव से कहा—जले पर नमक न छिड़को, देवर जी ! भगवान ने दिया होता, तो तुम्हें कहना न पड़ता। इसी द्वार पर एक दिन साधु-संत, जोगी-जती, हाकिम-सूबा सभी आते थे; मगर सब दिन बराबर नहीं जाते !

कोदई लज्जित हो गया। उसके मुख की झुर्रियाँ मानो रेंगने लगीं। बोला—तुम तो हँसी-हँसी में बिगड़ जाती हो भाभी ! मैंने तो इसलिए कहा था कि पीछे से तुम यह न कहने लगो—मुझसे तो किसी ने कुछ कहा ही नहीं।

यह कहता हुआ वह चला गया। नोहरी वहीं बैठी उसकी ओर ताकती रही। उसका वह व्यंग्य सर्प की भाँति उसके सामने बैठा हुआ मालूम होता था।

2

नोहरी अभी बैठी हुई थी कि शोर मचा—जत्था आ गया। पश्चिम में गर्द उड़ती हुई नजर आ रही थी, मानो पृथ्वी उन यात्रियों के स्वागत में अपने राज-रत्नों की वर्षा कर रही हो। गाँव के सब स्त्री-पुरुष सब काम छोड़-छोड़कर उनका अभिवादन करने चले। एक क्षण में तिरंगी पताका हवा में फहराती दिखायी दी, मानो स्वराज्य ऊँचे आसन पर बैठा हुआ सबको आशीर्वाद दे रहा है।

स्त्रियाँ मंगल-गान करने लगीं। जरा देर में यात्रियों का दल साफ नजर आने लगा। दो-दो आदमियों की कतारें थीं। हर एक की देह पर खद्दर का कुर्त्ता था, सिर पर गाँधी टोपी, बगल में थैला लटकता हुआ, दोनों हाथ खाली, मानो स्वराज्य का आलिंगन करने को तैयार हों। फिर उनका कण्ठ-स्वर सुनायी देने लगा। उनके मरदाने गलों से एक कौमी तराना निकल रहा था, गर्म, गहरा, दिलों में स्फूर्ति डालनेवाला—

एक दिन वह था कि हम सारे जहाँ में फर्द थे,

एक दिन यह है कि हम-सा बेहया कोई नहीं।
एक दिन वह था कि अपनी शान पर देते थे जान,
एक दिन यह है कि हम-सा बेहया कोई नहीं।

गाँववालों ने कई कदम आगे बढ़कर यात्रियों का स्वागत किया। बेचारों के सिरों पर धूल जमी हुई थी, ओंठ सूखे हुए, चेहरे सँवलाये; पर आँखों में जैसे आजादी की ज्योति चमक रही थी।

स्त्रियाँ गा रही थीं, बालक उछल रहे थे और पुरुष अपने अँगोछों से यात्रियों को हवा कर रहे थे। इस समारोह में नोहरी की ओर किसी का ध्यान न गया, वह अपनी लठिया पकड़े सबके पीछे सजीव आशीर्वाद बनी खड़ी थी। उसकी आँखें डबडबायी हुई थीं, मुख से गौरव की ऐसी झलक आ रही थी मानो वह कोई रानी है, मानो यह सारा गाँव उसका है, वे सभी युवक उसके बालक हैं। अपने मन में उसने ऐसी शक्ति, ऐसे विकास, ऐसे उत्थान का अनुभव कभी न किया था।

सहसा उसने लाठी फेंक दी और भीड़ को चीरती हुई यात्रियों के सामने आ खड़ी हुई, जैसे लाठी के साथ ही उसने बुढ़ापे और दुःख के बोझ को फेंक दिया हो ! वह एक पल अनुरक्त आँखों से आजादी के सैनिकों की ओर ताकती रही, मानो उनकी शक्ति को अपने अंदर भर रही हो, तब वह नाचने लगी, इस तरह नाचने लगी, जैसे कोई सुन्दरी नवयौवना प्रेम और उल्लास के मद से विह्वल हो कर नाचे। लोग दो-दो, चार-चार कदम पीछे हट गये, छोटा-सा आँगन बन गया और उस आँगन में वह बुढ़िया अपना अतीत नृत्य कौशल दिखाने लगी। इस अलौकिक आनंद के रेले में वह अपना सारा दुःख और संताप भूल गयी। उसके जीर्ण अंगों में जहाँ सदा वायु का प्रकोप रहता था, वहाँ न जाने इतनी चपलता, इतनी लचक, इतनी फुरती कहाँ से आ गयी थी ! पहले कुछ देर तो लोग मजाक से उसकी ओर ताकते रहे जैसे बालक बंदर का नाच देखते हैं, फिर अनुराग के इस पावन प्रवाह ने सभी को मतवाला कर दिया। उन्हें ऐसा जान पड़ा कि सारी प्रकृति एक विराट व्यापक नृत्य की गोद में खेल रही है।

कोदई ने कहा—बस करो भाभी, बस करो।

नोहरी ने थिरकते हुए कहा—खड़े क्यों हो, आओ न जरा देखूँ कैसा नाचते हो !

कोदई बोले—अब बुढ़ापे में क्या नाचूँ ?

नोहरी ने रुक कर कहा—क्या तुम आज भी बूढ़े हो ? मेरा बुढ़ापा तो जैसे भाग गया। इन वीरों को देख कर भी तुम्हारी छाती नहीं फूलती ? हमारा ही दुःख-दर्द हरने के लिए तो इन्होंने यह परन ठाना है। इन्हीं हाथों से हाकिमों की बेगार बजायी है, इन्हीं कानों से उनकी गालियाँ और घुड़कियाँ सुनी हैं। अब तो उस जोर-जुलुम का नाश होगा—हम और तुम क्या अभी बूढ़े होने जोग थे ? हमें पेट

की आग ने जलाया है। बोलो ईमान से, यहाँ इतने आदमी हैं, किसी ने इधर छह महीने से पेट-भर रोटी खायी है ? घी किसी को सूँघने को मिला है ! कभी नींद-भर सोये हो ! जिस खेत का लगान तीन रुपये देते थे, अब उसी के नौ-दस देते हो। क्या धरती सोना उगलेगी ? काम करते-करते छाती फट गयी। हमीं हैं कि इतना सह कर भी जीते हैं। दूसरा होता, तो या तो मार डालता, या मर जाता। धन्य हैं महात्मा और उनके चेले कि दीनों का दुःख समझते हैं, उनके उद्धार का जतन करते हैं। और तो सभी हमें पीसकर हमारा रक्त निकालना जानते हैं।

यात्रियों के चेहरे चमक उठे, हृदय खिल उठे। प्रेम की डूबी हुई ध्वनि निकली—

एक दिन था कि पारस थी यहाँ की सरजमीन,
एक दिन यह है कि यों बे-दस्तोपा कोई नहीं।

3

कोदई के द्वार पर मशालें जल रही थीं। कई गाँवों के आदमी जमा हो गये थे। यात्रियों के भाजेन कर लेने के बाद सभा शुरू हुई। दल के नायक ने खड़े हो कर कहा—

भाइयो, आपने आज हम लोगों का जो आदर-सत्कार किया, उससे हमें यह आशा हो रही है कि हमारी बेड़ियाँ जल्द ही कट जायेंगी। मैंने पूरब और पश्चिम के बहुत से देशों को देखा है, और मैं तजरबे से कहता हूँ कि आपमें जो सरलता, जो ईमानदारी, जो श्रम और धर्मबुद्धि है, वह संसार के और किसी देश में नहीं। मैं तो यही कहूँगा कि आप मनुष्य नहीं, देवता हैं। आपको भोग-विलास से मतलब नहीं, नशा-पानी से मतलब नहीं, अपना काम करना और अपनी दशा पर संतोष रखना। यह आपका आदर्श है, लेकिन आपका यही देवत्व, आपका यही सीधापन आपके हक में घातक हो रहा है। बुरा न मानिएगा, आप लोग इस संसार में रहने के योग्य नहीं। आपको तो स्वर्ग में कोई स्थान पाना चाहिए था। खेतों का लगान बरसाती नाले की तरह बढ़ता जाता है, आप चूँ नहीं करते। अमले और अहलकार आपको नोचते रहते हैं, आप जबान नहीं हिलाते। इसका यह नतीजा हो रहा है कि आपको लोग दोनों हाथों लूट रहे हैं, पर आपको खबर नहीं। आपके हाथों से सभी रोजगार छिनते जाते हैं, आपका सर्वनाश हो रहा है, पर आप आँखें खोल कर नहीं देखते। पहले लाखों भाई सूत कात कर, कपड़े बुनकर गुजर करते थे। अब सब कपड़ा विदेश से आता है। पहले लाखों आदमी यहीं नमक बनाते थे। अब नमक बाहर से आता है। यहाँ नमक बनाना जुर्म है। आपके देश में इतना नमक है कि सारे संसार का दो सौ साल तक उससे काम चल सकता है, पर आप सात

करोड़ रुपये सिर्फ नमक के लिए देते हैं। आपके ऊसरों में, झीलों में नमक भरा पड़ा है, आप उसे छू नहीं सकते। शायद कुछ दिनों में आपके कुओं पर भी महसूल लग जाय। क्या आप अब भी यह अन्याय सहते रहेंगे ?

एक आवाज आयी–हम किस लायक हैं ?

नायक–यही तो आपका भ्रम है। आप ही की गर्दन पर इतना बड़ा राज्य थमा हुआ है। आप ही इन बड़ी-बड़ी फौजों, इन बड़े-बड़े अफसरों के मालिक हैं; मगर फिर भी आप भूखों मरते हैं, अन्याय सहते हैं। इसलिए कि आपको अपनी शक्ति का ज्ञान नहीं। यह समझ लीजिए कि संसार में जो आदमी अपनी रक्षा नहीं कर सकता, वह सदैव स्वार्थी और अन्यायी आदमियों का शिकार बना रहेगा ! आज संसार का सबसे बड़ा आदमी अपने प्राणों की बाजी खेल रहा है। हजारों जवान अपनी जानें हथेली पर लिये आपके दुःखों का अंत करने के लिए तैयार हैं। जो लोग आपको असहाय समझ कर दोनों हाथों से आपको लूट रहे हैं, वह कब चाहेंगे कि उनका शिकार उनके मुँह से छिन जाय। वे आपके इन सिपाहियों के साथ जितनी सख्तियाँ कर सकते हैं, कर रहे हैं; मगर हम लोग सब कुछ सहने को तैयार हैं। अब सोचिए कि आप हमारी कुछ मदद करेंगे ? मरदों की तरह निकल कर अपने को अन्याय से बचायेंगे या कायरों की तरह बैठे हुए तकदीर को कोसते रहेंगे ? ऐसा अवसर फिर शायद कभी न आये। अगर इस वक्त चूके, तो फिर हमेशा हाथ मलते रहिएगा। हम न्याय और सत्य के लिए लड़ रहे हैं; इसलिए न्याय और सत्य ही के हथियारों से हमें लड़ना है। हमें ऐसे वीरों की जरूरत है, जो हिंसा और क्रोध को दिल से निकाल डालें और ईश्वर पर अटल विश्वास रख कर धर्म के लिए सब कुछ झेल सकें ! बोलिए आप क्या मदद कर सकते हैं ?

कोई आगे नहीं बढ़ता। सन्नाटा छाया रहता है।

4

एकाएक शोर मचा–पुलिस ! पुलिस आ गयी !!

पुलिस का दारोगा कांस्टेबलों के एक दल के साथ आ कर सामने खड़ा हो गया। लोगों ने सहमी हुई आँखों और धड़कते हुए दिलों से उनकी ओर देखा और छिपने के लिए बिल खोजने लगे।

दारोगा जी ने हुक्म दिया–मार कर भगा दो इन बदमाशों को ?

कांस्टेबलों ने अपने डंडे सँभाले; मगर इसके पहले कि वे किसी पर हाथ चलायें, सभी लोग हुर्र हो गये ! कोई इधर से भागा, कोई उधर से। भगदड़ मच गयी। दस मिनट में वहाँ गाँव का एक आदमी भी न रहा। हाँ, नायक अपने स्थान पर अब भी खड़ा था और जत्था उसके पीछे बैठा हुआ था; केवल कोदई चौधरी

नायक के समीप बैठे हुए थिर आँखों से भूमि की ओर ताक रहे थे।

दारोगा ने कोदई की ओर कठोर आँखों से देख कर कहा—क्यों रे कोदइया, तूने इन बदमाशों को क्यों ठहराया यहाँ ?

कोदई ने लाल-लाल आँखों से दारोगा की ओर देखा और जहर की तरह गुस्से को पी गये। आज अगर उनके सिर गृहस्थी का बखेड़ा न होता, लेना-देना न होता तो वह भी इसका मुँहतोड़ जवाब देते। जिस गृहस्थी पर उन्होंने अपने जीवन के पचास साल होम कर दिये थे, वह इस समय एक विषैले सर्प की भाँति उनकी आत्मा में लिपटी हुई थी।

कोदई ने अभी कोई जवाब न दिया था कि नोहरी पीछे से आ कर बोली—क्या लाल पगड़ी बाँध कर तुम्हारी जीभ ऐंठ गयी है ? कोदई क्या तुम्हारे गुलाम हैं कि कोदइया-कोदइया कर रहे हो ? हमारा ही पैसा खाते हो और हमीं को आँखें दिखाते हो ? तुम्हें लाज नहीं आती ?

नोहरी इस वक्त दोपहरी की धूप की तरह काँप रही थी। दारोगा एक क्षण के लिए सन्नाटे में आ गया। फिर कुछ सोचकर और औरत के मुँह लगना अपनी शान के खिलाफ समझ कर कोदई से बोला—यह कौन शैतान की खाला है, कोदई ! खुदा का खौफ न होता तो इसकी जबान तालू से खींच लेता।

बुढ़िया लाठी टेक कर दारोगा की ओर घूमती हुई बोली—क्यों खुदा की दुहाई दे कर खुदा को बदनाम करते हो। तुम्हारे खुदा तो तुम्हारे अफसर हैं, जिनकी तुम जूतियाँ चाटते हो। तुम्हें तो चाहिए था कि डूब मरते चुल्लू भर पानी में ! जानते हो, यह लोग जो यहाँ आये हैं, कौन हैं ? यह वह लोग हैं, जो हम गरीबों के लिए अपनी जान तक होमने को तैयार हैं। तुम उन्हें बदमाश कहते हो ! तुम जो घूस के रुपये खाते हो, जुआ खेलाते हो, चोरियाँ करवाते हो, डाके डलवाते हो, भले आदमियों को फँसा कर मुट्ठियाँ गरम करते हो और अपने देवताओं की जूतियों पर नाक रगड़ते हो, तुम इन्हें बदमाश कहते हो !

नोहरी की तीक्ष्ण बातें सुनकर बहुत-से लोग जो इधर-उधर दबक गये थे, फिर जमा हो गये। दारोगा ने देखा, भीड़ बढ़ती जाती है, तो अपना हंटर लेकर उन पर पिल पड़े। लोग फिर तितर-बितर हो गये। एक हंटर नोहरी पर भी पड़ा। उसे ऐसा मालूम हुआ कि कोई चिनगारी सारी पीठ पर दौड़ गयी। उसकी आँखों तले अँधेरा छा गया, पर अपनी बची हुई शक्ति को एकत्र करके ऊँचे स्वर से बोली—लड़को, क्यों भागते हो ? क्या नेवता खाने आये थे या कोई नाच-तमाशा हो रहा था ? तुम्हारे इसी लेंड़ीपन ने इन सबों को शेर बना रखा है। कब तक यह मार-धाड़, गाली-गुप्ता सहते रहोगे।

एक सिपाही ने बुढ़िया की गरदन पकड़ कर जोर से धक्का दिया। बुढ़िया दो-तीन कदम पर औंधे मुँह गिरा चाहती थी कि कोदई ने लपक कर उसे सँभाल

लिया और बोला—क्या एक दुखिया पर गुस्सा दिखाते हो यारो ? क्या गुलामी ने तुम्हें नामर्द भी बना दिया है ? औरतों पर, बूढ़ों पर, निहत्थों पर, वार करते हो, यह मरदों का काम नहीं है।

नोहरी ने जमीन पर पड़े-पड़े कहा—मर्द होते, तो गुलाम ही क्यों होते ! भगवान् ! आदमी इतना निर्दयी भी हो सकता है ? भला अँगरेज इस तरह बेदरदी करे तो एक बात है। उसका राज है। तुम तो उसके चाकर हो, तुम्हें राज तो न मिलेगा, मगर राँड माँड में ही खुश ! इन्हें कोई तलब देता जाय, दूसरों की गरदन भी काटने में इन्हें संकोच नहीं !

अब दारोगा ने नायक को डाँटना शुरू किया—तुम किसके हुक्म से इस गाँव में आये ?

नायक ने शांत भाव से कहा—खुदा के हुक्म से।

दारोगा—तुम रिआया के अमन में खलल डालते हो ?

नायक—अगर तुम्हें उनकी हालत बताना उनके अमन में खलल डालना है तो बेशक हम उनके अमन में खलल डाल रहे हैं।

भागनेवालों के कदम एक बार फिर रुक गये। कोदई ने उनकी ओर निराश आँखों से देखकर काँपते हुए स्वर में कहा—भाइयों, इस बखत कई गाँवों के आदमी यहाँ जमा हैं ? दारोगा ने हमारी जैसे बेआबरूई की है, क्या उसे सह कर तुम आराम की नींद सो सकते हो ? इसकी फरियाद कौन सुनेगा ? हाकिम लोग क्या हमारी फरियाद सुनेंगे ? कभी नहीं। आज अगर हम लोग मार डाले जायँ, तो भी कुछ न होगा। यह है हमारी इज्जत और आबरू ? थुड़ी है इस जिंदगी पर !

समूह स्थिर भाव से खड़ा हो गया, जैसे बहता हुआ पानी मेंड़ से रुक जाय। भय का धुआँ जो लोगों के हृदय पर छा गया था, एकाएक हट गया। उनके चेहरे कठोर हो गये। दारोगा ने उनके तीवर देखे, तो तुरन्त घोड़े पर सवार हो गया और कोदई को गिरफ्तार करने का हुक्म दिया। दो सिपाहियों ने बढ़ कर कोदई की बाँह पकड़ ली। कोदई ने कहा—घबड़ाते क्यों हो, मैं कहीं भागूँगा नहीं। चलो, कहाँ चलते हो ?

ज्यों ही कोदई दोनों सिपाहियों के साथ चला, उसके दोनों जवान बेटे कई आदमियों के साथ सिपाहियों की ओर लपके कि कोदई को उनके हाथों से छीन लें। सभी आदमी विकट आवेश में आ कर पुलिसवालों के चारों ओर जमा हो गये।

दारोगा ने कहा—तुम लोग हट जाओ वरना मैं फायर कर दूँगा। समूह ने इस धमकी का जवाब 'भारत माता की जय !' से दिया और एकाएक दो-दो कदम और आगे खिसक आये।

दारोगा ने देखा, अब जान बचती नहीं नजर आती है। नम्रता से बोला—नायक साहब, यह लोग फसाद पर आमादा हैं। इसका नतीजा अच्छा न होगा।

नायक ने कहा–नहीं, जब तक हममें एक आदमी भी यहाँ रहेगा, आपके ऊपर कोई हाथ न उठा सकेगा। आपसे हमारी कोई दुश्मनी नहीं है। हम और आप दोनों एक ही पैरों के तले दबे हुए हैं। यह हमारी बदनसीबी है कि हम, आप दो विरोधी दलों में खड़े हैं।

यह कहते हुए नायक ने गाँववालों को समझाया–भाइयो, मैं आपसे कह चुका हूँ, यह न्याय और धर्म की लड़ाई है और हमें न्याय और धर्म के हथियार से ही लड़ना है। हमें अपने भाइयों से नहीं लड़ना है। हमें तो किसी से भी लड़ना नहीं है। दारोगा की जगह कोई अँगरेज होता, तो भी हम उसकी इतनी ही रक्षा करते। दारोगा ने कोदई चौधरी को गिरफ्तार किया है। मैं इसे चौधरी का सौभाग्य समझता हूँ। धन्य हैं वे लोग जो आजादी की लड़ाई में सजा पायें। यह बिगड़ने या घबड़ाने की बात नहीं है। आप लोग हट जायँ और पुलिस को जाने दें।

दारोगा और सिपाही कोदई को ले कर चले। लोगों ने जयध्वनि की–'भारत माता की जय।'

कोदई ने जवाब दिया–राम-राम भाइयो, राम-राम। डटे रहना मैदान में। घबड़ाने की कोई बात नहीं है। भगवान् सबका मालिक है।

दोनों लड़के आँखों में आँसू भरे आये और कातर स्वर में बोले–हमें क्या कहे जाते हो दादा !

कोदई ने उन्हें बढ़ावा देते हुए कहा–भगवान् का भरोसा मत छोड़ना और वह करना जो मरदों को करना चाहिए। भय सारी बुराइयों की जड़ है। इसे मन से निकाल डालो, फिर तुम्हारा कोई कुछ नहीं कर सकता। सत्य की कभी हार नहीं होती।

आज पुलिस के सिपाहियों के बीच में कोदई को निर्भयता का जैसा अनुभव हो रहा था, वैसा पहले कभी न हुआ था। जेल और फाँसी उसके लिए आज भय की वस्तु नहीं, गौरव की वस्तु हो गयी थी ! सत्य का प्रत्यक्ष रूप आज उसने पहली बार देखा मानो वह कवच की भाँति उसकी रक्षा कर रहा हो।

5

गाँववालों के लिए कोदई का पकड़ लिया जाना लज्जाजनक मालूम हो रहा था। उनकी आँखों के सामने उनके चौधरी इस तरह पकड़ लिये गये और वे कुछ न कर सके। अब वे मुँह कैसे दिखायें ! हर एक के मुख पर गहरी वेदना झलक रही थी जैसे गाँव लुट गया !

सहसा नोहरी ने चिल्लाकर कहा–अब सब जने खड़े क्या पछता रहे हो ? देख ली अपनी दुर्दशा, या अभी कुछ बाकी है ! आज तुमने देख लिया न कि हमारे

ऊपर कानून से नहीं लाठी से राज हो रहा है ! आज हम इतने बेशरम हैं कि इतनी दुर्दशा होने पर भी कुछ नहीं बोलते ! हम इतने स्वार्थी, इतने कायर न होते, तो उनकी मजाल थी कि हमें कोड़ों से पीटते। जब तक तुम गुलाम बने रहोगे, उनकी सेवा-टहल करते रहोगे, तुम्हें भूसा-चोकर मिलता रहेगा, लेकिन जिस दिन तुमने कंधा टेढ़ा किया, उसी दिन मार पड़ने लगेगी। कब तक इस तरह मार खाते रहोगे ? कब तक मुर्दों की तरह पड़े गिद्धों से अपने आपको नोचवाते रहोगे ? अब दिखा दो कि तुम भी जीते-जागते हो और तुम्हें भी अपनी इज्जत-आबरू का कुछ खयाल है। जब इज्जत ही न रही तो क्या करोगे खेती-बारी करके, धर्म कमा कर ? जी कर ही क्या करोगे ? क्या इसीलिए जी रहे हो कि तुम्हारे बाल-बच्चे इसी तरह लातें खाते जायँ, इसी तरह कुचले जायँ ? छोड़ो यह कायरता ! आखिर एक दिन खाट पर पड़े-पड़े मर जाओगे। क्यों नहीं इस धरम की लड़ाई में आकर वीरों की तरह मरते ! मैं तो बूढ़ी औरत हूँ, लेकिन और कुछ न कर सकूँगी, तो जहाँ यह लोग सोयेंगे वहाँ झाड़ू तो लगा दूँगी, इन्हें पंखा तो झलूँगी।

कोदई का बड़ा लड़का मैकू बोला—हमारे जीते-जी तुम जाओगी काकी, हमारे जीवन को धिक्कार है ! अभी तो हम तुम्हारे बालक जीते ही हैं। मैं चलता हूँ उधर ! खेती-बारी गंगा देखेगा।

गंगा उसका छोटा भाई था। बोला—भैया तुम यह अन्याय करते हो। मेरे रहते तुम नहीं जा सकते। तुम रहोगे, तो गिरस्ती सँभालोगे। मुझसे तो कुछ न होगा। मुझे जाने दो।

मैकू—इसे काकी पर छोड़ दो। इस तरह हमारी-तुम्हारी लड़ाई होगी। जिसे काकी का हुक्म हो वह जाय।

नोहरी ने गर्व से मुस्करा कर कहा—जो मुझे घूस देगा, उसी को जिताऊँगी।

मैकू—क्या तुम्हारी कचहरी में भी वही घूस चलेगा काकी ? हमने तो समझा था, यहाँ ईमान का फैसला होगा !

नोहरी—चलो रहने दो। मरती दायीं राज मिला है, तो कुछ तो कमा लूँ।

गंगा हँसता हुआ बोला—मैं तुम्हें घूस दूँगा काकी। अबकी बाजार जाऊँगा, तो तुम्हारे लिए पूर्वी तमाखू का पत्ता लाऊँगा।

नोहरी—तो बस तेरी ही जीत है, तू ही जाना।

मैकू—काकी, तुम न्याय नहीं कर रही हो।

नोहरी—अदालत का फैसला कभी दोनों फरीक ने पसन्द किया है कि तुम्हीं करोगे ?

गंगा ने नोहरी के चरण छुए, फिर भाई से गले मिला और बोला—कल दादा को कहला भेजना कि मैं जाता हूँ।

एक आदमी ने कहा—मेरा भी नाम लिख लो भाई—सेवाराम।

सबने ज़य-घोष किया। सेवाराम आकर नायक के पास खड़ा हो गया।

दूसरी आवाज आयी—मेरा नाम लिख लो—भजनसिंह।

सबने जय-घोष किया। भजनसिंह जाकर नायक के पास खड़ा हो गया।

भजनसिंह दस-पाँच गाँवों में पहलवानी के लिए मशहूर था। यह अपनी चौड़ी छाती ताने, सिर उठाये नायक के पास खड़ा हुआ, तो जैसे मंडप के नीचे एक नये जीवन का उदय हो गया।

तुरन्त ही तीसरी आवाज आयी—मेरा नाम लिखो—घूरे।

यह गाँव का चौकीदार था। लोगों ने सिर उठा-उठाकर उसे देखा। सहसा किसी को विश्वास न आता था कि घूरे अपना नाम लिखायेगा।

भजनसिंह ने हँसते हुए पूछा—तुम्हें क्या हुआ है घूरे ?

घूरे ने कहा—मुझे वही हुआ है, जो तुम्हें हुआ है। बीस साल तक गुलामी करते-करते थक गया।

फिर आवाज आयी—मेरा नाम लिखो—काले खाँ।

वह जमींदार का सहना था, बड़ा ही जाबिर और दबंग। फिर लोगों को आश्चर्य हुआ।

मैकू बोला—मालूम होता है, हमको लूट-लूटकर घर भर लिया है, क्यों।

काले खाँ गम्भीर स्वर में बोला—क्या जो आदमी भटकता रहे, उसे कभी सीधे रास्ते पर न आने दोगे भाई। अब तक जिसका नमक खाता था, उसका हुक्म बजाता था। तुमको लूट-लूटकर उसका घर भरता था। अब मालूम हुआ कि मैं बड़े भारी मुगालते में पड़ा हुआ था। तुम सब भाइयों को मैंने बहुत सताया है। अब मुझे माफी दो।

पाँचों रँगरूट एक-दूसरे से लिपटते थे, उछलते थे, चीखते थे, मानो उन्होंने सचमुच स्वराज्य पा लिया हो, और वास्तव में उन्हें स्वराज्य मिल गया था। स्वराज्य चित्त की वृत्तिमात्र है। ज्यों ही पराधीनता का आतंक दिल से निकल गया, आपको स्वराज्य मिल गया। भय ही पराधीनता है, निर्भयता ही स्वराज्य है। व्यवस्था और संगठन तो गौण हैं।

नायक ने उन सेवकों को सम्बोधित करके कहा—मित्रो ! आप आज आजादी के सिपाहियों में आ मिले, इस पर मैं आपको बधाई देता हूँ। आपको मालूम है, हम किस तरह लड़ाई करने जा रहे हैं ? आपके ऊपर तरह-तरह की सख्तियाँ की जायेंगी, मगर याद रखिए, जिस तरह आज आपने मोह और लोभ का त्याग कर दिया है, उसी तरह हिंसा और क्रोध का भी त्याग कर दीजिए। हम धर्म संग्राम में जा रहे हैं। हमें धर्म के रास्ते पर जमा रहना होगा। आप इसके लिए तैयार हैं ?

पाँचों ने एक स्वर में कहा—तैयार हैं !

नायक ने आशीर्वाद दिया—ईश्वर आपकी मदद करे।

6

उस सुहावने-सुनहले प्रभात में जैसे उमंग घुली हुई थी। समीर के हलके-हलके झोंकों में, प्रकाश की हलकी-हलकी किरणों में उमंग सनी हुई थी। लोग जैसे दीवाने हो गये थे। मानो आजादी की देवी उन्हें अपनी ओर बुला रही हो। वही खेत-खलिहान हैं, वही बाग-बगीचे हैं, वही स्त्री-पुरुष हैं पर आज के प्रभात में जो आशीर्वाद है, जो वरदान है, जो विभूति है, वह और कभी न थी। वही खेत-खलिहान, बाग-बगीचे, स्त्री-पुरुष आज एक नयी विभूति में रँग गये हैं।

सूर्य निकलने के पहले ही कई हजार आदमियों का जमाव हो गया था। जब सत्याग्रहियों का दल निकला तो लोगों की मस्तानी आवाजों से आकाश गूँज उठा। नये सैनिकों की विदाई, उनकी रमणियों का कातर धैर्य, माता-पिता का आर्द्र गर्व, सैनिकों के परित्याग का दृश्य लोगों को मस्त किये देता था।

सहसा नोहरी लाठी टेकती हुई आ कर खड़ी हो गयी।

मैकू ने कहा—काकी, हमें आशीर्वाद दो।

नोहरी—मैं तुम्हारे साथ चलती हूँ बेटा ! कितना आशीर्वाद लोगे ?

कई आदमियों ने एक स्वर से कहा—काकी, तुम चली जाओगी, तो यहाँ कौन रहेगा ?

नोहरी ने शुभ-कामना से भरे हुए स्वर में कहा—भैया, जाने के तो अब दिन ही हैं, आज न जाऊँगी, दो-चार महीने बाद जाऊँगी। अभी जाऊँगी, तो जीवन सफल हो जायेगा। दो-चार महीने में खाट पर पड़े-पड़े जाऊँगी, तो मन की आस मन में ही रह जायेगी। इतने बालक हैं, इनकी सेवा से मेरी मुकुत बन जायेगी। भगवान् करे, तुम लोगों के सुदिन आयें और मैं अपनी ज़िंदगी में तुम्हारा सुख देख लूँ।

यह कहते हुए नोहरी ने सबको आशीर्वाद दिया और नायक के पास जाकर खड़ी हो गयी।

लोग खड़े देख रहे थे और जत्था गाता हुआ जाता था।

एक दिन वह था कि हम सारे जहाँ में फ़र्द थे,
एक दिन यह है कि हम-सा बेहया कोई नहीं।

नोहरी के पाँव जमीन पर न पड़ते थे, मानो विमान पर बैठी हुई स्वर्ग जा रही हो।

शान्ति

जब मैं ससुराल आयी, तो बिलकुल फूहड़ थी। न पहनने-ओढ़ने का सलीका, न बातचीत करने का ढंग। सिर उठा कर किसी से बातचीत न कर सकती थी। आँखें अपने आप झपक जाती थीं। किसी के सामने जाते शर्म आती, स्त्रियों तक के सामने बिना घूँघट के झिझक होती थी। मैं कुछ हिन्दी पढ़ी हुई थी; पर उपन्यास, नाटक आदि के पढ़ने में आनन्द न आता था। फुर्सत मिलने पर रामायण पढ़ती। उसमें मेरा मन बहुत लगता था। मैं उसे मनुष्य-कृत नहीं समझती थी। मुझे पूरा-पूरा विश्वास था कि उसे किसी देवता ने स्वयं रचा होगा। मैं मनुष्यों को इतना बुद्धिमान और सहृदय नहीं समझती थी। मैं दिन भर घर का कोई-न-कोई काम करती रहती। और कोई काम न रहता तो चर्खे पर सूत कातती। अपनी बूढ़ी सास से थर-थर काँपती थी। एक दिन दाल में नमक अधिक हो गया। ससुर जी ने भोजन के समय सिर्फ इतना ही कहा—'नमक जरा अंदाज से डाला करो।' इतना सुनते ही हृदय काँपने लगा। मानो मुझे इससे अधिक कोई वेदना नहीं पहुँचायी जा सकती थी।

लेकिन मेरा यह फूहड़पन मेरे बाबू जी (पतिदेव) को पसन्द न आता था। वह वकील थे। उन्होंने शिक्षा की ऊँची से ऊँची डिगरियाँ पायी थीं। वह मुझ पर प्रेम अवश्य करते थे; पर उस प्रेम में दया की मात्रा अधिक होती थी। स्त्रियों के रहन-सहन और शिक्षा के सम्बन्ध में उनके विचार बहुत ही उदार थे। वह मुझे उन विचारों से बहुत नीचे देख कर कदाचित् मन-ही-मन खिन्न होते थे; परन्तु उसमें मेरा कोई अपराध न देख कर हमारे रस्म-रिवाज पर झुँझलाते थे। उन्हें मेरे साथ बैठ कर बातचीत करने में जरा आनन्द न आता। सोने आते, तो कोई न कोई अँगरेजी पुस्तक साथ लाते, और नींद न आने तक पढ़ा करते। जो कभी मैं पूछ बैठती कि क्या पढ़ते हो, तो मेरी ओर करुण दृष्टि से देख कर उत्तर देते—तुम्हें क्या बतलाऊँ यह आसकर वाइल्ड की सर्वश्रेष्ठ रचना है। मैं अपनी अयोग्यता पर बहुत लज्जित थी। अपने को धिक्कारती, मैं ऐसे विद्वान् पुरुष के योग्य नहीं हूँ। मुझे किसी उजड्ड के घर पड़ना था। बाबू जी मुझे निरादर की दृष्टि से नहीं देखते थे, यही मेरे लिए सौभाग्य की बात थी।

एक दिन संध्या समय मैं रामायण पढ़ रही थी। भरत जी रामचंद्र जी की खोज में निकले थे। उनका करुण विलाप पढ़ कर मेरा हृदय गद्‌गद हो रहा था। नेत्रों से अश्रुधारा बह रही थी। हृदय उमड़ा आता था। सहसा बाबू जी कमरे में आये। मैंने पुस्तक तुरंत बन्द कर दी। उनके सामने मैं अपने फूहड़पन को भरसक प्रकट न होने देती थी। लेकिन उन्होंने पुस्तक देख ली; और पूछा—रामायण है न ?

मैंने अपराधियों की भाँति सिर झुका कर कहा—हाँ, जरा देख रही थी।

बाबू जी—इसमें शक नहीं कि पुस्तक बहुत ही अच्छी, भावों से भरी हुई है; लेकिन इसमें मानव-चरित्र को वैसी खूबी से नहीं दिखाया गया जैसा अँगरेज़ या फ्रांसीसी लेखक दिखलाते हैं। तुम्हारी समझ में तो न आवेगा, लेकिन कहने में क्या हरज है, योरप में आजकल 'स्वाभाविकता' (Realism) का ज़माना है। वे लोग मनोभावों के उत्थान और पतन का ऐसा वास्तविक वर्णन करते हैं कि पढ़ कर आश्चर्य होता है। हमारे यहाँ कवियों को पग-पग पर धर्म तथा नीति का ध्यान रखना पड़ता है, इसलिए कभी-कभी उनके भावों में अस्वाभाविकता आ जाती है, और यही त्रुटि तुलसीदास में भी है।

मेरी समझ में उस समय कुछ भी न आया। बोली—मेरे लिए तो यही बहुत है, अँगरेजी पुस्तकें कैसे समझूँ।

बाबू जी—कोई कठिन बात नहीं। एक घंटे भी रोज पढ़ो, तो थोड़े ही समय में काफी योग्यता प्राप्त कर सकती हो; पर तुमने तो मानो मेरी बातें न मानने की सौगंध ही खा ली है। कितना समझाया कि मुझसे शर्म करने की आवश्यकता नहीं, पर तुम्हारे ऊपर कुछ असर न पड़ा। कितना कहता हूँ कि जरा सफाई से रहा करो, परमात्मा सुन्दरता देता है तो चाहता है कि उसका शृंगार भी होता रहे; लेकिन जान पड़ता है, तुम्हारी दृष्टि में उसका कुछ भी मूल्य नहीं ! या शायद तुम समझती हो कि मेरे-जैसे कुरूप मनुष्य के लिए तुम चाहे जैसे भी रहो, आवश्यकता से अधिक अच्छी हो। यह अत्याचार मेरे ऊपर है। तुम मुझे ठोंक-पीटकर वैराग्य सिखाना चाहती हो। जब मैं दिन-रात मेहनत करके कमाता हूँ, तो स्वभावतः मेरी यह इच्छा होती है कि उस द्रव्य का सबसे उत्तम व्यय हो। परन्तु तुम्हारा फूहड़पन और पुराने विचार मेरे सारे परिश्रम पर पानी फेर देते हैं। स्त्रियाँ केवल भोजन बनाने, बच्चे पालने, पति की सेवा करने और एकादशी व्रत रखने के लिए नहीं हैं, उनके जीवन का लक्ष्य इससे बहुत ऊँचा है। वे मनुष्यों के समस्त सामाजिक और मानसिक विषयों में समान रूप से भाग लेने की अधिकारणी हैं। उन्हें भी मनुष्यों की भाँति स्वतंत्र रहने का अधिकार प्राप्त है। मुझे तुम्हारी यह बंदी-दशा देख कर बड़ा कष्ट होता है। स्त्री पुरुष की अर्द्धांगिनी मानी गयी है, लेकिन तुम मेरी मानसिक और सामाजिक, किसी आवश्यकता को पूरा नहीं कर सकतीं। मेरा और तुम्हारा धर्म अलग, आचार-विचार अलग, आमोद-प्रमोद के विषय अलग। जीवन के किसी कार्य

में मुझे तुमसे किसी प्रकार की सहायता नहीं मिल सकती। तुम स्वयं विचार सकती हो कि ऐसी दशा में मेरी जिंदगी कैसी बुरी तरह कट रही है।

बाबू जी का कहना बिलकुल यथार्थ था। मैं उनके गले में एक जंजीर की भाँति पड़ी हुई थी। उस दिन से मैंने उन्हीं के कहे अनुसार चलने की दृढ़ प्रतिज्ञा कर ली, अपने देवता को किस भाँति अप्रसन्न करती ?

2

यह तो कैसे कहूँ कि मुझे पहनने-ओढ़ने से प्रेम न था। था, और उतना ही था, जितना दूसरी स्त्रियों को होता है। जब बालक और वृद्ध तक श्रृंगार पसंद करते हैं, तो मैं तो युवती ठहरी। मन भीतर ही भीतर मचलकर रह जाता था। मेरे मायके में मोटा खाने और मोटा पहनने की चाल थी। मेरी माँ और दादी हाथों से सूत कातती थीं, और जुलाहे से उसी सूत के कपड़े बुनवा लिये जाते थे। बाहर से बहुत कम कपड़े आते थे। मैं जरा महीन कपड़ा पहनना चाहती या श्रृंगार की रुचि दिखाती तो अम्माँ फौरन टोकतीं और समझातीं कि बहुत बनाव-सँवार भले घर की लड़कियों को शोभा नहीं देता। ऐसी आदत अच्छी नहीं। यदि कभी वह मुझे दर्पण के सामने देख लेतीं, तो झिड़कने लगतीं, परन्तु अब बाबू जी की जिद से मेरी यह झिझक जाती रही। मेरी सास और ननदें मेरे बनाव-श्रृंगार पर नाक-भौं सिकोड़तीं; पर मुझे अब उनकी परवा न थी। बाबू जी की प्रेम-परिपूर्ण दृष्टि के लिए मैं झिड़कियाँ भी सह सकती थी। अब उनके और मेरे विचारों में समानता आती जाती थी। वह अधिक प्रसन्नचित्त जान पड़ते थे। वह मेरे लिए फैशनेबुल साड़ियाँ, सुंदर जाकटें, चमकते हुए जूते और कामदार स्लीपरें लाया करते; पर मैं इन वस्तुओं को धारण कर किसी के सामने न निकलती, ये वस्त्र केवल बाबू जी के ही सामने पहनने के लिए रखे थे। मुझे इस प्रकार बनी-ठनी देखकर उन्हें बड़ी प्रसन्नता होती थी। स्त्री अपने पति की प्रसन्नता के लिए क्या नहीं कर सकती। अब घर के काम-काज से मेरा अधिक समय बनाव-श्रृंगार तथा पुस्तकावलोकन में ही बीतने लगा। पुस्तकों से मुझे प्रेम होने लगा था।

यद्यपि अभी तक मैं अपने सास-ससुर का लिहाज करती थी, उनके सामने बूट और गाउन पहनकर निकलने का मुझे साहस न होता था, पर मुझे उनकी शिक्षापूर्ण बातें न भाती थीं। मैं सोचती, जब मेरा पति सैकड़ों रुपये महीने कमाता है तो घर मे चेरी बन कर क्यों रहूँ ? यों अपनी इच्छा से चाहे जितना काम करूँ, पर वे लोग मुझे आज्ञा देनेवाले कौन होते हैं ? मुझमें आत्माभिमान की मात्रा बढ़ने लगी। यदि अम्माँ मुझे कोई काम करने को कहतीं, तो मैं अदबदा कर टाल जाती। एक दिन उन्होंने कहा—सबेरे के जलपान के लिए कुछ दालमोंट बना लो। मैं बात

अनसुनी कर गयी। अम्माँ ने कुछ देर तक मेरी राह देखी; पर जब मैं अपने कमरे से न निकली, तो उन्हें गुस्सा हो आया। वह बड़ी ही चिड़चिड़ी प्रकृति की थीं। तनिक-सी बात पर तुनक जाती थीं। उन्हें अपनी प्रतिष्ठा का इतना अभिमान था कि मुझे बिलकुल लौंडी समझती थीं। हाँ, अपनी पुत्रियों से सदैव नम्रता से पेश आतीं, बल्कि मैं तो यह कहूँगी कि उन्हें सिर चढ़ा रखा था। वह क्रोध में भरी हुई मेरे कमरे के द्वार पर आकर बोलीं—तुमसे मैंने दालमोट बनाने को कहा था, बनाया ?

मैं कुछ रुष्ट होकर बोली—अभी फुर्सत नहीं मिली।

अम्माँ—तो तुम्हारी जान में दिन-भर पड़े रहना ही बड़ा काम है ! यह आजकल तुम्हें हो क्या गया है ? किस घमंड में हो ? क्या यह सोचती हो कि मेरा पति कमाता है, तो मैं काम क्यों करूँ ? इस घमंड में न भूलना ! तुम्हारा पति लाख कमाये; लेकिन घर में राज मेरा ही रहेगा। आज वह चार पैसे कमाने लगा है, तो तुम्हें मालकिन बनने की हवस हो रही है; लेकिन उसे पालने-पोसने तुम नहीं आयी थीं, मैंने ही उसे पढ़ा-लिखा कर इस योग्य बनाया है। वाह ! कल की छोकरी और अभी से यह गुमान।

मैं रोने लगी। मुँह से एक बात न निकली। बाबू जी उस समय ऊपर कमरे में बैठे कुछ पढ़ रहे थे। ये बातें उन्होंने सुनीं। उन्हें बड़ा कष्ट हुआ। रात को जब वह घर आये तो बोले—देखा तुमने आज अम्माँ का क्रोध ? यही अत्याचार है, जिससे स्त्रियों को अपनी जिंदगी पहाड़ मालूम होने लगती है। इन बातों से हृदय में कितनी वेदना होती है, इसका जानना असम्भव है। जीवन भार हो जाता है, हृदय जर्जर हो जाता है और मनुष्य की आत्मोन्नति उसी प्रकार रुक जाती है, जैसे जल, प्रकाश और वायु के बिना पौदे सूख जाते हैं। हमारे घरों में यह बड़ा अंधेर है। अब मैं उनका पुत्र ही ठहरा। उनके सामने मुँह नहीं खोल सकूँगा। मेरे ऊपर उनका बहुत बड़ा अधिकार है। अतएव उनके विरुद्ध एक शब्द भी कहना मेरे लिए लज्जा की बात होगी, और यही बंधन तुम्हारे लिए भी है। यदि तुमने उनकी बातें चुपचाप न सुन ली होतीं, तो मुझे बहुत ही दुःख होता। कदाचित् मैं विष खा लेता। ऐसी दशा में दो ही बातें सम्भव हैं, या तो सदैव उनकी घुड़कियों-झिड़कियों को सहे जाओ, या अपने लिए कोई दूसरा रास्ता ढूँढ़ो। अब इस बात की आशा करना कि अम्माँ के स्वभाव में कोई परिवर्तन होगा, बिलकुल भ्रम है। बोलो, तुम्हें क्या स्वीकार है।

मैंने डरते-डरते कहा—आपकी जो आज्ञा हो, वह करें। अब कभी न पढ़ूँ-लिखूँगी, और जो कुछ वह कहेंगी वही करूँगी। यदि वह इसी में प्रसन्न हैं, तो यही सही। मुझे पढ़-लिख कर क्या करना है ?

बाबू जी—पर यह मैं नहीं चाहता। अम्माँ ने आज आरम्भ किया है। अब

रोज बढ़ती ही जायेंगी। मैं तुम्हें जितनी ही सभ्य तथा विचारशील बनाने की चेष्टा करूँगा, उतना ही उन्हें बुरा लगेगा, और उनका गुस्सा तुम्हीं पर उतरेगा। उन्हें पता नहीं कि जिस आबहवा में उन्होंने अपनी जिंदगी बितायी है, वह अब नहीं रही। विचार-स्वातंत्र्य और समयानुकूलता उनकी दृष्टि में अधर्म से कम नहीं। मैंने यह उपाय सोचा है कि किसी दूसरे शहर में चल कर अपना अड्डा जमाऊँ। मेरी वकालत भी यहाँ नहीं चलती; इसलिए किसी बहाने की भी आवश्यकता न पड़ेगी।

मैं इस तजबीज के विरुद्ध कुछ न बोली। यद्यपि मुझे अकेले रहने से भय लगता था, तथापि वहाँ स्वतंत्र रहने की आशा ने मन को प्रफुल्लित कर दिया।

3

उसी दिन से अम्माँ ने मुझसे बोलना छोड़ दिया। महरियों, पड़ोसिनों और ननदों के आगे मेरा परिहास किया करतीं। यह मुझे बहुत बुरा मालूम होता था। इसके पहले यदि वह कुछ भली-बुरी बातें कह लेतीं, तो मुझे स्वीकार था। मेरे हृदय से उनकी मान-मर्यादा घटने लगी। किसी मनुष्य पर इस प्रकार कटाक्ष करना उसके हृदय से अपने आदर को मिटाने के समान है। मेरे ऊपर सबसे गुरुतर दोषारोपण यह था कि मैंने बाबू जी पर कोई मोहन-मंत्र फूँक दिया है, वह मेरे इशारों पर चलते हैं; पर यथार्थ में बात उल्टी ही थी।

भाद्र मास था। जन्माष्टमी का त्यौहार आया। घर में सब लोगों ने व्रत रखा। मैंने भी सदैव की भाँति व्रत रखा। ठाकुर जी का जन्म रात को बारह बजे होनवाला था, हम सब बैठी गाती-बजाती थीं। बाबू जी इन असभ्य व्यवहारों के बिलकुल विरुद्ध थे। वह होली के दिन रंग भी न खेलते, गाने-बजाने की तो बात ही अलग। रात को एक बजे जब मैं उनके कमरे में गयी, तो मुझे समझाने लगे—इस प्रकार शरीर को कष्ट देने से क्या लाभ ? कृष्ण महापुरुष अवश्य थे, और उनकी पूजा करना हमारा कर्तव्य है; पर इस गाने-बजाने से क्या फायदा ? इस ढोंग का नाम धर्म नहीं है। धर्म का सम्बन्ध सचाई और ईमान से है, दिखावे से नहीं।

बाबू जी स्वयं इसी मार्ग का अनुकरण करते थे। वह भगवद्‌गीता की अत्यंत प्रशंसा करते पर उसका पाठ कभी न करते थे। उपनिषदों की प्रशंसा में उनके मुख से मानो पुष्प-वृष्टि होने लगती थी; पर मैंने उन्हें कभी कोई उपनिषद् पढ़ते नहीं देखा। वह हिंदू धर्म के गूढ़ तत्त्व ज्ञान पर लट्टू थे, पर उसे समयानुकूल नहीं समझते थे। विशेषकर वेदांत को तो भारत की अवनति का मूल कारण समझते थे। वह कहा करते कि इसी वेदांत ने हमको चौपट कर दिया; हम दुनिया के पदार्थों को तुच्छ समझने लगे, जिसका फल अब तक भुगत रहे हैं। अब उन्नति का समय है। चुपचाप बैठे रहने से निर्वाह नहीं। संतोष ने ही भारत को गारत कर दिया।

उस समय उनको उत्तर देने की शक्ति मुझमें कहाँ थी ? हाँ, अब जान पड़ता है कि वह योरोपियन सभ्यता के चक्कर में पड़े हुए थे। अब वह स्वयं ऐसी बातें नहीं करते, वह जोश अब ठंडा हो चला है।

4

इसके कुछ दिन बाद हम इलाहाबाद चले आये। बाबू जी ने पहले ही एक दो-मंजिला मकान ले रखा था—सब तरह से सजा-सजाया। हमारे यहाँ पाँच नौकर थे—दो स्त्रियाँ, दो पुरुष और एक महाराज। अब मैं घर के कुल कामकाज से छुट्टी पा गयी। कभी जी घबराता तो कोई उपन्यास लेकर पढ़ने लगती।

यहाँ फूल और पीतल के बर्तन बहुत कम थे। चीनी की रकाबियाँ और प्याले आलमारियों में सजे रखे थे। भोजन मेज पर आता था। बाबू जी बड़े चाव से भोजन करते। मुझे पहले कुछ शरम आती थी; लेकिन धीरे-धीरे मैं भी मेज ही पर भोजन करने लगी। हमारे पास एक सुन्दर टमटम भी थी। अब हम पैदल बिलकुल न चलते। किसी से मिलने दस पग भी जाना होता, तो गाड़ी तैयार करायी जाती। बाबू जी कहते—यही फैशन है !

बाबू जी की आमदनी अभी बहुत कम थी। भली-भाँति खर्च भी न चलता था। कभी-कभी मैं उन्हें चिंताकुल देखती तो समझाती कि जब आय इतनी कम है तो व्यय इतना क्यों बढ़ा रखा है ? कोई छोटा-सा मकान ले लो। दो नौकरों से भी काम चल सकता है। लेकिन बाबू जी मेरी बातों पर हँस देते और कहते—मैं अपनी दरिद्रता का ढिंढोरा अपने-आप क्यों पीटूँ ? दरिद्रता प्रकट करना दरिद्र होने से अधिक दुःखदायी होता है। भूल जाओ कि हम लोग निर्धन हैं, फिर लक्ष्मी हमारे पास आप दौड़ी आयेगी। खर्च बढ़ना, आवश्यकताओं का अधिक होना ही द्रव्योपार्जन की पहली सीढ़ी है। इससे हमारी गुप्त शक्तियाँ विकसित हो जाती हैं। और हम उन कष्टों को झेलते हुए आगे पग धरने के योग्य होते हैं। संतोष दरिद्रता का दूसरा नाम है।

अस्तु, हम लोगों का खर्च दिन-दिन बढ़ता ही जाता था। हम लोग सप्ताह में तीन बार थियेटर जरूर देखने जाते। सप्ताह में एक बार मित्रों को भोजन अवश्य ही दिया जाता। अब मुझे सूझने लगा कि जीवन का लक्ष्य सुख-भोग ही है। ईश्वर को हमारी उपासना की इच्छा नहीं। उसने हमको उत्तम-उत्तम वस्तुएँ भोगने के लिए ही दी हैं। उसको भोगना ही उसकी सर्वोत्तम आराधना है। एक ईसाई लेडी मुझे पढ़ाने तथा गाना सिखाने आने लगी। घर में एक पियानो भी आ गया। इन्हीं आनन्दों में फँसकर मैं रामायण और भक्तमाल को भूल गयी। ये पुस्तकें मुझे अप्रिय लगने लगीं। देवताओं से विश्वास उठ गया।

धीरे-धीरे यहाँ के बड़े लोगों से स्नेह और सम्बन्ध बढ़ने लगा। यह एक बिलकुल नयी सोसायटी थी। इसके रहन-सहन, आहार-व्यवहार और आचार-विचार मेरे लिए सर्वथा अनोखे थे। मैं इस सोसायटी में ऐसी जान पड़ती, जैसे मोरों में कौआ। इन लेडियों की बातचीत कभी थियेटर और घुड़दौड़ के विषय में होती, कभी टेनिस, समाचार-पत्रों और अच्छे-अच्छे लेखकों के लेखों पर। उनके चातुर्य, बुद्धि की तीव्रता, फुर्ती और चपलता पर मुझे अचंभा होता। ऐसा मालूम होता कि वे ज्ञान और प्रकाश की पुतलियाँ हैं। वे बिना घूँघट बाहर निकलतीं। मैं उनके साहस पर चकित रह जाती। वे मुझे भी कभी-कभी अपने साथ ले जाने की चेष्टा करतीं, लेकिन मैं लज्जावश न जा सकती। मैं उन लेडियों को कभी उदास या चिंतित न पाती। मिस्टर दास बहुत बीमार थे परन्तु मिसेज दास के माथे पर चिन्ता का चिह्न तक न था। मिस्टर बागड़ी नैनीताल में तपेदिक का इलाज करा रहे थे, पर मिसेज बागड़ी नित्य टेनिस खेलने जाती थीं। इस अवस्था में मेरी क्या दशा होती मैं ही जानती हूँ।

इन लेडियों की रीति-नीति में एक आकर्षण-शक्ति थी, जो मुझे खींचे लिये जाती थी। मैं उन्हें सदैव आमोद-प्रमोद के लिए उत्सुक देखती, और मेरा भी जी चाहता कि उन्हीं की भाँति मैं भी निस्संकोच हो जाती। उनका अँग्रेजी वार्तालाप सुन मुझे मालूम होता कि ये देवियाँ हैं। मैं अपनी इन त्रुटियों की पूर्ति के लिए प्रयत्न किया करती थी।

इसी बीच में मुझे एक खेदजनक अनुभव होने लगा। यद्यपि बाबू जी पहले से मेरा अधिक आदर करते, मुझे सदैव 'डियर-डार्लिंग' आदि कहकर पुकारते थे, तथापि मुझे उनकी बातों में एक प्रकार की बनावट मालूम होती थी। ऐसा प्रतीत होता, मानो ये बातें उनके हृदय से नहीं, केवल मुख से निकलती हैं। उनके स्नेह और प्यार में हार्दिक भावों की जगह अलंकार ज्यादा होता था; किन्तु और भी अचम्भे की बात यह थी कि अब मुझे बाबू जी पर वह पहले की-सी श्रद्धा न रही। अब उनकी सिर की पीड़ा से मेरे हृदय में पीड़ा न होती थी। मुझमें आत्मगौरव का आविर्भाव होने लगा था। अब मैं अपना बनाव-श्रृंगार इसलिए करती थी कि संसार में यह भी मेरा कर्त्तव्य है; इसलिए नहीं कि मैं किसी एक पुरुष की व्रतधारिणी हूँ। अब मुझे भी अपनी सुन्दरता पर गर्व होने लगा था। मैं अब किसी दूसरे के लिए नहीं, अपने लिए जीती थी। त्याग तथा सेवा का भाव मेरे हृदय से लुप्त होने लगा था।

मैं अब भी परदा करती थी; परन्तु हृदय अपनी सुन्दरता की सराहना सुनने के लिए व्याकुल रहता था। एक दिन मिस्टर दास तथा और भी अनेक सभ्यगण बाबू जी के साथ बैठे हुए थे। मेरे और उनके बीच में केवल एक परदे की आड़ थी। बाबू जी मेरी इस झिझक से बहुत ही लज्जित थे। इसे वह अपनी सभ्यता में काला धब्बा समझते थे। कदाचित् यह दिखाना चाहते थे कि मेरी स्त्री इसलिए

परदे में नहीं है कि वह रूप तथा वस्त्राभूषणों में किसी से कम है बल्कि इसलिए कि अभी उसे लज्जा आती है। वह मुझे किसी बहाने से बार-बार परदे के निकट बुलाते, जिसमें उनके मित्र मेरी सुन्दरता और वस्त्राभूषण देख लें। अन्त में कुछ दिन बाद मेरी झिझक गायब हो गयी। इलाहाबाद आने के पूरे दो वर्ष बाद मैं बाबू जी के साथ बिना परदे के सैर करने लगी। सैर के बाद टेनिस की नौबत आयी। अन्त में मैंने क्लब में जाकर दम लिया। पहले यह टेनिस और क्लब मुझे तमाशा-सा मालूम होता था मानो वे लोग व्यायाम के लिए नहीं बल्कि फैशन के लिए टेनिस खेलने आते थे। वे कभी न भूलते थे कि हम टेनिस खेल रहे हैं। उनके प्रत्येक काम में, झुकने में, दौड़ने में, उचकने में एक कृत्रिमता होती थी, जिससे यह प्रतीत होता था कि इस खेल का प्रयोजन कसरत नहीं केवल दिखावा है।

क्लब में इससे विचित्र अवस्था थी। वह पूरा स्वांग था, भद्दा और बेजोड़। लोग अँगरेज़ी के चुने हुए शब्दों का प्रयोग करते थे, जिसमें कोई सार न होता था, नकली हँसी हँसते थे, जिनका कोई असर न होता था। स्त्रियों की वह फूहड़ निर्लज्जता और पुरुषों की वह भाव-शून्य स्त्री-पूजा मुझे भी न भाती थी। चारों ओर अँगरेजी चाल-ढाल की हास्यजनक नकल थी। परन्तु क्रमशः मैं भी वह रंग पकड़ने और उन्हीं का अनुकरण करने लगी। अब मुझे अनुभव हुआ कि इस प्रदर्शन-लोलुपता में कितनी शक्ति है। मैं अब नित्य नये शृंगार करती, नित्य नया रूप भरती, केवल इसलिए कि क्लब में सबकी आँखों में चुभ जाऊँ ! अब मुझे बाबू जी के सेवा-सत्कार से अधिक अपने बनाव-शृंगार की धुन रहती थी। यहाँ तक की यह शौक एक नशा-सा बन गया। इतना ही नहीं, लोगों से अपने सौन्दर्य की प्रशंसा सुनकर मुझे एक अभिमान-मिश्रित आनंद का अनुभव होने लगा। मेरी लज्जाशीलता की सीमाएँ विस्तृत हो गयीं। वह दृष्टिपात जो कभी मेरे शरीर के प्रत्येक रोएँ को खड़ा कर देता और वह हास्यकटाक्ष, जो कभी मुझे विष खा लेने को प्रस्तुत कर देता, उनसे अब मुझे एक उन्मादपूर्ण हर्ष होता था। परन्तु जब कभी मैं अपनी अवस्था पर आंतरिक दृष्टि डालती तो मुझे बड़ी घबराहट होती थी। यह नाव किस घाट लगेगी ? कभी-कभी इरादा करती कि क्लब न जाऊँगी; परन्तु समय आते ही फिर तैयार हो जाती। मैं अपने वश में न थी। मेरी सत्कल्पनाएँ निर्बल हो गयी थीं।

5

दो वर्ष और बीत गये और अब बाबू जी के स्वभाव में एक विचित्र परिवर्तन होने लगा। वह उदास और चिंतित रहने लगे। मुझसे बहुत कम बोलते। ऐसा जान पड़ता कि इन्हें कठिन चिंता ने घेर रखा है, या कोई बीमारी हो गयी है। मुँह बिलकुल

सूखा रहता था। तनिक-तनिक-सी बात पर नौकरों से झल्लाने लगते, और बाहर बहुत कम जाते।

अभी एक ही मास पहले वह सौ काम छोड़ कर क्लब अवश्य जाते थे, वहाँ गये बिना उन्हें कल न पड़ती थी; अब अधिकतर अपने कमरे में आराम-कुर्सी पर लेटे हुए समाचार-पत्र और पुस्तकें देखा करते थे। मेरी समझ में न आता कि बात क्या है।

एक दिन उन्हें बड़े जोर का बुखार आया, दिन-भर बेहोश रहे, परन्तु मुझे उनके पास बैठने में अनकुस-सा लगता था। मेरा जी एक उपन्यास में लगा हुआ था। उनके पास जाती थी और पल भर में फिर लौट आती। टेनिस का समय आया, तो दुविधा में पड़ गयी कि जाऊँ या न जाऊँ। देर तक मन में यह संग्राम होता रहा। अन्त को मैंने यही निर्णय किया कि मेरे यहाँ रहने से वह कुछ अच्छे तो हो नहीं जायेंगे, इससे मेरा यहाँ बैठा रहना बिलकुल निरर्थक है। मैंने बढ़िया वस्त्र पहने, और रैकेट लेकर क्लब घर जा पहुँची। वहाँ मैंने मिसेज दास और मिसेज बागची से बाबू जी की दशा बतलायी, और सजल नेत्र चुपचाप बैठी रही। जब सब लोग कोर्ट में जाने लगे और मिस्टर दास ने मुझसे चलने को कहा तो मैं ठंडी आह भर कर कोर्ट में जा पहुँची और खेलने लगी।

आज से तीन वर्ष पूर्व बाबू जी को इसी प्रकार बुखार आ गया था। मैं रात भर उन्हें पंखा झलती रही थी; हृदय व्याकुल था और यही चाहता था कि इनके बदले मुझे बुखार आ जाय, परन्तु वह उठ बैठें। पर अब हृदय तो स्नेह शून्य हो गया था, दिखावा अधिक था। अकेले रोने की मुझमें क्षमता न रह गयी थी। मैं सदैव की भाँति रात को नौ बजे लौटी। बाबू जी का जी कुछ अच्छा जान पड़ा। उन्होंने मुझे केवल दबी दृष्टि से देखा और करवट बदल ली; परन्तु मैं लेटी, तो मेरा हृदय मुझे अपनी स्वार्थपरता और प्रमोदासक्ति पर धिक्कारता।

मैं अब अँगरेजी उपन्यासों को समझने लगी। हमारी बातचीत अधिक उत्कृष्ट और आलोचनात्मक होती थी।

हमारा सभ्यता का आदर्श अब बहुत ही उच्च हो गया। हमको अब अपनी मित्र मण्डली से बाहर दूसरों से मिलने-जुलने में संकोच होता था। हम अपने से छोटी श्रेणी के लोगों से बोलने में अपना अपमान समझते थे। नौकरों को अपना नौकर समझते थे, और बस। हमको उनके निजी मामलों से कुछ मतलब न था। हम उनसे अलग रह कर उनके ऊपर अपना जोर जमाये रखना चाहते थे। हमारी इच्छा यह थी कि वह हम लोगों को साहब समझें। हिन्दुस्तानी स्त्रियों को देखकर मुझे उनसे घृणा होती थी, उनमें शिष्टता न थी। खैर !

बाबू जी का जी दूसरे दिन भी न सँभला। मैं क्लब न गयी। परन्तु जब लगातार तीन दिन तक उन्हें बुखार आता गया और मिसेज़ दास ने बार-बार एक

नर्स बुलाने का आदेश किया, तो मैं सहमत हो गयी। उस दिन से रोगी की सेवा-शुश्रूषा से छुट्टी पाकर बड़ा हर्ष हुआ। यद्यपि दो दिन मैं क्लब न गयी थी, परंतु मेरा जी वहीं लगा रहता था, बल्कि अपने भीरुतापूर्ण त्याग पर क्रोध भी आता था।

6

एक दिन तीसरे पहर मैं कुर्सी पर लेटी हुई अँगरेजी पुस्तक पढ़ रही थी। अचानक मन में यह विचार उठा कि बाबू जी का बुखार असाध्य हो जाय तो ? पर इस विचार से लेश-मात्र भी दुःख न हुआ। मैं इस शोकमय कल्पना का मन ही मन आनंद उठाने लगी। मिसेज़ दास, मिसेज़ नायडू, मिसेज़ श्रीवास्तव, मिस खरे, मिसेज़ शरगा अवश्य ही मातमपुर्सी करने आवेंगी। उन्हें देखते ही मैं सजल नेत्र हो उठूँगी, और कहूँगी—बहनो ! मैं लुट गयी। हाय मैं लुट गयी। अब मेरा जीवन अँधेरी रात के भयावह वन या श्मशान के दीपक के समान है, परंतु मेरी अवस्था पर दुःख न प्रकट करो। मुझ पर जो पड़ेगी, उसे मैं उस महान् आत्मा के मोक्ष के विचार से सह लूँगी।

मैंने इस प्रकार मन में एक शोकपूर्ण व्याख्यान की रचना कर डाली। यहाँ तक कि अपने उस वस्त्र के विषय में भी निश्चय कर लिया, जो मृतक के साथ श्मशान जाते समय पहनूँगी।

इस घटना की शहर भर में चर्चा हो जायेगी। सारे कैन्टोन्मेंट के लोग मुझे समवेदना के पत्र भेजेंगे। तब मैं उनका उत्तर समाचार-पत्रों में प्रकाशित करा दूँगी कि मैं प्रत्येक शोक-पत्र का उत्तर देने में असमर्थ हूँ। हृदय के टुकड़े-टुकड़े हो गये हैं, उसे रोने के सिवा और किसी काम के लिए समय नहीं है। मैं इस हमदर्दी के लिए उन लोगों की कृतज्ञ हूँ, और उनसे विनयपूर्वक निवेदन करती हूँ कि वे मृतक की आत्मा की सद्गति के निमित्त ईश्वर से प्रार्थना करें।

मैं इन्हीं विचारों में डूबी हुई थी कि नर्स ने आ कर कहा—आपको साहब याद करते हैं। यह मेरे क्लब जाने का समय था। मुझे उनका बुलाना अखर गया, लेकिन एक मास हो गया था। वह अत्यंत दुर्बल हो रहे थे। उन्होंने मेरी ओर विनयपूर्ण दृष्टि से देखा। उसमें आँसू भरे हुए थे। मुझे उन पर दया आयी। बैठ गयी, और ढाढ़स देते हुए बोली—क्या करूँ ? कोई दूसरा डाक्टर बुलाऊँ ?

बाबू जी आँखें नीची करके अत्यंत करुण भाव से बोले—यहाँ कभी नहीं अच्छा हो सकता, मुझे अम्माँ के पास पहुँचा दो।

मैंने कहा—क्या आप समझते हैं कि वहाँ आपकी चिकित्सा यहाँ से अच्छी होगी ?

बाबू जी बोले—क्या जाने क्यों मेरा जी अम्माँ के दर्शनों को लालायित हो

रहा है। मुझे ऐसा मालूम होता है कि मैं वहाँ बिना दवा-दर्पन के भी अच्छा हो जाऊँगा।

मैं—यह आपका केवल विचार मात्र है।

बाबू जी—शायद ऐसा ही हो। लेकिन मेरी विनय स्वीकार करो। मैं इस रोग से नहीं इस जीवन से ही दुःखित हूँ।

मैंने अचरज से उनकी ओर देखा !

बाबू जी फिर बोले—हाँ, इस जिंदगी से तंग आ गया हूँ ! मैं अब समझ रहा हूँ मैं जिस स्वच्छ, लहराते हुए निर्मल जल की ओर दौड़ा जा रहा था, वह मरुभूमि है। मैं इस प्रकार जीवन के बाहरी रूप पर लट्टू हो रहा था; परंतु अब मुझे उसकी आंतरिक अवस्थाओं का बोध हो रहा है ! इन चार वर्षों में मैंने इस उपवन में खूब भ्रमण किया, और उसे आदि से अंत तक कंटकमय पाया। यहाँ न तो हृदय को शांति है, न आत्मिक आंनद। यह एक उन्मत्त, अशांतिमय स्वार्थपूर्ण, विलापयुक्त जीवन है। यहाँ न नीति है, न धर्म; न सहानुभूति, न सहृदयता। परमात्मा के लिए मुझे इस अग्नि से बचाओ। यदि और कोई उपाय न हो तो अम्माँ को एक पत्र ही लिख दो। वह अवश्य यहाँ आयेंगी। अपने अभागे पुत्र का दुःख उनसे न देखा जायेगा। उन्हें इस सोसाइटी की हवा अभी नहीं लगी, वह आयेंगी। उनकी वह ममतापूर्ण दृष्टि, वह स्नेहपूर्ण शुश्रूषा मेरे लिए सौ औषधियों का काम करेगी। उनके मुख पर वह ज्योति प्रकाशमान होगी, जिसके लिए मेरे नेत्र तरस रहे हैं। उनके हृदय में स्नेह है, विश्वास है। यदि उनकी गोद में मैं मर भी जाऊँ तो मेरी आत्मा को शांति मिलेगी।

मैं समझी कि यह बुखार की बक-झक है। नर्स से कहा—जरा इनका टेम्परेचर तो लो, मैं अभी डाक्टर के पास जाती हूँ। मेरा हृदय एक अज्ञात भय से काँपने लगा। नर्स ने थरमामीटर निकाला; परन्तु ज्यों ही वह बाबू जी के समीप गयी, उन्होंने उसके हाथ से वह यंत्र छीन कर पृथ्वी पर पटक दिया। उसके टुकड़े-टुकड़े हो गये। फिर मेरी ओर एक अवहेलनापूर्ण दृष्टि से देख कर कहा—साफ-साफ क्यों नहीं कहती हो कि मैं क्लब-घर जाती हूँ जिसके लिए तुमने ये वस्त्र धारण किये हैं और गाउन पहनी है। खैर, घूमती हुई यदि डाक्टर के पास जाना, तो कह देना कि यहाँ टेम्परेचर उस बिंदु पर पहुँच चुका है, जहाँ आग लग जाती है।

मैं और भी अधिक भयभीत हो गयी। हृदय में एक करुण चिन्ता का संचार होने लगा। गला भर आया। बाबू जी ने नेत्र मूँद लिये थे और उनकी साँस वेग से चल रही थी। मैं द्वार की ओर चली कि किसी को डाक्टर के पास भेजूँ। यह फटकार सुन कर स्वयं कैसे जाती ? इतने में बाबू जी उठ बैठे और विनीत भाव से बोले—श्यामा ! मैं तुमसे कुछ कहना चाहता हूँ। बात दो सप्ताह से मन में थी; पर साहस न हुआ। आज मैंने निश्चय कर लिया है कि कह ही डालूँ। मैं अब

फिर अपने घर जा कर वही पहले की-सी जिंदगी बिताना चाहता हूँ। मुझे अब इस जीवन से घृणा हो गयी है, और यही मेरी बीमारी का मुख्य कारण है। मुझे शारीरिक नहीं मानसिक कष्ट है। मैं फिर तुम्हें वही पहले की-सी सलज्ज, नीचा सिर करके चलनेवाली, पूजा करनेवाली, रामायण पढ़नेवाली, घर का काम-काज करनेवाली, चरखा कातनेवाली, ईश्वर से डरनेवाली, पतिश्रद्धा से परिपूर्ण स्त्री देखना चाहता हूँ। मैं विश्वास करता हूँ तुम मुझे निराश न करोगी। तुमको सोलहों आने अपनी बनाना और सोलहों आने तुम्हारा बनना चाहता हूँ। मैं अब समझ गया कि उसी सादे पवित्र जीवन में वास्तविक सुख है। बोलो, स्वीकार है ? तुमने सदैव मेरी आज्ञाओं का पालन किया है, इस समय निराश न करना; नहीं तो इस कष्ट और शोक का न जाने कितना भयंकर परिणाम हो।

मैं सहसा कोई उत्तर न दे सकी। मन में सोचने लगी—इस स्वतंत्र जीवन में कितना सुख था ? ये मजे वहाँ कहाँ ? क्या इतने दिन स्वतंत्र वायु में विचरण करने के पश्चात् फिर उसी पिंजड़े में जाऊँ ? वही लौंडी बन कर रहूँ ? क्यों इन्होंने मुझे वर्षों स्वतंत्रता का पाठ पढ़ाया, वर्षों देवताओं की, रामायण की, पूजा-पाठ की, व्रत-उपवास की बुराई की, हँसी उड़ायी ? अब जब मैं उन बातों को भूल गयी, उन्हें मिथ्या समझने लगी, तो फिर मुझे उसी अंधकूप में ढकेलना चाहते हैं। मैं तो इन्हीं की इच्छा के अनुसार चलती हूँ, फिर मेरा अपराध क्या है ? लेकिन बाबू जी के मुख पर एक ऐसी दीनतापूर्ण विवशता थी कि मैं प्रत्यक्ष अस्वीकार न कर सकी। बोली—आखिर यहाँ क्या कष्ट है ?

मैं उनके विचारों की तह तक पहुँचना चाहती थी।

बाबू जी फिर उठ बैठे और मेरी ओर कठोर दृष्टि से देख कर बोले—बहुत ही अच्छा होता कि तुम इस प्रश्न को मुझसे पूछने के बदले अपने ही हृदय से पूछ लेती। क्या अब मैं तुम्हारे लिए वही हूँ जो आज से तीन वर्ष पहले था। जब मैं तुमसे अधिक शिक्षा प्राप्त, अधिक बुद्धिमान, अधिक जानकार हो कर तुम्हारे लिए वह नहीं रहा जो पहले था—तुमने चाहे इसका अनुभव न किया हो परन्तु मैं स्वयं कर रहा हूँ—तो मैं कैसे अनुमान करूँ कि उन्हीं भावों ने तुम्हें स्खलित न किया होगा ? नहीं, बल्कि प्रत्यक्ष चिह्न देख पड़ते हैं कि तुम्हारे हृदय पर उन भावों का और भी अधिक प्रभाव पड़ा है। तुमने अपने को ऊपरी बनाव-चुनाव और विलास के भँवर में डाल दिया है, और तुम्हें उसकी लेशमात्र भी सुधि नहीं है। अब मुझे पूर्ण विश्वास हो गया कि सभ्यता, स्वेच्छाचारिता का भूत स्त्रियों के कोमल हृदय पर बड़ी सुगमता से कब्जा कर सकता है। क्या अब से तीन वर्ष पूर्व भी तुम्हें यह साहस हो सकता था कि मुझे इस दशा में छोड़ कर किसी पड़ोसिन के यहाँ गाने-बजाने चली जातीं ? मैं बिछौने पर रहता, और तुम किसी के घर जा कर कलोलें करतीं ? स्त्रियों का हृदय आधिक्य-प्रिय होता है; परन्तु इस नवीन आधिक्य

के बदले मुझे वह पुराना आधिक्य कहीं ज्यादा पसन्द है। उस आधिक्य का फल आत्मिक एवं शारीरिक अभ्युदय और हृदय की पवित्रता थी, पर इस आधिक्य का परिणाम है छिछोरापन, निर्लज्जता, दिखावा और स्वेच्छाचार। उस समय यदि तुम इस प्रकार मिस्टर दास के सम्मुख हँसतीं-बोलतीं, तो मैं या तो तुम्हें मार डालता, या स्वयं विष-पान कर लेता। परन्तु बेहयाई ऐसे जीवन का प्रधान तत्त्व है। मैं सब कुछ स्वयं देखता और सहता हूँ। कदाचित् सहे भी जाता यदि इस बीमारी ने मुझे सचेत न कर दिया होता। अब यदि तुम यहाँ बैठी भी रहो, तो मुझे संतोष न होगा, क्योंकि मुझे यह विचार दुःखित करता रहेगा कि तुम्हारा हृदय यहाँ नहीं है। मैंने अपने को उस इन्द्रजाल से निकालने का निश्चय कर लिया है, जहाँ धन का नाम मान है, इन्द्रिय लिप्सा का सभ्यता और भ्रष्टता का विचार स्वातन्त्र्य। बोलो, मेरा प्रस्ताव स्वीकार है ?

मेरे हृदय पर वज्रपात-सा हो गया। बाबू जी का अभिप्राय पूर्णतया हृदयंगम हो गया। अभी हृदय में कुछ पुरानी लज्जा बाकी थी। यह यंत्रणा असह्य हो गयी। लज्जित हो उठी। अंतरात्मा ने कहा—अवश्य ! मैं अब वह नहीं हूँ, जो पहले थी। उस समय मैं इनको अपना इष्टदेव मानती थी, इनकी आज्ञा शिरोधार्य थी; पर अब वह मेरी दृष्टि में एक साधारण मनुष्य हैं। मिस्टर दास का चित्र मेरे नेत्रों के सामने खिंच गया। कल मेरे हृदय पर इस दुरात्मा की बातों का कैसा नशा छा गया था, यह सोचते ही नेत्र लज्जा से झुक गये। बाबू जी की आंतरिक अवस्था उनके मुखड़े ही से प्रकाशमान हो रही थी। स्वार्थ और विलास-लिप्सा के विचार मेरे हृदय से दूर हो गये। उनके बदले ये शब्द ज्वलंत अक्षरों में लिखे हुए नजर आये—तूने फैशन और वस्त्राभूषणों में अवश्य उन्नति की है, तुझमें अपने स्वार्थों का ज्ञान हो आया है, तुझमें जीवन के सुख भोगने की योग्यता अधिक हो गयी है, तू अब अधिक गर्विणी, दृढ़हृदय और शिक्षा-सम्पन्न भी हो गयी; लेकिन तेरे आत्मिक बल का विनाश हो गया, क्योंकि तू अपने कर्त्तव्य को भूल गयी।

मैं दोनों हाथ जोड़ कर बाबू जी के चरणों पर गिर पड़ी। कंठ रुँध गया, एक शब्द भी मुँह से न निकला, अश्रुधारा बह चली।

अब मैं फिर अपने घर पर आ गयी हूँ। अम्माँ जी अब मेरा अधिक सम्मान करती हैं, बाबू जी संतुष्ट दीख पड़ते हैं। वह अब स्वयं प्रतिदिन संध्यावंदन करते हैं।

मिसेज दास के पत्र कभी-कभी आते हैं, वह इलाहाबादी सोसाइटी के नवीन समाचारों से भरे होते हैं। मिस्टर दास और मिस भाटिया के संबंध में कलुषित बातें उड़ रही हैं। मैं इन पत्रों का उत्तर तो देती हूँ, परन्तु चाहती हूँ कि वह अब न आते तो अच्छा होता। वह मुझे उन दिनों की याद दिलाते हैं, जिन्हें मैं भूल जाना चाहती हूँ।

कल बाबू जी ने बहुत-सी पुरानी पोथियाँ अग्निदेव को अर्पण कीं। उनमें आसकर वाइल्ड की कई पुस्तकें थीं। वह अब अँगरेजी पुस्तकें बहुत कम पढ़ते हैं। उन्हें कार्लाइल, रस्किन और एमरसन के सिवा और कोई पुस्तक पढ़ते मैं नहीं देखती। मुझे तो अपनी रामायण और महाभारत में फिर वही आनन्द प्राप्त होने लगा है। चरखा अब पहले से अधिक चलाती हूँ, क्योंकि इस बीच चरखे ने खूब प्रचार पा लिया है।

●●●